김우창 金禹昌

1936년 전라남도 함평 출생. 서울대학교 문리과대학 정치학과에 입학해 영문학과로 전과했다. 미국 오하이오 웨슬리언대학교를 거쳐 코넬대학교에서 영문학 석사 학위를, 하버드대학교에서 미국 문명사 박사 학위를 취득했다. 서울대학교 영문학과 전임강사, 고려대학교 영문학과 교수와 이화여자대학교 학술원 석좌교수를 지냈으며 《세계의 문학》 편집위원, 《비평》 편집인이었다. 현재 고려대학교 명예교수, 대한민국예술원 회원으로 있다.

저서로 『궁핍한 시대의 시인』(1977), 『지상의 척도』(1981), 『심미적 이성의 탐구』(1992), 『풍경과 마음』(2002), 『자유와 인간적인 삶』(2007), 『정의와 정의의 조건』(2008), 『깊은 마음의 생태학』(2014) 등이 있으며, 역서 『가을에 부쳐』(1976), 『미메시스』(공역, 1987), 『나, 후안 데 파레하』(2008) 등과 대담집 『세 개의 동그라미』(2008) 등이 있다. 서울문화예술평론상, 팔봉비평문학상, 대산문학상, 금호학술상, 고려대학술상, 한국백상출판문화상 저작상, 인촌상, 경암학술상을 수상했고, 2003년 녹조근정훈장을 받았다.

예술론

예술론

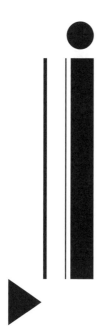

도시, 주거,
예술

김우창 전집

8

민음사

간행의 말

　　1960년대부터 글을 발표하기 시작한 김우창은 문학 평론가이자 영문학자로 글쓰기를 시작하여 2016년 현재까지 50년에 걸쳐 활동해 온 한국의 인문학자이다. 서양 문학과 서구 이론에 대한 광범위한 천착을 한국 문학에 대한 깊은 관심과 현실 진단으로 연결시킨 김우창의 평론은 한국 현대 문학사의 고전으로 읽히고 있다. 우리 사회의 대표적 지성으로서 세계의 석학들과 소통해 온 그의 이력은 개인의 실존적 체험을 사상하지 않은 채, 개인과 사회 정치적 현실을 매개할 지평을 찾아 나간 곤핍한 역정이었다. 전통의 원형은 역사의 파란 속에 흩어지고, 사회는 크고 작은 이념 논쟁으로 흔들리며, 개인은 정보 과잉 속에서 자신을 잃고 부유하는 오늘날, 전체적 비전을 잃지 않으면서 오늘의 구체로부터 삶의 더 넓고 깊은 가능성을 모색하는 김우창의 학문은 우리가 믿고 의지할 수 있는 소중한 자산의 하나가 아닌가 한다. 그리하여 간행 위원들은 그 모든 고민이 담긴 글을 잠정적이나마 하나의 완결된 형태로 묶어 선보여야 할 필요성을 절감했다. 이것이 바로 이번 김우창 전집이 기획된 이유이다.

김우창의 원고는 그 분량에 있어 실로 방대하고, 그 주제에 있어 가히 전면적(全面的)이다. 글의 전체 분량은 새로 선보이는 전집 19권을 기준으로 약 원고지 6만 5000매에 이른다. 새 전집의 각 권은 평균 700∼800쪽 가량인데, 300쪽 내외로 책을 내는 요즘 기준으로 보면 실제로는 40권에 달한다고 봐야 할 것이다. 이 막대한 분량은 그 자체로 일제 시대와 해방 전후, 6·25 전쟁과 군부 독재기 그리고 세계화 시대에 이르기까지 한국 현대사를 따라온 흔적이다. 김우창의 저작은, 그의 책 제목을 빗대어 말하면, '정치와 삶의 세계'를 성찰하고 '정의와 정의의 조건'을 탐색하면서 '이성적 사회를 향하여' 나아가고자 애쓰는 가운데 '자유와 인간적인 삶'을 갈구해 온 어떤 정신의 행로를 보여 준다. 그것은 '궁핍한 시대'에 한 인간이 '기이한 생각의 바다'를 항해하면서 '보편 이념과 나날의 삶'이 조화되는 '지상의 척도'를 모색한 자취로 요약해도 좋을 것이다.

2014년 1월에 민음사와 전집을 내기로 결정한 후 5월부터 실무진이 구성되어 본격적인 활동을 시작했다. 방대한 원고에 대한 책임 있는 편집 작업은 일관된 원칙 아래 서너 분야, 곧 자료 조사와 기록 그리고 입력, 원문 대조와 교정 교열, 재검토와 확인 등으로 세분화되었고, 각 분야의 성과는 편집 회의에서 끊임없이 확인, 보충을 거쳐 재통합되었다.

편집 회의는 대개 2주마다 한 번씩 열렸고, 2016년 8월 현재까지 42차례 진행되었다. 이 회의에는 김우창 선생을 비롯하여 문광훈 간행 위원, 류한형 간사, 민음사 박향우 차장, 신새벽 대리가 거의 빠짐없이 참석했다. 이 회의에서는 그간의 작업에서 진척된 내용과 보충되어야 할 사항에 대해 서로 의견을 교환했고, 다음 회의까지 무엇을 해야 할지를 결정했다. 일관된 원칙과 유기적인 협업 아래 진행된 편집 회의는 매번 많은 물음과 제안을 낳았고, 이것들은 그때그때 상호 확인 속에서 계속 보완되었다. 그것은 개별 사안에 대한 고도의 집중과 전체 지형에 대한 포괄적 조감 그리고 짜임새 있는 편성력을 요구하는 일이었다. 이렇게 19권의 전체 목록은 점차 뚜렷한 윤곽을 잡아 갔다.

자료의 수집과 입력 그리고 원문 대조는 류한형 간사를 중심으로 서울대학교 국어국문학과 대학원의 천춘화 박사, 김경은, 허선애, 허윤, 노민혜, 김은하 선생이 해 주셨다. 최근 자료는 스캔했지만, 세로쓰기로 된 1970년대 이전 자료는 직접 타자해야 했다. 원문 대조가 끝난 원고의 1차 교정은 조판 후 민음사 편집부의 박향우 차장과 신새벽 대리가 맡았다. 문광훈 위원은 1차로 교정된 이 원고를 그동안 단행본으로 묶이지 않은 글과 함께 모두 검토했다. 단어나 문장의 뜻이 불분명한 경우에는 하나도 남김 없이 김우창 선생의 확인을 받고 고쳤다. 이 원고는 다시 편집부로 전해져 박향우 차장의 책임 아래 신새벽 대리와 파주 편집팀의 남선영 차장, 김남희 과장, 박상미 대리, 김정미 대리, 김연정 사원이 교정 교열을 보았다.

최선을 다했으나 여러 미비가 있을 것이다. 독자 여러분들의 관심과 질정을 기대한다.

2016년 8월
김우창 전집 간행 위원회

일러두기

편집상의 큰 원칙은 아래와 같다.

1 민음사판『김우창 전집』은 1964년부터 2014년까지 한국어로 발표된 김우창의 모든 글을 모은 것이다. 외국어 원고는 제외하되,『풍경과 마음』의 영문판은 포함했다.(12권)

2 이미 출간된 단행본인 경우에는 원래의 형태를 존중하였다. 그에 따라 기존『김우창 전집』(전 5권, 민음사)이 이번 전집의 1~5권을 이룬다. 그 외의 단행본은 분량과 주제를 고려하여 서로 관련되는 것끼리 묶었다.(12~16권)

3 단행본으로 나온 적이 없는 새로운 원고는 6~11권, 17~19권으로 묶었다.

4 각 권은 모두 발표 연도를 기준으로 배열하였고, 이렇게 배열한 한 권의 분량 안에서 다시 주제별로 묶었다. 훗날 수정, 보충한 글은 마지막 고친 연도에 작성된 것으로 간주하여 실었다. 예외로 자전적 글과 수필을 묶은 10권 5부와 17권 4부가 있다.

5 각 권은 대부분 시, 소설에 대한 비평 등 문학에 대한 논의 이외에 사회, 정치 분석과 철학, 인문 과학론 그리고 문화론을 포함한다.(6~7권, 10~11권) 주제적으로 아주 다른 글들, 예를 들어 도시론과 건축론 그리고 미학은『예술론: 도시, 주거, 예술』(8권)에 따로 모았고, 미술론은『사물의 상상력과 미술』(9권)으로 묶었다. 여기에는 대담/인터뷰(18~19권)도 포함된다.

6 기존의 원고는 발표된 상태 그대로 싣는 것을 원칙으로 삼아 탈오자나 인명, 지명이 오래된 표기일 때만 고쳤다. 단어나 문장의 의미가 불분명한 경우에는 저자의 확인을 받은 후 수정하였다. 단락 구분이 잘못되어 있거나 문장이 너무 긴 경우에는 가독성을 위해 행 조절을 했다.

7 각주는 원문의 저자 주이다. 출전에 관해 설명을 덧붙인 경우에는 '편집자 주'로 표시하였다.

8 맞춤법과 외래어 표기는 국립국어원 규정에 따르되, 띄어쓰기는 민음사 자체 규정을 따랐다. 한자어는 처음 1회 병기하는 것을 원칙으로 하고, 문맥상 필요하다고 판단되는 경우 여러 번 병기하였다.

본문에서 쓰인 기호는 다음과 같다.

　　책명, 전집, 단행본, 총서(문고) 이름:『　』

　　개별 작품, 논문, 기사:「　」

　　신문, 잡지:《　》

간행의 말   5

1부 도시론 ─ 도시·공간·주거·문화

도시와 문학 ─ 환영의 세계   13

공간과 의미 ─ 실내 공간의 사회학   28

공간의 구성 ─ 지각과 깊이의 기하학에 대한 명상   63

새 서울의 미학 ─ 개념과 현실   84

사물과 공간   98

지구 위의 삶   104

주거, 도심, 전원 ─ 도시 미학의 여러 요소   132

문화 도시의 기본 전제는 무엇이어야 하는가 ─ 인간의 도시, 자연의 도시   178

강과 예술 ─ 전통 시대의 자연과 정치   207

2부 예술론 — 영상/이미지·매체·미학·문화

멋에 대하여 — 현대와 멋의 탄생 **243**

영상과 그 세계 — 오늘의 문화적 상황 **294**

커뮤니케이션 시대의 예술 — 광주비엔날레에 관한 단상 **317**

어떻게 살 것인가, 어떤 예술을 만들 것인가? — 매체 예술: 평행과 수렴 **323**

미래의 예술 — 거대 담론의 둔주 **363**

이미지의 행복 **397**

문화의 기율과 자유 — 전자 매체의 가능성의 한계 **409**

이미지와 원초적 공간 **461**

세계의 불확실성과 예술의 사명 **501**

문화의 공간, 마음의 공간 **504**

문화 전통과 삶의 일체성 — 강인한 정신, 부드러운 마음과 문화 **546**

사회의 문화 — 예향으로서의 광주를 생각하며 **567**

현실과 형상 — 현실의 예술적 재구성 **580**

세계화 시대의 예술의 이념 — 예술의 공간과 그 변화 **679**

1부

도시론
:도시·공간·
주거·문화

도시와 문학

환영의 세계

　도시가 약속하는 삶의 고양과 열락을 찾아서 찬란한 도시의 불빛을 향하여 떠나가는 지방의 젊은이는 19세기와 20세기의 서양 문학에서 발견할 수 있는 전형적인 주인공의 하나이다. 이러한 주인공이 각고의 노력 끝에 성공을 거두게 된다는 이야기는 미국의 통속 신화이다. 그러나 발자크나 드라이저의 소설에서 이러한 주인공의 이야기는 행복하게 끝나기보다는 불행하게 끝나거나 도시의 허영과 허무를 깨닫는 것으로 마감한다. 예로부터 이야기의 극적 전개는 행복보다는 불행을 호재로 삼는다. 그러나 행복보다는 불행을 가져오는 것이 도시 ─ 성공한 경우에도 깊은 의미에서 불행할 수밖에 없다는 것이 도시의 맞는 이야기가 아닌가 한다. 도시도 인간이 창조한 것이면서 걷잡을 수 없게 된 괴물의 반열에 드는 것일 것이다. 도시는 그 성격상 근원적인 차원에서 인간 소외를 심화시키게 되어 있다. 그렇다는 것은 도시적 삶의 거주 형태와 생존 수단 그리고 전반적인 환경 등이 인간 생존의 불균형화를 가져오지 아니할 수 없게 되어 있다는 말이다. 물론 도시에서 거두어지는 수확이 없는 것은 아니다. 도시는 농촌 또는 일반적으로 자연환경에서 얻을 수 없는 삶의 섬세화, 고양화를 가능하게 한다. 서양말에서 도시라는 말은 문명이라는 말과 어원을 같이하는 경우가 많다. 그러나 도시의 수확은 도시적 삶의 병폐들과 같은 토양에서만 얻어진다.

서구에서 진정한 의미에서의 근대 도시의 효시는 19세기의 파리에서 찾을 수 있다. 오늘날 파리의 모습의 골격을 이루는 넓은 도로와 공원과 광장과 기차역을 중심으로 한 교통망과 근교의 숲과 같은 것이 조성된 것은 나폴레옹 3세 치하에서이다. 도시 정비 계획을 담당했던 것은 조르주외젠 오스만(Georges-Eugène Haussmann)이었다. 시기적으로 훨씬 후이기는 하지만, 1920년대부터 간헐적으로 그리고 1933년부터 나치군의 진주가 있을 때까지 파리에 거주했던 발터 벤야민은 19세기 중엽에 새로 정비된 파리에서 자본주의 도시의 전형을 발견하였다. 많은 것을 구체적인 사물의 환유적 해석을 통해서 이해하고자 했던 그는 이 도시들의 사물과 경관에 관한 관찰들을 모아 거대한 저작으로 집성할 생각을 가지고 있었다. 그는 이 도시의 성격 ― 그리고 일반적으로 현대 도시의 성격을 가장 잘 나타내고 있는 것이 연쇄 상가 아케이드라고 보았다. 그리하여 그는 그 책의 제목을 아케이드 계획(Passagen-Werk)이라고 부르기로 하였다. 이 계획은 미완성으로 끝나고, 도시에 관한 관찰들은 예비 노트들의 형태로 남아 있게 되었다.[1] 여기에 들어 있는 관찰 가운데 파리의 인상을 요약하는 말의 하나는 '판타스마고리아(phantasmagoria)'라는 말이다. 그것은 관광의 대상물들을 시각적 이미지로 만들어 회전시키면서 관람할 수 있게 하는 환등 장치이지만, 일반적으로 환등에 보이는 것과 같은 환영이나 환상 ― 그것도 빠른

---

1   Cf. Susan Buck-Morse, *The Dialectics of Seeing: Walter Benjamin and the Arcades Project*(MIT Press, 1989). 이 책에서 저자는 벤야민의 미완성 계획을 재구성하고 해석하려 한다.

속도로 나타났다가 사라지는 그림자들을 지칭한다. 이러한 환영이 감각적 경험의 차원에서 도시적 경험의 특징이 되는 것이다.

벤야민의 생각에 이것을 뒷받침하는 바탕은 물론 상품 문화에 있다. 물건의 소비에 있어서의 물질성의 빠른 소멸은 상품 소비 자체로 하여금 이미지의 소비에 비슷한 것이 되게 한다. 그러나 상품은 사실 소비 이전에 이미 영상이 된다. 그것은 구입되기 전에 소비자의 감각에 호소하여야 하고, 그러기 위해서는 그것들은 매혹적으로 전시되어야 한다. 그리하여 벤야민은 반드시 구입되거나 소비되는 것만은 아닌 상품들의 전시 공간으로서 건축된 아케이드에서 대표적인 자본주의 도시로서의 파리의 특징을 본 것이다. 이 전시의 공간에서 사람들은 만보가(flaneur) 또는 구경꾼이 되어 상품들의 이미지를 즐기고 그것을 중심으로 환상화되는 삶을 그리게 된다. 이 환상적 성격은 사람에게도 전파되어 도시의 길거리에서 만나는 사람들은 익명의 군중의 이미지가 된다. 개인적 존재로 부각되는 경우에도 그들은 알기 어려운 심연을 지닌 신비스러운 영상과 같은 성격을 갖는다.

벤야민이 대표적인 도시의 시인이라고 생각한 보들레르가 파리를 "와글대는 도시, 대낮에 귀신이 지나는 사람에게 말을 걸어오는, 꿈에 가득한 도시"[2]라고 한 것은 이러한 도시의 인간을 말한 것이다. 지속적인 유대 관계가 아니라 익명의 군중의 잡답 속에서 만나게 되는 사람이 현실성 있는 인간이 되기는 어려운 것이다. 그들은 지나는 사람의 욕망에 관계된 환상을 자극하는 영상 또는 귀신에 불과하다. 영문학에서 최초로 도시의 감성을 본격적으로 드러내 보여 주었다고 할 수 있는 것은 T. S. 엘리엇이다. 위에서 인용한 보들레르의 시구는 사실 엘리엇의 「황무지」에서 인용된 것을 다시 인용한 것이다. 벤야민은 보들레르의 시에 도시의 인상들이 들어 있

2　"Les Sept Veiellards".

을 뿐만 아니라, 그것이 시의 형식적인 요건에 반영되어 있음을 지적하였다. 그의 생각으로는 "환영 같은 말들의 무리, 조각들, 되다 만 시행의 시작들 — 인적이 끊긴 길거리에서 시인이 이러한 것들로부터 시라는 노획물을 끌어낸다는 것 — 이것이 시의 숨은 의미"[3]를 이룬다. 그러나 현란하고 단편적인 이미지들, 문맥이 흐트러지고 절단되고 비논리적인 문장, 전통적 음악의 규율을 벗어나는 새로운 리듬 등은 엘리엇의 「황무지」에서 더 두드러지는 스타일상의 특징이다. 그런대로 전통적인 시 형식을 크게 벗어나지 아니한 시를 쓴 보들레르가 조각난 영상들로 이루어진 실체가 없어진 파리의 삶을 그렸다면, 엘리엇은 이러한 특성을 참으로 스타일 자체에 구현한 것이다.

도시의 삶은 문학과 예술에 깊은 영향을 끼치는 것일 수밖에 없었다. 그림에 있어서 19세기 말에서부터 시작한 해체적 경향도 감각과 경험의 도시적 변화에 관계되어 있다. 인상주의, 큐비즘, 표현주의, 추상화들은 모두 실체와 분리된 영상들의 세계를 탐색하는 화법이다. 미국의 미술 이론가 조너선 크래리(Jonathan Crary)는 이러한 현대 미술의 전개를 감각에 관한 과학적인 연구와 실험에 연계시킨 바 있다. 가령 독일의 생리학자 요하네스 뮐러(Johannes Müller)의 시각 실험은 빛과 색채 체험이 신체 부위의 압박과 같은 물리 작용, 전기, 화학 물질, 또는 혈액의 상태 등으로 하여 촉발될 수 있다는 것을 증명하였다. 여기에서 나오는 추론의 하나는 지각 현상이 사물의 실체로부터 분리될 수 있다는 것이다. 즉 지각은 객관적 세계에 대한 지표가 아니라 그것만으로 독자적인 존재가 될 수 있다는 것이다. 이것은 미술을 사실성으로부터 해방한다.[4] 이것이 물질성에서 분리된 색채

---

3   Walter Benjamin, *Illuminations* (Schocken Books, New York), p. 165.

4   Jonathan Crary, "Modernizing Vision", ed. by Hal Foster, *Vision and Visuality* (Bay Press, Seattle, 1988), pp. 38~40.

의 탐구 그리고 그 쾌락의 추구에 이어진다. 또 이것은 현대에 번창하는 그리고 문학과 예술에서 기술되는, 전 인격적 현실 체험에서 분리된 각종의 관능적 쾌락의 해방에도 관계된다. 이러한 과학적 진전이 도시의 삶을 더 환상적이고 환영에 찬 것이 되게 하였는지 또는 도시적 삶의 환상적 경향이 그러한 과학적 발견에 자극을 준 것인지는 분명하지는 아니하다. 그러나 서로의 상승 작용 속에서 현대 도시의 삶과 문학과 예술 그리고 과학이 한껏 판타스마고리아적 성격을 띠게 된 것은 사실이다.

실체에서 유리된 이미지의 현란함의 다른 면은, 이미 비친 바와 같이, 이미지의 단편성이다. 사실 단편성은 현란함보다 더 중요한 특징이다. 그렇다는 것은 현란함이란 안정된 구조 — 하나의 전체적인 구도에서 벗어난 영상들이 주는 인상이기 쉽기 때문이다. 세상에 단순한 것은 하나도 없다. 분자를 생각하고 그것을 구성하는 소립자를 생각한다든지, 가장 단순한 생명체인 아메바를 생각하고 그 DNA를 생각해 볼 일이다. 모든 것이 있을 자리에 있으면 그것은 단순한 것이 되고, 그렇지 못한 것이 복잡하거나 어지러운 것이 된다.

도시는 혼잡과 잡답의 공간이다. 이것이 도시의 영상들에게 현란한 인상을 준다. 물론 이것은 매혹적인 상태를 지나면 어지러운 잡동사니로 비친다. 이것은 도시의 질서 또는 무질서에 대응한다. 도시는 순전한 군집 현상의 우연한 결과로서의 취락으로 이루어질 수도 있는데, 가령 전쟁이나 다른 재난을 피하여 몰려드는 사람들이 취락을 이루는 경우가 그러한 것일 것이다. 급격하게 팽창한 제3세계의 거대 도시들은 대체로 판자촌, 빈민가, 파벨라스 등의 군집 지역을 가지고 있다. — 도시 하면 곧 연상하는 것은 도시 계획이다. 계획으로서 도시가 시작한다고 하여도 그것은 자연 발생적인 군집 현상에 의하여 흐트러지게 마련이고, 대체로 계획이란 사후 대책으로서 나타난다.

위에서 말한 오스만의 파리 재개발이 그 대표적인 예일 것이다. 계획은 물리적인 현상만이 아니고 제도화된 도시의 표현이다. 도시의 조직과 제도는 도시의 권력의 배분 양상을 반영한다. 도시에 있어서 분명한 디자인을 가지고 있는 부분이란 권력의 상층부를 상징적으로 보여 주는 부분이고, 그렇지 않은 부분은 여전히 잡다한 밀집으로 남아 있게 마련이다. 도시 계획이 도시의 전역에 미치게 되는 것은 민주적인 정치 체제가 갖추어지는 것과 일치하는 것일 것이다. 오스만의 도시 계획도 부르주아 혁명의 진전과 병행한다. 물론 파리의 도시 계획 — 또는 대체로 도시 계획은 형식상으로만 이야기되는 민주화를 바탕으로 하기 때문에, 그 재개발 계획은 모든 시민의 계획된 도시 생활에의 참여보다는 빈민의 도시로부터의 추방과 그에 따르는 생활고의 가중을 가져왔다는 비난을 받는다. 이것은 서울의 여러 가지 재개발 계획에도 해당되는 일이다. 어쨌든 도시는 계획 속에 정리됨으로써 조금 더 이해할 만한 것이 되고, 그 단편성이 지양된다. 그리하여 현란함이나 잡동사니의 성격도 많이 사라지게 된다. 제1세계의 사람들이 관광객으로 여행하면서 제3세계의 그 잡다함을 흥미롭게 생각하는 것은 정리된 도시와 그렇지 않은 도시의 차이에서 오는 것이다. 관점이 관광객이 아니라 거주자로 바뀔 때, 그러한 도시들은 흥미로운 장소가 아니라 어지럽고 불편한 장소로 바뀌게 된다.

그러나 다른 한편으로 서양의 방문객들이 동양이라 부르던 도시에서 발견한 흥미로움 — 어지러운 이미지와 발랄함은 관광객의 피상적인 인상의 문제만은 아닐 수 있다. 많은 요소들을 정리하는 데에는 수학의 방식이 필요하다. 공간 내의 요인들은 물론 기하학적으로 정리되어야 한다. 기하학적으로 정리된 도시는 거주민의 생활과 정신을 정리해 준다. 반대로 제3세계의 도시의 혼란은 생활과 정신의 혼란을 조장한다. 그러나 다른 한편으로 사람들이 원하는 것이 완전히 정리된 도시라고 하기는 어렵다. 도시의 매력은 다분히 일목요연한 구도보다는 그 미궁적 난해함에서 온다. 시골의 단순성에 대하여 도시는 다양성으로 사람을 유혹한다. 다양성의 궁극적인 형태는 신비감이다. 도시는 보이는 것 이상으로 그 뒤에 숨어 있을 쾌락을 약속하고, 이 숨어 있는 비밀의 느낌을 배경으로 모든 것을 다른 것의 기호로 전환시킨다. 이 비밀은 물론 긍정적인 것, 또는 금지된 것을 의미할 뿐만 아니라 범죄와 죄악을 의미한다. 예로부터 도시는 죄악과 타락과 퇴폐의 소굴이고, 또 범죄 소설의 무대이다. 19세기의 파리의 범죄와 죄악의 이야기들을 잡다하게 수록한 외젠 쉬(Eugène Sue)의 소설 『파리의 비밀』은 적절한 제목을 가지고 있다고 할 것이다. 마르크스는 이 소설의 제목의 비밀이란 자본주의의 착취와 억압의 비밀 이외의 다른 것을 의미하는 것이 아니라고 하였지만, 실제 도시에 끌리는 사람은 도시가 그 이상의 분위기로서의 비밀을 담고 있다고 생각한다. 도시의 매력의 일부가 그 비밀스러움에 있음은 사실이다.

건전한 상태에서 이 비밀은 알 만한 것에 속하면서 그것을 초월하고 두려움보다는 고양감을 주는 것이라야 한다. 사람들은 일단 그렇지 않은 것보다는 잘 정리된 도시를 원한다. 이 관점에서 그것은 어떤 기하학적인 도형이나 대체로는 합리적인 지도로써 이해될 수 있는 것이라야 한다. 그러나 그것이 반드시 가장 만족할 만한 느낌을 주는 도시는 아니다. 사람은 그가 거주하거나 방문하는 도시를 추상적인 개념으로써가 아니라 감각적 체험으로 이해할 수 있기를 원한다. 그리고 그들이 알 수 있는 도시란 친근하게 걸어 다닐 수 있는 거리와 상점과 이웃으로 한정된다. 거기에는 안식과 평안의 주거에 덧붙여 이웃과 낯선 사람들이 서로 섞일 수 있는 공간이 있어야 한다. 지형이나 건조물들로서 쾌적한 인지를 가능하게 하는 것들이 있고, 조금 더 보태어 이러한 일상성을 넘어서 고양감을 주는 기념비적인 공공건물과 건조물 그리고 공간이 있다면, 대체로 사람들이 그리는 도시의 이상은 완성되는 것이라고 할 수 있다. 여기에서 기하학적으로 또는 지도로서 파악되는 도시는 이러한 구체적 공간으로서의 도시 저 너머에 일관된 추상으로 존재한다. 현실의 도시에는 물론 이외의 것들이 혼재한다. 위의 그림에서 무엇보다도 일터의 부재가 눈에 띄는 것이라고 하겠지만, 여기에서 말하는 것은 실제적인 것보다는 머릿속의 이념형을 말하는 것이다.

이러한 이념형은 단순히 우리의 몽상이 아니라 인간의 심성 속에 깊이 박혀 있는 원형적인 욕구일 수 있다. 그렇게 생각하는 것은 전통적으로 동양 사람들의 삶과 표현에서 빼놓을 수 없는 것이었던 산수화와 관련해서이다. 동양의 그림의 주종은 산수화이다. 그리고 동양의 시를 본다면, 사실 그것도 상당수 또는 대다수가 언어의 산수화라고 말할 수 있는 것들이다. 동양화에서만큼 중요한 것은 아니지만, 서양화의 전통에서도 풍경화의 중요성은 결코 작은 것이 아니다. 아마 이것은 다른 그림의 전통에서도 비슷할 것이다. 강박적으로 되풀이되는 문학과 예술로서의 산수화는, 물론 이데올로기적인 측면이 없지 않다고 해야겠지만 사람의 깊은 욕구와 필요에 관계된 것이라고 하는 것이 옳을 것이다.

동양의 예술 전통에서 산수화의 중요성을 설명할 수 있는 원인은 복합적이다. 그러나 아마 그중에도 가장 근원적인 원인은 생물체로서의 인간의 생존 영역에 대한 느낌, 어떤 동물학자들이 '영토적 절대 본능(Territorial imperative)'이라고 부르는 느낌일 것이다. 이러한 관점에서 제이 애플먼(Jay Appleman)은 풍경화를 "어떤 곳을 전망과 도피처와 위험 지구의 그물망, 그 전술 지대로 보는 맹수의 눈에 관련하여, 동물 행태와 '거주 영토 이론'"으로 해석하고자 하였다.[5] 풍경화의 근원을 전적으로 동물적 본능에서

---

5 W. J. T. Mitchell, "Imperial Landscape", ed. by W. J. T. Mitchell, *Landscape and Power*(University of Chicago Press, 1994), p. 16. 미첼은 생물학적 해석이 아니라 그 역사적 정치적 성격의 중요성을 강조하면서 애플먼을 인용하고 있다. Cf. Jay Appleman, *The Experience of Landscape*(London,

찾는 것이 옳은 것일는지는 알 수 없다. 그러나 그러한 본능을 생각하게 할 정도로 끈질기게 출현하는 풍경화에는 무슨 깊은 원인이 있음에 틀림없다. 이러한 본능은 산수화나 풍경화에서만 확인되는 것이 아니라, 정원 조경이나 등산이나 명산 유람 등에서 많은 사람들은 이러한 본능의 존재를 확인할 것이다. 그런데 우리가 주의할 것은 그것이 매우 간접적인 방법으로, 영토나 먹이나 약육강식을 연상시키는 것보다는 어떤 초월적 욕구를 연상시키는 형태로 표현된다는 점이다. 이것은 그 초월적 욕구가 예술로서 나타난다는 것 자체에서 이미 드러나는 것이지만, 풍경화나 산수화의 구성의 본질에서도 살필 수 있는 것이다.

그림의 증거로는 ── 또 사실상 우리의 자연에 대한 체험에서 증거되는 것으로서는 우리의 동물적 충동은 초월적 충동과 일치하는 것으로 생각된다. 나는 이러한 문제를 두어 편의 글에서 밝히려고 한 일이 있지만, 한마디로 요약하여 되풀이하건대, 산수화의 만족감은 하나의 공간을 전체적으로 조감한다는 데에서 오는 쾌감이다. 이 전체성은 두 가지의 특징을 가지고 있다. 하나는 그것이 직접적이고 감각적이라는 것이고, 다른 하나는 그러면서 이것은 보이는 세계를 넘어서 무한한 것의 신비에 이어지는 것이라는 것이다. 그러한 의미에서 이 전체성 ──무한한 전체성 또는 무한은 감각적 체험이면서 또 신비 체험에 비슷하다. 전통적인 인간이 산수화로써 또 시로써 표현하려 한 것이 바로 이러한 것이 아닌가 나는 생각한다. 문학에서 이러한 주제는 한시에 주로 드러나는 것이지만, 자연 체험보다는 교훈적이고 사회적인 내용을 가지기 쉬운 시조에도 그러한 표현이 없는 것은 아니다.

1975).

구버는 천심(千尋) 녹수(綠水) 도라보니 만첩(萬疊) 청산(靑山)

십장(十丈) 홍진(紅塵)이 언매나 マ랫는고

강호(江湖)에 월백(月白)ㅎ거든 더옥 무심하얘라.[6]

홍진을 넘어서 넓게 트여 보이는 산천 그리고 그것과의 일체감 — 다른 많은 시의 표현으로 도취감에 가까운 일체감을 말하고 있는 이현보(李賢輔)의 「어부단가」는 그러한 산수 체험의 기제를 조금은 보여 주고 있는 시조의 예가 될 것이다. 도시와 관련해서 우리가 생각하게 되는 것은, 이렇게 문학과 예술에 표현되어 마지않던 생물적 본능이며 본연적 초월의 충동이 도시화된 삶에서는 어떻게 되었는가 하는 것이다. 자연에서 사람들은 시인이나 신비가가 아니라도 사람의 삶을 규정하고 있는 전체성, 무한성을 직접적으로 체험한다. 자연은 전체성이면서 동시에 감각에 포착되는 현장이며 현시점이다. 이것이 자연 조건하의 삶에서 주어지는 것이라면, 도시인에게 이것은 어떻게 작용하는 것일까.

도시에서 사람의 감각적 삶은 일단 풍부해지고 도시인이 사는 공간은 좁은 시골에 비하여 활짝 트인 공간으로 열려 있는 것이 된다. 어쨌든 도시에 있던 사람이 시골을 답답하다고 하는 것은 흔히 보는 일이다. 그러나 도시는 결코 하나의 만족스러운 일체적 체험으로 주어지지는 아니한다. 도시인의 감각적 삶의 양식이 되는 것은 사물의 실체가 아니라 사물의 그림자일 뿐이다. 그것은 감각을 자극하면서 세계의 실체에 대한 깊은 느낌을 주지 아니한다. 도시의 넓은 공간은 그 신비로써 자연인을 유혹한다. 그것은 자연의 신비에 비할 수 없이 정치하다. 자연은 광활하고 신비스러운 곳이면서도 일관성과 예측 가능성 그리고 규범성을 가지고 있다. 도시에서

---

6 김대행 역주, 『한국 고전 문학 전집 1: 시조 1』(고려대학교 민족문화연구소, 1993), 66쪽.

스스로의 욕망과 환상 속으로 해방된 인간이 만드는 신비는 긍정적인 의미에서나 부정적인 의미에서나 예측을 불허할 만큼 복잡하다. 그러나 그것은 곧 깊은 신비라기보다는 단순한 미로의 연쇄임이 드러난다. 전체성이란 전체이면서 부분에 현존하는 전체이다. 변화무쌍한 것 가운데에 이러한 전체성은 존재하지 아니한다. 그리하여 사람들은 도시에 계획을 부과하고 제도와 조직을 만들지 아니할 수 없다.

그러나 이 도시적 질서는 이중의 의미에서 추상적이다. 첫째, 계획으로서의 도시는 우리의 감각이 아니라 추상의 능력으로 포착되는 것이다. 동시에 그것은 보이지 않는 힘에 의하여 만들어지는 계획이다. 그리하여 사르트르가 말한 바와 같이, "도시는 부재의 편재성으로 하여 현실이 되는 물질적 사회적 조직체"이다.[7] 사르트르의 도시에서 이 부재는 부분과 부분이 하나의 전체성으로 묶이지 못하는 데에서 오지만, 더 직접적으로는 이 부재는 도시의 전체성을 대표하는 것이 비민주적 권력이고 관료인 데에서 유래한다고 할 수 있다. 물론 그것은 감각적인 부재로서 벌써 허망한 것이다.

어쨌든 도시는 자연의 전체적 체험을 제공하지 못한다. 그러나 그 욕구가 참으로 사람의 심성에 깊이 내재한 충동과 같은 것이라면, 그것은 어떤 형태로인가 표현될 수밖에 없다. 이것이 표현되는 것이 일반 시민의 차원에서는 도시 풍경의 감식가인 만보가(flaneur)이고, 보다 높은 계층의 차원에서는 도시의 근본 동력을 장악해 보려는 정치이며, 공적인 차원에서는 끊임없이 개발과 철거와 재개발의 과정의 되풀이인 도시 계획이다. 그러나 이것들은 정도에 차이는 있을 수 있지만, 대체로는 끊임없이 접근하면서도 이르지는 못하는 시도의 연속일 뿐이다. 그리고 그것은 사람의 체험적인 욕구라는 점에서는 어떤 경우에나 위에서 말한 이유 — 전체와 무한

7　Jean-Paul Sartre, *Critique de la raison dialectique*(Gallimard, 1960), p. 57.

의 감각적 현재성의 불가능으로 인하여 실패를 위한 시도가 될 수밖에 없다. 사르트르는 사회나 도시나 계급이나 집단적 범주가 존재하는 것은 분명하지만, 그것을 구체적으로 포착하고자 할 때 그것은 단지 "도망가는 원근법(perspectives de fuite)"[8]으로서만 존재한다고 말하였다. 도시를 하나의 전체로서 포착하고자 하는 노력이야말로 이러한 원근법의 포로가 되는 일이다.

이렇게 도시를 말하는 것은 단순히 도시를 부정적인 괴물로 말하기 위한 것은 아니다. 그것이 나쁜 것이든 좋은 것이든 그곳에서 살아야 하는 것이 오늘의 산업 문명 속에서 사는 인간의 운명일 것이다. 중요한 것은 이러한 도시에서 사는 인간의 현상을 정확히 이해하는 일이다. 도시를 이렇게 규정하는 것은 그것이 현대 문학의 존재 방식에 그대로 해당된다는 것을 확인하는 일이다. 풍경이나 산수 또는 자연을 소재로 하는 것이든 아니든 문학은 전체성의 구체적 체험에 관계된다. 미적 체험의 근본적 방식을 규정하는 헤겔의 "구체적 보편"은 진부한 대로 이것을 표현한 말이다. 도시의 문학도 그 핵심적 동기로서 이러한 구체적 보편 또는 구체적으로 체험되는 전체성을 가지고 있다. 서구에 있어서 리얼리즘의 문학은 이러한 전체성으로 ── 사회와 심리의 구체적 사항들을 하나의 전체적인 해명으로 유도해 내고자 한다. 이 구체적 사항을 하나로 엮어 가는 수법에는 여러 가지가 있지만, 그중에 가장 중요한 것은 인과의 법칙이다. 리얼리즘의 소설은 이러한 인과 법칙의 탐구이다.

그런데 주의할 것은 인과 법칙이 단순히 자연주의적 법칙을 말하는 것이 아니라 주체에 의하여 구성되는 경험의 가능성이라는 것이다. 그 점에서 이 구성의 주체의 성립이야말로 도시적 체험이 나온 가장 중요한 결과

---

8 Ibid., p. 56.

이다. 이것은 소설에서보다 시에서 더 뚜렷하게 드러난다. 앞에서 인용한 벤야민을 다시 인용하여, "환영 같은 말들의 무리, 조각들, 되다 만 시행의 시작들 — 인적이 끊긴 길거리에서 시인이 이러한 것들로부터 노획물을 끌어낸다는 것 — 이것이 시의 의미"라고 한다면, 이것은 시인에게 도시의 풍경과 사물 위를 가볍게 스쳐 가며 이것을 자료로 전환하고 이것을 다시 시로서 재구성한다는 말이다. 시인은 도시의 삶에 깊숙이 참여하는 사람이라기보다는 단순히 관찰하는 사람이 된 것이다. 도시를 이미지나 말로 바꾸어 노획물로 소장하고 이것을 시로 바꾸는 작업을 하는 것은 시인의 육체와 마음속에 숨어 있는 어떤 것이다. 시인은 이 관찰과 시의 창조자로서만 자아와 그 연속성을 유지한다. 다시 말하여 그는 모든 객체를 체험의 대상으로 하고, 이것을 스스로의 세계로 구성하는 주체가 된 것이다. 이 데카르트적 주체 또는 보들레르적 주체의 작업은 끝날 날이 없다. 도시는 쫓아가도 쫓아가도 잡히지 않는 원근법 속에서 시인의 노력을 피해 달아난다. 이를 쫓아가는 시인의 독창성과 창조성은 계속 항진되지만, 그에게 만족할 만한 종착역은 없다. 농촌에 기초한 전통적인 사회에서 시인은 감각적 전체성으로서의 자연 속에 있다. 그리고 사회적으로 그는 분명하게 정립되어 있는 인간관계 — 말하자면 삼강오륜이 밝혀 주는 인간관계 속에 있다. 이러한 자연과 사회를 시 속에 포착하기 위해서 해야 하는 일은 새로운 대상물들을 관찰, 발견 또는 발명하고 그것을 새로운 인과 관계 또는 주체적 통합 속에 표현하는 일이 아니다.

농촌의 시인은 정해진 공식이나 틀에 박힌 상투어들을 빌려 그것을 환기하면 족하다. 그리하여 그는 매우 좁고 상투적인 시인 — 분명한 개성이 없는 시인처럼 보인다. 그러나 그것은 그의 세계가 안정된 세계, 현존의 세계이기 때문이다. 현대 문학은 농촌에 기초한 이러한 문학과는 전혀 다른 세계에 존재한다. 그것은 도망가는 원근법에서 무엇인가 항구적인 것을 구축하려 노력하며 끊임없이 노력하면서 끊임없이 실패하는 객체 없는 주체의 흔적이다.

위의 개략적 스케치는 서양의 현대 문학을 말한 것이지만, 한국의 현대 문학을 이해하는 데에도 대비를 제공할 수 있다. 한국의 현대 문학은 20세기에 일어난 여러 역사적 사건으로 설명할 수 있지만, 적어도 한 관점에서는 그것이 농촌적 사회로부터 도시적 사회에로의 긴 전환을 반영하는 것으로 볼 수 있다. 이 전환은 참으로 긴 것이어서 아직까지도 끝나지 않았다. 김소월에서 박목월 또는 서정주에 이르는 시가 정도를 달리하여 농촌적 감성을 표현하고 있는 것은 분명하다. 요즘의 젊은 시인들에서도 이러한 전통은 강하게 지속되고 있다. 그러나 이러한 농촌적 감수성은 도시에 의하여 강하게 침윤되고 그것으로 인하여 혼란되어 있는 감수성이다. 도시적 경험은 초기의 정지용 그리고 김기림에서 시작하여 김수영, 정현종, 김광규, 최승호, 황지우 등에서 그 공식적 탄생을 시도한다. 소설에서 도시는 더 분명하게 영향을 드러낸다. 이광수, 염상섭, 채만식 등에서 소설은 이미 도시적 체험을 수용하고자 하였다. 그리고 손창섭이나 이호철, 또 최인훈, 박완서, 조세희 등에서도 도시는 생활의 무대이다. 오늘의 젊은 작가들에서도 도시는 시인에게서보다도 훨씬 분명하게 소재가 된다.

그런데 흥미로운 것은 이러한 작가들에서 도시가 서양의 작가들에게서처럼 비록 허무한 환상으로일망정 쾌락과 아름다움과 삶의 고양을 약속해 주는 장소로 비치는 일이 거의 없다는 점이다. 한국 소설의 도시인들은 도시의 참여자가 아니라 도시의 희생자들이다. 그들은 시대에 밀려 도시에 사는 자기를 발견할 뿐이다. 물리적 의미에서 우리의 도시는 오랫동안 계획과 목적이 없이 사람들의 밀집지로서 형성된 곳이라는 성격을 가지고 있었다. 그것은 알아볼 만한 형태를 가진 것이라기보다는 사세부득이 몰려든 사람들이 생존의 각축장으로 성립하는 우연적 공간이다. 그것은 물리적 의미에서나 사회적 의미에서나 그야말로 "도망가는 원근법"으로 존재한다. 소설이 이것을 반영하는 것은 자연스럽다.

도시적 체험이 한국의 문학에 어떻게 표현되고 또 그 문학을 형성하는가는 자세히 검토될 필요가 있지만, 아마 그것이 "도망가는 원근법" 속에서 도시를 휘어잡는 노력의 어려움 —— 도망가는 법 속에 있다는 것조차 분명치 아니한 상태에서 그러한 노력이 얼마나 어려운 일인가를 드러낼 것이다. 이 노력은 생활의 세말사에 침잠하거나 구체적 전체성 대신에 이데올로기의 추상적 전체화에 의존하는 것이 되기 쉽다. 현대 사회에서 가능한 것은 부재의 통합 —— 완전히 관찰자로 전락한 주체의 형식적 구성일는지 모른다. 그러나 그것은 사람이 보다 객관적 실체로 존재했던 전통 사회의 진실을 포기하는 일이다. 마술적 리얼리즘이라고 부르는 제3세계의 문학적 흐름은 전통적 이야기의 수법과 현대적 관점의 종합에서 나오는 하나의 노력을 나타낸다. 그러나 우리가 그것을 모방할 수는 없는 일이다.

(2000년)

공간과 의미[1]
실내 공간의 사회학

1

1930년대는 서방 세계에서 위기의 시절이었다. 1929년 뉴욕의 금융 위기로 시작한 경제 공황은 자본주의 질서의 근본에 큰 타격을 준 것으로 생각되고 새로운 세계 질서가 등장하여야 한다는, 그리고 그러한 질서가 들어서고 있다는 진단이 시대의 여론을 지배하였다. 이 위기감은 일상생활에도 번져 들어 모든 것이 흔들리고 의심될 수밖에 없다는 느낌들을 일게 하였다. 미국의 시인 월리스 스티븐스(Wallace Stevens)의 한 짤막한 시, 「미국의 숭고미(The American Sublime)」는 이 느낌을 잘 표현하고 있다.

숭고한 것을 바라보기 위해서는

어떤 자세로 서나, 비웃는 자,

---

[1] 이 원고는 2002년 5월 10일 한국 실내디자인학회에서 발표한 것이다.(편집자 주)

비웃음을 흘리고 돈을 딸랑이는
그런 자를 바라보기 위해서는.

동상 제작을 위하여 잭슨 장군
포즈를 취할 때, 그는 알았지
느낌이 어떤가를. 이제 맨발 벗고
눈 껌벅, 멍청한 느낌?

그렇지만, 어떠한 느낌이지?
날씨에 익숙해지고, 지형지물에도
익숙해지지만, 그리고 숭고미는
정신 안으로 잦아들지만,

정신 안으로, 공간으로,
텅 빈 공간으로 잦아들지만.
포도주는 무엇을 마시고
빵은 무엇을 먹지?

　오늘에 있어서 우리의 느낌 —또는 지난 몇십 년간의 우리 느낌도 스
티븐스가 표현한 만큼이나 어리둥절한 것이라고 할 것이다. 다만 우리에
게는 시대가 바뀌고 옛것이 무너진다는 것 외에 새것이 만들어져 간다는,
정신을 못 차릴 정도로 새것이 만들어진다는 느낌이 있는 것이 다르다고
는 할 것이지만. 하여튼 우리도 숭고한 것에 대하여, 그것을 우습게 만드는
것에 대하여 그리고 먹고 마시는 것에 대하여(물론 서양 전통에서 그러하듯이
시에서 빵과 포도주는 정신적 자양을 의미하는 것이기도 하지만) 어떤 느낌을 가져

야 되는 것인지 또는 가지고 있는 것인지 불분명하게 느끼게 된 것은 틀림이 없다.

이렇게 말하는 것은 우리의 느낌이란 것도 단순히 저절로 일어나는 것이 아니고 여러 사정에 의하여 어떻게 느껴야 한다는 강박에 의하여 형성되고, 또 그로부터 점차 저절로 또 자연스럽게 그렇게 느껴지는 것이라는 것을 전제하고 하는 말이다. 이 느낌은 작게는 먹는 음식으로부터 크게는 집단적 상징물의 숭고함에까지 많은 인간의 정서 작용을 포함한다. 느낌에 인성의 일부로서 저절로 주어지는 것이 있다고는 하지만, 이 주어짐은 다분히 여러 정황에 의하여 만들어진다. 여기에 사회적 요인들이 크게 작용한다. 그런데 우리가 흔히 놓치는 것은 사회적 요인과 함께 물리적 공간의 구성이 여기에 직접적으로 작용한다는 점이다. 물론 이 공간의 구성에서의 물리적인 것을 사회적인 것으로부터 쉽게 구분할 수는 없지만.

이제 한참 지난 시대의 심리학자가 되었지만, 쿠르트 레빈(Kurt Lewin)이라는 독일 출신 미국 심리학자는 자신의 심리학적 연구에 '위상 심리학(Topological Psychology)'이라는 이름을 부여한 일이 있다. 사람의 심리의 많은 것이 공간에 의하여 영향을 받는다는 것을 말하고자 한 것이다. 쉬운 예를 들어 식사 시간을 싫어하는 어린아이에게 밥을 먹이려고 할 때, 처음의 문제는 아이로 하여금 식당과 식탁에 오게 하는 것이지만, 일단 아이가 식탁에 앉고 난 다음에는, 아이의 저항은 식탁과 식당으로부터 도망치는 것이 아니라 숟가락이 입에 들어오는 것을 거부하는 것으로 바뀌게 된다. 이것은 물리적으로 가능한 것을 선택하여 저항하는 것이라고 하겠지만, 이러한 경우에도 아이가 상황 ─ 주로 공간으로 규정되는 상황의 조건에 순응하여 그의 행동을 조종하고 있는 것은 사실이라고 할 것이다.

한 세대 전의 일이지만, 우리의 사회 문화와 관련하여 나는 한 미국인 교수로부터 매우 흥미로운 관찰을 들은 바 있다. 도시사와 도시 문제의 연구자인 버펄로 뉴욕주립대학교의 마이클 프리슈(Michael Frisch) 교수는 한국에 와서 한국 문화를 알기 위하여 거리를 돌아다니기도 했지만, 한국을 기술한 여러 책을 읽고 있었다. 한국에 오랫동안 거주한 한 미국인의 체험담을 기록한 책 중 한국인이 그가 경영하는 병원의 복도에 침을 뱉는 것을 막아 보려 한 이야기가 있었다. 글로 써 붙이고 말로 해도 잘 되지 않아 그는 침이 떨어진 자국마다 딱지를 붙여 복도에 침 뱉는 일을 스스로 삼가게 해 보고자 했다. 그러나 별로 크게 성공하지는 못했다. 이러한 이야기를 읽고 프리슈 교수는 침 뱉기에는 공중도덕의 결여 또는 차이 이외에 다른 구조적인 문제가 있지 않은가 하고 말하였다. 그가 본 바로는 한국의 실내는 미국의 실내에 비하여 지극히 청결하다, 이것은 한국인이 실내에서 신발을 벗는 데에서도 나타나지만, 잘 닦아 놓은 장판 방이나 마루를 보면 너무나 분명하다. 의식하고 있든 아니하고 있든 한국인에게 병원의 복도는 — 특히 30~40년 또는 50년 전의 시멘트 바닥이었던 병원의 복도를 생각하면, 이 복도는 내부 공간이 아니고 외부 공간으로 분류되는 것일 것이고, 말하자면 흙바닥과 같은 외부 공간에서 침을 뱉는 것은 미국인 병원장이 생각한 것만큼 염치없는 일이 아닐는지 모른다. 이것이 침 뱉는 행위와 관련된 그의 구조적 진단이었다.

지난 반세기 또는 근대화의 움직임이 시작된 다음의 마룻바닥의 변화에 대한 사회사를 쓸 수도 있을 것이다. 그것은 마루의 복도에로의 변화, 그에 따른 건축물의 구조로 본 마루의 의미상의 변화, 그 자료의 변화, 시공이 된 다음의 광택도의 변화 등을 언급할 것이고 물론 그에 따른 심리적 반응의 변화 그리고 사회관계의 변화 등을 언급할 것이다. 그리고 내부 공간이란, 위의 병원의 복도의 경우처럼, 늘 외부 공간과의 상관관계 속에 있을 것이기 때문에, 외부 공간의 변화 — 마당, 정원, 도로, 보도 더 나아가 도시 공간 전체의 변화에도 언급이 있을 것이다. (침 뱉기를 다시 말하건대, 자연 공간이라도 인위적인 조경이 두드러진 공간에서 침 뱉기는 야생의 자연 공간에서 보다는 더 어려운 일이 될 것이다.)

2

이러한 이야기는, 자명한 것이기는 하지만, 인간의 심리와 행위와 공간 사이에 존재하는 밀접한 관계를 말하는 것이다. 공간은 사람을 규정한다. 이 공간은 반대로 사람이 만들어 내는 것이기도 하다. 사람이 만들어 낸다는 것은 개인이 만드는 것이기도 하고 개인을 초월한 사회 또는 집단이 만들어 내는 것이기도 하다는 말이다. 이 상호 작용의 과정에는 여러 요소가 서로 복잡하게 얼크러진다. 그리고 궁극적으로 이 과정은 반드시 의식 차원에서 이루어지는 것은 아닐 것이다. 위에서 침 뱉기의 사실은 그것이 맞는 분석이든 아니든 간에 적어도 우리의 공간 의식 — 행동의 틀로서의 공간 의식이 의식의 차원에서만 작용하는 것이 아니라는 것을 생각게 한다. 공간을 기획한다고 할 때, 그것의 종합적인 의미나 효과는 반드시 의식에 의하여서라기보다는 다분히 예술가적 직관에 의하여 포착되는 것이라고 해야 할 것이다. 이 직관은 개인의 무의식 그리고 시대의 무의식에 이어져 있다.

공간의 계획에 있어서 맨 먼저 생각할 수 있는 것은 공리성이나 합리성이지만, 그것만으로 좋은 공간이 만들어지는 것은 아니다. 그렇다면 공업 단지야말로 가장 좋은 도시 공간의 모범이 될 것이다. 오랜 역사를 통하여 성장한 취락이나 도시의 공간은 그 나름의 유기적 통일성을 나타내는 경우가 있다. 이것은 좋은 공간을 가늠하는 데서 매우 중요한 참조 사항이다. 그렇다고 하여 그것이, 어떤 경우에나, 반드시 인간에게 가장 쾌적한 도시

공간을 보장해 주지는 못한다. 특히 급격한 도시화의 압력하에서 그러하다. 우리는 지난 수십 년간 도시 공간을 엄청나게 개조해 왔다. 이것이 반드시 잘하는 쪽으로 되었다고 판단할 사람은 많지 아니할 것이다. 그러나 그 개조의 노력은 자연 발생적인 도시 공간이 적절한 것이 되지 못했던 데에 관계되어 있다.

도시 공간의 평가에서 또 하나의 중요한 관점이 되는 것은 심미적인 관점이다. 아름다움의 기준은 피상적으로 생각할 수도 있고 심각하게도 생각할 수 있다. 그리고 후자의 경우 그것은 사실 모든 것을 포괄할 수 있는, 적어도 그것이 전부일 수는 없지만, 일단은 종합적인 기준으로 작용할 수 있는 것이 아닌가 하는 생각이 든다. 그러나 어떠한 것이 아름다운 것이냐 하는 것을 쉽게 말할 수는 없다. 그리고 이것은 아름다움이 사람이 사는 데에 어떠한 의미를 가지고 있는가 하는 문제와 관계된다. 그렇다는 것은 아름다움도 단순히 표면적인 요인들의 효과는 아니기 때문이다. 삶의 어느 국면에서나 아름다움이 우리에게 큰 호소력을 가진 것이라고 한다면, 그것은 삶 자체에 큰 의미를 가지고 있기 때문일 것이다. 아름다움은 어떤 사물이나 상황의 사람에 대한 여러 가지 의미를 전체적으로 그리고 간단히 알게 하는 신호일 경우가 많다.

어떤 공간이나 사물의 실용적 유용성은 쉽게 추출하여 말할 수 있는 면이 있으면서 동시에 그렇지 못한 여러 크고 작은, 그리고 장기적이고 단기적인 면들을 가지고 있다. 오늘날 생태학적 의식의 발달이 말하여 주고 있는 것도 사물이 얼른 헤아리기 어려운 총체적인 효용성을 가지고 있다는 사실이다. 올봄에는 역사상 유례없는 황사 현상이 있었지만, 이것은 중국의 서부와 몽골 지방에서의 농토 개간이나 과방목 현상에 적어도 일부 원인이 있다고 말하여진다. 또는 지구 전체의 온난화나 다른 기후 변화가 그 원인이라고 한다. 이것은 사람이 생각하는 간단한 실용성이 큰 의미에서의 실용성에 배치됨을 말하여 주는 일들이다. 경제적 효용 증대를 위한 갯벌 간척, 또는 물길을 바로잡고 이것을 미화하려고 한 강둑의 축조 — 이러한 것들이 환경 생태의 관점에서 반드시 좋은 일이 아니라는 것도 유용성이 매우 복잡한 것이라는 생각을 하지 아니할 수 없게 한다. 이런 일들과 관련하여 나는 아름다움이 공간과 사물의 총체적인 효용성을 전달하는 데에 어떠한 역할을 하는 것이 아닌가 하고 생각하는 것이다. 풀이 무성하게 덮인 초원, 자연 그대로의 강변이나 갯벌의 아름다움이 그러한 것을 은밀하게 말하여 주는 것이 아닌가 생각되는 것이다.

다만 여기에 보탠다면 아름다움은 역시 인위적인 요소를 많이 가지고 있다는 점을 확인하는 일이다. 아름다움은 무엇보다도 보는 일에 관계되어 있다. 갯벌가에서 원시적 채취의 삶을 운영하는 사람에게 갯벌은 반드시 아름답다는 의식적 주제가 되지는 아니했을는지 모른다. 그것이 아름다워지는 것은 그로부터 대상적 거리를 가지게 될 때 그러한 것으로 인식되는 것인지도 모른다. 아름다움은 자연스러운 삶의 느낌과 대상적으로 인식되는 형태적 느낌 사이에 존재한다. 그리하여 자연의 아름다움에 더하여 인공의 아름다움이 생겨날 수 있는 가능성이 열린다. 도시의 아름다움은 다분히 외적 관점의 도입과 그 관점에 영향받은 인공적 작업에 관계된다. 요즘 월드컵이 열린다고 하여 한국의 도시들을 단장하는 일들이 진행됨을 우리는 알고 있다. 올림픽 개최 전에도 같은 일이 있었다. 이러한 일은 한쪽으로는 좋은 일로 생각되면서 다른 한쪽으로는 조금 개운치 못한 느낌을 가지게 하는 일이다. 그렇다는 것은 자신의 삶을 남의 눈의 척도에 맞추는 일이 별로 떳떳한 삶이라고는 생각되지 아니하기 때문이다. 사람의 경우에도 몸치장에 지나친 주의를 기울이는 일이 반드시 좋은 일이 아니라는 생각이 든다. 아름다움에는 무엇인가 천박한 것이 있다는 느낌을 우리는 가지고 있다. 거죽만 번지르르하다거나 외화내빈이라거나 하는 말들은 이러한 느낌을 표현한 것일 것이다. 권력자들이 권력을 과시하기 위하여 궁전과 도시를 꾸미고 스스로를 꾸미는 경우도 있다. 이 경우에도 그 경위는 조금 다르고 복잡하지만, 아름다움의 출처가 외면적이라는 것에는 차이가 없다. 이러한 외면적 아름다움에 대하여 우리는, 가령 사람의 경우, 안으로부터 우러나오는 아름다움을 생각하기도 한다. 그러나 이 안으로부터 연유하는 아름다움의 변증법도 간단하지는 아니하다. 그것은 다분히 밖과의 교호 작용으로 하여 가능한 일일 것이다. 순전히 주체적인 아름다움도 일단은 다른 삶의 눈으로 보듯이 자신을 보는 것에 관계되어 있다. 다만 그 눈은 다른 사람의 눈이 아니라 보편화되고 다시 내면화되어 자신을 단순히 스스로의 눈으로만 보는 것이 아니라 타자의 매개에 의하여 보편성에로까지 고양된 눈으로 스스로를 보는 눈이다.

　사람이 아니고 도시의 경우 이러한 내면적 아름다움이 있을 수 있을까. 그러한 것이 있다면 그것은 어떤 것일까. 매우 모호한 답변이 되는 것을 거리끼지 않는다면, 도시의 아름다움은 외면적으로도 아름답지만, 궁극적으로 도시에서 영위되는 삶의 아름다움을 표현하는 것이라야 한다. ── 우리는 이렇게 답할 수 있을 것이다. 좋은 도시는 이 아름다움을 공간적으로 표현하는 도시이어야 한다는 말이다. 세계에 아름다운 도시가 있고 그렇지 못한 도시가 있는 것은 사실이지만, 참으로 좋은 삶을 완전히 표현하고 있는 도시는 찾기 어려울 것이다. 이것은 역사를 소급해 올라가도 그러하겠지만, 오늘날의 대부분의 도시의 경우, 그 규모만으로도 도시의 모든 것을 하나의 조화된 삶의 표현이나 비전이 되게 하는 일이 심히 어려우리라는 것을 일반화하여 말할 수 있을 것이다. 보다 작은 규모의 공간에서는 그것이 가능할 듯도 하고 불가능할 듯도 하다. 가능하다는 것은 표현 기획이 쉽다는 뜻에서 하는 말이지만, 불가능하거나 어렵다는 것은 추한 도시 공간의 한편에 아름다운 구석이 있다고 한다면, 그것은 조화의 공간이면서 도시의 다른 부분과의 부조화를 나타내고 있는 것이 되기 때문이다. 한국에서도 그러하지만, 미국과 같은 도시에서의 부자촌이 찬탄과 함께 지탄의 대상이 되는 것은 대중적 차원에서 이러한 이율배반을 표현하는 것일 것이다.

3

공간을 극히 좁혀서 그것을 실내에 한정할 때 아름다운 삶의 공간으로서의 좋은 공간을 만드는 일은 보다 쉬운 일일 것으로 생각된다. 여기에도 도시 공간의 한정적 미화에 비슷한 문제가 있을 것이다. 공간의 협소화는 많은 일을 쉽게 한다. 그러나 다른 한편으로 우리의 삶이 실내를 넘어서 동네로, 그리고 도시로 또 사회나 국가 전체로 뻗어 나가는 한 그리고 우리가 실내에서이든 실외에서이든 공간의 아름다움이 피상적인 것이 아니고 삶의 깊은 아름다움을 표현하기를 기대하는 한, 보다 넓은 공간으로부터 유리된 실내 공간의 미화는 불가능한 것이라고 할 것이다.

공간의 사회적 의미를 이론적으로 분석하고 체계화하려고 한 런던 대학교 건축학 교수 빌 힐리어와 줄리언 핸슨에 의하면, 실내 공간은 사회 공간의 사회적 조직을 그대로 재현한다. 옥내나 실내는 사회 공간으로부터 분리되어 있다. 그러나 그것은 연속적 공간에 이어지면서 동시에 그것을 넘어서 사회 내의 유사 공간을 지시하고 결국은 사회 조직의 원리를 재생한다.[2] 그렇게 볼 때, 실내 공간은 이념적으로는 독립된 공간이 아니다. 그

---

2 Bill Hillier and Julienne Hanson, *The Social Logic of Space*, chap. 4(Cambridge University Press, 1984), pp. 143~175.

러니만큼 완전히 독립된 삶의 공간 또는 아름다움의 공간이 되기는 어려운 것이다. 그것이 진정한 의미에서 삶의 가능성, 아름다움의 가능성, 또는 아름다운 삶의 가능성을 조성하는 공간이 되는 것은 사회적 제약 조건의 테두리 안에서이다. 또는 적어도 그러한 조건을 타고 넘어감으로써 비로소 새로운 가능성이 열릴 수 있다고 말할 수도 있다. 그렇지 아니하는 한 깊은 의미의 아름다움이 만들어지기는 어려운 일이 될 것이다.

그리고 사회 조건의 공간적 반영이 반드시 나쁜 것은 아니다. 오늘날에 와서 개인의 삶을 제약하는 사회적 조건은 크게 완화되었다. 이것이 공간의 사회적 해방을 가져왔다고 볼 수도 있다. 오늘날 우리가 보는 조형적 상상력의 관습과 전통으로부터의 해방도 이에 관계된 것일 수 있다. 그러나 거주 공간의 경우에는 사회적 조건으로부터의 해방이 아니라 그것의 재확인이 오히려 필요한 것인지도 모른다. 사람의 주거에 대한 갈망은 보통 사람의 경우 새로운 것에 대한 갈망이기보다는 안정성에 대한 갈망이고 새로운 것에 대한 추구도 보다 안정된 — 이만하면 만족할 만하다는 안정된 삶의 조건에 대한 추구라고 할 수 있기 때문이다. 그러니까 필요한 것은 오늘날과 같이 모든 것이 풀어헤쳐진 듯한 상황에서 삶을 조건 짓는 것이 무엇인가를 알아내는 일이다. 이것은 실내 공간만이 아니라 인간의 모든 거주 공간에 해당하는 것이지만, 아마 가장 좋은 공간의 기획은 한편으로 오늘 우리의 삶의 조건들을 확인하여 주면서 다른 한편으로 그것을 넘어가는 가능성을 암시하는 것일 것이다. 거기에서 우리는 깊은 아름다움을 느끼게 될 것이다.

정리된 공간의 최소 단위에 속하는 실내 또는 주택 공간이 사회 전체의 구조를 그대로 반영하고 사람들로 하여금 사회적 지시 사항을 실행하게 하려는 모양으로 이루어진다는 것은 외국의 이론을 빌려 올 것도 없이 우리나라의 전통적 주택에서 가장 잘 알 수 있는 일이다. 현실에 있어서 많은 변형이 있고 탈락이 있지만, 적어도 그 이념의 원형에 있어서는 우리의 전통 가옥은 유교적 사회의 규범을 그대로 공간과 건조물로 옮겨 놓은 것이었다. 주택 공간 기획은, 김광언 교수가 그의 주거 민속지에서 밝힌 대로 분명한 원리에 따른다.(그림 참조)[3]

유교적 상하 구별, 남녀유별, 장유유서, 상하 계층 구분의 원리가 그것이다. 집을 지을 때 사당 터를 먼저 잡고, 이것을 다른 건물보다 높이 하고 다른 건물을 배치하는 것이 순서였다. 즉 사당이 동북에, 사랑채를 동남 그리고 서북쪽에 안채를 배치하는 것과 같은 것이다. 이렇게 나누어진 공간 간의 경계와 공간의 크기 등도 엄격한 위계에 의하여 결정되었다. 이 공간의 높이도 이러한 규율에 의하여 통제되었다. 조선의 궁궐이 중국의 궁궐보다 높을 수 없고 백성의 집이 임금의 궁궐보다 높을 수 없지만, 그래도 집을 높여서 위세를 세우는 것도 중요한 일이었다. 그리고 실제적으로 집채가 높은 것은 사회적 교환에서 윗사람이 아랫사람을 아래로 보면서 말할 수 있게 하는 환경이 되었다. 물론 실내의 치장도 엄격한 위계질서에 따라 정하였다. 가령 김광언 교수가 예로 든 경상도 상류 가옥을 보건대, 시어머니 방에 비하여 며느리 방은 크기가 절반 정도가 되고 바닥도 흙에다 자리를 깔고 반자 없이 서까래가 그대로 드러나게 하는 것이었다.[4]

전통 가옥에서 사회 구조와 공간의 밀접한 연계는 분명하다. 현대적 관점에서 그것은 억압적인 삶의 형태와 깊이 연결되어 있는 것으로 느껴지지만, 이것은 연계의 엄격성에 대한 반증이라고 할 수 있다. 일정한 공간 구획을 가져온 사회관계에 대한 김광언 교수의 말을 인용하면, "부부는 준별거의 상태에서 각기 생활하였으며, 죽은 조상을 받드는 일에 지나치게

---

3   김광언(金光彦), 『한국(韓國)의 주거 민속지(住居民俗誌)』, 1부 4장(민음사, 1988), 87~118쪽.
4   같은 책, 110쪽.

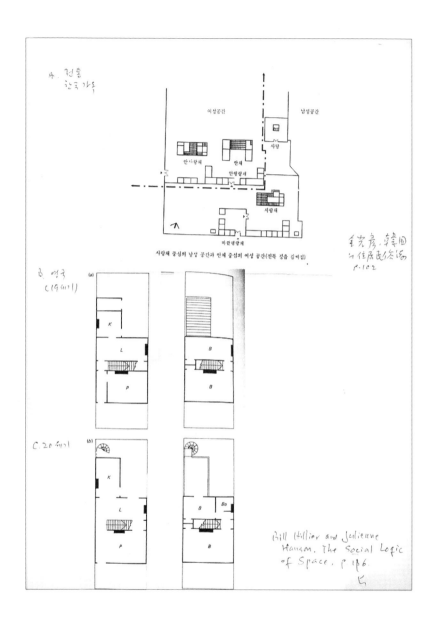

A. 전통
한국 가옥

여성공간　　　　　　남성공간

사당

안사랑채　　안채

안행랑채

사랑채

바깥행랑채

사랑채 중심의 남성 공간과 안채 중심의 여성 공간(전북 정읍 김씨집)

金光彦, 韓國의
住居民俗誌
P·102

B. 영국
(19세기)

(a)

K

L

P

B

B

C. 20세기

(b)

K

L

P

B

B

Ba

Bill Hillier and Julienne
Hanson, The Social Logic
of Space, P 186

얽매였고 살아 있는 부모를 섬기는 일도 매우 까다로워서 아랫사람은 기를 펴기가 어려웠다……. 남자 어린이는 서너 살 때부터 안채 어머니 품에서 떠나, 사랑채 할아버지의 훈도를 받아야 하였으므로, 따뜻한 애정보다는 엄격한 규율의 그물 안에서 성장할 수밖에 없었다. 그리고 여성의 가정생활도 숨이 막힐 듯한 괴로움의 연속이었던 것이다." 결국 "우리나라 상류 가옥의 평면 구성이나 배치는 부부의 애정을 북돋우고 가족이 단란을 누리며 서로 화합하여 즐겁고 화평한 가정생활을 꾸려 나가기보다 가부장의 권위를 내세우고 그에 대한 복종을 강요하기에 알맞도록 이루어진 것"이었다.[5]

공간의 엄격한 사회적 통제는 대체로 원시 사회의 특징이다. 유동성이 강한 현대 사회가 그것을 그대로 수용하기는 어려운 일이다. 위에 인용한 부정적 판단은 우리나라의 많은 사람들이 사회의 현대적 변화를 겪으면서 자연스럽게 느끼게 되는 불합리성을 표현한 것이다. 그러나 다른 한편으로 엄격한 공간적 기획의 장점은 그것이 사회의 안정성에 기여한다는 것이고, 특히 그것이 오랜 역사적 경험을 수용하고 있는 경우에는 잊힐 수 있는 사회 공간의 기능에 대한 마련을 가지고 있다는 것이다. 가령 억압과 제약이 따르는 것이면서도 안채와 바깥채의 엄격한 구분이 안살림의 자율성을 인정하는 면이 있다거나, 상하의 봉건적 관계가 하인들의 처소를 할당하면서 거기에 일정한 안정성을 부여한 것과 같은 것이 그 예가 될 것이다.

오늘의 관점에서 가장 중요한 것은 전통적 공간에서의 위계적 배치가 오늘의 현대적 주택 공간에서도 숨은 영향으로 작용한다는 것일 것이다. 이것은 단순한 제도적·문화적 타성에 기인하는 것일 수도 있고 현실의 반영일 수도 있다. 그러나 이제 그것은 보이지 않게 되고, 새삼스럽게 확인되

---

5 같은 책, 87쪽.

어야 하는 상황이 되었다.

4

우리에게도 해당되는 현대적 공간의 사회 구조적 관련의 문제는 힐리어 교수의 예를 들어 잠깐 살펴볼 수 있다. 그의 논의는 주로 개념 정립과 계량화를 위한 것이지만, 거실 공간에 대한 그의 관찰은 우리의 경우를 살피는 데 시사하는 바가 많다. 그가 예로 들고 있는 것은 19세기의 주택을 1960년대에 중산층의 가정을 위해서 개조한 것이다. 19세기와 20세기의 주택의 평면 구조의 차이는 여러 가지로 말하여질 수 있다. 그러나 우리의 목적을 위하여 중요한 것은 19세기에서 20세기로 오면서 없어졌거나 그 기능이 약화된 응접실의 존재이다. 집으로 들어서면 복도가 있고 복도로 맨 처음 이어져 있는 것이 응접실(parlour)이다. 복도를 더 통하여 가면 그 끝에 거실(Living Room)이 있고 거기에 이어서 부엌이 있다. 이것이 19세기의 형태이다. 20세기의 개조된 형태에서는, 앞문을 들어선 다음에 있던 통로가 없어지고, 응접실과 거실 사이가 자유롭게 열린 공간이 되었다. 문이 없어지고 두 방 사이에 2층의 계단으로 올라가는 부분이 있어서 완전히 트인 것은 아니지만, 이 계단 벽의 양편으로 두 방 사이가 자유롭게 트이게 된 것이다.

응접실은 집안에서 제일 좋은 방이면서 별로 쓰지 않는 방으로서 공식 행사나 의례 또는 일요일에 사용되었다. 이에 대하여 거실은 가족의 사적 공간이다. 그러나 20세기의 개조된 형태에서는 손님이 오더라도 손님은 거실과 응접실을 비교적 용이하게 넘나든다. 이것은 사람과 사람의 관계가 비격식화되었다는 말이지만, 다른 한편으로는 사람들의 교제 범위가 더 선택적이 되었다는 것을 말한다. 즉 계급 간의 관계는 모호해지면서 동시에 더 멀어진 것을 말하기도 한다. 복도가 없어지고 계급에 따라 출입이 다르던 앞문과 뒷문의 차이가 없어짐에 따라 서로 다른 그러니까 반드시 개인적 친분 관계로 사귀는 것이 아닌 사람들과의 관계를 처리할 공간이 없어진 것이다.

그리하여 앞문은 외부를 확실하게 차단하는 경계가 되어 19세기에 하듯이 문을 자유롭게 열어 놓고 이웃으로 하여금 거실까지 자유롭게 출입하게 하는 일이 없어졌다. 이것은 부엌과 거실 사이가 더 넓게 열리고 통로를 통하여 2층의 침실로 가던 것 대신에 거실에서 침실로 올라갈 수 있게 되고, 뒷마당에 있던 욕실과 변소가 2층으로 올라간 대신 부엌으로부터 그리고 새로 만들어진 테라스를 통하여 2층으로부터 직접 정원으로 통하게 되어 옥내 공간의 상호 유통성이 강화된 것에 맞물리는 것이다. 결국 주택의 내부가 외부에 대하여 강한 동질적 유대성을 가지게 된 것이다. 그리고 이렇게 외면으로부터 차단된 내부 공간은 다른 비슷한 계층의 내면 공간에서 더욱 강한 유대를 찾게 된다. (여기에 덧붙여 참고할 것은 교외의 중산 계급의 집에는 현관이 있어서 애매한 범주의 사회관계를 통제하는 자리가 남아 있다는 점이다. 그리고 교외 주택의 전면에 있는 정원도 그러한 역할을 담당한다.) 그러나 대체적으로 계층 간의 차이가 줄어들고 이에 따라 그 사이의 교섭이 줄어든 것은 사실이다. 계층 간의 차이는 줄면서 그 거리는 보이지 않는 방식으로 강화된 것이다.

5

영국의 사례는 현대적 주거 공간이 조금 더 유동적이 되면서도 그것이 여전히 사회관계의 표현이기를 그칠 수 없다는 것을 상기시킨다. 이것은 우리 사회의 주택 공간에서 확인할 수 있다. 영국 주택의 공간을 보면서 우리에게 떠오르는 질문은 우리의 공간이 좋은 의미에서이든 나쁜 의미에서이든 우리의 사회적 구조를 얼마나 반영하는가 하는 것이다. 오늘에 와서 중산 계급의 실내 공간은 영국 또는 일반적으로 서양의 실내 공간과 비슷하다. 그것은 우리 사회의 구조를 어떻게 반영하는 것일까. 사회 구조는 좋은 것일 수도 있고 나쁜 것일 수도 있고, 또 시대적 요청에 합당한 것일 수도 있고 그렇지 않은 것일 수도 있다. 그것이 어떻게 되었든지 간에 사회 구조와 주택 공간 사이에 일정한 대응 관계가 없다면, 그 공간은 불안정한 것이 될 수밖에 없다. 이것은 공간의 쓰임에 있어서도 그러하지만, 건축적 측면에서도 그러하다. 나의 인상으로는 우리의 주택 공간은 극도로 불안정한 것으로 보인다. 그러나 이것은 우리 사회의 유동적인 상태로 보아, 그럴 수밖에 없을 것이다.

　우리 사회가 현대화하고 아파트 생활이 일반화함에 따라 우리나라의 건축 양식에서도 거실이 상투적인 양식이 되었다. 그러나 이것과 사회의 내적 변화와의 관계는 영국의 경우처럼 사회의 내적 동력으로만은 설명되지 않을 것이다. 우리나라에 양옥이 생겼을 때 응접실이 있었지만, 이것은 아파트 건축 붐과 함께 사라지고 그 대신 거실이 주택에서의 공적 공간의 역할을 담당하게 되었다. 응접실이나 거실이 생겨난 것이나 없어진 것은 다 같이 우리의 삶의 내적 필요에 이어진 것은 아니었다. 그 출발에는 맹목적 모방이 작용하였을 것이고 또 근래에 거실의 중요성은 청부업자나 주택 매입자의 경제 사정과 관련이 있을 것으로 생각된다. 물론 여기에 사회적 요인이 없는 것은 아니다. 전통적 남녀의 차이, 대가족제, 집안에서의 주종 관계, 상하 관계 등에 일어난 여러 변화가 이에 병행한 것으로 볼 수 있기 때문이다. 또는 반대로 새로운 가옥 구조가 이러한 변화를 인위적으로 촉진했다고 말할 수도 있다. 어떤 경우에나 사회 구조와 공간 구조의 상호 작용은 불가피하다. 다만 그것이 자연스러운 내적인 원인으로 이루어진 것이 아닐 뿐이다. 이것이 공간 구조를 불안정하게 한다. 그리하여 오늘의 가옥 구조에서 사람들은 편안한 느낌을 가지지 못하는 것이다.

현대적 가옥 구조로 옮겨 가면서 일어난 가장 큰 변화는 아마 건축물의 외부에 있는 마당이나 정원을 포함했던 생활 공간이 실내로 압축되어야 했던 사정일 것이다. 이것이 일과 즐김, 생활 용구와 기물들의 저장과 전시 등에 있어서 여러 가지 문제를 가져오고 삶의 질서를 어지럽게 하였다. 가장 큰 혼란은 가정 외부 또는 내부에서의 사회관계 질서에 있어서의 혼란이다.

새로운 공간의 모호성은 거실과 같은 데에서 잘 드러난다. 거실은 가부장적 사회 구조의 몰락에 병행하여 생겨난 것이다. 그렇다고 거실에서 전통적 요소가 완전히 사라진 것은 아니다. 많은 아파트에서 거실은 침실들의 가운데 놓여 있다. 그리하여 입구 바로 옆에 침실이 있고 다시 더 나아갈 때 거실이 있는 것이 보통인데 이것은 전통 가옥에서의 안방/건넌방의 구조를 무의식중에 답습한 것으로 볼 수 있을 것이다. 여기에 더하여 다른 내적인 원인도 생각할 수 있다. 방과 방 사이의 거리를 증대시켜 방들의 사사로운 성격을 높이려는 의도가 작용했다고 할 수도 있다. 이것은 우리의 전통 가옥에서 적어도 가족의 정규 구성원의 방과 방이 서로 사사로운 공간으로 단절되었던 것을 다시 한 번 되풀이한 것이다. 주택 공간 구획은 가족 성원에 따라 또는 기능에 따라 이루어질 수 있다. 이 두 요인은 어디에서나 작용하게 마련이지만, 서양의 주택 양식에서 기능적인 요인 — 거실, 침실, 주방 등의 구분이 두드러진 데 비하여 우리의 전통 가옥에서는 어느 공간이 누구에게 속하는가가 중요하다. 오늘의 많은 아파트에서 거실의 위치는 이러한 전통적 사람 중심의 원리가 아직 중요함을 말하여 주고 있다.

그리하여 거실 이외의 공간은 단순히 침실이 아니라 아들의 방이고 할머니의 방이다. (물론 이러한 추상적인 측면 외에 건축비의 절감이 또 하나의 중요한 역할을 맡고 있음도 틀림없는 사실이다.) 이것은 방의 사용에도 반영된다. 즉 서양 집이면 침실에 해당되었을 방들은, 사용 시간의 현장 조사를 통해서 입증되어야 하는 일이기는 하나, 취침 이외에도 가족 성원들의 여러 일상적 활동을 위하여 사용된다. 이것은 방의 설계나 가구나 장식에도 반영되는 것일 것이다. 가구에 있어서 침실에도 잠을 자기 위한 공간 이외의 공간의 배정이 필요하고 잠을 자는 데 필요한 가구 이외의 가구가 바람직한 것이 된다는 말이다.

표면상의 유사성에도 불구하고 이렇게 침실의 현실적 의미는 꼭 같지 아니하고 또 그와 더불어 침실 공간의 여러 특징도 다르게 마련이지만, 이 차이는 무엇보다도 거실 공간의 여러 특징들에 반영된다. 거실 공간은 그 위치와 구조로 보아 가족의 비공식적 유대와 교환이 표현되는 곳일 가능성이 크다. 영국의 노동 계급의 삶의 연구에서 획기적인 저작을 남긴 리처드 호가트는 가족의 집단적 삶에 익숙해진 노동 계급의 거실이, 조금 전 시대의 이야기이지만, 얼마나 감각적이고 구체적이고 안정적인 가족생활의 중심이 되는가를 향수에 젖어 묘사한 바 있다. 가족의 생활이 여기에 집중됨으로써, 침실은 그야말로 잠자는 것 이외에는 아무것도 하지 않는 방이 되고, 집안의 아이들은 향상된 생활 수준에 맞추어 각자의 침실이 생겼어도 가족 모두가 모이는 거실에 내려와서 공부를 했다.[6] 우리의 아파트 생활에서 거실이 이러한 가족의 집단적 삶의 핵심이 될 성싶지는 않다. 중산 계급의 아파트에서 거실은 아마 영국의 응접실과 같은 역할을 담당하는 것

---

6 Richard Hoggart, *The Uses of Literacy*(Harmondsworth, Middlesex: Penguin Books, 1957), pp. 33~41 et passim.

일 것이다. 그것은 개인적인 교환의 장이라기보다는 일단 가족의 사회적 지위의 상징으로서의 의미를 갖는 공간이 아닌가 한다. 그 성격은 이 관점에서는 외부 사회와의 관계에 의하여 규정된다. 그러나 집안에서도 그와 비슷한 구분이 작용한다. 주인과 손님 또는 어른과 아이 등의 일정한 구분의 차이가 이 공간을 지배한다.

사람은 개체로서 또는 사람으로 다루어질 수도 있고 사회 체제의 위치에 따라 범주로서 다루어질 수도 있다. 이 두 가지 인간관계를 힐리어는 개인적인 관계 또는 범주적 관계라고 부른다.[7] 공간도 대인 관계의 이 두 가지 체제에 따라 다른 모양을 가지게 된다. 응접실을 규정하는 것은 범주적 관계이다. 그런데 우리의 거실에는 응접실의 범주적 관계가 중요한 구성 요소가 된다. 이것은 실내 공간의 이용은 물론 꾸밈에도 잘 나타난다. 우리 아파트에서 흔히 보는 내부 장치나 가구의 중후함을 선호하는 경향은 거실이 가지고 있는 이러한 기능으로 설명될 수 있을 것이다. 또는 보다 가벼운 인상의 현대적 색채와 가구들이 놓여 있는 공간에서도 유행과 값을 나타내려는 노력이 현저하게 보일 경우 그것은 개인적이라기보다는 여러 사회적 범주에 의하여 조건 지어지는 공간이라는 증표일 것이다. 어떤 광고에서 "공간을 연출한다"는 말을 듣지만, 이렇게 말하여질 수 있는 주거의 공간은 이미 내적인 공간이 아니라 외면으로 열려 있는 — 사회적 성격을 가진 공간이라는 것을 말하는 것일 것이다. (여기에서 사회적 공간은 인근 공간이 아니라 계층적으로 구분되는 다른 유사한 공간 — 힐리어의 "건너뛰는 공간(transspatial)"이다.) 이것은 일상의 생활 공간으로서의 거실의 정돈 상태에도 나타난다. 늘 방이 잘 정돈되어 있다는 것은 좋은 일이지만, 동시에 상황에 따라서는 그것은 그러한 방이 마음 편하게 사는 공간이 아니라 보여

7 Hillier and Hanson, pp. 161∼162.

주기 위한 방이라는 것을 뜻한다고 할 수도 있다.

6

정신적으로 또는 물리적으로 여러 가지 의미의 혼재가 우리의 주택 공간의 현주소라고 하더라도 대체적으로 말하여 공간 기능의 단일화가 대체로 현대 주택의 공간의 특징이라고 말할 수 있다. 이것은 서방 세계에서의 현상과 일치한다. 위에 언급한 영국의 주택 공간 변화의 한 특징은 20세기에 와서 주택 내의 공간의 유통성과 단일성이 강화되었다는 것이다. 이것은 힐리어 교수가 강조하듯이 한편으로는 사회 공간 전체에의 개방과 통제라는 관점에서 이해되어야 하지만, 다른 한편으로는 주택 내의 거주자들, 즉 가족 간의 관계가 보다 평등하고 비형식적인 것이 된 것에 대응한다. 이러한 내적인 통합 ─ 공간적·사회적 통합과 함께, 새롭게 두드러지게 된 것은 주택 이외의 사회 공간으로부터의 단절이 강화되었다는 것이다. 이것이 집 안과 집 밖의 세계를 연결하는 여러 중간 공간 ─ 현관, 통로, 응접실, 정원 등의 공간을 사라지게 한 것이다.

한국의 경우 전통 가옥과 오늘의 아파트를 대비시켜 볼 때, 공간의 변화와 함께 가족 구조와 관계에도 비등한 변화가 일어난 것은 사실이다. 그러나 이 변화가 반드시 자연스러운 것이었다고 할 수는 없다. 그것은 외적으로 일어난 사회적 압력과 새로운 건축 양식의 인위적 도입으로 일어나게 된 억지 변화라는 느낌이 강하다. 외양이 그러함에도 불구하고 공간의 기능적 구획화보다는 대인적 구획화의 자취가 남아 있는 것은 이러한 사정으로 인한 것이다. 이에 대하여 주택 내의 공간의 외부로부터의 차단은 영국의 경우보다도 더 분명하고, 또 그럴 만한 사회적 요인을 가진 것이라고 할 수 있다. 영국에 있어서 응접실의 소멸과 거실의 대두는 대체적으로 여러 사회적·기술적 요인으로 인한 사회 계급 구조의 변화를 반영한다. 이 변화를 한마디로 말할 수는 없지만, 힐리어 교수의 분석으로부터 미루어 보건대, 변화의 핵심은 지역의 유기적인 사회관계가 지역을 넘어서는 추상적인 계급 체제로 옮겨 간 것에 있는 것으로 생각된다.

우리 사회에서 주택 공간의 사회 공간으로부터의 차단이 강화된 요인도 이에 비슷한 면이 있으면서 이에 관련된 변화가 훨씬 더 급진적인 것이었다고 하여야 할 것이다. 사회 변화와 이동의 급격한 변화 속에 계급적이었든 아니든 간에 지역에 존재하던 유기적 관계가 사라진 것이 지역과의 차단을 필요로 하게 된 큰 요인이 된 것은 틀림이 없다. 그 대신 사회관계가 보통 사람에게 파악될 만한 것으로 재편되었다고는 말할 수는 없다. 아마 지난 몇 십 년간의 사회 변화를 말하는 데 있어서 사회의 구조적 혼란과 개인 또는 개개의 가족 단위의 원자화가 가장 두드러진 특징이라고 할 수 있다. 그런 경우 외부에 존재한다고 생각되는 혼란으로부터의 자기방어를 위한 조치로서 개인 주택의 외부 절연은 본능적인 반응이 될 것이다. 지난 몇 십 년간 한국 사회에 일어난 큰 변화의 하나는 개인 아파트에 의한 개인 주택의 대체이다. 여기에 안전의 동기가 크게 작용한 것은 우리가 다 아는 일이다. 현대적 아파트의 편의도 물론 중요한 요인이 될 것이나 이것도 더 넓게 보면 여러 서비스를 확보해 줄 지역의 유기적 관계가 깨어진 것에 관계되는 일이라고 할 수 있다.

그러면서 동시에 주목할 것은 개인과 가족의 원자화에도 불구하고 고층 아파트가 나타내고 있는 집단성이다. 이것은 사회의 구성 요소가 원자화되었다고 하여 그것이 완전한 상태에까지는 이르지 않았다는 것을 말하는 것이라 할 수 있다. 다만 이 집단화는 내적이고 유기적이라기보다는 외적이고 기계적인 것이다. 여기의 집단적 질서는 말하자면 촌락 공동체에서 보는 것과 같은 것이라기보다는 군대 조직이나 관료 체제에서 보는 것과 같은 것이다. 다만 여기에서 질서를 보장하는 것은 밖으로부터 오는 어떤 명령의 힘이라기보다는 어떤 제한된 면에서의 이해관계의 일치가 만들어 내는 집단의 힘이다. 집단성은 일정한 이해관계에 의하여, 그러나 더 중요하게는 아파트의 건물과 단지의 물리적 실재에 의하여 이루어지는 것이다.

이렇게 보면 개개의 아파트 공간의 내부에는 강한 사적 성격이 발견될 것으로 생각할 수 있다. 그러나 각각 다른 이해관계를 가지고 있다는 점 이외에는 그렇게 강한 사적 성격이 아파트 내부에 존재하는 것으로 보이지는 아니한다. (이해란 개인적인 것이면서도 집단적인 것이다. 나의 이해가 중요하고 방어의 대상이 되는 것은 다른 사람도 같은 종류의 이해를 가지고 있음으로써이다. 그러므로 그것은 외부 집단에 대하여서는 사람들의 결집의 요인이 되지만, 외부 집단의 위협이 사라진 내부에서는 서로서로에 대하여 갈등과 투쟁의 원인이 되기도 한다.) 이러한 거대 거주 형태 아파트의 비개성적인 사적 성격은, 위에서 이미 비친 바 있듯이, 그 내부 공간의 구획의 획일성 그리고 내부 장식의 획일성 등에서 단적으로 표현된다. 결국 개성이란 원자화된 개인이 가지고 있는 것이 아니라 유기적인 공동체 속에서 생겨나는 것이라고 할 것이다.

외면적 조건들에 의하여 생겨나는 집단성 또는 대중성은 획일주의를 낳는다. 그리고 이 대중이란 원자화된 — 그러면서 획일적인 개인으로 이루어진다. 반대로 참다운 개체성은 인간들의 유기적 상호 관계에서 생겨난다. 이것이 뚜렷하게 나타나는 것은 주택의 내면 구조라기보다는 내부 공간과 외부 공간의 접합점 또는 보다 넓은 사회 공간 안에서이다. 내부 공간 자체보다도 출입문, 현관, 집이나 아파트에 이르는 길, 일터나 상법 구역과의 연결, 공공건물과 시설물, 공원 등의 존재와 배치와 형태는 개인과 가구 그리고 사회 전체와의 구조적 맥락과 표리일체의 관계 속에 있을 수밖에 없다. 그렇기는 하나 물론 위에서 본 바와 같이 방 안에서도 사회 형태의 여러 힘들은 숨은 벡터로서 작용한다. 그리고 이것이, 위에서 말한바 공간 의미의 사회적 모체가 될 뿐만 아니라 더 직접적으로 디자인의 요인이 된다는 것도 지적될 필요가 있다. 가령 도시의 가로나 광장을 면하거나 푸른 공원을 면한 실내가 똑같은 구조나 색채 또는 장치를 가질 수는 없는 것이다.

7

지금까지 말한 것은 주로 사사로운 주택의 공간에 관한 것이다. 공간 — 실내 공간과 그 사회적 의미의 상호 삼투는 공공 공간에서도 일어난다. 그리고 그 의미는 우리 사회의 급속한 변화와 함께 개인 주택의 경우와 마찬가지로 여러 가지로 변화의 과정에 있고 그러한 만큼 불안정한 상태에 있다. 말할 것도 없이 공공 공간은 사회의 공공성에 대한 이해를 반영한다. 그런데 공공성이란 무엇인가. 우리는 그것을 어떻게 이해하고 있는가. 이 이해의 모호성은 공공 공간의 여러 양상 — 시가지 구역, 공공건물의 모양과 구조, 그리고 그 실내의 공간 구획에 두루 나타난다. 사실인지 확인하지는 못했으나, 또 오래전에 들었던 이야기이지만, 호놀룰루의 주 의회의 입구가 중심부는 시민이 다니고 옆문은 주 의원들이 다니게 되어 있다는 말을 들었다. 미국의 초등학교를 가 보면, 교장실이 학교 건물에서 입구의 가까운 곳, 접근이 가장 용이한 곳에 있는 것을 볼 수 있다. 우리나라에서 교장실은 깊숙한 곳에 있고, 많은 경우 다른 사무 공간을 통하여 접근할 수 있다. 하버드 대학교의 행정부서가 있는 건물은 지리적으로나 외양으로나 상징 효과로나 학교의 중심부에 존재한다고 할 수 없다. 자치 단체의 건물들은 도시의 어디에 있는가. 입구는 외부와 내부를 어떻게 연결하고 있는가. 건물 안에서의 사무실들의 배치는 직책으로나 기능적으로나 어떤 순서, 어떤 서열을 나타내고 있는가.

　나는 어떤 오래된 글에서 우리나라에서 공공건물과 사사로운 건물 사이의 양식적 단절을 지적한 바 있다. 옛 시골에 가면, 읍사무소, 경찰서, 금융 조합, 국민학교 등의 건물은 뚜렷하게 알아볼 수 있는 것이었다. 그 건물들은 사사로운 가옥들과는 건물의 크기는 물론 양식에 있어서도 전통 가옥과는 전혀 다른 외래 양식으로 지어진 것이었다. 이 차이는 그러한 건물 기획과 기획을 추진하는 힘이 외래적인 것이었다는 것을 드러내 주었다. 여기서 힘이란 일본 식민지 당국자였지만, 해방 후에도 이러한 외래적 요인은 그대로 지속되었다. 그것은 식민지 당국자는 아니라 할지라도 관의 힘 — 국민의 사사로운 삶에 대하여 외적인 관계를 가진 관을 대표하는 것이었고 나쁜 의미에서 그러한 것이 아니라고 하더라도 우리 사회와 문화 속에 들어오게 된 깊은 균열을 보여 주는 것이었다. 이제 관이 짓는 공공건물과 사사로운 건물의 양식적 간격은 크게 축소되었다. 이 변화는 무엇보다도 건축에 동원되는 기술과 자본의 새로운 형태에 관계될 것이나, 동시에 공공성 그리고 사사로움에 대한 우리의 이해가 바뀐 것에도 관계되는 일일 것이다. 다만 이것이 어떻게 바뀌었는지 우리는 아직 정확히 이해하지 못하는 것이 아닌가 한다.

　위에서 말한 공공건물과 사건물의 양식적 단절을 다시 생각해 보면, 이것은 그 실내 공간에도 그대로 재현된다. 말할 것도 없이 면사무소의 실내 공간은 전통 가옥의 실내 공간과는 전혀 다른 것이었다. 신발을 신은 채로 다니는 시멘트 바닥, 회벽 또는 판자벽, 유리창, 다수를 수용하고 있는 공간의 덩그런 크기, 또 그 안에 있는 가구들, 책상과 의자 — 이러한 것이 관공서의 실내이고 장판 방, 벽지를 바른 벽, 개인적인 인간관계를 말하는 작고 내밀한 방의 크기, 가구 없이 바닥에 앉아서 하는 수작 등 — 이러한 것들이 전통적 가옥의 내부였다. 공공건물의 형태는 면사무소보다 높은 상급 관청, 대체로 마루가 깔려 있기는 했지만, 각급 학교, 대학 등에 있어서도 마찬가지였다. 공공질서로부터의 보통 사람의 소외는 이러한 공간의 모습에 벌써 새겨져 있었다고 할 수 있다.

이러한 공공건물들의 원형은 일본을 경유하여 서양에서 온 것일 것이다. 그러나 서양에 이와 비슷한 공공건물이 있기는 하지만, 그것을 상황의 맥락에 넣어 보면, 그러한 건물의 사사로운 공간과의 낙차는 그렇게 크지 않다고 할 수 있다. 뿐만 아니라 서양에 가서 우리가 놀라게 되는 것은 그 공공 공간이 사사로운 공간의 느낌을 완전히 버리지 않는다는 것이다. 이것은 학교 특히, 대학과 같은 건물들의 배치, 공간 구획, 실내 장치 등에서 쉽게 볼 수 있다. 옛날에도 그랬는지 역사적 검증을 필요로 하는 일이지만, 가령 어디에서나 쉽게 볼 수 있는 바닥의 양탄자는 물론, 기능적인 것 이상을 고려한 천장이나 벽의 처리, 또는 비닐 커버가 아니라 천으로 씌운 의자 등이 사사로운 주택의 실내를 연상케 하는 것이다. 이러한 실내 공간의 유연성은 공간의 기능적 사용과 구획에서도 볼 수 있다. 우리 건축에서도 이점은 많이 나아졌지만, 아직도 공공 기능은 사적인 특징 ─사적인 것이 불가피하게 수반하는 유연성으로부터 엄격하게 구분되는 것으로 생각된다.

최근에 우리나라의 어떤 대학들은 일종의 건축 붐 속에 있다. 많은 건물이 새로 서고 또 헌 건물들이 개조된다. 이것은 내가 근무하고 있는 고려대학교에서도 마찬가지이다. 이러한 건축 붐에도 불구하고 식당이 부족하거나 부적절하다는 불평이 나온다. 이것은 원천적 공간 부족에도 관계되지만, 공공 건축에 대한 우리의 사고방식에도 관계된다. 그전에 고려대학에서 적어도 교직원 식당은 입지와 전망이 좋은 건물에 있었다. 나는 그 식당이 그 자리에 존속하는 것이 좋을 것이라는 의견을 동료 교수들 사이에 내놓은 일이 있었으나, 그 식당의 공간은 보다 고상한 목적을 위한 전용 공간으로 결정되고 새로운 식당은 반지하의 공간으로 옮겨졌다. 학교의 다른 곳에 있는 식당도 지하에 있다. 여러 이유가 있겠으나 먹는 것과 같은 일이 어떻게 중요한 공공 공간을 차지할 수 있는가 하는 생각이 여기에 작용하는 것일 것이다. 그것은 너무 생물학적이고 사사로운 기능인 것이다.

다른 의미에서 비판이 있는 사치스러운 귀족의 전통 때문이기도 하지만, 영국의 옥스퍼드나 케임브리지에서 식당은 대학의 가장 중요한 부분의 하나이다. 그 점에 대한 풍자 소설도 있지만, 학장의 중요 임무의 하나는 이것을 높은 수준으로 유지하는 일이다. 물론 영국의 전통적 대학에서 식당과 같은 시설이 중요한 데는 서양 대학의 특수한 역사적 배경이 있다. 서양에 있어서 대학은 하나의 전체성의 공동체이다. 대학은 어떤 특수한 기능보다는 인간 전체의 형성을 생각하는 곳이었다. 또 그것은 학문 공동체적 유대감(collegiality)에 의하여 묶여 있는 사회이다. 이것이 그 건물의 외부, 내부의 모습에 반영되어 있는 것이다.

우리나라에서도 서원은 전체성의 공동체였다. 서원이 없어진 후 우리나라의 학교는 순전히 기능적 지식 전달의 기구로서 또는 자격증 배부소로 생각되기 시작하였다. 어쨌든 영국의 대학은 지금의 우리보다는 넓게 인간의 사사로운 면과 공적 측면을 포용하고 있는 것이다. 또 이것은 서양의 공공건물에 대하여 더 일반적으로 말할 수 있다. 이것은 그 실내 공간의 꾸밈에서도 나타나는 것으로 생각된다. 공공 공간의 실내의 부드럽고 편안한 느낌은 공공 공간에 사사로운 요소를 도입하는 것으로 이루어진다. 일반적으로 말하여 좋은 공공성은 사사로움과는 다른 것으로서만 정의될 수는 없다. 물론 이 둘이 완전히 하나가 될 수는 없지만, 인간적 사회의 이상의 하나는 사사로움의 총계에서 공공성을 만들어 내려는 것이다. 공공 공간에 부드러움과 편안함이 있다는 것은 이것을 인정하는 것이다.

물론 공공 공간에 존재하는 사사로움이란 공공성으로 승화된 사사로움이다. 공공 공간에서 부드러움과 편안함이 있다는 것은 특히 어느 누구가 어느 누구에게 또는 모든 사사로운 사람에게 반드시 부드러움과 편안함으로 대한다는 것은 아닐 것이다. 공공 공간에 양탄자가 깔려 있고 사사로운 공간에 있을 법한 안락의자가 있다고 하더라도 그것은 사람들로 하여금 완전히 자기 집에서 하듯 하는 행동을 권장하려는 것은 아니다. 공공 공간의 안락의자는 오래 편하게 이용되기보다는 주로 분위기를 위하여 존재하는 것인지도 모른다. 그러나 사사로움의 암시는 중요한 것이다. 무서운 벌을 내리는 공간으로서 생각된 형무소 공간은 아마 이러한 관점에서는 가장 삭막한 곳일 수 있을 것이다. 우리 사회에서 공공 공간은 지금까지는 개인적인 고려가 있을 수 없는 가장 엄격한 공간이었다. 그것을 부드럽고 편안하게 한다는 것은 관의 위엄을 손상하는 것이었을 것이다. 이러한 면은 지금도 존재한다. 그러나 적어도 사사로운 느낌을 공공 공간에 도입하는 것은 인간의 전체성, 공동체의 연속성을 인정하는 일이다.

공공 공간의 부드러움은 완전한 의미에서의 사사로움에 의하여서보다 그 아름다움에 의하여 얻어진다. 아름다움이란 결국 사사로운 감각에 호소하는 것이기 때문이다. 그러면서도 어떤 종류의 아름다움은 우리의 사사로움을 보다 드높은 것으로 고양시키는 효과를 가지고 있다. 예로부터 산이나 물은 숭고미의 체험을 유발할 수 있는 것으로 말하여졌다. 그리하여 무슨 산의 정기를 받아 자라는 우리 —— 이런 식의 옛날의 교가들도 지어진 것이다. 그런데 우리가 놓치기 쉬운 것은 건축 공간도 그러한 효과를 가질 수 있다는 사실이다. 사람이, 특히 사람의 형성이 주변 환경의 영향을 받는다고 한다면, 그것은 자연과 함께 인위적인 것도 포함하는 것이다. 이 인위적인 것에 건물이 있고 건물의 환경이 있고 건물의 실내가 있다.

경계해야 할 것이 없는 것은 아니다. 건축 공간의 아름다움은 쉽게 아름다움의 상투구로 전락한다. 관에서 익명으로 짓는 건물들은 흔히 이 상투구로 이루어진다. 또 이와 관련하여 우리는 공공건물이나 공공 공간의 미적인 효과들이 권력의 전시를 위하여 사용되었던 일을 상기할 수 있다. 역사적으로 신전들이나 궁전들을 화려하게 한 것은 그러한 목적을 위한 것이었다. 또 부르주아 계급의 사치스러운 건물과 실내도 그러한 의미를 가지고 있었다. 그러나 혼자만 즐기는 것이 아닌 왕이나 귀족들의 화려한 공공 공간은 어느 정도까지는 그러한 건물들이 사람들의 사사로운 삶으로부터 단절된 것이 아니라는 것을 상징적으로 인정한 것이라고 할 수 있다. 그리하여 그러한 사치는 어느 정도까지는 여러 사람들의 참여를 허락함으로써 여민동락(與民同樂)의 여지를 배제하는 것은 아니었다고 할 수 있다. 다른 정치적 의도가 없지는 아니한 대로 진정으로 공동체적인 정신을 건축물로 현실화한 신전의 경우는 더욱 그러하다. 미천한 백성과 높으신 권력자의 단절을 과시하는 아름다움은 미적인 것의 근본적 모순에 관계되어 있다. 미는 위에서도 비친 바와 같이 아름다움은 사적인 것의 공적 승화에서 생겨난다. 그것은 나의 사사로운 감성에 지극히 가까운 것이면서도 또 그것으로부터 멀리 있는 것이다. 이러한 속성이 아름다움으로 하여금 공적 공간을 개인화하는 작용을 하기도 하고 그것을 우리로부터 멀리 있는 권력의 표현이 되게도 한다.

이러한 모순된 조화가 미의 속성이라고 한다면, 공과 사가 서로 편하게 어울리게 하는 어떤 이상이 없이는 좋은 건물 좋은 실내를 기대하기는 어려운 일일 것이다. 지나치게 일반화하여 말할 수는 없지만, 관이나 회사의 공공건물의 비인간적이고 특징 없는 모습, 주변 환경과는 전혀 관계가 없는 공간 파괴적인 터 잡기, 생각 없는 상투적인 실내 장치 ─ 가령 전후 사정 관계없이 사용되는 돌들의 현관과 계단, 일률적인 인조목의 패널링, 이치가 분명치 않고 판독하기 어려운 공간 배치 ─ 이러한 것들이 아직까지도 우리의 건물들을 특징짓고 있는 것으로 보인다. 대체로 이러한 공간 계획의 밑에 있는 것은 경제적 동기와 권력의 동기일 것이다. 공공 공간에서 이러한 것이 중요한 동기가 되는 것은 당연한 것이기도 하다. 그러나 이것이 보다 미적인 이상 속에 조화됨으로써 우리의 건물들은 우리 모두에게 깊은 만족을 주는 것이 될 것이다. 그렇게 되기 위해서는 위에서 말한 바와 같이 공공 공간의 이상이 우리 마음속에 자리해 있어야 한다.

8

공간의 사회적 의미에 대하여 말하는 것은 사회 공간 결정론을 말하는 것이 될 수 있다. 건물들의 환경을 이루는 공간은 사회적으로 그리고 정치적으로 결정되고, 건물의 외형이나 구조도 사회적으로 결정된다. 건물의 내부 공간의 구획은 직접적으로 사회관계에 의하여 결정되지 않는 경우에도 사회에서 오는 여러 힘들이 보이지 않게 실내 공간을 가로질러 작용하여 결정된다. 그러면서 동시에 우리가 주의해야 하는 것은 사회관계의 공간 전환에 여러 미학적 이해와 감각의 매개가 있다는 점이다. 이 매개가 기능적 결정론을 보다 유연한 삶의 표현으로 전환한다. 결정론과 표현적 유연성의 조화는 스타일과 같은 개념에서 발견될 수 있다.

우리의 심미적 감각은 한편으로는 사람의 삶의 일관성에 대한 요구와 다른 한편으로는 감각적 현실의 핍진하고 다양한 요구를 하나로 수용하여 성립한다. 여러 현실적인 — 물질적·사회적 조건을 포함하는 요건들은 이러한 요구들에 도전을 가하고 그에 의하여 수정된다. 주관적 미적 요구와 현실적 조건이 맞부딪쳐서 생겨나는 미술품이나 건축이나 생활의 일관된 표현을 용이하게 하는 것이 스타일 또는 양식이다. 어떤 경우에나 사람이 하는 일은 그 나름으로 무엇이 만족할 만한 삶인가 하는 물음에 대한 일정한 생각 없이 이루어지는 법은 없다고 할 수 있다. 그것이 삶에 대한 매우 각박한 기능적인 이해일 경우에도 그러하다. 심미적 의식은 이러한 삶에 대한 의식이 어떠한 것이든지 간에 그것을 삶의 전체적인 국면에 확산하고 거기에서 조화를 찾아내고자 한다. 그것은 어디에서나 작용한다.

주거와 일과 즐김의 공간으로서의 환경과 건조물들을 생각할 때, 공간의 인간적 의미를 가장 근본적으로 결정하는 것은 말할 것도 없이 주어진 자연환경이고 그다음으로는 건조물들을 위한 구역의 전체적인 디자인, 그리고 건조물 자체의 형태 및 내부 공간의 기획일 것이다. 그러나 인간적 공간을 결정하는 여러 층에서 심미적 감각은 그 나름의 자율성을 가지고 작용한다. 사회 구조는 공간을 결정하지만, 동시에 공간의 구조는 우리의 사회적 행동을 결정하고 급기야는 사회 구조 자체에 영향을 미친다. 심미적 감각에 의하여 조성되는 건축물과 그 환경 그리고 내부 공간의 장치는 다른 요인들에 의하여 결정되면서 동시에 그 요인들을 수정한다.

어떻게 보면, 전체적이라기보다는 국지적인 공간이 관계되어 있기 때문에, 미적 자유의 표현으로서의 실내 기획은 실내 공간에서 더 크게 창의적일 수 있다고 할 수 있다. 어떤 경우 그것은 회화나 다른 조형 예술과 같이 보다 자유로운 예술의 자유를 누릴 수 있을 법하다. 사실 미켈란젤로의 벽화나 천장 그림은 실내 장치의 한 국면이었다. 보다 시각을 낮추어 보더라도, 가능성이 없는 공간이 부분적인 손질로서 놀라운 변화를 보이는 경우가 없지 않은 것은 우리가 일상적으로 잘 아는 일이다. 이때의 손질은 손질의 대상이 된 공간만이 아니라 보다 넓은 공간을 바꾸어 놓는다. 건물의 인상의 중요한 부분이 골조에 있는 것이 아니라 수장(修粧)에 있다는 것은 건축 시장의 상식일 것이다. 다만 진정한 의미에서 중요한 것은 인상이 아니라 만족스러운 삶의 실현이다.

실내 공간은 구획화의 디자인, 사용되는 자료, 자료의 색채 등에 의한 조형 결과이다. 그러면서도 말할 것도 없이 중요한 것은 단순한 미적 효과가 아니라 기능적 적절성과 생활의 쾌적성이다. 미적 효과는 이러한 것들을 통하여 작용한다. 기능과 형상의 합일은 예로부터 미적 기준의 기본이다. 우아함은 종종 이 합일을 말한다. 그리고 삶의 쾌적성은 미적 기준의 한 요소이다. 삶의 쾌적성은 간단하게는 신체적 평안감을 말한다. 그러나 무엇이 우리를 편안하게 하는가? 편안한 공간은 적절한 크기의 공간이다. 흔히 이야기하듯이 물질적 존재로서의 우리의 신체가 요구하는 공간은 여섯 자 길이에 불과하다. 그러나 우리가 필요로 하는 공간에는 시각이 요구하는 공간도 있다. 우리의 시각은 바다를 원하고 산을 원하고 또 넓은 하늘을 볼 수 있기를 원한다. 그러나 달리는 상당히 작은 공간을 요구하는 경우도 있다. 잠을 잘 때 우리는 시각으로부터 공간과 빛을 차단하기를 원한다. 내밀한 공간, 기도를 위한 공간은 적절하게 좁은 것이 요구된다. 거주의 공간은 이보다는 큰, 그러나 한없이 큰 것은 아닌 적절한 크기이다. 어떤 공적인 공간은 실용적 필요를 넘어서 넓어짐으로써 적절한 것으로 생각된다.

공간의 크기는 넓이와 함께 높이에도 해당된다. 만족스러운 높이란 반드시 눈높이나 난방의 경제성으로 결정되지는 아니한다. 고딕 성당이 요구하는 시각적 높이는 최소한의 눈높이가 아니다. 그러나 이 높이가 한이 없는 것은 아니다. 그것은 다른 것과의 관계에서 결정된다. 이것은 밖에서 본 고딕 건물을 두고 하는 말이지만, 어떤 이론가에 의하면, 고딕 성당의 첨탑의 높이는 주위 건물들과의 관계에서 결정된다. 그것은 넓게 열려 있는 광장에서보다는 막혀 있는 공간에서 더 높게 보이고, 하늘의 높이까지도 이것에 연결되어 막힌 공간에서는 그곳의 가장 높은 건물의 서너 배로 보인다.[8] 상대적 원리는 다른 면에서도 작용한다. 먼 경치를 가까이 끌어들

---

8 Rudolf Arnheim, *The Dynamics of Architectural Form*(Berkely and Los Angeles: University of California Press, 1977), p. 25.

이는 것은 일본 정원의 한 수법이지만, 먼 경치를 나무로 가려서 정원의 굽이를 돌고 나서 홀연 원경이 드러나게 하는 것도 먼 것을 강조하는 방법이다. 이러한 상대적 원리는 방 안에서는 조금 다른 방식으로 작용하는 것일 것이다. 그러나 공간의 느낌이 절대적이 아닌 것은 역시 마찬가지이다. 여기에 추가하여 생각할 것은 문화적 상대성이다. 오늘의 집들은 옛날의 집들에 비하여 커야만 만족스러운 것으로 생각된다. 임금들의 궁전은 그 규모로써 권위를 과시하려 하지만, 유럽에서 보면 그들의 궁전이 제국주의 시대 이후에 훨씬 커진 것을 볼 수 있다. 우리나라의 가옥과 공공건물의 크기는 다른 나라의 문화에 대한 비교와 기억으로 커져 가고 있다.

건축에 사용되는 물질들도 우리의 쾌적감에 중요한 역할을 한다. 오늘날 건물의 외부에서도 그러하지만, 내부에서 사용되는 자료들은 인공적인 것이 되어 가고 있다. 인공 자료는 어떤 유행 감각에는 맞을는지 모르지만, 공간을 친밀감이 결여된 차가운 것으로 만든다. 그렇다고 하여 무조건 자연 자료가 좋은 것은 아니다. 많은 것은 자료 자체보다도 활용의 미학에 의하여 달라진다. 심미적 감각은 자연과 함께 인공을 요구한다. 또는 오히려 인공을 더 요구한다고 할 수도 있다. 심미적 의도는 목적의 암시이다. 목적은 인공적 디자인에 의하여 시사된다. 우리는 요즘의 많은 건물에서 유리알처럼 닦아 놓은 화강석이 장소를 가리지 않고 사용되는 것을 본다. 천편일률적으로 사용되는 이러한 돌이 참으로 아름다움을 보장하지는 아니할 것이다. 아름다움의 세계에서는 아무것도 보장되는 것은 없다. 그러한 보장이 있다면, 그것은 오로지 심미적 의도에 의하여 그렇게 될 뿐이다. 그러나 닦아 놓은 화강석이 인간의 한 충동을 충족시켜 주는 것임에는 틀림이 없다. 시골에 아무렇게나 굴러다니던 맷돌이나 절구통 또는 다른 전통적 민속 도구들이 부잣집 정원이나 거실에 놓이면 왜 미적 대상이 되는가. 거기의 정돈된 공간이 사람의 의지를 나타내고 그것을 미적 대상으로 인지한 의지가 있기 때문이다. 오브제 트루베(objets trouvés)의 심미적 성격이 바로 그러한 것이다. 인스톨레이션에 사용되는 대상의 심미화도 비슷한 근거를 갖는다. 요즘의 상업적인 공간에서 전통적인 자료와 사물들이 많이 동원되는 것을 본다. 전통적 자료는 현대적 생산 과정에서 생산된 것들보다는 자연에서 취한 것이다.

오늘과 같이 자연과 전통이 소멸되어 가고 있는 시대에 그것을 연상시키는 것들이 우리에게 특별한 호소력을 갖게 되는 것은 이해할 만한 일이다. 그러나 그것이 의미 있게 되는 것은 오로지 새로운 심미적 의도의 구성 행위 안에서이다. 어떤 경우나 자료 자체가 의미를 갖는 것은 드문 일이다. 이것은 전통적 양식의 모방에서도 그러하다. 그리고 특히 오늘날의 어떤 사례들에서 보는 바와 같이 조잡한 시공으로 이루어지는 모방이 전통의 아름다움을 재창조할 수는 없다. 예술 작품에 있어서 제작의 섬세함과 집중은 예술의 전부일 수가 있다. 이것은 실용적 공간의 조형에 있어서도 마찬가지다. 많은 것은 결국 지금 살아 움직이고 있는 예술 의지에 달려 있는 것이다.

이렇게 말하고 보면, 사실 자연과 인공의 구분 자체도 거기에 대한 인간의 태도와 판단이 없이는 성립하기 어렵다는 점을 상기하게 된다. 닦아 놓은 화강석은 자연인가 인공인가. 시멘트는 자연인가 인공인가. 우리는 시멘트의 벽이나 기둥을 그대로 노출한 건물에서 자연을 느끼기도 한다. 자연의 바위보다는 매끄럽게 다듬어 놓은 결과이면서 완전히 매끄럽지도 않고, 색상에 있어서도 반드시 인공의 세련을 연상시키지 않는 시멘트는 특이한 자연의 한 가지일 수도 있는 것이다. 우리나라에서는 아직 보지 못하였지만, 나는 구미에서 그러한 시멘트 구조물들을 보았다. 아마 요즘에 나오는 플라스틱 제품은 그럴 수가 없겠지만, 재활용된 자료로 지은 건물에서 자연의 느낌을 받는 경우도 있다. 재활용된 건축 재료는 그것이 무엇이든지 간에 재활용된다는 점에서 이미 자연의 일부라는 증명을 얻는 셈이다. 재활용은 자료에게 자연의 속성인 시간을 부여한다. 정원과 같은 인공적으로 가꾸어 놓은 자연은 어디에 구분하여야 할는지 분명치 않다.

이러한 관찰은 다시 한 번 오늘의 예술 의지의 철저성이 중요하다는 말이 된다. 이것은 실내 공간의 구성에 작용하는 다른 요인들 — 색채라든지, 조명 기구라든지, 가구라든지, 칸막이라든지 하는 것에도 다 적용되는 것이다. 그중에도 색채는 화가가 사용할 수 있는 색채에 비슷하게 자유로운 창의력을 발휘할 수 있는 매체로 생각된다. 그러나 다른 한편으로 색채를 비롯하여 건축 공간의 모든 것이 숨은 결정의 틀에 의하여 제한되지 아니한다는 말은 아니다. 이 틀에서 완전히 벗어난 부분적이고 창의적인 표현은 피상적이 되고 또 소멸하게 마련이다. 그런데 이 틀 — 가장 깊은 곳에 있는 틀은 무엇인가?

인류학자 에드워드 홀은 인간의 삶에서의 리듬 문제를 연구한 바 있다. 리듬이라면 그것은 물론 음악의 기본 요소로서 음악이 사람을 사로잡는 요인의 하나이다. 이것은 특히 근래의 대중음악에서 그러하다. 그리하여 대중의 영웅이 되는 사람은 새로운 리듬을 창조하는 사람이다. 그런데 특정한 음악가의 창조물에 틀림없는 것이면서도 이 리듬은 한 시대의 밑을 흐르고 있는 리듬을 끌어내어 온 것이라고 홀은 말한다.[9] 이것은 아마 인간의 모든 예술적인 활동에 두루 해당되는 일일 것이다.

디자인은 창의력이 중요한 부분이다. 그러나 이 창의력은 그 시대의 삶의 깊은 곳으로부터 나오는 것일 것이다. 그러한 창의력만이 깊이 있는 조형적 표현에 이른다. 그것은 시대 깊이에서 움직이고 있는 통합의 정신에

---

9 Edward T. Hall, *The Dance of Life: The Other Dimension of Time*(New York: Viking, 1984), pp. 170~171.

다름이 아니다. 물론 이 정신이 늘 참으로 통합을 이룩해 낼 수 있는 것은 아니다. 그것은 분열되고 지리멸렬된 상태로 존재할 수 있다. 그러나 그를 에워싸고 있는 모든 역사적·사회적 조건과 자연환경과의 조화 속에서 자기실현을 갈망하는 인간의 충동이 존재하는 한 이 통합을 향한 노력은 계속된다. 좋은 공간의 기획도 그것의 보다 나은 표현에서 결실을 맺게 될 것이다.

(2002년)

공간의 구성
지각과 깊이의 기하학에 대한 명상

1

인간 존재의 근본을 규정하는 것이 시간과 공간이라는 것은 새삼스럽게 말할 필요도 없다. 인간의 삶을 절대적으로 지배하는 것은 시간이지만, 그것은 바로 그 절대성으로 인하여 이 자리, 이 순간의 삶을 초월해 있다. 하루를 24시간으로 나누고, 1년을 12달과 365일의 달력으로 구획하고, 태어나서 죽을 때까지의 필생의 계획을 세울 수도 있고, 고용한 사람을 부려서 나의 시간을 몇 배로 확장하여 볼 수도 있지만, 사람이 시간에 개입할 수 있는 정도는 매우 한정되어 있다. 이에 비하여 공간은 시간보다는 훨씬 사람의 삶에 긴밀하게 얽혀 있으면서 통제 가능한 것으로 보인다. 그러나 공간은 마음대로 할 수 없는 시간보다도 더 신비스러운 존재의 바탕이다. 존재한다는 것은 공간을 차지하는 것을 말한다. 공간은 특히 사람의 밖에 있는 사물들과 그 무한한 연장이다. 그 가운데 사람만이 유독 시간의 존재인 듯하다. 그의 외로움은 여기에 관계되어 있다.

물론 사람도 매 순간 공간 속에 존재한다. 공간은 사람의 밖에 그리고 사람의 안에 있다. 그것은 그와의 관계에서 구체적으로 일정한 맥락을 이루고, 이 맥락은 안에서 시작하여 바깥세상으로 그를 이어 준다. 그것은 자연스럽게 주어진 것이면서 동시에 사람이 구성해 낼 수 있는 것이기도 하다. 또는 자연적인 것도 이 구성적 노력을 통해서 그 참모습을 드러낸다. 이때에 두 개의 공간이 일치한다. 다만 이 일치는 끝나기보다는 끊임없는 지향으로만 접근된다. 공간 구성의 작업은 개인적인 것일 수도 있지만, 그보다는, 특히 대체적인 테두리에 있어서, 집단의 작업이고, 또 어떻게 보면, 거대한 역사가 선사하는 우연한 선물이기도 하다. 공간은 커다란 신비스러운 근원으로 존재하면서 동시에 사람의 물질적인 삶, 생각과 느낌 ─ 그 큰 테두리와 작은 결 속에 편재한다. 이러한 공간과의 삶의 관계를 생각하고 구성하는 데에 한 역할을 맡아 가지고 있는 것이 조형 예술이다.

2

우리나라에서처럼 등산 인구가 많은 나라도 세계에 달리 없지 않을까 하는 생각이 든다. 산행은 한국 사람들이 조선 시대로부터, 또는 더 소급하여 삼국 시대로부터 해 왔던 특이한 풍습이기는 하지만, 근래에 와서 산을 타는 사람이 특히 많아진 것은 사실일 것이다. 건축물과 사람과 자동차가 밀집하여 북적대는 도시에 살다 보니, 그에 대한 반작용으로 산이 그리워지는 것일 것이다. 산은 도시의 막힌 공간에 대하여 조금 트인 공간을 나타내는 것으로 생각된다. 김미형 씨의 "숨, 쉼의 공간"이란 말은 이런 느낌을 조금 더 긴박하게 표현한 것이다. (우리말보다도 영어 표현인 'Breathing Space'

는 이 절실한 느낌을 더욱 직접적으로 표현하는 말이다.)

그러나 그 "숨, 쉼의 공간"은 조금 특이한 공간이다. 벽에 뚫린 공간들은 바로 트인 공간을 향한 갈망을 그대로 드러내는 것이라 하여 무방하다. 그러나 김미형 씨에게 이 공간의 대표적인 상징은 벌레 먹은 나뭇잎이다. 의도된 것은 아닐는지 모르지만, 상징을 두고 우리의 생각을 확대해 보면, 이 공간은 트인 공간이면서 특이한 방법으로 트인 공간이다. 벌레 먹은 공간은 벌레에게는 좋은 공간이지만, 나뭇잎에게는 그러하다고 할 수 없다. 이렇게 볼 때, 여기의 "숨, 쉼의 공간"은 투쟁적인 성격을 가진 것으로 말할 수 있다. 심상용 씨는 김미형 씨의 구멍 뚫기 작업을 평하면서 그의 주제가 생명과 욕망과 소통의 구멍 뚫기라고 말하였다. 어쩌면 다른 생명으로 뚫고 들어갈 수밖에 없는 모순을 포함하는 것이 우리 시대의 생명과 욕망과 소통의 특징이라고 하여야 할는지 모른다. 물론 오묘한 생태계의 원리는 모든 생물체를 하나의 먹이 사슬 속에 이어 놓았기 때문에, 이 사슬이 온존하는 한, 잔인한 듯한 구멍 뚫기는 삶의 원리라고 말할 수도 있을 것이다. 그리고 생명의 따뜻함을 전달해 주는 상호 연결의 통로도 그렇게 이루어진다고 할 수 있다.

그런데 다시 등산객으로 돌아가서, 그가 찾는 공간이 구멍 뚫기로써 얻어지는 삶의 공간과 참으로 같은 것인가. 구멍을 뚫어서 만드는 공간은 숨 쉴 만한 공간을 찾는 행위이기도 하고, 공간을 피하여 좁은 곳으로 피해 들어가는 행위이기도 하다. 물론 그것이 삶의 모순된 요구이고, 현실적인 모습이다. 그런데 이와는 다른, 보다 크게 본 공간에 대한 요구도 모순에 차 있다. 등산객 또는 사람이 일반적으로 탁 트인 공간을 원하는 것은 사실이다. 그러나 사람은, 동시에 참으로 트인 공간 — 파스칼이 두려움의 대상으로 말한 별들 사이의 공간에서는 표현할 수 없는 전율을 느낀다. 그리하여 서로서로를 뚫고라도 구멍 안에 서식해야 하는 것인지 모른다. 그러면서도 사람은 무한한 공간으로부터 그 눈을 뗄 수가 없다. 비바람을 피할 수 있게 하는 집은 생물로서의 사람의 기본적인 요구이다. 그러면서도 사람은 허허한 공간을 근원적으로 갈망한다. 등산객이 원하는 것도 이러한 근원적인 갈망에 관계되어 있다. 삶의 공간에 대한 요구 — 인간의 공간적 지향 일체는 이 형이상학적 공간에 대한 갈망의 지배하에 있는 것으로 보인다. 그러나 다시 한 번 사람은 이것을 기묘한 역설로서만 경험한다. 그리고 그 역설의 화해를 모색한다.

나는 17세기, 18세기에 스페인의 선교사들이 캘리포니아의 사막에 지은 가톨릭 성당들을 돌아본 일이 있다. 거대한 공공건물은 힘의 상징물이다. 그것은 세속적인 권력, 초월적인 힘 또는 두 가지를 합한 권세를 나타내는 것일 수도 있다. 정신적 상징물로서의 거대한 건축물들은 정신의 문자를 해독하지 못하는 사람을 위한 정신의 세간적 번역이라는 점에서 세간적인 의미를 가졌다고 할 수 있다. 그러나 이러한 상징물에 대한 요구는 단순히 전략 또는 방편 이상의 것으로 생각된다. 캘리포니아 — 특히 초기 프란시스코 종단의 신부들이 포교의 목적으로 그곳에 왔을 때의 거대한 자연으로서의 캘리포니아 — 그 자연 안에서 하필이면 신의 권세에 대한 조형적 상징물이 필요했던 것은 무슨 까닭인가?

인위적인 것들에 의하여 방해를 받지 않는 거대한 캘리포니아의 자연은 그 자체로서 사람을 초월하는 힘을 느끼게 하는 무엇을 가지고 있다. 널리 트인 하늘과 땅은 그 자체로서 하나의 성당일 수 있다. 경배할 것이 있다면, 이 자연의 성당은 그 목적에는 가장 적절한 장소가 아닌가? 황무지에 지은 성당은 단순히 문화적인 맹목을 나타낸 것인가, 아니면 정복자의 사특한 전략을 엿보이게 하는 것인가. 그러나 나는 맑은 하늘을 이고 서 있는 소박하면서도 거대한 성당 안에 들어가서, 성당의 검은 오지 바닥과 흰 회벽 위로 높이 솟은 궁륭이 대기와 하늘, 무한한 공간성을 대자연보다도 더욱 강하게 느끼게 한다는 것을 생각하게 되었다. 어떻게 하여 인공의 축조물이 열려 있는 공간보다도 공간의 신비를 더 품어 지닐 수 있는 것인가. 공간은 거대한 자연만이 아니라는 말인가. 건축을 비롯한 조형 예술이 지향하는 것은 이 공간성의 신비이다.

여주군 능서면 용은리에 위치한 헬렌주현박 설계의 정신 지체자 시설의 옥외 설치물들은 종교적인 건축물의 윤곽을 연상시킨다. 그 어떤 것은 나무의 아치가 되고, 또 어떤 것은 그리스 신전의 주랑(柱廊)을 생각나게 한다. 그러면서 모두 윤곽만을 암시한 것이어서, 아치는 고딕 교회의 아치가 깊은 숲의 나뭇가지의 모습에서 나왔다는 것을 상기하게 하고, 주랑은 폐허가 되어 이미 바람과 하늘과 하나가 되어 가는 고대 그리스의 신전들을 연상시킨다. 이러한 건조물들은 인공의 것이면서도 자연의 일부이고, 또 처음부터 자연에 함축되어 있던 형상들을 드러내어 주는 것이라고 할 수 있다.

기하학은 사람이 그 이성으로 발전시킨 학문이면서, 자연의 숨은 언어이다. 공간의 무한한 신비를 암시하는 한 방법도 이 기하학을 보여 주는 것이다. 그림의 원근법 또는 건축물이 만들어 내는 일목요연한 비스타는 특히 이러한 신비를 암시해 주는 자연의 기하학이다. 그러나 많은 경우 건물의 설계도의 추상적 아름다움은 그 구체적인 실현이 있기 전에, 이미 건축물이라는 것이 얼마나 초월적인 근거를 가진 것인가를 느끼게 한다. 좋은 건물의 설계도는 그 자체로 이미 가장 심미적 암시에 찬 창조물이다. 그것이 현실이 되는 것이다.

사진으로 보아도 박주현 씨 설계의 건축물들은 단순한 선과 형태를 존중한다. 이번 전시를 위하여 그가 제출한 전시 계획에 보면, 맨 처음 고심의 대상이 되는 것은 전시실의 복도와 직사각형의 전시 공간이 분명한 정의를 결하고 있다는 점이다. 그는 이것부터 명료하게 하고자 한다. 도시의 계획이란 관점에서 서울과 같은 도시의 빈곤은 기하학의 빈곤이다. 그러나 이 것은 단순한 선과 입체의 문제만은 아니다. 박주현 씨의 설계물에서 기하 학이 의미 있는 것이 되는 것은 그것이 보다 큰 자연의 공간을 끌어들이고 지시할 수 있기 때문이다. 물론 자연이 부재하는 도시에서 무한의 기하학 이 불가능한 것은 아니다. 다만 그것은 보다 복잡한 기하학을 요구한다.

3

기하학적 공간의 매력은 어디에서 오는 것일까? 기하학은 공간을 이해 할 만한 것이 되게 한다. 그러나 지나치게 쉽게 알아 버릴 수 있는 것에 대 해서는 우리는 이내 흥미를 잃어버린다. 무한성의 기하학은 조금 더 오래 우리의 흥미를 끈다. 그것은 사람의 이성으로는 이해할 수 없는 무한과 이 성의 소산으로서의 기하학을 역설적으로 결합하고 있기 때문이다. 무한이 란 기하학을 통하여 이해할 수 있는 것처럼 생각되면서, 동시에 바로 그 가 능성으로 하여 그것의 궁극적인 무력을 깨우치게 한다. 참으로 흥미로운 예술 작품은 이 역설을 내포하는 작품이다. 그러나 사람이 만든 것인 한, 그것은 곧 이 역설의 신비를 잃어버린다. 늘 새로운 작품이 가능해지는 것 은 이 역설과 신비의 사이클에 관계된다.

무한의 신비에 대한 갈구는 단순히 생물학적인 호기심으로 인한 것인 가 아니면 존재론적으로 설명되어야 하는 어떤 것인가? 어떻게 설명되든, 이해와 그를 넘어가는 신비가 예술적 충동의 한 가닥을 이루고 있는 것은 사실일 것이다. 그러나 생물학적으로 볼 때 이해란 단순히 인식의 관점에 서의 필요가 아니라 생존을 위한 준비라는 의미를 갖는 것일 것이다. 이 관 점에서 인식되는 공간은 무엇보다도 움직임의 공간으로 생각되어야 한다. 공간은 잠재적으로 내가 움직일 수 있는 공간이고 나의 적 ─ 또는 나의 벗이 움직여 올 수 있는 공간이다. 우리의 생각과 느낌과 현실이 공간에 의하여 삼투되어 있다면, 그것은 동물이 가지고 있는 "영토 본능(territorial imperative)"으로 인한 것이라고 할 수 있다.

그러나 사람의 공간 이해에 대한 욕구에는, 위에서 말한 것처럼, 생물학적 이상의 것이 있는 것으로 생각된다. 우리는 위에서 파스칼이 느낀 별들 사이의 공간을 말하였지만, 이 공간은 천문학과 천체물리학이 탐구하는 과학적 연구의 대상이다. 은하계 우주를 말하고 블랙홀을 생각하고, 어쩌면 전체 우주의 모양이 모래시계처럼 되어 있을지 모른다는 것을 궁리해 보는 것은 어떤 의미를 갖는 것일까? 이 모든 것을 영토 본능으로 환원할 수 있을 것인가? 사람의 공간에 대한 느낌이, 그 생물학적 원인에 관계없이, 원초적으로 운동적이라는 것은 맞는 일일 것이다. 또는 적어도 그것은, 메를로퐁티(Maurice Merleau-Ponty)의 표현을 빌려, 인간이 "세계에 내속(inhérence au monde)"한다는 사실로부터 해석되어야 할 것이다. 사람은 피할 수 없게 공간적 존재이고, 모든 공간은 이 사실에 이어져 있다. 근원적이든 이차적이든 사람이 공간에 대하여 가지고 있는 모든 감각적 정서적 경험이 공간성에 스며 있는 것은 틀림이 없다. 예술 작품은 이것을 ─ 많은 경우 인간 존재의 근원적 공간성과의 관련에서 ─ 표현하고자 한다.

등산객이 보는 풍경은, 위에서 말한 바와 같이, 트여 있는 공간이지만, 내려다보든 올려다보든, 그러한 풍경의 매력은 단순히 정태적인 산수화나 풍경화의 매력이 아니다. 커다란 파노라마로서의 산의 느낌은 복합적인 요인으로 이루어진다. 낭만주의 시인들이 자주 표현하는 바와 같이, 산의 현상은 보는 사람에게 유구한 세월을 느끼게 한다. 그 느낌은 형상의 크기만이 아니라 그것이 연상케 하는 지질학적 시간의 장구한 리듬에 관계된다. 산은 시간을 포함하는 공간이다. 그러나 이 시간은 산의 시간만이 아니라 등산객의 시간을 포함한다. 말할 것도 없이 등산은 움직임이다. 산의 느낌은, 잠재적으로든 실제 그러하든, 동적인 성격을 그 배경에 가지고 있다. 산은 공간적으로 그리고 시간적으로 변함없고 오래 지속하는 것이라고 생각되지만, 산의 모습은 거의 객관적 형상으로 일괄하여 볼 수 없다. 그것은 관점에 따라서 또 움직임에 따라서 끊임없이 변하는 형상이다. 말하자면, 등산객의 개인적 시간 속으로 산의 영구한 시간이 쏟아져 들어오는 것과 같은 것이 참으로 사람이 느끼는 산의 영구성이라고 할 수 있다. 산의 신비는 어떻게 영구하는 것과 변화하는 것이 조합되느냐 하는 것이다.

김호득 씨의 설치 계획은 보는 자와 공간의 상호 작용이 구성하는 공간을 보여 주려는 것으로 생각된다. 움직임과 그에 따른 시각의 관점의 변화 그리고 거기에서 일어나는 유동적인 공간의 느낌이 그의 설치의 목적으로 생각되는 것이다. 위아래로 늘어트린 종이의 두루마리가 주된 자료가 되고 그 두루마리들은 조금씩 흔들리는 것이기 때문에 그것들이 구성하는 공간은 극히 유동적이다. 그러나 그것이 완전히 유동적인 것은 아니다. 거기에도 기하학이 있다. 두루마리의 모양이나 그 두루마리의 높이가 이미 기하학적인 질서를 시사해 주지만, 12개의 두루마리들이 모여서 사람의 움직임과 함께 변화하면서 일정한 질서를 보여 주는 데에도 기하학이 있다. 물론 이것은 물건들의 속성과 그것들의 상호 작용에서 생겨나는 것이지만, 사람의 움직임에 따라 변화하면서 새로운 질서가 생겨나는 일이기도 하다. 그러기 때문에, 여기에 들어 있는 기하학은, 이 설치의 영어 제목이 말하듯이, 마음의 파동에서 생겨나고, 하나의 깨우침의 순간에 일어나는 것이라고 할 수 있다.

일본의 정원에는 멀리 보이는 풍경을 나무와 같은 것으로 가려서 길목을 돌아갈 때 문득 드러나 보이게 꾸며 놓은 것이 있다. 그 순간에 먼 풍경은 하나의 깨우침처럼 드러나게 되는 것이다. 산은 움직임에 따라서 달리 보이는 형상이지만, 어떤 위치에서 비로소 그것은 그 바른 형상을 드러내는 것으로 보일 수 있다. 이 바른 형상이란 산과 같은 거대한 대상도 가지고 있을 수 있는 '좋은 게슈탈트'이다. 이것은 움직임 가운데 드러나는 어떤 위치에서만 포착된다. 이 게슈탈트의 인지는 심리적 사건이지만, 그렇다고 하여 반드시 객관 세계의 구조에 관계없는 주관적인 현상이라고만 치부해 버릴 수 없는 세계의 한 면모이다.

박기원 씨의 「더운 곳」이라는 설치도 움직임을 가진 공간을 보여 주는 것, 또는 느끼게 하는 것을 목표로 한다. 이 설치에서 주된 부분은 '피부색의 투명한 비닐'로 천장과 벽을 덮는 것이다. 이것만으로도 사람들은 사람의 뱃속을 연상할 가능성이 있다. 사람이 생각하는 가장 좋은 공간이 어머니 뱃속이라는 생각이 있다. 그러나 박기원 씨의 공간을 반드시 프로이트적으로, 또는 우주의 근원이 현묘한 여성이라는 노자의 생각으로 설명할 필요는 없을는지 모른다. 이미 말한 바와 같이 공간은 움직임의 공간이고, 신체의 이미지에 대응하는 것이다. 그것은 우리의 신체적 지각으로 가득 차 있다. 이 가득한 느낌은 공기 중의 열기로써 잘 표현되는 것일 수 있다. 한 고장을 가득 메우는 더운 공기는 객관적인 기상 현상이면서 동시에 우리의 체온을 떠나서는 의미 없는 어떤 것이다.

우리는 물건들이 놓여 있는 비어 있는 장소를 공간이라고 지각한다. 뉴턴의 절대 공간은 이러한 상식적 지각 현상을 일반화한 것이라고 할 수 있다. 그러나 상대성 원리에 있어서 공간은 스스로 일정한 모양을 이루며 물건들의 존재 방식과 에너지의 작용 방식을 변형시키는 실체로 생각된다. 이것은 우리로는 알기 어려운 이야기이지만, 일상적 경험에서도 느끼는 일이라고 할 수는 있다. 공간을 환하게 드러내어 주는 것은 햇빛과 같은 광선이다. 그러나 우리가 보는 환한 공간은 대기 또 지구의 물질적 환경과 햇빛의 상호 작용에서 생겨나는 환상에 가까운 현상이다. 우주의 어둠 속에서 밝은 햇빛 아래 열려 있는 넓은 하늘의 공간은 햇빛의 주머니에 불과하다. 적어도 이렇게 생각해 보면 그렇다고 수긍하는 것이지만, 빛나는 햇빛이 차 있는 공간의 실체성은 맑은 아침에 누구나 느끼는 일이기도 하다.

그러나 물리와 지각의 상호 삼투는 조금 더 복잡하다. 박기원 씨의 설치 계획은 '건조된 시멘트 벽의 친숙한 냄새' 또는 '바닥에 깔려 있는 먼지들'을 언급하고 있다. 육체적 존재로서의 인간의 지각은 물질에 삼투되고 그것에 대하여 친숙성을 발전시킨다. "나는 움직임을 느끼고 천천히 볼 수 있는 공간을 만들고 싶다."——이러한 작가의 발언에서 천천히 본다는 것은 무엇을 뜻하는가. 지각과 물질은 서로 섞이고 그것은 즐김의 원천이 된다. 그리하여 우리는 여기에 더욱 머물 수 있는 시간을 원한다. 여기에 의식이 개입한다. 즐김의 대상으로서의 지각은 심리적인 것이면서 물질과 환경의 지각의 요건이기도 하다. 그리고 이 지각은, 조금 더 진전된 의식의 조건하에서, 그것이 다시 한 번 기하학이나 법칙적 세계의 진리에 부합하는 것을 확인하고자 한다. 재료로 사용할 플라스틱판, 유리병, 비닐, 투명한 공업용 바니시들이 "구조의 흐름에 따라 공간 속에서 바닥, 천장, 벽 위에 가볍게 놓여진다."라고 하는 설명은 이 모든 것이 하나의 구조적 균형 속에 들어간다는 것을 말하려는 것일 것이다. 이것은 설치 전체가 하나의 미적 조화를 보여 주는 것이 되리라는 말이다. 그러나 이 미적 조화는 물질 자체의 균형에 의하여서만 뒷받침될 수 있다.

4

그 균형은 물질의 가능성의 일부이다. 물질은 단순한 사실성이다. 그러나 거기에도 그 자체의 시가 있다. 그것이 물질로 하여금 사람의 시를 운반하는 매체로 동원될 가능성을 낳는다. 그때 사람의 시는 사물로부터 상당한 거리를 뻗어 가는 것이 될 수 있다. 많은 물질적 대상들은 이 두 가지 시의 양극 사이에 진동한다.

사람들이 몸에 지니거나 실내에 배치해 두고 있는 물건들은 얼마나 많은 상징적 의미를 가지고 있는 것들인가. 의미란 많은 사람이 공유하는 의미일 수도 있고, 개인적인 의미만을 가진 것일 수도 있다. 명품이라는 잘못된 이름으로 불리는 소비 사회의 상품들은 사회적 지위의 과시에 중요한 역할을 한다. 최선의 경우에 그것은 어떤 분위기의 매체이다. 나는, 하숙방을 옮길 때마다 상당히 불편한 일일 것임에도 불구하고 하나의 자그마한 양탄자를 반드시 옮겨서 방에다 깔아야 한다고 생각하는 미국의 대학원학생을 본 일이 있다. 그것은 부모의 집에서 가져온 것으로서, 그것은 그에게 대학원생으로서의 궁핍한 삶과 부모와 함께한 어린 시절을 연결해 주는 가교였다. 그런데 이 양탄자는 가장자리가 너덜거리게 닳고 구멍도 나고 한 낡은 물건이었다. 그러나 이러한 손상된 자국이 그에게는 오히려 중요한 것일 수 있다. 하나하나의 자국들은 그에게 특정한 기억에 이어져 있는 것이었는지 모른다. 물질은 기억 보존의 뒷받침이 된다.

어쨌든 기억과 물질은 서로 삼투한다. 이 기억은 반드시 어떤 특정한 개인의 특정한 기억이 아닐 수도 있다. 물질은 언제나 현재적인 것인가? 그것의 시간 속의 지속은 어디에 기억으로 남는가? 우리가 보는 물건들의 현재성은 우리의 지각 작용의 얄팍함을 말하는 것에 불과하다고 할 수도 있다. 내가 방문했던 캐나다 어느 대학의 한 연구소는 전체적으로는 유리와 강철의 현대적 건물임에도 불구하고 많은 재활용 자재를 사용하여 세운 것이었다. 나의 방문은 회의에 참석하기 위한 것이었는데, 나는 회의실에서 대들보의 연륜을 확인할 수 있었다. 자재의 일부가 철거된 역사(驛舍)에서 온 것이라고 했기 때문에, 그것은 열차 정거장의 역사를 간직한 것일 수도 있었지만, 그것을 몰라도 그 연륜은 우리의 지각에 중요한 차이를 가져오는 것이었을 것이다.

물론 우리의 지각에 물질은 그 자체로보다 우리가 가진 연상이 혼합되어 작용한다. 박상숙 씨의 「생활 방식」은 일정한 각도로 구부러지면서 뻗어 있는 내화 벽돌의 구조물로서 재래식 온돌을 떠받치던 구들을 재현한다. 구들의 연상이, 눈에 보이는 구조물을 통해 사라진 옛 삶의 방식을 연상케 하는 것이지만, 이 구조물의 규칙과 불규칙의 조합은 물질로 하여금 이러한 연상 그리고 기억의 매개체가 될 수 있게 하는 계기로 작용한다. 그리하여 우리는 옛날의 사라진 삶이 얼마나 물질에 가깝게 영위되었던가를 새삼스럽게 느끼며, 물질에 대한 내면적 친밀감을 새로이 한다.

어떤 대상물의 의미는 더 확실하게 상징의 세계를 향하여 물질적 토대를 떠날 수도 있다. 김준성 씨의 「또 다른 켜」는 우리의 사물 인식이 얼마나 시간적 기억의 연속성 속에 존재하는가를 느끼게 하려는 것으로 생각된다. 어떤 사물이나 공간에 "이전의 공간이나 그 경험"이 "또 다른 켜"로 존재한다는 것을 알게 하려는 것이 그의 설치 의도이다. 그런데 이 켜는 우리를 물질의 무게를 잊고 그 표면에 머물게 하고, 또 그 표면의 의미 가능성을 타고 전혀 다른 상징의 세계로 떠나가게 하는 것일 수도 있다. 김준성 씨가 사용하는 수법은 이미 있는 벽이나 천정에 반투명의 표피(skin)를 입히는 것이다. 그는 이를 또 달리 말하여 "기존의 공간 구성원에 제목처럼 또 다른 켜를 입히는" 것이라고 말한다. 그러니까 설치자는 새로이 물체를 만들어 내고 공간을 구성하는 것이 아니라 그 표면만을 바꾸는 것이다. 또는 제목만을 바꾼다.

사람의 생각과 느낌이 얼마나 대상물들의 외면에 의하여 좌우되는가 하는 것은 건축물에서의 내장의 중요성을 통하여 이미 우리가 잘 알고 있는 것이다. 이 설치에서의 스킨(skin)의 의미는 "아름다움이란 피부의 깊이

일 뿐이다.(Beauty is only skin deep.)"라는 영어의 속담의 뜻을 암시한다. 모든 것이 이미지라고 생각하는 현대 문화는 이것을 극단에까지 밀고 간 것이다. 요즘의 요란한 책 제목들은 책의 성공에 핵심적인 것이 책 제목이라는 사실이 잘 인식되어 있다는 것을 알게 한다. 정치적 담론에서 구호화된 언어들도 여기에 이어진다. 김준성 씨가 첨부하는 제목들은 우리의 지각이 수없는 상념들이 부유하는 공간이라는 것을 말하는 것 같다.

여기에서 우리는 상징과 현실이 유리되어 가는 모습을 볼 수도 있다. 그러나 김준성 씨의 설치가 이러한 현상을 표현한다거나 또는 그것을 비판적으로 제시한다는 것은 아니다. 공허한 상징 조작의 위험을 피하는 방법은, 한편으로 작품의 물질적 토대를 벗어나지 않는 것이며, 다른 한편으로 물질에 작용하는 사람의 구성적 능력의 요인이 잊히지 않게 하는 것이다. 다만 예술적 표현이 얼마나 물질의 물질성과 상징적 또는 기호적 가능성 사이에 위태롭게 존재하는가 하는 사실을 기억하는 것은 중요한 일이다. 예술 창작에서 클리셰, 이데올로기, 전통, 아카데미시즘의 문제점은 지나치게 기호에 의지한다는 데에 있다.

그러나 다른 한편으로 의도적 기호적 요소에 대한 강조는, 미국의 팝 아트에서 볼 수 있듯이, 그 나름의 회화 언어의 새로운 탐구가 될 수 있다. 또 색채와 형상의 비슷한 사용은 서양의 동방 교회나 불교 또는 민간 신앙의 예술적 표현에서 널리 볼 수 있는 것이다. 이러한 작품의 특징은 대체로 재현에 있어서 물질의 물질성을 벗어나고 3차원적 공간을 기피함으로써 기호에 근접해 간다. 이러한 성격이 아이콘이 될 표상들에 마술적인 힘을 부여한다. (예술품에 현실감을 주는 데에 있어서 공간의 환영은 가장 중요한 요인이 되는 것이지만, 공간감의 부재는 종교가 요구하는 현실 초월의 매체가 된다고 할 수 있다.)

한국 사람이 한국의 전통 그리고 그 상징물에 대하여 가지고 있는 존경심은 클리셰의 힘과 그에 중복되면서 다른, 정신성의 환기 ──두 다른 동기로부터 나오는 것으로 보인다. 물론 위에서 말한 바와 같이 이것은 딱 잘라 말할 수 있는 것은 아니다. 공허한 것이든 실체가 있는 것이든 두 동기에 다 같이 작용하고 있는 것은 집단적 상징의 강한 힘이다. 김을 씨의 「남촌리 산(山) 113번지」는 공간 ― 공간이라기보다는 산과 마을이 얼마나 시간적 기억에 의하여 삼투되어 있는가를 말하여 준다. 이 기억은 개인적인 것이면서 동시에 집단적 일반화를 통하여 편집된 것이다. 진휘연 교수가 그의 작품에서 "우리 백성들의 역사, 그리고 땀 냄새 밴 촌로의 육신"을 보고, "우리 산하의 거친 형상들이 내포하고 있는 건강성"을 본 것은 거기에서 집단적 의미를 본 것이다.

그의 1996년의 작품, 「아리랑 고개」[1]에는 봉분들이 연속적으로 그려져 있고 그 위로는 여러 얼굴들이 떠 있다. 이것은 서울의 아리랑 고개일 것 같은데, 그곳에 묘지들이 있었는지는 모르지만, 적어도 그곳에서 얼마 되지 않은 미아리에 공동묘지가 있었던 것은 나도 알고 있는 사실이다. 시인 박희진 씨의 시에도 「미아리 공동묘지」라는 제목의 시가 있었던 것으로 기억한다. 내가 대학을 다니던 1950년대까지는 미아리나 아리랑 고개 근처는 서울의 변두리이고, 공동묘지도 존재하는 그러한 곳이었다. 그러나 지금은 서울의 가장자리는 몇십 리 밖으로 물러갔고, 그곳은 서울의 다른 어느 지역에 못지않게 아파트와 다세대 주택이 밀집하여 있는 곳이 되었다. 옛날의 서울을 기억하는 사람은 김을 씨의 이 작품을 보고 자신들이 사는 곳에 혹시 귀신이라도 나오지 않을까 하고, 어두운 시간에는 주변을 한

---

1 '아리랑 고개'는 김을 씨가 그의 고향의 산에 붙인 이름이다. 필자는 이 작가의 의도를 잘못 이해한 것이다. 그러나 그림이 무덤과 사람의 모습으로 이루어진 가상의 풍경을 그린 것임에는 틀림이 없다. 서울의 한 지역의 속명으로 존재했던 고개도 그러한 가상의 풍경을 환기할 수 있다. 편집자 안현주 씨의 도움으로 '아리랑 고개'가 작자의 고향 산천을 지칭하는 것임을 알게 되었으나, 작품의 우화적 의미는 그것으로 크게 바뀌지 않는 것으로 생각되어 지명에 대한 원래의 해석을 그대로 두기로 했다.(게재지 원주)

번 돌아 살펴볼지도 모른다. 물론 서울과 같은 번잡한 곳에 귀신이 깃들일 만한 장소가 있다면, 오히려 반가운 일일는지 모른다. 여하튼 김을 씨의 이 작품은 옛날의 귀신을 생각하게 한다. 이 모든 것이 그의 작품을 민족적인 상상력에 일치하게 한다. 남촌리를 주제로 한 작품도 그의 다른 작품들에 비슷한 경향을 드러내는 것이 아닐까 한다.

5

김을 씨의 작품의 경향에 어떤 이름을 준다면, 그것은 리얼리즘 또는 민중적 리얼리즘이 될 것이다. 리얼리즘은 지난 수십 년간 우리 문학을 말하는 데에 가장 많이 쓰인 말인데, 리얼리즘은, 문학 담론의 유출 효과로 인한 것이든지, 시대 상황에 대한 자연스러운 응전으로 인한 것이었든지, 미술에서도 물론 찾을 수 있다. 리얼리즘이란 이제 거의 우리말이 되었지만, 그것을 우리말로 번역하면, 현실주의가 될 것이다.

우리에게 현실은 대체로 정치에 의하여 정의된다. 그러나 리얼리즘의 어원을 생각하면, 그것은 철학적으로 실재를 어떻게 정의하느냐에 따라 의미를 달리할 수 있는 말이다. 그리고 서양 전통에서 이 실재는 감각적 자료와의 관계에 의하여 정의된다. 리얼리즘은 감각 재료를 통하여 지각하게 되는 사물들의 실재성을 주장하는 것이 보통이다. 물론 이것은 다시 우리에게 의미 있는 현실의 통로로서 해석되어야 한다. 예술에 있어서의 리얼리즘도 대체로는 사물의 실재적인 묘사를 중시하는 경향을 널리 지칭하는 것으로 말할 수 있다. 다만 이것이 구성하는 의미 있는 현실의 실재가 무엇인가 하는 문제는 다시 제기될 수밖에 없다. 그리고 이 과정에서 그것은 감각적인 현실을 멀리 떠나는 것이 될 수도 있다. 「아리랑 고개」가 리얼리즘의 작품이라고 한다면, 그때 묘사되는 실재는 감각이나 지각으로 인지하게 되는 것이 아닌 것이 분명하다. (작품이 오관으로 보고 느끼고 하는 것이라는 점에서는 그것이 감각적 현실을 떠난 것은 아니다. 그러나 이 점에서는 모든 예술 작품은 현실적이다.) 물론 예술 작품이 재현하는 현실은 어느 경우에도, 지각되는 것이든 주관적 관점에서 재구성되는 것이든, 실재 그것일 수는 없다. 그러나 말할 것도 없이 상식적 현실에 대한 회의론을 무시할 수 없는 현대에 와서, 순진한 상식적 지각의 현실주의가 있기는 어렵다고는 하겠지만, 작품에 따라서 어떤 것은 상식적인 감각이나 지각 현실에 더 가깝게 있기도 하고, 다른 어떤 것은 그렇지 않은 것이 있기도 하다.

최진욱 씨의 그림의 소재는 제부도 해변의 자갈과 바위이고, 동해안의 바위에 끼어 있는 이끼이다. 이 소재들은 대체로 충실하게 지각되는 사실로서 재현된다. 이런 관점에서 그의 작품은 상식적 지각의 현실에 가장 깊이 관계되는 것으로 말할 수 있다. 그러나 최진욱 씨도 이 순진한 사실에 그대로 머물 수는 없는 것으로 보인다. 그림이면서 설치의 성격을 갖는 9개의 그림은 바닥의 신문지 더미 위로부터 시작하여 벽에 기대어 세워지기도 하고 벽에 걸리기도 하면서 전시되게 되어 있기도 하다. 이끼의 그림도 비슷한 모양으로 전시된다. 이러한 전시 방법의 의도는, 작자의 설명에 의하면, 관객으로 하여금 "전시장을 걷는 기분으로 자연스럽게 끌려 들어가게" 하려는 것이다. 이러한 전시 방법의 의미는 설명에 들어 있는 "진행 중의 그림"이라는 말에 들어 있다. 그러나 그 뜻은 전시된 작품이 아직 진행 중이고, 따라서 미완성의 상태에 있다는 것이라기보다는 작품이 일정한 과정을 통해서 작품이 되는 것이라는 사실에 관계되는 것이 아닌가 한다. 즉 그림은 제작 과정 중에 있기 때문만이 아니라 벽에 걸릴 때까지는 완성되지 않는다는 말이다. 전시장에 반입된 후에도 작품은 신문지나 다른 포장지에 쌓여 놓여 있을 수 있고, 그다음 단계에서는 벽에 기대어 놓여 있을 수 있다. 그다음 그것은 벽에 걸린다. 전시 계획에 들어 있는 메시지는 작품이 완성되는 것은 전시 공간에 걸리는 때라는 것이다. 더 나아가, 개인이든 미술관이든 소장자가 적절한 공간에 작품을 거는 것이 작품이 완성되는 시점인 것이다.

이것은 작품 전시의 과정 또는 작품이 작품으로서의 지위를 얻게 되는 과정을 말한 것이지만, 그보다 중요한 의미는 작품은 작품 제작으로 넘어가는 넓은 개인적 사회적 실천의 과정에서 생겨나는 것일 것이다. 바닥의 신문지 더미는 포장지 노릇을 하고 있지만, 신문지는 우리의 생활에서 아마 가장 대표적인 폐지(廢紙)이고 쓰레기일 것이다. 신문은 잠깐 동안, 그것이 새로운 소문으로 남아 있는 동안, 가장 긴급한 의미를 전달하지만, 가장 짧은 시간 안에 그 의미를 상실하는 매체이다. 모든 정보 전달 행위는 그러한 성격을 갖는 것이라고 할 수도 있지만, 신문에 전달되는 오늘의 정치와 사회에 관한 뉴스들은 내용 자체에 있어서 이미 그러한 것이라고 할 수도 있다. 매체의 생명이 짧다면, 메시지의 생명도 짧은 것이다. 뉴스들이 긴급한 의미를 갖는 경우에도 그것은 대체로 영원한 의미에서의 인간의 삶을 위하여 중요한 진실을 전달하는 것이 아니라, 가장 심각한 경우에도 그러한 삶을 파편화하는 위기를 말하는 것이기 쉽다.

이렇게 볼 때, 최진욱 씨의 전시가 전달하려는 것은 서해안의 자갈과 바위이든, 동해안의 바위 이끼이든, 우리가 재현하는 자연의 이미지는 오늘의 시대의 물질적 사회적 정치적 또 문화적 쓰레기에 대한 안티테제라는 사실이라고 할 수 있다. 그러나 이 안티테제 자체도 충분히 강한 현실성을 가진 것은 아니다. 전시 방법에 대한 위의 해독이 어느 정도 맞는 것이라면, 그것은 인위적으로 설정되는 것일 뿐이다.

설치 계획에 들어 있는 넉 점의 그림은 십자가 형태의 것이다. 이것은 무엇을 뜻하는가? 기독교적인 연상을 환기시키려는 것일까. 서양화에서 네모난 캔버스는 그림의 내용으로 하여금 창을 통하여 다른 곳을 내어다본 것과 같은 효과를 가지게 한다고 설명된다. 그림은 창을 통해 본 다른 현실이다. 그렇지 않은 경우도 네모난 그림의 액자는 사각형 정사각형의 벽 그리고 실내의 기하학에 맞아 들어간다. 그리하여 그림의 액자의 인위적인 성격을 완화해 준다. 물론 실내의 기하학은 인력의 지배하에 있는 모든 지상의 건조물 그리고 자연의 기하학의 일부를 이룬다. 이러한 기하학의 상호 작용은 네모난 액자의 그림이 현실 세계의 일부가 되게 하는 일을 도와준다. 십자형의 액자는 이러한 자연스러운 기하학과 중력의 조화를 거부하는 것이다.

자연의 이미지는 오늘날 오로지 이미지로 존재할 뿐이다. 우리는 이와 관련하여 최진욱 씨의 자연 묘사에서 이미 3차원적 공간의 구성이 포기되어 있음에 주의할 수 있다. 근대화 과정 속에서 많이 유행하던 수석이라는 것이 있다. 수석 수집의 의미를 하나로 재단할 수는 없지만, 그것은 자연의 자연스러운 형상과 결을 상기하게 하는 물건임에 틀림이 없다. 그것은 도시 거주에 하나의 위안의 자료가 되었을 것이다. 그러나 많은 수석은 자연 공간을 떠난 단편적인 대상물 ── 일종의 페티시로 생각될 수 있다. 자연은 오늘날 자연 공간을 떠나서 이미지로, 페티시로, 키치로 존재한다.

6

그렇다고 자연에서만 근원적인 공간이 존재하는 것은 아니다. 기하학이야말로 근원적 공간의 특징이다. 자연의 공간적 성격도, 박주현 씨의 설치와 관련하여 말한 바와 같이 기하학의 도움으로 분명해진다. 있는 그대로의 자연만이 전부는 아니다. 인간의 조형물이 자연에 일치하는 것은 자연의 원리에 일치함으로써이다. 이 원리는 기하학을 포함한다. 이 일치의 가능성 없이는 공원을 만들고 정원을 만드는 것은 불가능하다. 그러나 공원과 정원이 있든 없든, 도시도 아름다운 공간을 드러내는 것이 될 수 있다. 르코르뷔지에(Le Corbusier)는 "수학적 서정성"을 말한 바 있다. 그가 생각한 아름다운 도시는 반듯한 도로망과 십자형의 거대 고층 건물들로 이루어지는 것이었다. 고층 건물이 밀림을 이루는 오늘의 도시들 — 특히 한국 도시를 볼 때, 그러한 건축 미학의 타당성은 의심될 수밖에 없다. 병영 지역도 단순한 기하학의 경제학을 구현한 것이다. 공간성의 아름다움에 관계되는 기하학은 깊이의 기하학이다. 그리고 그것은 어떤 방식으로인가 깊이 있게 지각된 감각적 현실에 관계되어 있다. 그것은 시간을 포함할 수밖에 없을 것이기 때문에, 깊이의 공간 시간의 구조학이라고 하는 것이 옳다. 그러나 그것은 현대의 모순과 갈등 속에서 어떤 예술적 묵시의 순간에 암시되는 가상에 불과한지도 모른다.

나는 우리의 전통적 삶에 쓰였던 살림의 도구가 부잣집의 거실이나 정원에서 또 박물관에서 미술품으로 바뀌는 것을 흥미롭게 생각한다. 소위 원시 사회의 실생활이나 종교 생활의 용품들이 서구의 미술관에서 미술품으로 둔갑하는 것도 이에 비슷한 경우이다. 또는 이번의 전시장도 그로부터 예외가 된다고 할 수는 없다. 그림이 완성되는 것은 그것이 벽의 적절한 공간에 위치할 때라는 최진욱 씨의 관찰은 정당하다. 이러한 사실들을 말하는 것은 근대 예술의 과정이 근대화, 계급 사회 그리고 제국주의의 모순에 기식한다는 것을 말하는 것이다. 이것은 어쩌면, 근대 이후에 모든 예술의 존재 방식에 들어 있을 수밖에 없는 모순과 패러독스를 드러낸다고 할 수도 있다. 근대 예술은, 또는 예술은, 어느 시대에나 거기에서 오는 "나쁜 믿음"을 피할 수 없는 것인지 모른다.

그러나 인간 의식 — 그리고 어쩌면 인간 생존의 새로운 차원은 그것의 계보에 의하여 완전히 부정될 수는 없는 것일 것이다. 생활의 일부이던 도구가 부잣집 안에 놓일 때, 그것은 새로운 공간에 의하여 예술 작품으로 변화된다. 그러나 그 공간은 그 물체가 요구하는 것이기도 하다. 그 요구는 생활 공간에 대한 요구라기보다는 미적 공간에 대한 요구이다. 그것은 관람자의 의식 속에 생겨나는 미적 공간에 대응한다. 그것은 생활의 긴급한 요구로부터 해방됨으로써 가능하여지는 요구이다. 생활 용구는 미술 작품이 됨으로써 그 주변에 침묵의 공간을 만들어 낸다. 이것이 심미적 또는 관조적 공간이 된다. 그리고 이것은 다시 모든 것의 근본으로서의 우주 공간으로 확대될 수 있다. 그것은 모든 것을 품고 있는 공간이기도 하고, 모든 것을 만들어 내는 공간이기도 하다. 그러나 위에서 말한 바와 같이 이러한 미적이며 우주적인 공간의 가능성이 계급의 분화와 제국주의적 시장 체제를 불가피한 것이 되게 하는 근대화 — 소외의 체제인 근대화에 결부되어 있는 것이다. 사람의 의식 가운데를 헤집고 들어오는 존재의 공간이 정치적 모순의 소산이어야 할 필연적인 이유가 있는 것일까. 서양의 근대 예술을 만들어 낸 예술가들이 가졌던 부르주아 계급의 속물 취미에 대한 경멸은 그 자체가 하나의 상투 개념이 되었다. 아마 존재론적 공간의 탄생은, 그것이 사회적인 모순에 결부되는 것이 아니라도, 사람과 환경 사이의 소외와 그 지양이라는 모순의 변증법에 의하여 매개되는 것인지 모른다. 그러나 그것은 단편화된 세계에서도 존재론적 요청을 지향한다. 어떤 평자는 파울 클레(Paul Klee)의 그림 「안젤루스 노부스」가 대표하는바 클레의 "천사적 공간"을 "자기 파괴를 통하여 스스로를 다시 긍정하는 것을 가능하게 하는" 공간이라고 말한 바 있다.(크리스틴 뷔시글뤽스만(Christine Buci-Glucksmann)) 현대의 예술의 메시지는 항상 묵시록의 심연 가에 서 있는 듯하다. 그러면서도 그것은 근대적 인간의 성찰의 공간이고, 가능성과 현실성, 물질과 수학의 세계를 하나로 보는 현대의 천체 물리학의 공간이기도 하다. 그리고 그것은 보다 나은 인간 생존의 가능성에 대한 갈망의 근거가 되기도 한다.

　그러나 모든 완전한 공간은 심미적, 사회적, 형이상학적 광증일 수 있다. 적어도 오늘날의 아름다운 예술 작품은 자기 긍정과 부정의 아이러니 속에서만 존재한다. 지금의 시점에서 이것을 포함하여 예술과 사유의 세계는 근대성의 모순과 공간 속에서 일어나는 유희에 속한다. 이번 전시장의 밖에 설치한 임민욱 씨와 윤웅원 씨가 컨테이너로 휴식 공간을 설치한 것은 적절하다. 아직은 모든 것은 잠깐의 설치이고 멈춤일 뿐이다. 그러면서 그것은 새로운 감각과 사유 ── 그리고 현실의 세계로 우리를 유도해 간다.

(2004년)

새 서울의 미학[1]
개념과 현실

아름다움의 모순

아름다움은 매우 착잡한 현상이다. 그것은 인간의 눈에 비치는 물질세계의 그림자, 또는 마음에 이는 환각이다. 그러나 아름다움은 물질적 세계없이는 존재할 수 없는 것이니만큼 물질세계의 한 속성일 수도 있다. 사회적인 관점에서 그것은 굶주림과 추위의 고통이나, 인정과 시새움의 심리적 강박에 시달리는 사람에게 불의의 소득, 불요불급의 사치 그리고 퇴폐라고 생각될 수 있다. 그러나 자연이 드러내거나 사람이 만드는 아름다움이 없는 삶이 사람다움의 행복을 누리는 삶이라고 하기는 어렵다.

아름다움이 내포하는 사회적 모순을 해소하는 방법으로 사회주의 체제는 집체성의 미학을 고안하고자 하였지만, 그 결과 주목할 만한 창조물이

---

1 《공간》에 발표된 이 글과 원문 사이에는 차이점이 다소 있다. 여기에서는 필자의 원문을 저본으로 삼되 《공간》의 글을 참고하였다.(편집자 주)

이루어졌다는 말은 별로 듣지 못한다. 이것은 창작과 향수에서만 아니라 아름다움을 위한 물질적 토대에 있어서도 그러하다. 많은 역사적 미술품과 건축은 권력과 부의 특권의 소산이다. 그것은 권세의 장식이 된다. 그러나 이 경우에도 진정으로 아름다운 것은 권력과 부에 의한 부산물이 아니라 아름다움을 아는 특정한 개인들의 의지의 결집으로 성취된다. 모든 아름다움, 그중에도 인공으로 만들어 낸 아름다움, 특히 많은 축적과 투자를 필요로 하는 미술품과 건축물은 이러한 모순 속에서 태어난다.

어떤 성급한 사람들의 관점에서는, 아름다움의 특권적 성격은 일도양단의 부정으로만 대결하여야 하는 모순이다. 그러나 아름다움의 가장 큰 역설은 그것이 결국에는 오랫동안 개인의 소유로 남아 있지 못한다는 사실이다. 미술품의 아름다움이 여러 경로를 통하여 세도가나 투자자의 손을 벗어나 공공의 향유물이 된다는 것을 역사는 보여 준다. 특히 건축의 경우 그것은 공공 공간에서 보이는 것이 될 수밖에 없는 까닭에 시작부터 공공 광장의 일부가 된다. 그리하여 개인에서 발원한 아름다움은 모든 사람의 향유의 대상이 될 뿐만 아니라 역설적으로 그 공공성을 통하여 사회적 통합에 기여한다. 몇 년 전, 영국에서 미술관 관람객들의 사회적 신분을 조사한 사회학적 연구가 있었다. 의외의 발견은 미술관을 가장 많이 찾는 것이 노동 계급의 사람이라는 사실이었다.

서울의 아름다움

사람이 만드는 모든 아름다움의 표현 가운데 가장 큰 것의 하나는 도시이다. 도시 또한 앞서 언급한 모든 모순을 지니고 있다. 그러면서 그것은 또 하나의 커다란 모순 속에서 성립된다. 도시의 아름다움은 역사적 우연이 만들어 내는 총체성이다. 도시도 아름다움의 창조를 위한 모든 작은 의지 — 개인적이고 집단적인 의지 — 를 표현한다. 그러나 도시는 개인의 의지 그리고 여러 가지 국지적 의지를 바탕으로 하면서, 그것을 초월하는 우연 속에서 그 아름다움에 도달한다. 그리고 사람들의 삶의 일부가 된다.

서울은 자연환경의 면에서는 세계에서도 드물게 아름다운 곳이라고 할 수 있다. 이것은 이웃나라의 수도들 — 북경이나 동경에 비하여도 금방 쉽게 눈에 띄는 사실이다. 그러나 이 아름다움을 바탕으로 하여 심리적 만족과 사회적 통합 그리고 행복한 환경을 제공한다는 점에서 서울이 아름다운 곳인가라는 물음에는 긍정적인 답을 내놓기 어렵다. 수도 이전의 말이 나온다는 사실도 여기에 관계된다. 서울의 자연이 아름답다고 할 때, 그것은 무엇보다도 지형적으로 볼 만한 산이 많다는 것을 의미한다. 그러나 이것은 서울의 지형이 현대적 대도시를 세우는 데 적합한 것이 아니라는 것을 의미하기도 한다. 그러나 서울의 아름다움에 대한 부정적인 또는 소극적인 평가는 역사의 과정 — 그 정치 경제는 물론 한국적 도시 정신의 역사적 성립 과정 — 에서 그 원인을 찾아야 할 것이다.

어떤 고장에 사는 사람에게 고장의 아름다움은 그렇게 중요한 것이 아니다. 물질적 환경은, 아름답든 그렇지 않든, 삶의 일상성 속에 흡수되어 보이지 않기 마련이다. 그리하여 사람들은 자기 고장의 아름다움을 알지 못하기 쉽다. 그것을 알아보는 것은 외부자의 눈길이다. 한남동의 삼성미술관 리움을 설계한 외국의 건축가들은 서울의 도시로서의 성격에 대한 질문을 받고서 그 질문에 매우 애매한 답변만을 내놓고 있다. 마리오 보타(Mario Botta) 씨는 서울은 "아시아에서 일어나고 있는 급속한 개발과 계속적인 변화의 대표적인 예"라고 말한다.[2] 장 누벨(Jean Nouvel) 씨에

---

2 개관 기념 전시 카탈로그 「뮤즈-움?: 다원성의 교류」, 28쪽.

게 서울은 "20세기 대도시의 희화(caricature)"로 생각된다.[3] 렘 콜하스(Rem Koolhaas) 씨에게 서울은 "혼돈과 경직성만이 있고 그 둘 사이에 중용이 결여된 도시"이다.[4]

내국인은 이러한 부정적이거나 애매한 시각에 동의하면서도, 조금 더 관대하다. 연세대학교의 민선주 교수는 "서울은 스스로의 아름다움을 인식하지 못하여 온 대표적인 도시"라고 말한다.[5] 이것은 아름다움이 있기는 하되 그것을 의식화하지는 못하고 있는 것이 서울이라는 말로 생각된다. 이어서 민 교수는 리움의 서울에서의 역할을 높이 평가하면서, 이 기념비적 건물을 통하여 "서울의 도시적 특징도 하나의 작품으로 포용"된다고 말한다.[6]

돌과 철과 유리와 나무

대체적으로 말하여 아름다움의 관점에서 서울이 좋아지고 있는 것은 사실이다. 렘 콜하스의 '혼란'은 구시가지를 지칭하고 '경직성'은 신도시 부분의 병영과 같은 아파트를 지칭한다. 이러한 것들이 서울의 특징임에는 틀림없으나, 그럼에도 서울이 많이 나아지고 있다는 느낌은 나만의 느낌이 아닐 것이다. 정비되는 시가지가 늘어나고 그에 따라 건물들도 좋아 보이고 또 실제로 좋은 건물이 많아지고 있다.

아파트나 주택을 제외한다면, 좋아지는 건물들은 비교적 최근에 지은

---

3   같은 책자, 44쪽.
4   같은 책자, 60쪽.
5   리움 홍보팀 PR 자료, 23쪽.
6   같은 자료, 24쪽.

사무용 고층 건물들이다. 이 건물들은 대체로 그 질료적 현실감을 강하게 느끼게 하는 유리와 철강재의 건축물들인데, 이러한 종류의 건물은 근년에 다른 나라에서도 많이 볼 수 있는, 말하자면 신국제 양식의 건물이다. 삼성미술관 리움도, 보다 실용적 기능을 가진 서울의 다른 건물들에 비하여, 외형이나 내부 공간 기획에 조금 더 조형적 배려가 들어간 것은 사실이나, 이러한 신국제 양식에 속하는 건물이다. 리움과 다른 건물들과 양식상의 대체적인 일치는 외국으로부터의 영향도 있고(건축가들이 외국인이니 당연한 일이기는 하겠으나) 한국 사회가 국제적인 산업 기술 문명 안으로 본격적으로 진입하게 되었다는 사실과 함수 관계에 있는 일일 것이다.

물질의 결

장 누벨 씨는 리움 뮤지엄 2 건물 설계에서 "돌과 철과 유리와 나무의 시적인 발명"이라는 말로 자신의 설계 의도를 설명하고 있다. 리움을 찾아 들어간 사람들에게 강하게 다가오는 것은 바로 이러한 자료들의 인상일 것이다.

중요한 것은 이 자료들의 질감이다. 그러나 이것들은 자연 상태 그대로의 자료가 아니고 가공된 것들이다. 유리나 철은 물론 산업 기술의 소산이다. 이러한 건물에 사용된 돌은 절단과 연마의 가공을 강하게 느끼게 하는 돌이다. 누벨 씨의 설명에 나오는 나무란 수목을 말한 것이지만, 유리 너머에 심어 놓은 이 나무들은 식목과 조경의 결과라는 것을 즉감하게 한다. (목재라는 의미의 나무도 자료로 쓰여 있지만, 이것도 강한 인위적 처리 공정을 생각하게 하는 것이다.) 이러한 자료의 존재 방식을 하나로 종합하면, 자료들은, 다시 말하여, 그 물질로서의 질감을 강하게 느끼게 하는 것인데, 그것은 정교한──장인의 그것이 아니라 기술적 정밀화를 통해 정교하게 처리된 마감 질에서 드러나게 되는 질감이다.

이 마감의 정교함은 현대 산업의 많은 상품에서도 발견되는 것이다. 제1건물의 원추형 전시 계단의 대리석은 돌이면서도 돌의 중후감과는 관계가 없는 표피적 가벼움을 가지고 있다. 제2건물 계단의 철강의 흐린 잿빛은 많은 상품의 거죽에서 보게 되는 우아함을 가지고 있다. (지금 이 글을 작성하고 있는 노트북 컴퓨터의 틀은 플라스틱임에 틀림이 없는데, 그 강철 계단과 같은 종류의 색깔과 질감을 느끼게 한다.) 계단의 벽은 마치 검은 천이라도 씌운 듯한 촉감을 느끼게 하였는데, 관람에 동반한 《공간》의 장수현 씨의 설명을 듣고서야 나는 그것이 철강재라는 것을 알았다. 철강의 녹을 그와 같은 색조와 느낌이 드러나도록 처리한 것이다. 이것은 제3의 건물이며 중심 부분을 이루고 있는 아동교육문화센터의 경우에도 마찬가지이다. 이 부분에서, 설계자 렘 콜하스나 리움 측에서 자랑스럽게 생각하는 것은 "블랙박스"라고 부르는 콘크리트 축조물이다. 그 콘크리트도 흔히 볼 수 없는, 진한 회색의 잘 다듬어진 결을 드러내고 있다. 그리하여 그것은 콘크리트보다는 검은색의 자연석을 사용한 것이라는 착각을 불러일으킨다. 이 블랙박스를 받치고 있는 몇 개 안 되는 기둥도 콘크리트이면서도 잘 연마된 돌의 느낌을 준다. 이 모든 것은 결국 현대의 기술 문명이, 상품 생산의 경우에서와 마찬가지로, 자연의 섬세한 결을 만들어 내는 일에까지 필수적인 요인이 되었다는 것을 말하여 준다. 여기에서도 우리는 과연 진실과 가상의 진실이 구분되기 어려운 것이 된 것이 오늘의 시대라는 것을 생각하게 된다.

힘의 기하학

블랙박스의 중요성은 물론 이러한 섬세화된 물질성보다는 그 형체에 있다. 블랙박스는 공중에 떠 있는 거대한 기하학적 축조물이다. 이것은 미술관 전체를 대표하는 형상물이라고 하여도 좋다. 그것이 느끼게 하는 것은 기하학의 힘이다. 거대한 중량을 공중에 떠 있게 하는 것은 물리 법칙이다. 이 법칙은 힘을 나타낸다. 그러면서도 거기에는 인위적인 조작이 들어 있지 않다. 여기에 개입하는 사람의 힘은 물리 법칙을 이해하고 그것을 이용할 수 있는 과학과 기술과 자본을 동원하는 힘이다. 그러나 그것은 물리 법칙과 일치함으로써 그 자신의 힘을 소거한 듯한 인상을 준다. 눈에 보이는 것은 이러한 힘이 구현하는 기하학의 우아함뿐이다.

리움의 건축물은 전체로 기하학적이다. 그러면서 그것을 구성하는 기하학적 형상들은 단순한 기하학적인 형상이 아니다. 지배적인 것은 정사각형이나 직사각형 그리고 원이나 삼각형이기보다는 포물선이나 다변성, 다면성을 보여 주는 복잡한 기하학적 형상들이다. 사각형이나 직사각형은 기하학의 기초적인 형상이다. 그리고 그것들은 인력의 법칙에 가장 무리 없이 맞아 들어가는 형상들로서, 사람의 모든 축조물의 기본적인 형태를 이룬다. 그러면서도 이러한 기본 형상들은 그 자체로는 미적인 매력을 갖기 어렵다. 그것은 인력이나 물질의 면에서 지나치게 기능적인 제약 그리고 어쩌면 상상력의 빈곤을 연상하게 하는 것인 때문인지 모른다. 물론 사각형의 단순성은 고전 건축에서 이성의 기율을 나타낼 수 있고 바우하우스의 건물에서는 기능주의의 금욕성을 부각시키는 언어가 될 수도 있다.

그러나 모든 건축물의 경향은 수학과 물리학의 기본 요청을 존중하면서도 그것을 감추거나 변형시키려는 시도를 표현하는 것으로 보인다. 리움은 기하학을 떠나지 않으면서 그것의 단순성을 기피한다. 그 기하학은 불완전하거나 거꾸로 선 원추형, 여러 가지 부등변사변형, 원형, 나선형 등의 기하학이다. 이것은 그 부정형성과 그 거대함으로 인하여, 그리고 또 그것이 관람객을 둘러싸고 있음으로써 일정한 거리에서 객관화할 수 없는 것임으로 하여 쉽게 파악할 수 없는 기하학적 형상이 된다. 그러면서도 그것은 높은 기하학적 이해와 물리학 공학적 이해의 구조에 의하여 이루어진 것임을 느끼게 한다. 그것은 보통 사람의 이해 능력을 넘어가는 고등 기하학의 통제력을 감추어 가지고 있다. 물론 관람객은 그것을 느끼고 경탄한다. 이것은 현대 산업 사회의 복잡한 구조의 경우에 상동한다.

공간의 유동성

입구 부문에서 또는 차고 부분에서 건물로 들어가는 사람이 갖는 느낌은 바로 공간 구도의 난해성과 그 이해를 초월하는 합리성이다. 입장자는 들어가기는 들어가되, 자신이 어떠한 곳으로 들어가는지는 쉽게 파악하지 못한다. 그러면서도 이 알 수 없는 공간이 매우 엄격하고 엄밀한 논리에 의하여 지배되고 있다는 것을 직감한다. 이것은 그로 하여금 자신이 들어선 공간을 이해하려고 하는 노력의 부담을 자기도 모르게 지게 한다. 또는 그는 자기의 능력을 초월하는 공간의 구도에 승복한다. 설계자들의 설명은 공간의 유연성을 높이고 그 결과로 관람자 자신이 주인이 되게 하려는 것이 이러한 공간 구도의 의도라고 한다. 그러나 어떤 공간에서의 사람의 실존적 안정은 공간의 구도의 자명성을 우선으로 한다. 정위와 오리엔테이션은 공간 속에서 일어나는 인간의 원초적인 요구이다.

공간의 난해성은 리움의 경우 그 입지 조건으로 인하여 특히 강화된다. 사진이나 설명을 보면 건물의 외부 — 특히 마리오 보타가 설계한 건물의 테라코타 외벽의 조형성을 중요시한 것으로 생각되지만, 관람객이 이것을 한눈으로 파악하는 것은 용이한 일이 아니다. 관람객은 자기가 들어가는 공간을 외부로부터 파악하기 전에 먼저 들어간다. 필자도 건물을 밖으로부터 보기 전에 들어가야 했다. 이 인상기가 건물의 외관보다는 내부의 건축 자재의 질감부터 시작한 것도 이때문이다.

건물들이 넓은 대지에 서 있어서 멀리서부터 접근하는 것이었더라면, 내부에 입장한 다음의 당혹감은 덜한 것이 되었을는지 모른다. 나를 감싸 버리는 공간은, 보통의 건물에서의 네모난 방 안에서까지도 공간의 객관적 이해를 불가능하게 한다. 설계자들은 완성된 건물들이 비어 있는 공간에 세워지고 또 들어가는 사람들이 특별한 노력을 하지 않고서도 건물의 외부적 조형성을 외부로부터 관망하게 될 것으로 생각하였는지 모른다. 그렇게 생각하지 않았다고 하더라도 열린 공간에서의 정신적 습관이 그들의 구성에 그대로 작용하였을 가능성이 크다. 어쨌든 정위의 문제를 떠나서도 조형물로서의 건물들의 특징이 충분히 효과를 발휘하지 못하는 것은 유감스러운 일이다.

공간의 객관적 이해의 문제는 물론 내부 공간에서 더 확대된다. 위에서 말한 바와 같이 이것은 공간 구성의 기하학의 복잡함 때문이다. 이것은 시각의 문제만은 아니다. 내부 공간 안에서의 움직임에서도 우리는 방향 감각의 혼란을 경험한다. 즉 관람자는 움직임을 통하여서도 자신의 위치가 어디인지 정확히 이해하지 못하는 것이다. 세 개의 전시장 건물들은 교묘하게 설계된 계단, 에스컬레이터 등의 통로로 연결되어 있다. 이러한 통로를 경유하는 관람자는 자기도 모르게 다른 건물에 와 있는 자신을 발견한다. 모두 움직임을 보다 흥미롭게 하려는 것이 그 의도의 일부일 것이다. 그런데 눈이나 발로 공간을 헤아리는 데에 있어서 관람자가 갖는 어리둥절한 느낌은 건조물의 성격으로 인한 것이면서도, 건조물의 활용 방법과 우리를 지배하는 생활의 관습에 관계되는 것일 수도 있다. 설계자들의 의도대로라면, 공간 구도의 난해성은, 이미 비친 바와 같이, 유연성을 강조하여 관람객을 주인으로 만들려는 목적에 관계되어 있다.

처음으로 열리는 전시 계획의 표어는 '다원성의 교류'이다. 강조되는 것은 미술과 미술관의 위계적 위엄을 해체하고 그것을 시민 생활에 자유롭게 교통하게 한다는 것이다. "다원적 도시와 완벽하게 교류하는" 미술관과 미술 전시 ─ 이것이 리움의 겨냥하는 바이다.[7] 민 교수가 인용하는 보타 씨는 말한다. "나는 이 미술관이 젊은이들이 모여드는 곳이 되기를 바란다."[8] 마리오 보타가 생각한 대로라면, 젊은이들의 에너지가 공간을 채우고 놀이의 분위기를 만들어 내는 것일 것이다. 리움의 공간 계획으로 미루어, 리움은 건물 자체로 이미 근대주의 양식의 엄격성 그리고 그 배경을 이루는 합리성에 대하여 탈근대적 자유 변형을 시도하려는 것일 것이다. 공간 구도의 불규칙성과 난해성은 자유 그리고 축제적 혼란을 촉진하고자 하는 의도를 가진 것으로 생각될 수 있다.

그러나 지금의 미술관의 현실로는 이러한 의도는 다른 결과를 낳는 것으로 보인다. 미술관 건물 안에는 많은 안내자와 경비자가 있어서 관람객을 안내하고 또 통제한다. 이것은 공간의 유동성, 불안정성 또는 정위(定位)의 난해성에서 오는 한 결과이다. 안내자는 관람자의 동선과 움직임의 방향도 통제한다. 물론 미술관 입장 자체가 예약제를 통하여 통제되어 있다. 안내하는 문서에는 이것은 미술관의 운영의 안정화를 위한 것이라고 한다. 탈근대적 건축의 자유와 즐거움은 무엇인가? 그것은 근대성의 넘침, 그 잉여의 혜택이라고 할 수 있다. 자본주의 경제의 풍요 없이는 대중적 축

---

7 「뮤즈-움?: 다원성의 교류」, 17쪽.
8 같은 책자, 20쪽.

제의 자유는 불가능하다. 그 풍요가 쾌락을 떠받치고 있는 것이다. 다만 축제의 무리들은 그 떠받치고 있는 것을 잊어버릴 뿐이다. 한국의 상황에서 이 망각은 아직은 편안한 분위기의 자연스러움에 이르지 아니한다. 그리하여 젊은이가 모여드는 축제가 아니라 모여드는 것을 제한하는 안정된 질서가 필요한 것이다.

전시

미술관의 안내자에 따르면, 관람은 고미술품 전시장이 되어 있는 제1건물의 맨 위 4층으로부터 시작하는 것이 정도라고 한다. 관람객은 4층의 전시장으로부터 시작하여 나선형의 계단과 통로를 따라 내려오면서, 청자, 분청사기, 백자, 고서화, 금속 공예품 등을 보아 나갈 수 있다. 청자 등의 전시품 등은 유리장 안에 귀금속 판매점이나 고가의 ── 우리나라에서 명품이라고 불리는 고가의 상품들처럼 전시되어 있다. 세부의 가공이 정교한 고려의 청자들은 그 시대가 그 후의 시대보다는 아름다움과 사치를 적극적으로 추구한 시대라는 것을 느끼게 한다. 그러나 여기의 전시품들이 이 사치의 시대를 실감 나게 하지는 아니한다. 전시된 보물들도 일찍이는 생활용품이었을 터이다. 다만 복잡한 역사의 힘들이, 이러한 일용품, 그리하여 깨어질 위험을 완전히 벗어나지는 못했을, 일용품들을 높은 신분의 보물로 바꾸어 놓은 것이다.

개인적인 또는 공공 소유의 옛날 물건들은 귀중하게 보존되어야 할 문화재이다. 보물은 생활의 일부이면서 일부가 아니다. 도자기, 불화, 공예품, 서예 등, 국보로 지정된 것을 포함한 고미술품들은, 소개문에 의하면, 모두 120점이라고 한다. 적지 않은 숫자임에도 불구하고, 보물들은 가령,

대만의 고궁박물관 같은 데에서처럼 넘쳐 나는 느낌을 주지는 않는다. 전시품에서 생활을 느끼지 못하는 것은 전시품이 넘쳐 날 만큼 충분하지는 않다는 사실에도 연유하는 것일 것이다.

두 번째 건물에는 한국의 현대 작가와 서양 작가들의 작품이 전시되어 있다. 이것도 적지 않은 수에 이른다. 그러나 여기의 전시에서 한국 고미술, 현대 미술, 또는 서양 현대 미술에 대한 넓은 경험을 기대할 수는 없다. 고미술이, 소개문에 있듯이, "총망라"된 것도 아니고, "한국의 전통 미술의 정수를 만끽"할 수 있는 정도는 아니라는 것은 이미 언급하였지만, 현대 회화의 경우에도, 인상적이기는 하나, 여기의 전시품들을 통하여, "청전 이상범과 소정 변관식의 작품부터 이중섭, 박수근, 장욱진 등 한국인의 보편적 정서를 대변하는 작가들의 작품 세계를 만날" 수 있는 것은 아니다. 서양 작가의 작품으로는 마크 로스코(Mark Rothko), 도널드 저드(Donald Judd), 프랭크 스텔라(Frank Stella), 요셉 보이스(Joseph Beuys)의 작품들이 있다. 그러나 그것도 그들의 '세계'를 짐작할 수 있는 정도의 것은 아니다.

아직까지는 진열된 물건들이 들어서 있는 집은 물건들에 비해서는 엄청나게 크다. 보다 많은 작품이 모이고 전시되게 되면, 그때 비로소 더 깊이 있는 미적 체험이 가능해지겠지만, 그러한 목적을 위해서는 건물은 너무 작다고 할 수도 있다. 필요한 것은 아마 수집의 집중화와 전문화일 것이다. 그러나 지금의 전시품들과 전시 공간이 개인의 노력으로 이룩된 것이고 이 미술관이 이제 갓 출발한 것에 불과하다는 사실을 생각하면, 불평할 일이 아님은 물론이다. 다만 이러한 점에 언급한 것은 리움의 모든 것은 독특한 문화적 기여이면서 동시에 한국 사회의 다른 것과 일체적인 현상이라는 것을 말하려는 것이다.

개념과 물질

전시장을 돌면서 전시품에 대한 조금 더 많은 안내를 받으려는 사람은 디지털 전시 안내기라는 편의 기구를 대여할 수 있다. 목에 걸고 도자기나 그림 앞에 서면, 저절로 목전의 전시품에 대한 해설이 이어폰으로 전달되어 들어오는 그야말로 첨단 기술의 보조 기구이다. 물론 전시품에 대한 기본적인 정보는 명패에 기록되어 있다. 전시 안내기는 이러한 사실적 정보와 함께 그 외의 해설을 제공한다. 어떤 해설들은 작품의 현실을 넘어가는 것으로 들린다. 가령 이중섭의 황소 그림이 일본 제국주의에 대한 저항 의식을 표현하는 것이라는 것과 같은 해설이 그것이다. 또는 조셉 코넬(Joseph Cornell)의 한 설치물인 손가방 크기의 나무 상자 안에는 갖가지 잡동사니 물건들, 가령 작은 유리잔과 골프공 크기의 공이 들어 있다. 디지털 해설에 의하면, 이 공과 잔은 우주를 상징하는 것이라 한다. 사람은 세계가 사람에게 중요한 의미로 가득할 것을 원한다. 보는 것들에도 잊힐 수 없는 의미가 깃들어 있기를 원한다. 더구나 자기가 하는 일 ─ 많은 힘을 들여서 하는 일에는 중요한 의미가 있어야 한다고 생각한다. 이해할 만한 일이다. 그러나 미술이 주는 위안의 하나는 물질적 세계가 반드시 거대한 언어적 의미로 환원되지 아니하면서도 일정한 질서를 가진 것으로 존재한다는 것을 느끼게 하는 데에 있다.

이즘에 와서 '콘셉트'라는 말은 문화와 관련하여 ─ 산업이 되고 대중 소통의 일부가 되는 모든 문화적 행위 그리고 미술에서 가장 빈번하게 듣는 말이 되었다. 이것은 물론 건축에서도 그러하다. '콘셉트'는 현실로부터 돌출한다. 그러나 없는 것을 새로 있게끔 궁리해 내는 한 방안이 '콘셉트'이다. 많은 것이 거기로부터 시작하는 것임은 틀림이 없다. 리움은 하나의 '콘셉트' 또는 '콘셉트'들의 집합이다. 적어도 이 설계에 관계된 모든 문서에 의하면 그러하다. 리움을 경험하는 많은 관람자에게도 그러할 것이다. 리움은 중요한 시작이다. 그것은 서울시의 새로 지어지는 다른 좋은 새 건물들과 함께, 우리의 삶이 실용에서 미적인 행복으로 나아가고 그것이 공유되고 자연스러운 삶의 일부가 되어 가는 긴 과정의 한 시작을 나타낸다.

리움의 전시장 조명은 매우 어둡다. 초점을 맞춘 외로운 불빛들이 너무나 희소한 문화재를 보관하는 유리장을 밝게 비춘다. 그것은 그 귀중함을 더 돋보이게 한다. 전시장 벽면에는 군데군데 밖으로 널리 열려 있는 유리창이 있어, 거기를 통하여 한남동 언덕 위로 층층으로 쌓인 집들이 보인다. 거대한 유리창틀의 액자에 들어간 이러한 도시의 광경은 혼란 그것인 서울의 집들도 어떤 각도에서는 재미있는 회화적 구도를 가진 것임을 느끼게 한다. 미술의 시각 속에서 우리의 삶이 하나의 통일된 구도로 파악되는 듯한 착각을 갖는 것이다. 이러한 착각이 도시의 건설에 작용하고 그것이 오랜 시간 속에 누적될 때, 아름다운 도시가 생겨나는 것일 것이다. 그리고 그 안에서 미술관은 자연스럽게 생활의 일부가 될 것이다. 그러나 현시점에서도 리움을 빠져나와 다시 서울의 도시 공간으로 돌아가는 것이 다른 세계로 가는 일을 의미하지는 아니한다. 리움이 서울의 일부이고 한국의 일부인 것은 틀림이 없다. 아름다운 서울은 아직도 시도되는 '콘셉트'이다. 그러면서 그 속에서 서울의 삶은 계속된다.

(2005년)

사물과 공간[1]

　　고려대학교 교환 교수로 와 있던 로브 윌슨 교수의 한 글에는 1983년에 고대에서 영국 옥스퍼드의 영문학과 존 베일리 교수와 만났던 짤막한 삽화가 들어 있다. 고대박물관으로 가면서, 그가 "이 박물관에는 '물적(物的, thingy)인' 전시품들이 많습니다." 하였더니, 베일리 교수는 "그래요, 맞아요, 물적인 것, 그것이 바로 한국이지요." 하더라는 것이다. 한국의 인상을 요약할 말을 찾고 있던 베일리 교수는 이 말에서 바로 맞는 말을 얻었다고 생각한 것이었다. 이 말에 윌슨 교수가 완전히 동의하는 것 같지는 않다. 그는 이 말이 한국에서 그가 발견하는 에너지와 움직임의 열광을 충분히 표현하지 못한다고 느끼는 것이다.

　　한국어로 번역하기는 쉽지 않지만, 이 '물적', '물건적', '사물적'이라는 말은 우리 모두가 서울이라는 도시 공간에서 갖게 되는 느낌을 적절하게

1　《공간》에 발표된 이 글과 원문 사이에는 차이점이 다소 있다. 여기에서는 필자의 원문을 저본으로 삼되,《공간》의 글을 참고하였다.(편집자 주)

요약하지 않나 한다. 물건들과 사람들이 마구 부딪치면서 꽉 차게 집합해 있는 곳이 서울이다. 서울은 과연 '물적인' 도시이다. 6·25 전쟁 이후부터 그대로 남아 있는 허름한 거리를 걷거나 서울 주변의 높은 산에서 신개발지를 포함하여 서울시 전체를 전망하거나 이 느낌은 마찬가지이다. 흥미로운 것은 서울의 예술가들의 작품에서도 공간이 부족하다는 느낌을 받을 때가 많다는 사실이다. 그렇다는 것은, 가령, 그림의 화면에 그려져 있는 물건들이 서로의 공간적 관계를 보여 주는 구성을 이루지 않으면서 화면에 놓여 있는 것이다. 이 보편적 현상은 어디로부터 오는 것인가. 이것은 공간이 어디로부터인가 사람의 마음에 스며들고 그 공간이 다시 사람의 모든 표상 행위 속에 개입해 드는 것이 아닌가 하는 생각을 가지게 한다. 그렇다고 공간 없이 조합된 사물들이 그 나름으로 독특한 효과를 가질 수 없다는 것은 아니다.

우리가 서울에서 느끼는 '물적인' 느낌은 반드시 사물의 있는 대로의 객관적 실상을 반영하는 것이라고 할 수는 없다. 이것은 세계 어디에서도 마찬가지이다. 물질이 세계의 기본 자료라고 한다면, 세계 어디를 가도 물건이 없는 곳은 없다고 할 것이다. 사막은 물건이 없는 빈 공간으로 보일 수 있다. 그러나 그것은, 더러 우리를 즐겁게 하는 사막의 꽃들도 있지만, 대체로 모래 알맹이로 가득 찬 곳이다. 산은 어떤가? 서울에 공간적 안정성을 부여하던 것이 산이다. 이제 온 나라에서 산은 헐리거나, 치솟아 올라가는 구조물로 가려지게 되었다. 이것이 바로 도시의 인조물들을 뿔뿔이의 물건이 되게 한다. 하늘은 어떤가? 비어 있는 것이 하늘이라고 하는 것이 틀린 말은 아니지만, 하늘도 산소라든지 탄소라든지 원소로 가득 차 있다. 바로 이산화탄소의 과도한 퇴적이 가져오는 지구 온난화가 사람들의 마음을 불안하게 하고 있다.

D. H. 로렌스의 단편에 「물건들」이라는 것이 있다. 이 단편의 미국인

주인공 부부는 '미' — 유럽의 오랜 문화 전통에의 정화 장치에서 제련된 높은 미를 찾아서 유럽으로 이주한다. 오래 머무는 동안 그들은 물건들 — 가령, 16세기 베니스제 책장, 볼로냐의 찬장, 시에나의 커튼이나 청동 제품, 루이 15세풍의 의자, 이러한 것들을 수집한다. 그들은 다시 미국으로 돌아가게 되지만, 재산이 줄어든 부부는 뉴욕의 작은 아파트에 들게 되고, 가지고 온 많은 가장 집물을 한 시간에 1달러라는 돈을 들여 창고에 맡기게 된다. 그러다가, 남편이, 마음에 내키지 않는 대로 클리블랜드의 한 대학에 직장을 구하자, 대학 구내에 자그마한 집을 구하여 물건들을 들여 놓고 살 수 있게 된다. 물건들은, 로렌스의 풍자적인 표현에 따르면, 주변에 "전적으로 어울리지 않고, 그러기 때문에, 아주 두드러져 보였다." 그 물건들이 주는 느낌은 피렌체의 아르노 강가의 오래된 저택에서의 느낌과는 같을 수가 없었다. 그러나 사실 피렌체의 저택에서도, 기분에 따라서는, 또는 어쩔 수 없이 찾아오게 마련인 삶의 권태감이 일면, "가구들 언저리에서 빛무리가 사라지고 그 물건들은 그냥 물건들, 물질의 덩어리, 나무 뭉텅이가 되었다."

이 미국 부부의 경우처럼, 물건들의 의미는 보는 사람의 기분, 그리고 물건들이 놓이게 되는 전체 공간의 질서 — 단순히 물리적인 의미에서의 공간이 아니라 사회의 의미 체계를 품고 있는 의미 공간 안에서의 자리매김에 달려 있다. 이 물리적이고 의미론적인 공간이 물건들에게 '빛무리'를 씌운다. 이 흐릿한 빛이 사물을 주변의 공간에 녹아들게 한다. 그러다가 이 공간 질서 — 물리적이고 의미론적인 공간 질서의 손상은 물건들을 '물적'인 것이 되게 하는 것이다. 잘 정돈된 실내 공간에서 완전히 제자리를 잡고 있던 가구들은 이삿짐이 되어 트럭에 실리는 순간, 물건 덩이가 된다. 이러한 변용은 움직이지 않는다는 부동산이 움직이는 동산이 된, 이사의 도시 서울에서 자주 보는 광경이다. 그 흉물스러움을 감추기 위하여 방처럼 생긴 밴이 생긴 것일까? 한국이 '물적'이라고 하였을 때, 그 뜻이 정확히 무엇인지는 알 수 없다. 한국은 서로 어울리지 않는 물건들의 집합이고, 그가 보게 된 것들, 상점이며 집이며, 고층 빌딩이며 사람들이 공간화하는 일체적 분위기 속에 파악되지 않는다는 ― 이런 뜻의 말이라고 해석해서 크게 틀리지는 않을 것이다. 이것은 충분히 이해할 만한 일이다. 잘 알지 못하는 이문화(異文化)에 간 외래인이 쉽게 받는 인상이 이러한 것이다. 정글이란 잡풀과 수목이 밀생하여 뚫고 다니기 힘든 미궁을 말한다. 그렇다는 것은 밖에서 온 사람이 그렇게 느낀다는 말이다. 그곳에서 사냥하며 사는 동물들에게 사정은 전혀 다르다.

그러나 이미 말한 바와 같이 서울이나 한국의 큰 도시들은 원래부터 그곳에 사는 사람에게도 '물적인' 장소이다. 물건과 사람들이 가득한 그 공간에서 논리적, 심미적, 또는 공간적 통일성을 발견한다는 것은 쉽지 않은 일이다. 도시를 계획하는 사람들이 이러한 통일성을 쉽게 창조하는 방법은 권력에 의존하는 것이다. 조르주외젠 오스만은 나폴레옹 3세의 비호하에 파리를 가독성(可讀性) 있는 계획도시가 되게 할 수 있었다. 서울은 14세기에 왕과 그 재상들이 풍수지리의 밑그림에 따라 계획한 도시이지만, 그 계획을 중심부 밖에까지 확대하지는 못하였다. 지금 한국에서는 건설 계획의 열기가 정치 지도자들의 마음속으로 큰 파도가 되어 밀려들고 있는 것으로 보인다. 그리하여 사통팔달의 도로와 고층 아파트와 테마 파크 판타지의 건축물이 한국의 도시 그리고 전 국토를 송두리째 바꾸고 있다. 그리하여 우리는 때로, 온 나라를 사로잡고 있는 건축, 철거, 재건축의 열정이 작은 이기적인 구석이 아니라 전체 지형의 구도를 조금 널리 고려하는 합리성을 가졌으면 하는 소망을 갖기도 한다. 짓고 부수는 열풍 속에, 더러 재미있는 축조물이 올라간다. 그 효과는 흔히는 벼락부자의 '물적' 성격을 드러내는 것이어서, "전적으로 어울리지 않고, 그러기 때문에, 아주 두드러져 보인다."라는 말로 표현될 수 있는 것일 경우가 많다.

그러나 도시 공간에 좋은 공간성을 부여하는 것은 반드시 엄격한 의미에서의 합리성이 아니다. 미국의 바둑판 도시들을 칭찬하는 사람들은 많지 않다. 도시, 생활 환경, 예술 작품들에서 사람들이 원하는 것은 사물을 안정케 하는 테두리로서의, 보다 복잡하게 이해된 공간이다. 오스만이 파리의 시가지를 정비하면서 전적으로 나폴레옹 3세의 포고령에 의존하지 않은 것은 잘된 일일 것이다. 그런 그의 도시 계획을 완성하기 위하여 여러 이해 집단들과 복잡한 협상과 타협을 하지 않을 수 없었다. 그 결과 파리는 과거의 관습과 기억과 역사를 보존하는 도시가 될 수 있었다.

기하학은 필요하다. 그러나 그것은 삶의 기하학이라야 한다. 아마 권력의 기하학보다 더 나쁜 것은 돈의 기하학일 것이다. 필요한 질서는 합리적 질서라기보다는 심미적 질서이다. 일단 그렇게 말할 수 있기는 하지만, 그것이 또 최종적인 것은 아니다. 위에 언급한 로렌스의 '물건들'은 삶의 현실에서 유리된 심미적 기획으로서의 삶이 얼마나 순정성을 결한 것인가를 풍자한 이야기이다. '물건들'의 주인공들의 삶을 요약하는 이미지는 무엇인가를 타고 올라가야 하는 덩굴 식물이다. 높이 오르고자 하는 이상주의적 소망을 가진 주인공은 "감자나 무, 나무 덩어리에 지나지 않는 것을 경멸한다." 그러나 심미적 분위기를 떨구어 버린 감자가 우리에게 큰 호소력을 갖지 못하는 것도 사실이다. 우리의 삶에는 감자밭을 벗어나서 위로 뻗치는 것이 있다. 뻗침의 공간은 형이하적이기도 하고 형이상적이기도 하다. 공간은 물건들의 배치를 위한 기하학적 공간이다.

그러나 공간은 그 안에서 물건들이 하나로 조화되는 현현(顯現)의 장(場)이다, 또는 거꾸로 이 공간의 의미는 물건들이 이 현현을 물적으로 매개한다는 데에 있다고 할 수 있다. 메를로퐁티는 공간의 근원성을 논하면서, "공간은 물건들의 배치를 위한 (실재적 또는 논리적) 장소가 아니라, 물건들의 자리매김을 가능하게 하는 매개체"라고 말한 바 있다. 이 공간을 그는 물건의 용기(容器)가 되는 "공간화된 공간"이 아니라 "공간화하는 공간"이라고 부른다. 그것은 공간성이 지각적 가능성이 되게 하는 힘이다. 예술가의 사물과 공간에 대한 느낌 ── 도시, 건축, 인테리어, 조각, 회화 등에 표현되는 느낌은 이 보편적 힘으로서의 공간에 대한 느낌일 것이다. 그러기에 비슷한 공간이, 또는 파스칼의 숨어 버린 신(Deus absconditus)처럼, 숨어 버린 공간이, 동시대의 도시나 건축 그리고 미술 작품에 두루 발견되는 것일 것이다.

(2007년)

지구 위의 삶

1. 지구 위에 사는 삶

'문화' 하면 생각나는 것은 이벤트이고 쇼이다. 사건으로서의 문화의 핵심은 열광이다. 그리하여 사건은 대개 축제의 성격을 갖는다. 국내만 상대로 하든 국제적인 참가자를 초대하든, 스포츠며, 박람회며, 영화며, 미술이며, 연극과 음악이며 또는 꽃 전시회며, 한국은 축제의 나라가 된 듯한 느낌을 준다. 축제는 화려해야 한다. 그 공간을 차리려면 화려한 장식이 있어야 한다. 그러나 우리의 마음에 문화는 축제의 무대가 아니라도 장식이 중요하다. 우리에게 문화는 장식이다. 건물을 짓는 일이나, 보도블록을 새로 단장하는 것이나, 아파트의 내부를 단장하는 것이나, 옷을 패션에 따라 입는 것이나, 생활에 있어서의 장식적인 요소가 지금처럼 중요해진 때는 없었다. 장식은 어떤 바탕에 새로운 요소를 끼워 넣는 기발한 디자인에 의존한다. 소위 명문 대학이라는 어떤 대학에서 신입생에게 자유로운 선택이 가능하다면, 전공으로 무엇을 제일 하고 싶은가 물었더니 소속과에 관계없이 60퍼센트가 디자인이라고 했다는 말을 들었다.

열광이나 장식에 대한 관심이 높은 데에는 그만한 이유가 있을 것이다. 그러나 간단히 말하면, 그것은 보다 화려한 삶을 살겠다는 것이기 때문에, 우리 사회에 어느 때보다도 삶의 확장에 대한 욕구가 강하다는 것을 나타낸다고 할 수 있다. 물론 이것은 다른 측면에서 보면, 지금 살고 있는 삶에 대한 불안에서 오는 욕구라고 할 수도 있다. 일상은 열광도 없고 화려함도 없는 답답한 작업 기율의 세계, 또는 돈의 강박에 쫓기는 세계이다. 사람들은 이 강박의 세계로부터의 탈출을 원하는 것이다. 또 이외에 축제의 집단 열광을 보면, 그것은 거죽이야 어찌되었든, 사람들이 느끼는 삶의 고독의 반대명제라고 할 수도 있다. 그들은 집단을 통해 고독에서 빠져나가고자 하는 것이다. 장식도 이와 비슷하다. 장식은 다른 사람의 이목을 끌려는 것이고, 또 인정을 받으려는 것이라고 할 수 있다. 즉, 자신을 타자와 일치시키려는 충동의 표현이라고 볼 수 있다. 물론 장식은 우선 자기를 스스로에게 볼만한 것으로 확인하려는 것일 수 있지만, 그 확인은 다른 사람의 눈으로써 자기를 확인하는 것이다.

예술에 대한 가장 간단한 프로이트적인 설명은 그것이 무의식에 억압되어 있는 욕망의 표현이라는 것이다. 예술은 숨은 욕망이 만들어 내는 판타지이다. 이렇게 말하는 것은 숨은 삶의 욕망이 예술과 문화 속에 표현되는 것을 탓하자는 것이 아니다. 그것은 자연스러운 일이다. 그러나 그러한 표현이 사람이 가지고 있는 욕망의 가짜 만족에 불과하다는 해석도 무시할 수는 없다. 이 관점에서 우리의 축제와 장식도 삶의 실체라기보다는 표피를 나타낸다. 판타지는 우리의 숨은 욕망을 충족시키는 중요한 수단이지만, 그것은 동시에 삶의 현실로부터의 도피이다. 그리고 사람이 갖는 궁극적인 욕구가 살아 있다는 사실의 확인이라고 한다면, 판타지의 삶은 삶을 버리는 삶이다. 축제가 끝났을 때 허전한 느낌이 들고, 장식의 신기함이

현재(玄齋) 심사정, 「촉잔도권」 부분(지본수묵담채, 818x58cm, 1768년 작)

사라질 때, 그 빛바랜 장식의 너절함을 느끼는 것은 자연스럽다.

사람의 내면의 욕구는 일시적인 열광과 화려함이 아니라 지속적인 즐거움이고 만족이다. 그 바탕은 사실의 세계이다. 사람이 원하는 것은 있는 대로의 산천초목이고, 있는 대로의 사람들 ——가족과 벗과 동료 인간이다. 이것들을 모형으로 만들고 또 이야기하지만, 그것은 하나의 놀이일 뿐, 이 것들에 의하여 대체되어 있는 세계는 대부분의 사람에게는 견딜 수 없는 세계일 것이다. 이러한 것들은 일하는 삶으로부터의 휴가와 휴식을 의미할 수 있다. 그러나 이 휴가가 현실의 산천초목을 떠난 인위적인 환경, 디즈니랜드, 매트릭스의 인공적 환경에서 한없는 시간을 보내는 것이라면, 그것을 행복한 일이라고 할 사람은 많지 않을 것이다.

우리가 그러한 생각을 하지 않더라도, 인간의 윤리 교사는 사실의 세계로 돌아가는 것이 인간의 운명이라고 말한다. 그러나 또 하나의 역설은 사실의 세계 자체도 인간에 의하여 선택된 것이고, 완전히 주어진 대로의 사실의 세계는 아니라는 것이다. 사막을 헤매는 과정이 정신 수양의 일부가되기도 하지만, 대체로 우리가 돌아가는 사실의 세계는 선택된 산천초목의 세계이다. 산수화가 그리는 것이 바로 그러한 세계이다. 상상력에 의한 변용이 없는 미술이나 문학 작품은 따분한 것일 수밖에 없다. 그러나 리얼리즘이 예술에 요구되고 평가의 기준이 되는 것은 우연한 일이 아니다. 예술 작품은 사람들에게 현실을 확인하여 주는 것이라야 한다. 그러나 확인한다는 것 자체가 현실은 확인의 절차──사람의 마음의 개입이 없이는 현실은 존재하지 않는다는 것을 말한다. 문학에 있어서 리얼리즘은 흔히 현실을 재현함과 동시에 현실을 비판하는 문학의 흐름을 이야기한다. 비판은 현실을 넘어가는 어떤 세계에 대한 비전과 현실을 대조하는 행위이다. 그러면서 이상적으로 생각되는 것은 이 비전과 현실이 하나가 되는 상황이다.

앞에서 산수화를 말하면서 산수화는 어떤 선택된 산수를 말한다고 하였다. 이 선택 자체에는 이미 현실과 이상의 조화가 들어 있다. 그런데 우리는 대체로 산수와 함께 초가나 정자가 그려져 있는 것을 본다. 사람은 주어진 사실 또는 산수화의 경우에 보는 것처럼 자연으로 돌아가지만, 그것을 선택하는 데에서 또 거기에 인위적인 건조물을 상상함으로써, 사실과 욕망의 조화를 원한다고 할 수 있다. 정자나 초가라 할지라도 건축물은 현실의 여러 요건──중력, 물질, 환경적 요건의 충족이 없이는 존재할 수 없다. 그러면서 그것은 이미 자연 그대로의 상태가 아니라 인위적인 건조물을 자연에 추가하는 행위라는 점에서 자연이나 자연에의 단순히 순응을 표현하는 것은 아니다. 그것이 나타내는 것은 사실과 인간의 꿈을 하나로 조화할 수 있다는 가능성이다.

문화는 조화를 만들어 내는 일이다. 이런 의미에서 건축은 주어진 세계에 대한 인간의 문화적 적응에 있어서 대표적인 경우가 된다. 그림이나 음악 그리고 문학도 같은 맥락에서 생각할 수 있다. 그러나 현실을 받아들이면서 그것을 인간의 필요와 욕망에 따라 변형하는 것이 문화라고 한다면,

건축은 역시 가장 대표적인 문화의 모델이다. 건축은 사람의 절실한 필요에서 나온다. 그러나 그것은 곧 비바람이나 추위와 더위에서 사람을 지켜야 한다는 최소한도의 필요를 넘어서게 된다. 기본적인 의식주를 해결한 다음의 인간이 가장 열렬하게 원하는 것은 좋은 집일지 모른다. 이러한 건축물에서 사람들은 책을 보고 그림을 걸고 조각을 세울 것을 생각한다. 결국 필요를 넘고 안락을 넘어 사치를 추가하는 것이 욕망의 확장 과정이라고 할 때, 사람의 소망은 호화스러운 주택인 것으로 생각된다. 그러나 이 호화스러운 건축물은 조화의 이상을 넘어가는 것이 될 수도 있다. 그러면서도, 사람은 땅에 발을 붙이고 사는 데에 기본이라는 것을 확인하기를 원한다. 아무리 좋아도 인공위성의 인공적 공간은 사치의 꿈이 아니다. 물론 이 사실을 망각해도 되는 것처럼 행동하고 짓고 하는 일이 없지는 않다. 그런다 해도, 그것은 다시 돌아오게 마련이다. 문화의 건강은 사치와 화려함, 장식과 열광의 공간까지도 일정한 한도를 넘어가지 않게 하고, 또 사람의 삶의 터전의 기초와의 궁극적 조화를 지켜 나가게 하는 데에 있다.

2. 거주와 문화

하이데거는 건축이 사람이 사는 방식의 근본에서 나온다고 생각한다. 그의 건축에 대한 생각은 문화 전반에 해당될 수 있다. 어느 쪽이나 사람의 삶의 근본을 다지는 일에 관계되기 때문이다. 그는 건축과 거주를 이렇게 정의한다. "(1) 건축은 거주한다는 것을 말한다. (2) 거주한다는 것은 죽어야 하는 존재로서의 인간이 지구에 존재하는 방식을 일컫는다. (3) 거주로서의 건축(집 짓고 사는 것)은 작물을 기르는 일(농사짓는 일)이 되고 건조물을 세우는 일이다."[1] 거주한다는 것은, 다시 설명하여, '머문다'는 말이고 '흡족하게 있다', '화평하게 있다', '자유롭게 있다', '원래 있는 대로, 본연의 모습대로, 두고 아낀다'는 말이다.[2] 다시 말하여, 사람이 본연의 모습으로 존재한다는 것이 거주인데, 사람이 본연의 모습으로 산다는 것은 땅위에 머문다는 것, 그러면서 많은 생명체를 가꾸며 머문다는 것이다. 그리고 그는 땅 위의 거주에, 하늘 아래 있다는 것을 알며 자신의 존재를 영적인 것에 비추어 보면서 산다는 것을 추가한다. 요약건대, 땅, 하늘, 사람, 그리고 영적인 것 —— 이것이 하이데거의 생각으로는 건축의 네 요소이다. 이것들의 종합을 가능하게 해 주는 것이 집 짓는 일이다. 여기에서 집은 단순히 주택만을 의미하는 것이 아니라 사람이 살기 위해서 세우는 여러 시설을 말한다. 그의 설명에서 가장 중요한 건축의 예가 되는 것은 다리, 교량이다. 그것은 하늘과 땅과 사람과 이웃의 땅들을 하나로 이어 주는 매체이다.

하이데거의 이러한 건축과 주거 또는 거주에 대한 해석은 그의 철학에서 나온 것이라 하겠지만, 글에서 논증의 자료로 삼는 것은 독일어의 어원이다. '짓다(bauen)', '거주하다 (wohnen)'가 원래 그러한 뜻을 가지고 있다고 그는 말한다. 우리말에도 집 짓고 산다는 말에는 이에 비슷한 근원적인 뜻이 있다. "어디 사세요?", "우이동 살아요." —— 하는 말이 일상적인 표현이다. 그러니까 거주한다는 것은 삶 자체와 일치하는 것이다. '짓다'라는 말은 독일어의 bauen이나 비슷하게 건축의 뜻도 있지만, 농사를 짓는다는 뜻을 가질 수 있다. 그것은 노력을 들여 가꾼다는 뜻이다. 집 짓고 산다는 것은 집만 짓는 것이 아니라 많은 것을 종합하는 유기적인 노력을 필요로

---

[1] "Bauen, Wohnen, Denken", *Vorträge und Aufsätze*(Tübingene: Günther Neske Pfullingen, 1954), p. 148.

[2] Ibid., p. 149.

하며, 사람의 삶 그것에 거의 일치하는 것이다. 다시 말하여, 사람의 삶의 근본이 되는 기본 자연 요건을 하나로 모으는 것이 집을 짓는 일이다. 이 관점에서는 집은 단순히 내가 숨어 들어가는 구렁이 아니고 땅을 보이게 하고 하늘을 보이게 하며, 거기에 삶의 신성함을 드러날 수 있게 하는 것이라야 한다. 이 모든 것과 조화를 드러내 주는 것이 집이다.

문화는 거주의 전체적인 조화를 보장하는 행위이다. 문화가 필요한 것은 사람 사는 일이 단순히 물질적 구조물로서의 집만 짓는 것이 아니라 작물을 가꾸고 다른 사람과 함께 살고 하는, 사람이 보태야 하는 부분이 있고, 그러니만큼 그것을 하나의 조화된 전체로, 다시 땅에 거주한다는 근본으로 환원되어야 하는 일들이 있기 때문이다. 그러니까 문화는 거주를 더 적극적으로 통합한다. 하이데거는 거주가 짓는 일, 가꾸는 일을 포함한다고 말하면서, 이 후자의 뜻이 라틴어의 colere, cultura에 해당된다고 말한다. 땅에 작물을 가꾸는 일이 확대되어 다른 필요와 욕망을 가꾸는 일이 되고, 문화, 보다 일반적인 뜻의 culture가 된다. 그러나 근본은 거주의 가꿈이다. 말의 의미의 연속성은 인간 존재의 바탕으로서의 그에 관련된 작업이 연속된 것을 말한다.

우리가 사용하는 '문화(文化)'라는 말은 culture보다는 형이상학적인 뜻을 가지고 있다. 그것은 인간의 일을 우주에 보이는 근본적인 형상, 무늬[紋樣]에 맞추고 그와 하나가 되게 한다는 것을 뜻한다. 그러나 그것도 하이데거가 말하는 거주와 크게 다른 것은 아니다. 근본적인 의미의 문화는 하늘을 우러르고 땅을 보며 그 사이에 거주하는 인간이 그 원리를 체화한다는 것을 뜻한다. 문화는 사람이 하는 일을 예의 바르게, 절도 있게 하며 그리하여 아름답게 한다는 뜻을 가지고 있다. '문물(文物)'은 무늬가 드러나는, 조금은 아름다워진 사람의 소유물과 행동 양식을 말한다. 조금 더 낮은 차원에서 '가꾸다'라는 말도 문화적인 일을 지칭한다. '가꿈'의 뒤에는 외면이 결국은 내면과 일치한다는 전제가 있다. 그리고 외면은 내면을 기르는 방편이 되기도 한다.

지난 몇십 년 사이에 경제력의 신장과 함께 우리는 많은 개발과 건축의 사례들을 보아 왔다. 그러나 그것들이 참으로 우리의 거주를 튼튼히 하는 것이었는가에 대해서는 의심을 갖지 않을 수 없다. 가난으로부터의 탈출과 더불어 국토를 바꾸고 집을 새로 짓고자 하는 단순한 욕구를 이해할 수 없는 것은 아니나, 이미 말한 바와 같이, 우리가 지은 것들은 산과 들과 강과 바다의 자연스러운 경관의 조화를 유지하는 것이 아니라 그것을 깨트리는 경우가 많다고 아니할 수 없다. 이제 이 부조화는 보다 의식화된 문화에 의하여서만 바로잡아질 수 있을 것으로 보인다. 문화의 근본은 위에서 말한 뜻에서의 거주의 안정을 지켜 나가는 데에 있다. 변화가 없는 안정은 우리의 삶을 답답한 것이 되게 할 뿐만 아니라 변화하는 삶의 필요와 욕구를 수용하지 못한다. 그러나 이 변화는 거주의 근원적 안정 속에 이루어져야 한다. 문화의 원형은 그것이 산다는 것의 바탕의 표현인 만큼 우리가 짓는 집과 고장의 안정에 있다. 이것은 주택과 지역 계획을 말하는 것이면서, 동시에 사람이 하는 많은 일에 비유적인 뜻을 갖는다. 그리고 어쩌면 이 비유가 더 넓은 의미에서 사람의 존재 방식을 표현한다고 할 수 있다.

거주를 물리적 공간의 점유 이상으로 확대할 때, 주목할 필요가 있는 첫째 항목은 시간의 차원이다. 거주의 핵심은 머문다는 데에 있다. 이것은 공간적 체류를 말하면서, 시간적 차원에서 정지한다는 뜻을 갖는다. 사람이 산다는 것은 끊임없는 시간의 흐름 속에 있는 일이다. 이 쉬지 않는 흐름의 느낌을 집약하는 것이 무상(無常)하다는 느낌이다. 공간은 이 흐름에 안정을 준다. 이 안정의 공간에 대표적인 것이 집이다. 그러나 사람은 머물고 멈추어 서는 곳의 모든 곳이 안정감을 주는 공간이기를 원한다. 동네, 길거리, 산천의 풍경 또는 초목이나 동물들의 군락 또는 사람들의 왕래 ── 이 모든 것이 좋은 형태, 좋은 게슈탈트를 이루는 것을 원하는 것이다. 그러면 서도 사람은 이 형태가 기본적으로 시간의 흐름으로 정의되는 삶의 과정을 완전히 벗어나는 것을 원치 않는다. 공간의 안정은 시간의 안정을 시사할 수 있는 것이라야 한다.

모든 사회의 문화 계획에는 문화재 보호의 노력이 들어 있다. 문화재에서 시간의 공간적 지속성은 단적으로 증거된다. 그런데 그 시간은 어디에 드러나는가? 우리는 문화재 복원이라는 명분의 사업을 많이 본다. 완전히 복원된 문화재는 시간을 잃어버린다. 문화재의 복원은 조심스러워야 한다. 기본적으로 복원이란 불가능하다. 시간을 복원시킬 수 있는 사람이 있는가? 복원이 필요하다면, 그것은 복원이란 불가능한 일이라는 것, 그리고 그것이 반드시 좋은 것이 아니라는 것을 깨닫는 일과 병행하는 역설적인 작업이라야 한다.

문화재가 역사적인 시간을 느끼게 하면서 동시에 그것의 지속과 정지를 느끼게 한다고 하여도 그것이 개체의 시간의 지속과 멈춤을 나타내지는 아니한다. 그러나 앞서간 사람의 축조물에서 개체적 생명은 그 무상에 대하여 그것이 집단적 시간의 지속의 일부라는 데에서 위로를 받는다. 그러나 흔히 잊어버리는 것이 시간의 공간화, 삶의 안정에 또 하나의 중요한 요인이 개인 기억의 공간화라는 사실이다. 역사의 보존에 못지않게 중요한 것이 개인의 기억의 보존이다. 이 기억은 머릿속에 있는 것이면서 공간과 공간 속의 축조물에 의하여 생생한 것으로 남아 있게 된다. 고향의 의미는 사회적으로나 개인적으로나 그것이 우리의 삶의 기억을 보존하는 공간이라는 데에 있다.

그러나 같은 집, 같은 길거리, 같은 풍경이 남아 있지 않는 고향이 참으로 고향으로서의 의미를 가질 수 있는가? 지난 수십 년 우리가 뒤집어엎어 놓은 국토는 우리 모두를 실향민이 되게 하였다. 우리의 고향은 거의 서

류상의 고향일 뿐이다. 물론 그렇다고 하여 모든 새로운 지역 개발 계획이 잘못되었다는 것은 아니다. 그러나 그것은 극히 조심스러운 것이 되어 마땅하다. 우리의 국토 계획은 개인의 삶, 또는 보통 사람들의 삶의 기억에 관계되는 공간을 파괴하는 데에는 괘념하지 않는다는 것을 보여 준다. 나와 관계없는 역사는 역사와 우리의 삶을 추상화한다. 우리의 삶에서의 이데올로기의 범람은 이러한 구체적 상황과 관련이 있다고 할 수 있다. 그런데 역사적 기억도 사실 개인적 기억과의 관련 속에서 더욱 생생한 것이 된다. 관광 여행에서 보는 역사적 건축물이나 길거리와 우리 자신의 문화유산과의 차이는 어디에 있는가? 또는 생활과의 연속성을 가지고 있는 문화재 ─ 가령 유럽의 경우 ─ 와 생활과 완전히 차단된 유적 ─ 가령 어떤 멕시코의 유적의 경우 ─ 와의 차이는 무엇인가?

우리의 문화유산을 우리 것이 되게 하는 것은 단지 우리 것이라는 추상적인 의식이 아니다. 자라난 고장의 일상적인 삶에서 지나쳐 갔던 문화유산은 보다 깊은 의미의 우리 삶의 일부를 이룬다. 나는 한 독일인 교수가 자기 집으로 들어가는 골목 입구에 서 있는 오래된 나무가 18세기 말 그곳에 살았던 작가 장 파울 리히터(Jean Paul Richter)가 그 그늘 아래에서 책도 읽고 글도 쓰고 하던 나무라는 것을 기쁘게 생각하는 이야기를 들은 일이 있다. 집단의 역사는 개인의 기억과 유기적 관계 속에 존재함으로써 참으로 의미 있는 것이 된다. 나는 자기 고장을 사랑하고 고장의 이웃을 사랑하고 나라를 사랑하는 마음으로 이어지는 사례를 볼 때, 우리의 삶이 얼마나 유기적인 일체성을 잃었는가를 생각한다. 주거의 안정, 공간과 시간의 안정은 삶의 기본이다. 이 기본은 문화의 기본이기도 하다.

시공간의 근원적 안정성을 나타내는 것은 균형 잡힌 공간이다. 이것은 우리가 보고 지나쳐 가고 살고 하는 공간의 객관적 형태를 말한다. 그러나 이것은 사람의 주관적 관점에 깊이 관계되어 있다. 방금 말한 것으로도, 균형, 안정성, 그리고 보고 지나쳐 가고 사는 것은 모두가 인간의 마음가짐에 이어져 있는 사실들이다. 이것은 마음에 삭이는 과정을 떠나 존재하는 것은 아니다. 밖에 있는 공간은 내면적 공간에 대응하여서만 의미 있는 것으로 존재한다. 이 내면 공간은 거울처럼 바깥을 비추고 적극적으로 밖의 공간을 내면화함으로서 생겨난다. 문화는 이 내면화에 관계되는 인간 활동이다.

시가 하는 일의 하나는 공간의 내면화이다. 추억은 시에서 가장 중요한 소재가 된다. 시인이, "사립문으로 들어온 바람이 고가메 북쪽으로 씨러들어가면 그날은 영락없이 비가 내린다."라고 할 때, 여기에는 추억과 추억의 사건과 공간이 함께 들어 있다. 시인은 이 말이 "한마을 한집에서 칠십 년을 산 할머니의 말씀이다."라고 설명한다.[3] 지금 인용한 시의 작자 손택수 시인은 옛이야기를 많이 쓰는 시인인데, 위 시구는 추억의 시공을 되살릴 뿐만 아니라 오랜 삶으로 생겨나는 시공과 생활의 지혜의 합일을 표현한다.

시적인 주의를 기울인다는 것 자체가 공간을 만들어 낸다. 같은 시인의 「화엄 일박」이란 시는, 구례 화엄사의 절 기둥에 구멍이 뚫려 있는 것을 본다. 그리고 그 구멍에 개미와 벌이 '혈거'하고 있는 것을 본다. 이것이 시인에게 여러 시대의 공존 그리고 하나의 덩어리 속에 뚫려 있는 공(空), 비어 있음을 깨닫게 한다. 여기에서 주목하고자 하는 것은 시인의 시적 주의가 사물을 자세히 보게 하고 그것의 물체적 특성을 알아보게 한다는 사실이다. 주의는 시간을 멈추고 그것을 공간화한다. 그러나 이러한 주의는 환상에 가까이 갈 수도 있다. 남진우 시인의 한 시에서 시인은 계단을 올라갈 때, 삐걱이는 계단 아래로 악어가 있다는 상상을 한다.[4] 이것은 과장된 것

3   손택수, 「가새각시 이야기」, 『목련전차』(창비, 2006).
4   남진우, 「계단 오르기」, 『새벽 세 시의 사자 한 마리』(문학과지성사, 2006).

이기는 하지만, 우리로 하여금 어쩌면 아래에 위험이 도사리고 있는 계단을 보다 실감 있게 생각하게 한다. 시는 환상, 판타지를 통해 우리에게 조금 더 사물의 세계를 주의하여 보게 하는 기능을 가졌다고 할 수 있다.

그림은 볼 만한 풍경을 우리가 보았던 또는 우리의 마음이 머물면서 놀았던 환상을 화폭의 공간에 고착한 것이다. 사진은 지나쳐 가는 시간과 광경이 그대로 사라져 가는 것을 하나의 시각적 대상으로 포착하는 가장 간단한 방법이다. 다만 우리가 찍은 사진이 그림과 다른 것은 노력이 덜 들어간다는 것이다. 화가의 노력은 그려 내는 풍경에 더 많은 마음 쓰임 ── 더 많은 발견과 고안과 꿈이 들어가게 한다. 내면화는 마음 씀과 몸의 노동을 요구한다. 지속적인 마음 씀이 의미 있는 공간을 만들어 내는 것이다.

그러나 멈춤, 그리고 멈춤의 시간화가 지속이다. 동시에 지속은 이미 그 자체로 유사 공간이 되어 있다. 음악은 지속의 예술이다. 그것도 거주의 공간을 만들어 내는 작용을 한다. 그러나 그것은 시각적 공간보다 순수한 지속을 만들어 낸다. 그것은 음악이 시간 속에 지속하기 때문만이 아니라 그 지속에 일정한 형식 ── 거의 논리적인 형식을 부여하기 때문이다. (형식은 기본적으로 공간의 모양새를 말하는 것이다. 그러면서도 시간의 모양새로서의 리듬에 밀접한 관계를 가지고 있다. 이것은 눈길로 또는 발길로 돌아보는 건축물에서도 느낄 수 있다. 건축의 형태도 리듬을 갖는다.) 그런데 내가 나라는 사실 ── 우리의 하나의 독자적인 개체, 하나의 나를 이루고 있다는 것은 지속을 떠나서 생각할 수 없다. 어제의 나와 오늘의 나의 지속, 조금 전의 나와 지금의 나의 지속 없이 나는 나를 같은 사람이라고 할 수 없다. 그 관계에 대하여 이해할 만한 분석이 없기는 하지만, 좋은 음악은 아마 일정한 자아의식을 형성하는 데에 중요한 역할을 하는 것일 것이다. 지속의 체험은 다른 문화 활동에도 들어 있다. 책을 읽는다는 것도 자아의 지속 형성에 중요한 의미를 갖는다. 앞뒤를 맞추어 줄거리를 생각하고 논리를 가려 보는 일은 책 읽기를 하나의 일관된 행위가 되게 한다. 앞뒤가 맞는 행동의 주인이 되는 것은 이러한 여러 문화적 행위를 통해서일 것이다. 앞뒤가 맞는다는 것은 도덕적 정직성이나 사물의 일관된 계획의 추진에서 기본이 되는 내면의 바탕이다.

3. 우리 삶에서의 문화의 기능에 대하여

문화의 가장 중요한 기능의 하나는 이러한 내면의 공간을 확보하고 그것이 외면 공간과 소통의 관계를 갖게 하는 것이다. 그런데 이러한 결과의 확보 자체 이전에 문화의 또 다른 기능은 이러한 내면 공간을 확보하는 절차를 유지하는 일이다. 지난 호에서 우리는 주의를 준다는 것이 어떻게 내면적 외면적 공간의 섬세화 그리고, 궁극적으로는 모든 공간은 상대적인 성격을 가지고 있으므로, 공간의 확대에 나아가는가를 말하였다. 그러나 이것은 일정한 양식을 가짐으로써 자연스러운 삶의 일부가 된다. 이 양식은 개인적인 것일 수 있지만, 집단적 의식이 됨으로써 현실의 무게를 갖는다.

문화의 절차에 가장 중요한 것의 하나가 예의범절이다. 이것은 공연과 같은 성격을 가지고 있다. 그것은 공간의 형식화에 관계되기 때문이다. 이 형식화는 시각적인 요소를 포함하면서도 사람의 몸짓이 공간에 그려 내는 형식이다. 이 코레오그래피로 하여 생겨나는 공간은 사람과 사람 사이에 일정한 관계를 규정해 낸다. 이 공간은 사람 사이에 거리를 만들어 내고 사람 사이를 이어 주는 일을 한다. 동양, 특히 한국에서, 문화 행위로 가장 많은 주의를 기울였던 것이 이 예의범절이다. 그러나 그것이 사람과 사람 사이의 공간을 지나치게 강조함으로써 이 공간을 공허하게 하고 사람의 관계를 소원하게 하는 결과를 낳기도 하였다.

심리적으로 예의의 핵심은 무의식적인 몸짓을 의식화하고 느리게 하는 것이다. 어떤 일에서나 주의와 느림은 사람의 마음을 멈추어 서게 하며 작은 공간을 만들어 내는 일을 한다. 이것도 개인적인 실천일 수도 있고 문화적인 격식일 수도 있다. 문화적 실천의 중요한 부분은 격식이나 의식을 만드는 멈춤의 공간이다. 의식이나 축제 등은 이러한 심리적 계기를 절차화하고 공간화하는 일이다. 그중에 우리는 개인적인 차원이나 사회적 차원의 느림의 중요성에 주목할 필요가 있다. 우리 생활에서 가장 쉽게 볼 수 있는 느림의 의식은 다도(茶道)일 것이다. 이것은 차 마시는 행위의 모든 순간을 길게 늘어지게 한다. 그러나 이것은 모든 예절 이행이나 도 닦음에 들어 있는 것이다. 그중에도 생로병사를 일정한 의식으로 기념하는 것은 한순간에 끝날 수도 있는 삶의 계기에 사회적 공간을 부여하고 실체화하는 일이다. 그리하여 수유의 인간사는 무게를 얻는다. 의식(儀式)을 통하여 사실의 세계 속에 지속과 공간을 획득하는 것이다.

우리 시대의 문화적 혼란상은 우리의 관혼상제의 의식에서 볼 수 있다. 그것들은 아직은 사회적 형태를 유지하고 있으면서도, 참여자의 의식에서는 순간에도 미치지 못하는 번거로움으로 변하여 버렸다. 의식은 외면 공간 내의 일정한 수행 행위이면서도 의식(意識)이 수반되지 않고는 그 의미를 상실한다. 그러면서 이것은 단지 의식의 문제를 넘어 현실 행동을 혼란스럽게 한다. 가령 우리 사회에서 죽음에 대한 의식의 타락은 죽음을 현실적으로 가장 주요한 인간사 중 하나가 아니게 한다. 사람의 죽음은 전혀 존중되는 사건이 아니다. 이 타락의 결과는 장례와 매장 절차의 혼돈이다. 어떻게 죽고 어떻게 묻힐 것인가? 이것이 우리처럼 당사자와 가족들의 고민거리가 되어 있는 나라는 많지 않을 것이다. 의식과 현실의 혼란은 성에 관계된 일에서도 볼 수 있다. 남녀가 만난다는 것은 극히 간단한 것일 수도 있고 인간적인 긴 관계의 형성과 성숙의 과정일 수도 있다. 후자는 사랑이나 결혼이라는 의식에서 시작한다. 현대 생활에서의 느림의 사라짐을 개탄하는 밀란 쿤데라(Milan Kundera)의 말에 의하면, 성적 열광으로 수렴되어 버린 성의 쾌락에 있어서, 성은 "엑스터시의 폭발에 이르기 위해 가능한 한 빨리 뛰어넘어야 할 하나의 장애로 좁아들고 만다." 그리하여 쿤데라는 묻는다, "어찌하여 느림의 즐거움은 사라져 버렸는가?"[5]

주의나 느림의 효과를 높이는 것은 아름다움이다. 물론 아름다움이 주의를 끌고 우리의 속도에 쫓기는 마음을 느리게 하는 것인지 아니면 거꾸로 느린 주의가 아름다움을 만들어 내는 건지는 분명치 않다. 세계의 많은 것은 특별한 주의 능력에 따라서는 여러 가지 아름다움을 숨기고 있다. 미학자들은 주의를 하나에 집중하면서 또 넓은 것에 여는 관조(觀照)를 아름다움을 아는 데 필요한 정신의 열쇠라고 말한다. 그것은 사람의 마음을 실제적인 문제로부터 해방함으로써 세계를 일정한 거리에서 또 일정한 넓이를 가진 공간으로 볼 수 있게 한다. 그리하여 우리는 사물의 형상과 형상의 여러 요인들의 상호 관계를 알아보고 감상하게 된다.

그렇다고 주의나 느림 또는 관조 속에서 삶과 세계의 흐름이 멈추어 서는 것이 삶의 현실의 모든 것은 아니다. 속도와 몰입 또는 열광이 보다 적극적인 삶의 활기의 증거라고 볼 수 없는 것이 아니다. 그러나 그것은, 이미 서두에 말한 바와 같이, 극복할 수 없는 삶의 막힘에 대한 정신병적 표현일 수도 있다. 삶의 기본 충동의 억압과 부자연스러운 사회관계의 고독이 광기를 낳고 그것이 열광으로 착각되는 것이다. 그러나 일반적으로 느림에 대한 속도, 정지에 대하여 움직임, 집중된 주의에 의한 몰아(沒我) 몰입(沒入) —— 두 가지가 다 같이 삶의 두 면을 나타내는 것이라고 할 수 있다. 다만 앞의 것이 인간의 지구상의 거주에 있어서 더 근원적인 층위를 나타낸다. 그러면서도 정지나 느림이나 좁은 주의 집중은 삶의 이완을 나

---

5 밀란 쿤데라, 김병욱 옮김, 『느림』(민음사, 1995).

타내는 것일 수도 있다. 그리하여 정지는 삶의 움직임과의 균형 속에서만 의미를 갖는다. 다시 말하건대, 이 두 면은 삶의 자연스러운 리듬을 이룬다.

그러니까 정지는 삶의 움직임의 다른 표현이다. 그러나 정지는 삶의 움직임의 바탕이다. 정지는 눈을 감고 시각을 차단하는 면을 가지면서 동시에 그것을 널리 열어 주는 역할을 한다. 움직임은 정지가 열어 주는 사물의 한없는 넓이 위의 사건이다. 조금 전에 말한 심미적 관조는 조금 더 철저한 정지의 추구에서는 정관(靜觀) ─ 종교적 명상에서 요구하는 정관이 된다. 정관의 상태는 어떤 명상의 지침서에서 말하듯이 동네의 소음과 광경, 세상의 모든 것을 하나의 평면 속에서 종합할 수 있게 한다. 그러면서 다른 한편으로 그것은 이러한 모든 것을 하나로 모을 수 있게 하는 공간 ─ 마음의 공간이면서, 동시에, 모든 것을 뒷받침하고 있는 일체성, 일체적 공간으로서의 우주의 공간에 우리의 마음을 열게 한다.

정관에 있어서 일체가 유심(惟心)이지만, 그 마음은 다시 우주의 마음이고 우주의 현실이다. 이러한 이야기는 매우 심오한, 그러나 알기 어려운 정신적 경지의 이야기로 들린다. 그러나 그것은 주변의 공간에서 일상적으로 경험하는 현실 체험이기도 하다. 지구에 거주한다는 것은 편안한 공간에 자리한다는 것이다. 이 공간은 감각적 즐거움에 차 있으면서도 그것들이 일정한 형태를 가지고 일정한 질서 속에 거리와 넓이를 가지고 있는 공간이다.

공간은 우리가 접할 수 있는 세계의 속성 가운데에도 가장 추상적인 것이다. 그것은 비어 있는 넓이면서 바탕으로서의 존재의 공간을 가리킨다. 추상적인 공간을 합리적으로 이해할 수 있게 하는 것은 기하학이다. 그림에서 정연한 원근법은 우리에게 시원한 느낌을 준다. 조금 더 복잡한 기하학이 시각 속에 발견될 수도 있다. 미국의 화가 잭슨 폴록(Jackson Pollock)

잭슨 폴록, 「넘버 5」(캔버스에 물감을 떨어뜨리고 들이붓기, 1948)

의 그림은 붓을 마구잡이로 흔들어 화면에다 물감을 뿌려 놓은 인상을 준
다. 그러나 어떤 연구는 그의 마구잡이 붓놀이가 사실은 프랙털(fractal)이
라는 복잡한 기하학 형상을 드러낸다고 말한다.[6] 이러한 해석은 맞는 것
일 수도 있고 안 맞는 것일 수도 있지만, 그림의 호소력에 기하학적 질서
가 들어 있는 것은 분명하다. 의도적으로 계획된 심미적 체험을 말하지
않더라도, 똑바르게 뻗은 길, 그 가에 가지런하게 뻗은 가로수가 주는 미
적 쾌감은 우리가 일상적으로 경험하는 것이다. (그러나 유감스럽게도 한국
의 길거리들은 이러한 기하학을 결여하고 있는 것이 보통이며 그런 만큼 미적 체험
의 대상이 되지 못한다.) 그것은 어쨌든 이러한 체험들은 시각의 세계가 저절
로 플라톤적인 이데아의 세계로 맞닿아 있다는 증거라는 생각을 가지게
한다.

---

6 Richard Taylor, "Order in Pollock's Chaos", *Scientific American* (December 2002).

그러나 모든 것이 간단한 의미의 기하학은 아니다. 기하학적인 형상들로만 말한다면, 우리의 길거리처럼 기계적인 기하학을 드러내는 건축의 거리도 많지 않다고 할 것이다. 그러나 그것이 심미적 만족을 주는 데 크게 기여한다고 할 수는 없다. 바다에 가거나 산에 가서 자연의 경관과 갈등을 일으키면서 솟아오른 문화관이나 콘도 그리고 호텔들에 맞닥뜨리는 일은 이제 드문 일이 아니다. 이러한 기하학의 견물들에 의하여 훼손된 산천의 경관은 우리를 당혹스럽게 한다. 기하학에 못지않게 미적 체험으로 중요한 것은 유기성이다. 아름다운 기하학은 지구의 자연스러운 경관과 갈등을 일으키는 것이 아니라 거기에 숨어 있으면서 그 일부를 이루는 기하학이다. 동양의 건축에 비하여 서구의 건축은 그 기하학적 균형이 특성을 이룬다고 할 수 있다. 그리하여 건축은 수학의 한 분과라는 관점도 성립한다. 그러나 그것이 사람의 현실 체험을 벗어나 버리는 기계 공학을 말하지는 아니한다.

서구 건축이 18세기 특히 19세기 이후에 기계적인 기하학을 나타내게 된 데 대하여 비판적인 생각을 가지고 있는 어떤 건축이론가는 17세기 건축을 높이 평가한다. 17세기의 바로크 건축에서도 기하학이 공간의 무한함을 구현한다. 그러나 그것은 결코 감각적 현실을 떠나지 않는다고 그는 말한다. "바로크 공간의 무한성과 기하학적 특징은 질료의 감각적 성질과 그 형상적 재현을 요구한다. 바로크 건축은 사람의 세계에 공간의 현존을 강조하고 주체와 외면적 실재 사이에 뜻있는 연결을 만들어 낸다."[7] 원근법적 건축물들이 무한의 신비를 느끼게 한다는 것은 다른 연구가들도 밝힌 바 있다. 다만 그것은 단순히 무한히 뻗은 선의 추상성으로 인해서가 아니라 인간의 지각 체험에 스며 있는 기하학으로 인한 것이다. 플라톤적인

---

7   Alberto Perez-Gomez, *Architecture and the Crisis of Modern Science*(MIT Press, 1983), p. 175.

세계는 단순히 종이 위에 그려지는 직선을 통해서가 아니라 지구의 구체적 체험으로 시사된다. 그것은 거주의 체험의 일부이다. 그림이나 건축이나 기타 심미적인 체험의 최후의 심급은 이러한 유기적 기하학에 있다. 이를 확대하여, 우리의 삶으로 하여금 이 무한하면서도 감각에 접해 있는 지구의 신비 안에 지탱하게 하는 것이 문화의 일이다.

4. 문화적 삶의 프라그마틱스

문화는 삶을 보다 본래적인 기저(基底)에 잇고 동시에 고양된 차원에서 살 수 있게 한다. 그러면 문화의 일을 어떻게 돕고 길러 나갈 것인가. 사회적으로 이것은 매우 중요한 과제이나 그것은 매우 조심스러운 것이어야 한다. 문화의 진흥을 위해서는 기획이 있어야 하고 그것을 위한 자원의 투자가 있어야 한다. 그러기 위해서는 사회적 정당성을 확보해야 하는데, 오늘날 우리 사회에서 모든 것을 정당화하는 것은 두 가지이다. 경제는 개인이든, 국가 차원이든 삶의 경영의 최대 목표이다. 그리하여 문화도 자연스럽게 여기 편입되어 문화 산업이 되었다. 지금의 경제는 '생존'이 아니라 '더 잘살자'가 그 동기이며, 더 잘살아 보자는 것은 안락과 쾌락과 사치로 정의된다. 최근에 문화가 특히 중요한 관심의 대상이 되는 것은 쾌락과 사치를 위한 고안이 문화에서 나온다고 생각하기 때문이다. 문화가 문화 산업이 된다는 것은 경제에서 특히 이 부분을 문화가 담당하게 된다는 것을 말한다. 그러나 이를 인간 활동의 정당성의 근거로 보기에는 우리의 도덕적 감성에 맞지 않는다.

문화의 중요성은 국가나 민족의 주제이기 때문이다. 국가 브랜드라는 말이 나오고 사람들이 한류에 흥분하는 것은 문화 생산품이 국가적 위상을 높여 준다는 의식에서 나온다. 그러나 부국강병(富國强兵) 또는 부국강문(富國强文)의 명분 그리고 거기에서 나오는 기획들이 참으로 문화의 본질에 맞는 것일까? 문화는 단순히 경제나 국가의 수단이 될 수 없다. 그것은 그것보다 더 원초적인 인간 본질에 기초하여야 한다. 국가와 민족은 이 문화적 업적으로서만 참으로 인간적인 의미를 갖는다.

문화가 사람의 삶——지상의 거주를 편하게 하는 것이고, 그것이 그 본연의 존재 방식으로 있는 것을 돕는 것이라면, 그것은 절로 이루어지는 것이지 의도적으로 만들어지는 것이 아니다. 그것은 만들어 내는 일이라기보다 있음과 됨의 과정이다. 그렇다면, 현실을 있는 그대로 두는 것이 문화가 존재하는 방법이라고 할 수 있을까? 여기에서 현실이란 근원적인 현실을 말하고 그것은 있는 대로의 것이라기보다는 찾아지고 회복되는 것이라고 할 수 있다. 삶의 요구는 현실의 급박한 사정 속에서 실현된다. 그리하여 사람의 일은 편벽된 것이 되고 전체적인 균형을 잃어버리기 쉽다. 그렇지 않은 경우에도 사람의 현실은 움직임 속에 있다. 보다 나은 삶을 향한 노력과 성취 자체가 사람의 삶을 변화 속에 있게 한다. 이것들은 새로운 전체성으로 통합되어야 한다. 그리하여 삶을 근본적인 전체성 안에 위치하게 하려는 노력은 끊임이 없는 것이라고 할 수밖에 없다.

그러나 적어도 그 전체적인 균형을 위한 노력에 있어서, 그것은 억지스러운 것일 수는 없다. 이런 점에서, 맹자의 '물조장(勿助長)'은 거주의 온전함을 기하고자 하는 문화의 작업에 적절한 경고가 된다. 그 이야기를 되풀이하면, 어느 송나라 사람이 모를 심어 놓고 그것이 자라나는 것을 돕기 위하여 모의 모가지를 뽑아 주고 큰일을 한 것처럼 대견하게 생각하였는데, 그 아들이 논에 가 보니 모들이 다 시들어 죽게 되었다는 이야기이다. 그리하여 맹자는 무리하게 자라게끔 돕지 말라, '물조장'하라고 말한다. 그렇지만 또한, 이것은 모를 심고 전적으로 방치하라는 말은 아니다. 모를 잡아

뽑는 사람도 어리석은 자이지만, 모가 자라는 것을 돕는 것이 잘못된 일이라고 하여, 김도 매 주지 않는 자도 일을 잘 못하는 자이다.[8] 모를 잘 자라게 하는 데에는 시비나 관계를 적절하게 한다든가 하는 다른 여러 일이 포함될 수 있다. 오늘에 있어서는 시장의 수요에 대응하는 것도 그러한 일의 하나이다. 요는 좋은 열매를 맺게 하는 데에는 모에 직접 손을 댄다기보다 모를 잘 자라게 하는 조건을 조성하여 주는 것이 중요하다. 문화를 위해서 일함에 있어서도 문화 자체를 적극적으로 기획 추진하는 것보다는 그것이 자라 나올 수 있는 여건을 만드는 일이 우선해야 한다.

문화 진흥의 노력은 문화 자체의 창조보다도 문화가 자라날 수 있는 하부 구조를 조성하는 것이 중요하다. 한국은 근대 산업 국가의 세계적 대열에 들어섰다. 지상에서의 인간의 삶을 확실하게 하는 것이 거주를 확인하는 것이고, 그것에 여러 의식적인 표현으로 도움을 주는 것이 문화라고 한다면, 거주와 문화의 문제를 생각하는 데에 있어서도 이 산업 사회의 현실은 중요한 출발점이다. 누차 언급한 하이데거의 여러 글을 보면, 그에게 사람의 거주의 원형은 독일의 농촌이다. 사실 농촌에서 땅과 하늘과 사람 그리고 신성한 것의 조화—또는 더 간단히 말하여 자연과 인간의 삶의 조화는 그것을 기약하기가 더 간단하다고 할 수 있다. 이러한 조화가 쉽게 이루어질 수 없는 것이 도시이다. 도시화는 산업 국가의 기본적인 현실이다.

도시에서 이러한 조화를 어떻게 확보하느냐 하는 것은 훨씬 어려운 일이다. 도시에 녹지 공간을 많이 확보하고 수목을 심고 화초를 가꿀 수 있는 공간을 만드는 것은 가장 간단한 답이다. 또는 농촌의 공동체적 성격을 살리기 위해서 동네를 반독립적인 생활의 단위로 계획하는 것도 필요한 일이다. 전원도시나 다핵 도시의 아이디어들도 있지만, 실현되기는 어렵다.

---

8 『맹자(孟子)』, 「공손추(公孫丑) 상(上)」.

위에서 간단히 길거리나 도시 공간의 원근법적 구성이 무한을 생활 세계에 도입하는 방식이라고 말하였지만, 이것은 도시에서만 가능한 인간 거주의 신비이다. 이것도 우리의 도시에서는 별로 눈에 띄는 것이라고 할 수는 없다. 그런데 다른 한편으로 인위적인 삶의 표현들을 보다 넓은 거주의 테두리에 포함되게 하는 고차적인 문화는 삶의 집중화를 요구한다. 이것은 오늘의 문화 기획에서 인정되어야 하는 사실의 하나이다. 역사적으로 볼 때, 어느 나라에서나 농촌적 삶은 자연과의 조화된 삶이면서 커다란 문화적 구조물을 생산하는 환경이 되지는 않는다.

집중은 농촌의 문제이기도 하지만, 어떤 종류의 도시의 문제이기도 하다. 하나로 느낄 수 있는 동네를 만든다는 것은 거기에 문화적인 시설을 포함한다는 것을 의미하기도 하고 그 안에서 문화가 성장할 수 있게 한다는 것을 의미하기도 하지만, 그렇다고 하여 동네가 문화의 중요한 중심지가 될 수는 없다. 이것은 서울이나 다른 도시에 있는 동네의 문화 센터가 그다지 번창하지 않은 것으로도 알 수 있다. 작은 단위의 거주지에서 문화는 그 거주지의 구성 방식에 구현되는 것으로 만족하는 것이어야 하는지 모른다. 도시 안에서도 문화적 중심이 있는 것은 세계 어디에서나 볼 수 있다. 이것을 다원화하겠다는 것은 부질없는 일이다. 도시는 중심이 있고 주변이 있게 마련이다. 근년에 우리는 인구 중심에서 멀리 세워진 문화 건물이나 시설을 보지만, 이것이 활발한 문화 활동의 중심이 되는 것은 별로 없다. 어느 경우에나 의식화된 문화는 일하는 생활의 여백에 속한다.

그러나 인구 중심 또는 도시의 중심도 특별한 배려가 없이는 문화 중심이 되지 않는다. 다시 말해 도시는 중심과 주변으로 이뤄지는 것이 자연스럽지만, 이것을 의식적으로 기획할 필요가 있다. 중심 부분에 공동체 활동의 상징이 되는 건조물이 모이게 되는데, 거기에 미술관, 박물관, 도서관, 공회당이 포함되어야 한다. 그렇다고 성스러운 전당들의 모임이 되어도 곤란하다. 나는 광주비엔날레에 참가한 외국 작가들이 비엔날레 가까이에 좋은 찻집, 음식점, 주점이 없다며 불평하는 것을 들은 적이 있다. 문화 시설은 지역적 아이덴티티를 가지면서 동시에 일상적 삶에 연속되는 것이라야 한다. 적어도 그것이 일하는 삶은 아니라도, 삶의 여가의 일부로서 삶의 자연스러운 연속 공간 속에 있어야 한다.

문화 시설이나 문화 활동의 집중화는 불가피하지만 그것을 긍정적으로 보기는 어렵다. 적어도 모든 것이 서울이나 대도시에 집중되는 것이 건전한 문화 현상이라고 할 수는 없다. 문화가 생활의 일부가 되어야 한다는 것은 다시 되풀이할 필요가 있다. 중소 도시는 문화 중심의 역할을 할 수 있어야 하고 동시에 여러 각도에서 문화 확산을 위한 노력이 계속되어야 한다. 특히 책은 집중될 필요가 없다. 도서관 시설은 될 수 있는 대로 많이 지어, 문화적 교환과 소통을 위한 장소가 되어야 한다. 영국에서 지방의 서점이 유지되는 것은 공적 보조가 있기 때문이다. 문화 자체에 유동성을 부여하는 것도 문화 확산의 방법이다. 여러 나라에서 책을 쉽게 이용할 수 있게 자동차에 책을 싣고 다니면서 빌려 주고 회수한다.

영국의 미술관은 정례적으로 전시품을 교환한다. 그래서 관람객이 어떤 전시품을 보기 위하여 멀리 있는 도시로 가야 할 필요가 줄어든다. 특히 음악은 유동적일 수 있다. 지방에 있는 학교 강당의 음향 시설을 향상하는 데에 보조금을 주고, 정부나 지자체의 지원을 받는 연주가들이 지방을 순회하게 하는 것은 문화 진흥을 위한 중요한 방법이다. 문학 작품의 낭독회도 마찬가지이다. 프랑크푸르트 도서전에서 한국이 주빈국이 되었을 때, 우리 작가들이 작품을 읽는 낭독회가 많이 있었다. 이것은 독일 자체에서 낭독회가 번창하는 문화 제도의 하나였기에 가능한 일이었다.

농촌 자체의 문화적 삶은 어떻게 진흥될 수 있는가? 소박한 의미에서 거주의 안정성을 생각한다고 하더라도 경제적 뒷받침 없이 그것을 확보하기는 지난한 일이다. 그리고 경제생활의 지표가 올라감에 따라 그에 비례하여 거주 안정성의 비용도 올라가게 마련이다. 지난 호에 언급한 것처럼, 오늘의 경제는 도시화가 불가피하다. 많은 사회적, 인간적 문제들이 도시화로 생겨나는 만큼, 농촌의 삶과 경제도 그 테두리에서 생각하는 수밖에 없다. 농업이 산업은 아니라도 경제 소통 구조의 일부가 되는 것은, 그 인간적 희생의 대가를 떠나서, 지금의 추세에서 불가피해 보인다. 농촌의 삶이 오늘의 경제 체제 또는 도시와의 연계를 강화하는 길을 택함에 있어서 문화는 특히 중요한 역할을 할 것이다.

관광 산업은 쉽게 생각할 수 있는 농촌 산업의 하나이다. 피상적인 호기심을 자극하는 것들, 기이하고 기발한 것들, 놀잇거리를 찾는 것이 관광의 전부가 아니기 때문이다. 관광의 가장 깊은 동기는 경승지를 찾는 것이고 경승지를 찾는 동기의 밑에는 이상향 — 조화되고 안정된 삶에 대한 그리움이 있다. 모든 관광 여행은 택리(擇里)의 여행이기도 하다. 특히 시골을 찾는 관광은 이 점에서 고려할 필요가 있고 시골의 문화재, 고가 등의 방문을 고려해 볼 수 있겠다. 그것은 관광 대상이기도 하지만, 숙박에 사용될 수도 있다. 시골이 할 수 있는 일이 도시의 삶에 지친 사람에게 휴식처를 제공하는 일이기 때문이다. 그러나 이로써 시골의 자연스러운 정취를 해쳐서는 안 된다. 비도시 지역의 자원은 자연이다. 그것을 해치는 유해한 일로 관광객을 유치하는 일은 자가당착이다. 우리 문화를 디오니소스적이라고 규정하는 경우가 있지만, 이 점에서는 특히 계몽이 필요하다. 어지러운 놀이터를 찾는 것이 자연을 찾는 주된 목적이어서는 곤란하다. 예술가에게 화실을 제공하고 작가에게 집필실을 제공하는 일은 이미 시도되고 있지만, 조금 더 적극적으로 확대되고 국제화하여야 한다. 국제화란 이미 세계적으로 화실의 교환 계획 같은 것이 한국의 시골에도 확대될 수 있게 하는 것이다.

시골과 산업을 연결하여 쉽게 생각할 수 있는 또 다른 것의 하나가 공예품이다. 이천 등의 도예지의 번성은 새삼스럽게 상기할 필요도 없지만, 여러 특산물로서의 공예품의 산업적 가능성은 계속 고려해야 한다. 그리고 어쩌면 그것은 과거의 전통에 뿌리내린 것이 아닌 새로운 것도 상관없다.(가령 임실에 정착한 치즈 산업처럼.) 외래의 것이란 우선 도시적인 것, 그보다도 새로운 경제 체제와의 연관을 말한다. 이와 관련하여 우리가 생각해야 할 것은 전통은 보존하면서, 그것을 새로운 고안과 기술로 계속 향상 발전시키는 것으로 지양함이 옳다. 어떤 경우에나 토착주의와 민족주의는 어느 한계에서만 의미를 갖는다. 오래전 이야기이지만, 나는 어떤 연구 계획의 모임에서 전통문화와 외래문화를 갈라놓으면서, 전통문화의 주종에 유교나 불교문화를 포함시키는 것을 보고, 유교나 불교도 외래문화임을 지적한 일이 있다.

오늘날의 외래문화 — 주로 서양에서 온 것으로 말하여지는 외래문화는 우리 역사상 세 번째의 큰 외래문화의 수입이라는 사실도 지적하였다. 이렇게 보면, 우리의 전통문화와 관련하여서도 흥미로운 문제들 — 가령 어떻게 하여, 어떤 조건하에서, 외래의 것이 거의 토착적인 것이 되며, 또 그렇게 되면서도 이질적인 것으로 남아 있는가 하는 중요한 문제를 제기할 수 있다. 특히 공예나 기술의 부분에서 순정성의 강조는 오히려 그것을 산업으로 발전시키는 데 장해 요인이 될 수 있다. 중요한 것은 새로운 발전이고 새로운 균형의 발견이다. 다만 새로운 기예가 얼마나 현지인의 삶의 일부가 되는가가 문제이다. 순정성은 이 관점에서 중요한 시험제이기도 하다.

모든 문화 활동에서 가장 중요한 지원 대상은, 문화 활동에 관계되는 사람들에 대한 지원이다. 여기에 대하여 간단한 언급을 하지 않을 수 없다. 우선 이 지원에서, 요즘 흔히 쓰이는 말로 선택과 집중은 중요한 원칙이 될 수 있다. 대학에서 박사 과정의 학생을 지원할 때, 그 지원이 대상 학생으로 하여금 학문에 집중하게 하려면, 그것은 등록금은 물론 생활비 걱정을 덜어 줄 수 있는 액수 — 미국 대학에서 쓰는 말로, full scholarship, 즉 전액 장학금이 되어야 한다. 그러나 이것은 한국인의 심리인 균등 분배의 본능에 어긋날 수 있다. 많은 사람에게 돌아가는 소액 지원은 이 본능을 만족시키는 외에 사회적 긴장을 완화시켜 줄 수는 있으나, 학업에 정진하는 시간을 주지는 못한다. 이것은 예술 진흥 일반에 해당된다. 예술가 지원에는 두 가지 원칙이 있다. 그 하나는 예술에 있어서의 엘리트주의가 불가피하다는 데에서 나온다. 세계적인 연주가, 공연 예술가 또는 시인은 극히 작은 수에 불과하다. 이것이 반드시 좋은 현상이라고 할 수는 없으나 세계적 소통의 시대에서 이것은 어찌할 수 없다. 그 밖에도, 되풀이하건대, 엘리트주의는 예술 활동의 본질에 속한다.

나는 한국 문학의 세계적 확산이 부진하다는 견해를 들을 때마다 두 가지 마음을 갖는다. 그 확산과 보급에 지원이 가능하다면 좋은 일이지만, 나는 동시에 우리가 오늘의 다른 나라의 문학에 대하여 얼마나 알고 있는가를 생각한다. 사실 문학사에 거명되면서, 길이 읽히고 다수의 독자에게 알려지는 작가는 한 시대에 손가락에 헤아릴 정도에 불과하다. 외국 문학의 경우 이러한 소수화는 더 심화될 수밖에 없다. 이것은 정보의 경제학에서 불가피한 결과이다. 이러한 사정은 조형 예술에도 해당된다. 이는 소수 선택의 불가피성을 뜻한다. 그러나 선택될 자를 미리 예견하는 일은 쉽지 않다. 새로 출발하는 예술가를 지원한다는 것은 손실의 위험을 부담하는 일이다. 새로 출발하는 예술가 지원은 넓은 것일 수밖에 없다. 그러나 여기에서도 균등 분배가 아니라 선택과 집중의 원칙을 지키는 것이 타당하다. 위에서 말한 지방 순회 활동과 관련된 지원만 예외라 할 것이다. 그것은 폭이 넓어도 상관이 없을 것이다. 다만 이런 이벤트적인 일에 흥행적인 요소를 빼 버릴 수는 없지만, 사람들의 예술적, 문화적 감수성의 발달에 기여한다는 관점에서 이루어지는 것을 원칙으로 삼아야 한다. 이것은 이러한 계획이 장기적이고 큰 범위의 것이어야 한다는 것을 의미한다.

결국 예술의 의의 또 문화의 의의는 인간의 본연을 완성한다는 데에 있다. 그것은 조용히 멈추어 있는 삶의 조화를 바탕으로 한다. 그러나 삶은 끊임없이 변한다. 이 변하는 삶을 전체로 통합하고, 그 삶으로 하여금 근본적인 있음을 떠나지 않게 하는 것이 문화의 작업이다. 높은 문화는 높은 차원의 인간적 가능성의 완성으로 생각될 수 있다. 그것은 개인적인 완성이기도 하지만, 집단적인 완성이기도 하다. 어떤 경우에나 집단적 문화의 뒷받침 없이 개인적인 인간 완성은 불가능하다. 삶의 높은 차원에서의 완성은 장식과 열광을 포함한다. 그것이 어떤 관점에서는 사치일 수도 있으나 다른 한편으로 장식은 보다 본질적인 것에 부가되는 첨가물일 뿐이다. 사치는 삶의 핵심적인 필요를 넘어가는 것을 가리킨다. 열광은 일하는 삶의 규율을 넘어간다. 어떤 정치적 이데올로기는 많은 일이 이러한 열광으로 이룩될 수 있다고 말한다. 그러나 그것은 얼마 가지 않아 거짓된 감정의 과장으로 타락하고 만다. 감정적 열광이 사람의 일, 특히 집단적인 일에 자극제로 작용할 수 있다면, 그것은 이 열광이 사실과 논리를 포용하고 마음의 깊은 공간에서 자기 헌신으로 바뀌었을 때이다.

하늘과 땅 사이에 죽어 가는 존재로서의 인간 생존의 신비와 풍요로운 만물의 존재에 대하여 열려 있는 삶이 기본이다. 새로운 창조도 그것에 기초해야 한다. 그것이 반드시 개인에 의해 의식화될 필요는 없으나, 그것은 사회의 존재 방식에 구현됨으로써 족하다. 그 안에서 개체는 단순히 자신의 삶을 살 뿐이다. 그것을 아는 데에 반드시 형이상학적인 깨달음이 필요하지는 않다. 그 깨달음은, 예외적인 경우를 제외하고는, 보통의 삶의 만족과 행복 속에 스며 있다. 이것이 자연스럽게, "자유로운 공간에, 모든 것이 그 스스로의 본질이 존중되는 자유로운 공간에 존재하는" 것에 대한 인식이 되고, 지구에 거주하는 삶의 기쁨이 된다. 문화는 이러한 거주를 다짐하기 위한 다양한 그리고 근본적인 작업으로 존재한다.

(2007년)

주거, 도심, 전원[1]
도시 미학의 여러 요소

1. 도시 미학의 바탕

1. 도시 공간의 지평적 성격

1. 지각의 복합적 성격/삶세계의 도시

지각에 대한 후설의 현상학적 관찰에 사람의 지각에는 직접적인 의미에서의 감각 이상의 것이 작용하게 마련이라는 것이 있다. 책상을 보는 것은, 정확히 말하여, 그 한쪽만을 보는 것이지만, 한쪽만을 본다고 생각하지 않고 또 실제 한쪽만을 보는 것은 아니다. 시각은 물리적 직접성을 넘어 입방체로서의 책상 전부를 거두어들인다. 책상은 언제나 직접적 감각에 대하여 초월적인 존재이다. 지각은 이 초월적 존재를 지향하고 또 포착한다.

---

1 본 논문은 2008년 4월 12일 고려대학교 국제관에서 한국영상문화학회 주최, 고려대학교 응용문화연구소 주관으로 열린 국제학술세미나 '새로운 도시 시학을 위하여'의 기조 발제 논문으로 발표된 것이다.(게재지 편집자 주) 아울러 2007년 《비평》에 실린 「도시의 미학, 공간의 미학」의 논의를 확대, 심화시킨 논문이기도 하다.(편집자 주)

더 확대하여 말하면, 모든 사물에 대한 지각은 그 사물과 함께 그것을 에워싸고 있는 지평 또는 배경을 포함한다. 지평 또는 배경을 강하게 의식하거나 덜 강하게 의식할 수는 있지만, 특정한 사물에 대한 지각에는 그것을 에워싸고 있는 여러 요인들이 총체적으로 어려 있는 것이다. 이러한 지각의 복합성은 특히 심미적 지각에 크게 작용한다. 물론 이와 반대로 심미적 지각이란 이 복합성을 지각적 표면으로 한정하려는 것이라고 말할 수도 있다. 그러나 심미적 효과는 이 한정이 다른 심층적 요소들을 압축함으로써 생겨나는 효과이다. 적어도 지적 차원으로 승화되는 아름다움의 충격은, 많은 경우, 이 압축, 텔레스코핑(telescoping)에서 온다.

2. 2차원의 화면/3차원의 도시

후설의 책상의 지각이 물리적으로 주어지는 감각 자료에만 의존하는 것이 아니라는 말은, 가장 간단하게 말하면, 책상의 지각에서처럼, 지각의 3차원적 성격을 말하는 것이다. 적어도 이것이 특별하게 조종되지 않은 감각의 — 가령 2차원성을 두드러지게 하려는 그림과 같은 예외적인 경우를 빼면 — 자연스러운 상태다. 이것은 특히 도시와 같이 몸으로 움직여 다니게 되는 공간의 경우 그렇다. 루마니아의 독재자 차우셰스쿠(Nicolae Ceausescu)가 수도의 중앙 대로의 양편에 좋은 건물들의 그림들을 세워 건설 공사를 대신하려 했다는 이야기가 있지만, 이것은 지각과 아름다움의 입체성을 잊어버린 가장 극단적인 예라고 할 수 있다. 차우셰스쿠와 같은 경우가 아니라도 우리는 성급한 도시 건설 계획, 미화 계획의 발상이 이에 비슷해지는 것을 자주 본다.(그 원형은 포템킨 마을이라고 부르는 제정 러시아의 그림의 도시 또는 소련의 선전용 모범 도시들에 있다고 할 수 있다.) 어쨌든, 도시는 2차원의 화폭으로 환원되지 않는다.

3. 지각의 지평/도시의 환경

그런데 부쿠레슈티가 2차원의 그림이 될 수 없다는 것은 단순히 차우셰스쿠 도시 계획의 차원 오류를 말한 것이 아니다. 도시의 사물에 대한 지각에서의 3차원은 공간적으로 배경 또는 지평으로 확대된다. 어느 도시가 아름답다고 한다면, 그것은 도시의 어떤 특정한 부분만의 아름다움이 아니라, 도시 전체의 아름다움을 말하는 것이다. 특정 부분의 아름다움도 이 전체성 속에서의 아름다움이다. 그러나 더 중요한 것은 도시에서의 우리의 지각이 광학적 3차원이나 지평만이 아니라 도시의 삶과 그 질에 깊이 얽혀 들어 있다는 점이다. 도시는 무엇보다도 삶의 공간이다. 도시의 전체성은 그곳에서 영위되는 삶을 포함한다. 이 삶에 대한 느낌은 도시의 심미적 지각에도 스며 있게 마련이다. 미술 작품은 어떤 미술관에 놓여 있느냐에 따라, 또 미술관이 어떠한 도시에 있느냐에 따라, 심지어는 방문자의 기분의 상태에 따라, 다른 인상을 준다. 미술품의 경우 이러한 것들은 작품 밖의 우연적인 요소로 간주하는 것이 마땅할는지 모른다. 그러나 도시의 경우 그 아름다움만을 추출하는 것은 불가능하다. 도시 미학은 도시의 생활 역학에 깊이 연계되어 있다. 미학을 위하여서도 중요한 것은 도시의 경제이고 생활의 편의이고 삶을 윤택하게 하는 문화이다.

이것을 가능하게 하는 물질적 구조가 도시이다. 그 관점에서 도시의 미학 이전에 고려해야 하는 것은 도시의 공학이고, 도시의 생활 시설, 즉 주거, 수도, 하수, 쓰레기 처리, 교통, 공기, 환경을 위한 시설이며, 그 운영을 위한 공동체적 조직이다. 도시의 아름다움에 대한 느낌은 이러한 것들을 배경으로 하여 일어나게 되는 감정이고 정서이다. 물론 어떤 도시의 군데군데의 아름다운 부분을 말할 수 없는 것은 아니다. 도시에는 아름다움의 부분 공간이 있다. 그리고 그것을 고립시켜 미학적인 평가를 내릴 수 있다. 그러나 그것은 사람의 심미적 감각의 총체를 절단하여 말하는 것이 되기 쉽다. 이것은 어떤 미적 대상에 대하여서도 할 수 있는 말이지만, 특히 도시의 아름다움을 말할 때 그러하다. 아프리카의 빈곤 속에 솟아 있는 대통령 또는 황제의 궁전이 — 가령 한때 악명이 높았던 중앙아프리카의 보카사(Jean Bédel Bokassa) 황제의 경우 — 완전한 심미적인 찬탄의 대상이 될 수 없다는 데에서 우리는 이것을 단적으로 경험한다.

4. 도시의 삶/도시의 미학

가장 간단하게는 삶에 연결된 도시의 아름다움이란 생활 문제의 해결에 작용하는 미학을 말한다고 할 수 있다. 오스트리아의 빈에 가면, 환경예술가 훈데르트바서(Friedensreich Hundertwasser)가 고안한 쓰레기 처리 시설이 눈에 띄는 탑이 되어 있다. 그것은 마치 좋은 설치 예술과 같은 인상을 준다. 물론 이러한 구체적인 현실 문제의 미학적 해결은 다시 한 번 도시의 아름다움의 총체로 승화되어야 한다. 필요한 것은 부분적인 심미적 효과를 넘어서 도시적 삶의 전체가 이루게 되는 아름다움을 만들어 내는 일이다. 여기에는 어떻게 삶의 세계로서의 도시로부터 아름다움이 구성되는 과정과 그 최종적인 결과가 생겨나는가를 이해하는 것이 필요하다. 그러나 거꾸로 이 전체적 구도만을 통하여서 도시의 삶의 기본적인 질서에 들어갈 수도 있다고 할 수 있다. 삶세계(Lebenswelt)가 하나의 미학으로 포착된 것이 도시의 아름다움이다. 그런데 삶세계의 부분을 빼놓아도, 심미적으로 평가될 수 있는 도시의 지각적 요소들은 하나의 총체적 미학적 구도를 이룬다. 이 구도는 거의 자기 충족적인 미적 영역을 구성하고 그것은 자체로서 평가될 수 있다. 그러나 아름다움은 삶의 일부이다. 그것이 심미적 평가의 타당성의 궁극적 근거이다. 그 평가는, 알게 모르게, 삶의 질에 대한 평가의 지표이다. 그것은 도시 전체의 삶의 형태를 지시하는 것이라야 한다. 이 지시가 부재할 때에, 차우셰스쿠의 그림, 보카사의 궁정 또는 요즘에 자주 보는 테마파크적 발상이 도시 계획의 중심을 차지한다.

그러나 이렇게 말하면서 잊지 말아야 할 것은 삶의 현실적 역학이 심미적 인식에 있어서 미적인 표면을 지지 또는 지탱하는 심층적 요소로서 존재한다는 사실이다. 도시 미학은 이 심층에 의하여 뒷받침되면서도 독자적인 것으로 존재한다. 이 역설적 연결에 대한 미학적 연구는 아직 독자적인 영역을 수립하지 못한 것으로 말할 수 있다.(이 표면과 심층의 관계는 사람의 아름다운 얼굴이 그 소유자의 건강과 생명력에 관계되면서도 그 자체로 거의 독자적인 현상이 되는 것과 같다.)

2. 도시의 탄생과 변용

1. 미적 도시와 잉여의 경제

그런데 여기에서 다시 한 번 강조해야 할 것은 미적 현상의 독자성이다. 위에서 차우셰스쿠나 보카사의 불건전한 심미적 관점에 대해 언급하였지만, 그럼에도 불구하고 아름다움이 존재하는 방식에 그것을 가능하게 하는 어떤 것이 있다는 것은 사실이다. 뿐만 아니라, 아름다움은 —— 도시의 아름다움을 포함하여 —— 실제적인 문제들을 능률적으로 해결한다고만 존재하게 되는 것은 아니다. 미학자들은 실제적인 태도로부터 몸을 빼어내어 관조적인 태도를 취하게 될 때 나타나는 현상의 한 모습이 아름다움이라고 말한다. 이러한 태도의 문제는 개인적인 것이기도 하지만, 사회적으로 일어나고 일반화되는 것이라고 할 수 있다. 도시의 미학은, 토톨로지(tautology)를 무릅쓰면, 도시를 심미적으로 본다는 것을 말하고, 그것은 상당 정도까지 도시가 그러한 관점에서 건설된다는 것을 말한다. 이것은 사회의 삶이 노동의 실제로부터 관조의 여유로 옮겨 갈 수 있을 때에 도시가 태어난다는 사실에 관계된다. 도시는 농업 생산의 잉여 또는 산업 생산의 잉여에서 생겨나는 경제적 발전의 산물이다.

2. 향수와 원형으로서의 풍경

물론 수렵이나 농업에 종사하는 사람들이 아름다움을 몰랐다고 할 수는 없다. 그것은 그들의 노동의 실제적인 삶으로부터의 길고 짧은 휴식의 순간에 일치하여 나타날 수 있다. 그때 자연은 아름다운 풍경이 된다. 그러나 그 풍경에는 하나의 중심 ── 아늑한 삶의 중심으로서 프랑스어로 푸아예(foyer, 초점)라고 할 수 있는 인간의 삶과 그 활동에 준거점이 되는 중심이 있다. 풍경은 이 중심으로부터 부채꼴로 퍼져 나간다. 거기에는 노동으로부터의 '멈추어 섬'이 있고, 잠재적으로 인간의 거주의 중심으로서의 주거가 존재한다. 그러나 이 조화를 이룬 풍경의 아름다움을 더 높이기 위하여 어떤 건조물을 만들어 내는 것은 비교적 예외적인 일이었다고 할 수 있다.

그러나 자연 속의 삶에서 경험하는 휴식의 순간에 일어나는 미적 인식은 도시 미학에서의 심미적 인식의 원형이라고 할 수 있다. 그것은 시작일 뿐만 아니라 인간의 거주와 활동의 변화하는 조건 속에서도 끊임없이 되찾아지고 회귀하는 아키타이프이고 아르케(archē)이다. 그리하여 많은 문화 전통에서 자연 속에서의 인간의 삶의 지평적 인식 ── 그 안에서 이루어질 수 있는 인간과 환경의 균형을 긍정적으로 ── 말하자면, 큰 찬미의 감을 가지고 받아들여진다. 그것에 반대되는 것이 도시라고 할 수 있지만, 도시의 미학도 이것을 주제화하고 강화한 것일 경우가 많다. 도시는 부정과 긍정의 역설적 결합이다. 또 하나의 역설은 자연 풍경의 원형도 인간적 건조물을 통하여 잃어버린 낙원의 모습으로 다시 나타난다고 할 수 있다는 사실이다. 자연이라는 공간 안에 위치한 인간의 삶, 인간의 지구적 거주의 이미지는 대체로 향수 ── 도시와의 대조에서 소급하여 느껴지는 향수로서 존재한다. 여러 문학사에서 전원시는 도시의 삶의 안티테제로 등장한다. 전원이 현실적 일체성보다는 향수로 투영되는 것인 만큼, 위에서 비친 바와 같은 단편화되고 왜곡된 이미지화의 가능성이 생겨나게 된다.

3. 도시의 공적 성격

역사적으로 최초의 도시적인 모습을 갖는 건조물들은 지배자의 성 그리고 그에 부속되는 지배 계급의 주거 건물이라고 할 수 있다. 이러한 건조물들은 많은 경우에 거주나 방어의 목적과 함께 권력의 과시의 목적을 갖는다. 그러나 이 과시는 힘의 과시에 그치지 않는다. 그것은 아름다워야 한다. 지배 권력이 반드시 전제적인 것일 이유는 없다. 그것은 공동체 전체의 결사(結社)에 기초한 것일 수도 있다. 어떤 경우에나 미적인 특성을 갖는 건축물은 대체로 공적 성격의 건조물이다. 이것은 사람이 사회적인 존재인 한 불가피하다. 그것은 심미적인 요구라고 할 수도 있다. 왜냐하면, 관조의 대상으로서의 풍경은 심미적 질서를 가져야 하고, 그것은 관조자의 눈과의 관계에서 일정한 무게의 중심을 가진 질서이어야 하기 때문이다.

관조는 이미 말한 바와 같이 현실 삶의 몰입으로부터의 거리를 나타내고, 여기에 드러나는 풍경의 요소들이 현실 속에 구현되는 데에는 노동으로부터의 여유가 사회적으로 존재하여야 하고, 그것이 흔히 지배 계급 또는 유한 계급의 출현에 의하여 대표되는 데에는 불가피한 점이 있다. 어떤 경우에나, 풍경의 여러 요소의 주제화된 발전으로서의 도시는 전체적으로 말하여 노동으로부터의 여유의 산물이고, 전제 체제이든 민주 체제이든, 집단적 삶의 일체성의 상징으로서의 공적 성격을 가진 건조물에서 시작하고 그것으로 귀착한다고 할 수 있다.

4. 상업 도시

말할 것도 없이, 도시의 또 다른 존재 이유의 하나는 산업의 발달이다. 도시의 비대화는 산업화와 동시에 진행되었다. 그러나 도시의 미학을 이야기할 때, 산업화된 도시 풍경에서 미학적 속성을 이야기할 수 있는 부분은 근대적 산업에 관계된 부분보다는 상업에 관계된 부분임에 주의할 수 있다. 사람들에게 매력을 가지고 있는 도시의 부분은 크고 작은 상점들, 주점, 다방, 음식점, 또는 크고 작은 오락 시설 등이 모여 있는 부분이다. 그런대로 도시적 매력이 존재하는 이러한 부분에서 제외되는 것은 노동에 관계된 도시 시설들이다. 그중에도 산업 생산의 현장들이나 공장들은 도시의 매력적인 부분이 되지는 못한다. 이것은 19세기 서구의 굴뚝 산업의 공장 지대는 물론, 합리화와 미화의 노력이 경주되는 자동화된 현대 산업 지대의 경우도 크게 다르지는 않다. 공장에 비하여 상점이 보다 매력적일 수 있는 것은 산업 생산의 원료들보다도 그 완성으로서의 상품이 보다 심미적인 특징을 가진 때문이라고 할 수 있다. 이것은 기초적인 생활용품으로부터 그것을 넘어가는 사치품에 이름에 따라 더욱 강조된다.

이것은 상업 용품의 성질에 못지않게 그것을 중심으로 펼쳐지는 인간의 행동 방식에도 관계된다. 제작 과정 속에 있는 물건에 대하여 완성된 상품에 대한 인간의 관계는 보다 총체적이다. 제작의 과정에서 그 대상은 완전히 조작의 대상이 된다. 제작의 의도 속에 편입된 대상은 관조의 거리를 상실한다. 그와 동시에 제작 과정의 노동자도 사실은 이미 미리 주어진 제작 의도 속에 편입되어 있다. 그리하여 주체와 객체의 변증법적 심미적 주고받음이 최소화된다. 이에 대하여 상업적 대상에 대한 인간의 관계에는 완전한 것은 아닐망정 이 전체와 전체의 주고받음이 존재한다. 그리고 그 사이에 심미적 거리가 생겨난다. 비슷한 주고받음의 관계는 상업상의 거래와 관계되는 사람들 사이에도 존재한다. 상업적 거래는 사람 사이의 사교적 주고받음에 비슷한 성질을 갖는다. 미학적인 관점에서 다시 요약하여 말하면, 물건도 그렇고 사고파는 사람들은 전체적으로 보여 줌(presentation) 또는 연출(performance)의 관계에 있다. 이러한 것들이 상점이나 상점의 구역들에 반영되는 것은 자연스럽다. 여기에 대하여 공장 생산의 과정은 완전히 사람의 모든 일이 기능주의로 환원된다.

5. 산업 도시와 삶의 기능화

사람이 자리하는 공간의 완전한 기능화는 공장에 구현된다. 19세기 말로부터 20세기 초까지의 산업화의 혼란을 거친 다음 공장 지대는 가장 잘 정리된 공간이라 할 수 있다. 굴뚝 산업이 후퇴하고 전자 자동 시스템, 연구소, 기숙사나 집단 아파트를 종합하는 경우에 특히 그렇게 말할 수 있다. 이러한 시설에다 녹지나 공원까지 포함하면, 공업 지대는 가장 합리적으로 정리된, 거주와 노동을 적절하게 종합하는 구역이 될 수 있다. 실리콘 밸리 또 다른 전자 공업 지대를 그러한 곳의 하나로 생각할 수 있다. 이러한 곳은 조금 더 자연스럽게 형성된 인상을 준다. 이에 대한 보다 본격적으로 조직 기획된 곳은 공업 단지 또는 산업 단지이다. 영어로 industrial park(산업 공원)라고 부르는 경우 그것은 더욱 그 기획의 원리를 잘 나타내 준다. 그것은 산업이라는 기능을 수용하면서 공원이 되기를 원하는 것이다.

그러나 그러한 곳을 참으로 아름다운 곳으로 생각하는 사람은 많지 않을 것이다. 정연한 질서가 심미적 공간의 한 속성인 것은 틀림이 없다. 삶의 터, 푸아예로부터 뻗어 나가는 풍경도 기하학적 질서를 갖는다. 그 질서의 기본은 그림의 원근법에서 발견된다. 그것은 기하학이면서 사람의 눈을 전제로 한다. 아마 원근법이 회화 공간의 근본적 구성 원리가 될 수 있었던 것은 이 주관의 개입으로 인한 것이라고 할 수 있을 것이다. 지각은 주관의 감각을 떠날 수 없고, 감각은 심미성의 기본이다. 그러한 점에서 원근법의 기하학은 객관적이면서 주관적인 기하학이다.(이에 대조하여 지도를 생각해 볼 일이다.) 그러나 그것도 보는 눈을 느낄 수 없을 정도로 지나치게 규칙적인 것이 될 때, 그것은 심미성으로부터 멀어질 수밖에 없다.

원근법의 주관성은 삶의 느낌, 그리고 삶의 모호성에 대한 창구이다. 그러면서도 이러한 것들이 마치 수학적 엄밀함 속에 포용될 수 있는 듯한 느낌을 주는 것이다. 달리 말하면, 풍경의 기하학은, 모순된 표현을 사용한다면, 유기적 성격을 지니고 있다. 이 유기적 성격은, 회화적 관점에서, 표면적인 의미에서의 공간 시각에 포착되지 아니한다. 그것은 보는 대상에서 발신되는 어떤 신호로 유발되는 주관적 지각에서 일어나는 사건이라고 할 수 있다. 그러나 간단하게는 삶의 유기적 복합성이 풍경에 비춘다고 생각할 수 있다. 이러한 회화적 원근법의 이치를 적용하여 생각하면, 공장 지대 또는 산업 지대는 아름다움을 한껏 미화한 경우에도 공간의 진정한 성격에 덧붙인 장식이라는 의심을 자아낸다. 테마 파크나 포템킨 마을의 표면성을 씻어 내기가 어려운 것이다.

산업 도시는 생산 기능에 의하여 조직화된 공간이다. 기능은 많은 것을 단순화하여 인간과 사물을 그것에 종속하게 한다. 아름다움도 이에 종속될 수 있을 만큼만 허락된다. 위에 말한 바와 같이, 그것이 여러 가지 공리적 장치로 이루어진 그 하부 구조를 가져야 하는 것은 틀림이 없지만, 그럼에도 불구하고, 아름다움은 하나의 가상(假象)으로서라도 독자적인 것, 자기 목적적인(autotelic) 것이라는 인상을 주어야 한다. 목적과 무목적은 아름다움에서 기이한 균형을 이루면서 하나의 폐쇄적 공간을 이룬다. 분명한 기능의 지배하에서 이 독자성은 소실되고 만다. 강한 기능적 합리성은 개인적 사회적 삶의 유기적 복합성을 단순화하고 그것의 현장으로서의 공간의 심미성을 키치가 되게 한다.

사르트르는 현대의 도시를 "부재의 편재함(l'ubiquité de l'absence)으로부터 그 현실성을 얻게 되는 물질적 사회적 조직"이라고 말한 일이 있다.[2] 이

---

2   Jean-Paul Sartre, *Critique de la raison dialectique*(Paris: Editions Gallimard, 1960), p. 57.

부재는 단순한 부재가 아니라 현존을 느끼게 하는 부재에 대하여 그것을 느끼지 못하게 하는 부재를 말하는 것으로 생각된다. 넓은 운동장은 주인이 없는 공간이다. 그러나 커다란 저택의 거실은 주인이 없어도 주인을 느끼게 한다. 사르트르가 부재하다고 하는 것은 그 전체를 실감할 수 없는 부재를 말하는 것이 아닌가 한다. 그렇다는 것은 그것이 비인격적인 것이 되어 있기 때문이라고 할 수 있다. 현대의 도시를 하나의 전체로 하는 것은 추상적인 원리들 그리고 도시 기능과 그 기능 유지를 대표하는 관료 조직이다. 이것은 자명하면서도 전체적으로 직관되지는 아니한다. 여기에 대하여 감각적인 실감의 지각으로서의 심미적 지각은 완전히 무력할 수밖에 없다. 근대 이전의 도시에서도 도시의 전체적 모습은 한눈에 잡히지 않는다. 그런데도 이러한 도시에 대한 원근법적 풍경은 마치 모든 것이 하나의 관점에 포착되고 있다는 느낌을 준다. 원근법의 보는 눈과 소멸점은 부재하면서도 화면 안에 현존한다. 전근대적 도시에서 풍경은 그렇게 전체적으로 부재하면서 존재한다. 그것을 하나로 묶는 힘은, 한편으로, 보는 사람이고 다른 한편으로 군주나 영주이다. 이에 대하여 현대 도시는 인간적 힘 또는 심미적 지각의 대상으로 존재하지 않는 것이다.

사르트르의 현대 도시에 대한 관찰은 현대 사회 조직 그리고 나아가 마르크스주의와 같은 이데올로기적 사회 인식의 추상성에 대한 물질적 상관물을 이야기하려는 것이었다. 그는 이것을 설명하기 위하여 참으로 구체적인 전체성으로서의 '집단(collectif)'과 내용이 없는 전체로서의 '연쇄(série)'를 구별하였다. '연쇄'는 버스를 기다리는 사람들과 같은 일상적 현실에서 쉽게 예시될 수 있다. 기다리는 사람들은 함께 있으면서도, 단순히 버스를 탄다는 기능적 목적으로 인하여 함께 있는 사람들이다. 그들 사이에는 심각한 의미에서의 인간적인 관계는 없다. 이와 비슷하게, 현대 도시의 인간들은 산업 조직을 관류하는 생산 목적에 의하여 조직되어 있다. 그들의 관계와 삶은 이러한 목적하에서만 인정된다.[3] 이러한 것은 현대 도시의 외양과 삶에 그대로 해당된다.

현대 도시는 완전히 일하는 사람들의 일의 기능에 의하여 하나가 되어 있다. 그러나 그 사람들 사이의 총체적인 인간관계는 존재하지 않는다. 이것은 도시의 모양에 그대로 반영되어 있다. 총체적인 도시 그리고 도시의 심미적 가능성은 위에서 말한 도시의 삶의 기능의 문제, 즉 주거, 수도, 하수, 쓰레기 처리, 교통, 공기, 환경의 문제만을 가장 능률적으로 해결한다고 생겨나지 아니한다. 현대 도시에서 전체는 부재하면서 존재한다. 그것의 전체화는 '집단'의 형성으로 가능할는지 모른다. 그러나 실감 나는 전체로서의 '집단'이 어떻게 실감 나는 것이 될 수 있느냐 하는 문제는 물질적으로나 정치적으로 지극히 어려운 문제이고, 도시의 물질적 구성에 있어서도 이에 대해서는 쉬운 답이 없다고 할 수밖에 없다.

6. 근대화 계획 속의 무계획 도시

근대적 또는 현대적 공장 지대 또는 산업 공단 지대가 아니더라도 기능의 원리가 공간 기획의 원리가 되는 경우가 있다. 다만 여기에서 기능은 극단적으로 단편화된 기능이다. 그리하여 그것은 전체적인 공간의 질서를 확보하지 못한다. 공업 단지, 산업 단지 — 또는 공장 지대에서까지도 중요한 것은 산업 생산의 효율을 높이는 데에 관계된 공간적 요소의 합리적 정리이다. 그 목적과 그것에 봉사하는 기능은 일정한 질서를 만들어 낸다. 오늘의 도시는 대체로 이러한 기능적 합리성을 지향한다고 할 수 있다. 그러나 그 합리성은 반드시 삶의 모든 것을 포함하지 않는다. 그리하여 한편으로 그것이 생겨나면서, 그것이 기생하는 무계획의 공간이 탄생한다. 이

---

3 Ibid., pp. 308~309.

공간은 역사적으로 근대적 산업과 도시가 성립하는 과정에 따라서 생겨나는 공간이면서 합리화의 계획에서 벗어나고 방치되는 룸펜 공간이다. 이 것이 많은 나라에 존재하는 빈민가 ── 산동네, 파벨라, 바리오 등이다. 거기에는 근대화, 산업화를 추동하는 기능적 질서의 원리가 부재한다.

근대화의 계획은 물론 산림이나 들판, 마을 ── 자연이나 전통적 농업적 삶의 공간을 파괴하고 대체한다. 빈민가의 사람들은 이러한 농촌적인 삶에서의 유기적 전체성을 상실했다고 할 수 있다. 그러면서 빈민가의 새로운 삶은 기능적 질서에 편입된다. 그렇다는 것은 사회 전체의 기능적 질서에 의하여 지배된다는 뜻이지만, 다른 한편으로 그것이 만들어 내는 무질서에 편입된다는 것을 말한다. 삶은 또 다른 의미에서 기능적인 것이 된다. 그것은 전체적 기능적 질서 속에서 삶 전체가 최소의 기능으로 축소된다는 것을 말한다. 그러면서 이 최소한도의 기능은 하나의 연계망으로 구성되지 못한다. 그것은 사회 질서가 깨어진 시점, 가령, 전쟁, 내란, 소요 등의 시점에서 삶이 최소의 기능으로 축소되는 것과 같다. 그러나 생존의 기능은 이 큰 역사적 콘텍스트 속에서 수행되어야 한다. 삶의 공간도 이러한 삶의 조건에 맞추어 이루어질 수밖에 없다.

산업화 사회의 큰 테두리에서 오는 압력의 파괴적인 효과에도 불구하고, 또 생활 기능의 인프라가 부재하고 전체적인 공간의 주체 능력이 부재함에도 불구하고, 빈민촌에는 그 나름으로의 질서가 생겨난다. 사람이 사는 곳에는 어디에나 새로운 공동체적 삶이 성장하고 공간의 유기적 성장이 있게 마련이다. 이 공동체적인 요인은 이미 빈민촌 성립의 본래부터의 씨앗이었다고 할 수 있다. 그것은 농경적 사회로부터 계승되어 온 것이다. 이러한 의미에서 빈민촌의 공동체적 성격은 사실 도시에 적응하여 만들어진 주거 지대보다 강하다고 할 수 있다. 빈민촌의 합리화는 발전이면서 이 긍정적인 요소로서의 공동체적 성격을 파괴하게 된다. 그러나 이러한 긍정적인 부분이 없지 않은 대로 그것이 도시의 새로운 전체성 속에서 자족적인 공간 단위를 이룰 수 없는 것은 분명하다. 그리고 그 불편함과 불만은 극복되어야 하는 것임에는 틀림이 없다.

　이러한 잉여 공간 또는 룸펜 공간의 처리에 가장 간단한 방법은 합리화이다. 도시적 질서는 최종적으로는 빈민촌의 삶의 세부에까지 미치게 되는 산업적 합리성을 통하여 완성될 수밖에 없을 것이다. 총체적인 합리화는, 시민적 공동 집단이 존재하지 않는 한, 거대한 국가 권력을 필요로 한다. 사회주의가 건설한 도시나 주거 등은 거대한 국가 권력의 소산이다. 자본주의 체제하에서 — 광활한 미개척지도 없고 토지가 사유로 남아 있으면서, 건설 사업이 단기적 이윤의 추구에 얽혀 있고 국가의 통제 기능이 반드시 공익을 반영하지 못하는 상황에서, 전체 공간의 합리적 질서의 수립은 지난할 수밖에 없다. 룸펜 공간의 처리는 가장 손쉽게는 기능주의의 원리에 의한 것이다. 그러나 그것은, 합리적 정치권력이 부재한 상태에서는, 룸펜 공간을 지배하던 단편화된 공간 원리, 환원적 공간 원리가 아닌가 한다. 자본주의적 토지와 주거 개발에서 이 원리는 수요를 의미하고, 그것에 맞춘 주택 건설은 정치적 정당성과 이윤을 동시에 창출하는 원리가 된다.

　다시 말하여, 가난의 조건에서 제일 중요한 것은 필요의 충족을 위한 사물의 확보이다. 그 사물이 어떤 환경으로부터 오는 것인가는 중요하지 않다. 이 사물 중심성, 물건주의는 사정이 바뀐 다음에도 그대로 사람의 마음을 지배하는 원리가 된다. 삶의 최소한적 기능화에서, 공간적으로 제일 급하게 확보되어야 할 물건은 주거이다. 경제적 여유가 생기면서, 역점이 놓이는 것도 주택의 건설이다. 사회적 필요의 관점에서나 수익의 관점에서나 문제 해결의 쉬운 방법은 다세대가 거주할 수 있는 아파트이다. 이러한 주거에 역점이 놓이게 하는 여러 조건들은 건축물들을 총체적으로 포함하는 공간을 등한시하게 한다. 공간은 기껏해야 건물을 짓고 남은 자투리이거나 최소의 기능적 공간, 가령 병영들을 서로 잇는 것과 같은, 이음새의 공간이다. 이러한 건물 그리고 공간에 주민은 총체성이 없는, 그러니까 심미적 일체성, 사회적 집단성이 없는, 연쇄의 일부로 거주한다.

이러한 공간의 원리, 단편적 기능의 원리는 경제가 팽창한 이후에도 아비투스(Habitus)로서 또 프락시스(Praxis)로서 계속된다. 물론 그것은 주택 건설의 사회적 물질적 기본 조건이 그대로 유지되는 것과도 관계되는 일이다. 불완전한 공간 속에, 또는 최소한의 단편화된 기능적 공간 안에 아파트가 밀집한 서울의 많은 부분은 이러한 요인들로 설명된다. 또 이 아파트 거주 — 한국적인 아파트는 또는 아파트 거주를 결정하는 여러 요인들은, 적어도 아직까지는, 한국인의 공간 의식뿐만 아니라 생활상의 심미적 기준을 한정한다.

7. 한국의 도시

한국인은 아파트에 거주한다. 이것은 도시에서만이 아니라 시골의 들이나 산자락에서도 그러하다. 어디에서나 핵심에 놓이는 것은 공간을 총체적으로 포함하는 풍경이 아니고 건물들이다. 건물에서도 중요한 것은 기능이다. 그것은 삶의 기본적 기능을 해결해 주는 가장 간단한 기계 장치이다. 이런 의미에서 서울의 아파트들은 "삶을 위한 기계"가 주거라는 르코르뷔지에의 아이디어를 실현한다고 할 수 있다.[4] 다만 여기에는 르코르뷔지에의 아이디어 속에도 들어 있는 여러 심미적 기능 — 주변이나 옥상의 푸른 공간 또는 길게 뻗어 있는 유리창으로 내어다 볼 수 있는 넓은 공간들이 존재하지 않는다. 르코르뷔지에가 미적인 효과를 등한히 했다고

---

4 발레리 줄레조(Valerie Gelezeau)의 서울에 대한 연구, 『아파트 공화국』(후마니타스, 2007)의 원 제목은 '서울, 거대 도시, 빛나는 도시들(Seoul, ville géante, cités radieuses)'인데, 여기에서 '빛나는 도시들'은 르코르뷔지에의 'citéradieuse'를 가리킨다.

할 수는 없지만, 서울의 대부분의 아파트에 미적인 효과가 있다면, 그것은 전적으로 우발적인 것이다.

그러나 어떤 경우에도 생활의 여유가 생기면서 심미적인 것에 대한 사람의 갈구가 없을 수는 없다. 서울에서 이 미적 기능은 실외의 형상이 아니라 실내에 집중된다고 할 수 있다. 아파트의 실내 디자인은 대체로 경제 발전과 더불어 기능적인 것에서 장식적인 것으로 옮겨 간다. 건물의 미적 의미는 실내에 집중된다고 할 수 있다. 그러면서도 주목할 수 있는 것은 그 심미적 기능이 추상적이라는 것이다. 여기에서 기준이 되는 것은 개인이나 디자이너의 판단력이 아니라 시대적 유행이다. 유행은 사회가 개인을 그 안으로 편입하는 편리한 방법의 하나이다. 그것은 아름다움을 통하여 획일화된 사회적 척도를 제공한다. 아름다움은 사회적 전체성, 즉 연쇄화된 사회의 전체성에서 인정을 위한 수단으로서의 기능을 갖는다.

이와 같이 기능적으로 추상화된 사회성은 아파트 자체의 인지 방법에 잘 나와 있다. 아파트에 대한 평가에 평수 — 넓이가 가장 중요한 것이 되는 것은 말할 것도 없이 그것이 쉬운 측정 기준이 되는 것이기 때문인데, 그것은 주거의 구체적인 물적 존재에 대한 감식, 생활 공간의 편의와 넓이에 대한 직접적인 판단을 대신한다. 그것은 물론 시장의 가치 그리고 다시 사회적 인증의 기준으로 이어진다.

되풀이하건대, 실내 공간에 비하여, 아파트의 외형이나 아파트들이 군집하여 이루는 아파트촌의 아름다움은 최소한으로 한정된다. 아파트촌의 전체적 공간이 문제가 된다면, 중요한 것은 아파트촌의 구체적인 조형미나 편의보다는 어느 구역인가, 어느 동네인가 하는 추상적인 지표이다. 이것은 주거용 건물만이 아니라 공적이거나 상업적 건축물의 경우에도 크게 다르지 않다. 외형적 아름다움은 이 경우에 조금은 표가 나는 것이 된다. 상업은 고객들을 향한 광고가 중요하고 공공건물이나 문화 건물은 그 기능 자체가 다분히 외적인 위용의 과시에 의존하기 때문일 것이다. 그러나 이러한 미적인 요소도, 많은 경우, 포스트모더니즘이라는 상표 속에 주장되는, 기발한 장식으로 흐르는 경향을 갖는다. 그리고 대체로 도시의 미화는 기존 도시의 유기적 발전이 아니라 새로운 테마파크의 건설의 형식을 취한다.

물론 이러한 것들의 총화를 제대로 저울질하는 일은 아직은 너무 이르다고 할 수 있다. 기능적이고 추상적인 건물들이 지배하는 추세에서 어떤 미적인 기준이 생겨나게 되는가? 이것을 알아내는 데에는 많은 현지 조사와 섬세한 분석이 필요할 것이다. 생활이 중요하다고 하여 그것이 아름다움의 문제를 무용한 것이 되게 할 수는 없다. 생활의 기능이 중요하다고 한다면, 아름다움은 그것대로의 넓은 의미에서의 삶의 기능을 가지고 있다. 그것은 직접적으로 사람의 심성에 중요한 영향을 끼치기 때문이기도 하고, 위에서 누차 말한 바와 같이, 그것은 생활의 안락의 심층의 표면을 이루는 것이기 때문이기도 하다.

3. 도시 미학의 요소들: 잠정적 요약

1. 집, 동네, 도심

이 글에서는 이상적인 심미 기준들을 투영해 보는 도리밖에 없다. 공간에 대한 심미적 감각은 기본적으로 하나의 모순의 통합으로 요약될 수 있다. 위에서 말한 바와 같이, 그것은 노동의 순간의 여분의 휴식에서 일어날 수 있는 관조의 순간에 발견된다. 그때 사람은 자신의 삶의 공간적 지평을 확인하고, 그것이 아름다울 수 있다는 것을 알게 된다. 그것은 행복한 거주의 꿈에 이어진다. 그리하여 아름다운 풍경의 비전은 다시 주거로 고정된다. 이것은 한편으로는 자연 속의 안주를 말하지만, 다른 한편으로는 그것은 자연의 험악함 ── 추위나 더위 또는 비바람으로부터 벗어난 안정의 공간을 말한다.

이 안정의 공간은 사람이 피할 수 없는 사회적 협동 그리고 교감의 공간에 대한 요구와 더불어 더 넓은 계획된 공간 — 도시의 발전을 뒷받침하는 원초적 요구로 확장된다. 이것은 두 단계로 나누어 볼 수 있다. 하나는 주거의 집합으로 구성되는 동네이다. 동네는 생활의 측면에서 군거의 필요를 충당해 준다. 그러나 그것이 조금 더 형식화될 때, 그것은 소도심의 구성을 가질 수 있다. 그러다 이것이 동네를 벗어나 본격적인 도시가 될 때, 그것은 일정한 구성 — 퍼스펙티브(perspective)와 비스타(vista)를 가진 도심의 구조를 가질 수 있다.

2. 형이상학적 공간

그런데 공간에 대한 인간의 관계는 반드시 실용적인 필요만으로 설명할 수는 없는 것이 아닌가 한다. 사람은 안정된 집을 원하면서 집 밖으로 나갈 수 있기를 원한다. 사람이 함께 만날 수 있는 동네를 원하고, 많은 사람들이 모이는 도심을 원한다. 그리고 다시 더 열려 있는 공간 — 도시를 넘어 들판이나 산을 원한다. 그것은 노동과 사회적 필요 때문이기도 하고 오락과 휴식 때문이기도 하다. 그러나 공간에 대한 사람의 느낌은 거기에 그치지 아니한다. 사람의 공간적 거주에는 존재론적 근거가 있다. 그리고 인간 존재의 구체적인 현장인 공간은 신비를 포함한다. 그것은 여기이면서 한없는 저기이다. 공간은 무한의 신비에 열린다. 사람이 원하는 것은 아늑한 공간과 함께 그것이 공간의 무한함으로 열리는 것이기를 원한다. 그리고 건축과 도시는 이것을 현실로서 이룩하고자 한다. 그것은 단순히 집과 움직여 다닐 수 있는 공간의 경우처럼, 둘 사이를 왕래함으로써 이루어지는 것이 아니다. 그것은 공간의 모순된 양극의 통합을 요구한다. 사원의 건축 같은 것이 이러한 통합을 지향하는 건축이다.

그러나 사람의 공간 계획에는 대체로 이러한 통합의 모티프가 들어 있다고 할 수 있다. 도심을 생각할 때, 그것이 일정한 퍼스펙티브나 비스타를 가지고 있을 것으로 상상하는 것은 질서를 원하는 것이면서, 그 질서가 먼 곳으로 열려 있기를 소망하는 것이다. 그러나 도심이 사람이 자연을 차단하여 건조한 것인 것도 틀림이 없다. 도심의 기이한 견인력은 적지 아니하게 이 모순의 통합에 대한 암시에 있다. 공간의 크기는 말할 것도 없이 자연에서 시사된다. 그러나 이 자연은 많은 경우 커다란 공간에로 열려 있으면서도 인간적 삶의 푸아예가 되고 다른 한편으로 무한으로 소멸되는 매트릭스이다. 도시의 퍼스펙티브와 자연의 차이가 있다면, 도심의 경우에 그 무한성은 보다 기하학적인 것이라는 것인데, 사람은 이러한 추상적 무한에서 보다 확실한 모순의 통합에 대한 플라톤적 예감을 확인하는지 모른다. 하여튼 인간의 공간 계획에 ── 그것이 거주이든 도시이든 자연의 재현이든 ── 움직이고 있는 모티프의 하나는 공간 그 자체이고 그것의 신비이다.

지금 말한 것들은 전통적인 공간에서의 사람이 추구하는 것이다. 그러나 오늘날의 기능적 합리화의 세계에서 이것이 그대로 해당될 수 있는지는 분명치 않다. 오늘의 공간의 미학의 문제는, 이미 비친 바와 같이, 더 연구되어야 할 과제라고 할 수밖에 없다. 여기에서는 위에서도 시사한 바처럼, 사람의 시적인 꿈, 직관으로 느껴지는 소감을 통하여 도시 미학 형성의 원동력을 다시 생각해 보는 것으로 그러한 연구를 대신한다.

2. 공간의 행복과 불행

1. 공간의 꿈/주거와 도심
1. 낭만적 주거의 원형
리하르트 슈트라우스(Rihard Strauss)가 음악을 붙인 시 가운데에 오토

율리우스 비어바움(Otto Julius Bierbaum)의 「다정한 꿈(Freundliche Vision)」 이라는 시가 있다. 이것은, 지극히 낭만적으로 상상된 것이기는 하지만, 주거에 대한 하나의 이상적 원형을 보여 준다 할 수 있다.

그것은 잠결에 꿈꾼 것이 아니었다.
아름다운 광경을 본 것은 밝은 대낮이었다.

들국화 가득 핀 초원,
푸른 숲 깊이 하얀 집 한 채.

나뭇잎들 사이에 빛나는 신들의 영상.

사랑하는 이와 나는 가느니,
마음에 가득한 평화를 느끼며,
하얀 집의 서늘함 속으로, 기다리는.
아름다움 가득한 평화 속으로.

이 시에 나타난 것은 19세기 독일인이 이상으로 생각한 집이지만, 오랜 서양의 영향하에서 지금은 아마 한국 사람들의 낭만적인 심성에도 호소력을 가진 집의 이미지라고 할 것이다. 여기의 집과 풍경이 아름다운 것이라는 것은 시 자체가 말하고 있지만, 이 아름다움은 어디에서 오는가? 이 시의 비전에는 꿈과 현실이 하나로 겹쳐 있다. 시가 그리는 그림의 중심에는 집이 있다. 시의 서사를 떠나서도, 그것이 백색의 집이라는 사실은 적어도 그것을 시각적으로 두드러진 것이 되게 할 것이다. 그러나 집의 아름다움은 주변의 초원과 나무들이 없이는 완전한 것이 되지 못할 것이다. 중요한 것은 주변과 환경이 전체적으로 하나의 조화된 그림을 이루어 낸다는 것이다. 이것이 있어서 시의 그림은 사랑과 평화와 아름다움의 정서에 합치게 된다.

이러한 조화된 풍경은 조금 더 세밀하게 분석될 수 있다. 이 시의 집은 나무 사이에 있다. 그러나 그림은 이것보다는 조금 더 넓은 시야를 포함한다. 초원이 있는 것은 그것을 시사한다. 초원은 걸어서 가로질러 가야 하는 거리이고, 그 거리를 가는 두 연인은 그동안에 자연을 충분히 느낄 것이다. 이것이 숲이 아니라 들국화 핀 초원이라는 사실은 트인 공간을 생각하게 한다. 초원 위로는 하늘이 트여 있을 것이다. 초원에는 빛이 가득하다. 이 시의 비전은 꿈결이 아니라 빛 밝은 대낮의 것이다. 빛은 나무 사이의 "신들의 영상(Götterbilder)"에도 있다. 이 영상들은 떠오르는 심상(心象)일 수도 있고 조각일 수도 있다. 조각이라면, 아마 그리스의 신들의 조각들일 것이다. 그것은 세속적인 것과 신적인 것의 결합을 말한다. 신들의 영상이 빛난다는 것은 여기의 풍경의 의미를 집약한다. 풍경은 지상의 너머에로 이어지는 것이다.

하이데거는 건축의 의미를 설명하면서, 그것은 '네 개의 원리(Das Geviert)', 하늘과 땅과 신적인 것과 인간(죽어야 할 운명의 인간)을 하나로 엮어 내는 일이라고 한 일이 있다.(하이데거의 에세이, 「집 짓기, 살기, 생각하기(Bauen, Wohnen, Denken)」) 이 시의 풍경에서 이러한 연결을 보는 것은 틀린 일이 아니다. 다만 하늘은 빛으로 대표된다. 또는, 언급은 되어 있지 않지만, 하늘은 초원 위로 상상할 수 있다. 그리고 초원은 그 일정한 크기의 평면으로 땅을 나타낸다. 주의할 것은 이 땅이 풀로 덮여 있다는 것이다. 사람이 풀과 나무를 좋아하고 녹색을 좋아하는 데에는 본능적인 것이 있다. 초목들이 생명을 말해 주기 때문인지 모른다. 이 풀밭의 초목은 분명 온화한 생명의 상징으로 느껴진다. 평화는 이미 여기에 시사되어 있다.

그리하여 땅과 하늘과 신적인 것은 인간을 넘어가는 거대한 것이면서
도 평화롭게, 인간화되어 있다. 그것은 친밀하게 느끼는 인간의 느낌에 내
재한다. 만일 여기에 있는 땅이 초원이 아니라 사막이라면, 풍경은 훨씬 삭
막하고 엄숙한 것이었을 것이다. 거기에 드러나는 것은 무한히 비어 있는
하늘과 합하여 인간을 압도하는 자연의 모습이었을 것이다. 사막의 땅과
하늘에 집이 있다면, 그것은 훨씬 더 크고 장려한, 이슬람의 사원과 같은
것이어야 할 것이다.[5] 타지마할은 반드시 종교적인 건축은 아니지만, 비슷
한 환경에 있다. 그것은 이슬람을 믿었던 황제 샤자한(Shāh Jahān)의 권력
을 나타낸다. 그러나 비어바움의 풍경의 핵심은 결국 그다지 큰 것일 수 없
는 사랑의 보금자리에 있다. 이것은 아마 많은 사람들의 무의식에 들어 있
는 거주의 비전의 하나일 것이다.

그러나 숲속의 집은 사람의 거주의 한 꿈에 불과하다. 이 꿈을 버리지는
아니하면서도 사람은 더 복잡한 사람들의 모임과 공간을 요구한다. 어떤
경우에나 집은 집 밖과 함께 있을 수 있어야 한다. 비어바움의 집 밖에는
자연이 있다. 그러나 그 집이 낭만적 비전이 아니고 현실이라면 가깝든 멀
든 집 주변에는 동네가 있을 것이다. 그러나 동네는 이러한 꿈에서는 오히
려 낭만적 꿈의 은밀함을 손상하는 것으로 생각될 것이다. 그리고 사실상
동네와 교통이 트인다 하더라도 그것은 아마 단순히 사적인 밀실들의 집
합이거나, 밀실의 밀실됨에 피곤하여졌을 시점에는 자신의 집이나 마찬
가지의 답답한 곳으로 생각될 것이다. 그 집에 대조되는 다른 공간의 이미
지는 도시에서 찾아야 한다.(동네는 집이 존재하는 바탕의 하나이지만, 그 생활과
노동 그리고 사회적 의미는 경제의 변화와 더불어 독자성을 상실한다. 비어바움의 외
딴집의 꿈을 말한 시는 낭만주의 시대 — 그러니까 농촌이 이미 과거로 사라지기 시작

---

5 존 버거는 이슬람의 절대적인 신앙이 하늘과 땅만이 있는 아랍인들의 풍토에 관계시켜 설명한
일이 있다. John Berger, *Ways of Seeing*(London: Penguin Books, 1972).

한 시대의 시이다.)

2. 공원과 전원도시의 개념

도시는 이러한 행복한 거주의 원형에 반대되는 곳이다. 보금자리가 있다면, 그것은 전체 풍경이 아니라 아파트의 방이다. 그러나 도시인도 보다 넓은 공간을 느끼고자 한다. 그리하여 도시를 조금 더 공간성을 가진 것으로 만들 수 있기를 원한다. 공간성의 원형의 하나는 전원이다. 도시인은 전원을 그리워한다. 그리고 그에 유사한 것을 도시에 만들어 내고자 한다. 공원이라든가 가로수라든가 또는 개인 주택의 정원이라든가 하는 것은 도시 환경 속에 전원을 다시 도입해 보려는 노력이다. 그런가 하면, 도시를 전원과 합쳐서 계획하려는 전원도시(Garden City)와 같은 것도 있다. 이것은 에버니저 하워드(Ebenezer Howard)가 영국에서 19세기 말에 발상한 것으로서, 그린벨트로 둘러싸인 주거와 산업과 농업이 적절하게 종합된 작은 도시를 지어야 한다는 생각이다. 우리나라에서도 지금까지 중요했던 그린벨트의 개념에는 이러한 전원도시의 이상이 들어 있었다고 할 수 있다.(이것은 부동산 투기 업자와 개발주의자와 이들과 결합한 정치 세력들에 의하여 사라져 가는 이상이 되었다.) 화훼 산업이 발달하여, 아파트의 베란다 등에도 꽃을 가꾸는 가구가 많은 것은 전원적 유토피아에 대한 집념이 사람에게 얼마나 강한 것인가를 말하여 준다.

3. 우수와 향수

그렇다면, 도시는 인간성에 배치되는 것인가? 현대 도시는 근대 산업의 부산물이다. 그러나 도시 자체는, 산업이나 상업의 발달 이전에도 존재하였다. 그것이 산업의 부산물이었다고만 하는 것은 도시의 유래를 지나치게 단순화하는 것이다. 어쨌든 수렵, 채취 또는 농업 이상의 기초적인 산업이 생겨난 다음에는, 도시는 그 자체로 의미가 있는 취락의 형태이다. 어떻게 생겨난 것이든, 초기 산업화 시대의 소설들은 도시를 그리워하는 젊은이들의 이야기를 소재로 한 것이 많다. 이것은 발자크를 비롯하여 많은 소설과 시의 주제이다. 농촌의 젊은이들은 농사일의 압력과 단조로움과 권태를 벗어나기를 원한다. 물론 이야기들은 대체로 도시에서의 도덕적 타락과 환멸로 끝난다. 그러나 도시에 대한 그리움의 존재를 부정할 수는 없다.

유진 오닐(Eugene O'Neill)의 연극, 「지평선 너머(Beyond the Horizon)」는 도시보다도 바다로 탈출하는 농촌 청년의 이야기이지만, 적어도 그 제목은 이러한 농촌 탈출의 동기를 적시해 준다. 현실이 어떤 것이든, 젊은이의 상상은 먼 곳을 향하여 움직인다. 그러고는 다시 고향을 그리워한다. 독일어에서 먼 곳을 향하는 그리움 또는 우수(Fernweh), 그리고 집을 향한 우수 또는, 향수(Heimweh)가 쌍을 이루고 있는 것은 이러한 데에 작용하는 인간 심리의 양면성을 보여 준다.

앞에 인용한 비어바움의 시에서 사랑의 보금자리에 대한 꿈도 보금자리에서의 안정된 삶을 표현한다기보다 먼 곳에서 느끼는 향수를 표현하고 있다는 인상이 짙다. 시인은 초원을 지나고 나무숲을 지나 행복을 약속하는 하얀색의 집을 향하여 간다. 약속이 현실이 될 것인가는 확실치 않다. 또 주의할 것은 하얀 집이 주변의 자연에 어울리면서 동시에 그로부터 분명히 구분되는 구조물이라는 점이다. 우리는 여기의 흰 집이 산 아래 포근히 자리한 모양에 있어서나 건축 자료에 있어서나 주변 환경에 조금 더 자연스럽게 흡수되는 것으로 보이는 한국의 농촌의 집과 다르다는 사실에 주목할 수 있다. 여기의 흰 집은 자연 속에 있으면서 그것을 자연으로부터 구분하여 인간적으로 형성한 창조물이다. 이러한 전원의 이상에는 이미 도시에의 지향이 들어 있다고 할 수도 있다.

4. 광장의 모형

그리움 속에 사람들이 도시에서 기대하는 것은 무엇인가? 농촌을 떠나 멀리 가고자 하는 사람들이 찾는 것은 더 넓은 자연, 또는 자연의 기관(奇觀)이 아니라 도시의 번화함이다. 이것은 상징적으로 축제적인 분위기에서 모이는 사람들로 대표될 수 있다. 도시에는 사람들이 모이는 광장 또는 넓은 폭의 도로가 있어야 한다. 그러나 광장은 완전히 열려 있는 들판이 아니다. 그곳에는 사람들이 모여야 한다. 그리고 광장은 도시의 일부이다. 그것을 상징적으로 집약하고 있을 뿐이다. 그것은 건물들로 둘러싸여 있게 마련이다. 광장은 무개척의 자연과 달리 분명한 경계를 가지고 있어야 한다. 사람이 원하는 것은 그들의 행위와 그 무대가 분명하게 정의되는 것이다. 광장을 농촌의 들녘으로부터 구분하는 것은 석재 등에 의한 포장에서도 드러난다. 바닥은 흙바닥이 아니다. 아마 여기에서 포장은 콘크리트나 아스팔트보다도 일정한 크기의 석판이 적절할 것이다. 원하는 것은 타일이 아니더라도 일정한 기하학적 모양을 가진 자료들의 교차가 보여 주는 구획화(區劃化)에의 의지이다. 인간 행위의 차원에서도 사람들이 광장에서 기대하는 것은 군대 행진이나 대중 집회가 아니라도, 자유로우면서도 규범이 없는 것이 아닌, 일정한 형태의 움직임이다.(아스팔트로 된, 하나의 연속적인 평면은 열병식에 적합하다.)

광장을 한정하는 건물들은 대체로 밀집되어 늘어서 있는 상점들일 것이다. 상점에는 간단한 회식의 장소도 포함되어 있어서 사회적 교류에서 이루어지는 즐김의 장소, 잦은 축제의 장소로서의 광장의 성격을 강화할 것이다. 광장의 주변에 상점이 아니라 미술관이나 박물관이 있다면, 광장은 조금 더 엄숙하고 조금은 더 넓은 것이 되어야 할 것이다. 시청이나, 유럽의 도시들에서 흔히 보듯, 상공회의소, 길드 홀, 또는 어떤 경우에는 성당과 같은 것이 있다면, 그것은 조금 더 엄숙한 분위기를 띠게 될 것이다.

5. 신체 공간과 코레오그래피로서의 광장

광장의 느낌은 사람의 신체적 감각에 관계되어 있고, 이 관계는 물론 사회 체계와 삶의 토대로서의 대지에 대한 관계를 함축하고 있다. 동물 행태학자들의 관찰들을 인간에게 적용한 에드워드 홀(Edward T. Hall)이 그의 저서 『보이지 않는 차원(The Hidden Dimension)』에서 설명하는 바와 같이 사람은, 사람과 사람 사이에 일정한 공간이 있는 것을 원한다. 낯선 사람들 사이, 또는 친한 사람 사이에 어느 정도의 간격을 놓고 만나야 하는가 하는 것은 문화에 따라서 달리 정의된다. 그러나 그 차이에 관계없이, 간격에 대한 요구는 밀접과 거리 두 사이를 오고 간다. 광장 또는 일반적으로 도시 공간은 사람의 밀집에 대한 욕구의 표현이다. 그러나 이 요구를 사람이 오래 견디지는 못한다. 그들은 곧 사람 사이에 보다 넓은 간격을 원하게 된다. 그리고 밀집을 원하는 경우도, 그 본능은 대중적인 집회와 친한 사람들의 조용한 모임 사이에 흔들린다.

광장은 밀집에 대한 요구이면서도, 이미 시사한 바와 같이, 일정한 구조가 있는, 즉 코레오그래피의 관점에서 또는 조형적인 관점에서 일정한 구조가 있는 공간이라야 한다. 사람들 사이에는 일정한 간격이 있어야 한다. 광장의 포석(鋪石)은 구조의 필요를 상징적으로 암시한다. 광장 주변의 보도의 폭과 같은 것도 사람들의 신체적인 요구에 맞는 것이라야 한다. 광장의 경계에 대한 요구는 조금 더 포괄적인 심리적 요구이다.

2. 도시 공간의 소도구들과 공간감

1. 도시의 구조적 질서

이러한 사정은 도시 전체에 해당된다. 광장에 서 있더라도 우리는 도시 전체를 느끼고, 또 그것이 일정한 구조를 가진 것이기를 기대한다. 광장이 있고 그것의 경계를 이루는 건축물들이 시뮬레이션에 불과하다면, 사람들의 광장 지각은 전적으로 다른 것이 될 것이다. 도시는 광장의 너머에 있지만, 광장에 음영처럼 실재하는 구조이다. 구조적 상상력대로라면, 도시 전체의 구성은 도시 사회의 공적 구성에 대응할 것이다. 도시의 가장 중요한 광장의 가장자리에는 앞에서 시사한 바와 같이 시청이나 시의회나 공회당이나 교회 등이 있다. 그러나 그것은 도시 전체로 볼 때, 도시의 중심부를 이룬다. 물론 이것은 서구의 중세적인 도시의 모습이고, 지금에 와서는 이러한 동심원적인 조직은 사라졌다고 할 것이다. 그러나 지금도, 확실하게 정의되지 않은 채로, 도시에 중심이 있고, 중심이 상징적으로 중요한 의미를 갖는 것은 틀림이 없다. 그것이 없는 도시민의 안주감은 크게 감소된다.

중심에는 앞에 열거한 공공건물에 추가하여, 도서관이나 미술관이 들어서 있을 수 있다. 사람은 그가 살고 지나가는 지역에서 읽어 낼 수 있는 지형지물을 가져야 한다. 중심과 주변의 공공건물 외에, 역사적 기념물들은 땅에다 역점을 부여하는 지표가 된다. 이것들은 한군데 모일 수도 없고 모아 놓으면, 그 자연스러움이 없어질 것이다. 그러나 그것들은 도시의 의미화에 필요하다. 적정하게 배치된 공원도 도시에 의미의 구조를 만들어 내는 데에 한 요소가 된다. 거대한 도시에서 이 중심과 역점은 다핵(多核)적인 것이 될 수 있다. 어떤 경우에나 이러한 동심원적 구조가 없는 도시는 사람들의 마음에 황무지나 사막 — 수없는 집들이 연속되는 광대하고 황막한 땅의 느낌을 줄 것이다.

중심의 밖에서도 사람들은 일정한 구조적 의미가 있을 것을 기대한다. 전원주택의 이상에서도 주택가, 산업 지역, 공업 지역 등을 예상한 것은 이 기대에 합당한 것이다. 도시의 구역화가 어떤 지대를 특히 삭막하게 하고 빈민 지역이 되게 하는 것도 사실이다. 도로의 역할도 여기에 곁들여 생각할 만하다. 도로는 물론 구역 내외의 여러 지점들을 연결하지만, 광장의 타일처럼 공간의 양식화에 기여한다. 다만 바둑판 모양의 단조로운 도로의 기하학은 근원적인 심리적 의미, 즉 지각적으로 알아볼 만한 공간의 형상화를 손상하게 될 것이다.

그런데 전원도시와 관련하여, 그것이 삶의 밀집 현상으로서의 도시의 의미를 축소시킬 수도 있다는 점도 생각할 필요가 있다. 전원에 대한 요구는 교외 주거 단지를 번창하게 하였지만, 이것이 교통난을 가져오고 사람들을 이웃으로부터 고립하게 하였다는 것은 자주 지적되는 문제의 일부이다. 그리고 교외의 거주자들은 도시 중심부의 문제와 관련하여 시민적 참여 의식을 잃어버리게 된다. 도시에는 대체로 경계가 있다. 성곽은 가장 분명한 그 외적인 표현이다. 이러한 경계나 성곽이 단순히 방어적 목적만 가진 것이었을까? 그 기능이 무엇이었든지 간에, 성문을 지나는 사람에게는 그것이 심리적으로 의미 있는 순간이었을 것이다. 반(半)도시화된 교외 지역의 확산은 도시의 경계를 없앤다. 그리고 동시에 도시만 벗어나면 되돌아갈 수 있었을 전원을 없애 버린다.

2. 공간의 총체성

도시는 밀집이다. 그러나 그것은 구조화된 공간이기를 희망한다. 이것은 심미적 호소력이라는 관점에서도 그러하다. 밀집된 부분에 전체를 느끼게 하는 것이 심미적 지각의 핵심이다. 이것을 가능하게 하는 것이 공간의 구조화이다. 밀집은, 위에서 말한 것처럼, 밀집 나름의 견인력이 있다. 그러나 일시적 군중 집회가 아니라면, 밀집성 자체가 삶의 조건이 될 수는 없다. 이것은 건물의 배치에 있어서도 그러하다. 그것은 일정한 질서를 인지할 수 있게 하는 것이라야 한다. 도시에는 좁은 공간에 복잡한 형태의 건물들을 밀집시킨 경우도 있지만, 이러한 경우에도 그것들은 해독할 수 있는 총체를 이루어야 한다. 이 총체성에는 건물과 건물의 조화, 물론 획일적인 것이 아니라 차이 속에 존재하는 복잡한 조화, 그리고 건물 사이에 존

재하는 공간 자체의 실질적 의미화가 중요하다. 플롯 없는 공간은 ─ 물론
이 플롯은 계획을 부과하는 것일 수도 있고 절로 자라 나오는 유기적 성장
의 결과일 수도 있다. ─ 공간을 상실되게 하는 일이다. 흔히들 군소 건물
들이 비비대면서 존재하는 곳에 하나의 건물만을 우뚝 세우는 것도 새로
운 조형을 도입하는 방식의 하나로 생각된다. 그러나 그것은 대체로는 총
체적인 공간성을 해치는 일이다. 낮은 주택가에 솟는 아파트의 효과가 바
로 이것이다. 그것은 주변의 다른 건물들을 슬럼의 건물처럼 초라하게 한
다. 그리하여 도시 공간을 누더기가 되게 한다고 할 수 있다.

3. 계획된 공간/열린 공간

밀집의 혼돈을 극복한 다음의 도시 건축은 농촌에 비하여 기하학적인
특징을 가지게 된다. 기능적 건축물이나 주택에서 사각형이나 직각형의
형태가 많이 등장하는 것은 당연하다. 또 연립 주택에서 보는 바와 같은 연
속적인 건물이 도시적인 건축의 특징이다. 기하학은 혼란된 밀집성을 구
조화한다. 그것이 필요해지는 것은 제한된 공간을 최대한으로 이용하여
야 하기 때문이다. 그러나 그것만으로 아름다운 도시를 만들어 낼 수는 없
다. 미학적으로 중요한 것은 일단 건물의 형태이다. 이것이 일단 기하학적
성격을 갖는다. 그리고 그것은 단순한 기하학에서 우아의 기하학으로 격
상될 수 있다. 그러나 그에 우선하는 것은 주변과의 공간적 조화이다. 도시
건축의 기하학은 형태의 기하학이기 이전에 공간의 기하학이라야 한다.
그러나 높은 부동산가는 공간을 돈의 함수가 되게 하고, 건물들의 공간성
확보를 어렵게 한다. 또는 그것을 사라지게 한다.

서울의 고층 아파트들은 대부분, 가격의 고하에 관계없이, 미적인 관점
에서 최소 가치를 가진 극히 기능적인 건물들이라고 말하여도 잔인한 평
가가 되지 아니한다. 많은 아파트 건물들은 병영과 같은 인상을 준다. 이

비심미성을 더 강화하는 것은 건조물들이 하나의 조화된 공간 구조에 포용되지 못했다는 사실이다. 이것은 건물과 건물 간의 공간이 순전히 건물 간의 공간 이상의 것이 아니라는 사실에서 쉽게 볼 수 있다. 건물들을 떼어 놓는다는 이외의 의미를 갖지 못하는 이 공간이 건물들의 비조형성보다도 더 분명하게 아파트 블록을 병영이 되게 한다. 건물 사이의 공간이, 서양의 어떤 대학들에서 볼 수 있는 것과 같은 사각내정(quadrangle)에 비슷한, 계획된 공간이 되었더라면, 인상은 상당히 달라졌을 것이다. 물론 이 공간은 그처럼 규격화된 공간이 아니어도 좋다. 오늘의 기능적 건축의 원류에는 바우하우스의 '인터내셔널' 스타일이 들어 있다.(물론 그 금욕주의가 상업적 효율성에 잘못 이용되었다고 하겠지만.) 이 스타일의 건물들의 심미적 효과는 다자인의 엄격성에 못지않게 그것들이 전체적으로 열린 공간 속에 위치해 있다는 데에서 생겨난다. 미스 반 데어 로에(Mies van der Rohe)가 디자인한 베를린의 작은 규모의 건물이나 시카고의 거대한 빌딩은 열려 있는 공간 또는 시원하게 의도된 공간 속에 존재한다. 이것만으로도 그 건물들은 오늘의 정형적이면서도 무정형적인 건물들과 구별된다.

몇 해 전에 나는 한남동의 '리움'에 대하여 평하여 달라는 요청을 받은 일이 있다. 이것은 세계적으로 유명한 건축가들이 디자인한, 우리나라에서 드물게 미학적 효과를 생각하고 지은 건물이다. 나는 적어도 이 건물을 밖에서 볼 때, 실패한 것이라는 결론을 내렸다. 입구 편에서 접근하는 사람에게 그 형태를 전체적으로 보는 것은 불가능하다. 다른 집들 사이를 비집고 들어선 미술관은, 형태에 있어서도 알아볼 수 없는 것이지만, 더 문제가 되는 것은 그것이 알아볼 만한 공간 속에 있다고 할 수 없다는 점이다. 집을 짓는 것은 집이라는 공간 용기(容器)도 만들지만, 일정하게 한정할 수 없는 주변의 공간을 재정의하면서 새로운 공간을 만들어 내는 일을 한다. 어떻게 보면, 이 구조적으로 정의되는 공간이야말로 건조물의 궁극적인 심미적 의미라고 할 수 있다.

4. 자료와 건축 공간

도시의 미학에 중요한 것은 물론 계획된 공간만이 아니다. 다른 요소들이 있을 수밖에 없다. 그러면서도 그것은 공간에 관계된다. 건축에 사용되는 자료나 스타일도 거주지에 일정한 성격을 부여할 수 있다. 사르트르는 미국을 여행하면서, 미국의 도시들이 가건물로서 이루어진 듯한 인상을 준다고 말한 일이 있다. 미국의 중소 도시의 건물, 특히 주택들은 목조가 많고 베란다 등을 통하여 쉽게 외부에 이어지는 구조를 가지고 있다. 그리고 사용된 목재들은 대체로 가벼운 느낌을 주는 흰 페인트로 처리되어 있다. 그런 데다가 이러한 목조 건물은 조금은 공력을 들이고 그러니만큼 지구성을 생각하게 하는 조각적 장식이 거의 없다. 이것은 미국의 개척 시대의 유풍이라고 할 수도 있고, 미국이 밀도가 낮은 광막한 대륙이라는 사실에 대응하는 것이라 할 수도 있다. 어떤 이유에서든지 미국의 집과 집의 구조는 뿌리를 내리고 사는 주거지의 조형물이라는 인상을 주지 못하는 것이다. 공간에 못지않게 중요한 것은 주거 정착성의 느낌이다. 건축 자료만으로서도 이 느낌은 다른 것이 될 수 있다.

이러한 것들에 추가하여, 미국이 고층 건물의 나라라는 것은 새삼스럽게 말할 것도 없다. 이것은 건축 자재로서 철근 콘크리트가 발달하게 된 결과이다. 이것은 돌이나 벽돌에 비하여 자연스러움이 크게 떨어지는 자료이다. 콘크리트가 자연이라는 커다란 배경을 연상시키지 못한다는 것은 건축 자료로서 그 약점이라고 할 수 있다. 자료는 그 나름의 연상을 가지고 있다. 이 연상에는 공간이 들어 있다. 쾰른 사원이 돌이 아니고 플라스틱이었더라면, 사원의 경이로움은 심각한 것이 아니었을 것이다. 콘크리트는 건축가에게 물질의 한계를 넘어가는 자유를 준다. 그리하여 철근 콘크리트의 다리나 고층 건물이 가능해진다. 그것은 곧 상업적인 동기와 결합한다. 최소의 건축적 노력으로 최대의 기능적 공간을 만드는 데에 이용되는 것이 콘크리트이다. 구조물의 구조적 성격은 구조에 들어간 노력을 느끼게 하는 것에 관계된다. 자료나 공법이 그것을 시사하는 것이다. 물론 이것은 건축 자료로서 콘크리트가 무조건 나쁘다는 것이 아니다. 거기에 맞는 미학이 필요하다는 말이다. 콘크리트가 가능하게 하는 놀라운 구조물들도 적지 않다. 근년에는 콘크리트로서 다듬어지지 않는 물질의 질감을 낸 축조물도 없지 않다. 재료가 무엇이든지 간에 문제는 미학이고 공간의 미학이라고 하는 것이 옳다.

3. 도시와 초월적 공간

1. 도로의 신비

위에서 말한 것은 건축의 자료도 그것을 넘어가는 공간 ── 자료의 출처를 암시한다는 것이었다. 그러나 이미 말한 바와 같이 공간은 신비롭다. 공간은 사람이 사는 공간이다. 그런데 공간은 무한하다는 것만으로도 신비롭다. 물론 사람의 공간에, 이 무한으로서의 공간이 그대로 임장(臨場)하는 것은 아니다. 그러면서도 사람이 하고 만드는 일에는 사실 어디에서나 그것이 암시될 수 있다. 건물과 도시 공간의 신비는 위에서 언급한 바 있지만, 도로와 같이 비공간적인 공간에도 그 암시가 존재한다. 도로는 사람이 사는 곳이면 어디에나 존재한다. 도로는 생활의 편의를 위한 수단이다. 물론 도시에서 그것은 더욱 중요한 기능을 한다. 그러나 그것은 기능적인 것이면서도 먼 것을 생각하게 하는 지표가 된다. 시골의 외길로 뻗은 길은 먼 곳을 또는 우리가 떠나온 곳의 다정한 사람들의 마을을 연상케 한다. 그것은 그야말로 먼 곳에 대한 그리움 'Fernweh'와 고향에 대한 그리움 'Heimweh'를 종합할 수 있다. 이것은 그림에서 자주 주요한 모티프로 사용된다.(최근에 내가 살펴본 일이 있는 강연균(姜連均) 화백의 그림에는「고부로 가는 길」을 비롯하여 도로가 많이 등장한다.)

도로는 자연스러운 것이기도 하고 인공적으로 계획되는 것이기도 하다. 사람 사는 곳이면, 길은 저절로 생겨난다. 그러나 그것은 보다 의식적으로 계획될 수도 있다. 미적 효과는 일단 주어진 편의 이상의 것을 시사하는 데에서 생겨난다. 한국 도시에서의 도로의 문제는 계획성이 쉽게 드러나지 않는다는 것이다. 기하학이 부족하다. 새로 난 큰 도로를 조금만 벗어나면, 똑바로 난 편리한 도로를 별로 볼 수 없다. 앞으로 뻗어 나는 방향성에서도 그러하지만, 들쑥날쑥한 주변의 건축물들이 기하학을 은폐한다. 거기에다가 잡다한 건물들, 더구나 거대한 간판들로 하여 형태를 파악할 수 없는 건물들은 주변과의 통일된 게슈탈트를 인지할 수 없게 한다. 이렇게 말한다고 하여 자로 그은 듯한 도로가 그대로 미적인 효과를 높인다는 말은 아니다. 그리움을 감지하게 하는 그림에 나오는 길은 그림의 후면에서 굽이돌거나 언덕 마루를 넘어간다. 이것이 길의 신비를 더욱 돋보이게 한다. 뉴욕의 바둑판무늬의 도로망은 도로를 기능화하고 추상화하여 지각적인 요소를 감소한다. 정연한 길은 길 찾는 데에 편리하지만, 길 찾는 데에 표적이 되는 주변의 조형물들을 살펴볼 필요가 없게 한다. 길은 지면(地面)을 지나면서 삶의 장면들을 지나고 그것을 인지하는 마음을 지나간다. 너무 똑바른 길은 이 마음의 전체를 추상화한다.

2. 원근법의 공간

도로가 먼 것을 시사한다면, 건물의 조합과 순열에도 그것이 작용한다. 건물은 하나씩 보면, 형태이고 공간이다. 그러나 거리는 공간과 결합하여 특별한 효과를 낼 수 있다. 물론 여기에서도 문제는 높낮이나 넓이 또는 길고 짧은 것보다 게슈탈트이다.

건축적 공간은 내적 공간과 외적 공간의 모순 또는 대립을 포함한다. 건축된 공간은 공간 내를 구조화하면서, 그것을 외부의 공간으로 열어 놓는 역할을 한다. 가령 거대한 사원의 내부는 밀폐된 공간이면서 공간 그 자체를 생각하게 한다. 내부 공간의 구조적 의미는 덜 구조화되어 있는 외부 공간에 대조됨으로써 생겨난다. 그러나 이것은 상대적인 현상에 불과하다. 위에서 우리는 광장의 포석의 이중적 의미를 말하였다. 그 나름으로 조형된 외적 공간은 다시 구조화되면서 그것을 넘어가는 공간을 암시할 수 있다. 위에서 도시 공간이 원근법적인 구성을 가질 수 있다는 것을 이미 말했지만, 이것은 여기에 다시 한 번 상기할 필요가 있다.

회화에서 공간의 암시를 가장 쉽게 가능하게 하는 것은 원근법에 의한 화면 구성이다. 파노프스키(Erwin Panofsky)는 원근법의 한 효과를 무한(無限)을 시계(視界) 안으로 끌어들인 것이라고 말한 바 있다.(「상징 형식으로서의 원근법」) 도시 공간의 현장에서 이것은 똑바로 난 길이나 광장 —— 이것은 흔히 도안을 드러내는 공간이다. —— 그리고 적절하게 조형된 주변의 건물들이 어울려 이루어 내는 비스타가 된다.(그러나 도로가 단조롭게 한없이 뻗어 있는 것은 조금 전에 말한 것처럼 이러한 비스타의 인간적 호소력을 감소시킨다.) 르네상스기의, 원근법과 공시적으로 지어진 도시의 비스타에서 광장이나 큰 도로 그리고 건물들은 일정한 기하학으로 정리된다. 그리고 그것은 다시 먼 소멸점을 향하여 열린다.[6] 이것은 제1차적으로는 도시의 건조물과 공간에도 사람이 가진 깊은 소망의 표현으로서의 거주의 원형 —— 보금자리와 환경적 조화에 대한 소망이 표현될 수 있다는 것을 말한다. 사람들은 내부가 되는 공간을 원하면서 그 너머로 외부의 공간이 존재하기를 원한다.

---

6 위베르 다미쉬의 저서 『원근법의 기원』에는 '우르비노 원근법'이라는 이름의 도시 그림들이 많이 예시되어 있다. Hubert Damisch, *L'Origine de la perspective* (Paris: Flammarion, 1987).

이것은 하나의 디자인에 의하여 종합된다.

그러나 여기의 기하학적 디자인은 다시 더 높은 차원의 공간의 암시로 옮겨 간다. 물론 이것은 소멸점의 끝에 위치한 것이어서 보이지는 아니한다. 되풀이되는 공간의 안과 밖의 교차가 갖는 궁극적인 호소력은 형이상학적인 의미의 암시에 있다고 할 수 있다. 이것은 하필 원근법의 효과만은 아니다. 위에서 인용한 비어바움의 시에서 "신들의 영상"으로 말하여진 것, 또는 하이데거의 "네 개의 원리"에서, "신적인 것"이 도시에도 변형된 형태로 나타난다고 할 것이다. 이러한 것은 물론 단순히 외부로부터 형이상적인 의미로 부과되는 것이 아니다. 그것은 지각으로서 감지되는 것이다.

3. 하늘과 땅

지각 안에 있으면서도 그것을 초월하는 공간을 가장 쉽게 전달하는 것은 하늘과 땅이다. 하늘과 땅을 보이지 않게 가리는 일을 하는 것이 도시이다. 그러면서도 하늘과 땅에 대한 암시가 없이는 건축물이나 건조된 공간은 아름다운 것이 되기 어렵다. 다만 공간의 안과 밖의 역설에서 볼 수 있듯이 하늘과 땅은 건축물들을 통해서 오히려 사람의 의식 속에 강하게 부각될 수 있다. 건축 또는 환경 계획의 어려움은 이것을 조형적으로 구현하는 데에 있다. 비어바움의 흰 집의 경우, 위에서 말한 바와 같이, 이미 자연과 인공물의 대조에서 넓은 공간의 암시가 시작한다는 것을 말하고 있다.

서양의 중세 건축에서 하늘을 가리키는 가장 간단한 지표로 작용한 것은 사원의 첨탑이다. 오늘의 도시, 특히 한국의 도시에서 여기에 해당하는 것이 고층 빌딩이고 고층 아파트가 아닌가 하는 생각을 할 수 있다. 그러나 그것들의 하늘과의, 또는 땅과의, 관계가 같은 것이라 할 수 없는 데에는 여러 가지 원인이 있다. 그 하나는 그 스케일이 인간의 스케일을 넘어간다는 것이다. 고층 건물을 올려다보기는 쉽지 않다. 많은 경우 그것은 너무나 높다. 또는 올려다보는 것을 허용할 만큼의 주변 공간이 없다. 고층 빌딩을 하늘과 함께 보는 것은 대개는 산 위에서나 할 수 있는 일이고, 그때 보는 사람은 이미 빌딩보다 높은 곳에 있어 그 높이는 실감되지 않는다. 실감의 관점에서 높다는 것은 의식하지 못하는 사이에 잠재하여 있는 신체와의 관계에서, 또 어쩌면 올라간다는 의도되지 않은 의도와의 관계에서 높다는 것을 말한다. 또 많은 것은 스케일과 대조에 달려 있다.

고층 빌딩이 고층 빌딩인 것은 주변과의 대조에 의하여서다. 수많은 고층들 사이에서 어떤 하나의 빌딩이 특별한 의미를 가질 수는 없다. 그러나 더 큰 문제는 그것들이 대체로 주변과 함께 하나의 조화된 형상, 컨피규레이션(configuration)을 이루지 못한다는 데에 있을 것이다. 유럽의 사원은 홀로 우뚝 서 있는 것이기도 하지만, 많은 경우 그보다 주변의 낮은 건물들을 거느리고 있다. 그리하여 그것은 하늘을 가리키면서도 땅을 상기하게 한다. 땅이라고 하여 반드시 있는 대로의 땅이나 거기에 바싹 붙어 있는 건물들을 말하는 것은 아니다. 중요한 것은 수직적으로 올라간 건물에 대하여 수평적인 것이 있어야 한다는 사실이다. 그리고 그것은 그 나름의 아름다움을 가진 것이라야 한다. 수평적인 것은 사원 주변의 광장일 수도 있고 높낮이가 비슷한 주변의 건물들일 수도 있다. 비슷하다는 것은 건축 스타일이 완전히 같은 것이 아니라도 일정한 변주로서 수용될 수 있는 것이라는 말이다. 그때 이 건물들이 구성하는 공간은 형상적 인식을 통하여 마음에 지닐 수 있는 구역을 이룬다. 이것이 조금 축소된 것이 거주의 공간이다. 스케일의 축소와 함께, 장대한 느낌은 안정감으로 변주된다.

그러니까 결국 모든 형이상학적 전율(frisson métaphysique)에도 불구하고 사람이 알아보는 공간은 거주 또는 거주의 구역이 주는 안정감을 핵심에 가지고 있는 것이라고 할는지 모른다. 그러나 대체로 말하여 수직과 수평의 교차는 하늘과 땅의 관계에서 그 나름의 미적 효과를 갖는다. 이것은 고층 건물이 즐비한 맨해튼의 어떤 거리에서도 느낄 수 있지만, 서울 같으면, 코엑스 근처의 테헤란로에서도 느낄 수 있다. 빌딩들이 이루는 스카이라인은 전체적인 인상의 통일에 기여한다. 서울을 비롯하여 한국의 도시에 결여되어 있는 것이 스카이라인이고 건물들의 상호 공간성이다. 모든 것은 뿔뿔이 자기를 주장하며 치솟아 있을 뿐이다. 사실, 수직과 결합해야 하는 것이지만, 하늘의 효과는 오히려 수평을 강조하는 데에서 얻어질 수도 있다. 수평이 돋보이는 건조물은 치솟아 하늘로 뻗는 것이 아니라 하늘을 내려오게 한다. 그리스의 파르테논 신전은 평평한 윗부분이 긴 수평을 이루고 있는 건조물이다. 이것은 산 위에 있어서 특히 그러하다고 하겠지만, 평지에 있는 그리스 신전도 그러한 효과를 낸다. 지붕 끝을 치켜 올린 한국의 큰 기와집들도 하늘을 담고 있는 듯한 인상을 준다.

4. 하늘과 땅과 지구 위의 삶

하늘은 사실 땅과의 관계에서만 사람을 넘어가는 차원으로 인식된다고 할 수도 있다. 하늘의 광대함은 지평선과의 관계에서만 그 광활함을 느끼게 한다. 땅의 지평선이나 바다의 수평선의 매력은 바로 이러한 상호 함축의 관계에서 오는 것일 것이다. 심리학자 루돌프 아른하임은 사람들이 그림을 볼 때, 어두운 색이 캔버스의 아래로 가고 밝은 색이 위로 가는 것을 자연스럽게 느끼는 것은 사람들의 하늘과 땅에 대한 경험이 무의식 속에 원형으로서 자리 잡은 때문이라고 설명한 일이 있다.[7] 하늘과 땅의 대조는 지각의 원형이다. 그러나 조형물에서 또 건축물에서 이러한 것들은 단순히 대조되는 것이 아니라 하나의 형태 속에 긴장을 일으키면서 존재한다. 건

---

7   Rudolf Arnheim, *The Power of Center* (1982).

조물은 자연을 거스르는 것이다. 그것은 자연의 수평선을 벗어나고 중력을 거스르며 하늘로 치켜 올라간다. 그러나 그것은 동시에 자연에 뿌리내린 축조물이다. 건물은 알게 모르게 중력을 나타낸다. 그것은 수직의 기둥에 나타나고 자료에 나타나고 하늘의 투명성에 대조되는 색깔에도 나타난다.

그리스의 신전은 커다란 대리석 기둥이 떠받들고 있다. 그 크기와 무게는 중력을 느끼게 한다. 그러면서 위로 높이 올라가고 하늘을 떠받든다. 또 이 기둥들은 석재로 되어 있고 무거운 석재임을 느끼게 하다. 그것은 땅에서 나온 것이다. 석재의 기둥머리(柱頭)나 프리즈(frieze) 등의 어떤 장식도 이러한 관점에서 해석될 수 있을는지 모른다, 코린트식 주두의 식물, 아칸소스는 그것의 땅에 대한 관계를 알려 주는 것으로 취할 수 있다. 그러면서도 그것은 자연 그대로의 식물이 아니라 양식화된 것이다. 기둥이나 보로 쓰이는 석재의 경우에도 그렇고 집 짓는다는 것 자체가 그러하다. 그것은 사람이 다듬고 세우는 것이다. 사람의 손질이 말하자면 땅을 다듬어 하늘에 잇는 일을 한 것이다. 그리하여 이러한 건축물에서는 다시 한 번 기하학의 중요성을 확인할 수 있다. 그것은 사람의 이성의 소산이다. 그러나 그것은 완전히 추상적인 기하학이 아니라 중력을 생각하고 땅의 풍요를 내포하고 하늘 아래 사는 사람의 삶을 내포한 것이다. 건축의 기하학의 특징은 단순성이고 인공적 정치성(精緻性)이면서, 하늘과 땅을 포용하는 데에 있다.

5. 현대 건축 자료와 중력의 공간/철근 콘크리트 구조

물론 이러한 것이 현대 건축에 또 현대 도시에 그대로 적용될 수는 없다. 가령, 높기도 하려니와 한없이 긴 콘크리트의 고속도로가 미학적으로 그다지 좋은 느낌을 주지 않는 것은 무슨 까닭인가? 이유는 여러 가지일 것이다. 첫째, 사람들은 그것을 기능적 시설이라는 선입견을 가지고 접근한다. 이것은 미학적인 것을 차단하는 역할을 한다. 미학은 인간의 서사 속에 있다. 콘크리트 건조물의 경우 이야기를 상상하기가 쉽지 않다. 산업 공정으로서의 철근이나 콘크리트의 생산이 쉬운 것은 아니겠지만, 그 최종 산물은 석재나 목재처럼 인간의 직접적이고 구체적인 노동의 결과로 느껴지지 아니한다. 미적 호소력은 단순한 형태에서 오지 않는다. 형태가 중요하다면, 그것은 서사를 담은 형태라야 한다. 이 형태가 사람의 지상의 삶을 담고 있는 것이라야 한다는 말이다. 그렇다는 것은, 달리 말하면, 그것이 지구 환경에서의 인간의 삶을 암시하여야 한다는 말인데, 그리스의 신전에 쓰이는 돌은 그것을 다듬고 그것을 중력의 법칙에 맞게 세우는 노력의 서사를 담고 있다. 철근 콘크리트 구조물은 그러한 서사를 담기 쉽지 않다.

그렇기 때문에 역설적으로, 자연의 자료로서는 이룩해 낼 수 없는 구조가 콘크리트를 사용한 미학적 건물로 등장하게 된다. 가령 시드니의 오페라 극장과 같은 것이 주목의 대상이 되는 것은 그 지붕과 같은 것이 다른 방법으로는 구축할 수 없는 것이기 때문이다. 최근에는 이보다도 더 인공적인 구조물, 위태해 보이는 구조물들이 만들어지는 것을 본다. 이 거대성, 또 위태함이 중력과 사람의 긴장을 보여 주는 것이다. 화란의 로테르담의 항구에는 나치 점령에 대한 저항을 기념하는 오시프 자드킨(Ossip Zadkine)의 조각이 있다. 그것은 거대한 체격의 인간이 두 팔을 들어 하늘을 떠받치고 있는 조각이다. 이 레지스탕스의 투사는 무거운 압력에 눌려서 곧 쓰러지려는 것을 온 힘을 다하여 떠받치면서 버티어 서 있는 듯하다. 이것은 청동제이지만, 건축물에도 적용될 수 있는 원리를 보여 주는 것으로 생각된다. 로테르담에는 쓰러져 다른 수직 건물에 기대어 있는 듯한 형상의 건물도 있다. 그것은 가장 강한 중력을 표현하는 건조물로 생각될 수 있다. 중력과의 긴장은 건축의 심미적 원리의 하나이다. 콘크리트 축조물은 다른 경우보다 이러한 긴장을 더 분명하게 보여 주는 것이라야 한다.

이러한 점에서 콘크리트 건물들은 보다 넓은 공간의 구조화를 요구한다. 그러나 오늘의 도시, 특히 한국의 도시들은 이러한 공간의 구조화를 허락하지 않는다. 이러한 조건하에서 건축이나 건축물들이 이루는 도시 공간을 정비하는 것은 지난한 일이다. 물론 오늘의 도시 현실에서 산출되는 건축물과 도시 공간에 미학이 없다고 할 수는 없다. 그것은 현장에서 발견되는 것이라야 할 것이다. 그러나 거기에서도 여전히 공간의 총체적인 구조화 그리고 기하학은 기본이 될 것이다. 그것은 공간에 단순성을 부여한다. 그러나 그것은 공간을 무한으로 열어 놓기도 하고 다른 한편으로 인간의 스케일에 맞는, 삶의 총체적인 서사를 담고 있는 기하학이라야 할 것이다.

3. 덧붙이는 말: 한국의 도시, 농촌, 그리고 산

1. 도시

위의 논의들에 빠진 것들이 많은 것은 말할 것도 없다. 특히 유감스러운 것은 한국의 전통에서 나올 수 있는 도시 미학이다. 한국의 도시에 대한 비판적인 관찰이 없었던 것은 아닌데, 비판되어야 할 여러 현상들을 볼 때, 그것은 사회적 정치적 혼란으로 인한 것이라는 암시가 있었다. 그러나 그것은 더 근본적으로 현대적인 의미에서의 도시가 우리에게 낯선 것이라는 점에 관계된다고 할 것이다. 결국 문화적인 자본이 충분히 새로운 도시 건설을 뒷받침할 만큼 축적되지 못한 것이다. 그 이유는 여러 가지다.

한국에 도시가 없었던 것은 아니다. 전통 한국의 도시에서 어떤 미학이 존재하였는가가 분명치 않을 뿐이다. 도시에 관계된 문화 자본도 없다고 하기보다는 개발되지 않았고 상실되었다고 하는 것이 맞는 것일 것이다. 위에서 말한 것들은 다분히 서구의 도시들을 준거해서 말한 것이다.

그러나 역사적이고 실증적인 연구에 기초한 것은 아니다. 그것이 상정하고 있는 것은, 사람의 삶과 지각에 어떤 원형적인 것이 있고, 이것에 관련하여 미학적 지각이 발달되어 나온다는 것이다. 그러므로 위에서 말한 것들은 서구적인 도시의 이야기가 아니라 사람이 일반적으로 가질 수 있는 도시에 대한 미학적 느낌을 말한 것이다. 그러나 말할 것도 없이 일정한 원형이 있다고 하더라도 그것은 주어진 사회적 역사적 조건에 따라서 다른 것이 된다. 보다 실증적인 연구를 통하여 이 다른 것을 밝히는 일이 필요하다.

직관적으로 말하여 한국에서 도시는 사회적 형성에 있어서 서구에서만큼 중요한 것이 아니었던 것 같다. 한국에서 역사적으로 도시는 대체로 성곽이 중심이 되었다고 할 수 있다. 이것은 방위의 목적을 위한 것이다. 그렇다 하더라도 그것은 동시에 사회 조직의 한 동인이 된다. 그리하여 내성과 외곽, 내성과 나성, 그리고 왕궁과 그것에 봉사하는 주민들의 주거가 있게 된다. 그러나 이러한 도성의 구성이 사회적 구성의 계획이 된다고 하여도, 그것은 이념적으로 자족적인 전체성을 이룬다기보다 왕권에 지배되는 연쇄의 일부를 이룬다고 할 수 있다. 그리하여 그 자체로 어떤 미학적 영역을 이룰 여유가 없었다고 할 수 있다. 이것은 기능적 원리 또는 하나의 지배적 원리가 공간 계획의 존재 이유가 될 때 — 공업 도시, 상업 단지, 인위적인 행정 도시와 같이 — 현대 도시에서도 자연스러운 미학이 이차적인 것이 되는 경우에 비슷하다.

한국의 전통적 도시가 유기적 일체성으로 나아가기 어려운 데에는 다른 여러 가지 이유도 있었을 것이다. 서울의 경우에 알 수 있듯이 서울의 시가지는, 중국의 도시들이 그러했듯이, 우주론적인 관점에서 생각된 동서남북의 축을 가지고 있었다. 그렇다는 것은 거기에 종교적 개념이 작용했다는 것을 말하지만, 그 종교는 종묘(宗廟) 사직(社稷)이라는 말에서 알 수 있듯이 대중적인 것이라기보다는 왕실의 정통성의 표현에 관계된 것으로서, 일반 국민이 참여할 필요가 없는 것이고, 그러니만큼 거대한 사원 등에 의하여 과시될 필요가 없는 것이었다. 또 왕권과 농경적 유토피아 사상이 지배하는 곳에서 다른 종류의 공적 건조물 —— 길드 홀이나 공회당이나 시청 같은 곳도 존재할 이유가 없었다고 할 수 있다.

2. 산

또 도시 공간의 일체성에 대한 느낌이 부재하였다고 한다면, 거기에는 토지 조건 그리고 그것에서 연유한 공간 개념도 작용했다고 할 수 있다. 위에서 필자는 도시 미학의 기본으로 도시의 건조물이나 건축에 있어서 열린 공간, 즉 원근법으로, 비스타로 또는 건조물의 형상과 자료에 나타나는 하늘과 땅에 대한 느낌으로 암시되는 공간을 말하였다. 이 공간의 암시는 높은 축조물의 밀집이 없는 곳에서는 필요 없는 것이라고 할 수도 있다. 한국에 있어서 자연과 자연이 암시하는 공간의 신비는 경승지에서 또 어디에나 존재하는 산에서 쉽게 접근할 수 있는 것이었다고 할 수 있다.

3. 목가적(牧歌的) 또는 농가적(農歌的) 거주/낭만적 전원과 농토

거기에다가 농경 사회에서 자연은 일상적으로도 사람이 쉽게 접할 수 있는, 사람을 넘어가는 공간이라고 할 수 있다. 그것이 구태여 건축물로 시사될 필요는 없었다고 할 수 있다. 위에서, 사람의 주거에 대한 원형적인 이미지로 비어바움의 시를 들었지만, 우리는 다음의 시에서 보는 바와 같은 안정된 주거 또는 주거지에 관한 한국 전통의 이미지를 대조해 볼 수 있다.

갑자기 고향 마을에 이르고 보니 　　　　　　　　忽已到鄕里

문 앞에선 봄물이 흐르고 있네	門前春水流
기쁜 듯 약초밭에 다다라 보니	欣然臨藥塢
예전처럼 고깃배 눈에 보여라	依舊見漁舟
꽃들이 어우러져 산집은 고요하고	花煖林廬靜
솔가지 늘어진 들길은 그윽하다	松垂野徑幽
남녘 땅 수천 리를 노닐었으나	南遊數千里
어디메서 이런 언덕 찾아보리요	何處得玆丘

이것은 다산 정약용이 외지에서 시간을 보내다가 18세에 경기도 소내의 고향으로 돌아와서 그 기쁜 마음을 읊은 「환소천거(還苕川居)」라는 시이다.[8] 이것도 하나의 아늑한 거주지를 그린 것이다. 그러나 여기에는, 비어바움의 시에서 보는 바와 같은, 건축적 충동을 시사하는 것이 없다. 여기에 이야기되어 있는 것은 자연 속에 완전히 동화되어 있는 그러면서 그것을 하나의 총체적인 삶의 공간으로 파악하는 마음이다. 건축적 충동은 어쩌면 이러한 총체성 안에 균열이 생기기 시작하는 데에서 나오는 것인지도 모른다. 위에서 우리는 비어바움의 시가 향수의 시라고 말하였다. 그것은 도시에서 돌아가는 사람의 그리움을 담고 있다. 그것은, 달리 말하면, 낭만적인 꿈을 말한다. 그에 대하여, 다산의 시는, 구태여 서구의 문학 장르로 말하자면, 목동의 삶을 찬양하는 전원시 또는 목가(牧歌, pastoral)에 속한다고 할 수 있다. 낭만주의적 시는 전원에 그리스적인 건조물을 발견하거나 세울 생각을 하는데, 목가는 전원에의 완전한 회귀를 말한다. 목가적 이상은 전원을 건축적으로나 생활 양식으로나 도시적으로 수정할 생각을 갖지

---

8 다산연구소 이메일 통신, 박석무(朴錫武), 「풀어 쓰는 다산(茶山) 이야기 495, 봄날 고향에 돌아와서」로부터 재인용.

않는다.

　다시 한 번 생각해 보면, 다산의 시는 목가적인 것도 아니다. 목가는 전원의 삶을 찬양하면서도 사실은 비어바움의 낭만적 시처럼 도시인의 이상화 작용의 산물이다. 다산의 시는, 설혹 농사에 대한 양반 계급이 가지고 있는 거리, 즉 심미화하는 거리를 가지고 있다고 하더라도, 꿈이나 이상이 아닌 현실을 말하는 시이다. 이 시는 고깃배에 대한 또는 약초밭에 대한 언급이 있다. 시골의 일이 이야기되어 있는 것이다. 그리고 또 이 시에는 마을이 있다. 이 시가 말하고 있는 것은 자연 속에 있는 사랑의 보금자리 또는 아늑한 삶의 터가 아니라 강가의 농촌 마을이다.

　이러한 것들을 생각해 보면, 무리의 삶을 떠난 자연의 안식처와 도시가 나타나게 되는 것은 수렵이나 농경의 삶의 일체성에 균열이 갈 때라고 할 수 있다. 비어바움의 다정한 보금자리는 도시의 안티테제로 나타나고, 도시는 그 적막함에 대한 치유제로 필요하게 된다고 말할 수 있다. 어떤 건조물이든지 건조물이라는 것은 다시 한 번 모순된 복합적 삶의 충동에서 나온다는 것을 생각하게 된다. 이것은 오늘날 한국에서 시골로 낙향하는 사람들이 짓는 집들의 모양을 보아도 알 수 있다. 역설적인 결론의 하나는 목가적 비전 또는 농촌적 삶의 비전은, 삶의 양식으로 좋고 나쁜 것을 떠나서, 도시적 건축의 원형이 되지는 못한다는 사실이다. 그러니만큼, 그것이 어떻게 현대적인 건축이나 도시적인 비전에 이어질 수 있는지도 말하기 어렵다.

4. 한국의 산과 도시

　여기에 대하여 한국의 풍경 감각에서 명승지, 특히 산들이 가지고 있던 의의는 오늘의 도시에도 그대로 이어질 수 있는 모티프라고 할 수 있다. 위에서 말한 바와 같이 도시 공간은 그 자체로 어떤 형이상학적 공간을 지향한다. 그런데 이것은 전통 시대에 산이 수행하고 있던 기능이기도 하다. 한국의 산은 물리적인 관점에서도 이미 공간을 구조화하고 있다. 백두대간 등의 용어가 나오는 것 자체가 이것을 말해 준다. 산은 도시에도 들어와 있다. 궁극적으로 또는 상징적으로 초월적 공간에까지 이르는 것이 도시 공간의 한계를 이룬다고 한다면, 한국의 산은 이미 그러한 것이 주거와 도시 공간에 자연스럽게 들어와 있다는 것을 보여 준다.

산은 적어도 무한의 공간은 아니라도 지상에 살림을 차린 인간의 환경의 최종적 한계를 나타내 주는 거대한 구조물이다. 한국의 주거와 취락 그리고 도시의 문법도 이 테두리 안에서 발달하였다고 할 수 있다. 이것은 오늘날 우리가 주로 준거로 삼고 있는——이 글에서도——서양의 공간 전통과 상당히 거리가 있는 것일 수밖에 없다. 이러한 전통의 구조물과 공간 구조가 파괴된 것은 유감스러운 일이다. 특히 지금 진행되고 있는 것이 산의 손상과 파괴다. 주거와 도시 공간의 안정이, 이 글에서 시사하려 한 것처럼, 하늘과 땅을 포함하는 초월적인 공간의 바탕 위에서 참으로 튼튼한 것이 된다고 한다면, 우리 주변의 산은 바로 그것을 우리에게 전해 주는 조형물이다. 그러나 이것을 삶의 공간에 전혀 끌어들이지 못하고 있는 것이 우리의 현실이다. 도시의 모든 곳으로부터 산의 아름다움을 볼 수 있게 하기 위하여 산의 경관 보존 조례라도 만들어야 할 터인데, 그러한 조짐은 아직 보이지 않는다.

5. 새로운 탐구의 필요

인간의 삶에 필요한 공간, 아늑하면서도 초월적인 공간의 확보는 인간의 기본적 실존적 요구이다. 인간이 지상에 거주하는 것에 대한 한국 전통의 다른 이해는 현대적 도시 공간을 조금은 달리 생각할 수 있게 하는 지혜를 줄 수도 있을 것이다. 위에 간단히 이야기해 본 것은 다른 전통의 공간

이해로부터는 다른 종류의 건축적, 공간적 모티프들이 나올 수 있다는 것을 시험적으로 생각해 본 것이다. 다만 그것을 현대적 건축물이나 도시의 조형적 공간으로 연결하는 것은 쉽지 않은 일이다.

(2008년)

문화 도시의 기본 전제는 무엇이어야 하는가

인간의 도시, 자연의 도시

1. 되돌아봄의 시간

지난 수십 년간 한국의 도시들은 역사상 일찍이 보지 못하였던 규모와 속도로 변화하였다. 이제는 그것을 계속 밀고 나가기보다는 그것을 되돌아볼 시점이다. 국토연구원에서 있었던 회의에서도 그와 비슷한 이야기를 한 일이 있다. 더 많은 국토 계획을 하기 전에 또는 그것과 병행하여 지금까지의 사업들을 되돌아보고 총체적으로, 무엇이 잘 되었고 무엇이 빠져 있는가를 검토하는 것이 좋겠다는 말이었다.

삶의 통일된 공간/삶과 문화와 도시

삶의 주체성 대체로 말하면, 도시는 자연스럽게 발생하고 성장한 유기체적인 형태와 계획된 공간과 건축이 합쳐서 이루는 조합의 지역이고 공간이다. 그러나 주로 계획의 요소가 강화되어 온 것이 도시의 근대사이다. 이것은 특히 의도적으로 근대화를 사회와 정치 그리고 경제의 목표로 해 온 사회에서 그러하다. 이러한 계획된 발전은 대부분의 경우 이전의 삶을 총괄적으로 포용할 수 없다. 그리하여 근대화를 지향하는 개발도상국이나 신흥 산업국의 도시들은 한편으로 지나치게 단순화된 계획 그리고 다른 한편으로는 교란된 전통적 삶의 공간의 혼란을 나타내는 무질서의 조합이기 십상이다. 이 혼란 속에서 잊히는 것은 도시가 사람의 삶의 공간이라는 단순한 사실이다.

일정한 공간에서 일정 시간 지속되는 삶은 모양과 양식을 가지게 마련이다. 이것이 도시의 문화다. 이것은 외형과 삶을 영위하는 방식을 아우른다. 사람들은, 도시 건설이 일정한 단계를 지나면, 기능적인 의미에서 공간과 조형물들을 보다 심미적인 관점에서 바라보기 시작한다. 그리하여 공간과 조형물들의 외양을 생각한다. 이때 생기는 오해는 다시 한 번 그것을 삶의 현실로부터 분리하여 존재하는 것으로 생각하는 것이다. 현지의 삶으로부터 발전해 온 것이 아닌 '문화적인' 것들을 세움으로써 도시의 문화화가 이루어질 수 있다고 생각하게 된다. 도시 공간과 도시의 조형물들이 삶으로부터 유리하여 존재할 수 있다고 생각하는 것과 같이 문화도 삶과 별개의 것으로 존재한다고 간주하는 것이다. 절실한 것은 다시 한 번 도시나 문화 그리고 삶이 분리될 수 있는 것이 아니라는 사실을 상기하는 일이다. 어떤 대상화된 외적 표현 ─ 건물, 유적, 받들어 모셔지는 예술, 공연 등이 문화를 이루는 것은 아니다. 문화는 삶의 표현이다. 도시는 삶의 총체로서 문화의 테두리 속에서만 의미 있는 것이 된다.

도시의 외형적 요소나 문화의 공연적 성격을 무시해야 한다는 것은 아니다. 아마 원초적 공동체에서는 조형물이나 공연물은 전적으로 외형으로 접근되는 것이 아니었을 것이다. 그러다가 이것들은 삶을 사는 공간이고 방법이면서 동시에 외형적 볼거리가 되었을 것이다. 그것은 그 나름으로 영위되는 삶의 차원을 높이는 데에 기여한다. 그러나 일단 외적인 표현에 선행하여 삶을 강조하는 것은 문화나 도시에서 주체는 삶이고 그 객체가 문화이고 도시라는 것을 상기하자는 것이다. 우리 사회에는 특히 문화가 삶의 다른 영역과 독립하여 존재하는 것으로 생각하는 경향이 있다. 이것은 아마 그 점이 강화될 필요가 있다는 의식과 또 우선순위를 생각할 때 지금의 시점이 그것을 주목해야 하는 시점이라는 의식에서 나오는 것이다. 그것은 이해할 만한 일이라고도 할 수 있다. 그러나 그 생활 세계의 맥락을 상기하는 것은 늘 필요한 일이다. 도시를 문화로 고양하는 일도 이 근본에 이어지는 작업이라야 한다.

도시와 삶 그리고 문화와 도시 그리고 문화와 삶의 관계는 어떠한 것인가? 이 관계를 어떻게 적절하게 표현할 수 있는가? 이것을 바르게 이해하는 것은 참으로 지난한 일이다. 그것은 경제를 이해하고, 그것이 어떻게 물질적 구조와 행동의 양식에 표현되는가를 이해하는 것을 의미한다. 그리고 또 이 모든 것이 이루는 삶의 균형 그리고 문화 양식의 총체를 ── 끊임없이 변화하면서도 일정한 유형을 나타내는 총체를 파악하여야 한다. 이러한 이해의 추구는 경제미학(economic aesthetics) 또는 미학경제학(aesthetic economy)이라고 할 수 있는 새로운 학문을 요구할 것이다. 여기에서 할 수 있는 것은 오늘의 도시 문화가 보여 주는 외형적 인상에 대한 몇 가지 관찰을 시도하는 일이다. 그것은 삶과 미의 복합체 전체에 대한 분석이 될 수 없더라도, 그 나름의 의의가 있지 않을까 한다. 경제와 정치 그리고 미학의 관계를 분명하게 드러내는 것이 아니지만, 그것을 의식하면서 이루어지는 지각적 관찰만으로도 이 복합체를 부각시키는 일을 할 수 있을 것이다. 문화는 단편적 경험 속에서 드러나는 총체성의 배경을 지칭한다. 심미적 관점에서의 지각적 관찰은 관찰 대상의 총체성과 단편성의 변증법 속에서만 의미 있는 것이 된다. 그러한 관찰에서 외형적으로나마 손상된 것으로 느껴지는 총체성은 삶과 삶의 문화의 문제적 측면을 의식하게 한다.

문화 건물과 마을 가장 손쉬운 예로 빈민가의 한가운데 솟은 예술의 전당이 문화를 나타낸다고 생각하는 것과 같은 것은 문화를 전적으로 외면적인 것으로 또 단편적인 것으로 생각하는 것이다. 중요한 것은 높은 건물이 아니라 마을과의 조화이고, 또 건물이 없는 경우에도 마을 ─ 여러 다른 경제 수준에서의 마을의 조화이다. 이것은 조금이라도 심화된 관찰이라면 ─ 삶의 현실과 전체적 조화에 대한 인간적 요구를 잊지 않는 관찰이라면, 금방 느낄 수 있는 일이다.

도시의 연속성과 불연속성 우리 도시의 발전의 특징은 불연속성이다. 반드시 빈민가에 세워지는 높은 건물이 아니라도 문화적 건물이나 문화 구역의 설정이 어떤 도시를 문화적인 도시로 변화시키지 않는다. 이것은, 되풀이하건대, 삶을 살아 움직이는 과정으로 보지 않고 물적으로, 주체의 과정에서 떨어진 객체로 파악하는 데에서 오는 오류이다. 광주비엔날레에 참가한 외국의 예술가는 '비엔날레 지역을 벗어나면 갈 곳이 없는 것이 광주'라고 했다. 이것은, 엄청나게 발전한 한국의 많은 도시들에 두루 해당되는 말이다. 이들 외국의 예술가가 가고 싶은 곳은 단순히 문화 기념 건물이나 명승지가 아니다. 그런 것 외에 사람들은 찻집과 음식점과 상점과 공원과 거닐 수 있는 거리를 원한다. 그것은 일상적 즐거움을 위한 것이면서도 지적인 의미를 갖는다. 사람들은 고장의 삶을 느껴 보기 원한다. 우리의 지식이 지도나 사진을 넘어서 뜻있는 것이 되려면 거리를 걷고 일상적 거래에 참여하는 것이 중요하다. 문화를 기념하는 표적들은 이러한 생활의 공간에 연속하여 존재하여야 한다.

문화 콘텐츠/외면과 내면의 변증법 건물이나 거리보다 더 좁아진 문화 이해를 표현하는 말로 문화 콘텐츠라는 말이 있다. 이것은 말하자면 문화를 상업적인 관점에서 보는 일에 연결되어 있다. 국가 브랜드의 값을 높이겠다는 것이다.(브랜드라는 말 자체가 이상하지만.) 한류와 같은 것도 이러한 상업적인 이익과 그것에서 오는 명성을 높이 생각하려는 의도가 담겨 있다. 문화는 다시 말하여 어떤 대상물이 아니라 삶의 방식을 말한다. 그것은 특히 문화적인 것이라고 생각하는 대상물에 표현될 수는 있지만, 그것이 삶의 방식의 표현으로 존재할 때, 우리에게 깊은 느낌을 준다.

이미 말한 바와 같이, 이러한 이야기들은 외적인 표현으로서의 문화를 전적으로 부정하려는 것이 아니다. 내적인 삶과 외적인 표현으로서의 삶에는 변증법적인 교환의 관계가 있다. 가령 문화 콘텐츠의 상업적인 관점이 나쁘다기보다 그것이 우리의 초점을 문화로부터 그것에 반대되는 것으로 옮기게 하는 것이 문제이다. 상업적인 것은 삶의 일부이다. 문제는 그것이 삶을 어떻게, 깊은 의미에서 풍부하게 할 수 있느냐 하는 것이다.

상업은 많은 것을 상품화 즉, 물화한다. 물화는 삶을 그 본래적인 주체적 의미, 내적인 의미로부터 소외되게 한다. 그러나 물화는 일단 객관화를 요구한다. 객관화는 주체의 보편적 확대에 중요한 계기가 될 수 있다. 그것은 나를 객관적으로 보다 넓게 파악할 수 있게 하고, 그것을 보다 향상된 모습이 되게 할 수 있다. 핵심은 이 주체적 관점을 잃지 않는 것이다.

삶의 시간적 지속/문화 유적/기억

문화 유적 문화 콘텐츠의 하나로 생각될 수 있는 것이 문화 유적이다. 그런데 문화 유적의 보존과 관련하여 생각해야 할 것은, 그 보존이 반드시 그것을 미화한다는 뜻이 아니라는 것이다. 유적의 의미는 거기에서 시간을 느낄 수 있다는 데에 있다. 시간은 재료와 구조와 위치해 있는 공간에 표현된다. 이것을 지각하고 보존하는 데에는 섬세한 주의가 필요하다. 나무나 돌, 공간적 배치 등은 모두 시간을 내장하고 있다. 이것들에 남은 시간의 흔적을 지우지 않으면서 그것들이 시간 속에 더 이상 닳아 없어지지 않도록 하는 데에는 여러 가지 연구가 필요하다. 공간의 경우에 특히 해당되는 것이겠는데, 바람직한 것은 이 보존을 통해 그 유적이 존재하던 시대의 삶의 맥락을 상상할 수 있게 하는 것이다.

사실성 문화 유적의 보존에서 우리는 어떤 경우에 그것을 지나치게 미화하고, 심지어는 장소를 이동하여 새로 짓고, 그것을 유적처럼 꾸미는 것을 본다. 변경과 이동이 불가피했을 경우 거기에는 정확한 사실적 기록이 수반되어야 한다.

포괄적 역사 문화 유적이란 사람의 삶의 자취 가운데 어떤 것을 주제화하여 인지한 결과이다. 이것은 역사에 대한 일정한 이해를 전제한다. 그런데 이 이해가 지나치게 편협한 것이 되는 경우를 많이 보게 된다. 우리 주변에서는 너무나 많은 것이 민족주의와 국가주의의 관점에서 단순화되는 것을 본다. 그것이 완전히 초월될 수는 없다. 그러면서도 진정한 의미에서의 주체는 그것을 포함하면서 그것을 넘어간다. 거기에 주체의 위엄이 성립한다. 어떤 경우에, 유적 특히 미학적으로나 역사적으로나 대주체만을 강조하는 경우가 있다. 일상적 삶의 소주체도 역사가 된다는 것을 잊지 않아야 한다. 물론 보존은 선택을 의미하기 때문에, 많은 것 가운데 일정한 것을 선택하는 것은 불가피하다. 그러나 선택의 원리는 포용적인 것이어야 한다. 그리고 이에 관련하여 주의할 것은 오래된 것만이 아니라 근래의 것도 문화 유적이 될 수 있다는 점이다.

개인의 기억과 주거 공간 그리고 주의할 것은 유적을 보존한다는 것은 기억 또는 기억을 돕는 것을 보존한다는 것인데, 집단적 기억만이 아니라 개인적 기억도 삶에 무게를 더하는 데에 중요한 역할을 한다는 사실이다. 자기가 자라고 선조가 살았던 땅은 우리가 삶의 순간을 넘어 존재할 수 있게 한다. 기억은 사물에 위탁됨으로써만 현실적 지속성을 얻는다. 이것은 개인적인 것이면서 사회적 안정에도 매우 중요한 기능을 한다. 기존 시설물이나 자연 형태의 변형에는 늘 섬세한 고려가 있어야 한다.

의례와 예절/사회 문화의 도덕적 기초

사회적 상호 작용의 양식: 의례, 예절, 도덕 문화를 삶의 일부로 직접 느끼게 하는 것이 생활문화이다. 외적 풍경으로서의 길거리는 조금 더 쉽게 만들어지겠지만, 사람들의 몸가짐은 그야말로 오랜 문화의 집적으로 ── 그것을 위한 의식의 집적으로 가능하다. 풍습은 사회 상호 작용의 정형화의 결과이다. 그것을 예술적으로 승화한 것이 여러 의례와 의식(儀式)이다. 이것은 비물질적인 문화유산이 된다.

그보다도 더 생활에 깊숙이 배어들어 있는 것이 예절이다. 그중 현대적 관점에서 가장 눈에 띄는 것은 길거리 예절이다. 그것은 한편으로 타인을 앞세우는 양보에, 그리고 더 깊은 차원에서는 낯선 사람에 대한 친절에서 나타난다. 손님과 외래인에 대한 친절함과 관대함 ── 이러한 예절들은 물론 사회적 삶에 뿌리내리고 있는 도덕과 사회 윤리, 몸가짐의 외적 표현이다. 이 도덕과 사회 윤리에서 가장 중요한 것은 너그러움과 정직성일 것이다. 이것은 인간애와 함께, 문화유산을 미화하지 않고 그대로 보존하는 일, 정치와 사회의 청렴에서 크게 나타나지만, 일상적 거래에서의 정직성에도 그대로 드러나게 마련이다.

자연

금수강산 문화적 자취의 많은 것들은 억지로 만드는 것이라기보다는 그 대로 거기에 있는 것들이다. 그런데 그대로 거기에 있는 것 가운데 가장 큰 것은 자연이다. 우리나라는 예로부터 국토를 금수강산이라는 말로 설명하기를 좋아하였다. 과장이기도 하지만, 한반도의 자연 풍광이 좋은 것도 틀림이 없다. 자연은 관광 자원이 될 수 있다. 그러나 상업과의 관계에서, 깊이 새겨야 할 것은 스위스와 같은 나라이다. 스위스의 가장 큰 자산은 그 자연 풍광이다. 18세기까지 알프스는 스위스의 빈곤의 원인이었다. 그러나 그 후에 그것은 가장 큰 경제적 자산이 되었다. 그러나 다시 말하건대, 보여 주기 위해서만 자연이 장식적으로 존재해서는 아니 된다. 지금에 와서 스위스의 자연은 스위스의 삶의 일부이다. 자연은 삶의 일부가 되어야 한다.

그리고 풍경은 좋은 삶의 풍속 그리고 그 기반으로서 좋은 사회와 정치의 실현이라는 배경 속에서 빛이 난다. 사람들이 히말라야 등반을 위해서 네팔에 가지만, 네팔 자체를 방문하고자 하는 사람은 별로 없다. 스웨덴이나 노르웨이는 풍광이 좋은 나라이지만, 그 풍광은 사회 민주 국가로서의 그 명성에 깊이 관계되어 있기에 의미가 있다. 구경거리로서의 문화나 문화유산이 이들 스칸디나비아 여러 나라들에 많은 것은 아니다. 그러나 이 나라들은 높은 문화 국가라고 인정된다. 사는 방식이 이 나라들의 성가를 높이는 것이다.

2. 개수(改修)를 위한 몇 가지 원칙들

땅과 기억 도시 계획을 한다는 것은 대부분의 경우 이미 있는 것을 고친다는 것이다. 그런데 이미 말한 바와 같이, 아직 남아 있는, 또는 고쳐야겠다고 생각하는 부분에 대하여 사전에 섬세하게 생각해 보는 일이 절실하다. 현실의 이해관계로 보아도, 이미 있는 것을 파괴하는 것은, 그것이 어떤 성격의 것이든, 이미 그 자체로 환경 적대적인 쓰레기를 만든다는 것이다. 사실 이러한 현실의 문제는 사람의 형상적 지각에 깊이 관련되어 있다. 그리고 그것은 사람의 체험의 논리에 이어져 있다.

사람은 있는 것의 파괴에 저항감을 갖는다. 거기에는 기억이 서려 있다. 기억은 미학을 만들어 낸다. 밖으로 보기에 좋지 않은 것도 기억이 서리게 됨으로써, 아름답지는 않더라도, 친밀한 것이 된다. 사람이 원하는 것은 무엇보다도 친밀한 공간 환경이다. 뿐만 아니라 시간은 그 자체로 심미화의 시작이다. 기억은 시간의 경과를 의미하고, 시간의 경과는 심리적인 통일성과 함께 물질적 통일성을 만들어 낸다. 그리고 그것은 새로운 생태계의 진화를 허용한다. 콘크리트에 검은색이 물들고 이끼가 끼고 하는 것은 이러한 과정의 일부를 표현한다. 또 사람들의 필요는 기존 건축물에 변형을 추가하였을 것이다. 그리하여 삶과 물질 간의 조절이 일어나게 했을 것이다. 그리고 거기에 추억이 추가되는 것이다. 개수의 문제는 이러한 것들을 보다 의식화된 형식으로 바꾸는 것이라고 볼 수도 있다. 중요한 것은 형태적인 관점에서 위상학적 통일성의 부여이다. 그것은 삶의 필요에 근거하는 것이라야 한다. 그런데 이미 그 근거는 만들어져 가고 있었다고 할 수 있다.

유기적 질서/기하학적 질서 사람이 오래 살아온 곳, 해 온 일에는 어떤 유기적 질서 ── 사람의 필요와 소망에 그 나름으로 대응하는 질서가 깃들게 마련이다. 신축하거나 개축하는 도시에서 해야 할 일은 이 유기적 질서를 찾아내는 것이다. 도시 계획은 기본적으로 거주와 활동의 공간에다 기하학적 질서를 부여하는 일이다. 다만 참으로 좋은 도시는 기하학적 질서와 유기적 질서의 조화를 나타낸다. 사람이 오래 살았던 곳에는 거기에 조금만 수정을 가하면 기하학적인 아름다움이 더해질 수 있는 질서가 있다. 이것을 생각해 보아야 한다.

자연/자연의 기하학/공간 거대한 유기적 질서의 가장 큰 테두리가 자연이다. 자연 형상은 한없이 긴 시간의 흐름 속에서 만들어진 것이다. 여기에 손을 대는 것은 여간 조심스러운 것이 아니다. 돌 하나도 그 자리에 있는 것은 수백만 년, 수천 년, 수백 년의 시행착오를 통해서 가장 안정된 자리에 놓이게 된 것이다. 이것을 사람 머리의 선형 논리로 개선할 수 있다는 것은 일단은 매우 오만한 생각이라고 아니할 수 없다. 자연 형상이 미적인 쾌감을 주는 것은 이러한 사실에 관계되어 있는 것이 아닌가 한다. 그러므로 사람이 세우는 것도 그것을 살리고 그 형상적 조화에 맞아 들어가는 것이라야 한다. 그리고 사람이 만든 것도 오래된 것은 그 나름으로 자연의 일부가 됨으로써 살아남게 되었을 가능성이 크다. 오래된 것은 그 자체로 존중되어 마땅하다.

자연이든 인위든, 어떤 것도 자연의 커다란 배경을 무시하고는 아름다운 것이 될 수 없다. 그러나 사람들이 원하는 것은 동시에 기하학적 질서가 있는 것이다. 자연에 묻혀 있는 삼간모옥은 그 나름의 아름다움이 있지만, 나무들 사이로 보이는 우아한 석조전도 사람들이 보고자 하는 풍경이다. 거리의 기획에 있어서도 사람의 발자국이 낸 자연 속의 샛길 이외에 유기성을 잃지 않으면서도 기하학적 형태를 갖춘 또는 그것을 시사하는 길을 사람들은 아름다운 것으로 생각한다. 인정해야 할 것은 기하학도 자연의 일부라는 사실이다. 자연이 아니고 기하학이 어디에서 나오겠는가? 인간의 거주지에서 어디에나 스며 있고 바탕이 되어 있는 기하학적 요소가 공간이다. 이 공간을 배려하지 않는 삶의 공간은 문화적인 것이 될 수 없다.

이것은 도시의 유기적 질서 또는 기하학적 질서를 이야기할 때, 당연히 따라 나오는 상식일 것이다. 위에 언급한 어울리지 않는 거리에 선 우뚝한 건물은 그것이 적절한 공간의 질서에 의하여 뒷받침되지 않기 때문에 아름답지 않고 또 삶으로부터 유리된다. 우뚝한 건물에 어울리는 공간은 가장 간단하게는 그 주변의 광장과 거리일 수 있다. 또 그것은 적절한 자연 공간 속에 서 있는 것일 수 있다. 그러나 가장 절묘한 것은 반드시 광장이나 자연 또는 공원의 공간이 아니라 그 주변의 다른 건축물과 자연이 하나의 전체성을 이루는 경우이다.

이러한 문제는 도시 계획이나 건축 디자이너가 구체적으로 풀어 나가야 할 문제이지만, 여기서 되풀이하는 것은 건물과 거리가 전체적인 공간 질서 속에 있어야 한다는 비교적 단순한 원리이다. 그리고 이것은 유기적인 질서와 기하학적인 것을 함께 수용하는 것이라야 한다. 기하학적 원리는 추상화의 결과이다. 그러나 자연 그것은 언제나 기하학을 포함한다. 우리가 큰 자연을 말할 때 얼른 생각하는 산, 하늘, 바다 등은 구체적인 것이면서도 추상적인 것에 수렴한다. 하늘은 구체적인 지각의 경험 대상이면서도 가장 추상적인 세계의 모습이라 할 수 있다. 사람들은 이것을 직접적으로 느끼기를 원한다. 이것의 연장선상에서 사람들은 원근법을 예시하는 듯한 빈 공간의 실태를 좋아 한다.

건축가의 작품/도시의 공간 자연과 공간 그리고 건축물이 하나로 조화되어야 한다는 말은 건축물이 도시에 넓은 공간의 일부라는 것을 확인하는 일이다. 유명한 건축가를 초빙하여 문화적 건물을 짓는 사례가 많다. 그 건축가가 짓는 건물은 주변 공간 질서의 일부가 될 수 있어야 한다. 도시에서 고용할 건축가는 기발한 작품을 만드는 사람이 아니라 도시 계획에 대한 이해를 가지고 있는 사람이라야 한다.

3. 환경 도시, 환경 건축, 사회 계획

이미 있는 도시를 어떻게 거기에 맞추어 고쳐 나갈 것인가는 간단하지 않지만, 새로이 생각하여야 하는 도시가 환경을 생각하는 도시여야 하는 것임은 말할 것도 없다. 사람이 하는 모든 일이 환경의 관점에서 지속 가능한 삶을 내다보는 것이어야 한다는 것은 가장 중요한 지상 명령이 되었다. 이것은 환경적, 경제적인 이유에서도 그러하지만, 깊은 의미에서의 인간성의 요구이기도 하다. 지속 가능한 환경 도시의 문제에는 여기에서 새삼스럽게 이야기하지 않더라도, 많은 제안들이 있고, 그것이 시험되고 있다. 세계 여러 곳에서 벌어지는 이 새로운 시험들에 주의를 기울이는 것은 우리의 참조 자료를 넓히는 일이다. 여기에서는 공동체, 주택 그리고 도시의 외관에 관계되는 몇 가지 사례들을 생각해 본다.

전원도시, 환경 도시 에버니저 하워드가 주장한 '전원도시(garden city)'는 19세기에 이야기된 것이지만, 많은 자연 친화적인 도시 계획에 영감의 원천이 되었다. 그것은 19세기 산업화가 가져온 여러 폐단을 피하여, 주거와 산업과 농촌과 자연환경을 적절한 크기의 계획된 공간에 종합하자는 것이다. 물론 전원도시에서는 도시 안에서도 많은 역점이 공원이나 자연 공간에 주어진다.

오늘날 이 전원도시의 이념을 잘 계승하고 있는 단체 중 하나는 영국의 자선 단체인 '시읍계획연합회(Town and City Planning Association)'이다. 영국의 '공동체와 지방 정부부(Department of Communities and Local Government)'는 2007년에 '환경 도시(eco-town)'의 개념을 가지고 신도시 계획안을 공모하였다. 그에 따라 2020년까지 10개의 신도시가 건설될 계획이다. 이와 관련하여 TCPA는 모든 계획을 일반에게 공개하고 그것을 검토할 수 있게 하여야 한다는 것, 환경과 사회적인 관점에서 지켜야 할 기준이 있어야 된다는 것, 또 계획이 지역적 사정에 따라 유연하게 조절될 수 있어야 된다는 것을 주장하였다. 그리고 이 단체는 제시된 계획들을 엄격한 기준으로 검토하고, 계획자와 건설 회사에 기준의 준수를 종용하고 있다. 기준은 효율적 에너지 사용, 탄소 배출 통제, 재활용, 쓰레기 처리 등에 관계되는 것들이다. 또 중요한 것은 이것들의 사회적 의미이다. 공동체부는 이미 건설되는 주거의 30퍼센트에서 40퍼센트가 일반 서민의 소득 수준에 맞는 것이어야 한다는 사회적인 조건을 내놓은 바 있다.

수동 주택 자연 자원과 환경의 관점에서 에너지 효율적인 건물의 건설은 중요한 과제가 아닐 수 없다. 난방과 냉방에 있어서 가장 주목할 만한 자원 효율적인 사례의 하나는 독일과 오스트리아에서 기획된 수동 주택(Passivehaus)이다. 이것은 난방이나 냉방에 화석 연료나 전기를 거의 사용하지 않고 말하자면 아무것도 적극적으로 하지 않고 수동적으로 있으면서도 자연의 혜택을 이용하여 적절한 수준의 온도를 유지하는 건축 방법이다. 주택만이 아니라 공공건물에도 이용된 이 건축 방법의 요점은 벽과 천정의 철저한 단열, 밀폐된 3중 유리창, 최대한의 태양열 이용 등으로 외기를 차단하면서 실내 온도를 적절한 정도로 유지하는 데에 있다. 이것을 보강하는 것은 실내에서 방출되는 열의 회수, 겨울과 여름 다 같이 지열 순환 파이프를 통한 평상 온도의 유지, 공기압을 조절하는 공기 순환 시설 등의 장치이다. 그 결과 수동 주택은 이러한 고려를 하지 않는 건물에 비하여 90퍼센트까지의 에너지 절약의 효과를 거둘 수 있다. 그러니까 동력을 이용한 난방이나 냉방을 거의 하지 않고 쾌적한 실내 온도를 유지하는 것이다.

수동 주택의 아이디어는 1988년에 스웨덴의 룬드 대학교 건축학과의 보 애덤슨(Bo Adamson) 교수와 원래 튀빙겐 대학교에서 물리학을 공

부하고 독일 다름슈타트의 주거환경연구소에 근무하던 볼프강 파이스트
(Wolfgang Feist) 교수가 창안하고, 1990년에 건설된 주택에서 최초로 실험
되었다. 그 후 이 아이디어는 널리 보급되어, 인터넷으로 조사한 최근의
정보에 의하면, 주로 독일과 오스트리아에 지금까지 건축된 건물은 1만
5000채 내지 2만 채라고 한다.

환경 효과적 건물 수동 주택의 온도 조절의 적절한 방법이 밀폐라고 한
다면, 다른 어떤 관점에서 그것은 사람이 자연에 적응해 살아가는 방법으
로 반드시 최고의 방법이 아니라고 할 수도 있다. 여기에서 잠깐 생각해
보고자 하는 것은 미국의 건축학자 윌리엄 맥도너(William McDonough)와
독일의 그린피스 운동가의 전력을 가진 화학 교수 미하엘 브라운가르트
(Michael Braungart)의 생각에서 나온 건축 방식이다. 그들이 구상하는 그리
고 실제 건설한 건축물은 훨씬 자연에 열려 있는 그리고 인간과 자연의 심
리적 친화감을 참작한 건축물이다. 물론 이들이 역점을 두고 있는 것은 반
드시 건축이 아니다. 그보다 이들의 관심은 환경 친화적인 생산 체제와 그
에 관련된 화학 공학 과정이다. 이들에게 건축은 이러한 관심의 일부이다.
그들의 건축이나 공간 디자인을 살피기 전에 우선 이들의 환경 이론을 잠
깐 살펴볼 필요가 있다.

환경론자들은 대체로 자연 자원과 에너지 사용의 효율화 그리고 자재
의 재활용에서 환경 문제의 해결책을 찾는다. 이에 대하여 이들은 모든 산
업 제품과 생산품을 완전 재활용해야 한다고 생각한다. 그들은 환경 효율
적인(eco-efficient) 방법에 대하여 환경 효과적인(eco-effective) 방법의 발견
이 바른 대책이라고 생각하는 것이다. 이것은 현대 문명이 약속하는 생활
의 편의에 대한 추구와 환경 보존 ── 대체로는 양립할 수 없는 것으로 생
각되는 이 두 목표를 하나로 합칠 수 있는 길을 열어 놓는다는 점에서 매우

현실적인 대안으로 보인다.

이들의 생각으로는 지금의 재활용이란 몇 단계의 재활용을 거친다고 하더라도 결국은 쓰레기가 되는 활용을 말하고, 이러한 '하향 재활용(downcycling)'에 동원되는 물리적 화학적 방법은 에너지 고갈과 환경 오염에 기여하는 것이 되고 만다. 겨냥해야 할 것은 점점 낮은 질의 활용 단계를 거쳐 쓰레기 종착역에 이르는 재활용 방법이 아니라 한없이 순환되는 자원의 활용이다. 이것은 그들의 비유로는 "요람에서 무덤(from cradle to grave)"이 아니라 "요람에서 요람으로(from cradle to cradle)" 이어지는 완전 순환의 재활용이다. 이 비유는 2002년에 출간된 그들의 저서의 제목이 되어 있는데, 이 책은 폐기된 비닐을 종이처럼 만든 것이고 한없이 다시 종이로 또는 다른 제품의 원료로 쓰일 수 있는 것이라고 한다. 이것은 점점 저질의 제품에 쓰이게 되다가 쓰레기가 되는 종전의 재활용 시도와 다른 것이다. 완전한 재활용 순환은 신발, 가구, 융단, 옷감 그리고 가전제품 등의 생활용품에 그대로 적용될 수 있는 것이다. 물론 여기에는 이러한 제품들을 거의 새로 발명하듯이 환경 조건을 면밀하게 적용하는 새로운 디자인 화학과 공법의 연구가 필요하다.(이들은 맥도너 브라운가르트 화학 회사(McDonough Braungart Design Chemistry)라는 컨설턴트 회사를 운영한다.) 이들이 시사하는 바로는, 환경 명세 조건 엄수의 조건하에서 제품들의 재발명 그리고 발명이 지난한 것은 아닌 것으로 보인다. 에너지의 문제도 같은 조건하에서 자연 에너지 활용, 쓰레기 활용, 그리고 자재 최대 활용의 방안들을 통하여 해결될 수 있을 것이라 한다. 계획대로 모든 일이 진행된다면, 새로운 자원 그리고 에너지 개발은 전혀 필요 없는 것이 된다.

이러한 환경 재조정 체제의 구상 속에서 세워진 건축물이 어떤 것인가는 위에 언급한 저서에 나온 사례로써 짐작할 수 있다. 다음은 1996년에 세워진 사무 가구 제조업체인 허먼 밀러(Herman Miller) 회사 가구 공장 디자인을 설명한 것이다.

우리는 일하는 사람들에게 야외에서 일하는 것과 같은 느낌을 주고자 하였다. 산업 혁명 이후 노동자들이 일해 왔던 통상적인 공장하고는 다르게 하고자 하였던 것인데, 이 전통적인 공장에서 노동자들은 주말에나 햇빛을 제대로 볼 수 있었다. 우리가 허먼 밀러 회사를 위하여 디자인한 공장의 공사비는 기성 철제 제품들을 두들겨 맞추어 짓는 통상적인 공장의 건축 비용에 비하여 10퍼센트밖에 더 들지 않았다. 우리는 공장을 건물 전체에 연하여 햇빛 밝은 길거리가 뻗은 것과 같이, 가로수가 서 있는 내부를 갖게끔 디자인하였다. 노동자들이 일하는 자리마다 스카이아트가 있어서, 작업 공간은 내부 거리와 외부를 동시에 포용할 수 있게 하여, 일하는 사람들로 하여금 하루와 계절의 순환을 느낄 수 있게 하였다.(화물차가 화물을 싣고 내리는 적하장에도 유리창을 설치했다.) 공장은 그 지방의 산수를 찬미하는 것이어야 하고, 그곳의 동식물을 쫓아내는 것이 아니라 모여들게 하는 곳이어야 한다는 것이 우리의 생각이었다. 내리는 비 그리고 하수는 서로 이어지는 습지를 통과하게 하여 저절로 정화되게 함으로써 근처의 강물의 부담을 덜어 주게 하였다. 강은 이미 흡수되지 못하고 지붕이나 주차장 등의 굳은 표면들에서 흘러내리는 물로 인하여 범람할 위험을 가지고 있었다. 그 강의 부담을 덜자는 것이었다.[1]

이러한 디자인에 의한 공장 건설은 위에서 말한 바와 같이 10퍼센트 정도의 건설 비용을 더 쓰게 하였음에도 불구하고, 수지 타산이라는 점에서도 성과를 거두었다. 이 공장에서는 생산성이 크게 향상되었는데, 그것은

1　William. A. McDonough and Michael Braungart, *Cradle to Cradle: Remaking the Way We Remake the Things*(New York: North Point Press, 2002), p. 75.

상당 정도가 사람들이 가지고 있는 '생명 친화감(biophilia)'이라는 것에서 오는 것으로 판단되었다. 이직률이 평균보다 낮았고, 더 높은 임금을 찾아 다른 곳을 옮겨 갔던 노동자들이 되돌아오는 경우도 많았다. 그들은 다른 공장의 "어둠컴컴한 곳"에서 일하고 싶지 않았다고 설명하였다.

환상의 환경 주거와 도시 맥도너와 브라운가르트의 생각은 자연환경 속에 이루어지는 생명 우호적인 신진대사를 면밀히 연구하고, 그것을 공정공학(process engineering)으로 옮겨 놓고자 하는 것이다. 그런데 환경 우호적인 느낌은, 위에서 말한바 '바이오필리아'의 느낌에 표현되어 있고, 이것은 인간의 지각에 이미 작용하고 있다. 이것은 일상생활에서도 경험되는 것이지만, 이것을 조형적으로 재현하는 것이 예술이다. 이것은 또한 도시 계획과 건축에도 수용될 수 있는 것이다. 다만 많은 경우에 잊어버릴 수 있는 것이 조형적인 요소 ─ 인간이 만드는 것, 인위적인 요소가 자연의 형상적 가능성의 표현이며, 자연 공간의 내부에서 배태된다는 사실이다. 이것은 다분히 산업 혁명 이후의 경제 발전에 대한 열광으로 인한 것이었는데, 이제 환경에 대한 관심이 높아진 것은 그 발전의 부정적 결과가 위기를 초래하게 된 까닭이다.

그러나 예술과 조형적 기술은 예로부터 자연 속에 존재하였다. 시나 미술 ─ 물질적 조형에서 조금 벗어나 있는 예술은 언제나 자연을 예찬하는 것을 그 주된 과제로 삼아 왔다. 실제로 건축이야말로 무엇보다도 자연 속에 존재하는 것이다. 건축의 바탕이 되는 것이 물질적 조건이고, 이것은 자연을 떠나서 존재할 수 없다. 그러나 유감스럽게도 그것이 너무 쉽게 잊히는 것이다. 그러나 아직도 예술은 자연 속의 인간의 삶에 대한 직접적인 통로가 될 수 있다.

오스트리아의 프리덴슈라이히 훈데르트바서는 환경 친화적인 건축과 주거지를 조성하고 예술의 중요성을 상기하는 데에 선구적인 역할을 한 예술가로 참조할 만하다. 위에 말한 건축가 과학자들이 과학으로서 친환경적인 삶의 조건을 만들고자 하였다면, 훈데르트바서는 예술적 영감을 그 수단으로 삼았다. 과학적인 접근, 그리고 불가피하게 기술 공학에 인접하여 존재할 수밖에 없는 건축과 도시 계획에 그는 예술적 환상의 요소를 도입하였다. 새로운 건물과 도시를 건설하고 또 옛 건물과 도시를 개수함에 있어서, 그것을 자연 친화적일 뿐만 아니라 인간 친화적이 되게 하는 데에 이 환상적 요소는 참고하여 마땅한 것으로 생각된다.

조형의 관점에서 훈데르트바서의 기본 입장은 그가 직선 그리고 거기에서 나오는 사각의 형태들을 혐오한다는 점으로부터 시작한다. 그는 직선을 인간의 통제를 벗어난 합리주의의 소산이라고 생각한다. 그 건축적 표현의 하나가 바우하우스 스타일의 기하학적 건축이다.(한국의 아파트의 스타일도 바우하우스에서 출발한 국제적인 스타일을 빌려 온 것이라고 할 수 있지만, 거기에서 그 미학적 관심이나 절제의 윤리학을 버리고 돈벌이와 고층 허영심에 맞추어 변형한 것이 한국의 아파트들이다.) 직선과 사각(四角)은 자연과 인간의 창의성 그리고 개인의 사람됨을 무시하고 그것을 하나의 억압적인 체제 속에 규제하려는 정신에서 나온다. 훈데르트바서에게 중요한 것은 이 통제를 벗어난 개인의 독자성이다. 그의 생각에 사람이 어떤 집에 산다면, "길에 서서, 자신의 집을 가리키면서, '이것이 내 집이다.'라고 말할 수 있어야 한다."[2] 사람의 집은 그의 삶을 완전히 표현할 수 있어야 한다. 동시에 건축물은 자연의 일부여야 한다. 직선은 자연의 모습에 쉽게 드러나는 것이 아니다. 그가 디자인한 많은 건축물들은 언덕과 풀밭의 일부가 된다. 집 모양도 풀이 덮여 있는 작은 언덕처럼 되어 있는 것들이 많다. 자동찻길도 풀과 나

---

2 Harry Rand, *Hundertwasser*(Köln: Benedikt Taschen Verlang, 1993), p. 182.

무가 있는 언덕 밑으로 반쯤 지하로 감추어진 모양이 된다.

1972년에 발표된 「유리창 권한과 수목 재배 의무 선언」은 이러한 생각의 기발한 면을 드러내 준다. 그 현실적인 의미가 어떠한 것이든 이 기발함은 그 창의성을 쉽게 느끼게 한다. 이 선언문은 아파트 건물 거주자는, 주인이 되었든 임대인이 되었든 자신의 아파트의 창문 그리고 손이 미치는 범위 안에서의 벽면을 그 취미대로 채색 변형할 수 있는 권리를 가져야 한다고 주장한다. "개성적인 조형은 불모의 죽음에 우선한다." 그는 오랫동안 유리창의 문제에 집착해 왔다. 그는 건물의 유리창이 획일적인 규격을 가져서는 좋지 않다고 생각했다. 특히 유리창의 개성적인 장식에 대해서, 「거주자에게 드리는 호소」라는 또 하나의 선언문에서 유리창을 일률적인 회색이 아니라 붉은색이나 녹색 또는 다른 마음에 드는 색으로 칠함으로써 거주자가 "피곤한 몸으로 집에 돌아왔을 때, 자기 집의 창문을 알아볼 수 있어야 한다고 말한다."[3]

「유리창 권한과 수목 재배의 의무 선언」은 창의 개성적 형태에 주의함과 동시에 식물의 성장을 모든 힘을 다하여 도와줄 의무가 거주자에게 있다고 주장한다. 훈데르트바서는 다른 곳에서 '나무 임차인'이라는 개념을 내놓은 바 있다. 이것은 나무를 건물의 아무 데나 심으면,(실내에 큰 나무를 심고 유리창 밖으로 뻗어 나오는 나무도 심는다.) 나무는 임차인(Baumieter)이 되는데, 나무는 산소를 공급하는 등 자연의 혜택을 임대료 대신 내놓아 사람보다도 더 믿을 만한 거주자 구실을 한다는 것이다. 거주자는 이러한 나무를 돌보는 의무를 지는 것이다.[4] 그 외에 「선언」은 대체로 자연의 보존이 건축물의 기능에 포함되어야 한다고 말한다. 사계절과 하늘 밑에 놓인 수

3　Ibid.

4　Ibid., p. 135.

평적인 땅은 그대로 유지될 수 있어야 하고, 도시에서도 숲이 자랄 수 있어야 한다. 도시에서도 사람들은 숲의 공기를 쉴 수 있어야 한다. "인간과 나무의 관계는 종교적 차원에 있는 것으로 인정되어야 한다. 그런 다음 사람은 직선이란 신이 없는 것이라는 명제를 알게 될 것이다."[5] ── 그는 이렇게 말한다.

이 유리창과 식물에 관한 그의 선언은 개인의 창의와 자연을 예술적 환상으로 조화하려는 생각을 표현하고 있다. 그의 이러한 의도는 실제 그의 건축물 디자인이나 모형에서 더 쉽게 알아볼 수 있다. 더 좋은 견본이 되는 것은 그의 디자인에 따라 세워진 건축물이다. 빈에 세워진 열 처리장은 시의 명물이 된 예술 작품이다. 보다 일상적인 건축물로는 빈의 또 하나의 명소가 된 '훈데르트바서 하우스'이다. 이것은 52개의 아파트와 4개의 사무실을 가지고 있는 건물이다. 밖에서 볼 때, 이것은 색깔을 서로 다르게 칠한 많은 집들을 포개어 놓은 것처럼 보인다. 안으로 들어가면, 마루도 고르지 않아 물결처럼 넘실거린다. 이 건물 안에는 16개의 개인 테라스, 3개의 공공 테라스가 있고, 집 안에 150개의 나무가 심어져 있다. 그가 사거한 후인 2005년에 완성된 마그데부르크의 녹색 성채(Die Grüne Zitadelle)는 또 하나의 훈데르트바서 건축물의 좋은 예이다. 분수가 있는 두 내정(內庭)을 에워싸고 있는 건물은 주로 주거를 위한 아파트로 이루어졌지만 호텔, 소극장, 카페, 식당, 유치원 등도 들어서 있다. 이 건물의 유리창은 어느 것도 같은 것이 없다. 입주자는 물론 자신의 주거의 창을 개칠할 권리를 가지고 있지만, 그 권리가 활용되지는 않고 있다. 지붕은 완전히 풀로 덮여 있고, 지붕과 아파트 내에 심어 놓은 나무는 유리창 밖으로 뻗어 나오기도 한다.

---

5   Ibid., p. 146.

훈데르트바서의 판타지를 건축물과 도시 공간 전체에 적용하기는 어려울지 모른다. 개성적인 것으로 생각되는 환상을 도시 공간에 광범위하게 적용한다는 것은 디자인 원래의 목적에서 벗어난 공허한 것이 될 것이다. 그리고 아마 전 도시 공간을 키치의 공간이 되게 할 것이다. (훈데르트바서 자신은 진정한 예술과 키치의 차이를 인정하지 않았다.) 심미적인 관점에서 자연의 매력은 그 유기적 전체성에 있다. 그것은 전체적인 통일성과 부분적인 독특함을 조합한다. 전체적인 통일성이란 한 풍경의 통일성을 말하지만, 동시에 그것이 보다 넓은 지역 전체의 형상에 대하여 가지고 있는 통일성과 독특함의 복합적인 관계를 말한다. 이 통일성과 독특함은 여러 단계의 게슈탈트 속에 되풀이되는 것이다. 그러면서도 그것은 지루한 느낌을 주지 않는다. 여기에 대하여 환상적이거나 기발한 요소의 지나친 강조, 넓은 공간 영역에서의 획일적인 적용은 금방 지루한 것이 되어 버릴 수 있다. 되풀이되는 기발함이 획일성으로 변하는 것이다. 그렇기는 하나 훈데르트바서의 개체성 존중, 유머, 기지, 환상은 지나치게 과학적이고 사회 정책적인 엄격성에 빠질 수도 있는 공간 조형에 중요한 변화의 요소가 될 수 있다. 특히 광주와 같은 지방 도시의 한 부분에서는 실험될 만한 것이라고 할 것이다.

인간의 도시 도시가 삶을 위한 공간이 되어야 하고, 또 그것을 보다 고양하는 문화의 공간이 되어야 한다는 것은 너무나 당연한 이야기이다. 이것은 다시 말하면 도시가 인간의 도시가 되어야 한다는 말이다. 위의 두서없는 이야기도 지금까지 지나치게 개발의 열기에 밀려 왔던 한국의 도시 문제를 반성해 보려 한 것이다. 문화가 중요한 주제가 되는 것은 지금까지의 도시 개발에 문제가 있다는 것을 의식한다는 증후이다. 다만 그 문화가 너무나 대상적인 것, 물화(物化)된 첨가물로 생각된다면, 그것은 도시를 다시

한 번 삶의 바탕으로부터 멀어지게 하는 것이다.

그러니까 도시 공간의 개선을 위해서 할 일이 많을 수밖에 없다. 그러나 이렇게 말하면서 다시 주의해야 할 것은, 그것이 어떤 발상에서 출발했든지 간에, 이미 있는 것을 다시 부수고 새로운 것을 만드는 일은 과거의 잘못을 되풀이하는 것이 될 수 있다는 사실이다. 심미적 고려 또는 문화적 고려가 없이 만들어졌다고 생각되는 것도 그 나름의 삶의 필요를 표현하는 것일 수 있다. 리우데자네이루의 파벨라는 좋은 도시 공간의 발달을 대표한다고 할 수는 없지만, 그 나름대로 삶의 터전이 되어 있다. 그리고 지금은 안전의 문제가 있음에도 관광객이 찾아가는 곳이 되어 가고 있다. 오래된 것은 그 나름으로 유기적 질서를 발전시킨다. 도시 공간을 개수하고자 할 때, 맨 먼저 생각하여야 할 것은 이미 있는 것에서 그 나름의 유기적 질서를 발견하려는 노력이다. 그것을 조금 더 기하학적인 것이 되게 한다면, 그것은 이미 삶의 공간으로서의 도시 공간의 기초를 만드는 일이 된다. 물론 정리되어야 할 것은 정리되는 것이 마땅하지만, 일단 이러한 노력이 선행하는 것이 중요하다는 말이다.

모든 공간 조성의 노력은 자연 안에서의 인간의 거주를 튼튼히 하려는 노력이다. 그런데 이것은 오늘날 생태적 위기에 임하여 인간의 생존 자체를 위해 가장 등한히 할 수 없는 일이 되었다. 이러한 관점에서 도시 공간, 공장, 주거 등 단편적으로나마 새로운 도시 공간과 주택 건설에 시사점을 가진 예들을 위에서 살펴보았다. 물론 중요한 것은 이러한 건설이 참으로 인간의 삶에 기여하는 것이라야 한다는 것이다. 거기에는 미학적 고려보다도 사회 정책적 고려가 보다 중요하다고 할 것이다.

부록: 국제 문화 도시의 프로그램들

사회의 삶을 논한다면, 그것을 담고 있는 외형들에 주의하는 경우라도, 사회 제도와 정책에 대한 고찰이 논의의 중심에 놓여야 한다. 도시와 문화는 사회적 삶의 — 또 물론 개체적 삶의 — 외적인 표현에 불과하다. 위에서도 이 점을 말하지 않은 것은 아니지만, 글에 빠져 있는 것이 주택이나 도시의 사회적 차원에 대한 깊이 있는 분석이다. 그것은 필자의 능력을 넘어가는 너무나 큰 문제이다. 또 생각하여야 하는 것은 실천과 행동으로서의 삶이다. 아래에 이야기한 것은, 작은 일들에 관계되는 것이기는 하지만, 국제문화도시교류협회의 이름에 있는 국제 문화 교류라는 주제의 차원에서 생각해 본 몇 가지 현실적 프로그램이다. 이것은 이전에 토의 안건으로 내놓은 바 있는 것인데, 여기에 부록으로 첨부해 놓는다.

인간의 도시: 국제회의 / 해외 견문

정치와 문화 재단의 명칭에 들어 있는 국제 관계를 생각한다면, 말할 것도 없이, 가장 중요한 것은 나라 사이의 공식적 관계 그리고 정치적 관계이다. 그러나 이것은 공적인 이익을 대표하여야 하고 쉽게 국경을 초월한 자유로운 교환이 되기 어렵다. 이런 엄숙함의 한계를 벗어날 수 있는 것이 문화이다. 그러나 그것이 결국은 국제 관계와 국제 평화에 중요한 바탕이 될 것이다. 교환은 일단은 문화에 한정하는 것이 좋다. 그런 다음 정치가 아니라 학문적 관점에서 국제 교류를 생각해 보는 것이 좋을 것이다.

도시 문제 도시와 국토 계획에 대한 반성과 관련해서, 국제 교류를 생각한다면 위에서 말한 문제들을 생각하는 도시 전문가들의 회의를 주최해 볼 수 있을 것이다. 이 회의는 사람이 거주하는 공간의 문화적인 의미에 대한 깊은 문제의식을 가지고 있는 전문가들의 진지한 모임이 되어야 할 것이다. 단순히 도시 문제가 아니라 그것을 사회 문제와 연결하는 도시 문제 회의가 바람직하다. 그러한 모임의 제목은 '인간의 도시'라고 할 수 있지 않을까 한다.

국제 회의는 대체로 일시적인 행사에 그칠 수 있다. 더 중요한 것은 우리나라의 관계자들이 반성의 기회를 가지고 새로운 영감을 얻는 것이다. 이것을 위하여 물론 다른 나라의 도시를 방문하고 문제점을 논의하는 기회를 갖는 것도 좋을 것이다. 이 방문은 요란한 문화 기념비의 탐방보다도 광주에 비슷한 또는 더 작은 도시를 찾아보고, 또 도시의 문제들을 알아보는 기회가 되는 것이 좋을 것이다. 여기에는 리우데자네이루나 뭄바이의 빈민촌의 문제를 살피는 것, 남아프리카 공화국에서 흑백 분리 철폐 후 거주의 문제가 어떻게 처리되고 있는가를 알아보는 것도 포함될 수 있을 것이다.

일상적 문화의 교환

보통 사람의 교류 위에서 말한 바와 같이 중요한 것은 외면적으로 물화된 문화만이 아니라 일상적인 차원에서의 삶의 문화이다. 이 삶의 문화에는 양식화된 일상적 삶 그리고 그것보다는 조금 더 객체화된 일상적 문화가 있을 수 있다. 나는 일본의 텔레비전 방송에서 일본과 뉴질랜드 사이에 가족 단위의 교환 계획 프로그램을 본 일이 있다. 두 나라의 사람들이 서로 다른 나라에 가서 사는 양식을 경험하는 교환 계획이었다. 내가 본 부분에서는 마침 일본 사람들과 생활을 같이 한 후의 뉴질랜드 가족을 인터뷰하는 것이었는데, 인터뷰에 등장한 뉴질랜드인은 일본에 와서 살아 보고 일본의 밥상에서 접시 놓는 방식이 심미적으로 의식화된 것이어서 인상적이었다고 말하였다. 물론 뉴질랜드에서도 그 나름의 상 차리는 법이 있겠지만, 이 사람은 일본의 방식에서 강한 인상을 받은 것이다.

중고등학교 스포츠 교환 이 사례는 일종의 여담이고, 또 국제 관계의 발전에 따라서만 가능해질 수 있는 일이다. 아마 더 쉽게 교환이 가능한 것은 일상적이면서도 조금 더 비일상적인 차원 — 조금 더 문화적인 차원에서 교환을 의도하는 것일 것이다.(사실 차원을 높일수록 교환 계획은 쉬워지는 면이 있다.) 가령, 중고등학교 야구 또는 축구 시합과 같은 것을 생각해 볼 수 있을 것이다.

국가, 동아시아, 세계 더 이야기를 진전하기 전에 지역의 문제를 말하면, 교환은 제1차적으로 동아시아 나라들 사이에 이루어질 수 있지 않을까 한다. 처음에는 한중일 간의 교류가 쉬울 것이지만, 이것을 확대하여 베트남, 몽골, 태국, 인도 등으로 넓힐 수 있을 것이다. 물론 북한의 참가 같은 것을 유도해 낼 수 있다면, 그것은 더욱 의미 있는 일이 될 것이다. 이것은 문화적으로 우리의 시각을 넓히는 것일 뿐만 아니라 국제 평화의 관점에서 중요한 의미를 갖는다. 작은 것들의 교환이 문화를 다양화하고 국제적 긴장을 완화하는 데에 얼마나 중요한가를 우리는 종종 놓치는 경우가 많다. 위에서 말한 중고등학교 스포츠 교환 계획도 처음에는 동아시아 세 나라 사이에 추진될 수 있을 것이다.

작가 미술가 교류

미술 전시회/사생 대회 국제 교류 — 특히 동아시아 국가 간의 교류는 보다 예술적인 부분으로 확대될 수 있을 것이다. 현재 대산재단은 동아시아문학포럼이라는 교류를 주최하고 있다. 이것은 한중일 3국 사이에 합의한 것으로서 작년에 1차 모임을 한국에서 가졌고, 다음은 일본이 주최하게 되어 있다. 여기에는 합동 발표회, 낭독회, 그리고 물론 친목의 모임 등이 있다.

낮은 차원의 미술 교환 미술과 관련하여 공동 전시회 같은 것을 개최할 수 있을 것이다. 그리고 학생들 차원에서 사생 대회와 같은 것도 있을 수 있다. 그런데 유명한 미술인들의 교환은 쉽지 않을 것이다. 접근과 비용의 문제가 이를 어렵게 한다. 중견 이하 시민 미술가, 학생들의 미술 교환이 보다 용이하고 보다 의미 있는 것이 될 것이다.

작업실 교환 나는 여러 해 전에 독일에 갔다가 화가들의 아틀리에 교환 계획에 대해 들은 일이 있다. 독일과 한국의 화가들이 화실을 교환하면 어떤가 하는 것이었다. 지금 우리나라에서 그러한 계획이 실시되고 있는지는 모르지만, 화가들의 화실 교환 계획 같은 것은 여러 나라에서 시험되고 있다고 들었다. 화가들은 새로운 시각적 체험에 의하여 큰 영감을 받을 수 있다. 교환은 특히 지방 도시 간에 이루어진다면 좋을 것이다. 토착적 전통을 많이 가지고 있는 곳에서 시각적 체험은 더 풍부한 것이 될 것이다.

작가들의 교환 체제 이와 더불어 작가들의 교환 체제도 생각해 볼 만하다. 민주화 운동 시절에 일본의 부락민 작가 나카가미 겐지(中上健次)가 한국 노동자 사이에서 생활하기 위하여 내한한 일이 있었지만, 지금은 우리 작가로서 경험을 위하여 중국이나 인도에 체류하는 경우들을 보게 된다. 미국이나 유럽에 머무는 예들도 있다. 작가들의 교환 체제와 같은 것도 동아시아의 범위에서 시작하여 그 너머로 확대할 수 있을 것이다.

음악 교환의 회로
음악가들의 교환 회로의 구축 이러한 교환에서 가장 효율적인 것은 음악가 교환이 아닌가 한다. 예술 분야는 원래 천재들의 경쟁장일 가능성이 많지만, 음악가는 특히 아주 유명하지 않으면 연주회 기회를 갖지 못한다. 이것은 개인적으로도 불행한 일이지만, 사회적으로도 커다란 낭비이다. 이 음악 능력을 아시아 또는 그 너머 도시 간의 교환 계획으로 활용할 수 있다면, 그것은 여러 가지로 좋은 일이 될 것이다. 이 음악가들의 연주 교환은 일정한 회로로 발전할 수 있을 것이다.

대중음악, 민족 음악, 서양 고전 음악 요즘 와서 음악 또는 예술 하면, 한편으로 대중적인 것을 생각하고 다른 한쪽으로는 민족적인 것을 생각한다. 이러한 것들이 교환의 대상이 되는 것은 당연한 일이다. 그러나 대중음악은 아마 비용 때문에 교환이 어렵게 될 것이다. 민족적 고전 음악은 강한 민족주의를 밑에 깔고 있는 경우가 많다. 그리고 그것은 특이한 민족 감성에만 호소하기 쉽다. 아마 주된 교환의 대상이 될 수 있는 것은 이제는 세계 음악이 된 서양 고전 음악이 아닌가 한다.

지방과 중앙 조금 전에 소수인만이 살아남는 것이 음악 공연 공간이라고 했는데, 여기에 따르는 또 하나의 현상은 이것이 중앙에 집중된다는 것이다. 음악의 교류는 국제적인 교류 이전에 중앙과 지방, 지방과 지방의 교류를 병행하여야 한다. 소액의 재원으로 중앙 음악인의 지방 공연, 지방 음악인의 다른 지방 공연 등의 지원이 가능할 수 있을 것이다. 이것은 개인 공연일 수도 있고, 소그룹 또는 공연단 공연일 수도 있을 것이다.

고전 음악의 의의 이것은 조금 주제를 벗어나는 말이 되지만, 고전 음악의 넓은 보급은 매우 중요한 사회적 정치적 문화적 의미를 갖는다고 생각한다. 예술은 발산이면서 기율이다. 우리는 발산만이 예술인 것처럼 생각하는 경향이 있다. 문화는 이 발산을 기율 속에 거두어들이는 방식의 총체를 말한다. 고전은 한국의 것일 수도 있고 서양의 것일 수도 있고 다른 나라의 것일 수도 있다. 국제적인 교류에 있어서 민족에 대한 집착을 버리고, 또 동서양의 구분을 버리는 것이 좋을 것이고, 또 이것이 민족을 위하는 것이 될 것이다.

그런데 여기에 보충하여 말할 것은 너무 유명치 않은 음악가들의 교류는 국제적인 범위에서만이 아니라 국내적으로도 의미 있는 것이 될 수 있다는 사실이다. 그러나 나는 음악에 있어서의 정서적 표현과 통제된 형식을 아주 적절하게 조정하고 있으면서 근대인의 감성에 맞게 하는 것이 17세기 이후의 서양 음악이라고 생각한다. 지금 말한 연대를 다시 생각해 보면 그것은 과학적 이성의 대두와 관계되어 있다는 것을 알게 한다. 근대가 과학은 아니라도 이성적인 원리로서 인간 삶의 평정화를 도모한 것이라고 한다면, 근대 음악의 발달은 이에 깊이 이어져 있는 것으로 생각된다. 서양 고전 음악은 이성적 사회의 건설에 감성적 바탕을 마련한 문화 현상의 일부가 아닌가 한다. 물론 그러한 공헌이 있든 없든, 높은 수준의 음악은 인생의 격조를 높이고 그것을 풍부하게 하는 인간 행위의 가장 중요한 부분이다. 서양에서도 고전 음악은 퇴조 일로에 있다. 그런데 나는 이것이 서양 문화의 도덕적 쇠퇴에 깊이 관계되어 있다는 느낌을 갖는다.

이 음악론은 추상적인 이야기가 아니라 우리나라에서 얼마나 많은 음악가들이 실직 상태에 있는가를 생각하고, 또 시골의 학교나 문화 센터에서 이들이 얼마나 좋은 일을 할 수 있을까를 염두에 두고 하는 말이다. 공공 공간을 개수하고 거기에 음악회를 개최하는 일에 보조를 주는 것은 그렇게 어렵지 않은 일일 것이다. 이러한 문화적 효과는 물론 음악에만 한정되는 것은 아니다. 다만 그것이 눈에 쉽게 띄지 않으면서도 두드러진 효과를 낼 수 있지 않을까 하는 것이다. 문학 낭독회, 미술 전람회 등도 우리의 감성적 깊이, 이성적 기율을 드높이는 데에 크게 이바지할 것이다. 이러한 의미에서 교류는 나라와 나라 사이만이 아니라 중앙과 지방, 지방과 지방 도시에 이루어지는 것이 바람직하다.

(2009년)

강과 예술

전통 시대의 자연과 정치

자연 인간

지난 10월 말에 동유럽의 작은 나라 라트비아를 방문할 기회가 있었는데, 방문 후에 「지리적 인간」이라는 제목으로 신문에 짧은 여행기를 쓴 일이 있다.[1] 이것은 물론 그 칼럼의 부제에 붙은 '주마간산기(走馬看山記)'라는 말로 뜻하고자 했듯이 피상적인 방문기이지만, 「지리적 인간」이라는 제목으로 시사하려 한 것은 지리적 조건과 인간의 관계가 간단히 생각되는 것보다는 깊다는 사실이었다.

라트비아의 인상에서 중요한 것은 자연환경이 아직도 사람의 삶의 큰 테두리라는 것을 뚜렷하게 의식하게 해 준다는 점이었다. 이러한 인상이 특히 강해지는 것은, 라트비아가 민족·문화·언어 공동체로서, 오랫동안 존재하였지만, 민족 국가로서 존재한 것은 역사적으로 제2차 세계 대전 이

---

1 《경향신문》(2011년 11월 21일).

후의 20여 년간, 그리고 소련이 붕괴하면서 독립하게 된 1990년 이후 지금까지 몇 십 년에 불과하다는 사실 때문이었다. 이것은 베네딕트 앤더슨(Benedict Anderson)이 말한, 민족 국가가 역사에 등장한 것이 얼마 되지 않았고, 그것은 '상상의 공동체'에 불과하다는 테제가 사실일 수 있다는 것을 실감 나게 하였다. 그러면 정치적 정체성의 불확실성에도 불구하고 라트비아가 민족 단위, 지역 단위 또는 문화 단위로 존재할 수 있게 한 것은 무엇인가? 그것은 일정한 사람들이 일정한 지역에 지속적으로 살았다는 것이고, 또 그 지역의 자연 조건에 깊이 뿌리박은 삶의 양식을 지속했다는 사실이 아닌가?

이러한 관찰을 하면서, 이 글에서 언급한 사항 하나는 여러 분과 학문에는 그 나름의 인간의 본성에 대한 가설(假說)이 들어 있는데, 그것을 인간 존재의 모든 것을 규정하는 대전제로서 받아들인다는 점이었다. 그리고 크고 작은 인간의 동기와 행동을 그로부터 연역하여 설명한다. 그러면서도 그 가설적 전제가 반드시 인간 존재의 특질 모두를 말하여 주는 것은 아니라는 점을 크게 문제시하지 않는다.

인간을, 정치학은 '정치적 인간', 사회학 또는 사회가 인간 형성의 결정적 요인이라고 하는 입장은 '사회적 존재', 경제학은 이윤 추구를 생존의 결정적 동기로 하는 '경제 인간'으로 규정한다. 이러한 전제에 대조하여 또 하나 생각할 수 있는 인간 이해는 자연환경 속에서 존재하고, 그것과의 신진대사 없이는 생존을 유지할 수 없는 존재가 인간이라는 것이다. 물론 이 사실은 생물학과 같이, 인간을 생물로 또는 생명체로 파악하는 관점에서는 기본적인 전제이지만, 그 사실이 인간의 존재 방식 전체에 영향을 미친다는 점은 반드시 바르게 인정되지 않는 경우가 많다. 그러나 인간이 자연의 일부이며 자연의 존재라는 것은 너무나 자명한 사실이다. 그리하여 자연 인간(homo naturalis)이라는 개념을 만든다면, 그것은 모든 다른 정의에 선행하는 존재론적 바탕을 말하는 것이 될 것이다. 그리고 이 자연 조건이 지역적으로 다르면서 그것이 인간의 삶을 결정한다는 의미에서는 지리적 인간(homo geographicus)을 말할 수 있을 것이다. 위에 말한 글의 제목, 지리적 인간은 이러한 뜻을 나타내려는 것이었다.

그야말로 주마간산의 관찰이지만, 라트비아인들이 민족으로 정체성을 유지할 수 있게 한 것은 그 자연환경에 밀착한 삶이었다는 인상을 주었다. 임업과 농업, 어업 그리고 바다에 관계된 여러 자원의 개발에 종사해 온 것이 그들의 역사적인 생업이었고, 다른 산업의 발달에도 불구하고 지금도 바다와 호수와 강 그리고 대부분 평지로 이루어진 국토는 그러한 자연 친화적인 삶의 조건을 그대로 가지고 있는 것으로 보였다.

라트비아에 가게 된 동기는 리가에서 개최되는 회의였다. 회의의 주제는 "동아시아의 풍경과 시"였다. 이 회의의 주제는 물론 동아시아 중국, 한국, 일본의 문학 전통에서 자연이 어떻게 표현되어 있는가를 가려 보자는 것인데, 이들 동아시아의 문학을 보면, 자연이 문학의 경계를 넘어 동아시아인의 삶에서 얼마나 핵심적인 주제였던가를 생각하지 않을 수 없게 된다. 말할 것도 없이 자연은 동서를 막론하고 문학의 가장 큰 주제이고 소재이다. 그 점에서는 문학의 전문적 임무는 ─ 조금 단순화하여 정치학이나 경제학처럼 사고의 분업을 생각하여 본다면 ─ 인간의 삶의 가장 넓고 깊은 바탕이 되는 자연을 상기하게 하는 것이라고 할 수도 있다.

자연 인간은 문학적 인간 탐구의 대전제이다. 이것에 기초하여 인간을 이해하고 그 경험을 표현하는 데 주요 역할을 하는 것이 문학이다. 이것은 동아시아의 전통에서 특히 그렇지 않나 한다. 그리고 이 자연은 생태적인 자연을 의미하기도 하지만, 다른 전통에서도 그러하듯이, 초월적 세계에 대한 암시로서의 역할을 갖는다. 자연은 정치나 사회 또는 경제와는 달리 인간이 제 뜻대로 구성할 수 있는 것이 아닌, 인간에 선행하여 주어진 전제 조건이기 때문이다. 그리하여 문학은 자연을 이야기하면서 이미 종교에 못지않게 인간 존재의 초인간적인 근거에 대하여 관심을 가지고 있었다.(다만 이러한 사정이 현대에 와서 크게 달라졌다고 할 수는 있다.)

이러한 자연에 대한 상기를 주관하는 것은 시이다.(이것은 소설이 사회관계에 대한 의식이 높아짐과 병행하여 등장하는 것과 대조되는 일이다.) 다만 동아시아에서 이에 못지않게 이러한 기능에 동참한 것은 회화(繪畵)라고 할 수 있다. 실로 자연 인간이 사람의 자기 이해 그리고 세계 이해에 얼마나 중요한 것으로 생각되었던가 하는 것을 잘 증거해 주는 것이 동아시아의 문학과 예술의 전통이라고 할 수 있다. 이것을 상기하는 것은 정치와 사회 그리고 경제를 넘어서 인간 존재의 가장 중요한 바탕을 다시 회복하는 일의 일부가 된다.

시각의 의미 구도: 보이는 것의 알레고리

지금 쓰고 있는 이 글은 한국인이 물, 즉 강이나 호수에 대하여 어떤 느낌이나 생각을 가지고 있었는가를 시(詩)를 자료로 하여 생각해 보자는 것이다. 그런데 이것을 말하는 것은 단순히 그러한 자연의 특정 형태에 관한 표현을 다루는 것이 되지 않을 것이다. 그렇다는 것은 그러한 표현의 의미는 인간 존재 전체에 대한 일정한 이해와의 관련에서만 드러날 것이기 때문이다.

도대체 문학에서 어떤 객관적 사실에 대하여 ──산이나 강물에 대해서도── 직접적인 지각 체험의 재현을 기대하는 것은 부질없는 일이라고 하는 것이 옳다. 시적으로 표현되는 체험은 감정에 의하여 크게 영향을 받는다. 바로 그것이 시의 의미라고 할 수 있다. 그러나 이 감정은 보다 큰 삶의 이해에 의하여 결정된다. 그리고 이 의미는 삶에 대한 이해 —— 이해(利害) 관계와 함께 형이상학적 이해에 연결되어 있다. 그리하여 예술 작품으로서 산수(山水)의 의미를 바르게 지각하고 이해하는 데에도 조금은 복잡한 우회적인 접근이 필요하다. 시나 그림에 그려져 있는 형상은 단순한 감각이나 지각으로 해독되지 아니한다. 우리가 인지하는 사실은 인간 존재에 대한 전면적인 이해 구도의 일부를 이룬다. 많은 경우 자연 형상의 재현은 이 구도 속에서만 의미를 갖는다. 이 구도란 개인적인 관점에서 또는 일반적인 관점에서 이해관계나 개인적인 희로애락, 정치, 사회, 경제, 그리고 일상적인 삶에서의 지각적 체험, 그리고, 이미 시사한 바와 같이, 이 모든 것들의 정신적 또는 우주론적 체험에 대한 일정한 이해를 포함한다.

그러나 전체적인 의미의 구도와 개인적인 체험 그리고 그 표현을 위한 노력 사이에 일치와 긴장의 관계가 있는 것은 사실이다. 그리고 이 관계에서 개인이 시대적으로 얼마나 중요해지는가에 따라 —— 그것도 전체 구도 안에서 정의되는 개인이라고 하겠지만 —— 역점이 달라진다. 서구에서 자연에 대한 새로운 감성이 나타나고 개인적인 체험의 중요성이 강조되었던 것은 낭만주의의 대두로부터이다. 그러나 이때의 체험적 사실도 일정한 의미 구도 속에서만 주목의 대상이 되었다.(문학에 있어서 어떤 경향, 가령 낭만주의, 고전주의, 리얼리즘과 같은 경향을 띤다는 것 자체가 이념적 전체성에의 지향이 없이는 언어로 표현되는 또는 될 만한 가치가 있다고 생각되는 대상물이 없다는 것을 말한다.)

미국의 개념사의 개척자 아서 러브조이(Arthur Oncken Lovejoy)가 여러 가지 낭만주의의 이념을 정의하면서 인용하는 프리드리히 슐레겔(Friedrich Schlegel)의, "모든 보이는 것은 알레고리의 진리를 가지고 있을 뿐이다."라는 말은 대체로 모든 형상화되는 사물에 해당되는 것이라고 할 수 있다.[2] 이것을 확장하면 모든 감정 표현 또는 공연적(公演的) 표현은 이러한 구도에서만 의미를 갖는다고 할 수 있다. 다만 이때의 알레고리는 완전히 전통적으로 구성된 것일 수도 있고, 그것에 의지하면서도 개성적으로 재구성된 것일 수도 있다. 그러나 전통 사회 또는 이데올로기적 통합이 강한 사회일수록 이 알레고리는 일정한 상투성을 가지게 된다.

성은(聖恩)의 세계

김정일의 장례

최근의 우리 주변에 일어난 한 중요한 사건도 이러한 관점에서 해석될 수 있다. 이것은 정치적으로 민감한 소재이고 조금 우리의 주제로부터 멀리 떨어져 있는 사실이지만, 감정 표현이 어떻게 전체적인 사물 이해의 구도에 관계되어 있는가를 보여 주는 사례로 잠깐 생각해 볼 만한 일이 아닌가 한다. 여기에서 전체적인 구도란 과장된 이데올로기화된 인식과 느낌의 구도를 말하지만, 거기에서 우리는 인간 인식과 그 표현의 한계를 절실하게 감지할 수 있다.

최근의 중요한 사건이란 북한의 김정일 위원장의 죽음에 관한 뉴스인데, 북한이나 한반도의 정치·군사적 운명과 관계하여 그것은 심히 복합적인 의미를 가진 사건이면서도, 여러 해설들은 그 의미를 분명하게 설명하지 못하는 것으로 보인다. 그런데 이에 못지않게 알기 어려운 것이 이 죽음

---

2 Arthur O. Lovejoy, "On the Discrimination of Romanticisms", in M. H. Abrams, *English Romantic Poets: Modern Essays in Criticism*(New York: Oxford University, 1960), p. 5. 러브조이가 인용하는 슐레겔의 말의 원뜻은 조금 다른 것이라고 할 수 있지만, 대체적으로 말하여 낭만주의의 일면을 정의하는 말로 틀림이 없다고 할 수는 없다. 위의 말을 조금 더 길게 인용하면, 다음과 같다. "정신적 인간은 오로지 보이지 않는 것의 세계에서 사는 사람이다. 그에게 모든 보이는 것은 하나의 우의적인 진리만을 가지고 있다.(Ein Geistliche ist, wer nur in Unsichtbare lebt, für wem alles Sichtbare nur die Wahrheit einer Allegorie hat.)" Friedrich Schlegel, "Fragmente Sammulungen", *Kritische Ausgabe*, Bd. 1(München: Paderborn, 1967), p. 256.

에 따르는 북한 당국자와 인민의 애도의 표현 의식들이다. 텔레비전 뉴스에서는 방송인이 그 뉴스를 울먹이면서 보도하였고, 도열하고 있는 고위당국자들도 울먹이는 모습을 보였다. 뉴스를 듣고 광장에 나온 사람들은 열을 지어 늘어서서 오열하고, 그중 몇 사람은 군중의 앞에 나와서 땅을 치며 통곡하였다. 외국의 통신들은 이렇게 애통하는 광경을 심히 이해하기 어려운 것으로 보도하였다. 한국의 보도도 이러한 광경에 대하여 의아심을 표현하였다.

문제는 그것이 진정한 애통의 표현인가 아니면 강요된 연극인가 하는 것이다. 이러한 애도가 단순히 이러한 사람들에만 한정된 것이 아니라 자연 현상에서도 관측되었다는 북한의 보도, 가령 김 위원장의 사망 시간에 호수의 표면이 깨어지고 눈바람이 치고 이상한 빛이 비쳤고 까치 떼가 날아들어 고개를 숙인 모습으로 슬픔과 조의를 표하는 것 같았다는 뉴스는 진정성을 특히 의심하게 하는 것이었다. 그러나 정치적인 해석을 피하면서 이것을 생각하면 그것은 그렇게 낯선 것이라고만은 할 수 없는 면이 있다는 것을 인정할 수 있다. 사람이 죽었을 때, 애도하는 마음을 크게 강조되는 울음으로 표현하는 것은 한국에 있어서의 전통적인 절차의 하나이다. 상(喪)을 당하여 곡(哭)하는 것은 단순히 순수한 슬픔의 표현이 아니라 의식 절차로서 요구되는 것이다. 감정의 외면적 표현이 어떤 사태에 참여하고 적절하게 설명하는 방법이라는 느낌은 한국의 풍습에서 보편화된 것으로 말할 수 있다.

상례(喪禮)에서만이 아니라 사람이 당하는 다른 큰일에서도 울부짖음을 통한 호소는 당연한 것으로 되어 있다. 다만 애통의 외적 표현이 절제된 것이냐 과장된 것이냐가 문제될 수는 있다. 절제란 적절한 울음의 코레오그래피를 의미한다. 문제는 그러한 감정이 의례의 형식화 속에서 이루어지느냐 아니면 자연스러운 감정인 것처럼 과장되느냐 하는 것이다. 그러나 의례화(儀禮化)된 감정은 일시적인 감정 표현의 문제가 아니라 문화 속에서 조심스럽게 성숙 발전시킨, 양식화된 감정이다. 북한의 과장된 감정에 이러한 의례의 기준을 적용하기는 어려울 것이다. 그러나 남한의 경우에도 과장된 감정적 표현과 행동이 범람하는 것이 오늘의 현실이라고 하지 않을 수 없다. 이것은 과거의 문화에 연결되어 있으면서도 그것이 쇠퇴하는 말기 현상으로 해석할 수 있다.(여기에서 말기란 퇴폐를 말하는 것이 아니라 새로운 문화에로 이행하는 과정이란 뜻이다.)

유교의 세계

김정일 위원장의 죽음에 표현된 감정에 대해서는 체제적 설명, 공산주의 이론이나 주체사상을 중요 요인으로 하는 설명이 있을 수 있으나, 어떤 관점에서는 이에 못지않게 중요한 요인은 유교적 전통이 될 것이다.(북한을 유교의 관점에서 설명하려는 시도들이 있지만, 이번 사건과 관련한 BBC와의 인터뷰에서도 6자회담의 미국을 대표했던 외교관 크리스토퍼 힐은 그의 논평에서 유교적 해석을 가하고 있었다.) 북한의 애도 행사에서 영수(領袖)의 죽음이 그렇게 중요한 것은 나라의 영수가 모든 삶의 질서, 정치와 사회와 천지의 지주(支柱)였기 때문이라고 할 수 있다.

조선조에서 임금이 그렇게 생각되었던 것은 말할 필요도 없다. 전통 시대에 있어서의 자연과 물을 이야기하고자 하는 이 글에서도 우리는 이것을 다시 상기할 필요가 있다. 자연은 대체로 있는 그대로의 자연이면서 임금으로 대표되는 우주 질서의 일부이다. 유교적 이데올로기 속에서 자연 인간은 곧 정치 인간과 일치하였다. 자연은 정치에 대하여 비판적이거나 부정적인 입장을 보강하는 강한 주제가 될 수도 있다. 그러나 그러한 경우라도 자연은 정치를 함축한다. 자연 인간이 정치를 무시하거나 또는 그 위에 서는 것은 매우 드문 일이다. 그리고 여기에서의 정치는 강한 이데올로기적 구도 속에서 이해되는 정치이다. 이에 따라 자연의 이해도 이데올로기적 또는 도식적 경직성을 드러내는 것이 보통이다.

임금의 중요성과 그로 인한 혜택이 지극하다는 것을 찬양하고 맹서하는 시조는 무수히 많다. 다음의 김구(金絿)의 시조는 하나의 예이다.

> 태산(泰山)이 높다 하여도 하늘 아래 뫼히로다
> 하해(河海) 깊다 하여도 땅 우에 믈이로다
> 아마도 깊고 높을슨 성은(聖恩)인가 하노라[3]

이 시조에서 임금의 은혜가 산이나 강이나 바다 같다고 한 것은 그 거대함을 수사적으로 표현한 것으로서 이해될 수 있다. 그러나 이것은 유교적 세계관 안에서는 단순히 수사가 아니다. 조선조의 인간에게 어쩌면 태산을 높게 하고 하해를 깊게 하는 것이 바로 성은이다. 또 한 가지 주목할 것은 우주론적 이해에서도 중요한 것이 감정이라는 점이다. 임금과 신하의 관계는 성리학의 원리에서는 부모와의 관계에 대한 유추로써 파악된다. 그럼으로 하여 그것은 개념적 이해 이전에 감정으로서 접근된다.

> 천부(天覆) 지재(地載)하니 만물(萬物)의 부모(父母)로다
> 부생(父生) 모육(母育)하니 나의 천지(天地)이로다
> 이 천지(天地) 저 천지(天地) 즈음에 늙을 뉘를 모르리라
>
> ──이언적(李彦迪)[4]

3 『한국 고전 문학 전집 1: 시조 1』(고려대학교 민족문화연구소, 1993), 80쪽. 이 책에 실린 원본을 옛말을 존중하는 뜻에서 철자만을 최소한으로 현대화하였다.

4 같은 책, 81~82쪽.

중종조의 유학자 이언적의 이 시조는 시적인 호소력에서는 만족스럽다고 할 수 없지만, 인간관계로 파악된 우주관을 그대로 잘 표현하고 있는 시조이다. 여기에서는 나의 생명이 부지하는 것은 부모와 같은 우주의 보육으로 인한 것인데 이것은 생명 전체에 확대되기도 한다.

> 티미리 돌아보니 분명(分明)히 상제(上帝)로쇠
> 나리미러 살펴보니 진실로 자모(慈母)로다
> 중간(中間) 만물(萬物)이 긔 아니 동생(同生)이랴
> 한 집이 한 세간 되어 동락(同樂)을 엇더료
>
> ─ 고응척(高應陟)[5]

이러한 부모와의 관계 그리고 그것의 우주적인 의의에 겹쳐서 생각되는 것이 백성들 또는 신하의 임금에 대한 관계의 전통이다. 윤리 질서를 말하는 시조는 무수히 많은데, 박인로(朴仁老)의 「오륜가(五倫歌)」에서 '군신유의(君臣有義)'는 이 군신과 부모 자식의 관계를 하나로 말하는 시조의 예이다.

> 사람 삼기실 제 군부(君父) 갖게 삼기시니
> 군부(君父) 일치(一致)라 경중(輕重)을 두로소냐
> 이 몸은 충효(忠孝) 두 사이에 늙을 줄을 모르로사[6]

이와 같이 부모와 임금은 같은 차원에 놓일 수 있는 존재로서 개인의 감

---

5 같은 책, 154쪽.
6 같은 책, 331쪽.

정 생활의 핵심이 되지만, 감정의 절실함, 개인의 일상적 보살핌에서는 부모가 귀한 존재가 되고, 보다 넓은 세계와의 관계에서는 임금이 절대적인 존재가 된다. 그런데 임금의 절대성은 우주론적 또는 형이상학적 의의를 가지면서도 나날의 삶까지도 안녕을 보장하는 존재로 생각된다. 충성을 맹서하는 그리고 그것을 위하여 목숨을 버리는 것을 두려워하지 않는다는 것을 노래하는 시조 또는 일반적인 표현들이 많은 것은 새삼스럽게 말할 필요도 없다.

흥미로운 것은 이러한 감정적 관계가 반드시 형이상학적 차원에 머물지 않는다는 것이다. 충성심이 형이상학적 정서보다 일상적 감정에 가까운 것은 임금을 '님(임)'으로 이야기하고 님을 남녀 간의 사랑의 관계에 겹쳐서 말하는 표현에서도 볼 수 있는 것이다. 임금과 신하를 맺어 주는 기이한 개인적이고 성적인 감정을 가장 두드러지게 표현한 것은 정철의 「사미인곡(思美人曲)」과 「속미인곡(續美人曲)」이다. 그런데 이에 더하여 임금은 일상적 삶의 안녕을 보장하는, 그것도 매우 구체적인 차원에서 신비한 존재이다. 그리고 사실상 임금의 존재는 이에 의하여 정당화된다. 태평성대(太平聖代)를 보장하는 것을 임금이라고 보는 것은 이러한 의미에서이다.

초당(草堂)에 일이 없어 거문고를 베고 누워
태평성대(太平聖代)를 꿈에나 보려 하니
문전(門前)의 수성(數聲) 어적(漁笛)이 잠든 나를 깨와라

── 유성원(柳誠元)[7]

검소하나마 안거할 수 있는 집과 음악은 편안한 삶의 증표이다. 그것이

---

7 같은 책, 62쪽.

태평성대를 꿈꿀 수 있게 한다. 그런데 그것을 곧 현실 속에 실현할 수 있게 하는 것은 고깃배에서 들려오는 피리 소리이다.

강호(江湖)의 삶과 정치

성은(聖恩) 속의 평온한 삶

태평성대는 우선 정치 질서의 안정을 말한다고 할 것이다. 특이한 것은, 이미 비친 바와 같이, 유교적 사고에서 예상할 수 있는 도덕적 정치 질서보다도 천후(天候)와 삶의 온화함과 즐거움을 보장하는 데에서 태평성대의 정치 질서가 증거된다는 사실이다.(이것은 조선조가 진전됨에 따라서 점점 도덕을 강조하는 쪽으로 바뀌게 되는 것으로 보인다.) 이 관점에서 물은 무엇보다도 태평한 성대의 상징이 된다. 위에 인용한 유성원의 시조에서도 태평성대의 기호가 되는 것은 음악과 한가함과 어적(漁笛)이다. 강호(江湖)의 삶을 말하는 맹사성(孟思誠)의 「강호사시가(江湖四時歌)」는 임금의 덕으로 이루어지는 태평한 시대의 평온한 삶을 강조하는 대표적인 시조이다.

되풀이하여 이들 시조는 봄날의 한가함, 여름날의 서늘함, 가을날의 편안한 소일거리로서의 낚시질, 몸을 따뜻하게 하는 옷을 입고 겨울을 따스하게 보낼 수 있는 평안이 모두 성은(聖恩)으로 인한 것이라고 말한다. 그러나 무엇보다도 이러한 태평성대는 물가와 물고기의 이미지들과 관련하여 표현된다.

> 강호(江湖)에 봄이 드니 미친 흥(興)이 절로 난다
> 탁료(濁醪) 계변(溪邊)에 금린어(金鱗魚) 안주(安酒)로다

이 몸이 한가(閑暇)하옴도 역군은(亦君恩)이샷다

이와 같이 물고기는 삶의 풍요와 그 즐거움을 나타나는 것으로 이야기 된다. 다음 여름을 노래하는 시조에서도 물고기는 없지만 물가는 다시 유한(有閑)한 삶의 공간이 된다.

강화(江湖)에 여름이 드니 초당(草堂)에 일이 없다
유신(有信)한 강파(江波)는 보내나니 바람이로다
이 몸이 서늘하옴도 역군은(亦君恩)이샷다

가을 편은 다시 물과 고기를 말한다.

강호(江湖)에 가을이 드니 고기마다 살쪄 있다
소정(小艇)에 그물실어 흘니 띄어 던져두고
이 몸이 소일(消日)하옴도 역군은(亦君恩)이샷다

마지막 겨울 편은 강호의 삶을 말하고 그곳에서의 백성의 삶이 군은으로 인한 것이라는 것을 다시 확인한다.

강호(江湖)에 겨울이 드니 눈 깊이 자히 넘다
삿갓 비긔 쓰고 누역으로 옷을 삼아
이 몸이 칩지 아니하옴도 역군은(亦君恩)이샷다[8]

---

8 같은 책, 43~44쪽.

여기에서 주의할 것은 군은(君恩)으로 보장되는 삶이 화려한 삶이 아니라 극히 검소한 삶이라는 점이다. 이 시조에서 주인공의 장비는 삿갓과 도롱이이다. 이것은 어떤 경우에나 화려한 치장이라고 할 수는 없을 터인데, 방한을 위하여서도 반드시 충분한 것이라고는 할 수 없을지 모른다. 그러니까 여기에서 이상적인 삶으로 생각되는 것은 최소한의 필요에 만족하는 삶이다. 그것은 앞에서 든 여러 장비, 즉 탁주, 금린어, 초당, 강바람, 낚시, 작은 고기잡이 배 등에도 두루 함축되어 있는 것이다. 그러면서도 그것이 낙이 있는 삶이라는 것은 봄이 오니 흥이 절로 난다는 말에 표현되어 있다. 이 흥은 빈번히 이야기되는 술과 술집 또는 행화촌(杏花村)에 대한 언급으로서도 전달된다. 앞에서 인용했던 유성원의 시조에도 삶의 만족은 초당에서의 한가로움, 거문고, 꿈, 그리고 어적의 조합에도 들어 있는 함의(含意)이다.

물론 유성원의 시조에는 이러한 이상적 조합에, 앞에서 말한 것과는 달리, 약간의 아이러니가 들어 있다고 할 수는 있다. 초당에서 음악을 즐기는 것은 사실이나 이것이 태평성대를 생각하게 하는 것은 꿈에 불과하다는 해석이 가능하다. 이러한 꿈에서 깨어나게 하는 것이 현실에서 오는 고기잡이의 피리 소리이다. 그러나 고기잡이라는 삶의 필요가 이 꿈을 해치는 것은 아니라고 할 수 있다. 꿈을 깨어 보니 바로 고기잡이의 일에서 꿈이 현실임을 알게 된다는 것이 이 시조의 참 의미일 것이다. 어쨌든, 이 시조에서 음악의 꿈과 현실은 서로 갈등을 일으키지 않고 하나가 된다. 맹사성의 시조에서는 이러한 아이러니의 가능성이 없이 꿈에나 생각할 수 있는 온화한 삶이 현실로서 이야기되어 있다고 할 수 있다.

강호의 은자(隱者)와 르상티망

그러나 맹사성의 시조에서 한가하면서도 검소한 강호의 삶의 모든 것이 임금의 덕이라는 주장은 사실이라기보다는 수사(修辭)에 불과하다고 할 수도 있다. 물고기를 술안주로 하면서, 강바람을 쏘이면서, 또는 도롱이를 입고 추위를 막으면서, 그러한 이 모든 것들이 임금의 덕이라고 생각하는 것이 자연스러운 것일까? 그러나 정치적 안정이 없이는 구석진 곳에서의 일상적 삶도 안정될 수 없다는 것도 틀린 말은 아닐 것이다. 삶의 세계는 그 자체의 테두리 속에 있으면서도 그 너머의 세계와 일정한 현실적 그리고 형이상학적 관계를 갖는다. 정치는 그중에 가장 중요한 테두리이다. 다른 한편으로 행복한 삶에도 종교의 위안이 필요한 것은 형이상학적 안정에 대한 심리적 필요를 말하는 것인지 모른다. 맹사성의 태평성대에 대한 찬양은 이념적 성격을 가진 것이면서도 실제로 세종조의 안정된 현실에 기초한 것이라고 할 수도 있다. 어쨌든 맹사성의 시조들은 자연 속의 삶과 정치가 하나가 되어 있음을 이야기한다.

그러나 많은 경우 산이든 물가이든 밭이든, 자연 속의 삶은 정치에서 멀리 있는 또는 그것을 별로 필요로 하지 않는 삶이다. 그러기에 그것은 대체로 정치를 피하는 은자(隱者)의 삶을 말한다. 그러나 다른 한편으로 유교적 세계에서 군자의 삶은 임금에 또는 나라에 봉사하는 삶이어야 한다. 이것은 도덕적인 의무이며 그것을 기피하는 것은 불충의 표현이고 징벌의 대상일 수도 있었다.[9] 유교의 이상에는 정치와 자연 속의 삶, 이 두 가지가 하나로 또는 서로 긴장을 가지고 대비되면서 존재하였다고 할 수 있다. 그리하여 자연 속에서의 은자의 생활은 언제나 있을 수 있는 삶의 한 이상으로 생각되었다. 그러니까 정치에 개입하는 삶은 두 선택 중의 하나였다. (자연 속의 삶은 유한 계급의 삶을 말하는 것일 수 있다. 그러나 그것은 농사일을 주제로 하는 시조들이 많은 것을 보면, 그것이 반드시 노동을 배제하는 것은 아니었다고 할 수

---

9   Cf. Frederick W. Mote, "Confucian Eremitism in the Yuan Period" in Arthur F. Wright, *The Confucian Persuasion*(Stanford University Press, 1960), p. 207 참조.

있다.) 그러면서도 대체로 말하여 공맹 사상에는 군자의 우선적 도리가 나라에 봉사하는 것 또는 출사(出仕)하는 것이고, 다만 세상이 혼탁할 때에만 그러한 부름을 돌아보지 않을 수 있다는 생각이 강하게 함축되어 있었다.

일반적으로 말하여 유교적 인간관은 인간의 사회적 본능을 지나치게 자극하여 출세하여 여러 사람의 인정(認定)을 받는 것을 자기실현의 궁극적인 형태로 보는 면이 있었다. 그리하여 은자의 삶을 노래하는 시나 시조 또는 그것을 옹호하는 글은 자연의 삶을 찬양하면서도 출사하지 못한 사람의 한이나 울분 또는 시대에 대한 분노를 숨기고 있는 경우가 많다.

퇴계(退溪)는 말할 것도 없이 출사에서나 학문에서나 가장 대표적인 유학자이지만, 그의 시나 시조는 출사보다는 자연의 삶을 기리는 것이 많다. 그리하여 그가 자주 벼슬을 그만두거나 임금의 부름을 받고도 이를 굳이 사양한 것과 같은 것은 그의 진심을 나타낸 것이라 말할 수 있지 않나 한다. 그러나 그의 자연의 삶에 대한 예찬은, 위의 맹사성의 시조에 보는 바와 같은 정치와의 일체성 속에서가 아니라 그것과의 길항(拮抗) 속에서 이루지는 것이라는 느낌을 준다. 이것은 유교적 삶의 모순을 말하는 것이기도 하고 시대상을 반영하는 것이기도 할 것이다.

> 청량산(淸凉山) 육육봉(六六峰)을 아는 이 나와 백구(白鷗)
> 백구(白鷗)야 헌사(獻辭)하려 못 믿을 손 도화(桃花)로다
> 도화(桃花)야 떠나지 마로렴 어주자(漁舟子) 알가 하노라[10]

위의 시조에서 도화는 산수의 아름다움을 이야기하자는 것이지만, 거기에는 무릉도원(武陵桃源)의 신화에서 말하여지듯이 냇물에 흘러가는 복

---

10 『한국 고전 문학 전집 1』, 100쪽.

사꿈이 행복한 삶의 비밀을 밖에서 알게 할까 두렵다는 뜻이 스며 있다. 알려지는 것을 기피하자는 것은 생활에 관계된 고기잡이가 알게 되어도 안된다는 것으로 연결된다. 이것은 수사에 불과한 것일 수도 있지만, 맹사성의 시조에서 보는 바와 같은 개방성이 있을 수 없는 것이 은둔자의 자연 속의 삶이라는 것을 말한다.

이런들 어따하며 저런들 어따하료
초야(草野) 우생(愚生)이 이러타 어따하료
하말며 천석고황(泉石膏盲)을 고텨 므슴하료[11]

또는

연하(煙霞)로 집을 삼고 풍월(風月)로 벗을 삼아
태평성대(太平聖代)에 병(病)으로 늙어 가니
이 중에 바라난 일은 허믈이나 없고자[12]

이러한 시조에서 언급된 병(病)들은 실제의 병일 수도 있지만, 정치에 나아가지 않는 것에 대한 변명일 수도 있고, 정치적 의무를 다하지 못하는 데 대한 죄의식을 표하는 것일 수도 있다. 어쨌든 출사를 사양하지 않을 수 없다는 느낌이 많은 것은 분명하다.(임금의 부름을 사양하는 퇴계의 글에도 병이 깊다는 표현이 많다. 서양 중세의 글에서 무능력, 무자격, 연약함 등은 겸손을 내세우는 수사 관습이었다.[13] 청병(稱病)의 의미는 수사와 진실의 관계에 대한 면밀한 연구

---

11 같은 책, 102~103쪽.
12 같은 책, 102쪽.
13 Ernst Robert Curtius, "Devotional Formula and Humility", *European Literature and the Latin*

가 있어야 설명될 수 있을 것이다.)

정치 거부의 천명은 퇴계의 시대에 더욱 분명해지고, 대체로 조선조의 중후기로 올수록 더 많아지는 것으로 보인다. 남명(南冥) 조식(曺植)은 일체의 관직을 거부하고 초야에 묻혀 학문에 열중한 대표적인 유학자로 알려져 있다. 그가 남긴 시조는 물론 자연 속의 삶을 예찬하는 것들이지만, 거기에는 정치 거부 의식이 여러 형태로 포함되어 있다.

> 초당(草堂)의 할 일 없어 한 낫대랄 벗을 삼아
> 백석(白石) 청계(淸溪)에 오명가명 하난 뜻은
> 자릉(子陵)의 녯 낙단 고기랄 낫가 보랴 하노라[14]

냇가에서 고기를 잡으며 세월을 보내는 것은 후한(後漢) 광무제(光武帝)의 벗으로 공을 세우고도 벼슬을 기피하여 부춘산(富春山)에 숨어 산 엄자릉(嚴子陵)의 선례를 따르는 것이다. 그러나 조식이 반드시 정치에 관심이 없었던 것은 아니다. 그가 임금에게 올린 상소문은 더할 나위 없는 정치적 정열과 호기에 차 있다.(물론 전래의 수사학의 범례에 따른 것이라고 하겠지만.) 그는 한 상소문에서 당대를 재단하여, 말하기를 "……온 천하의 일이 그릇되었고 나라의 근본이 이미 망했으며 하늘의 뜻은 이미 떠나 버렸고 민심도 이미 이반되어" 있다고 규정한다. 또 나라의 형편은 "백 년 동안 벌레가 속을 갉아먹어 진액이 이미 말라 버린 큰 나무가 있는데, 회오리바람과 사나운 비가 어느 때에 닥쳐올지 전혀 알지 못하는 것과 같"다고 했다.[15] 이렇게 말하면서도 그는 임금과 나라를 생각하는 자신의 마음은 한결같다는

Middle Ages, Excurses II(Princeton University Press, 1953) 참조.

14 『한국 고전 문학 전집 1』, 110쪽.

15 경상대학교 남명학연구소, 「을묘사직소(乙卯辭職疏)」, 『남명집』(한길사, 2001), 313쪽.

것을 강조한다. 그리고 임금의 "하늘의 해와 같은 은혜에 사례 드리지 못함을 안타까워" 한다고 그 충성심을 표현한다.[16] 명종이 사망함에 그는 다음과 같은 시조를 썼다.

> 삼동(三冬)에 베옷 입고 암혈(岩穴)에 눈비 맞아
>
> 구름 낀 볕뉘도 쬔 적이 없건마는
>
> 서산(西山)에 해 진다 하니 눈물겨워 하노라[17]

비슷한 내용은 선조에게 올린 그의 상소에도 나온다. "신이 홀로 산속에 살면서 민정을 살피고 우러러 하늘을 보면서, 탄식하고 울먹이다가 눈물을 흘린 적이 자주 있습니다. 신은 전하께 조금도 임금과 신하로서 긴밀한 의를 맺은 적이 없는데……, 무슨 은혜에 감격해서 탄식하여 눈물 흘리기를 그치지 못했겠습니까?"[18] 시조는 이 느낌을 임금이 죽은 다음에 다시 표현한 것이다. 조식의 은일(隱逸)이 정치에 대하여 복잡한 관계를 가지고 있음은 분명하다. 그는 시대가 적절하면 출사하고 그렇지 못하면 물러가야 한다는 공맹의 생각에 충실한 것이다. 그러면서 우리는 그의 글들에서 출사하지 못하는 데 대한 르상티망(ressentiment)이 가득한 것을 느낄 수 있다.

이와 같이 자연의 삶은 자연의 즐김, 정치에 대한 불편한 관계, 자기 정당성과 르상티망과 울분 같은 착잡한 동기에서 선택되는 것이었다. 이것은 세종조 이후에 사화(士禍)에서 보는 바와 같이 갈등이 심화되고, 조식의 상소문에 격렬하게 표현되어 있는 바와 같이 부패가 심화되어 도저히 출사할 만한 시기가 아니게 된 사정에도 관계되고, 또 이러한 상황을 비판하

---

16 같은 책, 312쪽.

17 『한국 고전 문학 전집 1』, 108쪽.

18 「무진봉사(戊辰奉事)」, 『남명집』, 328쪽.

는 유학자 자신의 정당성에 대한 독선적인 믿음 또 개인적인 불우감과 같은 것에도 관계되는 것으로 보인다.

자연의 삶: 소상팔경의 서사

이 글은 서두에 인간이 다른 사회적 범주가 아니라 무엇보다도 자연적 조건에 의하여 규정되는 존재라는 것을 말하였다. 그리고 동아시아 문화는 인간의 존재론적 바탕으로서 자연을 강조한다고 말하였다. 그러나 조금 전의 예들은 자연이 정치에 동화된 상태를 전제한다. 이것은 자연과 정치가 하나가 된 조화의 상태를 말하는 것일 수도 있고, 정치에 대한 울분의 표현으로서 자연의 삶에 의미가 부여되는 경우를 지칭하는 것일 수도 있다. 후자의 경우 자연은 정치의 반대 이미지가 된다.

그러나 동아시아의 전통은, 되풀이하건대, 자연이 인간 존재의 바탕이라는 것을 계속 확인하는 특징이 있다. 자연이 인간 존재의 가장 근본적인 테두리를 총괄하는 것이라면, 그것이 정치를 포용하게 되는 것도 불가피하다. 그러나 문제는 그것이 정치의 우위로 다시 변주된다는 사실이다. 특히 유학을 삶의 이데올로기로 받아들였던 조선에서 그러했던 것으로 보인다. 그러나 자연을 말하는 시가의 참 의도는 정치보다는 자연의 우위를 확인하는 것이다. 두보(杜甫)가 "국파산하재/ 성춘초목심(國破山河在, 城春草木深)"이라고 할 때는 자연을 정치의 연관 속에서 말한 것이지만, 더 중요한 함의는 정치를 넘어선 자연의 지구(持久)함을 확인한다는 데에 있다. 한국에서도 여말(麗末)을 말한 길재(吉再)의 시조, "오백년(五百年) 도읍지(都邑地)를 필마(匹馬)로 돌아드니/ 산천(山川)은 의구(依舊)하되 인걸(人傑)은 간데없다"도, 사라진 왕조의 정치에 대한 절실한 아쉬움을 나타내면서도 이와 비슷한 메시지, 즉 왕조를 넘어 산천의 의구함을 전한다.

그러나 보다 적극적으로 자연 속의 삶을 노래하는 시가가 없는 것은 아니다.(보다 사실적인 연구가 필요하지만, 이것도 중국의 경우와 한국의 경우를 비교하면, 차이가 있을 것으로 생각된다.) 태평성대 속의 조화 또는 난세(亂世)의 울분에 관계없이 자연의 삶만을 노래한 것으로서 중국이나 한국 그리고 일본에서까지 중요한 주제(topos)가 된 소상팔경(瀟湘八景)의 산수화 그리고 시가는 바로 이러한 자연의 삶에 대한 예찬의 대표가 될 수 있을 것이다. 그리고 이것은 동아시아의 문학적 상상력에서 원형적인 의미를 가지고 있는 토포스를 표현하는 것으로 생각된다. 특히 자연 가운데에서 물의 주제를 생각할 때 이 원형은 문학에서만이 아니라 인간의 삶의 전형을 보여 주는 것으로 이해될 수 있다. 고려대학교 민족문화연구소의 『한국 문학 전집』의 사설시조 편에서, 이것을 편집한 김흥규 교수는 사설시조를 주제별로 나누어, "강호·전원"이라는 장을 두고, 이것을 "속세에 대한 집착을 떨쳐버리고 강호에 한가로이 노니는 정취 또는 전원생활의 즐거움을 노래한 작품들"이라고 설명하고 있다.[19] 강호가 말하는 물가는 이렇게 자연의 삶에서 중요한 부분을 차지한다.

앞에서 말한 라트비아 대학교의 동아시아의 시와 산수에 관한 회의에서, 라트비아의 프랑크 크라우스하르 교수는, 중국의 자연시 특히 당송 대(唐宋代)의 시를 산수와 전원의 주제로 나누어 볼 수 있다는 것을 강조하였다. 이 관점에서 산수의 시는 자연 전체를 표현하고자 하고, 전원의 시는 사회적 부조화에 대조하여 자연에서의 개인적인 삶의 추구를 표현하고자 한다.[20] 전원은 도연명의 「귀거래사(歸去來辭)」에서 보듯이 농촌을 말한다

---

19 『한국 고전 문학 전집 2: 사설시조』(고려대학교 민족문화연구소, 1993), 14쪽.

20 Frank Kraushaar 교수의 발표, "Sanshui(山水) and Tianyuan(田園): The Inspiration of Poetic Language in Tang-Song Poetry", "Language and Landscape in East Asia", Riga, University of

고 할 수 있다.

그러나 다시 강호·전원·산수의 대조와 구분에서, 물은 산수와 전원을 포괄하는 것으로 보는 것도 가능하다고 생각된다. 자연은 사회와의 밀접한 관계가 없이도 인간 존재의 근본을 지칭한다. 자연이 사회나 정치 불만에 대한 대리 만족이 될 수 있는 것은 그것이 근본적인 삶의 바탕이라 생각되기 때문이다. 어떤 경우에나 사람이 자연으로 돌아가는 경우, 그것을 두 가지로 나누어 보는 것은 타당하다고 할 수 있다. 전체성으로서의 산수는 일반적으로 정신적인 의미를 갖는 것으로, 말하자면, 숭고미를 불러일으키는 고양된 정신적 체험의 영감이 되는 데 대하여,[21] 전원은 앞에서 보았던 것처럼, 자연에서의 일상적인 삶을 말한다. 그러나 이러한 것을 달리 구분하건대, 다시 물은, 산수라는 표현에서 보듯이, 산과 하나가 되는 것으로 생각될 수도 있다. 그리하여 물은 조화의 매개가 된다. 물이 전원이 되는 것은, 고기잡이와의 관계에서도 그러하지만, 동아시아의 음양설에 따라 물이 음을 나타내고 또 생산성을 나타내는 데에서 연유하는 것인지 모른다. 그러면서 그것은 자연의 신비한 느낌을 완전히 벗어나지는 않는다.

물의 양의성은 인간의 지각적 체험에도 이어지는 일이다. 인간의 무의식 속에서, 높이 치솟아 있는 산은 근접하기 어려운 높이를 나타내는 데 대하여, 물은, 한없이 펼쳐지는 경우에도, 끈질긴 항해나 보행만으로도 답사할 수 있다고 여겨지는 수평적인 공간으로 지각된다. 그러면서 그것은 인간의 삶을 에워싸고 있는 무한을 느끼게 한다는 점에서 산의 숭고미와는 다른 숭고함을 느끼게 한다.(필자는 인간의 삶과 차원을 달리하는 것은 아니면서 무한히 펼쳐지는 자연의 풍경을, 인간의 이성적 이해를 완전히 넘어가는 칸트의 숭고

Latvia, 2011년 10월 20~22일.

21 같은 회의에서 프라하 찰스 대학교의 올가 로모바(Olga Lomova) 교수는 사령운(謝靈運)의 자연의 시가 주로 정신적 체험의 근원으로서의 산의 체험을 논하였다고 하였다.

미와는 달리, "생태적 숭고미"라는 말로 표현한 바 있다.)²² 위에서 말한 바와 같이, 소상팔경(瀟湘八景)은 자연 속의 삶을 소재로 하는 자연 풍경인데, 그것은 방금 말한 특징들에 비추어 더욱 면밀한 해석을 수용할 수 있는 것으로 생각된다. 소상팔경은 중국에서 유래하지만, 한국의 시가에도 많은 자국을 남긴 바 있는데, 그 호소력은 이런 해석을 통하여 더욱 잘 이해될 수 있다. 그것이 보여 주는 것은 자연의 삶의 원형이다.

소상팔경은 중국 호남성 동정호(洞庭湖)의 남쪽 소수(瀟水)와 상강(湘江)이 합류하는 부분의 풍경을 여덟 가지 다른 모습으로 그린 것이다. 이것은 앞에서 말한 것처럼, 자연의 풍경이면서 물을 주된 소재로 한다. 그러면서 그것은 물과 물가에서 영위되는 삶의 모습을 보여 준다. 그러나 이 삶의 테두리가 그것을 넘어가는 자연이라는 것은 잊히지 않는다. 또는 이미 시사한 대로 이 둘 사이의 긴장과 조화가 그 주안점이 된다. 이 그림들에서 대표되는 자연은 물이지만, 여기에도 산이 있다는 것은 이 긴장과 조화를 더욱 깊은 차원에서 시사한다. 산은, 앞에서 말한 바와 같이, 근접할 수 없는 테두리로서의 자연을 물보다도 더욱 분명하게 시각적으로 대표한다. 산은 물가의 삶을 한정하고 그것을 말없이 지켜보고 있는 '초자연의 자연'의 역할을 하는 것처럼 보인다.

이와 더불어 중요한 것은 자연 속에 있으면서도 자연을 넘어가는 시간이다. 그리고 이 삶은 ── 사람의 삶 그리고 동물의 삶은 계절과 밤낮의 시간 속에서 영위된다. 시간은 공간의 무한과 함께 삶의 조건이면서 그것을 넘어가는 조건이다. 그리하여 시간은 삶을 한정하면서 또 그것에 대조하여 지속하는 자연적 배경의 무한성을 부각시킨다. 생물은 이 시간의 기율

---

22 Kim Uchang, "Landscape as the Ecological Sublime", *Landscape and Mind: Essays on East Asian Landscape Painting*(Seoul: Thinking Tree, 2005).

에 순응함으로써 무한한 자연의 일부가 된다. 그러나 이러한 일상적 시간 속의 순응과 동화를 넘어, 의식적으로 시간이 자연의 무한으로 열리는 것은 일상적 삶이 끝나게 되는 저녁 시간 또는 생명의 순환이 일단락되는 늦은 계절에 있어서이다. 소상팔경도에 다른 시간이 없는 것은 아니지만, 이 끝남의 시간 — 저녁 무렵이나 가을이나 겨울과 같은 늦은 계절 — 이 두드러지는 것은 이러한 뜻을 가진 것이 아닌가 한다.

소상팔경에서 여덟 가지 풍경의 배열에는 대체적인 순서가 없지는 아니하면서도 반드시 그 순서가 고정된 것은 아니었던 듯하다. 풍경에 스며 있는 서사(敍事)가 어떤 것인가를 생각하는 데에는 순서가 중요하다.(서사는 객관 세계의 인식에 의미를 부여하는 가장 원초적인 방법이다.) 서사는 그 배열에 따라 여러 가지가 될 수 있다. 여기에서는 주로 송 대(宋代)의 화가 미불(米芾)의 「소상팔경도병서(瀟湘八景圖幷序)」의 배열, 그리고 그의 서문과 시를 서사적으로 고려해 보기로 한다. 그는 많은 상상적 세부를 보태면서 이 풍경들에 하나의 서사의 질서를 구성할 수 있게 했다.[23] 그러나 다른 순서를 따라도 그 의미가 크게 달라지지는 아니할 것이다. 하여튼 우리의 의도는 그림의 의미를 정확히 하는 것보다도 미불의 순서를 따라 소상팔경 그리고 자연과 물이 동아시아의 상상력 속에서 어떤 원형적 의미를 갖는 것인가를 대충 추출해 보자는 것이다.

최근에 소상팔경을 연구한 전경원 씨가 소개하는 미불의 배열 순서에 따르면, 첫머리의 풍경은 "소상야우(瀟湘夜雨)"이다. 여러 다른 배열에 있어서는 "산시청람(山市晴嵐)"이 먼저이다. 그러나 중요한 것은 산수를 그리는 데에 저자가 머리에 거론된다는 사실이다. 미불은 풍경을 다음과 같이 설명한다. "산을 따라 성곽이 되었고, 여기저기 집들이 펼쳐져 있다. 물고기

---

23 전경원, 『소상팔경: 동아시아의 시와 그림』(건국대학교출판부, 2010), 64쪽.

와 새우가 모여드는 ─ 마른 풀과 연꽃의 저잣거리이다. 오는 사람 어슬렁 거리고, 가는 사람 천천히 걸어간다…….” 이 설명은 집과 성곽이 있고 풍요를 암시하는 해산물이 있는 물가의 저자를 이야기한다. 이 설명은 다시 이것이 산을 배경으로 하고 있다는 것을 말하고, 이 풍경이 그려진 시점에서는 빛이 밝고 맑지만, 흐릴 수 있는 산기운 또는 천지 기운의 한 국면임을 암시한다. 미불은 붉은 햇빛이 비치는 풍경의 시점을 아침이라고 생각한다.(紅射朝暉)[24]

이러한 저자의 풍경을 가운데 둔다면, 풍경의 다른 국면들은 이것을 에워싸고 있는 환경 조건들을 말한다고 할 수 있다. 소상야우는 밤비 내리는 광경 ─ 대나무 우거진 곳에 자고새 울고, 강변에 구름은 어둡고 강물이 폭류하다가 바다에 이르는 광경을 그린 것이다. 이것은 “산시청람”의 변화한 삶의 공간을 예상하기조차 어렵게 한다. 그러나 그 밝은 삶의 공간은 바로 밤비로 하여 더욱 밝은 것이 된다. “소상야우”에도 강가에 춤추고 비파를 켜는 사람이 있기는 하지만, 그것은 비탄의 춤과 음악이다. 그것은 초나라 때 시대에 맞지 않아 분사한 굴원(屈原)의 비극을 연상하게 한다. 그러나 산시의 광경은 이러한 밤비가 잠깐의 일일 뿐, 밝은 아침 해와 함께 저자의 삶이 열린다는 것을 보여 준다.(순서가 바뀌는 경우, 이야기는 저자의 번영도 자연의 거대한 힘 앞에 무력한 것이 될 수 있다는 것을 말하는 것이 될 것이다.)

일상적 삶의 이야기는 물가의 저자만이 아니라, “원포귀범(遠浦歸帆)”에 그려진, 먼 물에 오고 가는 배 ─ 고기잡이 배 또는 교역선일 수도 있는 배의 모습으로 이어진다. 다만 이제 시간은 저녁때가 되어 가는 것으로 보인다. 먼 물로 나갔다가 돌아오는 배는 그리움의 정서를 낳는 계기가 된다. 어디가 되었든지 간에, 멀다는 것 그리고 돌아가거나 돌아온다는 것은 이

---

24 같은 곳.

별과 만남의 정서를 환기하는 것인데, 미불의 설명으로는 돌아오는 선원들에게는 그들을 기다리는 아낙네들이 있고, 그 만남의 기쁨이 미소와 여유를 준다고 한다.

정작 저녁의 마감은 "연사만종(煙寺晚鐘)"에서 여러 가지 연상을 불러일으킨다. 멀리서 오는 종소리는 여러 전통에서 먼 공간을 상기하게 한다. 이것은 단순히 세간적인 공간이 아니라 초월적 차원, 아니면 적어도 모든 경관을 포용하는 정신적 공간이 있음을 연상하게 한다. 종은 절에서 울려오는 것이 틀림없다. 그러나 제목에 시사된 것처럼, 절이 연기 또는 안개에 싸여 보이지 않는다는 것은 그것이 분명하게 보이는 시각의 너머에 있음을 말한다. 그러면서도 그것의 존재는 종소리로써 추측할 수 있는 것이다. 만종의 시간은 어촌에도 저녁 해가 비치는 시간이다.

어촌에서 삶은 완전히 끝나지는 않는다. "어촌석조(漁村夕照)"에 적힌 미불의 상상에 의하면, 어부들은 낚싯줄을 거두고 그물을 말아 올리는 일을 하고, 다른 한편으로는 연꽃과 창포 사이에 배를 띄워 두고, 물고기 회를 안주로 하여 술을 마신다. 그러나 사람들은 고기를 팔러 상강에 갔다가 굴원의 정서를 기리기도 한다.(비극의 가능성은 사람의 삶에서 늘 멀리 있는 것은 아니다.) 그러면서도 자연은 인간의 삶을 넘어 다른 현존성을 갖는다. "동정추월(洞庭秋月)"은 낮과 저녁 무렵 그리고 여름까지의 인간 활동이 끝나고 난 다음에 나타나는 자연의 아름다움을 시사한다. 호수의 물결은 푸르고 고요하다. 하늘에서는 맑은 밤기운과 이슬이 내린다. 달빛이 내리비쳐 금빛이 된 물결은 목욕하는 미인의 환상을 불러일으키고 허명(虛明)해진 대기에서는 하늘의 음악이 들리는 듯하다. 그리하여 미불의 시는 달 아래 신선이 된 이태백이 술에 취하는 정회를 느끼고 자신도 황학을 타고 고루에 올라 술에 취할 것 같은 기분을 갖는다는 것을 말한다. 이런 상상 속에서 달이 비치는 동정호의 풍경은 세속의 공간이 아니라 신선의 공간이 된다.

적어도 미불의 배열과 설명을 따르면, 팔경의 마지막 두 부분, "평사낙안(平沙落雁)"과 "강천모설(江天暮雪)"은 특이한 종장을 이룬다. 다른 경우나 마찬가지로 실제 그림이 그것을 정당화하는 것인지는 분명하지 않지만, 미불에 의하면, 이 두 풍경은 앞에 추출해 본 서사의 시간의 흐름과는 관계없이 인간으로부터 거리를 가지고 있는 자연을 시사한다. 이 자연은 인간과 일체적인 관계에 있지 않고 따로 있지만, 그럼에도 불구하고 인간의 삶의 환경을 이루고 역설적으로 그 냉혹한 거리 속에 인간을 포용한다.("강천모설"은 계절의 마지막으로 얼어붙은 풍경을 보여 주는 것이기 때문에, 계절의 끝이면서 생명의 어려움 또는 부재를 지시한다고 할 수 있는데, "평사낙안"은 이에 대한 다른 차원에서의 논평이라고 할 수 있다.) 미불의 설명은 기러기들이 날아가는 것을 말하는 것으로부터 시작한다. 그런 다음 새들이 물을 마시고 쪼아 댐에 언급한다. 기러기는 일단 모래에 내려앉아 있는 것으로 상상된다할 수 있다. 그다음은 어찌하여 기러기들이 위의 숲에 내려앉지 않고 모래밭에 내려앉는가를 묻는다. 이유는 화살과 주살에 맞을까 두려워하기 때문이다. 새들은 모래에도 내리겠지만, 공중을 날고 물위에 산다. 이러한 설명에 추가하여 미불은 시로써 이러한 위험이 없는 지경을 그려 본다. 이 시에서 그의 관점은 새들의 관점이기도 하고 자연에 숨어 사는 사람의 관점이기도 하다.

무리를 떠나 형양에서 문득 이곳으로 돌아드니　　　陣斷衡陽暫此回

맑은 모래, 푸른 물, 뱀 딸기, 이끼 낀 기슭,　　　沙明水碧岸苺苔

서로 불러 기쁜 것은 화살 주살 없음이라　　　相呼正喜無矰繳

다시 외로운 성에도 피리 소리 재촉한다　　　又被孤城畫角催[25]

---

25 전경원의 책에 인용된 것을 다시 인용한 것이나 원문과 번역을 수정하였다.

갈매기가 평사에 내리는 것은 위험이 없기 때문이다. 그것은 평화로운 자연의 상태를 말하는 것이지만, 정치에 대한 언급이 없을 수 없는 산수의 시에서 정치를 피하여 은둔하는 생활을 빗대어 한 말일 수도 있다. 마지막에, 군에서 아침저녁을 알리는 경계 신호로서 피리 소리가 난다는 것은 저녁 시간이 되었다는 것을 말하는 것일 터인데, 그것은 자연의 리듬에 따라 사는 사람과 동물의 공존을 말하는 것일 수도 있고 아니면 그 긴장 관계를 말하는 것일 수도 있다. 그러나 이 시에서 요점이 물가의 평화인 것은 틀림이 없다.

어디에서나 대체로 마지막에 배치되는 "강천모설"에서 자연은 냉혹한 삶의 조건이다. 그러면서도 그것은 인간의 어떤 성품, 즉 고결한 정신에 일치되는 것이기도 하다. 한 해가 끝나는 때에 강은 비고 얼음이 얼고 눈이 흩날린다. 그런 가운데도 달빛 실은 외딴 배 찬 물가에서 낚시를 하는 사람이 있다. 눈 내리는 강천의 삶은 준엄한 조건 아래에서의 삶이면서도 사람의 정신과 세상의 기운에 청절(淸絶)함을 더하게 한다.

자연의 삶: 원형과 변화

원형

위에서 살펴보려고 한 것처럼, "소상팔경"은, 서사적 풀이를 해 본다면, 자연과의 관계에서 사람의 삶이 어떤 모습으로 이해할 수 있는가를 이야기한다. 큰 테두리는 자연이고 삶은 그 안에서 영위된다. 이 삶에는 그 나름의 일과 사회관계와 만족과 기율이 있다. 그리고 자연은 삶의 터전이면서 신령함과 황홀함과 엄숙함을 알게 하는 전체성이다. 그것은 일이면서 또 정신의 과정인 것이다. 소상의 풍경은 이것을 원형적으로 재현한다. 그것은 중국의 특정 지역의 풍경을 미술이나 시로써 재현한 풍경이면서, 인간의 삶에 대하여, 적어도 동아시아의 농업 경제 속에서의 존재론적인 원형을 보여 준다.

소상팔경도는 북송(北宋)의 송적(宋廸)에서 시작하였다고도 하고 이 앞에 이성(李成)으로부터 시작하였다고도 하는데, 송적이 동시대의 화가였던 진용지(陳用之)에게 했다는 산수화의 수법에 대한 충고는 소상팔경의 영감의 원천을 살필 수 있게 하고, 그것이 어떤 산수의 구체적 재현보다도 자연에 대한 실존적 인식에 연유한다는 것을 생각하게 한다. 송적은 자신의 화법이 옛 대가들의 그림에 미치지 못하는 것을 한탄하는 진용지의 말을 듣고, 구체적으로 산수를 그릴 때의 수법을 이야기하였다. "무너진 벽을 찾아 거기에 비단 장막을 걸고 그것을 통하여 벽을 조석으로 쳐다보고 있노라면, 비단을 통하여 보이는 담벼락의 높고 낮음과 구부러짐이 모두 산수의 모양으로 보이게 된다."라고 그는 말한다. 그때 마음의 눈에 "산과 물, 골짜기와 시내, 멀고 가까운 풍경이 보이고 문득 사람과 새와 풀들이 날고 움직이는 것이 드러나게 되는데, 그때 그것을 그리면 된다."라는 것이다.[26]

송적의 말은 산수의 사실적인 모습을 자세히 살필 필요가 없다는 것이다. 이런 충고는 소상팔경과 같은 산수화가 리얼리즘의 그림이라기보다는 상상의 그림이라는 것을 말하여 준다. 서두에 말한 것처럼, 모든 예술 작품에서 전체적인 구도는 직접적으로 주어지기보다는 상상력으로 구성되는 것이라고 보아야 한다. 이 전체는 단순한 환상의 소산일 수도 있지만, 보다 엄격하게 말한다면, 초월적인 통각 또는 구상력의 소산이다. 그러면서도 그것을 촉발하는 것은 현실의 지각 체험이다. 두 가지가 어울려 현실은 보

---

26 Google, 中國繪畫史 ノート, 宋時代, 瀟湘八景について, 沈括, 夢溪筆談 第十七書畵로부터 인용.

다 의미 있게 그리고 생생하게 재현할 수 있다. 그러한 의미에서 송적의 충고는 소상의 풍경을 떠나라는 것을 말한 것이 아니라고 할 수도 있다.

수사적 도식화와 상투화

그런데 상상력이 일단의 구도를 만들어 내면, 그것은 추상화되고 상투적인 표현으로 전락할 수 있다. 그리하여 감각적인 경험의 생생한 울림을 상실한다. 변주 없이 되풀이되는 표현이나 이미지를 잃어버리는 것이 그 생생한 부작용이다. 다시 말하면, 원형은 사실보다는 구성되는 것이다. 그러나 그것은 언제나 새로운 체험에 의하여 그리고 개체적인 인지를 통하여 매개되어야 한다.

소상팔경이 조선조에서 회화와 시의 주제가 된 것은 당연하다. 그리고 물론 중국에서도 그것은 되풀이되었고, 일본에서도 중요한 화제(畵題)가 되었다. 특정한 지역의 풍경이 아니라 자연 속에 존재하는 인간 실존의 원형을 암시하는 것이 이 풍경이기 때문이다. 조선조에서 소상팔경의 주제가 얼마나 수용되었는가는 이 글에서 많이 의존한 전경원 씨의 『소상팔경』을 보면 알 수 있다. 한시, 시조, 가사, 판소리 등에서 발견되는 이 주제는 한 권의 책에 모아질 만큼 많은 것이지만, 아마 연구의 진전에 따라 더 많은 증거가 나올 수 있을 것이다. 가령, 윤선도의 「어부사시사(漁父四時詞)」는 소상팔경이나 그에 관계된 전설 등을 언급하고 있고, 어부의 생활을 자연의 삶을 대표로 이야기하고 있지만, 이 책에서는 취급되지 않고 있다. 회화의 경우는 조금 다르다고 할지 모르지만, 조선조의 시가에 나온 자연의 삶이 위에서 본 미불의 서(序)와 시에서 추출할 수 있는 바와 같은 서사 그리고 실존적 직관을 표현하는 경우는 드물다고 할 수밖에 없다. 우리 시조 시인 가운데, 비교적 개성이 강한 송강(松江)의 다음 시조는 그렇게 시적인 울림을 가진 경우라고 할 수는 없다.

새원 원쥬이 되어 되롱 삿갓 메오이고
세우(細雨) 사풍(斜風)의 일간죽(一竿竹) 빗기 드러
홍료화(紅蓼花) 백빈주저(白蘋洲渚)의 오명가명 하노라[27]

이것은 소상팔경을 비롯하여 중국의 문학적 인유에 의존하는 바가 많으나 의미 있는 경험의 재현에 실패한 경우라고 할 수 있다.

삼산반락(三山半落) 청천외(靑天外)요 이수중분(二水中分) 백로주(白鷺洲)라
호호혜(浩浩兮) 창랑가(滄浪歌)를 돗대치는 저 사공아
원포귀범(遠浦歸帆) 그 아니야……[28]

이 이외에도 중국 문학의 신화를 계속 언급하는 이 사설시조는 소상팔경을 비롯하여 이태백(李太白), 굴원(屈原) 등을 언급하고 있다. 이러한 언급들이 물에 관계된 여러 이미지를 종합하여 물의 의미를 풍부하게 하려는 것임은 알겠으나, 이 지나치게 간단한 인유의 연속은 현학적이면서 상투적인 과시라는 인상을 준다. 원형이 품고 있는 직관적 진실은 되풀이 속에서 본래의 의미를 상실한다. 그런데 상투화에 가장 중요한 기여를 하는 것은 모든 것을 흡수해 버린 정치 이데올로기이다. 앞에서 인용했던 남명의 시조에서 엄자릉에 대한 언급은 정치적 비유 이상의 실감을 재현하지 않는다.

그러나 물론 오늘의 입장에서 이러한 문제에 대하여 성급한 판단을 내리는 것은 조심스러운 일이다. 오늘날 시적 표현의 진실성은 시인의 개성

---

27 『한국 민족 문학 전집 1』, 205쪽.
28 『한국 민족 문학 전집 2』, 336쪽.

적 직관과 표현에 의존하여 성취된다. 그러나 과거 전통 시대에서는, 간단한 언급 또는 인유도 본래의 직관을 환기할 수 있었는지 모르기 때문이다. 많은 문학적 표현은 문학의 전통에서 선택된 주제, 토포스(topos)로 이루어진다. 토포스라는 말은 문학 연구의 중요한 개념이 되었지만, 이것은 독일의 비교문학자 쿠르티우스(Ernst Robert Curtius)에게서 보편화된 개념이다. 그는 중세의 유럽 문학에서 찾아낼 수 있는 수많은 토포스들과 그 유형을 밝히면서 그것을 반드시 상투적인 수사법으로 보는 것이 아니라 유럽 문학 전통의 일관성과 격식을 드러내는 요소라고 보았다. 이 토포스를 완전히 벗어날 때, 문학적 표현은 그 위엄을 잃어버리기 쉽다. 그렇기는 하나 역시 문학의 바탕의 하나는 개인의 시적 직관이다. 그러나 방금 말한 바와 같이, 단순히 그것만으로 문학 표현의 진실성이 얻어지는 것은 아니다. 문학의 진실성은 전통적 전형화와 개인적 직관이 교차하는 데서 얻어지는 효과라고 할 수 있다.

여기에서 새삼스럽게 이 논의를 벌이는 것은 적절한 것이 아니지만, 이것이 문학의 기교로써 이루어지는 효과가 아니라 인간 존재와 그 표현 방식에 관련되는 문제라는 것을 조금은 언급하는 것이 타당할 것 같다. 화이트헤드(A. N. Whitehead)의 철학적 저작에는 낭만주의 시에 실린 통찰을 말한 것이 있다. 그는 워즈워스(William Wordsworth) 시의 탁월한 철학적 깊이를 말하면서, 그의 시가 표현하는 것은 "투사 교차하는 다른 것들의 있음에 삼투되어 있으면서, 하나로 거머쥐어진 통일성의 얽힘을 보여 주는 자연의 느낌(a feeling for nature, exhibiting entwining prehensive unities, each suffused with the modal presences of others.)"이라고 설명한 바 있다.[29] 이러한

---

29 Alfred North Whitehead, "from Science and the Modern World", in Graham McMaster ed. *Wordsworth' A Critical Anthology*(Penguin Books, 1972), p. 292.

설명을 완전히 풀기 위해서는 화이트헤드의 철학에 대한 깊이 있는 이해가 필요할 것이다. 그러나 간단히 풀이한다면, 이것은 자연을 하나의 통일체로, 전체로 파악하는 것이 워즈워스의 자연 이해 방법이라는 말이다. 자연을 어떤 한 부위에 집중하여 보는 경우에도 그 부위에는 다른 자연 존재들의 영향이 삼투되어 있다. 워즈워스의 시는 이것들을 하나로 파악한 결과를 표현한다. 이것이 가능한 것은 시적 상상력으로 인한 것이지만, 이 상상력은 단순히 개인적인 것이 아니다. 그것은 끊임없이 변하면서 부분적으로 또는 전체적으로 일체성을 드러내는 자연의 존재 방식과 일치한다. 달리 말하면 그것은 ─ 화이트헤드 철학의 중심 개념의 하나를 빌려 ─ 하나의 사건(event)으로서 일어나는 것이다. 그러니까 개인은 자연이 하나의 통일된 존재로 합칠 수 있게 하는 매개자이다.

위에서 우리가 개인의 개성적 직관이라고 말한 것은 이러한 개인적이면서 객관적인 종합의 능력이다. 이것이 이미 존재하는 것을 새롭게 느끼게 하는 것이다. 그런데 이때에 일어나는 자연에 대한 직관은 반드시 예비된 개념이 없는, 있는 대로의 실재를 드러내는 것은 아니다. 자연을 하나로 거머쥐는 주관은 일정한 형태로 자연이 지속하는 과정에 관계된다고 화이트헤드는 말한다. 여기에 기여하는 것은 예술적 상상력이다. 그러나 이 상상력은 통일을 만들어 내는 문화적인 힘이기도 하다. 개인적 구상은 이미 문화적인 전통에 의존한다.

이렇게 볼 때, 위에서 말한 토포스는 그 구성 요소의 하나라고 할 수 있다. 조금 더 크게 토포스는 문화적 양식화의 인자(因子) ─ 밈(meme)의 일종이다. 이러한 인자들은 다시 보다 큰 규모의 구도들을 형성한다. 소상팔경 그리고 거기에 투영된 자연의 삶은 그러한 구도의 하나이다. 이 구도가 창조적 재현의 영감이 되기 위해서는 그것은 충분이 일반화될 수 있는 모태가 되어야 한다. 그러면서 그것은 통일화하는 힘이다. 소상의 풍경이나 다른 자연 이해의 원형이 새로워지지 못하는 것은 개인적 직관에서 매개되는 "거머쥐는 힘"을 상실하고, 앞에 말한 것처럼, 이데올로기가 된 때문이다. 이것은 보다 피상적으로는 시조의 형식이 너무 짧은 데에도 관계된다고 할 수 있다. 그러나 짧다는 것은 반드시 외면적인 것만을 의미하지는 않는다. 진정한 주관은 공간적 울림을 갖게 마련이다. 성공적인 형식화는 지각 또는 주관을 한정하면서 그것에 확산의 울림을 준다.

그런데 전통적 시가에서 또 세계 인식에서의 이러한 착잡한 작용은 말할 것도 없이 오늘에 그대로 적용될 수 있는 것은 아니다. 성군이 태평성대를 보장하고 전원에서 밭을 갈고 강호에서 낚시를 하며 평온의 삶을 추구한다는 것은 오늘날 있을 수 없는 삶의 이미지이다. 오늘의 삶의 물질적 토대 그리고 그에 따른 사회 조직은 전통적인 상상의 여러 구도와 어휘로 거머쥘 수 없는 것이 되었다. 물의 이미지도 마찬가지이다. 전통 예술에서의 물의 이미지는 전통 사회의 자연적인 삶에 대한 전체적인 발상의 일부라는 것이 위에 펼쳐 본 논의였는데, 오늘날의 삶 속에서 물이 어떤 의미를 갖는지를 탐구하는 것은 전혀 새로운 과제가 될 것이다.

(2011년)

2부

예술론
:영상/이미지·
매체·미학·문화

멋에 대하여

현대와 멋의 탄생

1

멋이라는 말은 한국인의 원형적인 미적 감각을 나타내는 말로 이야기
된다. 멋의 내용이 충분히 설명되었다고 할 수는 없지만, 멋이 중요한 성찰
의 대상이 될 만한 한국인 고유의 어떤 느낌, 생각 또는 현상을 나타내고
있음은 분명한 것으로 보인다. 다만 그것을 민족 고유의 초역사적인 본질
로 생각하는 것은 조금 이른 감이 있다. 설사 그러하다고 하더라도, 그것은
특정한 역사적 사회적 현상과의 관련에서 나타나는 구체적 양상으로 말하
여져야 할 것이다. 미적 현상은 단순히 미적 영역에 한정되어 설명되고 이
해될 수 없다. 그것은 보다 넓은 사회적 또는 인간학적 관련 속에서 그 의
미를 드러낸다. 그리고 이 사회적 인간학적 현상은 시대적으로 변화한다.
멋이 한국인의 미적 감성에서 중요하다고 할 때, 그것은 이러한 여러 관
련 속에서만 조금 더 구체적인 것으로 파악될 수 있을 것이다. 그런 연후에
그것은 미적인 의미만을 가진 것이 아니라 한국인의 문화적 특성의 이해

에 ─ 또는 특정한 역사적, 사회적 조건하에서의 한국인의 존재 방식의 이해에 참으로 중요한 의미를 가진 것이 될 것이다. 이것은 우선 광범위하고도 정치한 실증적 연구에서 출발하여야 한다. 이 글에서 이러한 연구를 시도하려는 것은 아니다. 위에 말한 것은 오히려 이 글의 고찰이 얼마나 가설적이며 시론적인가를 변명하려는 것이다. 다시 말하여 필요한 것은 역사적, 사회적 사정을 포괄하는 실증적 연구이다. 이 글이 할 수 있는 것은 문제의 영역들을 대체적으로 그려 보는 일일 뿐이다.

멋이라는 말을 아름다움의 일종을 말하는 것이라고 하고, 그 특수한 성격을 밝히려 할 때, 이 말이 가지고 있는 것으로 보이는 몇 가지 뉘앙스에 주의하는 것이 도움이 될 것으로 생각된다. 그 하나는 그것이 주로 사람의 외모에 대하여 쓰이는 말이라는 점이다. 멋이라는 말을 사람 이외의 것에 대하여 쓰지 못할 것은 없지만, 그것은 대체로 그로부터 옮겨 와서 쓰이는 것이거나, 그것에 밀착하여 쓰이는 경우이다. 가령 멋있는 남자는 가능하지만, 멋있는 꽃이라고 하는 것은 어색한 느낌을 준다. 어떠한 남자가 그 양복 깃에 꽃을 멋있게 달 수는 있다. 멋있는 집은 조금 더 가능한 것으로 보인다. 이것도 그렇게 자연스러운 것은 아니겠으나, 이러한 표현이 가능하다고 한다면, 그것은 집이 꽃과는 달리 인공물로서 사람이 하는 일 또는 사람의 삶의 어떠한 양식에 관계되어서 그러한 것이 아닌가 한다. 어떤 몸가짐이나 동작이 멋있게 보이는 경우는 대체로 멋이라는 말이 적절하게 쓰이는 경우일 것이다. 가령 멋진 춤, 멋진 노랫가락, 멋이 있는 몸짓의 표현은 무리가 없게 들린다. 그러나 이 경우에도 사실 멋은 춤이나 몸짓을 형용하는 것이라기보다는 멋있게 춤추고 동작하는 사람의 움직임을 설명하는 부사적인 뜻이 전이된 것이라는 느낌을 준다. 다시 말하여 멋은 사람의 밖에 나타나는 모습과 동작을 지칭하여 쓰이는 것으로 생각되는 것이다.

외적인 것을 지칭한다고 하여 이 표현이 내적인 것, 정신적인 것을 지칭하지 못하는 것은 아니다. 사람의 몸짓이 멋있을 수 있는 경우에도 그러하지만, 외적인 것만으로는 말할 수 없는 어떠한 행동이 멋있게 생각될 수도 있다. 자신의 몫일 수도 있는 재산이나 권리를 시원스럽게 내어주는 행동을 보고 멋진 일이라고 하고, 그러한 일을 해낸 사람을 보고 멋진 사람이라고 말하는 것이 가능하다. 그러나 이러한 용법은 비유적인 것으로 여겨진다. 그리고 사실상 이러한 표현의 뒤에 우리는 보이지 않는 그림자로서 어떠한 신체적 동작을 연상하는 것인지 모른다.

말할 것도 없이 멋이 있다는 것은, 그것이 외적인 아름다움을 말하거나 내적인 정신의 자세를 말하거나, 어떠한 긍정적 가치를 나타내는 것에 틀림없다. 멋있는 것이 많은 인생, 그리고 그러한 사회일수록 부가 가치가 높은 인생이고 사회라는 것을 부정할 수는 없다. 그러나 멋이 사람의 외면적인 것에 관계되는 것은 그 긍정적 가치가 존재하게 되는 근본의 양의성을 깊이 반성하게 한다. 내면적 존재이며, 또 외면적 존재인 인간이, 두 면의 합치와 분리의 복합적 변증법 속에서 부딪치게 되는, 복합적 가능성을 멋이라는 현상도 피할 수 없을 것이기 때문이다. 인간의 내면에서 분리된 모든 것이 그러하듯이, 단순히 외적인 것으로서의 멋은 거짓된 것이라는 혐의를 피할 수 없는 것이다. 정신적 자세로서의 멋까지도 그것이 외면적인 동기로부터 출발하는 한에서는 같은 혐의를 피할 수 없다.

멋이라는 말의 변형어나 그것을 포함하는 복합어가 여러 가지 있을 수 있으나 멋과의 관련에서 생각되는 가장 대표적인 말은 멋쟁이라는 말이 아닌가 한다. 이 말은 멋이 사람과 사람의 외적인 모습에 관련되어 있다는 것을 단적으로 요약해 준다. 멋쟁이라는 말은 멋에 숨어 있는 양의적인 의미를 두드러지게 한다. 어떤 사람을 두고 멋쟁이라고 하는 것은 그렇게 불린 사람을 칭찬하는 말이지만, 아주 칭찬하는 말은 아니며, 또는 더 나아가 비하하는 말일 수도 있는 것이다. 이것은 조지훈이 지적한 일이 있는 바이지만, 멋쟁이가 난쟁이, 뚜쟁이, 점쟁이라는 말에 보이는 비칭을 포함한 것으로도 알 수 있는 것이다.(물론 멋으로써 한국미의 원형을 확인하고자 하는 조지훈은 이러한 부정적인 관련을 지적하면서도 그것이 '비하보다는 찬사요, 암울이 아니라 명쾌며, 혐오가 아니라 친근의 정'을 나타내는 '애칭'이라고 말한다.)[1]

멋쟁이에 담긴 부정적인 함의는, 이것이 외국어로 옮기는 것이 불가능할 정도로 고유한 개념이라고 하면서도, 그것에 대응시키려는 영어의 단어들에도 나타난다. 이희승은 대비될 듯하면서도 되지 않는 외국어로 dandy라든가 foppish라는 말을 들고 있지만,[2] 이 말은 ─ 특히 후자는 부정과 경멸을 나타내는 말이다. 필자들의 부정에도 불구하고, 우리말의 멋쟁이에 대응할 수 있는 영어 또 그 외의 서양어의 표현에도 부정적인 뜻이 들어 있다는 것은 우리가 직관적으로 멋에서 느끼는 바를 조금 더 확실한 것이 되게 한다. 이러한 부정적 의미는 사실 멋쟁이뿐만 아니라 멋의 현상 자체에도 들어 있다고 하여야 한다. 즉, 멋은 비속성을 지칭할 수도 있는 것이다. 그렇다고 하여 멋이 전적으로 비속성 등의 부정적인 의미만을 가진 것은 아니다. 이것은 말할 것도 없이 퇴폐의 언어가 아니라 찬사의 언어에도 속하는 것이다.

그러나 멋뿐만 아니라 모든 미적 현상은 양의적 의미를 가지고 있다. 아름다운 것은 언제나 좋은 것이면서 동시에 쉽게 부정적인 것으로 퇴화할 가능성을 가진 것이다. 그것은 긴요하지 않은 장식을 말하기도 하고, 어떤 경우는 퇴폐를 나타내는 것이기도 하다. 사람의 경우에 이것은 특히 중요한 의미를 갖는다. 사람은 본래 내적이며 정신적인 존재로서 외적인 것에 의하여 판단되어서는 아니 된다는 생각에서 본다면, 외적 아름다움의 기

1 조지훈, 「멋의 연구」, 김붕구, 『한국인과 문화 사상』(일조각, 1964), 423쪽.
2 같은 책, 451쪽, 이희승, 「다시 '멋'에 대하여」, 《자유문학》 1959년 3월호로부터의 인용임.

준은 사람을 그릇된 방향으로 유도할 가능성을 갖는다. 교언영색(巧言令色)에 어짐이 적다는 말과 같은, 예로부터의 외적인 화려함에 대한 경계는 이러한 가능성을 마음에 둔 것이다. 또는 조선조의 선비의 모토의 하나인 도본문말(道本文末)이라는 말은 정신적 진리로서의 도가 중요하지 그것을 표현하는 외피로서의 문장이 중요할 수 없다는 말이지만, 더 넓게는 진리의 내실에 대하여 단순한 미적인 현상으로 간주할 수 있는 표현적인 문제, 무늬가 중요한 것일 수 없다는 말로 취할 수도 있는 것이다.

그런데 외적인 아름다움과 내적인 진리가 반드시 분리되어 존재하는 것은 아니다. 긍정적 가능성과 함께, 위험도 이 비분리의 상태에서 온다. 사람은 쉽게 스스로의 외적인 아름다움을 자신의 본질로 착각한다. 그것은 아름다움이 밖으로 나타나는 것을 말하는 한, 스스로를 외면화하는 것이며, 또 객관화하는 것이고, 그러니만큼 주체적 존재 —— 그러니까 객관에 반대되는 주관적 존재로서의 스스로를 버리는 것이 된다. 미스코리아나 미스유니버스에 대한 비판은 그것이 여성을 객체화하고 상품화한다는 것이다. 이것은 다른 쪽으로는 주체적 존재로서의 인간의 희생을 말하는 것이다.

아름다움과의 관련에서의 인간의 외면화는 더 깊은 면에서 일어날 수도 있다. 아름다움은 단순히 외적인 것을 말할 수도 있지만, 비유적으로 내적인 아름다움으로 확대될 수 있다. 이 내적인 아름다움도 인상과는 달리 외면화의 결과일 수도 있는 것이다. 아름다움의 문제적 성격은 단순히 겉아름다움과 속의 실질 사이에 있을 수 있는 간격으로 인한 것은 아니다. 문제를 어렵게 하는 것은 아름다움에 끼어드는 사람과 사람 사이의 변증법이다. 내가 아름답다는 것을 나 스스로 직접적으로 알기는 어려운 일이다. 나는 거울을 통해서 나의 모습을 볼 수 있다. 그리고 거울에 비친 모습은 밖으로부터 본 나의 모습이며, 동시에 잠재적으로 다른 사람이 볼 때의 모습이다. 이 다른 사람에 대한 의식은 좀 더 적극적인 것이 될 수 있고, 그 경우에 나의 아름다움으로 나 스스로를 파악한다는 것은 다른 사람의 눈으로 나를 파악한다는 것이다. 미스코리아를 객체화하는 것은 심사위원과 관중이다. 그러면서 미스코리아는, 이미 말한 바와 같이, 이 객체화된 자기를 내면화한다. 이러한 일은, 미스코리아의 경우나 신체적인 아름다움의 경우가 아니더라도 사회생활 속에서 늘 일어나는 일이다. 그리고 이것은 내적인 아름다움을 포함한 사람의 내적인 품성의 경우에도 일어난다. 사회적으로 권장되는 여러 덕성들은 참으로 우리의 내면으로부터 우러나는 것인가, 아니면 그것은 사회적인 관점을 내면화하고 그것을 내적 가치로 착각하는 것인가.

이러한 문제를 더 복잡하게 하는 것은, 그것이 내적인 것이든 외적인 것이든, 아름다움이 사회적인 의미 — 단순한 사회적 의미가 아니라, 사람이 사회 속에 살아가는 데에 하나의 전략적인 힘을 갖는다는 사실에서 온다. 미인은 스스로의 아름다움이 다른 사람과의 관계에서 어떤 힘을 가지고 있다는 것을 안다. 이 힘으로 하여, 미인 자신 이것을 적극적으로 활용하는 무기로 삼을 수 있다. 마찬가지로 내적인 아름다움도 사회적 전략의 무기나 자산이 될 수 있는 것이다. 내적인 아름다움은 이러한 사회적 자산의 관점에서, 또는 사회적 관점에서 동기 지어진 것일 수 있다. 이런 때에 내적 아름다움은 이미 외면화의 결과이다. 인간에 본래적인 존재 방식이 있다면. 비본래적인 존재의 가장 큰 위험성은 여기에 있다. 내적인 아름다움이란 완전히 내적인 것으로 남아 있는 한에서만 내적인 아름다움이다. 그렇다는 것은 그것이 전적으로 밖으로 표현되지 않는다는 것이 아니라, 밖으로 나타나는 것들이 이루는 가상의 세계에서 전술적 계산 속에 들어가지 않는다는 것을 말한다.

가령 진선미의 추구가 그것을 추구하는 사람의 현실적 이익을 계산하는 관점에서 추구되는 경우, 그것이 진선미의 본래적인 의미를 상실한다는 것은 우리가 다 알고 있는 사실이다. 이 현실적 이익이란 그러한 추구의 행동이 사람들에게 또는 자기 자신에게 줄 수 있는 인상까지를 포함한다. 내적인 가치의 추구가 만들어 내는 인상 또는 이미지의 문제는 철저하고 극단적인 자기 분석에서만 드러나는 것일 수도 있다. 톨스토이의 단편 「세르기우스 신부」는 모든 세속적인 명예와 안락을 버리고 자선과 고행의 길을 택한 성인의 삶을 그 주제로 하고 있다. 그러나 이야기는 성인 세르기우스가, 긴 자기희생의 삶의 끝에 그의 정신적 삶이 결국은 사람의 눈─다른 사람이든 자기 자신이든, 사람의 눈을 의식한 비본래적인 삶의 추구였다는 것을 깨닫고, 고난의 길을 버리는 것으로 끝난다. 눈길에 의하여 객관화될 수 있는 것은 모두 비속한 것이 될 수 있다. 선비의 자세, 애국하는 자세, 부끄러움을 아는 자세 ─ 자세 취함에는 이러한 가능성이 들어 있다.(자세라는 말은 이미 유연한 주체성이 어떤 강직된 태도로 자신을 고정시킨 것을 시사한다.)

멋쟁이를 생각함에도 우리는 인간 존재에서의 내면과 외면의 관계 또 이것의 사회관계를 생각하여야 한다. 멋쟁이는 개인이면서 누구보다도 사회 속에 존재하는 개인이다. 그에게서 내면과 외면의 변증법은 누구에 있어서보다 이 사회성에 의하여 강하게 영향 받는다. 그러나 이 관계들은 앞에서 말한 것보다는 더 간단하고 직절적이다. 멋쟁이는 일반적으로 외면을 통하여 사회에 관계되는 사람이다. 그가 외모에 지나치게 중요성을 부여하는 사람인 한, 그는 미스코리아처럼 스스로를 객체적으로 제시하는 사람이다. 그러나 본격적인 멋쟁이는 단순히 객체화된 사람을 말하는 것이 아니라 이것을 다시 한 번 주체적 의지로 변용한 사람을 말한다. 이 변용은, 한편으로는 멋쟁이가 되는 사람의 의지에 달린 것이기도 하지만, 다른 한편으로는 상황과 조건이 가능하게 하는 것이다.

사회 속의 개인에게 멋쟁이의 가능성은 늘 존재한다. 특히 사회적 압력이 크게 작용할 때 그러하다고 할 수 있다. 단순한 의미에서의 인간의 외면화는 단순한 공동체에서 볼 수 있다고 할 수 있다. 개인과 공동체가 분화되지 아니한 상황에서 인간의 내면은 그의 외면적 인식과 크게 다르지 않게 된다. 이 외면의 여러 가능성이 전략화하는 것은 권위주의 사회나 계급 사회에서이다. 권위주의 사회에서 사람이 사회가 요구하는 외면을 제시하여야 하는 것은 자기 보호의 관점에서 당연하다. 오래지 않아 많은 사람에게 외면에 제시된 것은 내면 그것의 원리로 자리하게 된다. 계급 사회에 사는 사람에게 사람을 계급에 의하여 식별하는 것은 매우 중요한 일이다. 여기에서 분명한 외모의 특징, 특히 의상과 몸가짐의 특징은 중요한 행동 지침이 될 수밖에 없다. 그러나 다른 한편으로 엄격한 계급 사회에서 자신을 자신의 외모에 의하여 잘 보이게 할 가능성은 제한된다. 계급은 외모가 아니라 출생으로 결정되는 것이기 때문이다. 계급적 질서에 융통성이 생길 때야말로, 그러한 가능성이 커지는 때이다. 멋쟁이가 제 기능을 얻게 되는 것은 권위주의 사회, 계급 사회 또는 더 일반적으로 하나의 사회 질서가 이완되기 시작하는 때라고 할 수 있을는지 모른다. 여기에 대하여 항구적인 유동 상태에 있는 대중 사회도 멋쟁이의 역할이 없을 수 없는 사회라고 할 수 있다. 경쟁적 개인으로 이루어지는 대중 사회의 익명성은 외적인 증표에 의한 인지가 인간관계의 이해 계산에 중요한 지표가 되게 한다.

멋쟁이의 변증법을 비판적으로만 보는 것은 옳지 아니하다. 그는 한편으로는 인간의 어려운 생존 조건 속에서 역설적으로 인간의 주체성을 재인식하는 사람이다. 많은 사람들에게 사회가 규정하는 여러 가지 역할에 따라 자기 자신과 다른 사람을 받아들이는 것은 자연스러운 것이다. 그것은 당연한 세계의 질서의 일부이며, 그것에 순응하는 것은 복잡한 의식 작용을 필요로 하지 아니한다. 그러나 다른 한편으로 사회적 규정 또 거기에서 저절로 따라 나오는 외적 증표의 수락, 복장과 몸가짐에 대한 주의는 심리적 갈등을 통해서 수용된다. 이러한 외적인 규정들은, 이미 비친 바와 같이, 궁극적으로 사람을 객체화하는 것인 까닭에 주체적 존재로서의 인간은 이 것을 투쟁 없이 그대로 수락하기는 어려운 것이다. 멋쟁이는 이 갈등과 투 쟁의 상태에서, 객체화 과정에의 참여를 의도적으로 결정한 사람이다. 즉, 멋쟁이는 외적으로 규정되는 스스로의 조건을 받아들인다. 그러나 그는 이 것을 받아들임으로써 위에서 비친 바와 같이, 그 외면을 자신의 이익 추구 에 적극적으로 이용하는 것이다. 멋쟁이는 그의 외면적 규정들을 그의 생 존 전략의 일부로 전환하면서 스스로의 주체적 삶을 사는 사람이다.

멋쟁이는 더 적극적인 의미에서도 인간 존재의 중요한 진실 또는 진실 의 가능성을 표현하는 사람이기도 하다. 그가 외면화된 인간의 한 유형을 나타내는 것임은 사실이지만, 인간이 외면적으로 존재한다는 것은 부정 할 수 없는 인간 조건이다. 뿐만 아니라 그것은 사람의 삶에 기쁨과 고양감 을 더해 주는 것일 수도 있다. 사람이 다른 사람의 눈을 의식하고, 다른 사 람의 마음에 들 것을 원하며, 또 칭찬을 기쁘게 생각하고, 특히 이것이 공 동체 전체의 칭찬일 경우, 특히 이를 기뻐하고 하는 것은 극히 자연스러운 일이다. 문제는 이런 경우의 나와 다른 사람과 공동체의 성격이 문제인 것 이다. 적절한 조건하에서 인간이 내면적으로 존재하면서 동시에 공동체적 긍정 속에 존재한다는 것은 유토피아적 가능성을 말한다. 멋쟁이의 존재 는 이 가능성의 암시이다. 다만 대부분의 경우 멋쟁이라는 특수한 현상은 인간 조건의 고양화에서보다는 퇴화에서 나타나는 것이 아닌가 한다.

2

멋쟁이의 의식적인 주체화는 19세기 서양 사회에서의 멋쟁이, 댄디

(dandy)에서 발견할 수 있다. 이에 대하여 잠깐 생각해 보는 것은 멋쟁이의 의미를 밝히는 데에 적지 아니 시사하는 바가 있을 것이다. 댄디는 멋이 단순히 아름다움의 외양의 문제가 아니라, 다른 사람과의 관계에서, 다시 말하여 주체와 객체의 중간 지대에서 살아야 하는 인간의 실존의 문제이며, 또 어느 시기의 어느 사회 조건하에서 특히 강화되는 객체화의 경향에 적응하려는, 인간 존재의 존재론적 현상이라는 것을 극명하게 보여 준다.

사르트르는 보들레르에서 시인 멋쟁이의 한 전형을 본다. 보들레르는 그 복장의 우아함 또는 어떤 때는 그 기괴함으로 유명하다. 그것은 그가 다른 사람의 눈길에 대하여 극도로 민감했고, 또 다른 사람의 눈을 끊임없이 필요로 했던 때문이었다. "그는 모든 사람의 눈에 나무랄 데 없는 것으로 보이고자 한다. 그의 신체적인 깔끔함은 정신적 깔끔함의 증표이다." 그러나 멋쟁이는 단순히 남에게 잘 보이기를 원하는 사람은 아니다. 이 점에서 보들레르는 멋쟁이라기보다는 댄디라고 하여야 할는지 모른다. 잘 보이기에 들어 있는 정신의 깔끔함이 벌써 보임의 세계의 구성을 복잡하게 한다. 잘 보이기란 다른 사람의 눈에 예속되는 것 같은 일이면서 사실은 그것을 제어하려는 계획에서 나오는 것이다. "마조히스트가 자기의 결정에 의하여서만 굴욕에 몸을 내맡기듯이, 보들레르는 다른 사람의 판단을 받되, 그의 사전의 동의가 없이는 또한 원한다면 그 판단을 기피할 사전 주의를 예비하지 않고는 그것을 허용하지 아니하는 것이다."

보들레르가 기괴한 옷을 입고 다른 사람을 놀라게 할 때, 그 놀라움은 예견되고 준비된 것이다. 그리하여 그것을 관찰하는 사람은 그의 눈에 의하여 보들레르를 판단하고 객체적인 대상으로 만드는 것이 아니라, 예견된 계획에서 수동적인 역할을 수행할 뿐이다. 사람들이 그의 기괴한 복장에 화를 내거나 혐오감을 느끼는 것은 바로 이러한 역전의 객체화 작용이 숨어 있음을 감지하기 때문이다. 관찰자가 그 스스로 '관찰하는 사람'이라기보다는 '관찰되는 사람'이 되어 버리는 것이다. 이렇게 하여 댄디는 객체화하는 세계에서 자신의 자유를 확보한다.[3]

물론 이 자유가 완전한 것일 수는 없다. 그것은 너무나 그가 창조하는 자아 — 그것도 다른 사람의 눈을 매개로 하여 창조하는 자아에 의존하는 때문이다. 그는 이것을 창조한다는 점에서 주체적이고 자유로운 존재였으나, 동시에 이 창조물을 통해서만 자신의 자유를 확인하고 또 이 창조와 창조물의 보존 속에서 자신의 틀림없는 존재를 만들어 내고자 하였다. 보들레르의 특징적 동작은 거울을 보는 나르시스 병자의 것이었다. "스스로를 사랑하는 나르시스주의자는 자기를 분식(扮飾)하여 자기를 위장한다. 그러고는 분장의 모습으로 거울 앞에 서고, 자신의 타자로서의 모습 — 가짜의 모습을 향한 욕망을 어렴풋이 만들어 낸다. 이러한 모습으로 보들레르는 자신을 분장하고, 자신을 모방하여 자신을 홀연히 포착하려 한다." 사실 그는 마주치는 거울에마다 자신을 비추어 보았는데, 그것은 "그가 존재하는 바대로의 자신을 보고자 하였기 때문이었다."[4] 이것의 의미는 이러한 추상적인 설명에서보다 사르트르가 대비시키고 있는 랭보의 삶에 비교하여 볼 때, 더 쉽게 드러난다.

보들레르는 그의 삶을 스스로 창조하기를 원했다. 그러면서도 거기에다 미묘한 한계를 부여하였다. 그의 외모에 대한 관심은 자신의 모습을 객관적인 존재로서 확인하려는 — 창조된 모습으로 확인하려는 은밀한 소원에서 오는 것이다. 여기에 대하여, "랭보가 스스로를 만드는 사람이 되려 하고, 이 시도를 '나는 다른 사람이다.'라는 유명한 말로 정의하였을 때,

---

3 Jean-Paul Sartre, *Baudelaire*, trans. by Martin Turnell(New York: New Directions Paperback, 1967), pp. 150~151.

4 Ibid., p. 156.

그는 자신의 생각을 참으로 근본적으로 바꾸는 것을 주저하지 아니하였다. 그는 자신의 감각의 체계적인 도착을 시도하고, 그의 부르주아 배경에서 나온, 하나의 습관에 불과한 가상의 천성을 파괴하였다. 그는 연극을 하는 것이 아니라 참으로 상궤를 넘어가는 생각과 느낌을 만들어 내려고 했다."[5] 보들레르는 이러한 근본적 자기 변화를 이룩할 생각이 없었다. 그는 자아의 가상을 만들어 내고, 사회적으로 인정되는 이 가상으로 자신의 존재를 확인하려 하면서, 다시 이 확인에서 빠져나와 주체로서의 자신을 되찾으려 하였다. 그것은 가상의 놀이에 불과했다.

보들레르의 놀이는 그의 부르주아적 제한에서 연유하는 것이라고 할 수도 있지만, 그보다도 사르트르의 존재론의 관점에서 볼 때, 보들레르는 근본적으로 대자적인 존재인, 그리하여 즉자의 안정감을 가질 수 없게끔 운명 지어진 인간이 그 조건을 피하려 할 때 빠지게 되는 운명적 함정에 빠진 것이라고 할 수도 있다. 사람은 누구나 자기를 어떠한 존재로 — 사회의 눈에서 정당성을 얻는 또는 정당성을 거부당하는 존재로서 확인할 필요를 느끼게 되어 있다. 이 존재란 사회가 우러러보는, 자신이 흐뭇하게 생각하는 존재만을 뜻하지 아니한다. 그것은 사회가 경멸하거나 자신이 혐오할 수 있는 어떤 것일 수도 있다. 사르트르가 장 주네(Jean Genet)에 대한 연구에서 보여 주고자 하는 것은 이 후자의 경우이다.

사회의 밑바닥에서, 주네는 사회가 자신에게 가하는 객체적 정의를 받아들임으로써 그의 삶을 시작한다.(물론 그는 멋쟁이에 단적으로 대조되는 사람, 반멋쟁이, 반댄디라고 할 수 있다. 그러나 주체와 객체의 변증법에서, 반댄디는 댄디와 다름이 없다.) 그는 나쁜 사람이다. 그는 도둑이다. 그는 이것을 받아들인다. 그리고 그렇게 함으로써 이 객체적 규정을 주체적 결정으로 변화시킨다.

---

5 Ibid., p. 158.

그렇게 하여 그는 스스로의 의지에 의하여 행동하는 존재가 되는 것이다. 동시에 그는 이것을 그의 존재의 기본이 되게 하려는 유혹에 빠진다. 그리하여 그의 악행은 그의 자유의 표현이면서 악의 존재로서의 그의 존재를 확인해 주는 매개체가 된다. "그의 행동은 존재를 잡는 함정이다." 그는 도둑으로서 잠긴 열쇠를 따면서, 그 행위에 열중한다. 그러는 한편 "눈의 한 구석으로 자기를 훔쳐본다. 간혹, 존재가 그의 동작에 명멸하고, 그의 손아귀에 들어와 앉게 되어 그것을 잡을 수 있게 되기를 원하는 것이다." 사회가 그에게 준 불행의 낙인을 초월하기 위한 그의 노력은 그에게 순수한 의지적 행동을 가능하게 한다. 그러나 그는 곧 그러한 의지를 가진, 그러한 행동을 하는 인간이고자 하는 것이다. "때로 그는 순수하고 무조건적인 악의 의지로 바뀐다. ─ 그리고 완전한 주체성 속에서, 완전한 무상성 속에서 악을 단순히 악이기 때문에 행한다. ─ 그리고 때로 그의 안에 있는 존재를 향한 강박성은 그의 악의 의지를 오염하고, 이것을 순수한 연극놀이로 변화시키고, 행동을 몸짓으로 변화시킨다." 이렇게 하여 그는 '행동과 몸짓, 행위와 존재, 자유와 본성' 사이를 갈팡질팡하는 것이다.[6]

사르트르가 분석하는 주네의 삶은 악을 하는 행위에도 들어 있는 가상의 놀이를 보여 준다. 그러나 방금 인용한 구절은 그대로 선의 행위에도 쉽게 해당시킬 수 있다. 선을 위한 순수한 의지가 선인으로서의 존재를 확인하려는 의도에 의하여 오염되고, 선행이 전시 행위 ─ 남을 위해서이든 자신을 위해서이든, 전시 행위로 전락되는 것은 얼마나 흔한 일인가. 이러한 가상의 놀이는, 위에서 비친 바와 같이, 인간 존재의 근본이 얼마나 타자와, 존재에의 소망, 그리고 악 ─ 그것이 악으로 통해서 연출되는 것이든

---

6 Jean-Paul Sartre, *Saint Genet: Actor and Martyr*(New York: Mentor Books, Originally Braziller, 1963), p. 84.

선을 통해서 연출되는 것이든—— 으로 오염되어 있는 것인가를 보여 주는 것이라고 할 것이다. 보들레르의 댄디나 주네의 도둑은 다 같이 근본적으로 멋쟁이와 같은 인간의 연출 방식이라고 할 수 있는데, 멋쟁이는 방금 본 유사 존재 형태나 마찬가지로, 인간 존재의 깊은 악의 유곡에 서식하는 그림자이다.

멋쟁이, 댄디 또는 도둑이 제시하는, 가상의 연출로서의 인간의 존재 방식은 보편적이면서도 시대적 산물이다. 그것은 계급에 상관없이, 부르주아 지배 사회의 보편적 삶의 양식이라고 할 수도 있다.(뒤에 다시 언급하겠지만, 그것은 오늘뿐만 아니라 과거의 한국 사회에서 그대로 발견되는 것으로 생각된다. 그러니만큼 그것은 부르주아 사회라는 것만으로는 설명되지는 아니할 것이다.) 더 나아가 사르트르의 분석 자체가 그 자신의 시대의 한 양상을 보편화한 것이라고 할 수도 있다.[7] 그러나 사르트르 자신은 댄디즘을 분명하게 시대에 관련시킨다. 이 관련은 작가의 사회적 위치의 시대적 변화로 하여 일어나는 것이다.

19세기의 댄디즘은 무엇보다도 작가에게 중요한 존재 방식의 하나였다. 부르주아 사회가 도래하기 전, 작가의 생존과 위치는 귀족 계급의 보호

---

7 사르트르는 사람과 사람의 관계를 주체적 의식과 주체적 의식의 투쟁이라는 관점에서 파악하였다. 이것은 헤겔이 이미 그의 『정신현상학』에서 유명하게 만든 것이지만, 사르트르의 주체성 투쟁 논의의 특징은 그것을 사람의 눈길이라는 극히 기본적인 지각 현상에서부터 설명하려 한 것이라고 할 수 있다.('존재와 무'의 '눈길'에 대한 분석은 지각의 존재론적 의미에 대한 뛰어난 현상학적 관찰이다.) 알랭 뷔진은 사르트르의 눈길에 대한 혐오에서 사르트르 자신의 신체적, 정신적 조건과의 관계를 발견하였다. (Alain Buisine, *Laideurs de Sartre*(Lille: Presse Universitaire de Lille, 1968) 참조. 이 책은 Martin Jay, "Sartre, Merleau-Pony, and the Search for a New Ontology of Sight", Daivd Michael Levin, *Modernity and the Hegemony of Sight*(Berkeley: University of California Press, 1993)에 약간 토의되어 있다.) 그러나 주체성 투쟁은 이러한 개인적인 이유에 못지않게, 18세기 이후의 서구 사회의 성격으로 인하여 두드러지게 된 것으로 말할 수 있지 않은가 한다. 그러나 부끄러움이라는 것이 긍정적 가치가 되어 있다는 사실만으로도 한국 사회에서의 눈길의 중요성은 짐작이 가는 일이다. 여기에 대한 바른 이해는 물론 심도 있는 분석을 기다려야 할 것이다.

에 전적으로 의존하는 것이었다. 그 결과 작가 또는 시인 자신도 일종의 명예 귀족이 되었다. 부르주아 사회의 도래는 이들의 위치를 매우 모호한 것이 되게 하였다. 그들은 권력을 쥐게 된 부르주아 계급에 봉사할 수도 있었으나,(또 실제 그러한 작가가 생겨나고, 오늘날도 그렇게 봉사하거나 또는 적어도 그러한 사회 질서에 안주하는 경우가 적지 않으나,) 그것은 그들에게는 두 가지 관점에서 수모스러운 것이었다. 그것은 강등을 당하는 것이기도 하고, 또 귀족적 사회에서 그들이 하던 일의 습관에 배치되는 것이기도 하였다. 귀족은 생산적인 일에 의하여 그들의 생존을 정당화하는 사람은 아니었다. 그들은 무용한 존재로서 사회에 군림하는 사람이었다. 이러한 질서 속에서 작가가 하는 일이 있다면, 그것은 승려와 같이 물질적으로는 무용한, 그러나 정신적인 의미가 있다고 하는 작업에 종사하는 일이었다. 새로운 지배 계급이 된 부르주아는 억압 계급이라고는 하지만, 유용한 일을 하는 사람들이었는데, 작가가 이들에게 봉사한다는 것은 어떠한 유용한 직무를 수행한다는 것이었고, 이것은 그들의 종전의 습관에 전적으로 배치되는 것이었다. 그리하여 그들은 한편으로 탈계급의 상태를 감수하면서, 그들의 무용한 존재를 정당화하기 위한 여러 가지 계책을 마련하였다. 그중의 하나는 예술을 높은 정신적 의미를 갖는 것으로 받들어 올리고, 스스로 이것을 수호하는 자로, 또 수호하는 영원한 예술가들의 초시대적 결사의 일원으로 만드는 일이었다.

여기에서 나오는 것이 예술 지상주의이다. 그리고 작가의 댄디즘은 정신적으로 우월하면서 실질적으로 무용한 존재로서의 자신을 외적으로 표현하려는 것이었는데, 다시 말하면, 그것은 '무상성, 기계적 유대, 기생(寄生) 생활'을 특징으로 하는 귀족적 생활 양식을 생산해 내는 방식이었다. 예술가에게나 댄디에게나 중요한 것은 모든 것을 '순수한 의상의 의식'으로 만들고, '일시적이고 불모적이고 스러지는 것이기 때문에' 귀중한 것이 되는, 그러한 무용한 '우아함에 대한 사랑'[8]을 표현하는 것이었다.

사르트르의 보들레르적인 댄디즘에 대한 비판은 자못 냉혹한 바가 있다. 그의 생각으로는 귀족 사회에서 탈락한 작가가 할 수 있는 적극적인 일은 로트레아몽이나 랭보나 반 고흐처럼 '위대한 자유의 고독을 요구하고, 불안한 고뇌 속에서 스스로를 선택하는 용기'[9]를 갖거나, 또는 프롤레타리아의 편에 서는 것이거나 하는 것이었다. 그러나 사르트르의 가혹한 판단에도 불구하고 그가 제시하는 선택의 현실적 의미를 생각할 때, 어느 쪽으로나 최선의 현실적 선택은 없었다고 하는 것이 옳을는지 모른다. 프롤레타리아에 봉사하는 일의 결과는 사회주의 체제에서의 작가의 운명에서 잘 드러나는 것이다. 또 다른 선택은 자기 파괴와 폭력과 도착의 길을 말한다고 할 수 있는데, 이것이 단순히 부르주아적 속임수의 거부라는 점에서 정당화될 수는 없다. 어떻든 확실한 것은 댄디가 부르주아 사회에서의 예술가의 곤경을 나타낸다는 것이다.

어느 사회에서나 사회적 유용성에 봉사하는 것과 예술가적 자유 또는 일반적으로 정신적 자유 사이에 갈등이 존재하게 되는 것은 불가피하다. 그러나 이 갈등은 본질적인 것이면서도, 어떠한 사회 조건에서 더 가열한 것이 된다고 말할 수 있다. 부르주아 사회는 그러한 조건을 만들어 낸다. 정신적 가치가 궁극적으로 인간의 삶에 유용한 기능을 가진 것임은 틀림이 없는 일이겠지만, 그것은 유용성에 의하여 정당화될 때 정신적 가치로서의 절대성을 잃어버린다. 그것이 사회에 유용하게 작용하는 것은 간접적인 경로 — 일단 그 유용성을 부정하는 과정을 통하여서이다. 그리하여 그것은 직접적인 유용성에 의한 자기 정당화를 요구하지 않는 귀족 사회에서 보다

---

8 Sartre, *Baudelaire*, p. 145.

9 Ibid., p. 139.

쉽게 그 자리를 빌릴 수 있다고 할 수 있다. 이에 대하여 부르주아 사회는 모든 것이 유용성에 의하여 정당화될 것을 요구한다. 거기에서 자신의 내면에 충실하면서 사회적 유용성에 봉사하는 삶은 불가능하게 된다.

댄디는 부르주아 사회에서의 내면과 외면, 사회적 유용성과 정신생활 사이에 일어나는 분열을 극복하는 하나의 방식이면서, 동시에 그것에 타협하는 가공의 극복 방식이다. 댄디는 사회에 하나의 우아한 외면을 제공한다. 그리하여 사회가 나를 붙잡을 수 있는 손잡이를 제공한다. 이 손잡이는 부르주아 사회의 유용한 규범을 위반하는 것이면서, 동시에 그것을 넘어가는 귀족적 신분을 암시하는 아름다움을 드러내는 것이다.(소비주의 사회의 도래는 이 아름다움 자체를 소비주의의 시녀, 자본주의의 유용한 수단이 되게 하였다.) 그러나 댄디의 외모는 사회에 참다운 의미에서 붙잡는 손잡이를 제공하자는 것도, 그렇게 함으로써 사회에서 전략적 우위를 점하자는 것도 아니다. 다만 그는 그의 우아함을 통하여 한편으로 그의 가공의 우위성을 증명해 보이면서, 다른 한편으로는 그러한 가공적 이미지 속에 포착되는 자아로부터 벗어져 나가는 것이다. 이러한 댄디즘의 놀이가 참으로 자신에 대한 투명하고 사실적인 결정이 아닌 것은 물론이다. 그러나 다른 한편으로, 주어진 상황하에서 어떠한 결정이 진정한 실존을 보장하면서, 동시에 사회적 현실의 관점에서 의미를 가질 수 있는 것이 되었을 것인지, 쉽게 생각할 수는 없는 일이다.

3

멋을 논한 사람들이 이미 느낀 바와 같이, 멋쟁이와 댄디가 같은 것은 아닐 것이다. 그러나 댄디의 경우와 마찬가지로, 멋이나 댄디즘은 다 같이 사람이 사회적 존재이며, 지각의 측면에서 이 사회적인 삶이 보임의 공간 속에서 매개된다는 사실에서 일어나는, 실존적 사회적인 현상이다. 이러한, 내면과 외면, 진실과 가상이 교차하는 불투명한 공간에서 어떻게 진실된 삶 또는 실존주의적으로 표현하여 본래적인 삶이 가능한가, 이 물음은 어느 경우에나 물어야 하는 핵심적인 물음이다. 이것이 반드시 초시대적인 문제라는 것은 아니다. 위에서 말한 바와 같이, 어떠한 사회적 조건하에서 내면과 외면의 분리가 일어남으로써, 그것은 문제적인 것이 되는 것이다. 우리가 댄디의 경우를 통하여 상도하게 되는 것은 멋쟁이의 문제도 비슷한 카테고리에 의한 분석을 필요로 한다는 것이다.

멋은, 이것을 정의하려고 한 논자들의 노력이 맞는 것이라고 한다면, 그 성격상 벌써, 궁극적으로 시대적 의미를 가질 수밖에 없는 문제성을 내포하고 있는 것으로 인식되었다고 할 수 있다. 이것은 주로 조지훈에 의하여 강조된 것이지만, 멋의 논자들은, 멋이 미적 기준에 맞는 것이면서도, 단순한 규격미가 아니라 기준에서 벗어난 것, 즉 조지훈의 표현으로, '변형미 또는 초규격성의 풍류미'[10]를 지칭한다는 것을 강조하였다. 즉 '멋은 단아하고 섬세한 것에 변격이 들어가야 이루어지는 것'[11]이라는 것이다. 그러면서 또 흥미로운 것은 조지훈이 이희승 그리고 신석초의 지적을 빌려, '율동과 농지거리와 호사와 발산 등'의 여러 느낌을 포함하는 '흥청거림'이 멋이 발현되는 모습이라고 한 것이다.[12] 이것을 종합하여 다시 설명해 보면, 멋은 미적 규격에 맞는 것이면서도, 그것을 벗어나는 순간에 일어나는 것인데, 이 벗어남의 계기가 되는 것은 비이성적이고 탈규범적인 충동, 발산을 필요로 하는 흥청거림의 충동이다. 또는 멋은 흥청거림의 충동이 규

---

10 『한국인과 문학 사상』, 404쪽.
11 같은 책, 434쪽.
12 같은 책, 442쪽.

격을 벗어져 나가는 데에서 일어나는 어떤 미적인 느낌이다.

멋의 논자들은 이러한 규정을 초시간적인 원형에 관계되는 것으로 말하지만, 아마 이것은 시대적 표현으로 받아들이는 것이 정당한 것일 것이다. 그것은, 위에서 비친 바와 같이, 멋의 이러한 정식화 속에 이미 들어 있는 것이다. 그것은 그 안에 기성립의 정격과 거기에 대한 반작용을 상정한다. 이것은 다분히 형식의 특징만을 말하는 것이 아니라, 논자들의 의도에 관계없이 그 시대적 변화의 한 양상을 언급하는 것으로 생각된다. 즉, 멋의 형식적 정의는 정격의 양식이 무너지고 그 변화가 요구되는 상황에서 새로운 양식에 대한 비이성적 이행으로서 일어나는 것이 멋이라는 지적으로 해석될 수 있는 것이다.

두 양식의 교차라는 관점에서 멋을 생각하면서, 서양 미술사에서 비교를 찾아본다면, 그것은 고전주의에 대하여 그에 대한 반발 또는 퇴화로서의 매너리즘의 양식 그리고 바로크 양식 ── 그러나 그중에도 전자를 요구하는 시대적 요청에 답하는 것으로 말할 수 있다. 그것이 일시적이었든 또는 보다 굳건한 기반에 입각한 것이었든, 고전주의가 통일성과 균형을 가진 예술 양식이고, 안정과 지속의 시대정신과 사회의 소유물이라고 한다면, 매너리즘은 혼란과 모순의 시대를 나타내는 예술 양식이다. 그것은, 아르놀트 하우저의 설명에 의하면, "고전주의의 너무 단순한 규칙성과 조화를 해체하고, 고전주의 예술의 초인격적 규범성을 보다 주관적이고 보다 암시적인 특징들로 대치"하려는 것이다. 그리하여 종교적 내면화, '괴상하고 난해한 것에 심취하는 주지주의', '향락적 취향' 등이 두드러져 나오게 된다.[13] 앞선 멋의 논자들은 매너리즘의 양식처럼 고전적 격으로부터 다른

---

13 아르놀트 하우저, 백낙청·반성완 옮김, 『문학과 예술의 사회사: 근세편 상』(창작과비평사, 1980), 114쪽.

어떤 것으로 변용이 일어나는 순간에 감지되는 스타일을 멋에서 발견한 것이다. 탈규범성, 주관성, 주지성, 그리고 향락주의적 경향 등은 매너리즘에만 해당되는 것이 아니라, 앞에서 살펴본바 논자들이 지적하는 멋의 특징이 되는 것으로 생각되는 것이다.

이러한 것들 외에 다른 매너리즘적 문제도 멋에 해당시켜 볼 수 있다. 그중에도 주의할 것은 매너리즘이 단순히 한 양식의 다른 양식에로의 변화를 나타내는 것이 아니라 극히 불안정한, 그리하여 그 정체를 쉽게 확정할 수 없는, 문제적인 성격의 시대의 표현 양식이라는 것이다. 그러한 점에서 하우저 자신이 말하듯이, 그것은 불안정의 시대로서의 현대의 감수성을 예견하게 하는 양식이다. 매너리즘에서의 균형 상실은 사람의 삶이 안정된 지반을 갖지 못하게 되었다는 데 그 근본적인 원인을 가지고 있다. 또는 여기에는, 적어도 세속적 의미에서의 안정된 삶을 도외시하더라도, 정신적으로 만족할 만한 진정한 삶, 본래적인 삶이 어려워졌다는 사회 사정이 관여되어 있다. 멋의 경우도 이것은 마찬가지이다. 그 말이 풍기는 부정적인 느낌은 벌써 그것의 과도적 성격을 이야기한다. 멋이 두 가지의 미적 유형, 두 가지의 시대 사이에 성립하는 것이라고 한다면, 두 가지 사이의 변화에 긍정 부정의 느낌이 따르게 되는 것은 당연하다. 부정의 느낌은 결국은 우리의 삶이 그 본래적 존재 방식으로부터 이탈되었다는 느낌에 연유하는 것이다. 이러한 느낌은 그 본질적인 가치 평가를 떠나서, 공동체적 삶의 양식이 무너지고 삶이 개인적인 발명에 의존하는 경우에 커질 수밖에 없다.

하우저는 위에서 말한 바와 같이, 매너리즘을 중요한 스타일로 생각할 뿐만 아니라, 현대적 상황을 표현하는 데 기법상의 중요한 진전으로 보지만, 하우저에 반대되는 견해에 따르면, 그것은 하나의 고정된 표현 양식이 아니라 고전으로부터의 단순한 퇴화를 의미하는 것에 불과하다. 그것은,

그것을 싫어하는 사람에게는, 하우저 자신이 매너리즘의 예술에 대한 비판에 언급하면서 말하듯이, '기계적이고(mannered), 가식적이고, 반복적'이어서, 한편으로는, '작위성, 과장, 요염한 기교성, 공식 준수', 또 다른 한편으로, '진정한 독창성의 결여를 보상하기 위한, 미친 듯 추구되는 독창성으로 특징지어지는 예술 양식'이라는 면을 가지고 있다. 그리하여 그것은 '단순성, 직절성, 순진성' 등을 결여하고 있는 퇴폐를 나타낸다.

그러나 이러한 인상에도 불구하고, 하우저는 이것이 보다 복잡한 현실과 복잡한 감성, 그리고 그 나름의 새로운 아름다움을 표현하려는 예술적 열정을 나타내는 것이라고 말한다.[14] 하우저의 생각으로는 매너리즘 비판은 그것을 잘못 이해하는 데에서 오는 것이다. 부정적 견해는 예술 작품에 나타날 수 있는 기계적 타성적 성격을 지적하는 말(manner, maniera)과 뜻을 같이하는 매너리즘과, 중요한 시대적 양식을 지칭하는 말로서의 매너리즘을 혼동하는 데 기인하는 것이다. 그러나 사실, 이 두 사이의 간격은 그렇게 큰 것이 아니다. 공동의 믿음이 무너진 곳에 삶은 기계적인 관습──20세기의 한국에서 계속적으로 들어 온 말로, 허례허식이 되거나 기괴한 개인적 변칙이 되거나 할 수밖에 없다.

매너리즘의 여러 양상을 한국의 현대 문화의 경우에 그대로 적용할 수는 없다. 특히 멋이라는 말로 생각할 수 있는 어떤 미적 현상을 시대적 스타일로 규정하는 것은 경솔한 일이다. 다만 여기에서 생각해 보고자 하는 것은 멋이 초시대적 본질이 아니라는 것과, 그것이 과도기의 삶과 예술의 한 표현일 가능성이 크다는 점이다.

위에서 말한 대로, 지금까지의 멋에 대한 성찰은 대개 초시간적인 원형

14 Arnold Hauser, *Mannerism: The Crisis of the Renaissance and the Origin of Modern Art*(Cambridge, Mass: Harvard University Press, 1986), pp. 40～43.

의 존재를 상정하는 것이었다. 이 점에서 멋을 가장 넓게 검토해 보고자 한 조지훈의 경우에도 예외가 아니었다. 그러나 그가 멋이 시대적이라는 것을 암시하는 사실들을 지적하고 있는 것은 흥미로운 일이다.(그러나 그는 이러한 사실을 중요시할 수 없는 본질주의자였다.) 즉, 그는 심미 의식에 관계되는 여러 단어들을 검토하면서, 멋이 1891년의 게일의 『한영사전』에서는 맛과 동의어로 해석되어 있고, 1958년의 민중서관의 『포켓 한영사전』에서는 '방탕한 기상', '풍치', '이유, 원인' 등의 뜻을 가진 영어 단어들로 해석되어 있음을 지적하였다. 이러한 사전의 증거와, 이에 더하여, 가까운 연대의 이조 소설에도 멋이라는 말이 보이지 아니한다는 말에 근거하여, 조지훈은 멋이라는 말의 성립은(그것이 일반 민중어로서 실제 생활에 넓고 친근하게 쓰이는 점으로 보아, 그 역사가 '만근 수십 년'의 것이라고만은 할 수 없다는 유보를 두면서도,) 1892년으로부터 70년일 것으로 추정하는 것이다.[15]

이 말이 현대에 들어와서 쓰이게 된 것이라고 한다면, 그것은 현대 역사의 착잡한 사정 속에서 생겨난 것일 것이다. 우리는, 가치의 면에서, 이 말이 가지고 있는 양의성에 이미 시사되어 있다는 것에 다시 한 번 주목하게 한다. 위에 언급한 민중서관의 영어 사전에 나와 있는 정의도 반드시 긍정적 가치를 드러내는 것이라고 할 수 없지만, 조지훈이 주목하고 있는바, 이 사전에 나와 있는 다른 정의, 즉 그것이 고집을 뜻하는 말들, wilfulness, waywardness, selfishness에 관련되어 있다는 해석은, 특히 멋의 근원에 들어 있는 사회적 혼란을 암시한다고 할 수 있다. 즉 1958년의 사전 편집자에게도 이 말이 이러한 뜻을 가진 것으로 해석되고, 또 그 해석을 조지훈이 받아들인 것이라면, 멋은 다분히 사회적 규범으로부터 벗어나는 행동에 적용되는 말이고, 그것이 순전히 부정적 비판의 뜻으로 사용되는 것이

---

15 『한국인과 문학 사상』, 416쪽.

아니라는 것은 사회적 규범의 정당성에 문제가 일어났다는 것을 암시하는 것일 것이다. 즉, 멋은 이 사회적 규범의 문제화에서 생겨난 것이다. 다시 말하건대, 멋은 어떤 시대적 느낌을 — 시대적 스타일까지 발전하지 아니하면서도 시대에서 감지되는 어떤 미적 감성의 일면을 나타내는 것인데, 그것은 한 시대의 뒤에 오는 또 하나의 시대의 감성 — 고전주의 이후에 오는 매너리즘에 비슷한 감성을 지칭하는 말일 가능성이 큰 것이다.

위에서 잠깐 시도한, 매너리즘과의 대비는 멋을, 지금까지의 논자들이 말한 것보다는 더 심각한 의미에서 정격과 탈격의 관계에서 보아야 한다는 것을 의미한다. 그 경우 정격은 무엇이고, 탈격은 무엇인가. 이 과제는, 어느 시기에나 존재하는 것이라고 할 수도 있지만, 특히 19세기 말에서 20세기 초에 일어난 문화적 대변화를 경계로 하여 두드러지게 된 문화 유형의 대비에서 찾아져야 할 것이다. 한국의 20세기는 조선조의 오랜 안정 — 적어도 이데올로기적 통합의 지속이라는 점에서의 오랜 안정 뒤에 온 혼란과 불안의 시기이다. 이 혼란과 불안은 문화적으로는 현대 문화의 초기에 특히 두드려졌을 것임에 틀림이 없다. 멋이 나타내고 있는 것은 20세기 — 연대적 의미보다 정신적 문화적 의미에서의 20세기의 시작이 만들어 낸 분기점에서, 조선조의 문화와 현대 문화의 대립이라고 할 수 있다.

물론 이렇게 말하는 것은 멋을 설명하는 것이라기보다는 그것의 설명을 위한 조건을 제시하는 것에 불과하다. 멋의 이해는 전통적 사회로부터 현대로 이행하는 과정에 관련되어 있는 여러 형성적 요인, 그리고 그것들이 만들어 낸 인간형에 대한 광범위한 연구를 기다려서만 가능할 것이다. 그것은 현대화의 모든 내적 의미 — 제국주의와 식민지 체험, 계급적 문화의 와해와 변모, 사회적 가치의 내면화와 개인의 정체 의식의 재구성, 이러한 여러 현상과의 관계에서, 보임의 공간으로서의 사회의 구성 그리고 그 안에서의 개인과 집단의 변증법 등을 두루 살핌으로써 해명될 수 있을 것이다.

4

이렇게 보면, 멋은 미학의 문제이면서, 한국인의 실존의 방식의 문제이다. 그것은 인간의 내면 ─ 그의 의식과 사유의 깊은 곳에 깊이 침투해 있는, 그리하여 쉽게 그 의미 맥락을 가려내기 어려운 영역에 복잡하게 얽혀 있다. 그러면서도 그것은 물론 외면의 문제이다. 다만 이 외면은 내면에 복잡하게 얽혀 있는 것이다.

멋을 말할 때 옷차림의 문제를 등한히 할 수 없다. 복장은 사람이 사회의 보임의 공간에서 가장 중요한 자기 연출의 수단이다. 그러나 이것이 매우 자의적인 그리고 개인의 자유의사로 선택되고 파괴되고 할 수 있는 것이 아님은 물론이다. 그것은 한편으로는 사회 전체의 복장 체계의 규제를 받지만, 다른 한편으로는, 개인의 차원에서도, 사회적으로 형성되었든 아니든, 개인의 자기 정체성의 의식에 관계되는 것으로서, 내적인 필연성의 동의가 없이는 옷은 입게 되지도 안 입게 되지도 아니하는 것이다. 한국의 정신사에서의 멋의 의미는 복장의 사회사에 깊이 관계되어 있을 것이다. 이것은 특히 근대화의 초기에 그러했을 것이다.

전통적 복장을 입다가 서양식 복장을 하게 되었을 때, 그것은 내면의 역사에 어떠한 충격과 변화를 의미하는 것이었을까. 머리 스타일을 바꾸라는 1895년의 단발령이 엄청난 사회적 정치적 충격을 가져온 것은 널리 알려져 있는 일이다. 머리 스타일의 문제를 그렇게 중요시한 것은 어리석은 일이었다고 할 수도 있겠지만, 그것은 사람의 외모의 문제가 얼마나 깊이 인간의 개인적 사회적 존재 방식에 관계되어 있는가를 증거해 주는 일이었다고 할 수도 있다. 단발은 특히 계급적인 연상을 가지고 있었기 때문에 충격적이었을 것이다. 그러나 서양식 복장의 도입도 적지 않은 충격 ─ 적어도 깊은 내적인 위기를 촉발하는 것이었을 것이다. 그러나 그 충격이 단발보다 적었다고 한다면, 그 도입의 시기가 서양식 근대화의 권위가 더욱 굳건해진 다음이었기 때문인지 모른다.(이 부분의 역사는 아직 연구되어야 할 과제이다.) 단발의 경우도 충격을 준 것은 단순히 머리를 자르는 물리적인 행위가 아니고, 그 행위가 상징하는, 기존의 생존 방식의 권위에 대한 도전이었을 것이다. 그리고 대립하는 권위의 충돌에서 옛 삶의 방식의 권위는 아직은 뒤로 물러갈 준비가 되어 있지 아니한 것이었을 것이다. 서양식 복장이 처음에 어떤 충격을 가져왔든지 간에, 그것이 시간의 흐름과 더불어 일반화해 간 것은 사회 전체로서 서양식 근대화의 불가피성을 받아들이고, 그 권위에 승복하게 된 것에 관계되는 일일 것이다. 멋의 문제의 구체적인 대두는 사실 이러한 서양적인 것의 권위와 관련하여 일어난 것이라는 의심이 간다. 이것은 처음에 착용하게 된 서양 옷의 모호한 의미가 멋의 문제를 의식화했을 것이라는 것을 가상하는 것이다.

정지용의 시 「카페 프란스」는 특히 복장의 묘사가 두드러지는 시의 하나이다. 이 시가 발표된 것은 1926년으로, 이때는 특히 일본 유학생에게 서양 복장은 생활의 일부로 받아졌을 것으로 생각되지만, 그러면서도 그것이 완전히 자연스러운 것은 아니었을 것으로 보인다.

옮겨다 심은 종려나무 밑에
빗두루 슨 장명등,
카페 프란스에 가자.

이놈은 루바슈카
또 한놈은 보헤미안 넥타이
뺏적 마른 놈이 앞장을 섰다.

이 시에서 등장인물들은 루바슈카, 보헤미안 넥타이를 착용하고 있고, 그리고 아마 "삣적 마른" 제3의 사나이도 그에 유사한 복장을 착용하고 있을 것으로 생각된다. 서양에서도 조금은 별난 것이었을, 이들의 복장은 이 시에서 그들의 삶의 태도와 성격적 특징을 나타내는 것으로 되어 있다. 이들의 이러한 서양 복장은 이미 이들이 현대 문명의 유행의 복장 — 그것도 사회적 소외 속에 있는 사람들의 복장, 따라서 이들에게는 다른 사회적 환경에서의 다른 종류의 소외를 상징하는, 복장을 자랑스럽게 수용하는 사람들이라는 것을 말하여 준다. 그러나 그것은 과장되고 부자연스러운 것이다. 이 부자연스러움은 댄디의 경우에서처럼, 그들 자신을 의식하는 과장과 부자연일 수도 있고, 시인에 의하여 그렇게 의식되고 그의 묘사를 통하여 암시하는 것일 수도 있다.

하여튼, 이 과장되고 부자연스러운 모습은 — 그것은 멋이라고 할 수밖에 없는데 — 이 멋쟁이들이 찾아가는 장소에, 가령 "빗두루 슨 장명등"에도 들어 있고 다른 장치물에도 들어 있다. 옮겨다 심은 종려나무는 모든 것이 자신들 본래의 것이 아니라 옮겨 온 것, 빌려 온 것 — 무대 장치를 하기 위한 것이라도 되는 듯, 빌려 온 것이라는 사실을 상징한다. 후진국에서 선진 문화의 매력을 피상적으로 차용하는 수법인 이름 빌려 오기를 통하여 작명한 카페 프란스라는 이름도 작위적인 상황을 나타낸다. 등장인물들의 복장은 이 상황의 한 구성 요소인데, 더 주목할 것은 이들의 신분과 내면의 상황도 작위성에 의하여 감염되어 있다는 점이다. 시의 화자는 스스로를 "자작의 아들도 아무것도 아니라"고 하고 또 "나라도 집도 없다"고 하는데, 이것은 이들이 소망하는 신분과 그러한 소망의 허위성을 아울러 표현한 것이다.

「카페 프란스」는 새로운 멋쟁이 — 복장의 면에서만이 아니라 현대적 인생 스타일의 시험이라는 의미에서의 멋쟁이의 문제를 그린 것이라고 읽을 수도 있는 시인데, 정지용은 여기에서 현대적인 것에 끌리면서도 그것의 작위성을 의식하는 이중 의식을 드러낸다. 그의 태도는 아이러니의 태도이다. 이 아이러니는 현대적 복장과 삶의 스타일을 긍정하면서 동시에 부정하는 이중의 태도를 말하는 것이지만, 정지용의 최종적인 결론은 물론 현대성의 부정이다. 그러나 이것은 복합적인 부정이다. 정지용의 시적 이력은 대체적으로 현대성의 유혹, 그리고 그것의 극복과 전통적인 것에의 복귀라는 궤도로서 요약할 수 있지만, 이 궤도는 어디까지나 현대성을 경유하는 것이고, 또 어떤 의미에서는 전통에의 복귀에서까지도 그는 현대성의 테두리 안에 있는 것이다.(또 현대적 멋의 수용은 멋의 전통에 이어져 있다.) 이러한 시력의 역설의 밑에 들어 있는 것은 멋쟁이의 변증법이다. 물론 이것으로 정지용을 다 설명해 버리는 것은 중요한 왜곡이 되는 일일 것이다. 그러나 멋의 관점에서는, 그러한 설명이 어느 정도의 타당성을 갖는 것으로 생각된다.

정지용을 모더니스트라고 부르는 것은 정당하다. 이것은 다른 이유에서도 그러하지만, 그가 외국의 문물 —— 현대적이라고 생각되는 외국의 문물에 끌리고 또 그러한 끌림을 그의 시에 표현하였다는 점에서 그러하다. 그의 업적은 외국 문물의 도입에 성공한 것에 크게 관련되어 있다. 그것은, 뒤에서 설명하겠지만, 단순히 외면적인 의미에서 외국의 문물을 수입했기 때문이 아니라, 이 수입의 경험으로 하여 어떤 의식의 태도를 습득했기 때문이다. 그러면서 그는 멋의 제한성 속에 있다. 그것이 그로 하여금 참으로 위대한 시적인 진지함에 이르지 못하게 한다. 그는 현대시에서 가장 뛰어난 재능을 가졌던 시인이었음에도 불구하고, 진정한 시적 깊이 또는 높이에 이르지 못하고 만다. 그것은 그의 시적 생애가 중도에 끝나 버린 때문이기도 하다. 그러나 동시에 그의 시의 상당 부분에서 우리는 약간의 천박성을 느낀다고 할 수 있는데, 이것은 정지용에서만이 아니라, 김기림이나 김광균 등 초기의 모더니스트들이 모두 공유하고 있는 천박성이다. 그리고 이것은 후진국의 모더니즘이 가진 제한으로 인한 것이다. 물론 그럼에도 불구하고 더 중요한 것은 모더니즘이 가능하게 한 업적이다. 다만 가능성과 제한은 별개의 것이 아니다.

어쩌면 새로운 문화——특히 국제적 세력 판도에서 우위에 있는 외래의 문화는 멋쟁이의 기괴한 자기 과시로서밖에는 기존 문화 가운데에 출현할 수 없다. 그러는 한 그것은 작위적이고, 부자연스럽고, 퇴폐적이고, 비속한 것이고, 또 '나쁜 믿음'의 표현이다. 이것이 아이러니의 태도를 유발한다. 그러나 아이러니는 긴장된 의식의 형식이다. 그것은 오래 지탱되지 못한다. 그리고 어색한 것이 익숙한 것으로 바뀌는 것은 시간의 문제이다. 처음에 등장한 서양 복장의 신사는 남 보기에나 스스로의 생각에나 조금은 우스꽝스러운 것으로 비칠 수밖에 없었을 것이다. 그는 멋쟁이라도 아이러니컬한 멋쟁이이다. 그러나 익숙해진 다음에 희극적 웃음은 사라지고 그는 단순한 멋쟁이가 된다. 「카페 프란스」는 치기와 아이러니를 아울러 지니고 있는 시이다. 그러나 정지용의 아이러니는 곧 더 자연스러운 수용의 태도로 바뀐다. 복장을 길게 언급한 것은 아니지만, 연대순으로 배열한 정지용 시집에서 두 번째의 시인 「슬픈 인상화」에서 현대적 복장을 한 미인과 현대적 환경은 이국 취미의 긍정을 표현하고, 또 선망의 대상이 된다.

침울하게 울려오는
축항의 기적 소리…… 기적 소리……
이국정조로 퍼덕이는
세관의 깃발, 깃발,

시멘트 깐 인도측으로 사폿사폿 옮기는

하이한 양장의 점경!

그는 흘러가는 실심한 풍경이여니……
부질없이 오랑쥬 껍질 씹는 시름……

아아, 애시리, 황!
그대는 상해로 가는구료……

위의 시에서, 복장과 주변 환경이 일치가 되어 있는 것은 우연이 아니다. 복장이나 소유물의 가치는 그것이 암시하는 라이프스타일에 의하여 결정된다. 현대 문학의 초기에 이것은 특히 두드러진다. 김광균의 「추일서정(秋日抒情)」에서, 길이 "한줄기 구겨진 넥타이"에 비교되고, 이것이 또 폴란드의 망명 정부나 급행열차와 동시에 이야기되는 것도 같은 이치라고 할 수 있다. 이러한 얼크러짐은 현대적 멋이 만들어져 가고 있다는 증거이다.

「수수어(愁誰語)」와 「소묘」를 포함한 정지용의 초기 산문은 현대적 사물들로 이루어지는 현대적인 멋의 분위기를 짐작하는 데에 매우 시사적인 글들이다. 현대적으로 멋은 복장과 아울러, 선택된 현대적 사물들로 조성된다. 새로 들어온 자동차를 탄다거나 램프를 밝힌다든지 하는 일도 현대적 우아함의 증표이다.(정지용, 「소묘 2」, 「소묘 3」, 「소묘 5」) 양장의 책들을 완상하는 것도 현대적 삶의 멋을 드높이는 소품이다. 이것은 물론 서양적 부르주아의 실내에 있어야 하고, 우아한 생활의 암시를 갖는 것이라야 한다. 정지용은 서재의 멋을 다음과 같이 말한다.

우리 서재에는 좀 고전스러운 양장책이 있음만치보다는 더 많이 있다고 — 그렇게 여기시기를.

그리고 키를 꼭꼭 맞춰 줄을 지어 엄숙하게 들어끼여 있어 누구든지 꺼내어 보기에 조심성스런 손을 몇 번씩 들여다보도록 서재의 품위를 우리는 유지합니다. 값진 도시는 꼭 음식을 담아야 하나요? 마찬가지로 귀한 책은 몸에 병을 지니듯이 암기하고 있어야 할 이유도 없습니다. 성화와 같이 멀리 떼어 놓고 생각만 하여도 좋고 생각을 마주 대할 때 페이지 속에 문자는 문자끼리 좋은 이야기를 이어 나가게 합니다. 숨은 별빛이 얼키설키듯이 빛나는 문자끼리의 이야기…… 이 귀중한 인간의 유산을 금자로 표장(表裝)하여야 합니다.[16]

새로 등장한 현대적 삶의 풍물인 아스팔트를 걷는 것도 현재적인 멋의 하나이다. "걸을 량이면 아스팔트를 밟기로 한다. 서울 거리에서 흙을 밟을 맛이 무엇이랴." ― 그는 그의 선호를 이렇게 밝히고, "아스팔트는 고무밑창보담 징 한 개 박지 않은 우피 그대로 사폭사폭 밟아야 쫀득쫀득 받히우는 맛을 알게 된다."라고 감각의 쾌락으로 그를 설명한다. 아스팔트 ― 고층 건물들이 삼(杉)나무 냄새를 풍기는, 아스팔트를 걷는 데에는 거기에 어울리는 복장과 부속 장식이 있어야 한다. "나의 파나마는 새파라틋 젊을 수밖에" ― 정지용은 이렇게 자신의 차림새를 말하고 "한아(閑雅)한 교양"의 일부로 "가견(家犬) 양산 단장(短杖)"의 필요를 생각한다.

이러한 현대적 신변 장식품에는 또 파이프와 같은 것이 있는데, 정지용이 이것을 이야기하고 있는 부분에서 흥미로운 것은 이러한 장식품이 의도적 인생 태도의 일부로 인식된다는 점이다. 그가 말하는, 터키제 파이프 ― "입술 닿는 데만 검은 뿔로 되고 나뭇결과 빛깔이 지극히 고흔 품이 가람기름에 짤어나온 듯한" 파이프는 그 자신의 것인지 아니면, 그가 말

---

16 『정지용 전집 2』(민음사, 1988), 19쪽.

하고 있는 "체신국 다니는 친구"의 것인지 분명하지 않지만, 어쨌든, 정지용은, 거기에서 나오는 순수한 담배 연기는, "샤-ㄹ 보-드레르적 생리를 완전히 극복한 신경엔 달방에 젖은 안개같이 아늑하"고 "붉은 입술에 걸어 둘 만하고 옷가슴에 한 떨기 꽃을 만하고 벽화로 옮겨가 구름이 될 만하다"라고 예찬한다. 그리고 파이프는 그에게 어떤 인생 태도의 상징이 된다. 그가 실제로, 그렇게 했는지 아니면 단순한 환상인지는 알 수 없지만, 그는 파이프로서 자신의 도발적인 태도 ― 아마 프로테스탄트적인 금욕주의에 대한 도발의 태도를 드러내며, 이 파이프를 물고 시내를 걸었다고, 또는 걸을 생각이라고 말하는 것이다.

> 토이기제 마도로스 파입을 어기뚱 물고 보도로 나가리라. 다만 담배를 피운다는 구실만으로 유쾌할 것이요 일체무관한 스캔들에 자신을 어들 것이요 보신각 바로 옆에서 백주에 월남 이 선생을 만나 끄떡 한번하고 폭폭 피우며 지나갔다.

파이프를 입에 무는 것은, 정지용에게 '화려한 방종', '청춘과 교양'을 의미하였다. 파이프가 가지고 있는 의미는, 파라솔이나, 핑퐁이나, 담장이 올라간 벽돌, 경기병, 오토바이, 플라타너스 푸른 잎새가 무성한 아스팔트, 제복을 벗은 오후 고운 크림빛 원피스, 난(亂)박자의 피아노, 부욱부욱, 할퀴다시피 켜는 G선,[17] 등과도 일체가 되는 것이다. 그것들이 나타내는 것은 모두 서양적 이국 정조의 낭만주의이며, 현대적 멋의 분위기이다.

현대 문화사의 관점에서, 현대성의 낭만 ― 또는 현대적인 멋의 단초에 대한 정지용의 태도는 많은 해방 전의 문인들에서 공통적으로 발견되는

---

17 같은 책, 26~27쪽.

것이다. 그러나 우리는 정지용의 예에서 한국 모더니즘의 핵심적 기제, 즉 모더니즘이 멋의 심리와 존재론 사이에서 탄생하는 것을 보게 되는 것이다. 위에서 말한 바와 같이, 현대의 장식물에 대한 정지용의 태도는 긍정적이면서 또 그 허위성을 동시에 인식하는 아이러니의 태도로부터 시작하여 곧 긍정으로 바뀌게 된다. 보들레르에 있어서 아이러니는 외적인 자기 투사에 의한 자아 창조의 허위성에 대한 의식에서 온다. 이것은 그가 인간의 외모에 대한 관심이 결국 자기 창조의 (나쁜 믿음의) 기획이라는 것을 알았기 때문이다. 그리하여 그의 아이러니는 인간의 존재 양식 자체를 향한다. 그러나 멋쟁이들은 흔히 외모에 대한 관심이 스스로를 시각적 영상 속에 창조하려는 거짓된 노력임을 의식하지 못한다. 그들은 대체로 자기의 진정한 실존과 시각적 객체화의 공간 속에 정립되는 자신의 허상을 혼동한다. 이것은 의식적 반성의 부족으로도 그러하지만, 사람이 타고난 외면적 지각의 포로이기 때문이기도 하다.

그러나 시인이 완전한 무의식 속에 있을 수는 없다. 정지용은 어쩌면 단순히 감각적 인간이라고 할 수 있다. 그는 감각을 즐기는 사람이다. 그에게는 이 감각이 자아의 객관화를 위한 보조 장치라는 생각은 쉽게 들지 아니한다. 그러나 그가 보이는 세계의 진술과 허위에 대하여 의식을 갖지 아니한 것은 아니다. 이것은 조금 기이한 형태로 「카페 프란스」에도 나타나고, 그의 모더니즘을 부정하는 관심 — 전통적 한국의 삶에 대한, 종교에 대한, 사회주의에 대한, 삶의 표면이 아니라 실질적 내용으로 변신해 들어가는 일에 대한 관심에 나타난다. 그러나 그의 아이러니는 대체적으로 감각적 체험 속에 들어 있는 정의되지 아니한 거리감으로 존재한다. 그것은 대체로 감각을 적절하게 객관화함으로써 오히려 더 쾌락적인 것이 되게 하는 요소로 작용한다.

문학의 관점에서 중요한 것은 이로 인하여 가능하여지는 의식의 확대와 섬세화이다. 정지용의 시는 상당 부분 감각의 시이지만, 이 감각의 특징은 그것이 존재론적 아이러니에 이르지는 아니하면서 그것과 같은 기제를 가지고 있다는 데에 있다. 「카페 프란스」에서 보는 아이러니의 표현 양식은 화자로 하여금 자신의 관찰과 견해와 감정을 진술하고 나서 다시 이것을 되돌아보게 한다. 그것은 이야기와 이야기된 것 사이에 간격을 만들어 낸다. 다시 말하여 아이러니는 여기에서 이차적 반성으로 포함하는 진술의 방법이 되는 것이다. 이것은 멋 부리는 사람의 의식에 대응한다. 멋쟁이는 보임의 공간에 드러나는, 보이는 존재로서의 자신을 의식하는 ─ 그리하여 불가피하게 그렇게 드러나는 자아와 그것을 다시 되돌아보는 자아 사이의 간격을 의식하는 복합적인 자아를 가진 자이다. 그의 의식은, 보이는 것으로 ─ 즉, 감각으로 매개되어 반성 작용에 들어간다. 그러나 반성은 감각의 존재론적 근거에 이르지 아니하고 감각의 표면에서 그칠 수 있다. 보이는 것은 객체화되는 자아의 연출이 아니라 단순히 감각의 연출일 수 있는 것이다. 그리하여 그것은 그 자체로서 연희의 대상이 된다.

정지용은 감각을 제시할 때, 그것을 반드시 사실적으로 주어진 것으로 생각하지 아니한다. 그것은 객관적 투사이면서 하나의 공연이다. 그리하여 그것은 놀이의 대상이 되고 연희의 주제가 된다. 의식의 간격에서 오는 연출의 가능성은 표현에도 생겨난다. 하나의 표현은 의식의 절대적인 대응물이 아니다. 그것은 진리 그 자체는 아닌 것이다. 정지용이 발견한 것은 의식과 표현, 또는 달리 말하여 표현과 표현의 진리와의 사이에 거리가 있다는 사실이다. 그럼으로써 표현 자체가 대상화되고, 또 기교적 조작의 공간이 된다. 이렇게 하여 정지용은 감각의 시인이 되고, 기교의 시인이 된다. 이것은 그가 현대성의 유혹에 굴복하여 ─ 또는 반쯤 굴복하여, 멋쟁이가 된 것에 관계된다. 그러나 다시 말하여, 그가 멋쟁이의 비본래성을 분명하게 의식하였다는 것은 아니다. 멋쟁이의 이중 의식은 그의 감각과 표현에 작용한다. 그것이 그의 감각과 표현을 확대하고 섬세화한다. 그러면서도 이 과정에 대한 그 무의식 상태는 그의 시적 발전을 제한한다.

이중 의식의 거리감이 가져오는 문학적 표현의 객관화와 확장은 위에서 언급한 지용의 초기 산문에서 잘 볼 수 있다. 1933년의 「소묘 2」에서, 그는 현대를 즐기는 한량이거나, 보들레르의 파리의 한 풍습을 이루었던 플라네르[漫步客][18]가 되어 있다. 「소묘」의 대화자들은 별다른 이유 없이 "오후 6월 해를 함폭 빨아들인 큰거리"로 나선다. 그들은 "때리면 대리석소리 날 듯한 푸른 하늘" 아래, "두르는 단장에 적막한 그리스적 쾌활이 가다가 일어서고 가다가 멈추고" 하는 것을 본다. 이렇게 기술되는 감각적 사실의 기교적인 쾌활성은 다음 단계의 만보에서 가장 특징적으로 집약된다. 여기에서 만보는 쉐블레라는 미제 자동차를 타고 하는 드라이브의 형태를 취한다. 자동차의 높은 사회적 가치는 이때에도 이미 확실한 것이었을 것이다. 드라이브는 현대적 산물의 왕자로서의 자동차에 대한 품평회 후에 이루어졌을 것이다.(「소묘 3」) 이 품평은 그 기능에 의하여서가 아니라 그 감각적 쾌적성에 의하여 행하여진다. 사물들의 값은 무엇보다도 현대의 시장에서 허영의 훈장으로 ── 그리고 다음 인용의 연상 ── 순사가 도열한 고관의 행차에서 알 수 있듯이, 결국은 힘의 상징으로서 정해진다.

"타는 맛이 다르지?"

"포드는 더 낫지?"

"무슨? 쉐블레가 제일이야!"

---

18 벤야민은 도시가 군중의 거리가 되어 버리기 직전, 도시의 풍물을 즐기는 한가한 신사 ── '완전히 한적한 분위기에서 편하지 않고 그렇다고 도시의 미친 듯한 혼잡함에도 맞지 않는', 플라네르, 곧 만보객을 19세기 중엽의 파리의 한 인간 전형으로 보았다. 보들레르는 이곳에서 만보객이며 댄디였다. Walter Benjamin, "On Some Motifs in Baudelaire", *Illuminations*(New York: Schocken Books, 1969), pp. 170~174 참조.

저즌 아스팔트 위로 달리는 기체는 가볍기가 흰고무뿔 한 개였다.

"순사만 세워두고 싶지?"

"다른 사람은 모두 빗겨나게 하구!"

"하하……"[19]

그러나 문학적 수법의 관점에서 중요한 것은, 현대적 기호와 함께 대두되는 감각과 표현의 진전이다.

붉은 벽돌 빌딩들이 후르륵 떨고 이러스고 이러스고 한다.

"남대문통을 지나는 시민제씨 탈모!"

청제비 한 쌍이 커브를 돌아 스치고 간다.

유리쪽에 날벌레처럼 모여드는 비ㅅ낫치 다시 방울 맺어 미끄러진다.[20]

위에서 자동차를 타고 지날 때의 건물들의 높고 낮은 모양을 움직임으로 파악한 것이나, 떨어지는 빗방울을 모여드는 벌레들로 묘사한 것은 감각적 체험을 정확히 포착한 것이다. 이 정확성은 감각의 정확성이면서 비유의 정확성이다. 이 비유는 직접적으로 포착된 감각 현상을 재생하려는데에서 생겨나는 것이라기보다는 그 감각을 언어의 놀이 속에 굴림으로써 얻어지는 것이다. 여기에서 감각은 경험적 지속의 스쳐 가는 순간이 아니라, 그 자체로서 실체를 가진 주제가 된다. 그리고 그것은 즐김의 대상이된다. 이 즐김은 만보자의 전체적인 즐김의 자세를 바탕으로 한다. 이 자세가, 다른 사람들에 대한 우위는 아닐망정, 관조적 향수의 대상에 대한 우위

---

19 『정지용 전집 2』, 16쪽.

20 같은 책, 15쪽.

를 확보하게 한다. "남대문통을 지나는 시민제씨 탈모!" —이것은, 비록 유희적인 기분에서일망정, 이 즐김과 우위의 느낌을 표현한다. 커브를 그리고 스쳐 가는 제비는 만보자의 움직임을 반복하며, 강화하는 것이든지, 아니면, 우위를 호위하는 행렬과 같은 것이다.

「소묘 3」에서도 자동차의 만보는 계속된다. 이 만보의 즐거움은 필자에 의하여 매우 기발하게 요약된다. "……쉐블레 한 대로 우리는 왕자연하게 그날 오후의 행복을 꽃다발 묶어 둘 듯하였다." 이러한 표현에서 꽃다발을 묶어 두는 행위는 구체적인 행위를 말하면서, 필자의 의식 속에서 하루의, 포착하기 어려운 삶의 느낌에 연결된다. 또는 거꾸로 하루의 삶의 느낌은 하나의 에센스로 압축되고, 이것은 다시 꽃다발을 묶어 두는 행위의 에센스와 일치시켜진다고 할 수도 있다. 이러한 비교는 감각과 의식에 대한 반성적 응시로 인하여 가능한 것이다. 이러한 반성적 응시는 멋쟁이의 의식에 이어져 있다. 그것이 이러한 여유를 주는 것이다. 꽃다발을 묶어 두는 행위는 말할 것도 없이 현대적 멋쟁이가 할 만한 제스처이다. 이것은 '왕자연'하는 것을 스스로 연출할 수 있는 사람의 제스처이다. 이것이 응시와 관조와 향수의 보이지 않는 공간을 만들어 내는 것이다.

되풀이하여 인용하건대, "……쉐블레 한 대로 우리는 왕자연하게 그날 오후의 행복을 꽃다발 묶어 둘 듯하였다." —현대적 만보객의 느낌을 요약한 이러한 구절에서 우리는 감각과 멋쟁이와 모더니즘이 한 번에 태어나는 현장을 본다. 이것은 하루를 평가하는 일반적 진술이다. 그러나 그것은 어떤 추상적 서술을 통해서 이루어지는 것이 아니라 구체적인 동작에 대한 비유로 말하여진다. 이 비유는 추상적이면서도 감각적인 체험을 환기시키는 것이다. 그 체험은 꽃다발이나, 하루의 기분이나, 행동이나, 경험의 큰 리듬 속에 스러지는 것이 아니라, 대상적 즐김의 공간 안에 정지되어 응시의 대상이 된다. 이 응시는 —즐김을 위한 응시는 멋쟁이의 멋스러운 행동 양식의 일부이다. 그 자기만족이 대상화와 정지와 즐김을 보장한다. 달리 말하여, 정확하고 기발한 비유의 선택 행위는 멋쟁이의 관조와 반성의 의식 공간에서 일어난다. 글쓰기는 이에 대응한다. 이 공간에서 표현의 여러 요소들이 연출되고, 연희되고, 시험되는 것이다. 글은 사실을 목표로 하지 않는다. 그것은 보임을 위한 놀이이다. 여기에서 나오는 것이 한편으로는 기교주의적인 글이고, 다른 한편으로는 객관적인 글이다.

멋쟁이는 객관적 눈으로 자신의 모습을 보고, 또 객관적 공간에서의 자신의 연출의 결과를 검토한다. 시각의 객관화는 시적 연출 또는 연출로서의 시에 나타난다. 멋쟁이가 시를 쓴다면, 시는 단순히 진솔한 감정이나 관념의 진솔한 표현이 될 수 없다. 그것은 표현의 객관물로서, 그 차원에서, 효과를 위하여 조종될 수 있는 것이다. 모든 시는 시인의 개인적 내면의 직접적인 표현이라기보다는 그 자체의 질서와 원리를 가지고 있는 객관물이라는 면을 가지고 있다. 보다 관습적인 시에서, 시인은 단순히 관습을 오늘이 시점에서 재현하는 매체의 역할을 할 뿐이다. 낭만적인 시는 시인의 내적 고백이라는 인상을 준다. 거기에 공연의 관습이 있다면, 그것은 고백의 정열 속에 잠기어 보이지 않게 작용하고, 여러 사회적인 관습과 선입견은 무의식에 흡수되어 내면적인 것으로 재생됨으로써 그러한 것으로 의식되지 아니한다. 멋쟁이는 개인주의자이다. 그러면서 그의 개인은 사회적으로 평가되어야 하는 개인이다. 그는 그의 시를 이러한 개성으로부터 창조한다. 그러면서도 그 자신은 그렇게 하여 창조된 작품으로부터, 또 궁극적으로 창조물로서의 개성으로부터도 빠져나간다.

정지용이 기교주의의 시인이라는 것은 일반적으로 알려진 것이고, 또 그것은 그의 업적의 일부를 이루는 것으로 생각되고 있거니와, 이 기교주의의 심리적 근원은 그의 멋쟁이적 성향에 있는 것일 수 있다고 나는 생각한다. 그렇다고 기교의 시에 객관성이 없는 것은 아니다. 기교는 한편으로 구조물로서의 객관성을 향하지만, 멋쟁이에게 감각에 호소하는 외모가 핵심인 것처럼, 더 중요하게, 감각적 사실을 향한다. 그것은 감각적 사실의 근거 위에서의 놀이로서 존재한다.

그리하여 무엇보다도 확실해지는 것은 감각적 정확성이다. 여기에서 사실성이 생겨난다. 기교의 놀이는 이렇게 하여 사실적인 글쓰기보다도 사실적이 되는 것이다. 「소묘」나 「수수어」는 벌써 목적 없는 글쓰기의 예이다. 이 글들은 글을 쓴다는 것 외에는 아무런 다른 목적도 가지고 있지 아니한 것으로 보인다. 그것은 멋있는 제스처라는 것 이외의 의미를 갖지 아니한다. 이러나저러나 글쓰기는 상당한 정도 글을 쓴다는 것 자체가 멋진 일의 하나이기 때문에 행해지는 것이지만, 정지용의 초기 산문을 포함한 신문학의 상당 부분이 이러한 종류에 속하는 글이다. 그러나 다시 말하여, 이러한 글들이 사실성을 갖지 아니하는 것은 아니다. 정지용의 글쓰기의 효과는 감각과 지적인 사유를 동시에 거머쥐는 사실적 정확성을 갖는다. 멋쟁이 의식은 영시에서라면 형이상학적이라고 할 높은 시적인 사유를 가능하게 하고, 또 사실성을 확보해 준다.

5

정지용의 모더니즘은, 위에서 말한 바와 같이, 시의 발상법에서 중요한 진전이며, 의식의 중요한 확장과 섬세화이다. 그러나 그것은 멋쟁이의 모든 장점과 함께 결점, 그 비속성, 그 비성실성, 그 비본래성을 가지고 있는 진전이며 확장이다. 위에서 말한 바와 같이, 보들레르가 얼마나 심각한 시인이냐 하는 점에 대해서는 이론이 있을 수 있지만, 그는 멋쟁이로서의 제스처가 가지고 있는 존재론적 아이러니를 의식하지 못했다고 할 수는 없다. 정지용은 멋쟁이의 미묘한 의미를 완전히 의식하지는 아니하였다. 그것은 그의 개인적인 사정으로도 그러하지만, 한국의 전통에 이미 멋에 대한 긍정적인 태도가 있었기 때문이라고 할 수도 있다. 즉, 감각에 대한 기호, 사회 공간에서의 감각의 가치화, 그것의 문화적 신분적 의미는 이미 한국의 전통 속에 있었던 것이고, 정지용은 현대성의 문물을 통하여 전통을 새롭게 한 것이라고 할 수 있는 것이다.

우리는 위에서 정지용이 현대적인 멋쟁이의 차림새에 특별한 흥미를 가졌던 것에 주목하였다. 그는 대체적으로 옷에 흥미를 가지고 있었다. 아마 이것은 전통적인 옷의 경우에 더 컸던 것이 아닌가 생각된다. "나는 새 옷을 입으면 여덟아홉 살 때처럼 좋더라"라고 그는 고백한 일이 있다.(이것은 해방 후에 '가난한 인민의 최저한도로 입는 옷'을 생각하며, 새옷만을 좋아하여서는 아니 된다는 교훈을 말하는 글에서 발언한 것이기는 하다.)[21] 그의 산문으로는 거의 최초의 것인 「소묘 1」—1933년에 발표되었으나, 그의 일본 경도 체제의 인상을 적은 것으로, 문체로나 내용으로나 그보다 앞서서 쓰인 것으로 생각되는 이 글은 그가 처음으로 만난 가톨릭 신부의 차림새에 주목하는 것으로 시작한다. "검은 옷이 길대로 길고나, 머리목 뒤에 —위태하게 붙은 검은 동그란 홍겹은 무엇이라 이름하느뇨?……"[22]

다른 기뻤던 추억이 되는 것은 Robin이라는 이름의 양복 가게이다. 그는 적고 있다. "꽃밭이나 배밭을 지날 지음이나 고샅길 산길을 밟을 적 심기가 따로따로 다를 수 있다면 가볍고 곱고 칠칠한 비단 폭으로 지은 옷이 가진 화초처럼 즐비하게 늘어선 사이를 슬치며 지나자면 그만치 감각이 바뀔 것이 아닌가."[23] 그의 옷에 대한 관심은 한국의 복장에 대한 감각에 절

---

21 같은 책, 56쪽.
22 같은 책, 11쪽.
23 같은 책, 163쪽.

로 연결되어 있다. 다른 글에서, 그는 옷에 대한 품평을 늘어놓으며, 옷의 즐거움을 말하고, 명주옷의 쾌감을 예찬한다. 그는 "조선법으로 보면 내가 아직 물색 옷은 아닐지라도 명주옷이 흰 것이라고 그대로 입는 것은 아니다."라고 하면서도, 옷이 얼마 없으니 흰 명주옷을 아니 입을 수 없다고 하고, 명주옷의 느낌을 즐기는 것이다. "명주에서는 냄새가 좋다. 까프라지도록 뻐쳐 돌아와서도 명주고름에서 날리는 냄새로 몸이 풀린다." 다른 옷은 또 다른 옷대로 쾌감이 있는 법이다.

마고자는 인제 입을 맛이 적다.
전에 장만한 조끼가 회색이려니와 조끼란 워낙 저고리에 포기기에 천한 실용품이다. 그저 동저고리바람이 아실아실한 봄추위를 타기에 그다지 싫은 것도 아니려니와 야릇하게도 정서를 자아내어 소매로 깃도래로 기어드는 바람을 구태여 사양할 것도 아니다.[24]

정지용의 옷에 대한 관심은 감각적인데, 이것은 위에서도 본 바이지만, 감각이 약속하는 일정한 쾌락, 그것을 가능하게 하는 일정한 라이프스타일, 그것으로 정의되는 자아의 모습으로 이어진다. 그러나 여기에서의 옷에 대한 관심은 멋쟁이의 차림새에 대한 관심에 비슷하면서도 다른 것으로 생각된다. 그렇다는 것은 그것이 단순히 보임의 사회적 공간에서 존재하는 것이 아니라, 감각적 쾌락이라는, 반드시 외적인 것이라고는 할 수 없는, 가치에 의하여 내면을 부여받기 때문이다. 다만 이 감각적 쾌락도 사회적으로 매개되는 것이다. 그것은 사회적으로 긍정되는 라이프스타일과 신분적 상징에 의하여 더 보강되는 쾌락인 것이다. 달리 말하면 그것은, 감각

---

24 같은 책, 52~53쪽.

에 기초해 있으면서, 과시적 소비에 비슷하게, 사회적 특권의 의미를 갖기 때문에 더욱 강한 것이 되는, 사치의 쾌락이다.

사치는, 막스 베버(Max Weber)가 지적한 바 있듯이, 사회 계급의 계급적 증표의 주장의 하나이다. 그러면서 그것은, 다른 세련된 형식과 형상, 예절, 교양, 취미들에 대한 요구가 그러하듯이,[25] 계급적 특성을 넘어서, 인간의 감각적, 심미적 요구에 기초해 있다. 한국의 전통에서는 이러한 계급적 성격을 가지면서도 감각과 쾌락의 충동을 충족하는 방식을 풍류라고 불렀던 것으로 생각된다. 복장의 멋도 이 풍류적인 것의 테두리 안에서, 즉 총체적인 삶의 심미화 — 아니면 적어도 그것을 암시할 수 있는 행동, 쾌락의 일부로서 중요했다고 할 수 있다. 풍류가 멋과 어떠한 관계를 가지며, 전통적 삶에서 — 삶의 스타일의 계급적 분화와의 관계를 갖는가 하는 것은 깊은 연구를 요구하는 과제이다. 여기에서 말하고자 하는 것은 정지용과 같은 현대인을 유혹한 멋, 그것의 단적인 표면으로서의 옷차림새와 그 암시의 가치화의 뿌리는 이 풍류적인 것이었을지 모른다는 것이다.

정지용의 풍류적인 삶에 대한 관심은, 1940년 1월 《동아일보》에 발표한 관서 지방 여행기, 「화문행각(畫文行脚)」에 기록한 기생놀이에 대한 기록 같은 데에서 나타나는 것으로 보인다. 이 여행에서 그를 가장 기쁘게 한 것은 의주 기생의 술과 노래와 춤이었던 것 같다. 그의 여행기에 의하면 그는 기생 화선이와 영산홍이 부르는, "서도팔경"과 "의주경발림", 그들의 맵시 있는 춤, 그것이 만들어 내는 흥청거림의 분위기를 즐겼다. 그는 기생들의 자태를 감상하며 적고 있다. "영산홍의 조옥 내려간 치마폭이 보선을 감추고도 춤이 여리고 화선이 장고채가 화선이를 끌고 돌린다." 의주에서

---

25 Norbert Elias, *The Court Society*(New York: Pantheon Books, 1983), pp. 37~38, 62~63 et passim 참조.

의 기생놀이는 그로 하여금 현대 이전의 "우리에게 훨씬 익은 생활"을 상기하게 하고, "풋되지 않는 전통을 가진 의주 살림살이"를 궁금해 하게 한다.[26] 그리고 이것을 옛사람의 풍류라는 범주로 통합한다. 의주의 국경 도시로서의 의미를, "수백년 두고 국경을 수금(守禁)하기는 오직 풍류와 전통을 옹위하기 위함이나 아니었던지……," 하는 말로 설명하고, "멀리 의주에 와서 훨씬 '이조적'인 것에 감상(感傷)하는"[27] 것이다.

이러한 정지용의 느낌에 주의하면서, 놓칠 수 없는 것은 풍류가 속된 멋과는 다른 것이라는 그의 생각이다. 그의 기생놀이의 일부를 이루었던 평양 기생의 수심가와 관련하여 그는 말한다.

멋 부리는 것과 '노적'되는 것을 평양 사람들은 싫어한다. '멋'이라는 것이 실상은 호남에서도 다시 남쪽 해변 가까이 가객과 기생을 중심으로 한 사회에서 발전된 것이 아닐까 한다. 그림 글씨와 시와 문에서 보는 것은 그것이 멋이 아니라 운치다. 멋은 아무래도 광대와 명창에서 물들어 온 것이 아닐까 하는데 남도 소리의 흐르는 멋이 수심가에는 없을까 한다. 그러나 남도 소리라는 것이 봉건 지배 계급을 즐겁게 하기 위함이라든지 아첨하기 위하여 발달된 일면이 있는 것을 부정할 수 없는 것이라면 어떨지! 결국 음악적 원리에서 출발한 것이 둘이 다 못될 바에야 수심가는 순연히 백성 사이에서 자연 발생으로 된 토속적 가요라고 볼 수밖에 없을까 한다. 단순하고 소박한 리듬에서 툭툭 불거져 나둥그는 비애가 어딘지 남도 소리에서보다도 훨씬 근대적인 것이기도 하다.[28]

---

26 『정지용 전집 2』, 73쪽.

27 같은 책, 75쪽.

28 같은 책, 80쪽.

멋과 운치 — 의주에서의 기생놀이를 풍류라고 부른 것을 상기한다면 — 그리고 풍류를 구분하는 여기의 관찰의 의미가 분명한 것은 아니지만, 정지용의 생각은 운치와 풍류라는 미적 표현이 조금 더 건강한 것인 데대하여, 멋은 좀 더 퇴폐적이라는 것으로 짐작된다.(물론 그러면서, 위에 인용한 글은 남도 소리로 대표되는 멋이 심미적으로 더 높은 것이라는 암시도 포함하는 것이라 할 수 있다.) 이러한 구분은 물론 단순히 구분이 아니라 풍류나 운치나 멋이 모두 비슷하다는 느낌에서 연유하는 것이라고 할 수 있다. 그것들은 그만큼 혼동되기 쉬운 것이다. 풍류나 운치가 어떤 조건하에서 타락하면 그것은 멋이 되는 것이다. 여기에는, 위 인용의 시사로는, 전문화와 계급 사회의 소외가 관계된다. 어느 쪽의 경우나 이 조건은 진솔한 자아 표현보다는 청중과의 관계에서의 효과가 중요해지는 것을 말하기 때문에, 정지용이 말하는 멋은, 위에서 우리가 관찰한 바와 같이, 비본래적 생존의 전략에서 생기는 것이다.

그러나 다시 한편 이것은 풍류나 운치나 멋이 얼마나 위태로운 실존적 토대 위에 있는 것인가를 생각하게 한다. 그림과 글씨와 시와 문의 운치가 그 자체로 높은 값을 가질 수 있음을 부정할 수는 없다. 그러나 그것들은 얼마나 계급적 교양에 밀착해 있는가. 사회학자들, 소스타인 베블런(Thorstein Veblen), 베버, 노르베르트 엘리아스(Norbert Elias), 또 더 추가하건대, 베르너 좀바르트(Werner Sombart), 그리고 피에르 부르디외(Pierre Bourdieu) 등이 지적하는 계급적 자기주장으로서의 의미를 이 운치에서 제거할 수는 없는 것이다. 풍류의 경우, 그것이 경계 좋은 산수를 찾아 시문을 짓고 거문고를 타고, 세련된 사귐의 흥취를 돋는 일을 말한다면, 그것도 이러한 계급적 주장과 과시의 전략이라는 혐의를 벗어날 수 없다. 그리고 개인적 차원에서도, 그것이 표 나게 전시될 때 사회적 과시의 기능을 하게 되는 것을 놓칠 수가 없는 것이다. 다만 존재하지 않는 사회적 현실을 허상으로 좇는 멋쟁이 또는 더 나아가 댄디의 경우와는 다르게, 풍류와 운치는 확실한 사회 현실 — 계급 현실일망정, 실속이 있는 사회 현실에 기초한 것이다. 그것은 완전히, 허위나 비본래적인 이미지의 현상은 아닌 것이다.

6

풍류와 운치 그리고 멋은 정지용이 시도한 바와 같이 구분될 수 있는 것이면서, 다 같이 인간이 사회적 존재로서의 보임의 공간에 산다는 사실에서 나온다. 이 공간에서의 존재 방식이 하나가 되기도 하고 약간의 뉘앙스의 차이로 서로 구분되는 것이 되기도 하는 것이다. 사회적 보임의 공간에서, 보이는 것은 보이지 않는 것과 다르고 또 그것을 감출 수 있기 때문에, 사람은 이 공간에서 자신의 본래적인 진실을 떠나서 존재할 가능성을 가지게 된다. 그리고 보이는 것에만 의존하는 사회적 평가의 세계는 허위와 소외의 세계가 될 수 있다. 사람 사이의 작용이 격화되고 조직화되는 사회적 공간인 정치의 세계가, 흔히 이야기하다시피, 권모술수의 세계가 되는 것도 이러한 관련에서이다. 술수나 강제력으로만 맺어지는 마키아벨리의 정치 세계에서 실존적 진실이 존재할 수는 없다. 여기에서는 문화도 그 술수의 일부를 이룬다.(물론 이렇게 말하는 것은 과장된 것이다. 그것은 어떠한 조건에서나 사람의 본래적인 요구에 대응한다. 이것은 다른 사회적 영역의 일에서도 마찬가지이다. 다만 이러한 사회적 기능들은 어떠한 조건하에서는 부분적으로 또는 왜곡된 형태로 수행된다.) 삶의 세련된 양식도 그 나름의 기능을 수행하지 아니하는 것은 아니면서, 위에서 언급한 사회학적 관찰이 시사하듯이, 이러한 술수의 일부를 이룬다.

그러나 인간 생존의 사회적 정치적 차원이 반드시 도덕적 타락, 또는 실존적 비본래화의 공간이 되는 것은 아니다. 그것은 사람이 자신의 내면적 절실성에 일치하는 진리에 충실하다는 것과는 다른 의미에서 인간의 진리의 장이다. 다른 사람의 눈에 노출되고, 그것에 얽매이는 것은 주체적 자유를 버리고 객체화의 굴욕을 받아들이는 것이다. 그러나 사람이 주체적으로 존재하면서 동시에 객체적인 존재라는 것은 엄연한 인간 조건의 일부이다.(사르트르의 철학의 문제의 하나는 인간을 지나치게 주체의 관점에서만 파악한다는 것이다.) 생물학적 존재로서의 여러 객관적 조건 이외에 스스로의 실존을 스스로 결정하는 자유로운 존재로서의 인간의 모든 특징들 — 가령 용기, 관용, 사랑, 지혜 등 전통적인 덕성들 또는 좌절, 상실, 죽음 등과 같은 전통적인 인간고의 진실은 객관적 과정에서 드러나고, 그곳에서 의식화된다. 그리고 이 과정에서 주체적 의식은 다른 사람의 인지를 통한 반사적 인식의 매개를 필요로 한다. 이런 의미에서 사회적 정치적 공간은 인간이 스스로에 대한 진리를 깨닫게 되는 중요한 공간이다. 더 나아가 인간적 진리는 상당 정도 이 공간에서 현실화되는 — 이 공간이 있어서 가능해지는 가치이다.

다른 사람의 존재가 없이 사랑이 실현될 수 있는가. 이 다른 사람이란 2인칭의 상대자만이 아니고, 3인칭의 삼자로서의 사람들도 의미한다. 이 삼자적 타자들은 단순한 군중일 수도 있고, 일정한 형식에 의하여 고양된 관찰자일 수도 있다. 위엄 있는 결혼식과 같은 사회적 형식은 작은 규모에서 행위자와 그 상대자, 그리고 참가자의 관계를 양식화한 예이다. 양식화를 통한 인간 행위의 고양화를 가장 높게 실현해 주는 것은, 적어도 이상적 구도에서는, 정치적 공간이다. 정치를 높은 행동의 연극이라는 관점에서 파악하고자 한 미국의 정치철학자 한나 아렌트(Hannah Arendt)의 생각으로는 정치는 행동과 행동의 전시의 공간이며, 상호 경쟁으로 가능해지는 인간적 수월성 성취의 공간이다. 아렌트가 존 애덤스(John Adams)를 인용하여 말하듯이, 사람이 스스로를 보이고 싶어 하는 것은 극히 자연스럽다. "남자나 여자나 아이들이나, 노소빈부, 귀천, 현우, 무식, 유식을 가릴 것 없이, 누구나 사람은 자신의 주변 또는 아는 범위의 사람들이 그를 보고, 듣고, 말하고, 칭찬하고, 존경하여 주기를 바라는 욕심에 의하여 행동한다." 이러한 욕심이 '경쟁의식(emulation)'이고 '다른 사람보다 뛰어나고자 하는 욕망'이다.

여러 사람 사이에서 일하고 말하고, 일을 잘 처리하여, 그로 인하여 여러 사람의 칭송을 듣는 것 ─ 사회 속에서 수월함을 좇는 것이 정치의 핵심이며, 이것은 사람의 사람으로서의 행복과 보람의 높은 단계를 이룬다. 물론 인간의 정치적 영역에서의 자기실현은 덕과 아울러 악덕의 가능성을 가진 것이다. 수월성을 위한 경쟁은 쉽게 단순한 권력을 향한 '야망(ambition)'의 추구가 될 수 있다. 이것은 사람 사이의 경쟁이나 칭송을 단순한 지배로 대체하는 것이며, 결국 수월성의 경쟁과 그것에서 나오는 사람들의 칭송을 포기하는 일이다. 여기에서 독재와 폭정이 나온다.[29]

이러한 권력에 대한 야망 외에도 정치와 사회의 공간은 너무나 많은 타락의 가능성을 가지고 있다. 주체성의 상실 ─ 다른 사람의 눈에 의하여 자기를 확립하는 일의 노예적이고 비속한 성격은 위에서 지적한 바이다. 타인의 칭찬 또는 사회적 칭찬이 중요하다고 하더라도 주체와 객체의 위험한 변증법의 관점에서 이를 다시 생각해 볼 때, 이 칭찬이 실존적 진정성을 가지려면 사회적 칭찬은 나의 주체적 확신과 균형을 이루고 있어야 한다. 경쟁적이란 이미 이러한 것을 전제하고 있다고 말할 수도 있다. 경쟁은 단순히 정해진 기준에 따른 경쟁이 아니라 각자가 확신하는 가치 기준의 경쟁도 포함하는 것이기 때문이다. 이러한 관점에서 오히려 우려되는

---

29 Hannah Arendt, *On Revolution* (New York: Viking Compass Book, 1965), p. 116 ff.

것은 경쟁의 치열함으로 인한 사회의 와해, 그에 따른 개인의 파멸이라고 할는지 모른다. 여기에 필요한 것이 공동의 문화이다. 이 공동의 문화는 공동된 가치, 이성적 토의의 관습, 정서적 구조를 만들어 내는 문학과 예술의 전통, 또는 예절이나 의식에 작용하는 미적 형식의 느낌으로 이루어진다.

동양 전통에서 시나 문도 사회관계의 원활화에 기여하는 것으로 생각되었지만, 특히 사회 공간에서의 행동을 형식화하여 일정한 질서를 부여하는 데 주요한 것으로 생각된 것은 예(禮)였다. 동양 윤리는 예로 하여금 "정세와 상리(常理)에 기본을 두고 풍토와 기후를 참작해서 교제상의 규구를 정하여 이것으로 쟁투와 잔해(殘害)의 화를 없애어 사회를 문식(文飾)하는" 기능을 주로 담당하게 하려 한 것이다.[30] 그 내용으로만 말한다면, 예는 사람의 행동 — 가족과 선조, 지인, 계급, 정치 기구, 통치자, 귀신 등에 대한 모든 행동을 규제하려는 수많은 작은 행동 규범의 집합이다. 그러나 이것이 반드시 외적인 강제가 되어 억압적 성격을 갖는 것은 아니다.

예는 흔히 악과 더불어 이야기되거니와 실제 행동의 처방에서도 — 가령 임금이 거동할 때, 음악의 반주는 중요한 요소였다. 행하고 즐기는 것이 악이라고 한다면(行而樂之樂也),[31] 예와 악의 병행은 예도 즐거움을 주는 것이어야 한다는 것을 인지한 것이다. 이 즐거움이란 심미적인 것인데, 음악이 있기 전에도 예 안에서 행해지는 행동은 이미 미적으로 양식화된 행동이다. 이 미적 행동은 그 자체로 만족스러운 것일 뿐만 아니라 궁극적으로는 우주적 질서와의 조화를 통해서 보다 큰 만족을 가져오는 것이 된다. 악의 즐거움은 편안함의 즐거움이고, 편안함은 하늘과 귀신으로부터 오는 것인데(樂則安, 安則久, 久則天, 天則神),[32] 이것은 악에 대하여 쌍을 이루는 예

---

30 이민수(李民樹) 역해(譯解), 『예기(禮記)』(혜원출판사, 1993), 3쪽.
31 같은 책, 576쪽.
32 같은 책, 535쪽.

의 경우에도 마찬가지이다. 그리하여 예 또는 더 일반적으로 제의(祭儀)는 "형식화된 자아 표현의 수단에 대한 요구와, 나 자신과 보다 항구적인 존재의 질서에 나를 합일할 수 있게 하는 의식화(儀式化)된 행동에 대한 깊은 감성을 충족시키는" 것이다.[33]

그럼에도 불구하고 공적 공간에서의 행동 방식으로서의 예의 폐단이 클 수 있는 것임은 수없는 공리공론으로서의 예론과, 심지어 죽음에 이르는 쟁투와 잔해를 가져온 예의 논쟁을 통하여 너무나 잘 알려진 사실이다. 예의 중요 목적은 봉건적 계급 질서를 유지하려는 것이었다. 개인적인 차원에서도, 지나치게 번거롭고 까다로운 예는, 봉건적 수직 질서의 유지와 밀접하게 연결된 것인데, 인간의 자발성을 제약하고, 궁극적으로 주체적 자유를 앗아 간다. 이러한 역기능은 결국은 예가 인간의 내적 과정으로부터 분리되는 데에서 온다고 할 수 있다. 예가 억압적인 규제 또는 번거로운 규칙으로 느껴지는 것은 그것이 내면으로부터 일어나는 즐거움이기를 그치기 때문이다. 그러나 예는 본래부터 사회 공간에서의 외적인 행동의 규제를 목표로 한다. 그것은 쉽게 내면적 과정으로부터 분리될 수 있는 것이다. 본래부터 억압과 이익을 주조로 하는 사회 체제하에서, 그것은 순전히 외적인 것이 될 수밖에 없다. 설령 내면으로부터 우러나오는 ─ 미적 만족을 주는 양식화된 행동 또는 초월적 질서와의 깊은 조화감에서 오는 예를 나타내는 행동이 있다고 하더라도, 그것이 권위 질서하에서의 포폄과 손익을 계산하는 행동과 어떻게 구별되어 판단될 수 있을 것인가. 권위와 이익의 질서 속에서 모든 예의는 외면적인 것이 되어 버리고 만다. 특히 공적 공간에서 행동은 비속한 의미에서의 보이기 위한 것이 되는 경향을 띨 수

---

33 William. Theodore de Bary, "Introduction", *The Unfolding of Neo-Confucianism* (New York: Columbia University Press, 1975), p. 16.

밖에 없다.

억압적 질서 속에서 외면화는 모든 면에서 진행된다. 예는 근본적으로 행동의 준칙에 관계되지만, 그것은 몸가짐, 얼굴의 표정, 특히 의상에 관한 매우 억압적인 규정을 포함한다.(동양에서만이 아니라 서양에서도 봉건제하에서의 의상을 계급에 따라 규정하는 '사치금지법(the sumptuary law)'은 널리 시행되었다.) 예에 따른 의상의 규범은 우주적, 사회적 질서 그리고 상황에 맞는 적절성을 요구하는 것이었지만, 이 적절성도 흔히는 내면적 확신에 의하여가 아니라 다른 사람의 눈, 아니면 적어도 예에 대한 지식의 과시를 위한 사회적 투쟁의 의식에 의하여 결정되는 것이 된다. 이러한 외면성은 인간 자체에도 침범한다. 신언서판(身言書判)이란 말이 있지만, 이것은 인간의 됨됨이를 판단하는 기준을 말하는 것인데, 그 기준이 매우 외면적인 것임에 우리는 주의할 수 있다. 하필이면 네 개의 기준에서도 신체를 든 것, 그것도 체모풍위(體貌豊偉)함으로 설명되는 외모를 말한 것이 그 단적인 증거이지만, 또 다른 기준의 경우에도, 언사변정(言辭辯正), 해법주미(楷法遒美), 문리우장(文理優長)이 주로 밖으로 나타나는 미적 특징(미적이란 것 자체가 외적인 것이지만)을 말한 것은(『당서선거지(唐書選擧志)』) 이미 인간의 가치를 사회적 공간에서의 외면적 보임으로 판단하기 시작하고 있음을 시사하는 것이다.

더 심한 것은 인간 내면의 전적인 외면화이다. 도덕과 윤리의 문제는 여기에서 간단히 논할 수 없는 어려운 문제이지만, 사람을 도덕적 기준에 의하여서만 저울질하는 것 자체가, 인간을 지나치게 단순화하여 전적으로 그 사회성에 일치시키는 것이라고 할 수 있다. 물론 도덕과 윤리가 인간의 내적 과정 없이는 성립할 수 없는 것이라고 할 때, 도덕적 윤리적 인간이 반드시 외면적 인간이라고 할 수는 없다. 그러나 얼마나 많은 경우에 도덕적 인간의 도덕은 사회적 통용에 의하여 정당화되는 가치의 통화(通貨)가

되고, 또 도덕적 인간의 자기 정당성, 더 나아가 자기 객관화의 자료가 되는가.

멋의 문제를 말하는 우리의 이야기는 매우 우원한 것이 되었다. 그러나 멋은 사회적 보임의 공간에서의 인간의 존재 방식에 대한 폭넓은 해석이 없이는 이해될 수 없다. 그것은 보임의 공간에서 가장 중요한 사회적 의미를 갖는 심미적 현상인 예(禮)의 문제와의 일정한 관계에 자리하고 있는 것일 것이다. 이것은 풍류의 경우에도 마찬가지이다. 풍류는 예에 포함되어 있는 악(樂)의 부분을 강조하는 것으로 보인다. 예 안에 들어 있는 미적, 정서적 요소는 개인적인 또는 많은 경우에 사회적인 즐김을 주는 것이면서, 다른 한편으로는 우주적 질서와의 교감을 매개하는 것이다. 다만 풍류는 예의 강한 사회성에 대하여 개인적 성격을 가졌다고 할 수 있다. 그러니만큼 사회와 우주의 전체적인 질서 속에서의 적절성을 강조하는 예로부터의 변격이라는 느낌을 준다. 그러면서도 그것이 완전히 개인적 향수의 표현인 것은 아니다. 그것은 사회적으로 규정된 또는 암시된 연출의 양식을 크게 벗어나지 아니한다. 그것은 내면적 즐김이면서 사회적 순응에 한눈을 주고 있는 사회적 행동이다. 멋은 이러한 내면과 외면이 더욱 심한 모순 속에 있을 때 생겨나는 인간 존재의 방식이다.

멋은 풍류의 경우보다 더 직접적으로 사회적 보임의 공간에 존재한다. 그것은 외면으로부터 보는 눈이 없이는 별로 의미를 갖지 못한다. 그것의 내적인 근거는 다른 어떤 보임의 양식보다도 취약하다. 그러나 멋은 다른 한편으로 더 적극적으로 개인의 자기주장을 나타내는 것이다. 그것은 일사불란의 사회적 질서의 익명으로부터 벗어나서 자신을 드러내려는 자아 표현이다. 그러면서 이 자아는 어디까지나 사회적인 자아이다. 그것은 사회적 인정 속에 자기를 확인하고 자기를 객관적 존재로 파악하려는 행위인 것이다. 또 하나의 역설은 이 자기 확인, 자기 존재의 객관성이 상당 정도 환상에 불과하다는 사실이다. 멋이 보여 주는 자아는 순전히 보임의 공간에 일시적으로 존재할 뿐이며, 그것의 사회적 근거 ── 권력, 금전 또는 명성의 관점에서의 실질적인 근거는 불확실한 것이다. 멋은 가상으로 실질을 붙잡으려는 노력이라고 할 수 있다. 그것은 불확실한 시대의 불확실한 신분의 사람들에게 흔히 나타나는 것이다.(앙드레 모루아(André Maurois)는 영국 귀족들의 복장의 허술함이 그들의 계급적 자신감에서 오는 것임을 말한 바 있다.) 프랑스의 댄디가 임시 귀족 계급에서 탈락하고 그것에의 복귀를 꿈꾸는 시인의 헛된 노력이었듯이, 한국의 멋쟁이는 명성을 잃어버린 전통 사회와 제국주의 문화의 명성을 후광으로 한, 현대성이 교차하는 불확실한 과도기에 그 모습을 나타냈을 가능성이 크다.

그러나 어느 사회에서나 신분과 신분의 증표, 권력과 권력의 상징, 금력과 과시적 소비, 사회와 개인, 진정한 개인과 사회적 개인, 내면과 외면이 교차하는 불확실성의 지대는 존재하기 마련이다. 또 정도를 달리하여 주체적이면서도 객체적인 존재인 인간은 어느 때에나 이러한 불확실성의 어스름한 지대를 완전히 벗어나지는 못한다. 이 박명의 지대에서 인간 존재가 드러나는 양식이 하필 한 가지에 한정되는 것은 아니겠지만, 멋은 그러한 양식의 하나이다. 예의 한 변격이 풍류이고, 풍류의 한 변격, 달리 말하여 풍류의 개인적, 소집단적 행위에 내면화되어 들어 있는 사회적 가치가 불확실하여졌다는 점에서, 풍류로부터도 변용되어 격을 달리하게 된 것이 멋이다.

(1997년)

영상과 그 세계

오늘의 문화적 상황

1. 이미지의 흥기

근년 영상에 관한 학문적 관심이 증대하는 것을 여러 곳에서 본다. 영상에 관한 학회들이 창립되고 영상의 문제에 관한 연구서, 연구지, 학술회가 왕성해진다. 아마 '새 문화'의 문제를 다루는 이 모임에서도 영상이 커다란 주제가 되었을 것이다. 영상에 대한 관심의 고조는 당연한 추세를 나타낸다. 오늘날 우리는 어느 때보다 영상이 넘쳐흐르는 시대에 살고 있다. 텔레비전, 비디오, 영화는 오늘의 생활에서 빼놓을 수 없는 오락과 정보의 매체가 되고, 신문을 포함하여 정보 매체들도 글의 내용에 못지않게 시각 효과에 의존하는 편집 체제로 옮겨 갔고, 그 외에도 축제나 노변의 광고나 장식 등 시각성의 호소력을 초점으로 하는 행사들이 번창한다. 어떤 감각 기관보다도 발달된 시각을 가지고 있는 존재로서 인간은 시각적 자극에 민감하다. 그러나 그것이 오늘날처럼 인간 생활의 지배적인 주제가 된 일은 일찍이 없었다고 할 것이다. 그리고 주제화된 시각 현상은 새 시대의 상징으로 생각된다. 시각적 영상들을 만들어 내고 경험하는 외에 그 의미를 보다 적극적으로 해독하려고 하는 노력이 생기는 것은 자연스러운 일이다. 이 노력에서 나온 학문적 성과가 적지 않을 것으로 생각되나, 여기에서 나는 문화, 우리의 사회적 또는 개인적 삶, 그리고 문화 일반과의 관련에서 내 나름으로 일상적 영상적 체험에 대한 소박한 성찰을 시도해 보고자 한다.

예술 작품은 흔히 현실의 모사(模寫)라는 관점에서 설명한다. 그렇다는 것은 현실에 대한 하나의 인식 수단이 된다고 생각되었다는 말이다. 물론 모방은 그 자체로서 즐거움을 주는 일이기도 하다. 그리하여 우리를 즐겁게 해 주는, 말하자면 오락적 의미를 갖는 인간의 창조물로 말하여져 왔다. 좋은 작품에서 그렇고 또 심각한 미학적 설명에서, 이 현실성과 쾌락성의 두 면은 하나라고 말하여진다. 그러나 이것이 서로 분리되고 마찰을 일으킬 수 있는 것도 사실이다. 그리하여 예술에 대한 요구나 해석은 늘 이 두 측면의 어느 쪽에 역점을 두느냐에 따라서 서로 다른 결과를 낳고는 하였다.

사람의 사는 일과 관련해서 영상을 생각할 때, 예술의 경우나 마찬가지로, 우리는 생각의 발단을 영상이 가진 양면성 또는 양의성에서 찾을 수 있다. 영상의 제일 효과는 그것이 주는 즐거움일는지 모른다. 그러나 그 근원에서 영상은 현실을 나타내는 어떤 증표이기 때문에 우리에게 중요한 의미를 가졌다고 하는 것이 옳을 것이다. 쾌감이라는 관점에서도 많은 경우 영상의 쾌감의 밑에 놓여 있는 것은 영상의 현실 암시력이다. 광고에서 영상 효과는 현실을 나타내거나 그에 관한 정보를 주면서 동시에 우리를 매료시키는 데에 있다. 현실의 어떤 것에 대한 암시가 없는 광고는, 그것이 정확한 정보를 목표로 하는 것이 분명한 경우에도, 그 광고 효과를 달성하지 못하고 말 것이다. 바로 현실 정보와 매력의 혼재가 영상으로 하여금 상업적 조작 수단이 되게 하고 또 사회적 정치적 동원의 가능성으로 그것을 열어 놓는 것이다. 이 모호함은 사람들로 하여금 진리나 진실의 이름으로 영상을 수상쩍은 것으로 보게 한다. 모호한 의미의 영상은 진실을 호도할 뿐만 아니라, 진위를 그 기준으로 삼아야 하는 비판을 어렵게 만든다. 영상이 무엇인가를 말하는 것은 틀림이 없으나, 그것은 옳고 그른 것을 초월하는 위치에 있다. 또 영상 언어의 비분절화와 비논리가 그 비진리성을 높인다. 그러니까 영상은 사실의 측면이나 논리의 면에서 반박될 수 없다.

그러나 어떤 종류의 현대 회화나 영상 효과에서 보는 바와 같이, 영상이 현실과 분리되어 단순한 미적 쾌감의 원인이 될 수 있다는 것을 부정할 수는 없다. 그것은 그 나름의 영역을 가지고 또 언어의 진리 기능과는 전혀 다른 그 나름의 진실을 갖는다고 할 수도 있다. 다만 그것도 현실 세계에서의 형태나 색채에 대하여 사람이 가지고 있는 현실적 관계, 그것이 비록 설명할 수 없는 쾌감으로 표현된다고 하더라도, 이것이 없었더라면, 존재하기 어려운 것이라고 해야 할 것이다. 사실상 표현주의 회화나 추상화에서도 이러한 현실 암시 가능성은 늘 작용하고 있다. 영상은 어느 경우에나 그 독자성과 지시성 사이에서 진동한다.

영상의 양의성은 예로부터 존재했다. 오늘에 와서 영상의 문제가 특히 예리한 관심사가 되는 것은 그 매력의 지나친 증대 —— 현실을 위장하거나 또는 대체하는 매력의 증대로 인한 것이다. 영상의 범람 속에서 우리는 때로 인간 현실이 영상으로 대체될 수 있다는 인상을 받는 것이다. 영상은 인간이 주어진 현실로부터 스스로를 분리할 수 있음으로 하여 가능해진다. 이것은 사람들이 자연 그대로가 아니라 자연과는 다른 인공 설치물을 만드는 데에서 이미 시작된다. 인공물은, 그 설치 목적이 그러한 것이 아니더라도, 현실과는 다른 형상 세계를 생각할 수 있게 한다. 그러나 보다 일반적이면서도 확연하게 포착하기 어려운 것으로서는 인간의 인식 작용에 이미 현실과 형상 또는 영상의 분리가 존재한다는 점이다. 특히 대상적 인식에서 대상을 본다는 것은 사람이 부딪히는 물건이나 세계를 저만치 떨어져 바라볼 수 있는 어떤 것으로 의식을 조정하는 행위이기 때문이다. 최근의 포스트모더니즘의 논의에서 모든 사고는 시각적이며 그로 인하여 진리를 대상적 진리로서 한정시킨다는 비판을 받은 바 있다.[1] 그림은 무엇보다도 영상의 현실 분리 가능성을 실감하게 하는 것이었다. 그것은 자연으로부터 흑백이나 또는 다른 종류의 색채만을 추출하여 현실의 가상을 만들 수 있게 한다. 그러나 이것은 어디까지나 그림은 그림이라는 사실을 떠나지 아니하면서 동시에 그림은 현실의 모사라는 것을 전제로 하는 것이다. 따라서 현실과 그림이 혼동될 수 있는 가능성은 그다지 크지 않다고 할 수 있다. 다시 말해 현실의 모사는 현실의 현실성을 인정하는 데에서 성립한다. 그리고 그것은 인간 능력이 그러한 현실 접근을 수행할 수 있다는 사실을 당연한 것으로 받아들인다. 모든 것은 정상적 현실의 인정과 시각 작용의 범위 안에서 일어나는 것이다.

진정한 의미에서의 영상과 현실의 분리는 현실과 인간의 감각 능력 사이에 직접 교통이 당연한 것으로 생각할 수 없는 데에서 문제가 되었다. 미국의 예술사가 조너선 크래리(Jonathan Crary)는 인간의 감각 작용의 현실 인지 능력에 대한 불확실성이 많은 현대 예술의 정신사적 기초를 이루었다고 말한다. 이 불확실성은 복잡한 문화적 사회적 발달의 결과지만, 이것의 더 단적인 예시는 과학 기술에서 찾을 수 있다. 가령 19세기 중엽에 독일의 요하네스 뮐러(Johannes Müller)는 실험을 통하여 빛이나 색채 감각이

1 　가령 David Michael Levin, "Decline and Fall: Ocularcentrism in Heidegger's Reading of the History of Metaphysics", in *Modernity and the Hegemony of Vision*(Berkeley: University of California Press, 1993) 참조. 흔히들 대상적 인식 ── 잠재적으로 영상의 형성을 포함하는 대상적 인식은 서양 특유의 것이라고 생각되지만, 미국의 유학 연구가 로저 에임스가 공자나 왕필(王弼)을 빌려, "이미지는 현실"이라는 생각이 중국의 인식론이나 윤리학의 기본을 이룬다는 것을 말한 바 있다. Roger T. Ames, "Meaning as Imaging: Prolegomena to a Confucian Epistemology", in Eliot Deutsch ed., *Culture and Modernity: East-West Philosophic Perspectives*(Honolulu: University of Hawaii Press, 1991), pp. 227~244.

현실과는 관계없이 망막에 대한 전기 작용, 약물 효과 또는 물리적 작용을 통하여 자극될 수 있다는 것을 증명하였다. 즉, 인간의 지각이 반드시 현실에 연결된 것이 아니란 것을 보여 준 것이다. 이것은 다른 한편으로 현실로부터 분리된 여러 현상의 실험을 가능하게 하였다. 현대 예술의 실험은 바로 현실에 관계없이 일어날 수 있는 시각 체험의 가능성에 깊이 연루되어 있는 것이다.[2] 인상파, 비구상화, 표현주의 등이 현실을 떠난 영상들의 결과이다. 그러나 그 후의 영상 제조 기술의 발달은 영상들로만 이루어지는 커다란 하나의 세계를 출현하게 하는 단계에 이르게 되었다. 그리고 그것은 바야흐로 우리가 사는 현실 세계 그 자체를 크게 변형시키고 또는 대체하려는 것처럼 보인다. 특히 최근의 전자 매체들의 발달은 적어도 어떤 사람들의 관점에서는 영상 세계가 미래의 세계에서 인간의 생존 환경이 될 것이라고 생각하게 한다. 그리고 그들에게 이것은 새로운 아름다운 세계를 가져오는 것으로 받아들여진다.

다른 한편으로, 영상에 의한 현실의 대체는, 이미 비친 바와 같이, 사람들의 마음에 불안감 또는 의구심을 불러일으킨다. 이것은 상당 정도는 새로운 변화와 새로운 환경에 적응하지 못하는 구세대의 습관에서 연유하는 것이라고 할는지 모른다. 그러나 인간 생존의 조건이 매우 현실적이라는 사실을 완전히 무시할 수는 없다. 감각 체험은 그것이 아무리 독자적 영역, 하나의 새로이 정복된 영토로 존재한다고 하더라도, 궁극적으로는 우리의 현실 체험과 삶과의 관계 속에서 의미를 갖는다. 그것은 현실 세계의 표지인 것이다. 그러한 기능을 잃지 않기 위해서는 그것은 사물에 연결되어야 한다. 이 사물이란 물론 절대적인 것은 아니다. 그것은 하나의 사건, 하

2 Jonathan Crary, "Modernizing Vision", Hal Poster ed., *Vision and Visuality*(Seattle: Bay Press, 1988), pp. 18~19.

나의 단편적인 사물일 수도 있고, 또는 그보다 더 큰 테두리를 지칭하는 것일 수도 있다. 그러나 사물은 일정한 범위의 관계망 속에 고정됨으로써만 안정성을 얻을 수 있다. 사물로 하여금 그 의미를 드러내게 하려면, 그것은 그것의 자리 속에 다른 사물들과 함께 이루는 환경 속에 일정한 공간을 형성하도록 놓여야 한다. 영상의 주제화는 사물과 그 환경의 관계 변화로 인하여 가능해졌다. 감각과 대상의 분리가 참으로 보편화되는 것은 이 환경의 변화에 맞물림으로 인한 것이다.

발터 벤야민은 영상화되는 세계의 의미를 현실과의 관계에서 규명하는 데에 뛰어난 통찰력을 보여 준 선구적 평론가 중의 한 사람이었다. 그의 관찰 가운데 가장 유명한 것이 '분위기(aura)'에 관한 것이다. 그는 모든 사물 또는 가치화된 사물은 분위기를 가지고 있으나, 현대 문명에서의 지각 체험의 변화는 이 분위기를 소멸하거나 쇠퇴하게 하였다는 사실에 주목하였다. 사물은 그 주변과의 관계 속에 있음으로써 일정한 감정적 의미를 갖는다. 가령 신상(神像)은 신전 안에 놓여 있음으로써 신령한 것이다. 신령스러움은 다른 데에로 옮겨질 때 사라지고 만다. 현대적 기계 복사 발달의 한 결과는 이러한 분위기의 쇠퇴를 보편적인 것이 되게 하였다.[3] 그러나 이것은 보다 넓게는 산업 문명의 특징이다. 기계에 의한 생산이 물건들을 출발부터 복사품이 되게 한다. 또 이것들의 상품화는 이것들을 어디에나 놓일 수 있는 것이 되게 하고 그 고유 가치보다는 상품적 가치 — 언제나 등가 교환의 대상이 될 수 있는 상품적 가치로만 의미를 갖는 것이 되게 한다. 이러한 것은 사실 마르크스가 이미 지적한 것이지만, 벤야민이 특히 주목한 것은 상품들이 소비 시장에 집결되고 전시됨으로써, 환상적 이

---

3   Walter Benjamin, "The Work of Art in the Age of Mechanical Reproduction", *Illuminations* (New York: Schocken, 1969), pp. 222~224.

미지로 전환된다는 사실이었다. 벤야민이 소비 도시 파리에 흥미를 가졌던 것은 거기에서 물건이 제자리를 상실한다는 점보다도 그것들이 실체가 없는 영상으로 바뀐다는 점이었다. 상품들은 만들어지고 소비되는 것이면서 도시 상점들의 진열창에 전시되는 영상들이 된다. 이러한 영상화는 도시의 길거리에서 만나는 사람들에게도 해당된다. 그 내력이나 사연을 알 수 없는 길거리의 사람들은, 보들레르의 시에서 그러하듯이, 망령 같기도 하고 그림자 같기도 한 이미지들이다. 도로며 상점이며 식당이며, 극장이며, 사람들이며, 물건들이 하나로 혼융되는 파리의 현실을 벤야민은 '환몽(phantasmagoria)'이라는 개념으로 파악하였다.[4]

그러나 벤야민이 현실로부터 유리되고 또 우리의 현실에 대한 관계를 오도하는 이미지들의 세계를 부정적으로만 본 것은 아니다. 그가 현실과 예술이 편안히 공존하던 시대에 대한 향수를 가지고 있었던 것은 확실하다. 그러나 그는 동시에 주어진 현실을 역사의 진보라는 관점에서 받아들여야 할 것이 요구되는 마르크시스트의 입장을 심각하게 취하고, 새로운 시대 상황에서 새로운 역사적 전기를 발견하고자 하였다. 그는 쉬르레알리슴(surréalisme)이 관습적 사유의 세계를 넘어서 순수한 이미지의 영역을 열어 놓는 것으로 생각하고 이것을 진보로서 받아들였다. 그의 논리로는 쉬르레알리슴은 사유에 의하여 매개되는 모든 의미를 분쇄하고자 한다. 이미지는 비유(metaphor)와 구분된다. 비유는 사유를 통하여 접근되는 것이다. 이 사유란 우리의 의도에 관계없이 기존 질서의 관습을 답습한다. 사유가 절단되고 의미가 버려진 가운데 이미지가 등장한다. 사유의 중단, 무의미, 현실에 대한 지시 관계의 포기는 전통적 의미에서의 예술가적 기능

---

4 Susan Buck-Moss, *The Dialectic of Seeing: Walter Benjamin and the Arcades Project* (Cambridge, Mass.: MIT Press, 1989), pp. 80~87 참조.

을 포기하는 일이다. 그러나 이미지는 이 포기를 뜻한다. 그러면서 이미지와 더불어 열리게 되는 것이 다른 가능성 — 행동의 가능성, 혁명적 행동의 가능성이다.

"……[전통적 예술가이기를 그침과 함께 더욱 능숙하여지는] 농담, 욕설, 오해, 그리고 행동이 스스로의 이미지를 제시하고 그 이미지를 빨아들이며 먹어치우는 모든 경우에서 — 가까이 있음이 스스로의 눈으로 직시(直視)가 되는 곳에서, 오랫동안 찾아 마지않던 이미지의 영역이 열리고, 보편적이고 틈새 없는 현실 세계가 열린다.(그곳에는 '좋은 방'이란 존재하지 않는다.) 이 영역은 정치적 유물론과 물리적 자연을 — 내면적 인간, 마음, 개인 그리고 그 이외에 우리가 던져 주는 모든 것을, 변증법적 정의와 더불어 공유한다. 여기에, 어떠한 육체의 부분도 찢겨짐이 없이 온전하게 남을 수는 없다."[5]

비유적 의미로부터, 곧 현실로부터 단절된 이미지는 폭발적 힘을 가질 수 있다. 그러나 우리는 벤야민의 이미지에 대한 성찰이 보다 긴 성찰 또는 역사 과정에 대한 기획의 일부라는 것을 이해하여야 한다. 현실로부터 분리된 이미지는 보다 긴 과정에서의 한 단계에 불과하다. 그것은 다시 현실로 돌아감으로써 그 본령을 찾는다. 위에서 인용한 난해하다면 난해한 구절에서 벤야민이 말하고 있는 것은, 되풀이하건대, 전통적 의미의 단절로 인하여 가능해지는 이미지와 행동의, 순발력의 일치이다. 이 이미지의 순간은 쉬르레알리슴의 도취나 광란의 순간이다. 그러나 벤야민에게 쉬르레알리슴은 혁명적 행동으로 나아감으로써만 그 궁극적 정당성을 갖는다.

---

5 Walter Benjamin, "Surrealism", *Reflections*(New York: Harcourt, Brace, Jovanocich, 1978), pp. 191~192.

쉬르레알리슴은 "비관주의의 조직화"일 뿐이다. 그것은 구체제에 대한 파괴를 뜻한다. 그러니만큼 그것은 새로운 사회 속으로 들어가야 한다. 이 새로운 체제는 역시 이미지가 아니라 현실로 이루어진 세계이다.

그러나 우리가 이미지를 현실과의 관계 속에서 말할 때, 현실이란 무엇을 말하는가. 그것은 이미 있는 현상의 경직화, 또는 '화석화'의 결과이다. 그것은 해체되고 재구성되어야 한다. 한 벤야민적 미학의 연구자는 현대 예술 — 가령 보들레르나 프루스트 — 에서의 이미지를 말하면서, "이미지는 과거의 깊이와 현재 시간의 현재성을 겹쳐 놓기 위하여 필요한 것이고, 현대의 마술 없는 세계에서의, 분위기의 상실과 문화적 소원성(疎遠性)에서 벗어난 전혀 다른 종류의 '분위기'를 창조하려는 것처럼 보인다."라고 말한다.[6] 이것은 보들레르의 '코레스퐁당스'의 세계이다. 벤야민의 관심도 이러한 다른 종류의 분위기에 있었다. 그러나 그는 이 새로운 분위기의 창조는 문학이나 예술로 가능한 것은 아니라고 생각한다. 거기에는 혁명적 단절이 필요하다. 트로츠키(Leon Trotsky)가 그렇게 생각했듯이, 그는 새로운 예술은 새로운 사회의 도래 이전이 아니라 그 도래 이후가 아니면 불가능하다고 말한다.[7] 그렇기는 하나 그에게도 새로운 분위기가 가능한 세계의 문제는 그대로 남는다.

2. 문화의 세계

영상은, 벤야민의 말에도 불구하고 비유이다. 그것은 그것을 둘러싼 공

---

6 Christine Buci-Glucksmann, *Baroque Reason: The Aesthetics of Modernity* (London: Sage Publications, 1994), p. 110.

7 *Reflections*, p. 191.

간, 환경 그리고 세계에 대한 비유, 또는 더 적절하게는, 제유(Synecdoche)로서 그 의미를 획득한다. 영상의 이러한 구조는 단순한 미적 구조가 아니라 형이상학적, 생물학적, 또는 사회학적으로 인간 생존의 구조에서 근거한다. 인간의 존재론적 특성을 규정하면서 하이데거는 인간을 "세계 내 존재"라고 하였다. 이것은 주변 환경의 조건에 의하여 규정되는 인간의 존재 방식을 포괄적으로 표현한 말로 취할 수 있다. 그러나 이것을 단순히 추상적 차원에서의 존재 방식을 말한 것이라고 생각하여서는 아니 된다. 사람은 어떤 순간에서나 이러한 구조 속에 있다. 그것은 흔히 잊힐 뿐이다. 그러니까 사람이 인지하는 단편적인 지각적 인상을 세계의 한 증표로서 읽는 것은 인간의 근원적 존재 방식에 이어지는 일이다. 이러한 전체 속에서의 부분 읽기는 예술에서 특히 중요한 의미를 갖는다. '에피파니'는 조이스가 예술적 체험의 핵심을 설명하기 위하여 쓴 말이다. 이것은 어떤 특정한 사물, 사건, 이미지가 한순간 홀연 일정한 넓이의 삶의 연관을 밝혀 주는 느낌을 갖게 되는 현상을 말한다.(이것은 순간적인 것이기 때문에 넓이이면서 깊이로 전환된다.) 그 순간은 예술적 행복의 순간이다. 그러면서 인간의 세계 내적 존재로서의 존재 방식이 강력하게 드러나는 순간이다.

사람이 세계 내적 존재로 있다는 것은 삶의 필요에서 나오는 것일 것이다. 그것은 인간의 삶에서의 외부 세계에 대한 인식의 필요를 말한다. 그러나 다른 많은 삶의 절실한 필요들이나 마찬가지로 그것은 인간의 내부의 깊은 욕구가 되어 있다. 인간이 안정적인 삶을 위하여 필요로 하는 것의 하나는 정체성이다. 어떤 한 사람의 정체성은 그의 삶의 일관성을 통하여 구성된다. 그것은 한 순간과 저 순간의 중첩, 그리고 그것의 전체에의 연결을 요구한다. 시간의 내면화와 그 지속적 기억이 필요한 것이다. 그것은 기억 작용에 의하여 뒷받침된다. 그러나 그것은 동시에 사물들의 기억을 필요로 한다. 우리의 지속성은 사물에 의한 또 사물의 기억에 의하여 뒷받침되어야 하는 것이다.

정체성의 형성에서 자주 지적되지 아니하는 것은 그것이 공간의 내면화도 필요로 한다는 것이다. 어쩌면 이것은 시간 속에서의 자기 지속보다도 더 긴급한 필요인지도 모른다. 공간에서의 오리엔테이션은 안정된 생물적 생존의 기본이기 때문이다. 고향이나 고국이 특별한 의미를 갖는 것은 이러한 관점에서 설명될 수 있다. 보다 작은 규모로는 어떤 사람에게 자기의 일터, 자기의 방은 특별한 의미를 갖는다. 이 사적 공간 안에서의 개인적인 가구와 물건들의 배치도 특별한 개인적 의미를 갖는다.

에드워드 홀은 『보이지 않는 차원』에서 사람을 포함하여 모든 동물이 타자의 침범을 허용하지 않는 사적 공간을 보이지 않게 거느리고 다닌다는 것을 밝힌 바 있다. 이 공간은 보이지 않는 것이면서 동시에 그 물질화를 요구한다고 할 수 있다. 그리하여 우리는 이 공간을 우리의 소유로 채우고, 그것을 통하여 친숙한 공간을 비유적으로 구성한다. 공간의 내면화의 필요에 대하여 시간의 내면화는 오히려 이차적인 것일 수 있다. 그것은 공간 내의 습관에 관계된다. 시간의 내면화를 통하여 공간 내의 전략이 간소화될 수 있을 것이기 때문이다. 그리고 이에 더하여 사회적 동물의 경우 이 습관은 개인의 생애에서만이 아니라 세대적으로 계속되는 사회적 규범의 지속성을 뒷받침한다. 그리하여 그것은 공간의 안정성에 기여한다.

시공간의 내면화라는 점에서 볼 때, 특정한 지각 대상과 그 세계의 공존 그리고 그것의 내적 계기를 통한 제유적 일치는 안정된 인간의 삶의 한 조건이다. 그런데 이 제유적 세계의 구성은 일반적으로 문화의 근본 양식이다. 또는 문화는 이러한 인간의 내적 요구에 대응하는 것이라고 할 수 있다. 그것은 사람의 세계를 하나의 제유적 공간으로 구성하고자 한다. 사물의 제유화 또는 비유화는, 방금 말한 바와 같이, 세계 내 존재로서의 개인의 생존과 행복의 조건이다.

사람이 개인 이상의 환경적 정체성을 필요로 한다는 것은 집단적 소속감에서 가장 소박하게 또는 거칠게 표현된다. 사회적 존재로서의 인간에서 개인의 존재는 사회적으로 지탱되는 것이 아니면 안 된다. 개인의 정체성은 사회화의 결과이다. 참으로 개인적 부분은 그의 정체성에서 극히 작은 부분에 불과하다. 한국 전통에서 사람의 가계는 사람의 정체성을 구성하는 가장 중요한 요소의 하나였다. 많은 사람들이 전라도 사람이냐 경상도 사람이냐 하는 것을, 우리가 다 알다시피, 사람의 중요한 정체성의 일부로 생각한다. 제국주의와 국제주의 그리고 세계화 시대에서도 한국인이라는 사실은 우리가 누구인가를 결정하는 가장 중요한 요소로 생각된다. 경제 가치가 지배하는 세계에서 우리는 우리가 세계의 선진 후진의 축에서 어디에 속하는지가 우리 자신의 가치에 대한 인식에서 한몫을 담당하는 것을 본다.

　문화와 관련해서 빼놓을 수 없는 것으로 우리의 정체성에 주요한 것은 우리가 오랜 문화를 가졌다는 의식이다. 이것은 역사 서술이나 고적의 수장이나 미술관의 전시로서 물질적으로 뒷받침되어야 한다. 이러한 요소들 중 많은 것은 근대에 와서 추가된 것이고, 이 근대란 물론 서양의 영향으로 형성된 것을 말한다. 특히 박물관이나 미술관은 서양의 발명이다. 물질적 증거로서 자신의 집단적 그리고 개인적 정체성의 뒷받침을 삼은 것은 서양 문화의 특징이다. 어떤 인류학자가 지적하는 바로는, 미술관은 서양의 소유 개인주의(possessive individualism)의 발달과 밀접한 관계가 있다. 여기에서 소유는, 서양의 많은 미술관의 경우에 그렇듯이, 제국주의의 약탈을 포함하는 소유이다. 하여튼 대체로 서양은 동양에 비하여 공간의 점유와 변형을 정체성의 일부로 삼아 온 전통이 있는 것으로 생각된다. 귀족들의 장원으로부터 제국의 수도로서의 파리나 베를린 또는 로마에까지 이것은 오랜 계보를 가진 것이다. 계획 도시도 여기에서 파생된 것이라 할 수 있다. 경제 성장의 신화가 집단적 정체성에 그리고 현대화된 사회에서는 개인의 정체성에 중요한 것도 서양적인 것이다. 서양의 근대로 일어난 큰 전환의 하나는 개인이나 집단의 정체성이 시간의 축으로부터 공간의 축으로 선회하였다는 사실이라고 할 수 있다.

이러한 사실들은 정체성 형성의 조건이 역사적으로 바뀐다는 것을 말하고 더러 외면적 소유물과 전시물로서 지탱된다는 것을 말한다. 물론 이 소유를 통한 시공간의 내면화 그리고 정체성의 구성이 반드시 바람직한 것이냐에 대하여 의문을 가질 수 있다. 그런데 이러한 것에 대한 비판적 고려를 차치하고라도, 문화의 외적 장치들의 참의미의 하나는 그것이 내면적 계기에 흡수될 수 있느냐 하는 것이다. 인간 존재의 환경적 확산이 존재론적 필요라고 하더라도 그것은 지나친 것이 될 수 있기 때문이다. 적절성과 지나침의 척도는 그러한 확산이 소유와 권력의 과시가 아니라 살아 있는 인간의 창조성을 표현하느냐 아니하느냐 하는 것일 것이다. 그러나 보다 근본적인 질문은 그러한 확산이 도대체 인간의 근원적 욕구와 진실에 합당한 것이냐 하는 것이다. 그렇다는 것은 어떤 종류의 문화적 행위는 전혀 그러한 것과는 관계가 없는 것일 수 있기 때문이다.

예술가는 개인적으로나 집단적으로 그 정체성을 구성하는 넓은 바탕의 깊이에 이어져 있는 사람이다. 그럼으로 하여 그의 작품은 하나의 단편이면서도 넓은 세계를 환기한다. 그가 그려 내는 영상은 표면의 유희가 아니라 깊은 시공의 구조와 인간의 마음 깊은 구조에 연계된다. 사실 예술 작품은 근본적으로 사물의 재현이 아니라 사물의 배경으로서의 세계를 겨냥하는 것이라고 할 수 있다. 보다 직접적으로 이것이 그림이나 다른 조형물을 여러 가지로 공간 구상 실험으로 볼 수 있게 한다. 이 공간은 3차원과 함께 기억을 포함한다. 그것이 작품의 깊이이다.

보들레르는 '코레스퐁당스'에서 자연 전부가 상징들의 숲이 되는 경우를 생각하였다. 거기에서 온갖 친숙한 말들과 감각을 듣고 체험하는 것은 "정신과 감각을 황홀케 하는" 일이다. 그러나 사람의 삶의 필요라는 관점에서 볼 때, 그것은 참으로 중요한 현실을 떠나는 일일 수도 있다. 문화가 시공간의 내면화, 의미화 또는 비유화라고 할 때, 문화는 단순히 폐쇄된 비유들의 공간이 되어 버릴 수도 있는 것이다. 그것은 전적으로 화석화한 상징들 — 자연과 관계가 없어진, 지나간 시대의 사전 해석을 영구화한 것일 수 있다. 그러니만큼 그것은 차라리 비유적 지시가 없는 이미지로 환원되고 행동의 자발성으로 되돌려질 필요가 있을 때도 있다. 그러한 의미에서, 상징으로 바뀐 자연 또는 문화화된 자연은 현실에 비추어 점검되어야 한다.

하이데거의, 인간이 세계 내적 존재라는 말에서 세계는 단순히 지리적 또는 물리적 공간만을 말하는 것은 아니다. 그것은 인간 생존의 내면에 깊이 관련되어 있는 형이상학적 계기를 말하는 것이면서, 이미 지적한 바와 같이, 조금 더 거시적으로 인간이 사회적으로 이룩하는 문화 세계에 산다는 것을 지칭하는 것으로 해석할 수 있다. 그러나 이 세계는 그것 자체로 존재하는 것이 아니라 자연의 현실과의 창조적 갈등 속에서 생겨난다. 그의 생각으로는, 지구와 세계 사이에는 쉴 사이 없는 싸움이 있고, 이 갈등하는 두 쪽 가운데 세계는 "모든 결단이 거기에서 일어나는 본질적 지표가 되는 길들을 밝힌 것"이다.[8] 여기에 대하여 지구 또는 땅은 세계로부터 스스로를 감추면서, 세계의 토대가 되는 어떤 것이다.(이 세계와 땅의 관계는 단순히 자연과 인간의 관계로 환원될 수 없다. 하이데거의 생각에, 결국 지구도 인간의 존재에 대한 관계 속에서 일어나는 것이기 때문에 단순한 대상적 존재는 아니다. 그러나 여기에서 하이데거의 말을 우리는 보다 단순하게, 사람이 세계에 살되 그 세계란 예

---

8 Martin Heidegger, "Der Ursprung des Kunstwerkes", *Holzwege*(Frankfurt: Vittorio Klostermann, 1952), p. 43.

술적으로 역사적으로 형성된 세계라는 것을 말하는 것으로 취할 수 있다.) 그리고 이 세계는 사람이 만들어 내는 공간 ─ 또는 재구성된 공간이면서도 마음대로 만들어질 수 있는 것은 아니다. 그것은 지구에 의하여 제약된다. 다른 한편으로 세계 공간의 구성은 역사적으로 이루어지는 것이고 수많은 인간 행위의 복합과 누적과 그 변용 ─ 물론 주어진 물리적 환경적 조건 속에서 이루어지는 역사적 누적과 변용의 소산이다.

그런데 예술 작품은 이러한 세계 구성에 특별한 기능을 갖는다. 문화적이고 역사적인 세계를 참으로 사람이 살 만한 것으로 하는 것 ─ 그리고 이것의 진정한 조건을 보여 주는 것이 예술이다. 그런데 이것은 거꾸로 예술이나 영상은 토대가 되는 세계 속에서만 의미 있게 존재한다는 것을 뜻하기도 한다. 중요한 예술적 표현 또 그 일부로서의 이미지 또는 문화적 업적은 이러한 자연과 역사적 선택의 무게 속에 존재하는 것이다.

사람이 사는 세계와 문화의 관계를 보다 평이하게 말하여 주는 비유는 건축이다. 그것을 철학적으로 복잡하게 정의하든 아니면 보다 통상적으로 물리적 환경이라는 뜻으로 쓰든, 사람은 세계 또는 자연 속에서 살지만, 그대로 사는 경우는 드물고 거기에 집을 짓고 산다. 이 집은 일정한 디자인을 가지고 있다. 디자인은 집을 잘 짓는 데에 ─ 특히 문화적으로 만족할 만한 집을 짓는 데에 중요한 기초가 된다. 그러나 이 디자인은, 집의 디자인이라는 점에서, 집을 짓는 데 참고하여야 할 다른 요인으로서 물리적 환경과 그 법칙 그리고 사람의 삶의 필요를 포용하고 있는 것이라야 한다. 추상적으로는 아무리 그럴싸한 것이라도 이러한 요인들에 대한 고려가 없이는 바른 디자인이 될 수 없다.(프랭크 로이드 라이트(Frank Lloyd Wright)의 환경 친화적 건축의 대표적 표본은 펜실베이니아 베어런에 있는 '폴링 워터(Falling Water)'라는 별명의 주택이다. 이 주택에는 계류 위로 뻗어 나간 콘크리트 슬라브를 포함하여 수평적 평면들이 많이 사용되어 있다. 최근의 외국 잡지에 의하면, 이 수평 슬라브들이 중력을 이겨 내지 못하여 아래로 처져 내리고 있어서, 이것을 어떻게 막아 내느냐 하는 것이 큰 문제가 되어 있다고 한다.)

그러나 디자인이 완전히 물리 법칙이나 생활의 필요에 구속되는 것은 아니다. 또 필요의 원리에 의해서만 지배되는 건축물이 참으로 문화적인 것이 되기는 어렵다. 건축에서 여러 가지 제약으로부터 가장 자유로운 것은 골조를 제외한 내장, 특히 내장의 부분이다. 요즘의 부동산업자들이 잘 알고 있듯이, 사실 시장의 상품으로서 건축물의 내외장은 건축물의 매력과 값을 정하는 데에 결정적 역할을 한다. 이것은 시장적 요소가 그렇게 중요치 아니한 곳에서도 크게 다른 것은 아닐 것이다. 그만큼 사람은 감각적 존재이고 가장 가까운 감각적 요소가 그의 사물에 대한 판단에 크게 영향을 끼친다. 또 사람의 편안한 거주의 느낌은 근접한 감각적 환경에 깊이 관계되어 있다. 이러한 것은 개인적 차원에서 우리가 다 알고 있는 것들이지만, 사실 시설물들의 건설이나 철거나 복원에서 보다 의식적으로 고려할 필요가 있는 일이기도 하다. 좋은 것일 수도 있었을 건조물이 ── 또는 작은 조형물의 경우에도 ── 그 세부 텍스처의 조잡성으로 하여 그 값을 잃어버리는 경우가 적지 않다. 또는 얼핏 보아 퇴락한 건물들도 내외장의 보수로써 다른 것이 될 수도 있다. 이러한 작은 부분에서 우리는 디자인이 여러 필연적 제약으로 자유로운 것을 볼 수 있다. 그러나 이 중요성과 자유가 보다 주요한 디자인과 그것을 결정하는 요인들로부터 분리를 정당화하지는 못한다.

문화의 집에서 더 생각할 것은 말할 것도 없이, 대부분의 집이 홀로 서 있는 것은 아니라는 말이다. 디자인을 말한다면 우리는 집의 디자인과 함께 도시의 디자인을 말하여야 한다. 전체적 디자인의 부재로 인하여 우리들의 도시가 처해 있는 혼란상은 눈을 들어 보고 또 우리의 도시에 살아 보면 알 수 있는 것으로서 새삼스럽게 언급할 필요도 없는 일이다. 또 집과 관련하여 더 나아가 당연히 고려하여야 할 다른 하나의 요인은 집과 자연의 관계이다. 그런데 우리의 집들로 인하여 손상된 자연환경과 경관도 느낌이 있는 사람이면 다 느끼고 있는 일이다.(이러한 집과 집의 관계를 하나로 묶는 도시의 디자인, 집과 도시를 보다 큰 자연에 묶는 환경에 대한 배려 — 이러한 것은 사람의 심성에도 영향을 미친다. 몇 년 전에 영국의《가디언》에, 가벼운 화젯거리로서, 좋은 집에 살며 창밖의 나쁜 집들과 풍경을 보는 것과 나쁜 집에 살면서 창밖으로 좋은 집들과 풍경을 보는 것 — 이 둘 중 당신은 어느 쪽을 선택하겠는가 하는 설문을 독자에게 내건 일이 있다. 독자의 많은 답은 후자를 선택하겠다는 것이었다. 사회문화에 따라서 단편화된 사고 습관 그리고 전체를 보는 사고 습관이 주택 환경에 대한 사고에서 드러나는 예이다. 물론 이것은 이렇게 형성되는 사회의식을 드러내 준다는 점에서 더 심각한 뜻을 갖는다.)

개인의 집이나 도시 또는 그것의 자연에 대한 관계를 결정하는 것은 단순히 물리적 구도 문제도 아니고 그것에 대한 개인적 고려나 연구 문제도 아니다. 말할 것도 없이 그것들은 사회를 반영한다. 여기에서 사회는 사회구조이면서 동시에 사회적 실천 양식이다. 그리하여 그것은 문화의 반영이고 정신의 객관화이다. 좋은 집과 좋은 도시는 사회의 합리적이고 유기적인 자기 이해를 전제로 한다. 물론 이것은 상당 부분 의식된 것이라기보다도 역사적 실천 속에 구현된 이해이다. 그리고 이 이해는 합리적 사회 구조, 균형 있는 사회관계, 그리고 그러한 일상적 관행 속에서 실천의 교육으로 실현되는 것이다. 역으로 생각하면, 합리적이고 유기적인 사회가 있고, 그다음에 그러한 문화가 있고 그런 다음에야 예술이 존재하고 의미 있는 영상 문화가 존재한다고 할 수 있다. 사회 구조와 물리적 구조는 우리의 정신을 결정하는 것이다.

물론 앞에서 이야기한 바와 같이 이것은 단순히 외면화된 기획으로가 아니라 사물과 세계와 자아를 하나의 내면적 계기로 거머쥘 수 있는 주체의 움직임이 있음으로써 살아 있는 문화로 결정(結晶)된다. 합리적 사회나 문화도 결국은 사람의 내면의 존재론적 요구에 합당함으로써 값있는 것이 될 것이기 때문이다. 이렇게 말하는 것은 사회와 문화와 개인적이고 집단적 차원에서의 인간의 창조적 생존이 하나의 고정된 관계라고 생각할 수 없다는 말이다. 다시 말하여 사회와 문화의 전제에서 인간 창조성이 존재할 수 있고 이 창조성의 가장 중요한 표현으로서의 예술이 존재한다고 할 수 있지만, 이 방향은 반대로 가는 것일 수도 있다. 우리는 위에서 벤야민이 이미지의 폭발적 힘을 인정한 것에 언급하였다. 그것은 현실로부터 분리된 것이라야 한다. 현실이란 사회 현실을 말하고 그것은 영원히 고정된 것이 아니며, 새로 설정될 필요가 있는 것이 될 수도 있기 때문이다. 뿐만 아니라 사회와 문화는 궁극적으로 자연의 토대 위에 서 있어야 한다. 이 관계가 새로 설정될 필요가 있을 때도 있다. 이 새로운 설정에도 예술 그리고 비판적 문화는 중요한 역할을 담당할 수 있다. 예술과 문화는 자연을 변형하고 장식하여 문화의 세계를 만들어 낸다. 그러나 거꾸로 그것은 이것을 파괴하여 자연으로 환원하는 기능을 할 수도 있다. 그러나 이러한 경우에 전위적인 문화와 예술은, 벤야민이 말하는 바와 같이, 그것이 절대적으로 기존 사회 질서에서 나오는 비유적 연장이기를 그쳐야 할 것이다. 그것은 일단은 유희적인 것일 수도 있으나 아마 궁극적으로는 순치되지 않은 자연의 야만적인 힘을 나누어 가진 것일 것이다.

다시 영상의 문제로 돌아가 보자. 가치화된 이미지는 단순히 문화적 또는 예술적 현상으로만 생각할 수는 없다. 이미지 또는 영상에 마주칠 때, 우리는 잠재의식 속에서라도 현실 문제를 떠올리지 아니할 수 없다. 그리고 그것은 궁극적으로 사회나 역사와의 관련성의 문제를 포함한다. 오늘의 한국 사회에서 갑작스러운 이미지 또는 영상의 홍기(興起)는 어떻게 설명할 수 있을까. 그것은 현실의 사물에 대하여 어떤 관계를 가지고 있는가.

또 그것은 우리의 사회적 현실에 관련하여 무엇을 뜻하는가. 역사의 궁극적 인과 법칙이 무엇이든지 간에, 그것은 늘 과결정의 형태를 취하는 것으로 보인다. 여기에서 우리가 본격적으로 설명을 시도할 수는 없지만, 영상의 폭주 현상에 작용했을 대체적 요인들은 여러 가지로 나열해 볼 수 있다.

모든 이미지 또는 영상의 중요성은 우리 한국의 경우에도 자본주의적 발달과 관계가 있을 것으로 생각된다. 그것이 근대화가 일단의 성숙에 이르면서 한달음에 전경에 나온 것임에 틀림이 없다. 동시에 한국 자본주의가 19세기에는 생각할 수 없었던 대중 매체의 발달, 그와 동시에 시장에서의 광고 기능의 증대 ─ 이러한 선진 자본주의 모방이 조성한 환경에서 자본주의적 변화를 이룩한 것도 한국 자본주의에서의 영상의 중요성을 설명한다. 더 중요하게는 한국 자본주의 성숙이 전자 매체 산업 ─ 상품 체계의 기호화와 영상화를 주된 내용으로 하는 매체 산업의 혁명과 시기를 비슷하게 한 것도 여기에 관계되는 것일 것이다. 그리하여 자본주의 산업의 성숙은 역사의 어느 시기에서보다도 영상 조종 기술의 발달에 연결되게 되었다. 그러니까 범박하게 말하여 오늘의 영상들은 궁극적으로는 자본주의 사회의 비유이며 상징일 가능성이 크다고 하는 것이 옳을 것이다. 다만 그것은 매우 복잡한 매개를 거쳐서 이루어지는 것으로서 얼핏 보기에 그렇게 보이지 아니할 수도 있다.

영상의 대두는 IMF라는 말로 지칭하는 경제 위기 이후에 가장 두드러진 것으로 보인다. 이것은 또 무엇을 뜻하는 것일까. 영상의 대두나 자본주의 형성이 하필 IMF로 인하여 가능하여진 것은 아니지만, 위기는 사회를 움직이는 힘의 특징을 두드러지게 한다. 아마 IMF는 영상 자본주의의 어떤 특징을 더욱 강화한 것일 것이다. 의식적으로 행한 정책적 고려에 기인한 것이든 아니든, IMF의 위기는 우리 사회에 하나의 비상 동원 명령처럼 작용했다. 이러나저러나 한국의 정치는 당국자나 반대자나 집단적 동원의 에너지에 의존하여 정치적 과업을 수행하는 데에 익숙했다. 우리는 IMF 이후 각종의 문화 축제나 박람회가 어느 때보다도 빈번해진 것을 본다. 여기에서 시각 영상들은 무엇보다도 중요한 역할을 한다. 벤야민은 대중 동원을 기본으로 하는 파시즘의 정치에서 정치의 예술화가 일어난다는 것을 말한 바 있다. 거대한 체육 대회, 행진, 매스 게임, 음악 축제, 리펜슈탈의 영화 등은 거대한 스케일의 정치 동원에 미적 영상의 매개 작용을 예시한다.

IMF 이후의 시각 영상의 축제가 정치적 동기가 스며 있음을 의심하는 것은 있을 수 있는 일로 생각된다. 파시즘을 말하는 것은 부당한 것이겠고, 아마 더 적절한 설명은, 어떠한 체제 지향에서든, 그러한 동원 — 정치에서나 미적 작업에서나 그러한 동원은 발전 도상국의 사회와 정치에 나타날 수밖에 없다고 말하는 것일 것이다. 새로운 사회 건설은 집단적 에너지의 동원을 요구한다. 이 동원의 일부의 수단에 욕망과 그 충족의 이미지가 활용되는 것은 놀라울 바가 아니다. 이 욕망은 물론 오늘의 욕망이기도 하지만, 새로 나타날 사회가 충족해 줄 욕망이다. 이것은 개인적인 것이기도 하지만, 오늘날의 국민 국가 체제에서 불가피하게 개인의 정체성의 가장 내밀한 부분을 이루는 국가의 문화적 위상에 관련되는 욕망도 포함된다. 집단적 문화 행사의 한 의미는 이러한 집단적 위상 상승에 대한 갈구를 나타낸다. 경제 위기에 처하여서 자본주의적 번영을 향한 경제 회복의 노력은 그 노력을 지탱하는 욕망의 영상들과 맞물려 돌아간다.

문화 행사를 통한 이와 같은 집단적 에너지의 동원은 그 나름으로 이해할 만한 요인과 동기를 가지고 있다. 그러면서도 우리는 의구심을 갖지 아니할 수 없다. 아마 제일 간단하면서 또 다른 복잡한 관련을 가진 질문은 문화 행사에 쓰이는 거대한 경비가 정당한 것인가 하는 데 대한 것이다. 정당성이란 물론 사회의 다른 긴급사들에 비하여서 하는 말이다. 또 다른 격정거리의 하나는 대체로 이러한 문화 행사가 산출하는 문화 산물들이 키치적 성격을 가진 것이 되기 쉽다는 점이다. 어떠한 문화 산물이나 표현이 키치인가 아닌가를 결정하는 것은 보는 사람의 취미라고 할 수 있고, 그러니만큼 극히 주관적인 것이라고 할 수도 있지만, 간단히 말하건대, 키치는 자리해 있는 배경으로부터 분리된 표면적 예술 현상을 지칭한다고 말할 수 있다.

하나의 예술 작품은, 위에서 말한 바와 같이, 그 뒤에 한편으로는 그것을 에워싸고 있는 문화와 사회 그리고 다른 한편으로는 작가의 정신의 깊이를 그 배경으로 가지고 있다. 그리하여 위에서 비친 바와 같이, 그것은 하나의 독립된 구조물이면서 동시에 이러한 보다 넓은 조건에 대한 제유로서 기능한다. 하나의 예술적 조형물이 그 자체로서 하나의 독립된 구조물로 있으면서, 동시에 수긍할 만한 사회 질서, 순정한 작가 의식, 그리고 납득할 만한 물질적 세계를 지향할 때, 그것은 키치가 아니라 진정한 예술로 느껴질 수 있다.

소비주의 사회의 상품은 자본주의적 행복의 환영(幻影)으로 이루어진 공간에 존재한다. 이것이 진정한 삶의 현실과 자아의 인식을 오도할 수 있다는 것은 자주 지적되는 일이다. 이 거짓 행복의 환영은 발전 도상국에서 특히 과장될 수 있다. 내가 가서 본 일도 없고 또 그에 대한 예술적 보고를 읽은 일도 없지만, 중앙아프리카에서의 보카사 황제의 건조물과 같은 것은 아마 그 자체의 예술적 문화적 질에 관계없이 20세기의 가장 커다란 키치의 하나임에 틀림이 없지 않을까 하는 생각이 든다. 많은 제3세계의 문화적 표현은 ── 그것이 선진국이 되고자 하는 충분히 이해할 만한 열망에서 나온 것이라고 하더라도, 그것이 사회와 문화에 깊이 뿌리박고 있지 않은 한, 모조품의 낙인을 면할 수가 없을 것이다. 이 열망을 동원하는 정치적 동기에서 산출되는 문화 산물은 가짜가 된다.(이것은 공산주의 체제에서의 혁명적 낭만주의를 표현하는 작품의 경우도 마찬가지이다.) 마르크스의 재담 가운데, 역사는 한 번은 비극으로 또 한 번은 희극으로 반복된다고 한 것이 있지만, 오늘의 선진 후진 질서 속에서 후진국의 문화적 열망은 많은 경우 희극적 반복이 될 가능성이 크다고 할 것이다.

다시 말하건대, 예술 작품은 그것을 산출하게 한 현실로 분리될 때 그 순정성을 잃어버리기 쉽다.(베닌의 목조각이 다른 곳으로 옮겨질 수는 있다. 이동은 조형물의 의미를 바꿀 수 있다. 그러나 그것이 베닌의 문화와 사회의 산물이라는 점에서 그것은 그 나름의 순정성을 가지고 있다고 할 것이다.) 영상의 현실과의 관계에 대하여도 우리는 같은 말을 할 수 있다. 영상은 그 나름으로 존재할 수 있다. 그것은 그 자체로서 우리에게 기쁨을 주고 또 현실에 대한 암시를 줄 수 있다. 그러나 그것은 굳건한 현실의 존재를 전제한다. 쉬르레알리슴의 이미지는, 그것이 퇴폐한 기존 질서이든 아니든, 이미 있는 거대한 현실을 전제로 하여 의미를 갖는다. 어떤 상황에서, 이러한 현실을 전제하는 것은 불가능하다. 그 경우에 이미지는 어떻게 하여 거짓 행복과 창조성의 표현이 아니라 진정한 현실로 돌아가는 기제가 될 수 있는 것일까.

같은 질문은 문화 일반의 문제에 대하여서도 말할 수 있다. 나는 영상을 그 복잡한 현실 지시성으로부터 떼어 내어 생각하는 것이 피상적인 문제 설정이 됨과 마찬가지로, 문화도 그것을 사회적 현실 또는 적어도 문화의 총체적 모습에서 분리된 표면의 문제로만 생각할 수는 없다고 생각한다. 다만 위에서 벤야민의 경우에 그러하듯이 문화와 사회 현실과의 문제도 일방통행의 연계만을 가졌다고 할 수는 없다. 그것은 더 복잡한 상호 작용 속에 있다. 말할 것도 없이 현실성을 강조한다고 해서 이러한 복합적 관계를 무시하는 것은 또 하나의 피상성과 단순화에 떨어지는 것이 될 것이다. 어떠한 사회 ─ 아직 믿을 만한 실체로 구성되지 아니한 사회에서도 문화에 대한 갈구는 존재하고, 또 문화는 존재한다. 그렇기는 하나 진정한 문화는 자연과 사회 구조의 실체에 관련하여서만 무게와 깊이와 항구성을 갖는다. 세계와 지구의 현실에 주목하고 그를 위하여 만들어지는 문화, 그것을 지시하는 이미지만이 허위성을 면할 수 있는 것이 될 것이다.

(2000년)

커뮤니케이션 시대의 예술
광주비엔날레에 관한 단상

성찬경 시인은 최근 발간된 잡지에 실린 시에서 자신이 음악에 중독되었다고 고백하면서, 일상생활 속에서 음악 없이는 아무것도 할 수 없다고 말하고 있다. 이러한 중독 증세는 아마도 많은 사람들이 공감하는 것일 것이나 이와 같은 중독의 병인(病因)을 추적하기는 어려울 것이다. 음악은 분명 커뮤니케이션의 한 방식이지만, 적어도 고전 음악의 경우에 있어서는, 언어의 커뮤니케이션과는 사뭇 다른 소통의 방식이다. 사람들은 대개 집이나 차 안에서 방송 채널을 통해 음악을 듣게 된다. 라디오에서는 종종 음악과 함께 안내, 메시지, 논평, 짧은 인생 잡담이 섞여 나오는데, 특히 잡담은 한국 라디오 채널의 음악 방송에서 자주 수반되는 것이다. 그런데 이러한 언어의 개입은 확인을 위한 최소한의 불가피한 정보를 제외하고는 대부분의 청취자들에게 거슬리는 침해 요소로 들린다. 언어가 음악을 방해하는 것이다. 음악이 커뮤니케이션이라면 그것은 특정한 메시지를 수반하지 않는 순수한 커뮤니케이션이다.

모든 예술은 음악의 상태를 지향한다고 말해진다. 이 말은 즉 예술이 커뮤니케이션이라고 하더라도 반드시 그 메시지를 언어적으로 해독할 필요가 없는 소통이라는 뜻일 것이다. 예술적 소통은 심지어 음성 매체를 사용할 경우에조차 침묵의 소통이라 할 수 있다. 침묵의 소통은 커뮤니케이션과 정보의 시대적 흐름을 거스르는 것이다. 예술의 역사적 진화 단계 중에서 현재의 상황을 '예술의 종말'이나 '미술사의 종말'로 표현하는 것을 듣는다. 그와 동시에 우리는 예술이 커뮤니케이션의 압력으로 그에 비슷한 것으로 진화하는 것을 목격하게 된다. 예술은 그 자체의 위상을 말없이 고수하는 것이 아니라, 관객을 향해 말해야 하고 일반 공동체의 공통된 문제점에 대해 이의를 제기하고 이야기해야 된다. 그 현실의 공간 안에서 대중과 대면하는 설치 미술은 커뮤니케이션 세계에 동화하라는 압력에 대한 자연스러운 반응의 하나이다. 설치 미술은 대부분 특정한 메시지나 반(反)메시지를 전한다. 비엔날레와 같은 대규모 미술 행사는, '이벤트'라는 유사 현실 세계 속에 작품 그 자체를 끼워 넣으려고 하는 설치 미술의 자연스러운 서식지라고도 할 수 있다. 비엔날레는 현실 속의 사건이면서 또 그와 단절되는, 평범한 삶에 대한 축제적 개입이다.

2004 광주비엔날레는 작가와 참여 관객의 협업이라는 아이디어로 전체 행사를 기획하여, 모더니즘 미술과 포스트모더니즘 미술의 커뮤니케이션적 측면에 적극적 근접을 시도했다고 할 수 있다. 참여 관객은 작가와 함께 비엔날레 출품작의 작업에 참여함으로써, 예술과 대중을 연결시키는 커뮤니케이션의 회로에서 정보 입력자로서의 임무를 수행하였다. 도록에 실린 교류의 기록을 보면 이러한 협업은 팀마다 다르게 작용한 것을 알 수 있다. 그것은 보다 만족스럽고 발전된 결과물을 만들어 내는 데 도움을 준 자극제가 되기도 하였지만, 어떤 작가들의 경우에는, 그것은 침묵과 고독을 필요로 하는 예술적 창조의 과정에 개입하는 불편한 요소로 작용하기도 했다.

행사의 본질과 주최 측의 적극적인 독려에 힘입어 대부분의 전시 작품들은 강한 메시지를 전달하는 작품들이었다. 전쟁, 독재, 개인주의적 경쟁, 세계적 빈곤, 환경 파괴와 같은 전 지구적 공통 현안은 주요한 메시지들의 주제가 되었다. 이러한 것들이 사람들의 주의를 쉽게 끌게 된 것은 자연스러운 일이다. 심사위원단은 공식 오프닝 전에 신속히 작품을 검토하여 수상작을 빨리 결정해야만 했다. 작품의 평가에 최근 이슈가 되고 있는 국제적인 사안들이 쉽게 주목을 끌었다. 물론 심사위원들은 훈련된 참여 관객의 일원이다. 심사위원들은 이런 형태의 전시에 나타나는 세계적인 흐름이나 그러한 추세를 만들어 내는 작품들에 대한 경험을 이미 가지고 있기 때문에, 짧은 시간 안의 작업에서도 일반 대중들에 비해 폭넓고 풍부한 식별력을 가지고 작품을 대할 수 있다고 말할 수는 있을 것이다.

전시 작품의 평가를 결정짓는 요인으로 메시지의 무게가 전부는 아니다. 최고의 긴박감과 불길한 메시지를 전달한 작품은 짐 샌본(Jim Sanborn)의 설치 작품이라고 볼 수 있는데, 이 작품은 로스앨러모스에서 시행된 핵실험에서 사용되었던 기기를 어렵게 찾아내어 구성 설치한 것이다. 지극히 평범한 형태의 장비 세트, 계기판과 스위치와 버튼이 장착된 장비와 그로 인해 일어날 수도 있는 핵폭발이라는 끔찍한 인간적 재난 사이의 엄청난 낙차는 현대적 전쟁과 무기의 가공할 문제점을 강하게 인식시키기에 족했다. 심사위원단은 대체로 짐 샌본의 설치 작품에 담긴 메시지의 중요성에 동의했지만, 동시에 자료를 예술로 전환시키는 창조적 과정의 부족함을 지적했다. 개별 작품에 대한 저마다 다른 시각 차이에도 불구하고 다수에 의해 정해진 최종 평가의 결과에 모든 심사위원들은 수용했다. 메시지와 예술의 기준에 대한 동의에는 이의가 없었다.

심사위원 중 유일한 아시아인으로서, 나는 몇몇 아시아 작가들의 작품이 국제적인 현안과 같은 세계성은 부족할지라도 지역적 중요성을 지닌 메시지를 미묘하게 전달하고 있다는 느낌을 지울 수 없었다. 그러나 비엔날레의 전체적인 메커니즘은 어떤 메시지일지라도 전 세계 대중의 관심을 끌 만한 세계성과 시의성을 지녀야만 한다는 조건을 만들어 내는 듯했다. 일반적으로 비엔날레에서 점차 잃어 가고 있는 것은 공적인 중요성이나 대중적으로 주목을 끌 만한 메시지를 갖지 않는 전통 예술 작품일 것이다. 행사 주최 측에서 이런 것에도 관심을 갖고 편안하게 고요함 속에서 작품을 감상할 수 있는 별도의 공간을 마련하면 좋을 듯싶다.

예술의 고요함 속에서 우리의 의식은 외계로부터 멀어져 특정한 작품을 향하게 된다. 그 안에서는 작품에 대한 명상의 행위를 향해 세계가 좁혀 들어가는 것처럼 느껴진다. 하지만 이같이 좁혀 들어가는 현상은 예술 작품에 의해 출몰하는 또 다른 세계로 진입하기 위한 필요조건이다. 커뮤니케이션적 작품을 통해서 우리는 세계를 향해 넓게 열린 공간 속에 존재하게 되지만, 그와 동시에 이미 바로 현장에 위치하기 때문에, 우리의 주의를 이끌어 내는 '대상'을 그것을 에워싼 세계 전체와 함께 응시해야 할 필요성을 상실하게 된다. 사물의 세계 내적 존재감은 예술적 향수와 의미의 중요한 한 부분이다. 그러나 의식과 무의식의 경계를 넘나드는 융합의 형태인 축제나 카니발보다 세계 안의 존재감을 더 잘 느낄 수 있는 방법이 과연 무엇이겠는가? 비엔날레와 같은 미술 행사에서는 우리는 축제적 참여를 통해, 전 세계에서 모아진 예술 작품을 찬양하는 축제의 형태를 통해 세계 안에 존재하게 된다.

그렇다면 비엔날레는 축제 이상이 되어야 할 것이다. 이를 위해서는, 커뮤니티 안에서 지속되는 삶의 이러저러한 활기를 제공하는 여타의 관련 행사들과 협력이 이루어져야 한다. 광주비엔날레가 보다 유기적으로 광주 지역의 삶과 연관될 수 있다면 좋을 것이다. 나는 외국에서 온 작가들로부터 광주에는 별로 갈 곳이 없다고 하는 얘기를 들었다. 광주 지역의 삶이 보다 적극적으로 비엔날레의 일부가 되기까지는 상당한 시간이 소요될 것이다. 가 볼 만한 곳, 접근이 용이한 공원, 아름다운 산책로, 미술관, 작가들이 직접 찾아가 작업 중인 작가를 만나 볼 수 있는 스튜디오들, 생생한 지역의 삶을 엿볼 수 있게 하는 카페와 레스토랑, 상업적인 규모의 거대한 호텔이 아닌, 외국이나 타지에서 온 방문객들이 지역민들의 일상적 삶에 보다 가까이 다가갈 수 있는 인간적인 규모의 숙박 시설들이 있어야 한다. 이것은 곧 광주라는 도시가 예술적으로, 또 문화적으로 더욱 흥미 있는 도시가 되어야 한다는 뜻이다. 현재 정부 후원하에 진행되고 있는 "광주 문화 도시 프로젝트"에서 목적하는 바가 바로 이러한 것이라고 생각된다.

한편, 비엔날레는 지금 상태로도 광주 도시 전역에 더 널리 확산될 수 있다고 본다. 1980년 광주민주항쟁을 기념하고 지역의 관심사를 부각시키는 현장전은 좋은 기획이었다. 시민들이 매일 오가는 곳으로 미술을 가까이 가져가는 별도의 전시를 담아내기 위해 지하철역과 열차 공간을 활용한 것도 좋은 아이디어였다. 또한 광주국제영화제가 비엔날레와 같은 시기에 개최된 것도 긍정적인 일이었다. 하지만 더 많은 크고 작은 공간들(갤러리, 서점, 카페, 백화점 같은 소규모 공간과 광주시 및 인근에 위치한 대학들과 같은 대규모 공간)에 한 차원 더 적극적으로 비엔날레라는 축제의 긍정적 효과를 확산시킬 수도 있었을 것이다. 지역의 작가들과 소통하고 다양한 예술적 문화적 주제에 관한 연사들의 이야기를 들을 수 있는 만남의 장소가 마련될 수 있었더라면 더욱 좋았을 것이다. 아울러, 비엔날레는 잠자리와 조식을 제공하는 소규모 숙박 시설, 여관, 호텔 등에 머물면서 비엔날레 축제와 관련된 전 이벤트에 모두 참여하는 관람객을 유치할 필요가 있을 것이다. 그러나 하나의 제도가 발전하여 한 지역의 유기적 삶의 일부로 편입되기까지는 오랜 시간이 걸리기 마련이다. 어느 외국인 작가는 제1회 비엔날레는 막막한 공지에 벌어지는 전시였다고 말하였다. 지금의 비엔날레는 공지보다는 삶이 있는 곳에서 열리고 있다고 할 수 있다. 그것은 지역 커뮤니티 속으로 침투해 나가면서 국제적인 지평을 향하여 뻗어 나가는 발전의 길목에 서 있다.

(2004년)

어떻게 살 것인가, 어떤 예술을 만들 것인가?[1]

매체 예술: 평행과 수렴

1

쿤스트페어라인에서 열리는 전시회의 제목인 '평행하는 삶(Parallel Life)'의 뜻은 극히 애매하다. 플루타르크가 쓴 전기로 그리스의 영웅들과 로마의 영웅들을 나란히 대조 비교한, *Bioi Paralleloi*, 영어로 *Parallel Lives*로 번역된 책을 상기시키자는 것일까? 플루타르크에 비슷하게 나라나 민족 또는 다른 가치를 초월하여 사람의 삶에 어떤 평행 관계가 있다는 것을 시사하는 것일까? 평행의 의미가 불분명하다면 ── 그것이 바로 의도일 수

---

1 이 글은 2005년 프랑크푸르트 도서전 주빈국 행사의 일부로 2005년 10월 5일부터 12월 4일까지 프랑크푸르트 시 쿤스트페어라인(Frankfurter Kunstverein)에서 열린 Paralles Leben/Parallel Life에 부친 영문 해설을 우리말로 다시 번역 개작한 것이다. 이 전시의 기획자는 김성원, 니콜라우스 샤프하우젠(Nicholaus Schafhausen), 바네사 요안 뮐러(Vanessa Joan Müller) 제씨였다. 이 글은 기획자들이 미리 제공해 준 자료들에 의거한 것이나, 실제 전시된 작품들은 자료에 있던 것들과 상당히 다른 것이었다. 그러나 이 글의 핵심은 이러한 전시의 일반적인 의의에 관한 것이기 때문에, 이러한 차이가 그다지 중요한 것은 아니라고 생각한다.(원주)

가 있겠는데, 그래도 뜻의 가닥을 잡기 위해서는 이 모든 것을 한 번에 묶을 수 있는 의미를 찾아야 하는 것이 아닐까?

두 개의 사상 사이에 평행 관계가 있다면, 그것은 거기에 유사성이 있다는 말이지만, 동시에 그 유사성이 본질적인 것은 아니어서, 일체성에 이른 것이 아니라 차이가 남아 있다는 말일 수 있다. 기껏해야 그것은 차이 속의 일치성을 뜻한다고 할 수 있다. 원어나 영어에서 복수로 된 것이 이번 전시회의 제목으로 단수가 된 것은 이 평행이 거의 하나가 될 만큼 차이를 넘어선 삶이 이 세계화의 시대에서는 단수가 되어 있는데, 이것은 삶들이 하나가 되었다는 것을 강조하는 것인가? 아니면 이 제목에는 다른 숨은 뜻이 들어 있는 것일까? 세계의 다른 지역들 간, 동과 서, 남과 북 사이에 평행 관계가 발전되어 가고 있다는 뜻일 수도 있고, 이 전시회가 한국이 주빈국이 되어 있는 독일의 프랑크푸르트 도서전과 관련하여 독일에 열리는 사실을 생각할 때, 독일과 한국, 또는 남북이 분단되어 있는 한국과 통일 이전의 독일 사이에 유사 관계가 있다는 것을 시사하는 것일까?

또 하나의 해석을 시도한다면 이번 전시회의 제목은, 1953년 런던에서 열렸던 '삶과 예술의 평행선(Parallel of Life and Art)'을 빗댄 것이라고 할 수도 있다. 사실 이렇게 말하는 것은 무리스러운 느낌을 주지만, 모든 상사 관계는 사람의 마음에 만들어지는 형상물을 매개로 한다는 점에서, 그리고 이 형상물의 비중의 증대 — 매체를 통한 소통으로 인하여 이 형상물의 증가와 증대가 서로 여러 다른 일들 사이의 상사 관계를 두드러지게 한다는 점에서, 아직도 마음속의 형상이 그 밖에 있는 어떤 것, 즉 삶에 평행 관계를 가지고 있느냐 하는 것은 형상 인식의 밑에 가로놓여 있는 의문 중의 하나이고 예술 — 형상의 창조를 핵심으로 하는 예술을 생각할 때 일어날 수밖에 없는 의문이다. 사실 이 평행선 — 삶과 예술의 평행선은 오늘의 모든 평행 현상들의 밑에 가로놓여 있는 원초적 질문이다. 이 1953년의 전시회는 영국의 아방가르드 예술가 파올로치(Eduardo Paolozzi, 1924~2005)가 조직한 전시회로서 '팝 예술(Pop Art)'을 일반 대중에게 널리 알리는 데 중요한 계기가 된 전시회였다. 전시회의 주제가 되었던 것은 과학과 기술 그리고 대중 매체였다. 제목에 나오는 삶이라고 하는 것은 이러한 요소들이 이루는 현대적인 삶을 말한다. 그것은 이미 인위적인 영상물과 인공적인 환경 속에 존재하는 삶이다. 그리하여 이러한 의미에서의 삶과 예술은 서로 평행 관계에 있고, 또 사실 제목에 대한 아이러니한 비평으로서, 하나가 된 관계에 있다고 할 수 있다. 물론 구분이 있다면, 과학 기술의 세계는 인공물이 현실이 된 세계이고, 예술의 세계는 인공물이 아직은 인공물로 남아있는 경우라고 할 수 있다. 그러나 이것은 상품이나 광고 그리고 대중 매체에 있어서 거의 하나가 된다. (가령 구치 핸드백은 삶의 일부인가, 아니면 삶에 대하여 거리를 가지고 있는 인공물인가? 구치 핸드백을 진짜이게 하는 것은 제품인가 아니면 그 상표인가?) 오늘의 인공적인 세계에서 예술은 이러한 매체와 별다른 것으로 구분될 필요가 없는 것으로 보인다. 흥미로운 것은 이렇게 하여 생겨나는 삶과 예술의 일치가 바로 예술의 재현적 기능을 모호하게 한다는 사실이다. 과학과 기술 그리고 매체 세계에서 삶과 예술이 하나가 된다면, 예술이 삶을 지시하고 또는 반대로 삶이 예술을 지시하는 것은 불필요하고 의미 없는 일이 되는 것이다.

'삶과 예술의 평행선'은 허버트 리드(Herbert Read)가 주재한 또 하나의 런던의 전시, '성장과 형태(Growth and Form)'와의 대조를 의도의 일부로 가지고 있었던 전시였다. 이 후자의 전시에서 허버트 리드가 강조하고자 하였던 것은 예술의 자율성이었다.[2] 그런데 이 자율성이란, 리드의 생각으로는 자연의 일부로서의 삶에서 나온다. 예술이나 삶은 다 같이 자연에 내

---

2 Hans Belting, *Das Ende der Kunstgeschichte*(München: C. H. Beck, 1994), p. 79.

재하는 어떤 근원적인 형성적 에너지의 표현이다. 여기에서의 삶은 물론 과학이나 기술 또는 매체에 의하여 변형된 인위적 삶을 말하는 것은 아니었다. 그 삶은 별도로 존재하면서, 다시 예술의 자율성 속에 스스로를 드러낸다. 예술의 재현적 기능은, 반드시 허버트 리드가 생각한 방식이 아니라고 하여도, 삶과 예술 사이에 존재하는 일치와 차이의 모순으로 인하여 의미 있는 것이 된다. 하여튼 그것은 예술의 밖에 어떤 현실이나 실재가 존재한다는 것을 전제한다. 물론 이것은 다른 한편으로 내면적 삶이 별도로 존재하고 그것이 감각으로 접근되는 대상적 표현을 얻을 수 있다는 것을 전제한다고 할 수도 있다. 그러나 이러한 전제는 파올로치나 리처드 해밀턴(Richard Hamilton) 또는 앤디 워홀(Andy Aarhol)에서 부정되기 시작했지만, 그것을 극도로 의심스러운 것이 되게 한 것은 포스트모더니즘의 회의주의이다. 사람의 삶의 환경을 인공화하던 과학 기술이 진전함에 따라 그 토대를 이루었던 물질이 뒤로 물러나고 정보 기술과 소비 시장의 광고로 구성된 세계가 그것을 대체하게 됨에 대응하여 일어난 것이 포스트모더니즘이다. 포스트모더니즘을 간단히 정의할 수는 없지만, 그 모든 표현에서 핵심을 이루는 것은 언어나 상징의 저편에 실재나 진리가 존재하는 것을 의심한다는 점이다. 이 포스트모더니즘의 세계 또는 포스트인더스트리얼리즘의 세계에서는, 모든 것은 보드리야르(Jean Baudrillard)가 말하는 초실재의 세계(hyperreality), 유사물(simulacra)이 되고, 이것들의 세계 또는 현실 없는 현실의 세계가 된 것처럼 보인다.

프랑크푸르트의 '평행하는 삶'은 런던의 '삶과 예술의 평행선'에서 시작하는 예술 경향과 같은 선상에 서 있는 최근의 예술의 흐름 안에서 이해되어야 하는 것으로 말할 수 있다. 방금 말한 바와 같이, 그러한 흐름의 끝에 있는 것이 포스트모더니즘의 세계, 초실재의 세계라고 한다면, "삶과 예술의 평행선"이라는 말은 모순된 표현이 된다. 예술에 나란히 가는 삶이 따로 있는 것이 아니기 때문이다. 예술과 삶은 하나의 초실재의 세계 속에 있다. 그럼에도 불구하고 "나란히 간다"는 느낌이 완전히 없어졌다고 말하는 것은 우리의 느낌의 전부를 말하는 것이 아니다. 그 느낌은 마치 커다란 재난으로 파괴된 장소에 나타나는 망령처럼 우리의 마음과 우리가 사는 세상의 가장자리를 서성거린다. 삶과 예술이 하나로 합쳐진다고 하더라도 우리의 의식에 예술은 삶이 아니고 초실재의 현실이 실재의 전부가 아니라는 막연한 생각은 죄의식처럼 남아 있게 마련이다. 예술에 평행하는 무엇인가가 있는 것을 잊어버릴 수는 없는 것이다. 또는 우리의 삶이 초실재의 현실 속에 있다고 하더라도 삶은 초실재의 사실성을 넘어가는 의미를 지향하지 않을 수 없게 되어 있다는 것을 우리가 의식한다고 할 수도 있다. 예술은 이러한 세계에서도 삶에 평행한다. 다만 그 삶에 이르는 것이 불가능할 뿐이다. 평행하는 것이 있는 것은 사실이지만, 무엇이 무엇에 평행하는지는 알 수가 없는 것이다.

오늘의 예술은 초실재의 현실 속에 있고, 그것은 메시지와 이미지와 상징의 통로인 매체의 세계를 쉽게 넘나든다. 매체의 기술을 활용하는 매체 예술이 나타난 것은 당연하다. 인스톨레이션은 이 매체 예술을 대표한다. 인스톨레이션이 반드시 유사물을 재료로 사용하는 것은 아니다. 그것은 현실의 사물들을 사용하는 경우가 빈번하다. 그 점에 있어서 그것은 더욱 초실재의 시대를 대표한다고 할 수 있다. 대부분의 시각적 이미지는 2차원의 공간에 투사되어 있는데도, 그러니까 분명 초실재의 현실의 일부이면서도, 현실의 모사라고 주장한다. 이에 대하여 인스톨레이션은 물질적 대상의 세계에서 자료를 취하여 그것을 곧장 상징 세계로 옮겨 놓는다. 여기에서 사용되는 대상물들은 기술화된 세계 안에 탄탄하게 놓여 있다. 그것들은 종종 우리가 일상생활에서 맞부딪치는 물건들과 다르지 않다. 그러면서 그것은 어떤 상징적인 의미 속에서만 존재한다. 그러면서 물론 우리의 세계 자체도 그러한 상징의 세계이다. 그리하여 그것은 우리가 사는 세계가 1차원적 성격, 일체가 시뮬레이션인 세계임을 드러낸다. 물질적 대상물이 그 물질성을 상실하고 그대로 상징이 되고 이미지가 되는 것이다. 회화에서 화가는 2차원의 캔버스에 대상 세계를 모사하며 3차원의 인상을 주려고 한다. 그러면서도 캔버스라는 매체 자체가 모사된 현실이 아니라는 것, 그것은 어디까지나 3차원이 아니라 2차원의 공간에 있다는 것을 잊어버리게 하지는 못한다. 인스톨레이션은 그러한 차이를 인정하지 아니한다. 3차원에 존재하는 사물들은 마치 환상의 캔버스에 존재하듯이 하나의 세계 ─ 물질적 대상의 세계이면서 시뮬레이션의 세계라는 1차원적 세계에 존재한다.

그러나 인스톨레이션의 경우에도 그 1차원 ─ 또는 3차원이면서 1차원 ─ 을 넘어가는 무엇인가가 있다는 느낌을 완전히 벗어나지는 못한다. 한 화가의 화실과 같이 보이는 실내를 현실이 아니라 인스톨레이션 작품으로 전시해 놓을 수 있다. (실제 프랑크푸르트의 현대 미술관(Museum für Moderne Kunst)에 그러한 인스톨레이션이 있다.) 방문객은 이 방을 실생활의 일부로 잘못 생각할 수 있으나, 방에 붙은 표지가 그것이 보통의 방이 아니라 작품이라는 것을 말하여 준다. 그리고 그것을 화실이나 사무실로서가 아니라 예술의 관점에서 보아야 한다는 것을 일러 준다. 그러나 대부분의 경우는 동원된 소도구들이 인스톨레이션이 보여 주는 광경이 우리의 실용적 삶에 속하는 것이 아니라 예술의 세계에 속하는 것이라는 것을 암시하게 되고, 관객은 그것을 비상식적인 눈으로 보도록 노력해야 한다는 것을 알게 된다. 만약에 인스톨레이션이 관객으로 하여금 실용의 삶에 익숙한 눈이 아니라 그와는 다른 비실용의 눈으로 보도록 강요하지 못한다면, 그것은 예술적 의미를 잃어버리고 말 것이다. 그러나 비실재의 세계가 모든 것이 존재하는 유일한 차원이라고 한다면, 이 예술적 의미란 있을 수 있는 상징적 의미 ─ 보통이 세게에도 존재하는 상싱석 의미 가운데 하나의 새로운 변주에 불과한 것이다. 예술에 평행하는 삶이 있고 예술이 된 삶이 있다고 하더라도, 여기에 함축된 평행 관계란 같은 1차원적인 세계에서 생각의 가능성을 드러내는 것일 뿐이다.

과학 기술 문명이 확산되고 정보 기술이 전파되어 나감에 따라, 지구 전체가 하나의 초실재의 차원 속으로 빨려 들어가게 되는 것으로 보인다. 모든 것은 하나의 현실 또는 초실재의 현실의 일부가 되는 것이다. 세계 어디를 가나, 친숙한 것들이 있다. 낯선 느낌이 여기저기 숨어 있기는 하나, 그것은 우리의 편안한 느낌을 혼란하게 할 정도가 되지는 못한다. 슈클롭스키(Victor Shklovsky) 식으로 말하여 낯설게 하는 것이 예술의 기능이라고 할는지 모르나, 예술이 보여 주는 낯선 현실도 하나의 초실재의 현실의 연속성 속에 존재한다. 이 동질적 초실재의 현실은 한국에도 세계 다른 곳에서도 비슷하게 존재한다. 한국이 이 세계의 동질적 공간 그리고 동시성에 도착한 것은 비교적 최근의 일이다. 그러나 여러 사회가 여기에 도착하는 것은 서로 다른 경로를 통하여서이다. 핵심은 어느 사회의 경우이든지 간에 물론 우리가 마음에 지니고 있던 세계상 ─ 문화적 변주를 통하여 변형된다고 하지만, 결국은 엄연히 독립된 실체로 존재하는 현실에 입각한 세계상이 인위(人爲)의 소산물이라는 것을 깨닫게 된다는 것이다.

중요한 것은 현실로 믿었던 환각에서 현실로 깨어나는 것이다. 물론 깨어나 들어가는 세계 그것도 환각이라는 사실 속으로 깨어나는 것이 이 깨어남의 과정의 종착 지점이다. 이것은 끊임없는 환멸의 과정이라고 할 수도 있다. 그런데 이 환멸의 종류는 사회마다 다른 것일 수 있다. 특히 서양과 비서양 사회에서 환멸의 질은 매우 다른 것이다. 비서양 사회에서 환멸은 서양의 강력한 공세 ─ 현실적인 또는 사상적인 공격 속에서 일어난다. 그 결과 비서양 사회에서 자신의 현실은 서양의 현실에 비하여 미흡한 현실이었다는 생각이 일게 된다. 그리고 서양의 현실은 그것을 넘어서는 현실로 받아들여진다. 물론 이러한 전환의 순간에 현실이란 전범 또는 패러다임의 문제이며, 그러니만큼 인공물이라는 의심이 싹트는 것도 사실이다. 서양의 패러다임이나 모델로부터 시작하는 예술은 자신의 입지의 불확실함을 잊어버릴 수 있다. 적어도 시작에 있어서 예술은 삶 또는 현실을 재현하는 것이다. 그러나 이 삶 또는 현실은 어떤, 누구의 삶이며 현실인가? 서양의 예술이 비서양 세계에 유입되면서 현실 감각이 흐릿해지고 이 흐릿함 속에서 예술과 삶의 평행 또는 일치는 그대로 받아들여지지만, 여기에서 '거짓 믿음(nauvaise foi)'이 작용하고 있다는 느낌을 떨쳐 버릴 수 없다. 이러한 순응과 믿음은 어쩌면 서양의 근대를 받아들이고 이어서 포스트모더니즘을 받아들이면서, 현실의 유사품들로 이루어진 상징의 세계와 현실에 차이가 없다는 것을 깨닫게 될 때까지 계속된다. 그리고 예술의 자유가 시작된다. 그런데 기이한 것은 서양에 있어서도 같은 환멸과 포스트모더니즘의 위태로운 긍정이 동시에 일어났다는 것이다. (그러니 거짓 믿음에 대한 의심은 참으로 사라지기 어려운 것이 된다. 현실의 실재성에 대한 환멸까지도 위장되는 것일 수 있기 때문이다.)

하여튼 포스트모더니즘과 더불어, 새로운 깨우침, 새로운 발견이 있다는 느낌이 생긴 것은 사실이다. 그러나 이 과정에 참여한 자들의 체험의 성격은 판이하다. 서양과 한국 사이에 도착 지점도 같고 어느 정도는 그 경로도 같은 듯하다. 인스톨레이션 예술과 매체 예술이 등장하고 무대의 중심을 차지하는 것도 비슷하다. 그러나 이 동시적인 현상의 내면의 의미는 전혀 다른 것으로 보인다. 이 글에서 생각해 보고자 하는 것은 이 다른 의미이다. 물론 이 의미는 예술이나 문화에 관계해서만 설명될 수 있는 것은 아니다. 그것은 사회와 문명의 전환이라는 총체적인 테두리에서 생각되어야 할 문제이다. 그러나 여기에서는 한국의 예술이 포스트모더니즘의 시점에 이르게 된 경위를 간략하게 소묘하여 보는 데에 그치려고 하지만, 그 전에 예술의 전환이 문명의 전환에 깊은 관계가 있다는 것을 간략하게 시사하고자 한다.

2

20세기 초의 지식인들이나 문인들은 서양이 커다란 문명사적 전환을 맞고 있다는 생각을 많이 가지고 있었다. 오스발트 슈펭글러(Oswald Spengler)의 『서양의 몰락(1918~1922)』은 그 제목에 있어서 벌써 그 분위기를 잘 나타내고 있다고 할 수 있다. 미국의 시인 월리스 스티븐스도 문명사적 변화가 삶과 예술에 대하여 갖는 효과에 대하여 많은 생각을 기울였다. 사실 그것은 그의 시 전체를 통하여 가장 중요한 주제가 된다. 1930년대의 경제 공황기에 쓰인 그의 시, 「미국의 숭고미」는 중요한 시는 아니지만, 문명의 변화와 예술 그리고 삶의 현실의 변화에 대한 문제를 간결하게 표현하고 있다.

> 어떤 자세를 취해야 하나,
> 숭고함을 보는 데에는
> 조롱하는 자들을 대하는 데에는,
> 조롱하는 소인배들,
> 녹여 붙인 동전들을.
>
> 잭슨 장군이 동상을 위하여
> 포즈를 취하였을 때에는,

어떤 느낌인가 알았지.
맨발로 다니면서 눈은
껌벅껌벅 멍하게 할까?
그렇지만 느낌이 어떻지?

날씨에도 익숙해지고,
풍수에도 무엇 무엇에도;
그리고 숭고한 것은
정신 그것에 내려앉지.

정신에, 공간에,
텅 빈 공간에 선,
텅 빈 정신에
포도주는 무엇을 마시고,
빵은 무슨 빵을 먹지?

숭고란 일정한 가치 체계의 정상에 있는 미적 또는 정신적 가치이다. 이 것은 정치적 질서에 밀접한 관련이 있다. 정치 질서에서 지도자가 일정한 위엄을 가지고 행동하고 또 위엄이 있는 존재로 존경을 받는 것은 숭고를 포함한 가치의 질서가 존재하기 때문이다. 그러나 이것이 비웃음의 대상 이 될 때, 또는 돈이라는 그 자체로서는 가치를 지니지 않는 수단에 의하여 대체될 때, 우리들의 감정은 ─ 지도자나 피지도자의 감정은 다 같이 혼란 에 빠진다. 잭슨 장군의 시대에만 되어도 영웅적 가치와 그것을 상징하는 동상에 따라야 하는 느낌은 분명했다. 그것이 없어진 판국에 숭고한 것은 어디에 있는가? 그것이 완전히 없어지는 것은 아니라고 스티븐스는 생각했다. 그것은 정신과 공간의 느낌에 남아 있다. 그러나 그것은 실체가 없는 황무지에 떠도는 망령과 같다. 위 시의 마지막 두 줄의 의미는 간단하면서도 심각하다. "포도주는 무엇을 마시고/ 빵은 무슨 빵을 먹지?" 가치의 붕괴는 우리의 일상적인 식품과 즐거움의 질서에 혼란을 가져온다. 그러나 동시에 이러한 식품으로서의 빵과 포도주는 기독교적인 의미에서 정신의 양식을 말한다. 이러한 상징이 말하여 주는 것은 정신과 일상적 삶이 일체를 이룬다는 것이다. 그리고 이것은, 처음의 숭고라는 말이 나타내고 있듯이, 미적인 질서 ─ 우리가 느끼는 아름다움의 질서에 무엇이 앞서고 무엇이 뒤서는 것인가 하는 것과도 일체를 이룬다.

무엇이 이러한 질서 ─ 미와 정치와 삶과 감정과 정신의 질서에 변화를 가져오는가? 스티븐스는 여기에 답하지는 않는다. 슈펭글러는 문명의 변화를 계절의 변화에 비슷하게 생각하여 문명이 순환적으로 일어나고 쇠퇴하는 것으로 말하였다. 위의 시에서 스티븐스는 그것을 '날씨'처럼 변하는 것으로 말하고 있다. 물론 스티븐스는 그의 다른 시에서 이 문제를 계속 탐구하였으나, 문명의 대변환의 근거를 분명하게 밝히지는 못하고, 다만 어떤 때에 삶의 모든 것이 하나의 총체적인 미적 질서 속에 조화를 이루고, 그때 사람의 삶은 매우 만족스러운 것이 된다고만 말하였다.

100년 이상의 세월 동안 한국이 경험한 엄청난 변화도, 이것은 다른 비서양 사회들에서도 일어난 일이지만, 과연 문명의 대전환이라는 말로 표현할 수 있는 일이었다. 그것은 계절이나 날씨와 같은 비유로 설명하기보다는 천재지변으로 설명하여야 할 규모의 것이었다. 그리고 이것은 서양의 경우보다는 보다 분명한 원인들을 가지고 있었다. 즉 제국주의의 침략과 같은 것이 그것이다. 또는 얼른 보이지는 아니하면서 문명의 충돌의 효과라는 것을 원인으로 생각할 수도 있다. 그리하여 전통적 삶의 방식, 느끼고 먹고 마시고 입고 살고 ─ 또 아름다움을 이해하고 권위를 받드는 방식이 달라졌다. 이러한 변화의 밑에서 알게 모르게 생겨난 것은 우리가 가지고 있는 삶에 대한 또 세상에 대한 이해가 전적으로 신뢰할 만한 것이 아니라는 인식이다. 그러나 어떻게 하여 이러한 인식이 생기고 정착하고 흔들리는지에 대하여서는 분명한 설명이 있다고 할 수는 없다. 다만 이 글과 관련하여 말하건대, 이러한 변화의 경험을 통하여 한국인은 현실의 인식의 가변성과 불안정성을 받아들일 준비가 되었다는 사실이다. 거기에는 예술과 삶의 관계에 대한 전제도 포함되었다. 예술이 삶에 어떤 종류의 평형 관계를 가지고 있다면, 이 관계는 매우 어색한 것이 되었다. 그것은 예술의 변화에서보다도 삶의 원형적인 모습이 무엇인가에서 불확실한 것이 된 데에 기인한다.

3

　서양의 영향이 한국에 크게 그 제국주의적 대행자 일본을 통해서 밀려오기 시작한 다음에도 물론 전통적인 회화는 계속된다. 그것도 변화하는 사태에 적절하게 적응하지 않을 수 없었다. 그러나 거기에 사회적 정치적 문화적 변화가 확연하게 드러난다고 하기는 어렵다. 예술은 삶과 문화의 반영이기도 하지만, 많은 점에서 관행이다. 그것은 변화에 상관없이 계속될 수 있다. 전통 회화에 대하여, 새로 도입된 서양화풍의 그림은 훨씬 분명하게 시대적 변화를 드러내 준다. 서양화는 박지원이 1780년에 북경에 갔을 때에 그 사실적 효과로 강한 인상을 준 바 있다. 조선조의 끝에 서양화가가 그린 고종의 초상화는 비슷하게 높은 사실성을 가진 것으로 생각된다. 서양화가의 손에 의한 것이 아니라 본격적으로 서양화풍의 그림이 한국에 나타난 것은 20세기 초 일본 동경에서 공부한 한국인 화가들의 작품으로부터이다.

예술이 그 자체의 의제를 설정한다는 명제가 전혀 틀린 것은 아니다. 그러나 그 의제는 그에 못지않게 사회에 의하여, 또는 삶 전체를 지배하는 가치 체계에 의하여 설정된다. 또는 더 좁혀서, 이 의제는 한 문화 전통 특유의 제재(題材, topos, topoi)에 의하여 설정된다고 할 수 있다. 한국의 경우 예술 부문에서 가장 쉽게 눈에 띄는 현대적 변화는 이 토포이의 변화에서 볼 수 있다. 한국에서 이것은 유달리 안정된 구도를 가지고 있었다. 이것이 하루아침에 변하게 된 것이다. 한국화 또는 동양화의 전통에서 전형적인 토포이는 산과 물, 꽃, 새, 풀 그리고 조금 드물게는 이름난 사람들의 초상화, 그리고 조선조 후기에는 민간의 풍속과 같은 것이었다. 이것들은 모두 사회의 정신 질서에서 일정한 의미를 가지고 있었다. 산수는 동양의 세계관에서 가장 높은 숭고미를 나타내었다. 어떤 식물들은 적어도 그 핵심 개념에 있어서는, 문인들이 추구하는 높은 정신적 세계 또는 그에 이르는 정신의 자세를 상징하는 것으로 생각되었다. 어느 전통에서나 그렇다고 할 수 있지만, 동양에서 또는 특히 한국에서 예술은 정신적인 의미를 부여받고 있었다. 전통적 토포이는 이로써 정당화되었다. 서양화의 도입은 재재를 바꾸면서 그것에 의미를 부여하였던 정신적 질서를 교란하게 되었다. 어쩌면 예술가 자신이나 일반 향수자나 화풍의 변화에는 제재와 화법의 변화가 가치 질서의 대변화를 의미한다는 것을 분명하게 의식하지 못하였기 쉽다. 예술적 성취에 있을 수 있는 여러 문제들은 이 무의식에 관계되는 면이 있을 것이다.

김관호(金觀鎬, 1890~1958)의 나체화는 제재 체계의 문제를 살필 수 있게 한다. 그가 동경미술학교를 졸업하던 해인 1916년의 「해 질 녘」은 구릉과 강을 배경으로 뒤돌아서 있는 나체의 여인 두 사람을 보여 준다. 이 작품이 일본 문부성의 전람회에 출품되어 상을 받은 사실은 서울의 신문에 보도되었으나, 이 보도는 사진이 입수되었음에도 불구하고 여자의 나체를 그린 것이었기 때문에 게재하지 못한다는 설명을 첨가하고 있었다. 1923년의 선전(鮮展)에 나온 같은 화가의 1923년 「호수」의 경우에도 신문에 사진이 게재될 수 없었다. 나체화는 1949년까지도 문제가 되는 것이어서, 국전(國展)에 입선된 김흥수의 「마부 군상」은 전시 자체도 말썽이 되어 전시장에서 철거될 수밖에 없었다.[3] 물론 문제가 된 것은 한국에는 나체상의 전통이 없었기 때문이었다. 그것은 아직도 도덕과 윤리에 있어서 유교 전통이 지배하는 사회에서의 사회 규범으로 인한 것이기도 한 것이었겠으나, 나체가 예술적 테마 목록에 포함되지 않은 때문이기도 하였을 것이다. 한국인의 미적 감각으로 볼 때 도덕적인 이유를 떠나서도, 왜 벌거벗은 인체가 미술의 주제가 되어야 하는지는 이해할 수 없는 것이었을 것이다. 그림의 대상이 되는 것은 그 대상이 문화적으로 부여받은 의미를 가지고 있는 경우이다. 이것은 서양의 경우에 비추어서도 짐작할 수 있는 것이다.

서양에서 여인의 나체 — 남자의 나체도 — 화제(畫題)가 될 수 있었던 것은 인간의 육체를 신격화하고 신화화하는 그리스 이래의 전통이 있어서 화가가 그리는 인간의 육체에 일종의 신성성(神聖性)의 장막이 가려져 있기 때문이었다고 할 수 있다. 19세기 프랑스에서 마네(Édouard Manet)의 나체 여성상, 「올림피아」(1863)가 말썽이 된 것은 그것이 극히 사실적인 인상을 주어서 이러한 장막의 존재를 암시하지 않았기 때문이었다. 예술에 있어서의 현실의 재현은 적어도 토포이에 등재될 만한 것이라야 의미와 가치를 얻는다고 할 수 있다.

한국에서의 초기의 나체상들은 그러한 위치를 전혀 가지고 있지 않았다. 이러한 토포이로 등재가 가능해지는 것은 물론 예술가의 의지를 넘어

---

3   오광수(吳光洙), 『한국 근대 미술 사상(韓國近代美術思想) 노트』(일지사, 1987), 9~11쪽.

문화에 의하여 뒷받침되어야 한다. 여담이지만, 김관호의 「해 질 녘」에 관한 소식을 전한 사람이 우리 문학에서 자유연애의 개척자인 이광수(李光洙)였다는 것은 흥미로운 일이다. 그는 나체상의 가치를 이해할 수 있는 현대적인 또는 서양적인 견해를 이미 가지고 있었다. 이광수가 문화적 사명을 가지고 그의 초기의 작품에 취급한 주요한 주제의 하나는 자유연애였다. 김관호의 나체화는 한국의 회화 관행에 새로운 화제를 추가하면서 이광수의 자유연애 주제의 소설과 함께 한국에 근대성을 도입하는 데에 하나의 역할을 하였을 것으로 생각할 수 있다. 그러나 새로운 화제의 발견 또는 도입이 분명한 정당성을 얻는 것은 문화 변화 속에서의 감성의 변화가 무르익는 것을 기다려야 한다. 그때까지는 미술은, 어떤 종류의 화제의 경우에는, 당대적 삶의 현실의 놀이로부터 거리를 가지면서 다소간에는 어색한 인위성을 띨 수밖에 없다.

회화의 소재와 문화적 정당성을 가진 표현적 원숙성 사이의 미묘한 관계는 정물의 경우에도 예시될 수 있다. 사람의 삶이 그림의 소재가 될 때, 사람이 일용하는 물건들이 그림의 대상이 되는 것은 자연스러운 일이다. 회화의 역사에서 유독 술병, 음식을 담는 그릇, 조리용 어류나 조류, 음식, 과일, 화병의 꽃 등이 특히 눈에 띄게 그림에 등장하게 된 것은 17세기 화란의 그림과 같은 데에서이다. 이것은 부르주아의 삶이 사회의 중심에 등장하게 된 것과 관계가 있다. 이때의 화란에 두드러졌던 사실적(寫實的) 관심을 떠나서도, 정물은 사회에 등장하는 어떤 종류의 삶의 양식의 증표로서 의미를 갖는다. 그러기 때문에, 가령 보나르(Pierre Bonnard)나 마티스(Henri Matisse)의 그림에 있어서 과일이나 꽃은 적절한 접시나 화병에 담아져야 하고, 적절한 보자기가 덮인 탁자 위에 올려놓아져야 하고, 다시 어떤 집안의 내부 공간에 위치하여야 한다. 이러한 것들은 자연스럽게 일정한 삶의 양식을 암시한다.

한국의 회화 전통에서, 위에 말한 바와 같이, 꽃이나 풀, 나무 그리고 다른 삶의 용품들이 그려지는 경우, 그것들은 대체로 그것들이 놓이는 공간적 환경에 대한 시사를 결하고 있다. 그것은 서양 회화에서보다 이러한 것들이 그 자체로 상징적 의미를 강하게 띰으로써 생활 양식을 암시하기보다는 정신적 의미를 가지고 있는 것으로 생각된 증좌라 할 수 있다. 물론 매화, 난초, 국화 또는 대나무는 선비가 갖추어야 하는 덕성을 상징했다. 책이나 붓 또는 책상 등이 그려져 있는 경우, 그것은 선비의 학문적 추구의 상징이었다. 물론 물질성보다는 상징성이 강조되면서도 그것들은 그 나름으로 삶의 양식은 아니라도 삶의 지향을 나타내는 것이었다.

그런데 서양 화풍의 그림에서 화병에 꽂힌 꽃이나 접시에 놓인 과일이 그려져 있을 때, 그것들은 전혀 다른 문화의 한국인에게 어떤 의미 또는 '아우라'를 떠올리게 하였을까? 그것들의 의미가 전통 회화의 사물들처럼 정신적인 의미를 가질 수는 없었을 것이다. 생활 양식을 시사하는 물건들로서도 높은 탁자와 의자를 두지 않고 방바닥에서 생활하던 한국인에게 그것들은 삶의 현실을 떠난 기이해 보일 수 있는 물건들이다. 서양화와 더불어 등장한 초상화의 경우에도 사정은 비슷하였을 것이다. 왕이라든가 재상이라든가 이름난 학자라든가 아니면 적어도 가문의 족장이라거나 한 인물이 아닌 사람의 초상은 별로 존재하지 않았다. 왕이나 고명한 사람들의 초상화에서 그려지는 사람은 정면으로 엄숙하게 앉아 있는 것이 당연했다. 그런데 이국적인 벽지로 장식한 비한국적인 방에 의자에 비스듬하게 공적인 격식을 갖추지 않고 앉아 있는 보통 사람들의 모습은 이상적 삶의 현실과 관련하여서나 그 상징적 차원에서나 알기 어려운 의미를 갖는 것이었을 것이다. (이러한 부수적인 소도구를 떠나서 한국의 서양화가들이 맹렬하게 그린 자화상의 사회적인 의미도 심각하게 검토해 볼 만하다.) 이러한 초기의 정물이나 초상화들이 사실성을 결하고 있었다는 것이 아니라 그 사실성의 불안정성을 지적하려는 것이다. 이러한 그림들에서 서양화 고유의 높은 감각적 밀도의 결이 주는 물질성이 그림의 사실성을 설득하기는 하였지만, 참으로 안정된 사실성이 서사적 관련 ─ 일상적 삶의 서사이든 정신적 삶의 서사이든 ─ 얻어진다고 한다면, 그것이 완전한 회화적 의미를 결한 단편적인 상태에 남아 있었을 것은 추측할 만하다.

이 단편성, 이 불안정성은 단순히 관객의 관점만이 아니라 화가 자신의 재현 행위 안에도 스며들게 마련이다. 자신의 세계 안에 편하게 있다는 느낌, 또는 당대의 현실을 넘어가더라도 오히려 동시대의 사람들보다도 핵심적 현실, 즉 진실에 닿아 있다는 느낌은 예술가가 그리는 대상물에 안정된 실재감을 준다. 그렇지 않은 경우 보이지 않게 그려지는 사물 자체의 물질적 성격이 약화되고 그것들은 도해의 표지(graphic signs)의 성격을 띠기 쉽다. 자신의 실재성을 외치면서 그것에 이르지 않는 것이 도해적 표지이다. 이러한 특성은 화면 전체의 효과에서도 나타난다. 예술가의 현실 거주감이 불안한 경우, 화면 위에서 사물들은 서로 불확실한 관계 속에 있고, 그 관계에서 생겨나는 공간은 자연스러운 안정감을 잃어버린다. (이 공간이 반드시 원근법의 공간일 필요는 없다. 그러나 그것이 3차원적 세계를 시사하고 이것에 의문을 제기하고 또는 그것을 새롭게 변주하고 하더라도 암암리에 사실적 공간이 준거점이 되는 것은 불가피하다.)

20세기의 뛰어난 전통 화가로서 이상범(李象範, 1897~1972)이나 변관식(卞寬植, 1899~1976)을 들어 본다면, 재현의 대상물의 물질적 질감은 동양화에서 당초부터 예술 의도의 대상이 아니라고 할 수 있지만, 우리는 이들의 그림에서까지도 공간의 불안정성이 증대한 것을 볼 수 있다. 이상범의 산수는 변관식의 산수에 비하여 조금 더 공간적 넓이를 가지고 있으나 중심을 느끼게 하는 공간 질서를 가지고 있지 않다. 이에 대하여 변관식의 산과 물과 집들은 공간에 밀집하여 안정된 공간감을 주지 않는 경우가 흔하다. 이러한 것은 매우 작은 변화지만, 한국 현대화의 발전에 있어서 공간이 그 현실성을 상실하고 빈 종이처럼 기호에 의하여 채워지기를 기다리고 있는 빈 공간이 되어 가는 조짐이라고 할 수 있다. 예술과 삶의 평형 관계를 측정하는 가장 적절한 척도는 작품에 있어서의 공간의 성격이다. 많은 한국의 현대화는 분명한 공간을 암시하지 못하는 것 같다. 하여튼 일반적으로 근년의 한국의 그림에서 사실적 물질성에 비하여 메시지가 우위에서는 것을 본다고 한다면, 그것은 근대의 체험의 이질적 시작으로부터 시작된 것이라고 할 수 있다.

4

문화가 결정하는 주제의 체계는, 되풀이하건대, 공적인 언어로서의 미술의 구체적 매트릭스이다. 그것이 어휘와 문법을 제공한다. 그러나 일단 정착되면, 그것은 사람의 의식의 아래로 침하하여, 자연 언어에서나 마찬가지로, 그 규범적 제약이 의식되지 않는다. 그러나 그것이 일단 낯선 문화의 테두리 속에 들어가게 되면, 그것은 비자연이며 이질적인 것이 될 수밖에 없다. 이것을 다른 방향으로부터 이야기하면, 이러한 이질의 문화의 침입은 지금까지 자연스러운 것이었던 토착 문화를 낯설게 한다. 그리하여 그것은 마치 그것 너머에 따로 존재하는 자연의 잠재력을 한정하고 있는 제약 내지 억제의 틀로서 비추게 된다. 이것은 특히 제국주의적 힘의 불균형 속에서 그러하다고 할 것인데, 서양과 일본의 영향 아래에서의 한국의 근대화가 가져온 것이 이러한 토착 문화의 이질화이다. 그리하여 자연을 억압하는 전통 문화의 틀을 파괴하고 자연을 —즉 서양이 구성한 자연을 자유롭게 표현될 수 있게 하는 것이 근대화(近代化)의 과제가 된다. 예술은 문화 근대화 계획에서 가장 쉽게 눈에 띄는 부문의 하나이다. 근대화 또는 현실 재현의 새 출발이라는 무거운 사명을 부여받은——이제 도덕적 정치적 당위까지를 포함한 듯한 사명을 부여받은 예술에서 메시지가 중요해지는 것은 당연하다. 그리하여 그것은, 사실주의나 현실주의를 표방하는 경우까지도 보이게 보이지 않게 추상적 기획의 성격을 가지게 된다.

이러한 기획들은 현실에 일치하기도 하고 그것에서 벗어져 나가기도 한다. (물론 이 현실도 문화와 물리적 세계와 구성력의 종합 속에서 나타난 일시적 환영(幻影)이라는 면을 가지고 있다고 하여야 하겠지만.) 일치의 순간의 하나로서 우리는 1930년대와 1940년대에 서양화의 수법이 한국의 토착적 풍경을 그린 예들에서 볼 수 있다. (이것은 문학에 있어서의 『청록집(靑鹿集)』의 시인들의 젊은 날과도 일치한다.) 김중현(金重鉉, 1902~1953)의 「주막」(1940) 또는 「무녀도」(1941)와 같은 그림에서 일치하는 것은 서양화의 기법과 한국의 사회 풍속 묘사의 일치이다. 「무녀도」는 조금은 그 얕은 공간감의 면에서 한국의 민화를 연상하게 하는 점이 있지만, 「주막」의, 테이블을 놓고 의자에 둘러앉아 있는 한국 옷차림의 사람들의 모습은 한국 사회 풍속의 사실적 재현임에 틀림이 없으면서, 세잔이나 고흐의 주막집이나 카드놀이 광경 같은 것을 연상시킨다. 그러나 색감 등에서 인상파를 연상시키지는 아니한다. 그러나 오지호(吳之湖, 1905~1982)는 작품 전부가 그러하다고 할 수는 없지만, 분명하게 인상파의 영향을 받은 화가이다. 그러나 동시에 그의 인상주의는 분명하게 그의 토착적 풍경에 자리하고 있다고 할 것이다. 그는 스스로 인상주의적 자연 이해와 한국의 땅에 대한 그의 이해가 어떻게 일치하는가를 다음과 같은 글에서 드러내고 있다.

조선의 대기는 자연을 색채적으로는 거의 원근을 구별할 수 없는 투명 명징한 것이다. 이 맑은 공기를 통과하는 태양 광선은 태양에서 떠나올 때와 거의 같은 힘으로 물체의 오저(奧底)에까지 투과된다. 그러므로 이때 물체가 표시하는 색채는 물체 표면의 색채만이 아니고 물체의 조직 내부로부터의 반사가 합쳐서 가장 찬란하고 투명한 색조를 발하게 하는 것이다.[4]

자연의 광경에 대한 이러한 인상주의적 해석은 「남향집」(1939)의 투명한 광선 속에서 나무 그림자들로 얼룩져 있는 전통적 농가의 모습에 반영되어 있다. 그러나 서양의 회화 기법과 한국적 삶의 현실의 성공적인 결합의 예는 그렇게 많다고 할 수는 없다. 밖으로부터 오는 문화적 압력은, 그렇게 의식되지는 아니하면서도, 예술이 현실을 반영하는 것이라기보다는 구성되는 것이라는 생각을 일반화한다. 사실 오지호의 토착적 풍경도, 외래적인 것에 비실재성을 느낀 그의 민족주의적 발상에 따라서 토착 회귀를 추구한 결과라고 할 수 있다. 예술의 개념적 구성은 보다 확연한 정치적 프로그램과 일치함으로써 강화된다.

그러나 보다 확실한 개념적 예술에서 정치적 이념은 스스로의 입장을 보다 분명한 현실 이해의 주장으로 정당화하기 때문에, 메시지로서의 예술이 감각적 현실로부터 유리될 수 있다는 것을 인정하지 않는다. 문화의 구성 작업에서, 스스로에게 부과한 교육적 또는 도덕적 사명은 현실 검증을 불필요한 것이 되게 하는 것이다. 그러면서도 '리얼리즘', 즉 현실주의의 기치는 1920년대 이후 그리고 오늘날까지도 이러한 정치적 예술의 가장 드높은 기치가 된다. (물론 이것은 현실주의의 기치가 있든 없든 한국 사회의 모든 근대화 움직임에 해당시킬 수 있는 일이기도 하다. 결국 근대화는 전통문화의 갱신과 함께 새로운 현실의 창조 또는 구성을 지향하는 것이기 때문이다. 한국 예술사에서 흔히

---

4   오지호, 「현대 회화(現代繪畵)의 근본 문제(根本問題)」, 《문예춘추》, 1968, 105~223쪽; 오광수(吳光洙), 「오지호와 인상파 미술」, 앞의 책, 67쪽에서 재인용.

리얼리즘 또는 현실주의는 모더니즘에 대조되는 것으로 말하여지지만, 현실의 재구성을 지향한다는 점에서 이 두 흐름은 같은 역사의 흐름을 나타낸다고 할 수 있다.)

리얼리즘은, 한국에서만이 아니라 서양에서도, 예술의 현실 재현의 기능을 상기하는 일에 못지않게 현실을 이데올로기가 선구성해 놓은 바와 같이 그려야 한다는 주장을 담고 있다. 한국에서 이러한 입장의 정당성은 일본의 식민지로서의 한국의 근본적 고민에서 나온다. 일본의 지배로부터의 독립, 정치적 사회적 문화적 자주성의 회복 그리고 그것의 전통적 억압 체제로부터의 해방 그리고 새로운 질서의 창조라는 착잡한 관계들이 예술에 있어서의 정치적 프로그램을 불가피하게 하였던 것이다. 따라서 서양 예술의 강한 매력과 함께, 더러는 모순되면서 또는 일치하면서, 주제나 스타일 또 메시지에 있어서 민족주의적 요청은 일어날 수밖에 없었다. 민족주의의 관점에서 토착적인 풍경을 재현하는 것은 오히려 감상적이고 퇴영적인 현실 도피라는 인상을 줄 수도 있었다. 1920년대부터 마르크스주의는 회화뿐만 아니라 문화 활동 일반에 강한 정치의식을 불어넣었고 토착주의의 비판도 이러한 분위기에서 대두되었다. (서양이 만들어 낸 근대적 현실에 대한 비판이 한국의 주체 의식의 강화와 일치하듯이 제국주의 비판과 민족 현실의 옹호가 마르크시즘 — 결국 서양의 사조인 마르크시즘의 도입과 일치하는 것을 본다. 그 외에도 대체로 비서양 지역에서의 서양 비판이 서양 내에서의 자기비판에 일치하는 것도 비슷한 현상이다. 이러한 아이러니컬한 일치는 깊이 연구되어야 할 과제라 할 것이다.) 그러나 실제로 산출된 작품들은, 약간의 그래픽 작품들을 제외하고는 별로 많지 않은 듯하다. 물론 여기에는 일제의 검열이 크게 작용하였을 것이다. 그렇다고 하더라도 예술과 이데올로기의 결합은 한국 미술과 문화 일반에 강한 자취를 남기고, 한국 예술의 중요한 흐름의 하나가 되었다. 그 결과 메시지를 위한 단순화와 과장, 그리고 수법에 있어서의 그래픽이든지 또는 그래픽적인 요소, 메시지에 의한 회화적 표면의 단순화와 과장이 회화의 중요한 특징이 되었다. 여기에는, 조금 기이한 연결이기는 하지만, 일제에 의하여 동원된 정치 미술도 이러한 경향을 강화한 것으로서 여기에 포함되어야 할 것이다. 이러한 여러 요소들이 합하여 예술에서의 지각 리얼리즘과 메시지의 균형에서 후자가 현실 재현의 중요한 권리를 갖는 것이 되었다.

정치적 예술과 순수 예술의 대립과 긴장은 한국의 근대 문화사 그리고 예술사의 가장 중요한 특징의 하나이다. 이것은 예술 자체가 내부 모순으로 가지고 있는 재현과 재현의 의미의 대립에서 오는 것이지만, 한국의 현실에서, 위에서 살핀 바와 같이, 이 대립은 다른 정치 이념과 섞여 더욱 예리한 것이 될 수밖에 없었다. 다만 대한민국이 수립되고 전쟁이 벌어지고 한 기간에 이러한 양극 관계가 순수 예술 하나로 수렴되었다. 이것도 물론 예술 자체의 자발적인 충동만이 아니라 반공주의의 강한 억압하에서 일어난 것이라고 하여야 할 것이다. 그러면서도 근대사에서 한국인의 가장 혹독한 경험인 한국 전쟁을 기록한 정치적인 의의를 가진 미술이 없을 수는 없다. 다만 이것은 그대로 정치적 이념을 전달하기 때문에 그러한 것이라기보다는 삶의 현실 자체가 그러한 것이었다고 하여야 할 것이다.

그러나 삶의 현장의 재현이 그대로 좋은 미술이 되지는 못한다. 큰 호소력을 갖는 예술은 단순한 삶의 재현을 넘어가는 어떤 이상성을 나타낼 수 있어야 한다. 정치적 이념에 의한 추상성은 이 과제에 대한 단순한 해결 방식에 불과하다. 스페인 내란의 참혹상을 그린 피카소의 「게르니카」의 기념비적 성격에서 우리는 그러한 예를 볼 수 있다. 바로 이 기념비적 성격(monumentality)이 그것을 르포르타주 이상의 것이 되게 하는 것이다. (현실 재현이 예술의 근본적 의미라고 하더라도 바로 이 의미는 재현된 현실을 넘어간다. 이것은 최소한도로 생각할 때에 소위 '심미적 거리'를 말하는 것일 수도 있다. 이 점에서 예술은 어느 경우나 현실이 아니다.)

이러한 문제와 관련하여 우리는 전쟁에 관한 작품 가운데 이수억(李壽億, 1918~1990)의 「6·25 동란」(1987)과 같은 작품을 생각해 볼 수 있다. 이 그림은 전쟁을 피하여 가는 사람들을 보여 준다. 그림의 중심 부분에는 이들의 삶의 중하(重荷)를 상징하는 듯 굽은 자세로 커다란 수레를 끌고 가는 사람이 있다. 그러나 그림의 의미는 이러한 상징적인 인물에 못지않게, 정연하게 구획된 화면 공간 그리고 그 안에 배치된 인물들의 기하학적 단순화 등으로 부각되는 것이라 할 수 있다. 이것이 그림에, 「게르니카」와 같은 기념비성은 아니면서도 사실로부터 거리를 가진 발언으로 고양한다. (도록에 나온 정보로는 이 그림은 1987년에 개작된 것으로 되어 있다. 사건으로부터의 이 시간적인 거리가 이러한 심미적 초연함을 허용하였는지도 모른다.) 되풀이하건대, 회화의 바탕은 지각적 리얼리즘에 있지만, 거기에 깃든 암시성은 그로부터 의미를 향하여 비상하고자 한다. 정치적인 메시지는 이 비상의 단순한── 대개는 지나치게 단순한 공식이 된다.

5

그러나 직접적인 의미에서의 정치적 예술은 1970년대 1980년대에 다시 전면에 등장한다. 1979년 박정희 대통령이 살해된 후 잠깐 부풀어 올랐던 민주주의에 대한 국민적 소망이 전두환 장군의 등장으로 다시 군사 정권으로 되돌아선 다음, 리얼리즘은 문화계에서 다시 주류가 된다. 민중 예술이 대두하는 것도 이 무렵이다. 처음 1982년에서 1983년에 이르는 기간 동안 열렸던 작은 그룹 전시회에서 주의를 끌기 시작한 민주 예술은 민주화 운동이 격화되고 또 민주주의에의 전망이 보이기 시작한 1980년대의 후반으로부터 무시할 수 없는 미술의 흐름이 된다.[5]

민중 예술은 분명하게 정치적 내용을 앞에 내세운다. 김정헌(1946~)의 「풍요한 생활을 창조하는 럭키모노륨」(1981)은 중산 계층의 거실의, 당시에 호화스러운 것으로 생각되었던 리놀륨을 깐 마루가 검은색의 농토로 연속되고 농부가 거기에서 일하고 있는 모습을 보여 준다. 임옥상(1950~)의 「하수구」(1982)에서는 붉게 물든 하늘 아래에 펼쳐지는 도시 위로 위치한 두 개의 하수구에서 하수가 쏟아져 나온다. 그것은 군사 정권하에서의 도시 발달 전부를 야유하는 의도를 표현한 것으로 생각된다. 민주 미술품에는 상징물, 광고, 코카콜라와 같은 상품의 이름, 기타 소비재의 표지들이 소위 군사 정권하에서 근대화되어 가는 사회를 풍자한다. 불끈 쥔 갈색의 주먹, 풍화되고 일그러진 노동자와 농부들의 얼굴들이 억압과 저항의 의지를 나타낸다. 이러한 것들의 묘사에는 일정한 스타일이 있어서 이 작품들이 정치적 메시지를 전달하는 선전 활동의 일임을 분명하게 드러낸다. 거친 필법과 강력한 색채, 사물의 뉘앙스를 단순화한 그래픽 스타일 등이 선전의 목적을 명백히 한다. 비슷한 그래피즘을 보여 주는 판화는 즐겨 사용되는 매체이다. 여기에서는 오윤(1946~1986)이 그 대표적인 작가라고 할 수 있다. 물론 이러한 스타일은 다른 작가들에서도 널리 볼 수 있는 것이고, 다른 매체에서까지 모방되는 스타일이다. 판화적 수법의 의미는 스타일만으로도 거칠고 단순한 메시지의 성격을 가질 수 있다.

정치적 작가들은 세부에 대한 꼼꼼한 주의를 의도적으로 무시하고 물질적 사실성의 재현을 중요시하지 않는다. 그것들은 정치적 정열과 양립할 수 있는 것이 아니다. 물론 여기에는 예술적 효과라는 면에서 대가가 없는 것은 아니었다. 축약하여 전달하여야 한다고 생각한 현실은 작품 자체

---

5 유홍준, 「1980년대 리얼리즘 미술과 가나 화랑」, 최열, 「1980년 리얼리즘과 그 시대」, 『1980년대: 리얼리즘과 그 시대』(가나아트, 2001) 수록. 리얼리즘 미술의 발생과 경과에 대한 두 증언에는 약간의 차이가 있다.

를 거칠게 할 수밖에 없고 그리고 예술로 승화되는 정치적 작품은 아무래도 이러한 거칢으로부터의 일정한 거리를 만들어 내지 않을 수 없는 것으로 보인다. 이 거칢은 필법이나 색채는 물론 공간 구성 ― 감각적으로 그럴싸하거나 관념적으로 명징한 공간 재현과 구성의 부재에서도 드러난다. 많은 작품에서 화면을 가득 채우는 메시지가 모든 것을 압도한다. 사물의 재현이나 그것의 공간 환경의 구성에서 비교적 사실성에 충실하고자 하는 작품에서도 우리는 이러한 특징들을 볼 수 있다.

공간의 문제는 특별한 고찰을 요구한다. 공간은 그야말로 비어 있는 틈새이기 때문에 주의의 초점에 놓이지 않을 수 있다. 그러나 그것은 모든 것의 바탕이다. (이것은 회화에서만이 아니라 사람의 주거의 경우에도 마찬가지이다.) 공간의 혼란이나 부재야말로 시대의 표지가 될 수 있다. 그리고 그것은 예술과 현실을 갈라놓는 영원한 경계선이다. 사람이 물질적 공간 속에 존재하지 않을 수 있다는 점에서, 공간은 언제나 존재한다. 그러나 그것은 인간적 질서를 잃어버리고 의미 없는 것이 되고 전적으로 하나의 통일성으로서 의식을 벗어져 나가 버릴 수 있다. 이에 대하여 예술은 이 공간을 의미 있는 것으로 구성하려는 노력이다.

공간 부재의 작품들 가운데, 김호석(1957~)은 농부의, 농업 노동의 어려움으로 생겨난 주름살을 면밀하게 그려 내는 꼼꼼함에서 예외적이라고 할 수 있다. 그의 농부가 억압과 저항을 넘어가는 인간적 면모를 느끼게 하는 것은 이것과 관련이 있다. 그의 작품, 「실향민 여씨 아저씨」(1991)는 사실적 초상화이다. 이 그림에 그려 있는, 근대화가 진행 중인 한국의 풍경 ― 파헤쳐진 흙, 그 변두리로 전락한 농토, 숲, 지평선의 고층 건물들이 범벅이 되어 있는 ― 그림 안의 표지판에 쓰여 있는 대로 분당 신도시 건설지의 풍경은 분명 사회적 의미를 깊이 의식하면서 그려진 것이지만, 그림 자체는 다른 그림들에서와 같은 지평선까지 펼쳐지는 공간을 느끼게 한다. 원근법이 밝혀 주듯이 그림에 구성되는 공간은 단순히 사물들의 잡다한 병치에서 생겨나는 것이 아니라 무한까지 연속되는 연속체(continuum)이다. 이러한 공간은 사물을 커다란 질서 속에 안정하게 하는 효과를 갖는다. 위에 언급한 김호석의 다른 작품 「마지막 농부」(1991)는 심한 일에 상하기는 했지만, 부드러움을 잃지 않은 농부의 얼굴을 보여 준다. 그리고 그 뒤로 노란색을 칠하기는 했지만, 아무것도 그려 있지 않는 여백이 있다. 이것은 물론 전통적인 동양화에서 볼 수 있는 것이다. 김호석이 동양화가라는 사실이 여기에 관련이 있을 것이다.

앙리 르페브르는 모든 공간, 그림의 공간이든 거주의 공간이든, 모든 공간은 정치적으로 구성된다고 말한 일이 있지만,[6] 그것 이전에 감각적, 개념적 통일에는 공간이 필요한 것일 것이다. 그야말로 칸트가 생각하듯이 감성의 직관 형식으로서의 공간은 모든 것의 기초이다. 이것은 일상적으로 숨 돌리는 여유를 위해서도 필요하다. 어떤 현실은 이러한 공간을 허용하지 않는다고 할 수 있다. 말하자면, 1980년대, 1990년대의 정치 현실이 그러한 것이었다고 할 수 있다. 그러나 그러한 경우에도 이러한 공간 없는 상황을 어떻게 회화의 공간에 구성해 내느냐 하는 문제가 없어지는 것은 아니다. 그것은 역설로밖에 해결할 수 없는 일이면서도 해결되어야 하는 예술 행위의 문제이다. (음악이나 언어 예술에서 고통의 외침을 그려 내는 것은 외침 소리를 복사하는 것이 아니라는 것을 생각해 볼 일이다.) 1980년대의 민중 예술에서, 회화의 공간은 정치적 의도가 만들어 내는 구성물이다. 농사에 관계된 농구들, 주름진 얼굴들, 고통에 옹이 진 육체들, 도시 생활의 여러 소도구들, 군대의 무기들이 한데 뭉쳐서 이루는 상처투성이의 대지 —— 지나치게 정치적인 의도로 만들어진 공간들은 물질성을 가지지 못한다.

---

6 Henri Lefebvre, *The Production of Space*(Oxford: Blackwell, 1994) 참조.

그러나 공간의 문제를 해결하는 한 방법은, 가령, 신학철(1944~)이나 박불똥(1956~)의 작품에서처럼 쉬르레알리슴의 수법을 빌려 오는 것이다. 신학철의 「상황」(1981)이나 「한국 현대사」(1982~1984) 시리즈의 어떤 것들은 마치 쓰레기 압착기에서 으깨어진 듯한 인간의 육체와 기계를 하나의 조각품처럼 그려 낸다. 작품의 평가를 떠나서 이것은 적어도 정상적인 공간 속에 존재하는 물체의 물질성을 재현한다. 박불똥은 「사령관 각하의 용두질」(1987)이라는 작품에서 가스탄을 들고 있는 손과 총포를 하나로 이어 기괴한 물건을 만들고 그것을 불로 밝히고 검은 배경 안에 놓여 있게 한다. 가스탄은 제목대로 성적인 암시와 함께 욕지거리를 시사한다. 같은 작가의 다른 작품, 「사령관 각하의 부스럼」(1987)은 발 대신 총포와 탄환들이 튀어나와 있는 게와 사람의 몸이 떠받치고 있는 벙커, 벙커를 수호하고 있는 병사들 그리고 그 위에서 선 총을 든 병사 또는 사령관 그리고 사령관 머리에서 튀어나온 여자를 하나로 이어서 일체적인 구조물이 되게 하고 이것을 앞의 작품과 같은 검은 배경에 위치하게 하고 있다. 이러한 작품의 의미는 그다지 깊다고 할 수는 없는 풍자 그리고 강한 증오감을 전달한다.

그러나 여기에서 중요한 점은 이러한 기괴한 대상물들이 하나의 연속적인 물질감을 가진 하나의 사물이 되어 마치 사진관의 배경이라도 되는 듯한 일관된 공간에 놓인다는 것이다. 이것이 적어도 물질의 느낌과 그 바탕으로서의 공간감을 조성한다. 그 기괴함에도 불구하고 여기의 사물이나 공간은 우리가 일상적으로 겪는 것들일 수도 있는 사물이고 공간이라는 인상을 준다. 그렇다고 하여 그것들이 보다 높은 심미적인 효과를 갖는다는 것은 아니다. 이것들은 적어도 보다 습관적인 미적 체험의 기준에 맞아 들어간다. 그러면서도, 조금 더 미묘하달 뿐, 인위적인 메시지와 삶의 재현으로서의 예술 사이의 간격은 여전하다고 할 것이다. 다만 여기에 강조되는 물질감과 공간감은 메시지의 의미를 모호하게 하여 ──사물의 의미는 어떤 경우에나 간단한 메시지로 환원될 수 없는 까닭에 ─ 삶의 현실성을 비정상적으로 환기한다고 할 수는 있다.

6

인스톨레이션은 예술의 삶으로부터의 분리, 예술의 물질적 성격에 대한 메시지의 우위, 그리고 그것의 물질성으로서의 회귀 속에 성립한다. 이러한 회로 속에서 예술의 독자성, 삶의 독자성, 그리고 그것들의 지시적 관계도 희미해진다. 이렇게 하여 현실과 초현실은 하나가 된다. 이것은 기술 세계의 특징이다. 그러나 제국주의적 힘의 불균형 속에서 일어나는 문화 충돌도 이를 뒷받침한다. 현대 사회에 편만한 이러한 힘들이 세계의 초실재화를 가속화한다. 모든 것은 모사이고 또 실재이다. 이 모사의 세계는 현기증을 일으키는 가변성 속에 변화한다. 밀란 쿤데라의 소설의 제목을 빌려, 그야말로 존재는 견딜 수 없게 가벼워지면서, 그 자체를 완전히 감추어 버린다고 할 수 있다.

미디어 예술의 등장이 미술사를 사라지게 했다는 생각이 있다. 그러나 미디어 예술이나 인스톨레이션은 그런대로 미술사의 무게에 맞서는 안티테제로 존재한다. 이러한 서양의 상황과는 달리 보다 철저하게 미술사를 상실한 한국에 있어서, 미디어 예술, 인스톨레이션, 모든 상징의 유사품들은 예술의 모든 것이 되는 듯하다. 이것들은 어느 경우보다도 완전한 초실재의 실재성을 구현하다. 그 특징의 하나는 현실 재현의 예술이 시사하는 그리고 심미적 공간이 뒷받침하는 안정된 공간의 뒷받침을 가지고 있지 않다는 것이다. (물론 이것은 미술의 문제만이 아니다. 모든 농토나 거주 공간이 아파트가 되고 부동산이 되는 것과 같은 사회 현상이 예술 현상의 밑에 놓여 있는 현실적 바탕일 것이다.) 모든 것은 초실재의 환상의 끝없는 유전 속에 있다. 그것은 한없이 불안정하다. 그리고 그것이 환상을 떠나 시사하는 것이 있다면, 그것은 무한한 욕망의 움직임이고, 그것의 좌절과 해소이다. 그리하여 이 비서양 세계의 기묘한 동시성은 동일한 현상을 나타내는 것 같기도 하고 전혀 다른 현상을 나타내는 것 같기도 하다. 이러한 동시성의 의미는 조금 더 탐구해 보아야 할 과제이다.

근래에 한국의 예술 이벤트로서 가장 성공적인 것 중의 하나는 1999년 이후 2년마다 열리는 광주비엔날레이다. 비엔날레는 완전히 인스톨레이션에 의하여 압도된다. 비엔날레는 예술의 영원성을 매개하는 조용한 매개의 장소가 아니라 그 자체를 커다란 사건으로 만들고자 하는, 그리하여 예술을 그 사건성에 흡수하는 — 영원성의 반대의 극을 지향하는 기획이다. 모든 것은 이벤트이고 쇼이고 센세이션이다. 여기에서 인스톨레이션이 지배적인 것은 당연하다. 그리고 한국의 예술가들은 거기에 빠져 들어갈 모든 준비가 되어 있는 것으로 보인다.

2004년의 광주비엔날레로 보건대, 많은 인스톨레이션의 주제는 정치적이다. (정치는 본래 이벤트적인 성격이 강한 것이지만, 민주화 그리고 대중화는 이 요소를 크게 부풀려 놓는다.) 그리고 이 메시지는 상투적이다. 포탄을 도치하여 만든 담장(한반도의 정치적 긴장), 흙으로 다져 놓은 한반도 지도(분단 조국), 부안 원자로 건립 반대 운동에 참가한 사람들의 사진 몽타주와 그에 참가한 사람들의 신발 등 — 이러한 작품들은 완전히 예술 매체가 사용하는 물질의 독자적인 모호함이 없이 메시지에 일치한다. 조금 더 흥미로운 것은 여러 다른 정치인들의 이름 위에서 덮어씌워진 부처 얼굴이 의도하는 풍자이다. 풍자는 적어도 메시지와 그 의미 사이에 마음의 놀이 공간을 둠으로써 가능해진다.

이러한 한국 작가들의 작품은 세계 도처에서 출품된 다른 작품들 속에

섞여 색다른 특징을 드러내는 것은 아니다. 위에서 비친 바와 같이, 이 동시성이 참으로 동질적인가는 더 생각해 보아야 할 일이다. 한스 벨팅은 백남준의 인스톨레이션에 언급하면서, 그것은 서양의 밖으로부터 온, 장소와 시간을 초월한 예술적 표현이 서양적 수법을 채택하면서 서양의 예술 현장에 투입되는 경우라고 말하였다.[7] 서양적 패러다임의 우위하에서 그 밖으로부터 오는 것은 그 원산지로부터 벌써 지시성과 아우라를 상실하고 공간과 장소가 없는 유사품이 되고 만다.

그러나 오늘날 예술은 어디에서나, 정치와 상업이 만들어 내는 수없는 상징과 이미지들의 잡탕들 사이에 표류해 온 또 하나의 이미지들에 불과하다. 예술 작품이라는 표제로 분류되는 이미지들은 모두 장소와 시간을 초월하는 유사품들, 즉, 현실 없는, 그 자체가 현실인 환영일 뿐이다. 위에서 비친 바와 같이, 한국의 예술가들도 이 무대에, 그러나 특이한 역사적 경로를 통하여, 그리하여 다른 어떤 경우보다도 욕망의 분출이라는 점 이외에는 전적으로 삶으로부터 분리된 예술을 가지고 등장한 것이다. (물론 오늘의 한국 예술이야말로 어느 때보다도 성장한 경제적 여유와 민주화가 가능하게 한 해방이 가져온, 삶의 에너지의 폭발을 나타낸다고 할 수 있다. 이 에너지는 물론 욕망이 현실에 작용하는 힘을 말한다. 그러나 이 현실은 삶의 근원적 바탕, 물질세계의 무게, 또는 존재의 깊이와는 별개로 성립하는 현실이라고 하여야 할 것이다.)

그리하여 오늘날의 예술은 이미지라는 사실에 자족한다. 그러면서도 오늘날 많은 이미지들이 공리적 또는 기능적 기능에 봉사한다고 하면, 예술은 이미지에서 이 기능을 제거한다. 그러한 실용적 기능에 대하여 어느 정도 열려 있는 경우는 정치적 메시지 전달에 봉사하는 경우이다. 그러나 공리적인 목적으로 제기된다는 것은 대체로는 그것을 알기 어려운

---

7 Hans Belting, *Das Ende der Kunstgeschichte*(München: C. H. Beck), pp. 75~76.

것이 되게 한다는 것을 뜻한다. 물론 이렇게 하여 드러나는 사물의 순진성 — 정치와 상업에 감염되지 않은 사물의 순진성은 잠깐 동안의 일일 뿐이다. 그것은 곧 쏟아져 나오는 이미지들의 흐름 속에서 그 독자적인 의미를 상실하거나 거기에 흡수되어 버린다. 이 흡수를 촉진하는 동기의 하나는 관객과의 관계에서의 독자성의 상실이다. 초실재 또는 비실재의 예술은 삶에 대한 지시적 관계가 단절되어 있는 만큼, 스스로의 실재성을 대중적 인기에서 확인하고자 한다. 이것이 예술의 내부로부터 정치와 소비주의 상업 세계에의 동화를 예비한다.

세계로부터의 소외와 동화는 이번 '평행하는 삶'에 전시된 작품들에서도 두루 볼 수 있다. 미국 출신이면서 베를린에 거주하는 제이슨 다즈(Jason Dodge)의 「당신은 늘 거꾸로 움직인다(You Always Move in Reverse)」는 우리가 흔히 볼 수 있는 현재적인 아파트의 방과 별로 다르지 않은 방을 보여 준다. 그런데 이것의 차이는 무엇일까? 이 방이 보통의 방과 달리 예술적 주목을 받아야 할 이유가 무엇인가? 아마 이 정도의 의문을 발하는 데에서 관객은 멈추어 서야 하는 것인지 모른다. 이 방이 다른 방과 어떻게 다르든 간에, 의아해 하는 순간이 바로 예술적 순간이라고 할 수 있다. 그러나 우리는 사물을 대체적으로 관상을 보듯이 보면서, 그 시각적 의미를 추출해 낸다. 이 방은 텅 비어 있어서 새로 이사해 갈 방이거나 이사를 가고 난 다음의 방으로 보인다.

현대의 삶은 무상하게 이사하는 삶이어서, 어느 한 군데에서 뿌리를 내리고 사는 삶이 아니다. 이 방이 의미하는 것은 이러한 것일까? 그런데 마루에 무엇인가가 하나 떨어져 있는 것처럼 보인다. 우리가 이 방을 비우고 나갔다면, 우리는 다시 돌아와서 그것을 거두어야 한다. 제목이 말하는 것은 이러한 사실을 가리키는 것일까? 이 순간, 우리는 자동차를 뒤로 역진시켜 뒤로 두고 갔을 풍경을 다시 보듯이 우리가 비우고 하는 방을 다시 보게 될 것이다. 그러면서 우리는 그것이 얼마나 텅 빈 것인가를 문득 깨닫게 된다. 이 텅 빈 것을 여러 소유물들로 채워 마치 우리의 삶이 편안하게 우리의 흔적으로 가득한 것인 듯 꾸미고 있었던 것이 아닌가? 이 빈방의 모양이 관객에게 요구하는 것은 이러한 공상을 시도해 보라는 것인지 모른다. 그러나 "당신은 늘 거꾸로만 가는구먼." 하고, 그렇게 하는 것은 여전히 탓 잡힐 수 있는 행동이다. 이 공허함을 지나치게 강조하는 것은 오늘의 현실을 역행하는 것일 수 있다.

기이하게도 이번 전시회에는 방이 많은 것 같다. 고장이나 동네 또는 집보다 방이 중요한 삶의 근거가 된 것이 오늘날이기 때문일까? 오늘날의 사람들은 중간의 매개 집단이 없이 커다란 사회 속에 부유하는 단자로서 존재하고, 여기에 대응하는 것이 구상적으로 파악할 수 없는 도시나 국가나 민족 그리고 개인이다. 가령 호텔의 경우, 우리의 방은 중요하고 그것이 어느 나라 어느 도시에 있는가도 중요하지만, 적어도 유기적이고 복합적인 관계라는 뜻에서는 동네는 중요하지 않다. 사실 호텔 방 이외의 모든 것에 대한 나의 관계는 극히 추상적이다. 중요한 것은 다시 한 번 방일 뿐이다.

전시회의 다른 방들은 제이슨 다즈의 방보다 일상적 방과는 다른 특이하게 가공된 방이다. 안규철의 「112의 문이 있는 방」은 그러한 특이한 방의 하나이다. 112개의 문의 뒤에 있는 방은 화장실일 듯한 인상을 준다. 우리가 방을 필요로 하는 것은 화장실의 경우처럼 참으로 사적인 일을 하는 데에만 방이 필요하다는 것을 말하는 것일까? 방의 숫자 112는 한국에서 그리고 다른 여러 나라에서 위급시에 경찰을 부르는 데 사용되는 전화번호이다. 방은 구급 목적으로만 필요한 공간이라는 뜻일까? 김범의 방은 또 하나의 텅 빈 방으로서 가구를 필요로 하는 것으로 보인다. 그런데 넓어 뵈는 방에 가구라곤 일상 용품인 다리미, 라디오, 주전자 정도이다. 실용적인 물건이 아닌 것으로는 백조의 조각 같은 것이 있다. 그러나 자세히 보면 그것은 사람의 손으로 백조의 흉내를 낸 것이다. 주어진 설명에는, 일용품의 경우도, 라디오 모양의 다리미, 다리미 모양의 주전자, 주전자 모양의 라디오라는 작가의 해설이 있다.[8] 모든 것이 임시변통이라는 말일까? 아니면, 오늘날 미는 일상적인 것들의 변용 또는 변용 가능성 속에 홀연 나타났다 사라지는 찰나의 순간이라는 말인가? 또 하나의 안규철의 인스톨레이션인 「바닥 없는 방」은 "한국 중산층 집 구조를 공중에 부양시킨 작업"이라는 설명이 따르는데, 이 방은 현대인의 뿌리 없는 삶에 대한 비유로 생각된다. 방의 벽은 그 안에 들어간 사람의 시계를 외부로부터 차단한다. 문자 그대로 허공에 뜬 고층 아파트의 실내 공간의 안정감은 일시적으로 만들어 내는 착각에 비슷한 것임은 분명하다.

오늘의 시대의 이러한 인스톨레이션에서 다시 한 번 정치를 빼놓을 수는 없다. 오늘의 유일한 의미의 원천은 정치이다. 또는 대중을 동원할 수 있는 정치적 주제이다. 박찬경의 사진들은 대체로 미국의 힘에 관계된 것들이다. 그것은 지상에도 공중에도 물에도 또 별들이 박혀 있는 하늘에도 뻗쳐 있다. 네덜란드에서 활동하는 슬기와 민(Seulki & Min Choi)의 작품은 여러 가지로 변형시킨 세계 지도들을 보여 준다. 이 지도들에 나타난 대륙들의 모양도 다르다. 특히 주로 상대적 크기가 다르다. 하버드 대학교의 일본학 교수로 나중에 주일 대사를 지낸 에드윈 라이샤워(Edwin O. Reischauer)는 일찍이 한 논문에서 성장하는 일본의 힘을 미국 사람에게 인식시키기 위해 국민 총생산액에 따라 나라의 크기를 도해하여 보여 주는 세계 지도를 첨부한 일이 있다. 1960년대 초의 이 지도에서 일본은 중국보

---

8 작품 설명은 전시를 조직한 분들, 그중에도 선재미술관의 김성원 씨와 김장원 씨가 제공한 자료에 나와 있다. 이것은 대체로 작자들 자신이 작품의 의도를 밝힌 것이나 기획자들의 해설로 보이는 의견을 적은 것들이다.

다 엄청나게 컸다. 두 최 씨의 지도는 분명 국제적인 영향력에 따라 변하는 세계 지도를 보여 주려는 의도를 가진 것으로 보인다.

많은 작품에서 정치는 간접적인 시사로서 작품에 존재한다. 분규나 긴장이 있고 또는 식민주의 이후의 문화적인 충돌이 있을 때에, 정치는 직접이든 간접이든 우리의 사물 이해에 개입될 수밖에 없다. 프랑스인으로서 파리에 거주하는 브뤼노 세라롱그(Bruno Serralongue)는 한국을 주제로 한 사진들을 내놓고 있다. 「한국 시리즈 2001(Series Corée, 2001)」이라는 제목의 사진에 두드러진 것은 흔히 보는 그룹 사진이 대부분이다. 자료에 첨부된 작가 노트에 보면, "장소 그 자체의 존재로부터 우리가 기대하는 것은 정확히 무엇인가?" 하는 것이, 어떤 이미지를 따내 오는 사람의 마음에 이는 질문이라는 말이 있다. 이것은 작가 자신이 그의 사진 촬영 행위를 두고 갖는 질문일 것이다. 그리고 그는 이러한 질문에 대하여, 간단히 대답할 수 없다는 불확실성의 확인을 답으로 내놓고 있다. 그러나 그의 사진의 그룹 사진으로서의 성격은 이미 있을 수 있는 대답의 하나를 암시하고 있다.

장소의 성격을 규정하는 것은 많은 경우 그 장소에 있는 사람이다. 낯선 장소일수록 이 장소의 성격은 장소의 특이한 취향을 말해 주는 사람들에 의하여 규정된다. 이것은 특히 건축적 환경이나 실내 공간의 장식들이 기술 공학적으로 국제적 현대 스타일이 되기 쉬운 오늘의 삶에서 그러하다. 사람의 모습은 아마 서양인의 눈에 비친 동양의 공간에서 특히 중요한 장소의 특징이 될 것이다. 동양인의 얼굴은 서양인의 눈에는 오랫동안 "난해한 얼굴(inscrutable faces)"로 알려져 있다. 물론 이러한 것들은 다른 한편으로 시각 심리학자들이 지적하는바 사람의 눈은 도처에서 사람의 눈, 얼굴 또는 모습을 발견하는 성향을 가지고 있다는 사실에 근거해 있다.

오스트리아 출신 라이너 가나히(Reiner Ganahi)의 「초보 한국어, 1995~1997(Basic Korean, 1995~1997)」는 한국어 개인 지도를 받는 서양인의 사진이다. 여기의 메시지는 낯선 환경에 처했을 때 사람이 갖는 당혹감에 관한 것인가? 또는 시각적 환경이나 언어 학습에 동원되는 보조 기계 장치가 대표하는 기계적 환경과 언어의 어려움 사이에 있는 간격을 보여 주려는 것일까? 도구적 환경은 — 특히 현대 산업 사회에서의 이러한 환경은 누구에게나 익숙한 자명한 세계를 이룬다. 그러나 그러한 조건하에서 세계의 참의미는 보이지 않는 언어를 통하여서만 해명될 수 있다. 또는 더 나아가, 가장 익숙해 뵈는 세계도, 언어적 이해와 중복되지 않는다면, 그것은 비밀스럽고 낯선 곳이다. (하이데거가 존재를 알리는 기분의 일종으로 말한 Unheimlichkeit가 이것이다.) 같은 작가의, 「아프간 대화 2001~2003(Afghan Dialog 2001~2003)」 작품의 경우, 설치된 방의 벽에 걸려 있는 아프가니스탄의 천 장막들은 무엇을 의미하는가? 그 외의 가구나 장식이 없는 삭막한 방바닥에 놓인 TV 그리고 약간의 소도구들은, 제목에 표시된 시기에 세계의 가장 격렬한 분규에 처해 있던 아프가니스탄과의 대화를 여는 데 준비되어 있는 수단들이 빈약한 상태에 있다는 것을 말하는 것일까?

스위스 출생이지만, 이름으로 보아 베트남에 연고를 가진 것으로 보이는 마이투 페레(Mai-Thu Perret)의 작품들은 다른 방들에 비슷하게 비어 있는 방들을 보여 준다. 그중의 한 작품에서, 공동(空洞)의 느낌을 강화하는 검은색의 기둥과 검은 마루로 된 방의 한 끝에는 동양취가 있는 병풍이 있다. 이 인스톨레이션의 의도가 반드시 그러한 것이라고는 할 수 없지만, 이 병풍이 오늘의 세계에서의 다문화적 교류의 증표라고 한다면, 그것은 매우 빈약한 것이라고 할 수밖에 없다. 힘의 불균형 속에서 다문화적 대화는 — 정치적 분쟁과 같은 냉혹한 국제 환경하에서도 — 매우 빈약한 기초를 가지고 있는 것으로 보인다. 남북이 갈려 있는 한반도의 경우, 국제적 시각으로 우리의 사정을 본다면, 어떤 효과가 있을까?

미국의 숀 스나이더(Sean Snyder)의 「특정 지역, 빗각에서 찍은 평양의 모양, 2001~2004(Two Representations of a Given Place — Pyongyang, 2001~2004)」은 엇비슷한 각도에서 찍은 같은 평양 길거리의 사진이다. 사람을 그릴 때에, 엄숙한 자세를 부각하는 의도를 가진 초상화는 관객을 정면으로 대하고 있게 되어 있다. 군의 행렬이나 대중 집회의 위엄을 보이려는 경우에도 정면 또는 군집의 크기를 드러내 주는, 위에서 내려 보는 또는 위에서 아래로 엇비슷하게 내려 보는 촬영 각도가 선호된다. 정면이 중요한 것이다. 신문 기사에서 정치의 대결적 자세를 '정면 돌파'라는 말로 표현하는 것을 더러 보지만, 정치도 문제를 다룰 때 공격적인 자세의 것이 있고 비스듬하게 누그러뜨린 자세의 것이 있다고 할 수 있다. (영어에서 대결을 confrontation이라고 하는 것도 같은 뜻을 내포한다.) 북한에 관계된 정치적 자세는 대체로 공격적이다. 북한이 바깥세상을 대하는 것이 그러하고, 바깥세상이 북한을 대하는 것이 그러하다. 그런데 여기에 비스듬한 접근을 시도해 보면 어떠할까? 그러나 각도를 달리한 평양의 모습이 별로 달라 보이지는 않는다. 북한을 비공식적 각도에서 이해하는 것이 어려움을 보여 주는 것일까? 또는 더 일반화하여 외국인의 관점에 정면으로 전시된 외국의 외모를 꿰뚫어, 엇비슷하게 생활의 느낌을 얻어 내어 보기가 어렵다는 것을 일반적으로 말하는 것일까?

단순히 문화적이라 해도 — 문화 자체가 정치적 성격을 띠는 것은 불가피하지만 — 위에서 본 외국과의 만남의 주제는 잡종화된 다문화가 공존하게 되는 오늘날의 세계의 한 모습을 드러내 줌에 틀림없다. 물론 인류 전체가 상호 이해에 기초한 하나의 세계에 평화 공존을 이루는 데에는 더 많은 역사의 시간과 과정이 필요할 것이다. 백남준의 인스톨레이션을 두고 벨팅은, 그는 "세계 예술(Weltkunst)의 승리의 증인이라기보다는 서양 예술 현장의 유명한 국외자, 전혀 이해하지 못하면서 거침없이 높이 평가되는 국외자"라고 말하였다.[9] 동과 서 사이에는 정녕코 평행 또는 교차되는 관계가 있다. 그러나 그 평행선들이 완전히 만난다고 하기는 어렵다. 삶과 예술의 사이에 평행 관계가 있는가? 여러 문화의 부딪침과 만남은 문화의 문제를 넘어 인류 공동의 현실을 가리키는가?

서양의 인류학은 얼마 전부터 비서양 문화를 이해하려고 할 때 일어나는 왜곡을 자기비판적으로 논의하기 시작했다. 비서양의 문화가 이해할 수 있는 것처럼 보이는 것은 서양식의 방법론의 대상화를 통해서이고, 이 방법론은 그 자체로 열자(劣者)의 위치에 놓이게 되는 비서양적 문화의 왜곡을 가져온다.[10] 그러나 그러한 방법론을 떠나서도 한 문화나 문화의 광경을 문화의 렌즈를 통해서 본다는 것이 벌써 상투형과 상투 개념을 통해서 본다는 것을 말한다. 위에서 여러 전시품들이 이러한 접근을 피할 수 없었다고 하더라도, 높이 생각하여야 할 것은 작품들에 보이는 놀라운 자기 절제이다. 이것이 우리의 당혹감을 높여 주고 작품 해독의 불확실성을 증대시킨다. 그러나 이 자세는 지금의 시점에서 최대의 현실주의를 나타낸다. 이것은 오늘의 현실이 된 추상적 개념과 상투적 이미지를 넘어서 현실에 이르려는 노력의 결과이다.

매체 자체는 물질적 현존성을 가지고 있다. 그러나 매체 속에서 모든 것이 추상화된 개념과 이미지 속에서 움직인다. 그리하여 단순한 메시지가 모든 것을 지배한다. 매체 자체만이 세계의 물질성을 지시하는 것으로 보인다. 앞에서 나는 제이슨 다즈의 「당신은 언제나 거꾸로 움직인다」에서 현대 도시의 일과성(一過性)과 뿌리 없는 상태를 읽어 내려 하였다. 그러나 그러한 의미는 실제로 작품에 들어 있는 것이 아닐 수도 있다. 분명한 의미

---

9 Belting, p. 76.

10 Renato Rosaldo, "After Objectivism", in Simon During ed., *The Cultural Studies Reader*(London: Routledge, 1993) 참조.

의 부재는, 다시 말하여, 작가의 미니멀리스트적 자제로 인한 것이다. 그리하여 그것은 우리로 하여금 이런저런 의미를 생각하는 사고의 모험을 시작하게 한다.

놀라운 것은 우리의 의미의 필연성을 보장하는 아무런 지각적 증거도 없다는 사실이다. 엄격하게 말하면, 의미는 부재로서 존재할 뿐이다. 전통적인 예술은 마치 현실이 우리의 지각에 그대로 열려 있는 것처럼 제시하려고 한다. 물론 그러면서 그와 같은 물리적 현실이 화폭의 밖에 존재한다는 것을 말한다. 또 그러면서 예술의 현실과 함께 물질적 현실도 어떤 의미를 드러내는 것으로 생각한다. 물론 이 의미를 포착하는 것은 물질적 예술을 그려 내는 예술이다. 예술은 에피파니의 순간 —— 초월적 의미가 현신하는 순간이다. 현대 예술에서 대상물들은 그 자체로서 존재한다. 그러나 이것은 동시에 이미지와 심벌과 개념 —— 콘셉트로 가득 찬 세계의 초실재의 실재의 일부이다. 여기에 우리가 생각하는 물질적이거나 초월적 의미에 대한 증거는 존재하지 않는다.

프랑크푸르트에서 활동하는 토비아스 레베르거(Tobias Rehberber)의 「7가지 세계 종말 2001(7 Ends of the World, 2001)」은 세계가 끝날 수 있는 일곱 가지 방법, 그러니까 분명 핵과 환경을 포함한 오늘의 세계를 위협하는 여러 가지 방법을 시사하고자 하는 작품으로 생각된다. 그러나 재미있는 것은 이 인스톨레이션이 종말의 재난을 제시하는 것이 아니라 일곱 가지의 피신처 —— 인위적인 천국을 시사하는 피신처를 보여 준다는 것이다. 그것은 베니스 근처의 유명한 유리 제품의 산지인 무라노에서 제조한 유리알로 제시되어 있다. 세계의 재난은 아름다운 인공의 거품으로 만든 낙원에서 피할 수 있게 된다는 뜻이 아닐까 한다. 그러나 오늘의 과학 기술과 소비 문화의 세계에서, 그것이 아니더라도 재난으로부터의 최고의 피난처는 그에 비슷한 콘셉트로 만들어 낼 수 있는 초실재의 현실, 하이퍼리얼리티일 것으로 생각하는 사람들이 많은 것이다.

7

앞에서 말한 것처럼, 스티븐스는 서양 문명의 몰락 또는 변화, 그리고 대체적으로 문화의 변화에 대하여 큰 관심을 가지고 있었다. 그렇다고 그가 문화에 대하여 또는, 문화가 있든 없든, 삶에 대하여 비관적인 생각을 가지고 있었다고 할 수는 없다. 그가 문화의 통합 작용이 원숙한 것이 될 때 삶은 더 없이 만족할 만한 것이 된다고 생각한 것은 사실이나, 문화 없는 삶을 부정적인 눈으로만 보지는 아니하였던 것이다. 그에게는 그러한 통합의 부재는 삶을 현실에 ― 물리적 현실에 가까이 살 수 있게 하고 그것은 그 나름의 만족과 건강을 가지고 있다는 생각이 있었다. 또는 그는 사람의 개입 ― 또는 최소한의 인식론적 개입이 없는 현실이 존재할 수 있다고 생각하지는 아니하였기 때문에, 문화에 의한 삶의 변용이 무너진 다음에는 현실에 가까운, 특히 물리적 현실에 가까운 삶의 비전이 가능해질 것이라는 것을 믿고자 했다. 또 이 현실은 사실 다른 종류의 삶에 우선하는 삶의 기층이었다. 그에게 이 기층의 현실은 무엇보다도 지구의 물리적 현실에 즉해 있는 것이었다. (이와 더불어, 그는 문화의 타락이 어설픈 기치만을 생산하는 누더기가 될 때에 그것은 원초적인 현실에서 다시 출발함으로써만 갱신의 길을 찾을 수 있다고 생각하였다.) 그의 시, 「어떻게 살 것인가, 무엇을 할 것인가 (How to Live, What To Do)」도 문명이 몰락한 시절 ― 또는 1930년대가 나타내는 것으로 보이는 서양 문명의 위기에 있어서, 삶이 정향성을 잃어버린 상태의 문제를 간단한 우화로서 요약하는 시이다.

시는 막바지에 이른 문명이 붕괴되고 문화의 꾸밈이 없는 지구의 현실이 노출되는 것에는 그 나름의 흥분이 있을 수 있다고 말한다. 이 내용은 등산객의 우화로 이야기되어 있다. 이 시에서 두 주인공은 혼탁한 세계에 어지러이 떠오르는 달을 뒤로 두고 높은 바위를 오른다. 높은 바위 위에서는 장엄한 바람 소리가 들리고, 등산가는 화염으로 얼룩진 태양이 아니라 보다 강렬한 태양을 찾을 수 있을 것으로 생각한다. 그러나 막상 정상에 이르러 보니, 거기에 있는 것은 나무들과 능선의 위로 솟아 있는, 덥수룩한 털이 있는 거대한 바위뿐이었다. 그 외에는 목소리도 신상(神像)도 노래도 승려도 없었다. 그럼에도 불구하고 휴식을 취하는 등산객에게

> 그들이 뒤로 두고 온 진흙 세상에서는 먼,
> 찬바람, 찬바람이 만드는 소리,
> 영웅적인 소리, 즐겁고 환희에 차고
> 확실한 소리가 있었다.

그러나 오늘날 무너진 과거의 문화 그리고 현실을 대체하는 것은 그것을 뒷받침하고 있던 실재하는 물리적 현실, 새로운 것으로 다가오는 현실이 아니라 상징적 교환의 국제 시장이다. 이 장터의 이미지와 상징과 콘셉트 틈에서 작가는 그가 할 수 있는 일을 할 뿐이다. 그리고 잘 되는 경우에, 그 너머에 있는 것을 지시하고, 궁극적으로는 예술이 삶에 평행하는 것이라는 것을 보여 주려 할 것이다.

(2005년)

미래의 예술[1]

거대 담론의 둔주

1. 문예 부흥의 시작

루미나리에 근년에 와서 여러 가지로, 나는 우리가 문화의 르네상스를 맞이하고 있다는 느낌을 갖는다. 참으로 그러한 것인지, 또는 그러한 르네상스가 일고 있다고 한다면, 그것이 깊은 의미를 가진 것인지는 아직 분명하게 헤아릴 수 없지만, 무엇인가 일어나고 있다는 느낌을 갖는 것이다. 지금처럼 문화나 예술 또는 예술적인 것들이 우리의 삶에서 중요성을 인정받은 것은 근래에 없는 일이다. 서울 시청 앞의 광장도 그러하지만, 지난겨울의 시청 광장이나 광화문 일대의 루미나리에라는 명칭의 전광 장식들은 완전히 심미적 쾌락을 위한 산물이었다. 옛날 같으면 이렇게 낭비적인 일을 해도 되는가 하는 의문이 일어나고 비판이 쏟아져 나올 법한데, 오로지

---

1 한국문화예술위원회가 2006년 8월 23~24일에 "예술의 미래, 미래의 예술"이란 주제로 주최한 심포지엄에서의 기조연설.(편집자 주)

찬탄하는 말들만이 나왔다. 문화에 대한 관심이 커진 것은 실용과 기능을 넘어서 장식적인 것이 두드러지게 된 축조물에서 쉽게 감지할 수 있다. 새로 찾은 청계천이나 한강변의 공원들이나 또는 새로 지은 고층 건물들을 보건대, 이러한 축조물은 단순히 실용성이나 기능성만을 생각해 만든 것이 아니라는 인상을 준다.

한류 사람들의 의식에 문화가 공적 광장에 등장한 것을 가장 크게 각인한 것은 말할 것도 없이 한류다. 한국의 영화, 연속극 또는 다른 대중문화의 표현이 처음에는 중국이나 일본에서 관심을 모으고 이제는 세계적인 주목의 대상이 된 것은 우리 모두가 잘 알고 있는 현상이다. 이것도 문예 부흥의 한 부분 —— 두드러진 한 부분을 나타낸다고 한다면, 영화와 같은 경우는 특히 이러한 현상이 매우 복잡한 관련 속에 일어나는 것임을 말해 준다. 우선 그것은, 오랫동안 문화를 다른 곳에서 받아 오는 입장에 놓여 있던 한국에서, 이제 문화가 반대쪽으로 흘러갈 수도 있다는 것을 증명해 준 것이라고 사람들은 느낀다. 이것은 민족적 자긍심을 북돋아 주는 일이다. (왜 이것이 작가의 자긍심을 넘어서 민족적 자긍심을 유발해야 하는가는 조금 생각해 보아야 하는 일이지만.) 물론 이것은 영화면 영화, 또는 다른 예술이면 예술의 독자적인 힘으로만 일어날 수 있는 현상은 아니다. 한류의 영상 제작물이 성공하는 것은 그것들이 시장성을 가지고 있기 때문이다. 한류에는 국제적 영상물 시장의 자유로운 유통이 전제된다. 또 영상물 제작에는 국제적인 영상 언어 그리고 국제적인 수준의 기술의 습득과 숙달이 필요하다. 그러니까 한류는 한국의 성공이면서 국제적 문화 질서 —— 또는 더 정확히는 문화 시장의 질서와 관련해 일어나는 현상이고, 이 질서 속에서 한국이 일정한 자리를 차지하게 되었음을 말해 주는 신호다. 그러나 이것도 그 내적 변화의 관점에서 간단히 설명한다면, 일단은 예술이 실용적 목적에서 해방되어 그 유희적 성격을 되찾게 된 것과 관련되는 현상이라고 할 수 있다.

2. 경제 발전, 민주화, 거대 담론

실용성을 넘어 예술과 문화에 문예 부흥의 기운이 일고 그 일부가 이 정도의 국제적인 위치를 차지할 수 있게 된 것은, 한국의 발전이 그것을 준비한 때문인 것은 말할 필요도 없다. 그간 이룩한 것을 뭉뚱그려 경제 발전과 민주화라고 할 수 있는 것도 이제는 되풀이할 필요가 없는 이야기가 되었다. 서양사에서도 이 두 가지에 있어서의 혁명이 현대사의 방향을 정한 큰 사건이라는 것은 이미 많이 이야기된 것이지만, 지난 수십 년 동안에 이러한 기초적 작업이 이뤄진 것이다. 여기에 이르는 데에는 많은 고통과 희생이 있었고, 거기에서 나온 처리되지 못한 여러 문제들이 한국 사회를 아직도 괴롭히고 있다. 그리고 이러한 고통과 희생 그리고 거기에 따른 원한이 완전히 해소될 수 있을는지는 아직도 분명하지 못한 상태에 있다. 그렇기는 하나, 개인이나 사회의 삶에서 실용적이고 기능적인 생각을 한 걸음 물러서게 하고, 문화 또는 보다 실질을 넘어가는 사치를 생각할 수 있게 한 것이 경제 발전과 민주화인 것은 틀림없다.

실용, 정치, 도덕 실용적, 기능적 사고의 필요에서 풀려난다는 것은, 사회 전체로 볼 때, 삶의 기본적인 필요가 어느 정도 충족되었다는 것을 말한다. 이것은 말할 것도 없이 경제 발전으로 가능하여진 것이다. 그러나 다른 한편으로 당연한 것으로 받아들여지는 삶의 어떤 기본적인 노선으로부터 이탈할 수 있는 여유가 생겨남으로써만 기능적 사고의 강박의 이완이 가능하여진다. 민주화의 한 효과가 이것이다. 그러나 민주화는 다른 많은 사회적 문화적 발전을 통괄하는 개념에 불과하다.

민주화는 무엇보다도 민주화 기간 동안 단순히 정치적 과제로 생각된 것이 아니라 도덕적 의무로 생각되었다. 기능적 사고는 주어진 현실에 주의하여야 하는 정황에서 중요하다. 이 현실은 물리적·생물학적 그리고 정치적 현실을 말한다. 정치의 움직임이 드세어질 때, 가장 중요한 것은 물론 정치적 현실이다. 그것은 인간의 물리적·생물학적 필요의 사회적 규제 기제를 말하는 것이기 때문에 다른 현실을 포용하는 것으로 생각된다. 실용적·기능적 사고는 물리적·생물학적 현실의 요구에 대응하는 것이지만, 역사의 격동기에 이 후자까지도 정치적으로 해석된다. 정치적 변화는 다른 것들을 포괄적으로 변화시키는 동인으로 생각되는 것이다. 이 정치 현실의 변화를 위한 행동은 사고와 행동의 도덕화로 인간의 내면에 연계된다. 그것이 스스로에게 부과하는 것이든지 아니면 다른 사람에게 부과하는 것이든지, 도덕이나 윤리의 당위를 통한 인격 전체의 통제는 어떤 구체적인 행동의 유발이나 억제보다는 사회적으로 효과적인 경우가 많다. 그러나 흔히 도덕적 행동은 추상적 명령과 구호로 요약된다. 그리고 그것은 단순한 필요의 인식이 아니라, 주체적 존재에 의해 발해지는 형태를 취함으로써 강력한 것이 된다. 이 명령의 주체는 이념적으로는 지금까지 손상되고 억압되거나 앞으로 올 정치 질서이고, 보다 구체적으로는 민족이라든가 민중이라든가, 프롤레타리아든가 하는 집단이 대표한다. 이렇게 해 정치와 도덕과 집단주의가 하나의 이념 속에 포용되게 된다. (물론 이 집단주의는 어떤 개인 또는 개인들의 지배 의지의 편리한 구호가 될 수도 있다.)

집단적 정치 운동의 모순 이렇게 전체화된 이데올로기와 집단적 주체가 정치 변화의 구체적 사항들에 대해 갖는 관계는 매우 착잡하다. 그리고 그것은 모순에 찬 것일 수 있다. 경제 발전이 민족중흥이라는 표어하에 이루어졌던 것은 우리가 아는 사실이다. 그러나 그것은 단순히 부국강병만을 내용으로 하는 것은 아니었다. 그것은 사람들 개개인이 잘 살게 된다는 약속을 포함하고 있다. 집단적 목표로서의 경제 발전과 개인적 풍요로서의 경제 발전에 긴장이 없을 수가 없다. 민주화 운동과 민주주의의 관계는 더욱 뚜렷한 모순을 포함한다. 민주화는 집단의 해방을 의미할 수 있다. 그러나 일반적으로 개인의 자유를 더 중요한 목표로 한다고 할 수 있다. 그러나 이 경우에도 그것은 효과적인 정치 운동이 되기 위해서 운동하는 사람들 또는 일반 국민들 사이의 집단적 결속을 강조하게 된다. 이 강조는 정치적 물리적인 강박이 되기도 하지만, 무엇보다도 도덕적 강박의 성격을 갖는다.

혁명적 정치 운동으로서의 민주주의는 프랑스에서나 미국에서나 민족주의와 결부되었던 것을 본다. 한국의 경우에도 마찬가지라고 하겠다. 거기에다가 민주화 운동에는 늘 민중주의 — 집단을 강조하는 민중주의가 끼여 있다. 그러니까 민주주의도 집단주의적 요소를 가지게 되는 것은 자연스러운 일이다. 집단의 결속은, 다시 말하여, 집단적 의무를 강조하는 표어를 가지게 되고, 그것은 엄숙한 도덕적 의무로서의 강압적 성격을 띠게 마련이다. 이러한 것들을 전체적으로 뒷받침하고 있는 것이, 자유주의적이든 마르크스주의든, 역사 발전의 논리나 민족이라는 공동체의 이념들이다.

논리적 모순/현실의 동인: 세계적 거대 담론의 운명 그러나 이러한 집단주의적 함의는 민족주의가 물질적 풍요와 더불어 조금씩 약화될 수밖에 없다는 것이다. 그것은 조금 전에 시사한 바와 같이, 집단적인 정치 이념이 내포하고 있는 모순의 자연스러운 전개에 따라 일어나는 자연스러운 결과라고 할 수도 있지만, 동시에 그 내적인 모순의 논리는 여러 착잡한 외적인 원인에 의해서만 격발된다고 할 수 있다. 역사의 변화가 과결정된다는 (overdetermined) 알튀세르(Louis Althusser)의 관찰은 맞는 것으로 보인다.

우리의 민주화를 전후해 세계적으로 집단의 관점에서 개인과 사회를 빈틈없는 하나로 묶어 주는 듯했던 이념의 체계 — 이데올로기들이 일시에 붕괴했다. 그중에도 1980년대 말 공산주의 체제의 붕괴는 이상 사회를 향해 역사가 발전하여 간다는 마르크스주의 이론으로 하여금 그 권위와 위신을 일시에 잃어버리게 하였다. 과학과 기술과 문명에 의한 인간의 총체적인 발전을 약속하는 듯한 서구 문명이, 그 제국주의, 식민주의 또 그 서구 사회 안에 드러나는 여러 사회적 모순으로 인해 그 권위를 상실한 것도 비슷한 시기였다. 물론 그러면서도 서구는 그런대로 현실적으로만이 아니라 이념적으로도 그 우위를 유지하였다. 다만 그것은 대체적으로 전체를 정당화할 수 있는 이데올로기보다는 현실적 생존 능력 — 경제력에 있어서, 그리고 개인의 자유권과 경제적 행복을 지켜 주는 체제로서 살아남게 되었다 할 것이다. 그러나 결국 인간의 집단적 운명을 하나의 역사 속에 이해할 수 있다는 생각들, 즉 소위 거대 담론이 사라지게 된 것은 틀림이 없다.

한국의 거대 담론 한국에서의 거대 담론이 세계적인 차원에서의 거대 담론과 똑같은 것은 아니다. 그리고 비슷한 것이기도 하고 다른 것이기도 한, 한국의 거대 담론이 완전히 사라진 것은 아니다. 세계화나 선진국화라는 것도 많은 복잡한 사태를 하나로 엮어서 설명하려는 것이고, 민족은 아직도 또는 어느 때보다도 강한 도덕적 요구를 담은 전체성의 개념이고, 마르크스주의도 완전히 사라졌다고는 할 수 없다. 그중에서도 민족은 어떠한 담론에서나 침범할 수 없는 최고의 카테고리다. 예술 부분에서는 민족과 마르크스주의 또는 민중주의를 혼합한 것이 한국의 리얼리즘 이론이었는데, 이것은 아직도 상당한 힘을 발휘하고 있다고 하는 것이 옳다. 그러면서도 이러한 거대 개념들이 그 힘을 많이 상실한 것도 사실이다.

오늘의 새로운 예술은 이 거대 담론 또는 거대 개념들의 상실로부터 출발한 것이라 할 수 있다. 서양의 경우와 비슷하게 모더니즘에서 포스트모더니즘에로의 이행이 이루어진 것이다. 방금 말한 대로 거대한 것들의 잔영이 아직은 그대로 남아 있고, 그것의 상실은 해방감에 못지않게 죄의식, 낭패감, 혼란 등을 가져왔다. 이것까지 포함해, 거대한 것들은 아직도 크게 작게 그림자를 드리우고 있다고 할 수 있다. 이러한 그림자는 집단의 의미를 넘어선 돈의 해방도 아직은 도덕적 윤리적 이름들에 의하여 정당화되는 것 같은 데에서 볼 수 있다. 한류가 높이 이야기될 때, 그것은 단순히 상업적인 성공으로 생각되지 아니한다. 그것이 옹호되는 것은 대체로 국위선양이나 민족적 자긍심과의 관계에서이다. 문화 산업에 대한 국가적인 투자가 요구되는 경우도 그러하다. 물론 이것은, 돈을 자유롭게 쓴다면, 누가 그것을 마음대로 쓰느냐 하는 문제에 관계되어 있다. 국가적 민족적 정당성을 더 크게 대표할 수 있는 사람이 돈을 써야 한다는 논리가 성립하기 때문이다.

전체성과 도덕의 쇠퇴 그럼에도 불구하고 전체적인 흐름이 문화를 포함한 비도덕적이고 비실용적인 데에로 가고 있다는 것은 틀림이 없다. 예술 그리고 여러 가지의 조직적인 활동에서도 큰 현실의 움직임보다도 그것과 관계없는 또는 그것에 대하여 장식적인 변주라고 할 수 있는 예술 표현이나 재현에 중점이 옮겨 가게 되는 것을 볼 수 있다. 다만 관계가 없다고 할 때 또는 장식적인 변주라고 할 때도 우리는 이러한 것들의 밑에 놓여 있는 큰 것을 상정하는 것이라고 할 수는 있다. 관계가 없다고 할 때, 많은 경우 그것은 이미 상정되어 있는 큰 것을 부정한다는 것을 의미한다. 무관계도 무관계의 출발점이 있어야 하기 때문이다. 장식적 변주의 경우에, 변주의 출발점이 되는 원 주체가 있다는 것은 당연하다. 그러면 이 암암리에 상정되어 있는 큰 것은 무엇인가? 많은 경우 그것은 오늘 사회가 이미 받아들이고 있는 현실 — 크게는 자본주의적 시장 질서가 구성하는 현실의 전체를 말하는 것이기도 하고, 그것을 넘어가는 그리고 그 모든 것의 바탕이 되는 새로 찾아져야 할 전체를 말하는 것이기도 하다. 지금의 시점에서 확실한 것은 예술적 상상력의 초점이 큰 것에서 작은 것으로 옮겨 간다는 사실이다.

3. 고안력의 신장, 물질적 자유

디자인의 발달 처음에 말한 대로 서울의 거리는 아름다운 장식을 많이 달게 되었다. 시가지 외양이 장식적이 되고 새로 갈아 끼우는 보도블록도 그러한 것이 되었다. 또 새로 내는 길거리, 녹지, 공원에 우리는 실용성 이상의 심미적 동기가 작용하고 있는 것을 본다. 이것은 서울만이 아니고 전국 어디에 가나 다시 확인할 수 있는 현상이다. 이제 정부의 통제로 조금 잠잠해지기는 했지만, 아파트 개축 붐도 여러 장식적인 것의 번창에 관계시켜 생각해 볼 수 있다. 개축의 요구에는 단순히 생활의 기본 필요에 맞는 건축 형태만으로는 부족하다는 느낌이 작용하고 있다고 할 수 있기 때문이다. 물론 부동산값에서 가장 중요한 동기는 투기라고 할 수 있지만, 순전히 수요의 관점에서 볼 때 거기에 보다 나은 집에 대한 요구가 있는 것은 사실이고, 그러니만큼 그것이 상당 정도 삶의 최소한의 필요 이상의 것에 대한 요구가 있는 것이라 할 것이다. 자동차나 의상 등에서도 좋은 것을 원하는 경향이 강화되고 있는 것은 말할 것도 없다. 이것은 소비 생활의 수준이 높아지고 소비 문화가 확산되어 간다는 것을 말하지만, 이것은, 그러한 형태로라도 심미적 감각이 삶의 중요한 부분이 되어 간다는 말도 된다.

거기에서 중요한 것은 디자인 ─ 주로 스타일을 중시하는 디자인이다. 디자인 또는 고안력의 발전이 예술 일반 그리고 삶의 특징이 되어 가는 것이다. 고안력의 번창은 큰 집단적 명령이나 엄숙한 도덕적 당위로부터의 해방에 병행한다. 또는 공백을 싫어하는 사람의 마음이 집단 명령과 도덕적 당위가 막히니 작은 고안력 쪽으로 쏠리는 것이라고 할 수도 있다. 물론 이미 지적한 바와 같이, 이 고안력이 집단과 도덕의 당위를 등에 지고 이용하는 경우도 빈번하다. 사실 고안력과 개인적 이해관계와 집단적 당위의 교묘한 결합이 지금의 과도기의 특징이라고 할 수도 있다. 풀려난 돈을 누가 쓰는가 하는 문제에서 이 결합은 중요한 전략의 하나가 된다.

물질의 가벼움, 존재의 가벼움 작년 프랑크푸르트 도서전 행사에는 도서 전시, 미술 전시 등이 포함되어 있었다. 이것을 관람한 독일인들로부터 이 전시회의 디자인이 뛰어나다는 칭찬이 많았다. 라이프치히에서 도서 전시 공간 가운데 마련한 대화의 장 한편에는 매우 창의적인 벽이 세워졌다. 이 벽에 감탄한 어느 독일인은 디자인의 면에서 한국은 단연코 일등 상을 탈 만하다고 말하였다. 이 장식 벽은 엄청난 돈이 들어간 것이었다. 이 벽은 프랑크푸르트 도서전에서 재활용했지만, 그 후로 폐기되었다. 프랑크푸르트 도서전에서도 디자인은 중요했다. 도서와 도서의 새로운 활용의 방법으로 전자 기기를 전시하기 위해, 전시대를 대치하는 장치로서 커다란 선돌이 수십 개 제작되었다. 이것도 디자인 강국으로서의 한국의 위치를 돋보이게 하는 장치였다. 그런데 전시가 끝나고 이것도 폐기되었다. 폐기될 것들에 엄청난 돈과 노력을 아낌없이 쏟아 넣은 것이다. 이것은 물론 돈이 많아져서 가능해진 일이라고 할 수도 있지만, 조금 각도를 달리하여 보면,

디자인이 중요해지고 물질이 별로 중요해지지 않았다는 것을 뜻한다 할 수 있다. 디자인이 물질로부터 자유로워진 것이다. 그러나 물질 자체도 가벼워진 것이라 할 수 있다. 가벼워진 물질에 실시되는 디자인은 그 자체가 폐기될 것을 아까워하지 않는 것이기 때문이다. 결국 디자인이나 물질이나 전체적으로 가벼워진 것이다. 그러니까 여기에 역설, 즉 디자인이 중요하고 동시에 중요치 않다는 역설이 있다고 할 수 있다.

디자인은 그 자체로 중요하다. 그러나 그 자체로 있는 것은 금방 그 중요성을 잃어버린다. 이 역설에 대한 설명은 일단 디자인이 다른 것에 밀착해 있는 경우와 비교하면 납득할 만한 것이 된다. 모든 디자인이 본질적으로 가벼운 것은 아니다. 그리스 신전이나 미륵불과 같은 것에도 디자인이 들어 있다. 그러나 그 디자인은 디자인을 보여 주려는 것보다는 그 뒤에 있는 어떤 것을 표현하려 하는 것이다. 이 경우에 디자인이나 그 표현은 무겁고 큰 어떤 것에 봉사한다. 그것은 일과성의 것이 아니다. 그러한 무겁고 거대한 것이 아니라 밀란 쿤데라의 책 제목을 빌려, 가벼워진 존재와 함께 움직이는 것이 오늘날의 디자인이다. 디자인은 그 자체로 존재하고 일시적으로 나타났다 사라지는 자신을 가볍게 받아들인다.

설치 미술 설치 미술은 생활 주변에 있는 물질적 자료를 그대로 두거나 재배치하여 어떤 미술적 메시지를 전달하려는 예술이다. 설치 미술은 바로 위에 말한 조건하에 성립하게 되는 미술이라 할 수 있다. 사물은 인간에게 물질로 또 의미로 존재한다고 하겠는데, 설치 미술은 물질의 물질적 성격을 강조하는 것 같으면서도, 다시 의미로서의 사물의 측면을 강조한다. 그러니까 여기에도 역설이 있다.

프랑크푸르트의 현대 미술관에는, 조그만 유리 쪽문이 붙은 문이 있어 그것을 통해 안을 들여다보면, 예술가의 작업실 또는 건물의 창고 같아 뵈는 그러한 방이 있다. 그러나 이것도 작품이라는 것이다. 이것이 작품이라면, 이것은 작업실과 같은 것도 실용적 관점이 아니라 미적 관점에서 들여다볼 필요가 있다는 것을 말하는 것이다. 그 사이에 하나의 관점의 밑에 들어 있는 물질적 토대는 잠깐 그 숨은 모습을 나타내었다가 다시 다른 관점 속에 흡수된다. 재작년 광주비엔날레에도 이와 비슷하게 설치 작품으로 서재를 꾸며 놓은 것이 있었다. 다만 서재의 책들이 진짜가 아닌 것은 금방 드러났다. 그러나 그 서재를 방으로가 아니라 작품으로 보라고 한다는 점에서는 프랑크푸르트 현대 미술관의 작업실과 같다. (사실 사람이 사는 방도 생활 공간일 뿐만 아니라 심미적 공간이다. 꾸미고 정리하지 않는 방이 없다는 점에서 이것은 어느 시대에나 그러했지만, 요즘 아파트의 방에서 생활과 심미의 균형에서 무게는 후자로 옮겨 간 것으로 보인다.) 이것 외에도 광주비엔날레에는 비슷한 것이 많이 설치되었다. 이것들은 설치 미술에서 심미적 의미가 중요해지고 물질이 가벼워진 예가 될 것이다.

실내라는 물질 공간에서, 물질은 생활과 실용성의 의미로 변화되어 존재한다. 위에서 말한 바와 같이, 심미적 응시 아래에서 이 실용성의 의미는 사라지고 물질 그 자체가 응시의 대상이 된다. 그러나 이 응시는 이 물질을 다시 심미적인 것으로 재구성한다. 그러나 실용성이 물질을 보이지 않게 하는 경우, 실용성은 물질에 크게 의존한다. 그것은 물질 없이는 존재할 수 없다. 그 심미적 변용에 있어서, 미적 감식은 물질에 의존한다. 그러면서도 여기에 중요한 것은 절대적으로 물질이 아니라 심미성이다. 그림 속의 떡은, 또는 심미적으로 감상되는 떡은 떡의 환각을 일으키는 것으로 충분하고 먹을 수 있는 떡일 필요가 없다. 그러니까 물질은 가벼워진다. 디자인만 살아남는다. 그리고 디자인으로서의 디자인은, 위에서 비친 바와 같이 스스로를 폐기한다. 그 결과 그것은 쉽게 처분될 수 있는 것이 된다. 그리하여 큰 규모의 설치물들은 철거되고 폐기될 수 있는 것이 된다.

이것을 다른 각도에서 말하면, 설치 미술은 동원된 견고성이나 지속성을 지우고 그것을 가볍고 일과적인 것이 되게 한다. 동시에 예술 자체를 가볍고 일과적인 것이 되게 한다. "인생은 짧고 예술은 길다."가 아니라 인생도 예술도 짧다는 것이 거기에 들어 있는 메시지의 하나다. 그렇다고 인생의 허무를 말하는 것은 아니다. 허무를 말하는 것은 어떤 큰 깨달음을 포함함으로써 목전의 현실로부터 거대 담론의 세계로 벗어져 나가는 일이 된다. 설치 미술로 대표되는 현대 미술에서 짧다는 것은 모든 것이 소비된다는 것을 말한다. 소비는 없애는 행위이면서 반복할 수 있는 행위이다. 설치 미술이 비디오 영상물을 활용하고 또 비디오 예술과 섞이는 것은 자연스럽다. 이것도 일시적이면서 반복될 수 있는 예술이다. 공연 예술은 모두 그러한 성격을 가지고 있다. (공연 예술이 소비 행위의 일종이라는 말은 아니다. 현대 예술이 소비 행위를 통해 공연 예술에 가까이 갔을 뿐이다.) 하여튼 광주비엔날레에서도 쿠바의 설치 미술가 페르난도 페레즈의, 트럼펫을 오토바이의 머플러에 설치하고 들판을 달리는 비디오가 중요한 상 하나를 받았다.

공연 예술 이제 모든 것이 공연이다. 공연은 일시적인 감동을 주고 흥분을 준다. 그러나 이 일시성은 다시 반복된다. 그런데 공연은 예로부터 예술의 근원에 들어 있는 것이라고 할 수 있다. 오늘날 공연 예술에 가까이 가는 많은 예술 활동들은 예술의 공연적인 의미를 되살려 놓는 감이 있다. 그러나 옛날의 공연은 극히 의식화(儀式化) 또는 의례화(儀禮化)된 것이었고, 그것을 통하여 무엇인가 신성한 것을 드러나게 하려는 것이었다. 이에 대하여 오늘의 공연은 심오한 상징성이 아니라 일과성 흥분이나 재치를 중요시하는 예술이 되었다. 또는 가장 심각한 경우에 현대적 공연이 제시하는 세계는 무한히 펼쳐지는 현상으로 이루어진다. 하여튼 공연에 비슷한 행사가 많은 것이 오늘날이다. 붉은 악마의 축제에서처럼 오늘의 공연 예술은 단순히 집단의 열광을 폭발시키고 그것에 참여하는 데에서 만족을 느끼게 한다. 그러나 그것이 지속적이고 큰 어떤 것을 지시한다고 할 수는 없다.

설치나 공연이 거대한 것을 지시한다고 한다면, 그것은 부정적인 의미에서 그렇다고 할 수 있을는지 모른다. 방금 말한 붉은 악마와 같은 경우는 인위적으로 집단성을 환기한다고 하겠는데, 그것은 바로 참다운 공동체가 사라진 데에서 오는 소외와 좌절에 대한 반작용이라고 할 수 있다. 다른 공연의 경우, 그것은 바로 큰 것들이 깨어져 없어진 자리만을 상기하게 한다. 백남준은 오늘의 설치 미술의 선구자라고 할 수 있지만, 그의 많은 발상은 바로 견고하고 정리된 삶이 파편화하는 것을 삶의 핵심으로 경험한 한국인의 삶에서 나온 것이 아닌가 하는 생각이 든다. 폐기된 전자 물품을 주워 모아서 작품을 구성한 것들이 있지만, 그가 자료로 많이 사용한 것은 텔레비전인데, 텔레비전을 그렇게 쌓아 놓으면 절로 그것은 쓰레기더미를 이루고 있는 듯한 인상을 준다. 많은 설치 미술은 사실 우리가 지속적인 것이라고 생각하는 물질적 질서가 얼마나 일시적인 것인가를 상기시킨다고 할 수 있다. 나는 터키에서 온 미술 및 건축학 교수가 서울과 광주의 거리를 메운 콘크리트 건물들을 보고 폐기물 처리를 어떻게 할 셈으로 이렇게 많은 콘크리트 축조물을 세웠는가 하고 평하는 것을 들은 일이 있다. 우리의 생활상의 축조물과 설치 미술은 순환 관계 속에 있다.

4. 환상과 전체성

문학의 형식과 거대 담론 거대 담론의 몰락이 가져온 가장 큰 변화는 문학에서 발견된다. 그러나 그것은 다른 예술의 경우보다 복잡한 형태를 취한다고 할 수 있다. 문학도 주어진 것을 넘어가는, 무엇인가 초월적인 것을 요구하는 구조를 가지고 있다. 말은 의미를 지향한다. 그리고 얼마간 이어지는 말은 횡설수설이 안 되기 위해서는 일정한 모양새를 갖추어야 한다. 논술에서는 이것은 논리와 사실적 증거로 이뤄지지만, 서사적 성격을 갖는 언어는 이야기마다 그 나름의 독자적인 방법으로 모양을 이뤄야 한다. (시와 같은 것도 어떤 특정한 인물을 느끼게 하는 언어로서 체험적 기술을 시도하는 글쓰기라는 점에서는 근본적으로 서사적 글쓰기이다. 즉 그것은 논술과는 달리 어떠한 특정한 인간적 관점과 상황에 자리한 언어이다.) 이러한 서사적 글쓰기에 모양새를 주는 쉬운 방법이 집단의식을 환기하거나 도덕적 교훈을 도입하는 것이다. 그러나 그것은 서사가 가지고 있는 그리고 사람이 서사 예술 속에서 원하는 삶의 느낌에서 벗어난 것이 되기 쉽다. 모두가 그렇다고 할 수는 없으나, 한국 문학은 그 형식의 완성에 밖으로부터 빌려 오는 이념에 의지하는 경우가 많았다. 그런 상황에서 거대 담론의 쇠퇴는 많은 낭패감을 불러일으킨다. 그러나 새로운 모색이 없는 것은 아니다.

상상과 환상 거대 담론이 무너지면서 문학에서도 다른 부분에서나 마찬가지로 디자인이 두드러지게 되는 것으로 보인다. 다만 이것은 디자인보다는 환상이라는 말로 부르는 것이 어떨까 한다. 콜리지(S. T. Coleridge)는 많은 것을 모아 하나의 큰 통일을 이뤄 내는 상상력(imagination)에 대비해 보다 작은 범위에서의 연상 작용, 기발한 생각, 조금은 기계적인 연결을 만들어 내는 능력을 환상(fancy)이라고 불렀다. 이것을 더 확대해 영화나 소설에서 공상이나 기발한 아이디어와 같은 요소를 도입하는 능력을 환상이라고 부를 수도 있을 것이다.

허만하의 미국 여행시에 이런 구절이 있다. "지하의 초록빛 얼음이 연둣빛 안개같이 하늘에 녹아들려고 나뭇가지 끝까지 올라가던 것이 보이던 어느 날, 나는 강기슭에서 두보(杜甫)를 만났다." 이 시에 나오는 강은 코네티컷 강으로, 강 풍경이 두보의 시 「춘망(春望)」을 생각나게 한다는 것을 비유적으로 표현한 것이지만, 그러한 것을 사실의 기율에 따라 말하지 않고, 수백 년 전 죽은 사람을 느닷없는 곳에서 만나는 것도 예사라는 듯, 환상적으로 표현한 것이다. (안개가 하늘로 오르고자 나뭇가지 끝까지 움직여 간다는 발상도 비슷한 환상 또는 기상의 의도적 활용이라고 할 수 있다.) 그런데 이것은 허만하에게 한정된 것은 아니고 근년의 우리 시에서 자주 보는 표현법이다. 황동규의 「비문(飛蚊)」이라는 시는, "잠깐 스친 비에 젖다 만 낙엽을 밟으며 / 석양을 만나러 갔다"──이렇게 시작한다. 여기에서 석양이 의인화된 것도 환상의 고안력이 작용하고 있다는 느낌을 갖게 한다. 나이가 든 시인들의 시를 예로 들었지만, 젊은 시인들 사이에서는 이러한 것을 더 자주 볼 수 있다.

정작 환상이 참으로 많이 동원되는 것은 소설에서이다. 잔학하고 기발한 이야기나 묘사 등은 젊은 소설가들의 빼놓을 수 없는 서사 장치가 되었다. 사람의 자살 충동을 부추겨서 죽는 것을 도와주는 일을 업으로 삼는 사람의 이야기, 사람을 죽여 박제를 만들어 유령이 사는 집에 가두는 이야기, 사람을 죽였는데 똑같은 방을 두 개 만들어 놓았기 때문에 현장을 본 사람이 그 살인의 장소를 찾지 못하게 되는 플롯 같은 것은 이제 흔히 보는 기괴한 이야기의 자료가 되었다. 이러한 것들은 재치 있고 기발한 그리고 무서운 환상을 서사에 도입해 우리가 사는 현실의 무게를 벗어나게 하는 작가의 수법이라고 하겠다. 텔레비전에 역사물들이 번창하는 것도 역사적 사실의 무게를 벗어나서 상상의 날개를 좀 더 자유롭게 펼치려는 데에서 연유하는 것이라고 볼 수 있다.

환상의 현실 그러나 지금 이야기한 것들이 반드시 밝은 환상의 세계를 나타내는 것은 아니다. 텔레비전 역사물에서 흥미의 중심이 주로 권모술수에 있는 것일 터인데, 역사의 무게를 벗어난다는 것은 바로 역사를 심리적 보상의 재료로 활용할 수 있게 되었다는 것을 말한다. 이것은 앞에 말한 소설의 경우에도 마찬가지이다. 다만 이것들은 좀 더 심각하게 눌려 있는 상황을 묘사하는 데에 고안력을 동원하는 것으로 볼 수 있다. 금년 초 나는 작년에 출간된 잡지에 게재된 많은 시들을 읽을 기회가 있었다. 이들 시에 두드러진 것은 환상적인 것, 과학 공상 소설적인 것, 신체 기능이나 감각 작용에 대한 단편적인 집중 등이었다. 그러나 상상, 심리적 기상 또는 육체의 유희가 끼어들면서도, 오늘날 젊은 작가들이 느끼는 삶에 대한 평가는 대체로 매우 어두운 것이었다. 그런 의미에서 환상적인 요소는 사실 리얼리즘에 가까이 가는 것이라고 할 수도 있다. 다만 리얼리즘은 역사의 정의에 대한 일정한 이해를 전제하는 리얼리즘은 아니다. 한 시인은 그의 삶에 대한 느낌을 현미경적인 환상으로 다음과 같이 표현하고 있다.

어머니, 지난밤에 세상으로 가는 다리를 건넜어요. 그곳 하천엔 물 한 모금 못 먹은 돌멩이들이 푸시시 누워 있었어요. 간혹 검은 물을 빨아올린 나무의 밑동엔 썩은 꽃이 떨어져 있었어요. 물컥, 여물지 못한 과실이 터져 있었어요. 시커먼 흙 속에서 숨을 헐떡거리며 나온 지렁이들이 그 꽃을, 열매를 먹었어요. 진흙을 찾느라 허기진 새들이 지렁이를 삼켰어요. 숲속 짐을 도둑맞은 짐승들이 아파트 주차장을 가로질러 와서 새들의 날갯죽지를 물어뜯었어요. 모두들 피 토하고 죽었어요…….

— 성배순, 「신구지가」

이것은 옛 구지가의 발성을 빌려 온, 세상에 태어나기 전의 아이의 이야기인데, 어머니의 재촉에도 불구하고, 아이가 험악하기 짝이 없는 오늘의 세상에 나올 생각이 없다는 것을 말한 것이다. 조금 지나치게 기계적인 면이 있어서 효과가 떨어진다고 할 수 있지만, 여기의 기발한 발상은 젊은 세대들이 사회를 얼마나 험악한 곳으로 느끼고 있는 것인가를 잘 전달해 준다. 반드시 동화적인 세계가 환상의 근원이 되는 것은 아니다.

글로벌 코리언:「올드보이」 성배순의 이 시는 환상적인 발상의 소산이기는 하지만, 흔히 생각하는 환상적 효과를 발휘하고 있는 것이라기보다는 사회 현실의 고발이라고 하는 것이 옳다. 이에 비슷한 것은 조금 더 상업적인 성격이 강한 경우에도 발견할 수 있다. 서사적 고안력이나 기술적 소도구의 구사에 있어서 가장 능숙한 숙달을 보여 주면서 오늘날의 현실에 대한 강한 반감을 표현한 예들은 상업적인 성공을 거두는 영화와 같은 데에서 잘 볼 수 있다. 이러한 영화는 환상의 수법과 사회 고발과 세계 시장을 교묘하게 혼합해 제작된다.

한국 영화에 대한 탁월한 분석을 시도한 논문에서, 산타크루스의 캘리포니아 대학교의 로브 윌슨 교수는 이러한 영화를 '한국적 세계성(Korean-Global)'이라고 부른다. 이러한 장르의 영화는 세계적인 영화 테크닉을 완전하게 습득, 구사한다. 그러면서 그것은 한국적 특수성을 보여 준다. 이것은 세계에 통할 수 있는 지역성을 발굴해 낸 결과이다. 그것이 겨냥하는 것은 세계 시장이다. 그러니까 이러한 영화는 완전히 세계화된 자본 시장에 대한 능숙한 전략을 가짐으로써 만들어질 수 있는 것이다. 이러한 점에서 이것은 완전히 인위적 전략의 산물로 생각될 수 있다. 그렇다는 것은 작품이 자기표현적이라기보다는 소비자 지향적이라는 말이다. 시장을 위해 물건을 만드는 사람은 물건의 제작에서 소비자의 심리 조작에 초점을 맞춘다. 윌슨 교수의 생각으로는 그러면서도 최근의 한국 영화들은 한국적 상황 — 세계화된 자본주의 체제하에서의 한국적인 고통과 증오를 그대로 표현하는 데에 성공하고 있다. 그는 이러한 대표적인 예를 박찬욱 감독의 작품, 특히 2004년 칸 영화제에서 그랑프리를 받은 「올드보이」에서 발견한다고 생각한다.(Rob Wilson, "Killer Capitalism on the Pacific Rim: Theorizing Major and Minor Modes of the Korean Global." 앞으로 *Boundary 2*에 게재될 예정)

이 작품에는 세계적인 어떤 것이 한국 고유의 플롯과 인물(박찬욱 감독을 사로잡고 있는 편재한 폭력, 이중의 근친상간, 계급적 복수 등)로 지역화되고, 다시 미국의 영화감독 타란티노의 영화에서 보는 바와 같은 폭력의 내부 폭발로 강한 극적 효과를 만들어 낸다. 그리하여 이것은 "새 스타일의, 양식화된 남성 폭력과 액션물 플롯의 새 스타일의 상업 시장 망에 파고든다." 그러한 점에서 이것은 순전히 상업적 목표의 폭력물로 간주될 수 있다. 사실 칸 영화제 그랑프리 수상이 결정되었을 때에, 서구의 신문들에는 이러한 맹목적인 폭력물에 상을 수여하는 것이 옳은 것인가에 대한 비판들이 나왔다. 그러나 윌슨 교수의 생각으로는 이것은 환상으로 관중을 사로잡으려는 간단한 영화가 아니고, "가장 친밀한 인간관계 속에서도 사람이 사람을 잡아먹는 상호 침해의, 살인 자본주의(Killer Capitalism)에 존재하는 사회적 갈등의 세계"를 그려 낸 것이다. 즉 그것은 "세계 자본주의의 악질적 변형이라고 할 수 있는 한국 자본주의에서의 사도마조히즘, 약탈과 상처 내기, 증오와 적대감, 원한과 계급 복수와 성 복수 그리고 폭력의 한없는 순환"을 드러내 보여 주고 있는 것이다. 이러한 의미에서 박찬욱 감독의 폭력 영화는 비판적 내용을 갖는다.

그러나 이러한 영화가 여기에 그친다면, 거기에 전시되는 폭력이 오락인지, 뒤틀린 심성의 보상인지, 현실 비판인지는 그다지 분명하지 않게 된다. 윌슨 교수는 이 영화나 「친절한 금자씨」 같은 영화가 의도한 것은 "어떻게 폭력이, 그것을 휘두른 자나 그것에 희생을 당한 자를 다 같이 공멸하게 하는가 하는 교훈"이었다는 박찬욱 감독의 말을 그대로 인용하고, 박감독은 죄와 속죄의 가톨릭적 구원을 생각하는 사람이라고 말한다. 이러한 해석이 맞는 것이라고 한다면, 얼핏 보기에 시장의 상업주의의 모든 기술과 그것에 의해 동원될 수 있는 모든 고안력 — 세계적으로 또는 한국적으로 상투화된 어휘를 능숙하게 구사하는 고안력을 모두 발휘하는 작품이라고 하더라도 예술이 그 차원에만 머물러 있을 수는 없다. — 이것을 일깨워 주는 것이 「올드보이」라고 할 수 있다.

5. 거주와 방위의 안정

결과 구조: 단자와 복합체 다시 한 번 말하건대, 모든 예술은 세부적인 고안력을 넘어서 보다 큰 어떤 것에 이르려고 한다. 미국의 신비평은 시가 구조와 결로 이뤄져 있다는 것을 강조해 이야기했다. 우리가 직접적으로 지각하는 것은 시의 이미지나 음악이나 의미 연상 등의 시의 구성 요소이지만, 그것은 결국 하나의 통일된 구조와 형식을 지향한다. — 이 복합적 과정에 착목하고, 세부가 하나의 큰 구조로 나아가는 기제를 보여 주는 것이 그들의 자세히 읽기의 방법이었다. 이러한 시의 조직은 모든 예술 형식의 한 모형이며, 시넥도키이다. 또 그것은 사람의 삶의 근본 구조에 대한 제유이다.

사람은 지금의 순간에 존재하지만, 그것은 언제나 어디를 향하며 있고, 사람은 이 지향의 의미를 보다 커다란 모양 또는 공간에 의해 헤아리고자 한다. 거대 담론은 이러한 단자와 복합체의 구조를 쉽게 충족시켜 주는, 서사와 이론의 틀이다. 거대 담론의 붕괴는 삶의 단자에 보다 넓은 움직임의 자유를 주고, 그것을 혼란에 빠지게도 한다. 특히 사회적으로 해석된 단자가 스스로 보이지 않는 힘에 상처받고 있다고 느끼면, 이 혼란은 더욱 커질 수밖에 없다. 이 혼란을 극복하는 방법의 하나는 원한을 인식의 지렛대로 해 사회와 세계를 하나의 덩어리로 파악하는 것이다. 즉 세상을 원한에 대응하는 타자가 되게 하는 것이다. 그러나 이렇게 구성된 전체성은 편안한 삶을 뒷받침해 주는 참다운 인식과 화해로 나아가지는 못한다. 윌슨 교수의 해석으로는 박찬욱 감독의 궁극적인 배경은 가톨릭의 죄와 구원의 담론이라고 한다. 그러나 그것은 아직은 구원에 대한 열망보다는 원한에 사로잡혀 있는 거대 담론이다. 이러한 거대 담론은 충분히 거대하지 않다. 그리하여 보다 근본적인 다른 삶의 큰 테두리에 대한 탐구는 계속된다. 그러면서도 물론 이 탐구는 그 동력이 구체적인 삶의 현실 안에서 움직이는 생존의 근본 충동인 한, 구체적인 것들 안에서의 탐구다.

건축과 토지 가령 구체적 삶의 현실에 예술의 탐구가 있다는 것은 오늘날 한국 사람들의 의식적 무의식의 가장 중요한 동력이 되고 있는 집과 토지와 부동산에 대한 관심에서도 증거된다. 사람이 땅 위에 정주하는 데 가장 기본적인 조건이 집과 토지인 것은 말할 필요도 없다. 사람은 자신의 자리를 확인하고 방위를 정해야 한다. 여기에서 풍수지리 택리지, 집 짓는 법이 나온다.

그러나 모든 사람이 이것을 지나치게 추구할 때, 토지도 동네도 집도 사라지는 혼란으로 귀착하게 되는 경우가 많은 것도 사실이다. 지난 수십 년간 보다 큰 행복의 추구에 의해 자극된 부동산 바람과 건축 붐이 가져온 우리의 큰 불행의 하나가 여기에 있다. 거주의 안정의 추구가 한없는 변형과 변화와 유전 속에 삶을 내맡기는 결과를 가져오는 것이다. 이것은 극히 좁은 개인적인 차원에서도 일어난다. 나는 얼마 전《뉴욕 타임스》에서 매우 처참하면서도 흥미로운 기사를 보았다. 그것은 뉴욕에 일어난 방화 사건에 관한 것이다. 동유럽에서 이탈리아를 거쳐 이민을 온 후 병원에서 근무하고 있던 한 의사가 자기 집에 불을 놓은 것이다. 일만 하고 산, 이 의사는 저축과 대출을 기초로 처음으로 마음에 드는 집을 뉴욕시의 좋은 주거 지역에 사고 그 집에서 20년을 살게 되었다. 그러나 아내는 자기의 직장 일에만 충실한 그로부터 멀어지게 되고 이혼을 원하게 되었다. 그는 이혼을 거부하고 같은 집에서의 별거를 원했지만, 아내는 이혼 소송을 내고 이 의사는 법원의 판결에 따라 위자료를 내야 하게 되었다. 그것은 집을 팔아야 한다는 것을 의미했다. 그가 자기의 집에 방화한 것은 20년을 거주한 그 집을 절대로 떠나고 싶지 않았기 때문이었다고 신문은 그의 동기를 설명했다. 동구에서 온 피난민으로서 처음으로 안정을 찾은 근거가 된 것이 그 집이고 주거지였던 것이다.

건축, 도시, 인간 존재의 깊은 환경 이것은 잡담이지만, 의식주가 인간에게 얼마나 중요한 것인가를 생각하는 데 관계가 있는 이야기가 아닌가 한다. 의식주라는 사람의 기본적 필요를 말할 때에, 사실 주(住)는 급한 것이 아닌 듯하면서도 존재론적으로는 가장 기본이 되는 것이다. 이것은 물론 집만을 말하는 것은 아니다. 소위 깊은 생태학(Deep Ecology)은 오늘날의 환경 문제를 인간의 존재론적 밑바탕으로부터 이해하고자 한다. 사람이 진정한 행복을 누리기 위해서는 자연환경 그리고 생명계 전체와의 조화된 관계가 필요하다. 자연 속에서 살아가는 데에는 물론 식·수·주에 더하여, "특정한 자연 산수와의 친밀한 관계"도 반드시 있어야 되는 것 중의 하나이다. 그리고 그 안에서 동료 인간은 물론 다른 생명체들과 존경과 아낌의 사랑의 관계를 가져야 한다.[2] 하이데거는 존재론적 전체성에서 이해되는

---

2 Bill Devall & George Sessions, *Deep Ecology*(Salt Lake City: Gibbs Smith Publishers, 1985), pp. 65~69.

이러한 삶을 '거주(Wohnen)'라는 말로 불렀다. 이것은 초목을 기르고 돌보고 집을 짓고 시적인 이해로써 자연을 포용하는 것 전부를 말한다. 건축은 이 거주의 기본이다. 사람은 땅을 보고 하늘을 보고 그 크기를 헤아리고 이 가운데 사람의 삶을 조화 있게 세워야 한다. 집을 짓거나 다리를 놓는 일은 사람의 존재를 규정하는 '네 가지 것 — 신적인 것, 죽어 가는 인간, 하늘과 땅', 이것들을 하나로 거두는 일이다.[3] 지금의 부동산이라는 상업 용어로 요약된 한국 사람의 거주에 대한 관심은, 위에서 말한 대로 한국인의 가장 중요한 실존적 기획의 표현이라고 할 수 있다. 그것이 농촌을 변화시키고 도시를 만들어 내고 고층 아파트를 만들어 내는 동력이 되었다.

그리하여 도시 계획의 고안이 늘고 건축술이 늘고 화려해진 건축적 장식이 향상되었다. 이러한 변화에서 그런대로 거리를 정비하고, 판자촌을 줄이고 한 것은 — 아직도 오늘의 수준에 미흡한 거리와 지하실이나 옥탑방으로 밀려 들어간 사람들이 많은 것은 사실이지만 — 한국이 이룩한 세계적인 큰 발전이라고 할 것이다. 그러나 이 업적이 땅과 하늘과 신적인 것과 죽어 가는 사람을 하나로 묶고 편안하게 거하게 하는 일이 된 것일까? 부동산이라는 말이 상업 용어이기는 하지만, 그 말의 아이러니는 움직이지 않는다는 의미를 가졌다는 것이다. 그러면서도 거주의 부동산화는 그것을 시장의 유통 관계 속에서 끊임없이 움직이고 흔들리는 것이 되게 했다. 그 사이에 산림 녹화나 공원 같은 자연환경 향상의 소득도 있었다 하겠으나, 이것도 근본을 돌보는 일보다는 자연에다 인공적인 장식적인 변화를 시도하는 일이 된 경우가 많았다. 탈북해 남으로 왔다가 다시 미국으로 건너갔다는 어떤 사람이 북쪽은 고리키 공원 같고 남쪽은 디즈니랜드 같

---

3   Martin Heidegger, "Bauen, Wohnen, Denken", *Vorsätze und Aufsätze*(Tübingen: Günther Neske Pfullingen, 1954).

다고 했다는 말은 아주 적절한 것으로 들린다. 최근에 부동산에 관련된 정부의 정책은 여러 논란의 대상이 되었지만, 거주의 불안정은 한국 사회의 가장 큰 불안정 요소의 하나가 아닌가 한다. 최근 신문에 한국의 소위 행복 지수가 경제력이나 개인 소득에 비해 엄청나게 떨어진다는 보도가 있는데, 주거의 불안정에도 큰 요인이 있는 일일 것이다. 물론 이것은 공동체와 직업과 인간관계가 시장의 거대 공간 속으로 해체되어 끊임없는 유통 순환 속에 들어간 것에 대응한다.

이러한 것들을 생각할 때 도시 계획과 주거 안정이 모든 인간 활동의 기본이라는 것을 다시 상기하지 않을 수 없다. 이것들이 최근에 많이 향상되었다고 하나, 그 향상이 깊은 의미에서의 안정으로 나아가는 것인지는 말하기 어려운 것으로 보인다. 건축이야말로 보다 거대한 것과의 조화가 없이는 안정될 수 없다. 다른 문화적 활동도 그 안에서 완성된다. 간단하게 말해 그림이 걸리는 것은 적절한 실내 공간이다. 책도 책 읽은 공간이 적절해야 읽히게 된다. 민중적인 동기에서 그림을 그린다고 해도(가령 우리의 민중 미술도 그러하지만, 공산주의자 피카소와 같은 화가의 그림도) 결국 그림들이 걸리는 것은 부잣집 응접실이나 회사 건물의 로비나 미술관이라는 것을 생각해 볼 일이다.

6. 공간/시공간의 탐구

회화와 공간 구성 말할 것도 없이 그림은 형상과 윤곽과 색채 등으로 이뤄지는 시각적 창조물이다. 그러면서 이러한 것들은 서로 어울려 하나의 공간을 만들어 낸다. 그런데 나는 한국의 현대 회화가 특히 공간 구성에 약하다는 느낌을 갖는다. 그것은 미술의 표현 수단이 전적으로 달라진 데에도 원인이 있지만, 그것이 나타내는 것은 한편으로는 실질적 삶의 공간의 불안정화, 그리고 다른 한편으로는 실존적 의미에서의 삶의 불안정이 아닌가 한다. 하여튼 공간 재현의 문제는 전반적으로 살펴보아야 할 문제이지만, 우선 1980, 1990년대의 굵은 선과 진하고 거친 색으로 이뤄진 민중 예술 경향의 그림들이 구성이나 깊이에 있어서 공간의 재현에 등한한 것은 쉽게 이해할 수 있다. 이러한 미술이 목표로 하는 것은 삶의 있는 그대로의 물질성의 재현이 아니라 분노와 원한의 메시지의 전달이다. 포스터가 물질성이나 그것들이 이루는 공간적 깊이나 균형에 관심을 가지지 않은 것과 같은 창작 의도의 결과이다. 민중 예술이 지향하는 것이 있다면, 그것은 정치적 이데올로기의 세계이다. 그 의미는 단순화된 형식의 거대 담론에서 온다. 거대 담론이 민중 미술의 공간을 대신한다.

공간의 재현은, 방금 말한 바와 같이 실존적 느낌에 연루된 현상이어서 말하자면, 실존적 무의식의 일부를 이룬다. 가령 식당이나 아파트나 거주 공간에서 의자와 침대를 사용한다는 것은 무엇을 의미하는가? 우리가 원하는 아파트의 크기는 무엇이 결정하는가? 여행할 때 여러 사람이 같은 방을 쓰는 것이 아니라 각방을 쓴다는 것은 무엇을 의미하는가? 사실 사람이 자는 데 필요한 공간은 두 자 넉 자, 관의 크기면 충분하지만, 사람들은 그것보다 큰 공간을 요구한다. 이것은 아파트 크기의 경우에도 마찬가지다. 그리고 아파트 주변의 공간 — 생태적인 총체성으로서의 공간은 우리의 공간 감각의 형성에 어떻게 작용하는가. 공간은 신체의 필요와 경제적 여유와 문화의 요인 그리고 신체의 지각적 필요와 생태적 환경에 대한 존재론적 관계 — 이러한 전 조건 등이 어울려 일정한 기준으로 정해지는 것일 듯하다. 그러니 이것을 회화에 의식적으로 재현한다는 것은 억지스러운 일일는지 모른다. 그러나 적어도 그에 대한 의식적인 탐구가 불가능한 것은 아니다.

사실 그림은, 그리고 영상 매체는 적극적이든 소극적이든 이러한 탐구를 저절로 요구하게 마련이라고 할 수 있다. 캔버스에 무엇을 그려 놓든지 그려 있는 것들은 저절로 공간 속에 담긴다. 그러나 공간의 의식적 탐구의 가능성이 열린다는 것은 벌써 화가의 의도의 변화 그리고 시대의 변화를 증표한다. 그림은 아니지만, 나는 화랑과 인터넷 사진에서 우연히 접하게 된 김아타의 사진에 들어 있는 공간 그리고 뿐만 아니라 시공간에 대한 적극적인 탐구를 보고 감탄했다. 이것은 오늘의 한국의 예술 ─ 거대 담론의 쇠퇴에 따른 예술적 자유와 다른 거대한 것에 대한 계속적인 관심이라는 주제에 관련해 상징적인 의미를 가질 만한 것으로 생각된다. 이것을 잠깐 생각해 봄으로써 여기의 이런저런 이야기를 끝내고자 한다.

형이상학적 열림: 김아타의 사진 작품 지난 7월부터 시작해 8월 27일까지 김아타 사진전이 뉴욕의 국제사진센터(International Center for Photography)에서 열리고 있다. 이곳의 사진전은 그의 국제적인 명성을 말해 주지만, 그 이전부터 그의 성가는 계속 올라가고 있었던 것으로 보인다. 국제사진센터의 사진의 일부는 인터넷으로 볼 수 있다. 여기에서 말하는 것은 인터네 사진에 근거한 것이다.

비어 있는 공간/색시공 김아타의 작품에는 기발한 착상의 사진들이 많은데, 그 가운데 하나가 뉴욕의 번화한 거리들을 찍은 사진들이다. 그런데 번화하다는 것은, 사진 이야기가 아니고 보통 때의 시가지를 두고 하는 이야기다. 사진에 나온 길거리는 텅 비어 있다. 고층 건물들, 비어 있는 길거리, 많지는 않지만, 가로수들이 뚜렷하다. 이 빈 거리는 아트제의 파리의 길거리에 비슷한 데가 있다고 할 수도 있지만, 아트제의 사진에서처럼, 자연스럽게 비어 있는 거리의 사진으로는 보이지 않는다. 나무도 적고 집들도 낡은 형상이 아니고 시간도, 자연의 시간 진행 가운데서, 이르거나 늦은 시간 같아 보이지 않는다. 그러나 이 사진들은 그런대로 붐비는 거리도 이렇게 비어 보일 수 있다는 것을 알게 한다. 붐비는 거리에서 이러한 사진을 찍을 수 있었던 것은 카메라의 노출 시간을 여덟 시간으로 잡았기 때문이다.

비슷하게 오랜 노출 시간으로 잡은 사진들에는 비무장 지대를 찍은 사진들이 있다. 사진의 제목으로는 서부 전선 중부 전선이라는 이름들이 붙어 있지만, 병사도 없고 전선 같은 느낌도 없는, 푸른 풀과 나무와 산들만의 사진이다. 특히 서부 전선을 찍은 두 사진은 나무와 넓게 펼쳐진 풀밭으로 인해 마치 넓은 공원을 사진 찍어 놓은 것 같기도 하다. 이 사진들도 여덟 시간의 노출로 촬영한 것이라고 한다. 이상하게도 뉴욕의 사진에 비해서도 한결 강하게 사람이 비어 있다는 느낌을 준다. 우리가 자연이라는 것을 사람이 거주하기도 빠져 나가기도 하는 원초적인 무대로 파악하기 때문인지도 모른다. 뉴욕의 사진들은 건물이나 나무 또는 그 그림자들을 통해 시간의 움직임을 느끼기가 조금 더 어렵게 되어 있다. 빈 공간이라는 것도 시공의 전체적인 리듬 속에서만 느껴지는 것인지 모른다.

아트제의 파리 사진들은 그것이 흑백이고 나무가 있고 시간을 느끼게 하는 건물들이 자연스럽게 들어서 있어서 아침 이른 시간, 저녁 시간 또는 일시적으로 인적이 끊긴 시간의 공간이라는 느낌을 갖게 한다. 그러나 노출 시간 여덟 시간의 김아타의 사진들이 보여 주는 것은 보다 적극적으로 자연의 거대한 공간 또는 인간이 만든 도시 공간이다. 그런데 거기에 있는 것은 인간의 시간의 순환──아침, 점심, 저녁 등의 시간의 사이에 드러난 공간이 아니라 그러한 시간의 바탕이 되어 있는 공간이다. 거기에 사람은 유령처럼 나타났다 사라지는 존재일 뿐이다. 이것은 비무장 지대의 전선의 사진에 특히 해당한다. 인간을 초월하는 공간에서 군사적 대치도 자연의 거대함 속에서 잠깐 일어났다 사라지는 삽화일 뿐이다. 김아타에게는 불교적인 영향이 많다는 평이 있다. 그가 말하는 것은 색시공(色是空)이라는 것일까? 실제 그의 작품 중 불상을 찍은 사진이 많다.

지각의 시간의 다층성 장시간의 노출 촬영은 이러한 넓게 펼쳐진 도시 공간이나 자연 공간이 아닌 것을 찍는 데에도 이용된다. 가령 「얼음의 독백, 모택동의 초상」이라는 사진은 얼음으로 만든 모택동상을 수없이 찍어 모아 놓았다. 모택동상은 녹아 줄어들고 있다. 시간이 지나면, 정치적 우상도 얼음 녹듯이 줄어들고 스러지게 마련이라는 것일까? 또 재미있는 것은 「얼음의 독백 24시간」이라는 제목으로 실제 얼음들이 녹는 것을 24시간의 노출로 찍어 놓은 것이다. 이 사진에 나오는 얼음은 붉은 불빛을 내면서 녹아내리는 철광과 같은 인상을 준다. 이에 비슷한 사진은 남녀 간의 성행위를, 한 시간의 노출로 찍은 것이다. 「섹스」라는 제목을 보고 구태여 남녀의 몸을 찾아보려고 하면 팔다리 같은 것이 보이는 것 같기도 하지만, 이 성행위의 사진에 나온 것은 오랜 시간에 걸쳐 녹아내리는 얼음에 비슷하게 태양 홍염의 사진처럼 현란한 불덩어리이다.

그런데 조금 생각해 보면, 이 사진들은 물질과 지각 그리고 시공간의 상호 관계에 대한 심각한 과학적인 문제들을 제기한다. 작가의 의도와 고안이 작용하고 있으면서도, 이 사진들은 객관적인 물리 현상을 재현한 것이다. 여기의 얼음이나 성행위를 찍은 사진은 하나의 객관적인 보도 사진 이외의 다른 것이 아니다. 그런데 어찌해 우리가 눈으로 보는 것 또는 볼 수 있다고 생각한 것과는 그렇게 다른가? 우리의 눈이 본 것도 그 나름의 객관적 사실을 지각한 것이다. 그러니까 여기에 두 가지의 객관적 사실의 기록이 있으면서, 그 기록은 전혀 다른 것이다. 추론은 절로 모든 객관적 사실의 인지는 사실과 지각과 인지의 조건 — 반드시 주관적인 요소가 개입하는 것이 아닌, 일정한 조건에 의해 여러 가지의 모습을 띨 수 있다는 것이 될 것이다. (요즘의 전자화하고 디지털화한 영상물들은 어떻게 말해야 할지 모르지만) 영화의 필름에 나오는 동작들은 우리에게 움직임의 연속성 속에 파악된다. 그러나 필름은 정지되어 있는 스틸의 모임이다. 이것이 빨리 움직일 때 우리는 그것을 개별적 스틸의 집합이 아니라 움직임으로 본다. 우리는 개별 스틸을 하나하나 가려낼 수 있게끔 우리의 지각의 속도를 조종하지 못하는 것이다.

녹아내리는 얼음의 경우, 그것을 지켜보고 있는 사람에게는 얼음 녹는 과정의 진행을 가려내어 볼 수 있지만, 어떤 외계의 보는 자가 있어, 그의 지각이 우리의 시각처럼 시간을 잘게 쪼개고 또 그것을 연속적으로 볼 수 없는 것이라면, 얼음 녹는 것은 하나의 현상으로 뭉뚱그려져 보일 것이다. 24시간을 하나로 묶어 보는 카메라의 시각이 바로 이 외계의 시각이다.(다만 아까 말한 필름과 다른 것은 시간을 잘 쪼개 우리에게 얼음의 용해 과정은 움직임으로 보이고, 시간을 하나로 뭉뚱그린 카메라의 눈에는 그것이 정지된 스틸이 되었다는 것이다.) 그렇다고 해서 이것이 반드시 하나의 테두리에서 설명될 수 없는 것은 아니다. 우리에게는 얼음이 녹아 흘러내리는 것은 느리기는 하면서도 하나의 움직임으로 파악되지만, 다시 물의 분자들의 시각에서 본다면, 얼음이 녹고 물이 흐르고 하는 것은 개별적 분자들의 스틸로 파악될 수도 있을 것이다. 이것이 어떻게 해서 다시 운동이 되느냐 하는 것은 쉽게 설명할 수 없다. 화살의 움직임에 대한 제논의 역설이 여기에 개입되어 있다. (또는 더 밀고 나가면, 빛이, 파동이면서 입자라는 역설에 부딪칠 수도 있을 것이다.)

그러나 여기에서 내가 말하려는 것은 이러한 문제가 아니고, 보는 자의 시각이 시간의 흐름에 어떻게 맞아 들어가도록 조정되느냐에 따라 같은 현상이 정지로도 운동으로도 파악될 수 있다는 사실이다. 다시 말하면 위에 말한 시간들에는, (분자들의) 나노 시간, (15초 카메라의) 마이크로 시간, (사람의 눈의) 중간 시간, (외계인의) 매크로 시간이 있을 수 있으며, 이 시간의 척도에 따라 같은 물질적 현상도 정지 — 정지 — 운동 — 정지, 이렇게 달리 파악될 수 있다는 말이다. 그리고 이 현상은 정지와 운동의 면에서가 아니라, 김아타의 카메라에 포착된 결빙체의 용해나 성행위처럼, 서로 천양지차가 있는 다른 모습으로 드러날 수가 있다. 또 사람과 교통으로 번잡한 길거리나 병정들이 있는 전선도 지각의 시간에 따라서는 그러한 것들이 가득한 것이기도 하고 전혀 비어 있는 것이 된다고 할 수 있다.

예술과 과학적/형이상학적 탐구 이러한 문제에 대한 바른 해석은 물리학이나 신경과학이 할 수 있는 것일 것이다. 그렇기는 하나 김아타의 사진과 같은 경우, 작품은 작품이면서 동시에 과학이다. 예술과 과학은 별개의 것이 아니다. 세잔의 그림에 대한 메를로퐁티의 해석은, 그의 그림에서 얼핏 보기에 상식적 사실을 기발하게 변형시킨 것처럼 보이는 것이 사실은 지각의 보다 객관적 재현임을 지적하고 있다. 피카소의 그림은 세속적 주의를 끌기 위한 변형(deformation)의 결과만은 아니다. 그의 입체주의는 정신 분석이나 음악과 함께 수학, 기하학, 화학 등에 관련해 설명된 바 있다. 그리고 이에 비슷한 연구를 통해 제작된다는 설명들도 있었다. 물론 피카소 자신은 이를 부정했다. 그의 작품은 연구의 결과가 아니라 발견과 탐색의 결과라고 그는 말했다. 그러나 이것은 예술 창작의 과정과 예술의 즉물적 성격을 말한 것이지, 그 발견의 결과가 과학적 성격을 가질 수 있다는 것을 부정한 것은 아니다. (잭슨 폴록의 함부로 물감을 화면에 내뿌린 듯한, 색채의 무질서한 집합이 사실은 프랙털의 수학적 반복 구조를 가지고 있다는 연구도 있었다.)

여기에서의 화제는 이러한 기이한 현상들의 의미를 어떻게 생각해야 하느냐가 아니라 우리의 예술이 어디로 가고 있느냐 하는 문제이다. 다시 김아타의 작품으로 돌아가, 지금 말한 작품에서 우리가 갖게 되는 무엇인가 놀라우면서도 조금 이상하다는 느낌은 우리의 철학적 또는 과학적 반성을 촉구하면서, 동시에 세계의 신비에 대한 경이감이 되어 다시 작품으로 돌아간다. 중요한 것은 그의 작품이 참으로 복잡하면서도 심각한 의미가 직접적인 인상에도 들어 있다는 사실이다. 앞에서 본 뉴욕의 거리 풍경이나 DMZ 일대의 풍경도 단순히 색시공의 상투적 교훈만을 말하는 것은 아니다. 그것은 조금 더 객관적으로 사람으로 또 사람의 일로 붐비고 있는 사람의 세계에, 그 밑그림처럼, 보다 근원적인 공간이 있다는 것을 보여 준다. 그리고 또 이것을 넘어 어쩌면 이 공간도 무한한 변형의 가능성 가운데 하나의 현현(顯現)에 불과하다는 것을 생각하게 한다. 우리가 보고 믿고 있는 모든 것은 하나의 환영(幻影)이다. 그러면서 그것은 보다 원초적인 시공간의 표현이다. 그러면서 또 그것은 그것을 넘어가는 보다 큰, 쉽게 드러낼 수 없는 진리 또는 존재의 변형적 에너지를 시사한다. 우리의 해석을 조금 밀고 나가 보면, 김아타의 장시간 노출 촬영의 작품들이 암시하는 것은 이러한 것들이다.

7. 초월과 전체성

예술에 있어서의 큰 테두리의 추구 이야기가 길어졌지만, 여기의 이야기의 목적은 물론 김아타의 작품론이 아니다. 김아타의 사진은 다시 한 번 주어진 대로의 삶을 넘어가는 또는 그 바탕이 되는, 보다 큰 어떤 것에 대한 추구──초월적 기초에 대한 추구의 한 방향을 보여 주는 예로 말한 것이다. 그것이 그에게 앞으로 얼마나 풍요한 작품 세계를 펼쳐 줄지 아직은 알 수 없다. 그의 작품에 엿보이는 큰 테두리는 그 이상을 생각하기 어렵게 크다. 그렇다는 것은 그것이 쉽게 손에 잡히는 것이 아니라는 말이다. 이 큰 것은 무한한 열림 속으로 계속된다. 그렇다고 이것이 짐짓 보통 사람이 접근할 수 없는 높은 정신적 경지를 보여 주려고 하는 것이라는 말은 아니다. 그 것은 상식적 입장에도 열려 있는 철저한 탐구 정신의 궤적일 뿐이다. 그것 은 가장 상식적인 보통 현실의 지각 속에 움직이면서 우리의 마음속에 작 용하는 보편성의 일편을 규지하게 한다. 사진은 주어진 단순한 지각 자료 를 떠나서 존재할 수 없다. 그러면서 그러한 자료 너머의 새로운 지평을 보 여 주는 것이다. 되풀이하여 말한 바와 같이 예술은 주어진 자료를 넘어가 는 큰 테두리를 추구한다. 김아타의 작품은 이것을 가장 궁극적인 관점에 서 예시해 준다. 거대 담론이 무너져도 큰 것에 대한 추구는 더욱 다기(多 岐)해지고 더욱 깊어질 수 있다. 이것은 그것이 숨어 들어가 있기 때문이 다. 모든 위대한 근본 원리는 드러나 있기보다는 숨어 있다. 김아타의 사진 에 숨어 있는 것과 같은 것이 그것이다.

삶의 큰 테두리 그렇다고 그것만이 예술이 추구하는 큰 것의 유일한 형태 라는 말은 아니다. 김아타의 초월적 차원은 진실로 큰 것에 맞닿아 있는 것 이지만, 그것은 우리가 보다 절실하게 여기는 삶의 현실에 대해 직접적인 설명을 제공하지 못한다. 우리가 원하는 것은 일상적 삶, 그것을 넘어가는 사회와 세계 그리고 역사에 대한 총체적인 설명이다. 사진이 그러한 기능 을 하지 못하는 것은 사진이 이용할 수 있는 지각 자료의 한정으로 인한 것 이기도 하지만, 보통의 삶이 지향하는 바가 보다 구체적이고 복합적인 차 원의 전체성이기 때문이다. 그리하여 역사의 거대 담론이 사라지고도 그 잔영들은 그대로 남는다. 리얼리즘 그리고 그 숨은 골격, 또는 드러난 거푸 집을 이루는 민족주의, 민중주의, 통일주의, 제국주의, 반자본주의, 반신자 유주의 들은 변형된 형태로 예술적 발상 속에 작용한다. 우리의 현실이 이 러한 이념들에 의해 포착될 수 있는 한 그것은 그대로 유효하다. 다만 그것 이 예술적인 효과를 십분 발휘하기 어렵다는 것은 예나 지금이나 마찬가지이다.

전체성, 거푸집, 형성의 힘 예술은 주어진 거푸집에 맞아 들어감으로써가
아니라 그 자체의 형성적 움직임을 드러냄으로써 그 본령을 발휘한다. 그
것은 이 움직임이 손쉬운 전체성을 넘어가는 초월에 닿아 있기 때문이다.
다른 관심도 이 예술 자체의 움직임 속에서 표현됨으로써 효과적인 것이
된다. 예술의 주어진 자료는 사실이다. 사실은 본래 쉽게 의미로 환원되지
않는 불투명성을 가지고 있기 때문에 이미 그 자체로서 스스로를 넘어가
는 초월적 가능성을 갖는다. 이 가능성을 풀어내는 것이 예술에서의 형식
적 상상력이다. 비교적 분명한 이념의 거푸집에 들어 있는 작품도 이 사실
성의 해명을 통해 보다 넓은 전체성으로 빠져나가는 일이 일어날 수 있다.
　위에서 언급했던 박찬욱 감독의 「올드보이」는 '사도마조히즘과 약탈과
상처 내기, 증오와 적대감, 원한, 계급 복수와 성 복수와 폭력의 한없는 순
환'을 성공적으로 그려 낸다. 그리고 그것이 사회 일반의 모습이라는 것을
암시함으로써 일단 삶의 전체적인 모습을 보여 준다. 그러나 암담한 것들
의 집합은 삶의 전체가 되지 못한다. 그것을 전체로 형상화해 보인다는 것
은 그것을 넘어 새로운 세계로 나아갈 가능성이 열린다는 것을 의미한다.
주어진 사실을 예술적으로 형성하는 상상력이 이 가능성을 증언한다. 그
것은 사실의 무한한 초월적 가능성을 매개한다. 이러한 의미에서 사람은
어떠한 환경에서도 자유로운 존재라는 말은 맞는 말이라고 할 수 있다. 그
리하여 어둠의 개념들은 —— 배타적이고 적대적인 이념들은 도해(圖解)의
철저함에 성공하는 경우라도 대체로 우리에게 모든 것을 다 말했다는 느
낌을 주지 아니한다. 현실로서도 그것은 고발에 그칠 뿐 좋은 해결책을 제
시하지 못한다. 최종적인 것은 원한에서 이해로, 다시 이해에서 화해로 나
아가는 것이다. 적어도 이것은 사실로 제시되지 못한다 해도 사물을 보는

관점으로는 존재할 수 있다. 그것이 단순히 형이상학적 깨달음의 관점에 불과한 경우에도 그러하다. 죽음에 대한 생각이 연민으로 이어지고, 그것을 통해 형이상학적 초월이 열리는 것을 우리는 종교적인 태도에서 본다.

8. 미래의 예술, 예술의 미래

미래의 예술과 환상 이번의 심포지엄에서 내가 부탁을 받은 것은, 제목에 나와 있듯이, 예술의 미래에 대해 말하고 또 미래의 예술에 대해 말하라는 것이다. 나는 미래에 대해서는 전혀 자신이 없다. 지금까지 나는 오늘의 상황에 대해 직관적으로 느끼는 것을 이것저것 말해 보았을 뿐이다.(그러면 오늘날의 상황에 대해서는 자신이 있는가 하는 질문이 있을 터인데, 사실은 거기에 대해서도 자신은 없다.) 그러나 미래의 예술과 예술의 미래에 대해 뒤늦게 한마디 한다면, 환상의 예술이 앞으로 가장 지배적인 것이 되리라고 말할 수 있지 않을까 한다. 그것은 한편으로 사람들의 무의식적 욕망과 호기심을 충족시키는 데에 봉사할 것이다. 그것을 사주하고 유도하는 것은 시장이다. 시장은 계속적인 생산과 소비의 순환을 요구한다. 그 요구에 따라 환상은 더욱 많이 생산되고 또 소비되고 사라질 것이다. 환상의 밑에 들어 있는 것은 시장의 무의식이다. 그러한 의미에서, 확대되어 가는 듯한 자유에도 불구하고 환상은 어디까지나 시장에 예속돼 있다고 할 수 있다. 환상이 추구하는 초월은 시장에로의 초월이다.

시장과 민족주의 또 한 가지 주목할 것은 시장의 자유와 구속이 국가나 민족의 부름에 의해 강화된다는 것이다. 오늘날 시장과 국가는 모순된 것인 듯하면서도 서로 상승 작용을 일으키는 관계에 있다. 앞으로의 예술은 거대 담론에서 스스로를 해방하면서 시장의 무의식 속에 종속되고 다시 국가나 민족에 종속된다. 「올드보이」가 오늘날의 모든 기술적 상상적 자료를 다 동원하고 있으며, 또 세계 시장에 파고들 많은 것을 가지고 있다는 것은 위에서 언급했다. 앞에서 말한 바와 같이 거대 담론으로부터의 상상력의 해방은 새롭고 기발하고 환상적이고 장식적인 것을 번창하게 한다. 그러면서도 이러한 기발한 발상의 예술들이 의지하고 있는 것은 시장이면서 동시에 민족주의 또는 국가주의이다. 기발의 상상력은 인간 심성의 자유를 나타내는 듯하면서도 경제력이 만들어 낸 결과이고, 경제와 시장에서의 성공을 겨냥한다. 그리고 또 그것은 민족주의나 국가주의에도 편승한다. 또는 이것이 시장 성공적인 예술을 편승한다고 할 수도 있다.

예술과 문화가 국가적 차원에서 그 위신을 선양하고 국가의 산업에 기여한다는 발상은 오늘날 가장 널리 퍼져 있는 담론 형식이 되었다. 또는 반대로 민족주의 또는 국가주의가 경제적 이윤 확대를 위한 수단으로 예술을 촉진한다고 할 수도 있다. 그렇다고 이러한 것들을 탓만 하자는 것은 아니다. 역사의 많은 것들은 일정한 순서에 따라 발전하지 아니한다. 환상적 상상력, 고안력, 디자인의 해방은 그대로 인간의 정신의 해방을 의미한다. 그리고 그것이 어떤 것이든지 간에 정신의 해방은 보다 큰 것으로의 해방의 시작이 될 수도 있다. 이 큰 것은 결국 인간의 형이상학적 해방에 이르는 것이 될 수도 있을 것이다.

(2006년)

이미지의 행복

1

《세계의 문학》 2005년 겨울호에 실린 조정권 씨의 시 「아비의 팔짱」은 행복한 결혼식 광경을 보여 준다.

이 아비의 팔짱을 끼어라. 신혼의 바람아
한껏 들떠 있는 흰 레이스 양쪽 깃 큰 꽃처럼 부풀어트리고
성장(盛裝)한 자연, 주례자님 계신 곳.
둥근 양파 모양의 첨탑이
두 개 솟아 있는 언덕 위 수도원으로.
너를 데려다놓을 곳은
알프스 도른비른 산간벽촌
낮은 구릉 사이로 뱀처럼 가는 아스팔트의 길이 누벼져 있고
호수와 숲과 능선이 꽃 흔들며

한가로이 방울을 흔드는 소 목례하며 지나는 곳.
네 하얀 구두 적시지 말라고
징검다리 만든 시냇물이 인사 보내는 곳.
그것들이 네게 인사를 하면 너도 반드시
인사를 보내거라. ……

　여기의 결혼식장에 가는 신부의 모습을 비롯하여 그 행로에 대한 묘사
는 그림엽서를 보는 듯하다. 너무 그림엽서의 그림 같다는 흠을 잡을 수도
있지만, 그것이 요즘 흔히 보는 한국의 결혼식에 비하여 지극히 행복한 결
혼 풍경임은 틀림이 없다. 시는 신부가 집을 출발하여 식장인 수도원으로
가는 것을 서술하고 있거니와, 허겁지겁 분장하고 상업적 결혼식장에 잠
깐 나왔다 다시 허겁지겁 끝내야 하는 한국의 결혼식 광경과는 사뭇 다른
것이다.

　이 시의 결혼식에는 조금 긴 시간 ─ 어쩌면 반나절의 시간이 결혼의
의식과 더불어 서서히 흘러간다. 이 시간은 큰 시간의 흐름의 한 부분이다.
이러한 시간의 흐름은 공간의 여유가 있음으로써 가능하다. 결혼식 자체
는 수도원의 작은 공간에서 이루어지고 거행되는 것이겠지만, 수도원이
있는 고장의 전 자연과 여러 정경 ─ 수도원의 첨탑, 낮은 구름, 꾸불꾸불
뻗은 길, 호수와 숲과 능선, 방울 흔드는 길가의 소, 시냇물, 스위스 도른비
른의 산간벽촌의 이 모든 것들이 결혼식의 배경이 된다. 모든 것이 결혼식
에 그 나름으로 참여하는 듯, 신부는 이러한 것들 사이로 수도원으로 가는
것이다. 다시 말하여, 이 알프스의 마을에서 사람의 예식은 일정한 넓이의
시간과 공간에 둘러싸인 가운데 행해진다. 그것은 시공간의 큰 흐름에서
분리되지 않은 한 부분이다. 어떤 한 가족에게 일어나는 일과는 아무런 관
계가 없는 시공간의 소란한 흐름 위에 잠시 부유하다가 사라지는, 호텔이

되었든 예식장이 되었든, 좁은 한구석의 공간에서 처러 내는 우리의 결혼식의 궁핍과 이 시의 결혼식은 너무나 크게 대조된다.

「아비의 팔짱」에 나오는 알프스의 결혼식에 시공간의 안정을 주는 것은 구체적으로는 자연의 커다란 풍경이다. 자연 속에 사는 사람의 삶은 그를 감싸고 있는 시간과 공간 속에서 진행된다. 해가 지고 뜨고, 계절이 바뀌고 하는 일은 저절로 시간의 큰 움직임을 사람의 삶에 짜여 들어가게 한다. 자연이 수십만 년, 수십억 년에 걸쳐서 이룩해 놓은 풍경 속에서 우리가 무엇을 하든 자연은 의식으로부터 아주 멀리 있지 아니한다. 의례 행사란 사람의 시간을 느리게 하고 공간을 넓혀서 시공간을 사람의 삶의 배경으로, 또는 그것을 감싸 안는 넓고 깊은 품으로, 의식할 수 있게 하는 일이다. 원래부터 느린 시공간을 지니고 있는 자연은 사람이 수행하는 이러한 시공간의 완만한 진행에 가장 적절한 배경이 된다.

앞에 인용한 시에서 알프스의 풍경이 결혼식의 자연스러운 배경이 되어 그 의식의 의미를 확대해 주고 또 더 직접적으로 그것을 아름다운 것이 되게 한다고 하더라도, 더러 지적되듯이, 그곳에 노동하며 사는 사람들에게 그러한 풍경은 마음에 별다른 감흥을 주는 것이 아닐 수 있다. 실제 알프스가 아름다운 곳이라는 일반적인 견해가 성립된 것은 유럽에서도 18세기 이후부터라고 한다. 그전에는 알프스 지방은 살기 고달픈 산악 지방에 불과했다. 그러나 좋은 자연환경이 노동의 삶에서도 무의미한 것이 아니라는 것은 사회학적 연구에서도 증명된다. 하여튼 사람이 행하는 의식(儀式)은 자연은 아니라도 시공간의 흐름을 느리게 하고 사람의 일을 분명하게 그 안에 위치하게 하려는 것에 관계되는 일이다. 자연의 존재는 이것을 도와준다. 사람의 삶의 근본으로서 자연의 중요성을 생각할 때, 설령 시공간의 큰 흐름을 달리 시사하는 방법이 있다고 하더라도, 종착역은 자연 그 자체에 대한 깨달음이라고 하는 것이 옳을 수도 있다. 예술이 하는 일도 이러한 의식에 비슷한 면을 가지고 있다. 그것은 한순간의 일을 뚜렷하게 감지하게 하고 그것을 통하여 더 큰 관계망을 깨우치게 하려 한다.

의식에서든 예술 작품에서든 작은 것에서 출발하여 큰 것을 알게 하는 데에는 시각화가 중요하다. 전체를 지각한다는 것은 조감도 같은 것을 마음에 지닌다는 것을 말하기 때문이다. 조선조 시대의 의궤도(儀軌圖) 같은 것도 바로 이러한 목적을 가진 것이 아닌가 한다. 또는 다비드의 나폴레옹의 대관식 그림은 참여자도 완전히 볼 수 없었던 대관식의 모습을 더 크게 볼 수 있게 하는 미술적 재현이다. 「아비의 팔짱」도 비슷한 일을 한다. 이 시는 결혼식은 아니라도 결혼식 배경의 조감도이다.

2

어떤 일의 전체적 모습에 대한 시각적 환기(喚起)는 길든 짧든 기억에도 도움이 되는 일이다. 위에 말한 그림들은 사실 현재적 의미를 가진 시각화(視覺化)인지 기억을 위한 메모인지 분명치 않다. 「아비의 팔짱」은 결혼을 기념하는 시일 것이다. 기념이란 마음에 새겨 둔다는 것이다. 결혼식의 전모 ─ 어쩌면 본인이 완전히 의식하지 못했을 풍경의 전모를 환기할 수 있도록 시로 적어 신부에게 선물하려는 의도로 제작된 것이 이 시인지 모른다. 정조의 화성 행차를 기념하는 「정조대왕 화성행행반차도(正祖大王華城行幸班次圖)」와 같은 것은 단순히 행사를 그린다기보다 그것을 기록으로 남기자는 의도가 있는 것일 것이다. 그렇다고 하여 그것이 공적인 의미만을 가진 것은 아닐 것이다. 줄을 지어 가고 있는 사람들의 모습을 지극히 세밀하게 그린 이 그림은 참석했던 사람들의 기억의 보조 수단으로 또 후손을 위한 자랑거리의 기록으로 특별한 의미를 가졌을 것이다.

그렇지 않아도 무상한 사람의 삶에서 기억이 없다면, 그것은 얼마나 더 짧은 것이 될 것인가? 시각화된 이미지는 기억의 재현에 가장 큰 요소이다. 삶의 풍부한 질료가 되는 기억은 단순히 언어로 표현될 수 있는 사실이 아니다. 우리는 그것을 흔히 추억이라고 하여 기억과 구분한다. 이력서의 사실과 우리의 기억은 전혀 별개의 것이다. 후자는 감각적 재현에 뒷받침됨으로써 비로소 실감을 얻는다. 그것은 쉽게 회복할 수 있는 것이 아니다. 그리하여 흔히 그것은 '불수의적 기억(mémoire involontaire)'으로만 마음에 되돌아온다고 한다. 그중에 조금 쉽게 돌이킬 수 있는 것이 사람의 경험에 편재하는 시각이다. 사람을 기억하는 것은 대체로 이름을 말하는 것이 아니라 이름과 더불어 최소한도 그 얼굴을 떠올릴 수 있다는 것을 말한다. 세계의 여러 감각적 국면에 대한 다른 경험의 경우에도 마찬가지이다.

또 다른 기억의 의미는 한 번 일어난 일을 우리의 마음속에 오랫동안 남아 있게 하거나 돌이켜보게 한다는 데에만 있지 아니하다. 그것은 옛일을 마음에 보존하면서, 동시에 옛일에 새로운 의미 — 또는 원래부터 있었지만, 드러나지 않고 있던 의미를 부여해 주는 일을 하기도 한다. 기억의 문제를 가장 끈질기게 문학의 주제로 삼았던 사람은 프루스트이다. 그에게 옛일들을 되돌려보는 것은 삶의 잃어버린 시간을 되찾는 일이면서, 잊혀진 일들을 새로운 의미 관련 속에서 새롭게 이해하게 되는 일이다. 이렇게 보면, 삶의 기억을 글로써 다시 회복하지 않은 사람은 삶을 충분히 풍부하게 산 사람이 아니라고 할 수 있다. 의미가 없는 일은 그렇지 않은 것보다도 마음에서 쉽게 사라진다.

지나간 삶의 의미를 새로 찾아본다는 것은 반드시 거기에서 어떤 교훈적 명제를 끌어낸다는 것을 의미하지 않는다. 그것은 지나간 일들을 그 전체적인 연관 속에서 다시 본다는 것을 말한다. 이 연관을 느끼게 된다는 것은 여러 사상(事象)들을 논리적 관계로 꿰어 본다는 것보다는 느슨한 형상적 통일성 속에서 본다는 것을 의미한다. 그것은 상상력의 영역에 속하는 일이다. 단순한 논리는 형상의 통일성을 손상한다. 논리적 분석에 비할 때에, 사상들의 형상성을 깨닫게 된다는 것이 현실적으로 당장에 쓸모가 있는 것은 아니다. 일단 그것은 깊은 심리적 만족을 주는 일을 그친다고 할 수 있다.

『잃어버린 시간을 찾아서』의 처음에 나오는 유명한 마들렌은 프루스트에게 기억의 세계를 여는 열쇠가 된다. 그는 기억하는 일을, 일본에서 종이를 물에 담그면서 그것이 꽃이라든가 집이라든가 흥미로운 모양을 보여주게 되는 것을 즐기는 일에 비교한다. 그는 마들렌과 함께 마시는 차의 찻잔 안에, "옛집에 있던 정원, 스완 씨의 정원, 비본 강의 수선화, 마을 사람들, 그 사람들의 집, 교회, 콩브레 마을 전부와 그 주변이 형체를 드러내고 분명해져 오는 것을" 경험한다. 이 옛 마을의 기억이 되살리는 것은 단순히 "외면적인 광경이 아니라 '그의' 가장 내밀한 삶의 한 요소"이다. 회상은 그로 하여금 그의 삶을 풍경의 일부로서 보게 하고 또 풍경이 그의 삶의 복판에 놓여 있다는 것을 확인하게 한다. 삶과 공간의 내밀한 혼융이 풍경에 의미를 부여한다. 그리고 이러한 점에서 추억은 행복의 한 요인이 된다.

3

반드시 삶의 내밀한 요소에 관계되는 것이 아니라도, 사람의 기억은 과거의 일에 형상적 의미를 부여한다. 기억과 기억의 의미화 작용과 영상은 특별한 관계가 있는 것으로 보인다. 헤르만 헤세는 한 수필에서 쓰고 있다.

우리가 한동안 살았던 고장은 그곳을 떠나고 일정한 시간이 지난 다음에야 우리의 추억 속에서 하나의 형상을 얻고 변하지 않고 남아 있는 그림이 된다. 우리가 현장에 있고 모든 것이 눈앞에 있을 때에는 우발적인 것과 본질적인 것은 똑같이 강하게 보인다. 그러다가 나중에야 중요치 않은 것이 탈락해 나간다. 추억은 간직할 만한 것만을 간직한다. 그렇지 않고서야 어찌 불안과 산란한 느낌이 없이 우리 삶의 일 년만큼이라도 평안한 마음으로 내려다볼 수 있을 것인가.

헤세의 "살았던 고장"의 그림 또는 이미지는 여러 가지를 포함한다. 가령 물, 바위 언덕, 지붕, 광장 등이 거기에 들어 있다. 그러나 헤세는 이러한 이미지 가운데, 가장 중요한 것은 ─ 적어도 그에게는 ─ 나무라고 한다. 알아볼 수 있는 나무가 두드러지게 보이지 않는 도시는 그에게는 이미지가 되지도 않고 '성격이 없는' 고장으로 느껴진다. 그는 자기가 살았던 한 고장에 대하여 쓰고 있다. "나는 한 도시에서 어린 시절에 2년을 살았지만, 회상되는 일이 많음에도 불구하고, 그 고장은 이미지와는 관계가 없고 마치 그저 그러한 기차 정거장처럼 느껴진다."

여기의 말들은 『나무들(Bäume)』이라는 산문집에 실린 「상수리나무」라는 글에 나온다. 책의 성격이 그런 인상을 주는 글만을 모은 것인 까닭인지 모르지만, 하여튼 헤세에게는 나무는 특별한 의미를 가지고 있다. 헤세가 나무들을 특히 사랑했던 것은 사실이다. 다른 글에는 어린 시절을 보냈던 고장에서 늘 친숙했던 나무가 베어져 나간 것을 보고 자신의 삶에서 어린 시절의 한 덩어리가 잘려 나간 듯한 아픔을 느꼈다는 심정을 토로한 것이 있다. 그러나 보다 일반적으로는 자연 ─ 그중에도 특히 괄목하게 하는 형상을 가진 자연은 어떤 풍경을 기억할 만한 이미지가 되게 한다. 사람들이 명승지를 찾고 찾아갔던 명승지를 회상하며 만족감을 느끼는 것은 그러한 이유로 인한 것일 것이다.

세상에도 이해할 수 없는 것의 하나가 사람이 꽃이나 기타 수목들을 좋아하는 일이다. 목석이 된 사람도 없지 않은 세상이기 때문에 혹 예외가 있을는지 모르지만, 새로 핀 꽃을 보고 아무런 느낌을 갖지 않는 사람은 거의 없다고 할 것이다. 풀과 나무가 식료품의 의의를 갖는다는 것도 생각할 수 있지만, 사람이 수목을 좋아하는 것은 사람의 진화의 역사에서의 공존(共存)의 기억으로부터 연유하는 것인지 모른다. 아니면, 사람과 모든 생명체 사이에는 보이지 않는 생명의 전류가 흐르고 이것이 서로를 본능적으로 묶고 있는 것일까?

그러나 이러한 교감의 관계는 자연으로 확대하여 생각하는 것이 좋을 것이다. 꽃을 보고 감흥이 없는 사람이 없듯이 수려한 산천에 아무런 감흥을 갖지 않는 사람도 상상하기 어렵다. 자연은 되풀이하여 말하건대, 오랜 세월 동안에 이루어진 조화된 형체를 보여 준다. 사람은 이 형체 가운데 존재한다는 사실에서 어떤 형이상학적 전율과 행복을 느끼는 것인지 모른다. 나무의 의미도 이보다 큰 자연의 지형과의 관련에서 의미를 얻는다고 할 수 있다. 나무는 거대한 지형에 대하여, 한편으로는 일종의 제유(提喩)가 되고 다른 한편으로는 그 지형 속의 거점(據點)이 된다고 할 수 있다. 사람이 일정한 공간에 존재한다는 것을 확인하는 것은 공간을 확인하는 것을 뜻하고, 이 공간에서 자신의 위치와 방위(方位)를 확인한다는 것을 뜻한다.

4

헤세의 관찰에서 중요한 것은, 다시 한 번, 추억하는 공간이 의미를 가지려면 그것이 이미지가 되어야 한다는 사실이다. 말할 것도 없이 이미지는 모든 예술에서, 그러나 특히 시에서, 가장 중요한 표현의 언어이다. 이것을 시의 슬로건으로 내세운 이미지즘은 시의 이러한 측면을 특히 강조한 것일 뿐이다. 영미시에서 이미지즘 이론의 원조의 한 사람인 흄(T. E. Hulme)은 작은 것의 "정밀하고 정확하고 분명한 기술"로서만 아름다움이 창조된다고 하였다. 그리고 그는 시에서 이 아름다움은 새로운 이미지에서 찾을 수 있다고 생각했다. 그는 그의 이론을 예시하는 몇 편의 시를 남겼다. 쌀쌀한 가을밤 나무 울타리 너머로 달을 보니, 달이 농부의 붉은 얼굴 같았다거나, 또 추운 겨울밤에 홈리스가 되어 강둑에 누운 사람에게 밤하늘이 별들이 파먹은 담요 같았다거나 하는 이미지가 그의 시에서 보이는 강한 이미지들이다.

흄은 정확한 이미지를 좋아했지만, 이미지는 거기에 그치는 것이 아니라 '집약적 복합체(intensive manifold)'의 한 증표라고도 생각하였다. 즉 이미지는 작은 것 가운데 많은 것을 압축하여 가진 것이다. 그의 시의 이미지가 그러한 것이라고 하기는 어려울 것이고 어떤 경우나 그러한 강력한 이미지를 발견하기는 쉽지 않은 일이지만, 시에서 이미지가 갖는 깊은 의미는 사태의 정확한 기술(記述)로써 기능할 뿐만 아니라 더 확대된 의미를 전달하는 일을 한다. 이 의미는 많은 경우 여러 사상들 사이에 존재하는 형상적 통일이고, 이것은 다시 하나의 사상을 에워싼 공간감으로 표현된다. 그리고 그것은 많은 경우 '삶의 내밀한 요소'를 포함하는 것이라야 한다. 이것은 이미지가, 그리고 이미지가 그 핵을 이루고 있는 풍경이, 밖에 있는 것이 아니라 마음의 내면에 있다는 것이라야 한다는 말이다.

시의 이미지와 사실적 사진, 또 시의 풍경과 관광책자의 서술의 차이는 이미지나 풍경이, 밖에 있는 것이냐 안에 있는 것이냐의 차이일 수 있다. 한스 카로사(Hans Carossa)의 시 중에 「오래된 분수(Der alte Brunnen)」라는 것이 있다. 어느 낡은 집에 온 손님은 밤에 잠에서 깨어 밖으로부터 들려오는 분수 흘러내리는 소리를 듣는다. 그리고 분수 소리가 그치고 그쪽에서 들려오는 자갈 밟는 소리에 놀란다. 한밤의 시간에 어느 방랑자가 분수 구멍에서 나오는 물을 받아 마시고 다시 방랑의 길을 계속해 간 것이다. 그것을 마음속에 새겨듣는 사람은, 별빛 아래 멀리 떠나가는 사람이 있고, 또 다음에도 그를 향하여 오는 방랑자가 많이 있을 것이라는 것을 알게 됨으로써, 자신만이 고독한 존재가 아니라는 것을 깨닫고 마음에 위안을 느낀다.

여기에서 별빛 아래의 비어 있는 작은 광장, 발자국 소리, 그쳤다 다시 흐르는 분수, 나그네 ─ 이러한 것들은 실재하는 풍경이면서, 발소리와 물소리에 귀 기울이는 사람이 실내에서 상상하는 광경이다. 상상된 비어 있는 공간은 그에게 하나의 형이상학적 깨달음의 실마리가 된다. 그의 위안은 세속적인 행복감이 주는 위안이라기보다 잠깐이나마 그 자신의 존재의 깊이를 느끼는 데에서 오는 깊은 실존적 위안이다.

5

풍경은 마음에 들어감으로써 의미를 얻는다. 또는 풍경을 보고 그것을 상상함으로써, 마음에도 공간이 트이게 된다고 할 수 있다. 그리고 이 마음의 공간에 추억이 깃들고 사람과 사물에 대한 섬세한 느낌이 싹튼다. 위에서 예를 든 헤세의 산문집 『나무들』에는 수필 「상수리나무」에 이어 「꿈」이라는 제목의 시가 수록되어 있다.

언제나 같은 꿈이다.
붉은 꽃 피는 상수리나무 한 그루,
여름꽃 만발한 정원이 하나

그 앞에 낡은 집 한 채.

고요한 정원이 있는 그곳에서
어머니는 나의 요람을 흔들어 주었지.
이제는 너무나 오래된 일, 아마
이제는 정원도, 집도, 나무도 서 있지 않겠지.

아마 이제는 풀밭이 있고 길이 지나고
쟁기가 지나가고 써레가 지나가겠지.
고향과, 정원과, 집과 나무에서
오직 남아 있는 것은 나의 꿈만일 뿐.

　이렇게 헤세는, 덧없이 흘러 사라진 어린 시절과 세월의 무상함을 한탄
하였지만, 그러한 한탄을 할 수 있는 꿈의 공간을 마음에 지닐 수 있었던
것은 그래도 행복한 일이었을 것이다.
　헤세는 젊었을 때, 스위스의 몬타뇰라 지방을 방문하고 그곳에 오래 머
문 일이 있었다. 『나무들』에 실린 글에 의하면, 그가 정한 숙소의 방 발코
니로부터 그는 멀리 루가노의 호수와 산과 마을들을 내다볼 수 있었다. 세
월이 가는 동안에 시시각각 미묘하게 바뀌는 정원의 이미지는 그에게 가
장 정다운 것이 되고, 그는 그곳의 각종 나무들 하나하나를 친구로 생각하
게 되었다. 그는 다시 만년에 그곳에 정착하여, 30년 넘게, 그를 아끼는 부
호가 종신 빌려 살 수 있도록 지어 준 집에서 살며, 그 집에 딸린 농토에서
포도밭을 돌보고 채소를 기르고 꽃을 가꾸며 여생을 보냈다. 이러한 정원
의 노동 이외에 그에게 중요한 것은 명상의 일과였다.
　「정원의 시간(Stunden im Garten)」이라는 시에 의하면, 노동의 한가운데

에서도 그는 마음을 가다듬는 시간을 가졌다. 그는, "나태한 자로, 몽상가로서" 인류의 정신적 고전들을 생각하며, 마음을 순화함으로써, 격정과 충동, 그리고 "다른 사람의 마음을 바로잡고 세상을 교화하고, 관념으로써 세상을 고치겠다는 정열" ─ 결국은 그 고결한 동기에도 불구하고 "유혈과 폭력과 전쟁으로 나아가고 마는 정열"을 순치할 수 있는 "마음의 평화"를 얻고자 했다. 마음의 평화는 명상과 관조에서 오는 것이었지만, 정원과 멀리 보이는 산과 물은 명상을 위해서도 필요한 것이었다.

　모든 시의 이미지들이 그러한 것은 아니지만, 많은 시적 이미지는 작은 대로 우리의 기억 속에 더 넓은 물리적 공간과 마음의 공간으로 나아가게 하는 창이 된다. 그러나 요즘 우리의 삶에서 좋은 이미지를 얻는 것은 쉽지 않은 일이다. 더구나 그것으로부터 시작하여 자연의 공간과 마음의 공간으로 나아가는 일은 더욱 어렵다. 산을 깎고 콘크리트의 탑을 세워 산과 바다를 차단하고 화투짝 갈아 넣듯 집을 바꾸며, 시대와 시간의 정신없는 탁류에 떠가는 우리의 삶에서 우리가 숨 쉴 수 있는 공간은 ─ 밖의 공간도 안의 공간도 날로 줄어들기만 한다.

(2007년)

문화의 기율과 자유

전자 매체의 가능성의 한계

문화는 인간성 실현의 장이면서 또 그것을 제한하는 한계일 수도 있다. 오늘의 문화에 커다란 새 변수로 등장한 것은 정보 매체의 발달이다. 이 것은 문화의 가능성을 새로 여는 것일 수도 있으면서 동시에 그것을 잘못 판단하게 하는 유인이 될 수도 있다. 전자 매체의 발달이 문화를 어떻게 변화시킬 것인가는 깊은 연구를 필요로 하는 일이다. 여기에서 말할 수 있는 것은 매우 소박한 견해일 뿐이다. 그것도 내가 할 수 있는 것은 아날로그 시대의 관점에서 약간의 희망과 함께 보다 큰 우려를 표현하는 것에 그치지 않을까 한다. 아래에서 우선 문화가 무엇을 뜻하는가를 생각하고 새 문화의 현상을 그에 비추어 어떻게 보아야 할 것인가를 생각해 보기로 한다.

1. 문화와 문화 변화

1. 문화의 의미/전자 매체의 발달

프로이트의 해석으로는 문화는 억압의 소산이다. 그러나 이 억압은 사람이 주어진 현실에 사는 한 불가피하다. 그 현실의 원리가 억압을 요구하는 것이기 때문이다. 억압의 대상이 되는 것은 간단히 말하여 성 충동, 또는 더 일반적으로는 쾌락을 추구하고자 하는 본능이고 원리이다. 어떤 형태의 성은 집단생활에서의 경쟁과 공격으로 이어지기 때문에 통제를 요구한다. 또, 이 점은 반드시 프로이트가 강조하는 점이라고 할 수는 없지만, 성의 에너지는 먹고사는 것을 만들어 내기 위한 생산적 노동으로 전환될 필요가 있다. 이 노동이 집단적인 조직, 위계질서, 권위 그리고 지배를 통하여 수행될 때, 성의 억제는 더욱 필요한 것이 된다. 일반적으로 말하여, 욕망의 존재로서의 개인들이 한 사회적 테두리 속에 들어오면 갈등이 생기지 아니할 수 없다. 그러므로 공동생활과 생산적 노동이 가능하기 위하여 욕망이나 충동의 억압은 불가피하다.

이 억압은 몇 가지로 생각할 수 있다. 충동의 담지자로서의 개인은 생산과 집단의 목적을 위하여 강제력에 의하여 억제될 수 있다. 그러나 개인과 사회의 문화적 변용이란 이러한 폭력적 억압을 넘어선 단계를 말한다. 프로이트에서 이 문화 또는 문명의 단계에서의 억압은 이성을 통하여 이루어진다. 이 이성이 사회의 필요에 따라 개인들의 충동과 욕망을 순치하고자 하는 것이다. 이 이성을 다시 이론적 합리성과 윤리 도덕적 규칙으로 나누어 생각한다면, 본능적인 것들이 현실 세계의 합리적 법칙과 윤리적 규범에 따라 다스려지는 것이다. 물론 이것은, 자연법칙과 실천 윤리, 어느 쪽이든지 간에, 단순히 개인이 스스로 고려하는 법칙과 규범을 통해서라기보다는 제도에 의하여 또 사회적 권위에 뒷받침됨으로써 강제성을 띠게 된다.

그러나 억압의 문명화는, 어떤 원리를 따라서 이루어지는 것이든지 간에, 완전히 외적인 억압 체제의 수립을 의미하지 않는다. 이성의 원리가 벌써 사람의 내면에 있는—그러면서 자연 세계에 적용되는—원리이지만, 이것은 개인과 사회의 내면에 여러 가지의 변화를 가져온다. 충동과 욕망은 억압의 과정에서 다른 것으로 변화된다. 이 변화의 결과가 개인적 심리의 차원에서는 승화이고 사회 전체의 관점에서는 문화이다. 다시 말하며, 문화적 변화는 사회가 집단의 이익을 위하여 금지하는 것을 개인이 스스로의 규율로서 내면화하는 것을 의미한다. 그렇게 하여 사회가 요구하는 일을 개인이 떠맡게 하는 것이다. 흥미로운 것은 그것이 마지못한 의무의 과정이면서 동시에 스스로 바라는 일, 하고 싶은 일이 되기도 한다는 점이다.

되풀이하건대, 문명화의 과정에서 제일 중요한 것은 사회적 필요에 따른 인간 내면의 재형성이다. 그리하여 안과 밖으로 사회는 인간의 충동을 사회적 질서의 원리로 승화하는 것이다. 그렇다고 이러한 조정이 개인과 사회 그리고 자연의 관계를 완전히 합리화하고 규범화하고 내면화하여 조화된 것이 되게 할 수는 없다. 문명의 절차에도 불구하고 프로이트가 말하는 문명의 불유쾌함은 완전히 배제되지 않는다.

그런데 과학 기술의 진전은 인간 본능의 억압을 요구하는 환경을 크게 변화시켰다. 원시 사회의 궁핍이 많이 극복된 상태에서도, 쾌락에 대한 인간의 욕구가 똑같이 억제될 필요가 있는가? 특히 여기에서 논해 보고자 하는 것은 근년에 와서 폭발적으로 발달한 컴퓨터 산업이 문화의 그 불편함에 대하여 갖는 관계이다. 그것은 많은 사람들의 정보 능력과 오락의 기회를 크게 확장하였다. 지배 체제의 유지에 필수적인 요소는 정보의 독점이다. 이 독점이 무너지는 경우, 지배 체제 또는 사람의 사회적 정치적 관계가 변화할 수밖에 없다. 인공 지능 사업의 발달은 집단적으로 생산 능력을 확대하고 그것의 통제를 보다 용이하게 하는 과정에서 그 독점을 어렵게 하는 결과를 가져왔다. 그리하여 억압적 생산 조직의 필요를 줄어들게 하였다. 소비자의 관점에서 더 접근이 용이하게 된 것은 컴퓨터의 발달이 가져온 오락의 기회, 그러니까 쾌락의 기회이다. 현실 원리보다 쾌락의 원리에 봉사하는 오락 기회의 신장은 문화의 억압적 기능을 어떻게 변화시키는 것일까? 그것도 생산 조직의 억압적 성격의 변화에 대한 요구로 귀착할 수 있을지 모른다.

2. 여분의 억압과 지배 체제

다시 억압의 문제로 돌아가서, 그 원초적인 시작에서도 그러하지만, 특히 근대 산업의 변모를 생각할 때, 억압에 두 가지 측면이 있을 수 있다는 것을 인정하는 것이 중요하다. 한편으로 억압은 자연과 사회 속에서의 생존을 위해서 불가피한 운명이라고 할 수 있다. 그러나 그것은 문화적 변용의 효과에도 불구하고 언제나 불편한 요소로 남아 있게 마련이다. 그리하여 그것이 참으로 필요한 것인가 아닌가, 그 여러 억압 가운데 어떤 것이 참으로 필요한 것인가, 또는 그 정도에 있어서 그것이 시대적 상황 속에서의 적절한 균형과 타협을 나타낸다고 할 수 있는가 —— 이러한 문제들은 저울질되어야 하는 문제로 남을 수밖에 없다. 그리하여 허버트 마르쿠제가 말한, '잉여의 억압(surplus repression)'은 문화의 문제를 생각할 때, 그리고 산업의 환경이 크게 바뀔 때에, 언제나 다시 논하여질 수 있는 주제라고 할 수 있다. '여분의 억압'은, 인간 생존의 필연적인 조건을 넘어서 "사회적 지배로 인하여 필요하게 된 억압"이다.[1] 그러니까 억압에는 진정

---

1 Herbert Marcuse, *Eros and Civilization: A Philosophical Inquiry into Freud*(Vintage Books, 1955), p. 32 et passim.

한 인간적 필요와 발전이 아니라 지배의 계략으로 생기는 부분이 있는 것이다.

그러나 마르쿠제는 이 지배 관계를 단순하게 착취를 목적으로 한 위계질서 또는 달리 말하여 계급 사회가 착취 없는 평등 사회로 바뀜으로써 사라질 수 있다고 말하지는 않는다. 여분의 억압은 사회 제도와 관습 그리고 심리에 너무나 철저하게 침투되어 있는 것이어서, 간단히 철폐될 수 없는 것이 되어 있다. 그것은 당대적 상황이기도 하지만, 오랜 역사적 침전의 결과이다.(그의 다른 저서 『일차원적 인간』은 더 비관주의적으로 다른 대안을 생각할 수 없게끔 완전히 모든 것을 포괄하고 있는 인간 소외의 사회를 그려 낸다. 그러나 그보다 앞선 『에로스와 문명』에서도 그는 마르크스주의자이면서도 마르크스주의 혁명만으로 인간 조건이 향상될 수 있다고 생각하지는 않는다.) 역사적 침전을 설명하기 위하여 그는 사회 조직의 출발에 오이디푸스 콤플렉스의 아버지의 살해가 있다는 프로이트의 신화를 빌려 온다. 근친상간의 위험을 가진 성 충동의 폭발은 아버지 살해를 촉발하면서 동시에 살해자들의 의식에 죄의식을 심는다. 물론 이것은 신화적 사건이면서 인간 심리 속의 갈등을 나타내는 일이기 때문에, 죄와 죄의식의 갈등은 세대를 이어 되풀이된다. 이 갈등에서 나오는 심리적 에너지가 합리화되는 여러 가지 사회 제도를 낳는다. 그 결과 아버지는 일부일처제를 받아들여 그의 성적 쾌락을 제한하고 아들은 절제된 성적 에너지를 가지고 사유 재산과 노동의 제도 속에서 유능한 작업 수행을 하게 된다. 동시에 절제되고 완화된 성 충동은 사회에 보다 넓게 확산되어 그 결속의 강화에 기여하게 한다.

그러나 문명 과정이 심화됨에 따라 성은 더욱 억제되고 생산적 노동 속에서 비인간화되면서, 다른 한편으로 그것은 공격적 본능에 이어진다. 이러한 변화의 마지막 단계를 이루는 것이 근대적 산업 사회이다. 여기에서 인간은 인간으로서의 온전함을 잃어버리고 "자신의 삶을 사는 것이 아니라 정해진 기능을 수행하는 존재가 되는" 것이다.² 여기에서 사람을 움직이는 것은 사회가 요구하는 '수행 원리(performance principle)'이다. 사회는 기술 합리성에 의하여 합리화되고 인간의 존재 가치는 "자율적 판단력과 개인적 책임감에 의하여가 아니라 표준화된 기능과 적응 능력으로 측정된다."³ 이러한 변화 속에서도 사회는 당초의 가부장적 지배 체제에 의하여 뒷받침된다. 가부장제는 외적인 의미에서 지배를 뒷받침할 뿐만 아니라 심리적으로 모든 사람의 복종을 무의식적으로 강화하는 기능을 한다. 다만 그 체제는 당초의 공동체적 성격마저도 잃어버린다.

그러나 이러한 억압 과정이 그것을 전복할 수도 있는 힘으로부터 완전히 멀리 있는 것은 아니다. 억압의 조건하에서 진행된 산업의 발달은 당초의 억압을 정당화했던 '빈곤의 경제'를 풍요로 바꾸어 놓는다. 그리하여 억압의 정당성이 불분명해진다. 그 사이로 억압되었던 원초적 충동이 돌아온다. 그리하여 여기에 대항하는 심리적 조작이 필요해진다. 마르쿠제의 생각에, '대중문화', '생각 없는 여가 활동의 권장, 반지성적 이데올로기의 승리', 사회 규격에 맞는 성의 자유 — 이러한 것들이 체제 방어책의 일부가 된다.⁴ 이것은 자유와 쾌락의 증가처럼 보이지만, 사실은 표면적인 것에 불과하고, 이러한 체제의 보조자에 이끌려, 사람들은 오히려 더욱 깊이 체제 속에 흡수된다. 그리하여 "온 노동의 세계와 여기의 세계는 생명이 있거나 생명이 없는 물건들 — 이 구별에 관계없이 관리의 대상이 되는 물건들이 된다." 여기에서 인간은 독자적인 의미를 가진 존재가 아니다. "이 세계에서의 인간 존재는 자체적인 움직임의 원리를 갖지 못한 자료, 물질 자체가 된다."⁵

---

2 Ibid., p. 41.

3 Ibid., p. 89.

4 Ibid., pp. 85~86.

5 Ibid., p. 95.

이러한 마르쿠제의 진단은 1950년대 미국 현실에 기초한 것이다. 그러나 이것은 일반적으로 성숙한 자본주의 체제에 해당되는 것이라고 할 수 있다. 그리고 오늘의 한국에도 상당 정도 해당되는 것이라고 할 것이다. 다만 차이가 있다면, 한국 사회에는 아직도 안전한 자본주의적 관리 체제가 확립되기 이전의 강압적 분위기가 남아 있다는 점이다. 한국에서 시장 체제는 당연한 것으로 완전히 받아들이는 것이기보다는 쉽지 않은 변호와 옹호를 필요로 한다. 흥미로운 것은 이것이 국가나 민족의 이름으로 말하여지는 것이다. 이것은 아버지의 권위를 에워싼 갈등이 아직도 자본주의의 망각 속에 완전히 흡수되지 않은 상태를 말한다고 할 수 있다. 최초의 사회 제도는 아버지의 살해에 기초하면서 살해된 아버지의 이름으로 정당화된다. 그것을 움직이고 있는 것은, 프로이트 그리고 마르쿠제가 말하는 것처럼, 죄의식을 통하여 부활한 아버지의 권위이다. 그러나 안정을 이룬 다음의 자유민주주의와 자본주의 체제는, 적어도 그 수사(修辭)에 있어서는, 이러한 아버지의 권위를 뛰어넘는 형제적인 결속 또는 궁극적인 결속의 전제하에서의 형제적 경쟁의 사회이다. 그러한 까닭에 그 체제에서 체제와 관리 질서의 근본은 쉽게 드러나지 않는다.

그러나 한국에서는 형제 사회의 실현 이전에, 아버지의 권위는 되풀이하여 다시 확인할 필요가 있는 것으로 보였다. 가부장적 질서는 한국에서 가장 오래된 전통이었지만, 자본주의로 전환한 그 사회의 근본적 질서도 아직은 확실한 동의의 기반 위에 서 있지 않기 때문에 자본주의 이전의 가부장적 권위에 호소를 필요로 한다. 그것이 집단의 이름으로 말하여지는 것이다. 물론 이것은 다시 가부장적 질서의 불안정성 — 그것이 무너진 다음의 투쟁 관계의 지속을 말하는 것이기도 하다. 그것은 아직도 이론적으로도 질서나 균형을 위한 동의를 얻지 못한 것이다. 그리하여 아직도 아버지의 권위는 사회 질서를 위한 유일한 자원으로 생각되는 것이다.

되풀이하건대, 프로이트의 신화에 의하면, 아버지를 살해한 후에 원시 집단은 형제적 사회로 발전한다. 아버지 살해 이후에 형제들은 살해된 아버지를 신으로 모시고 신의 주재하에 새로운 사회를 구성한다. 그러나 그 사회가 안정을 이루기 전에 형제들 사이에 주도권 경쟁이 일어나는 것을 상상할 수 있다. 이것은 단지 아버지를 모신 종교 의식에서 누가 주재자가 되고 누가 아버지의 이름으로 말할 수 있느냐 하는 문제가 일어나는 것이다. 아버지의 이름은 집단의 생존이나 윤리 —— 그 율법에 일치하게 되지만, 그 일치가 있기 전에 율법을 위한 싸움이 있고 형제들은 그것을 말할 수 있는 권리를 주장하게 되는 것이다. 이때 집단의 이름은 가장 강력한 담론의 중심을 이룬다. 이 이름은 물론 여러 가지 형태의 율법과 체제를 옹호하는 데에 쓰인다. 자본주의 또는 시장 경제의 신장을 위하여 그 이름이 사용되는 것은 물론 그것의 부도덕성을 말하는 데에도 또는 다른 지배 의지의 사회적 구성을 위해서도 그 이름이 사용되는 것이다.

이것은, 시사한 바와 같이, 과도기의 현상이다. 결국은 모든 것은 —— 이러한 적어도 표면적으로는 —— 이러한 관리되는 1차원적 세계로 흡수된다. 그것은 표면적으로 물리적 강제가 없는 사회로 보일 수 있지만, 그것을 지배하고 있는 것은 가부장 제도 이후의 지배 질서이다. 이것은 자본주의적 질서에서도 그러하지만, 그것을 부정하는 대안적 질서의 기획에서도 그러하기 쉽다. 여분의 억압은, 위에서 말한 것처럼, 단순히 착취의 질서로서의 계급적 질서 이외에 보다 복잡한 기원을 갖고 있기 때문이다. 어떤 경우에나 여분의 억압으로부터의 해방은 쉬운 일일 수 없다. 사실 그것은 원시 사회로부터의 사람의 심리의 진화 속에 들어 있기 때문에 억압으로 인지하기도 어려운 면을 가지고 있다. 그러면서도 억압 없는 사회와 인간성 실현의 가능성에 대한 비전에 대한 접근이 불가능한 것은 아니다. 자유와 평화의 행복에 대한 비전, 유토피아에 대한 비전은 늘 사람의 상상력을 떠난 일이 없다. 그리고 예술적 표현은 언제나 이러한 비전에 가까이 존재해 왔고 오늘날에 있어서도 현실적 삶 속에 얽매인 인간에게 커다란 위안의 근원이다.

2. 심미적 차원과 억압 없는 문명

1. 창조와 수동성

마르쿠제가 억압 없는 문명된 사회를 넘겨볼 수 있게 하는 것이 '심미적 차원(aesthetic dimension)'이라고 생각한 것은 자연스럽다. 마르쿠제는 이 차원에서는 사람의 본능과 이성의 요구 —— 이러한 또는 충동과 욕망과 현실 원리가 하나로 통합될 수 있다고 생각한다. 그것은 칸트, 특히 실러의 생각에 크게 의존하고 있는 생각이다. 이 독일의 미학적 사고의 전통에서 미, 아름다움은 감각에 그리고 감각적으로 인지되는 세계의 속성에 자리해 있다.

감각과 감각으로 파악되는 세계가 없이 미는 존재할 수 없다. 아름다움이 우리에게 주는 것은 기쁨 또는 쾌락이다. 이 점에서 그것은 본능과 충동 그리고 욕망에, 다시 말하여 현실 원리에 대립하는 쾌락 원리에 밀접하게 연결되어 있다. 물론 성적 충동의 만족과 감각적 즐거움이 반드시 같은 것이라고 할 수는 없다. 성적 충동은 보다 격렬하고 대상 파괴적인 데 대하여 감각적 쾌락은 조금 여유가 있고 또 그렇다는 것은 대상에 대하여 일정한 거리를 유지하는 쾌락이라고 할 수 있기 때문이다. 마르쿠제의 생각으로는 불필요한 억압이 없어진 곳에서는 '비억압적 승화(non-repressive sublimation)'가 이루어지고, 성은 훨씬 부드러운 것이 되고, 성을 초월한 보편적 사랑으로 변화될 수 있다고 말한다.

어떻게 하여 심미적 차원이 산업 사회의 규율의 차원을 벗어나 개인과 사회를 동시에 만족시키고 보다 더 큰 행복을 약속하는가? 그것이 현실 원리의 지배하에서보다도 감각적인 것을 부정하지 않고 그것을 유지하고 있기 때문이라는 것은 쉽게 이해할 수 있다. 또 그것은 감각을 통하여 충동과 욕망에 연결되어 있다. 그러나 감각이나 본능적 욕망은 곧 만족을 얻게 되는 것이 아니다. 그것도 순치되어야 한다. 문명의 억압적 기능은 완전히 사라지지 아니한다. 그리하여 마르쿠제 자신도 여기에 요구되는 것은 '감각적인 것의 자기 승화(self-sublimation of sensuousness)'라고 말한다. 아름다움의 인식에서 얻어지는 것도 직접적인 만족이 아니라 그것의 변용이다. 감각적인 것은 미적 형식 속에 거두어들여져야 한다.

현실 원리 ─ 또는 마르쿠제의 개념으로는 그 역사적 변형이고 문명적 형태인 수행 원리에서는 감각과 충동을 순치하는 것이 이성인 데 대하여, 심미적 차원에서 원리가 되는 것은 상상력, 또는 독일식으로 말하여 구상력(Einbildungskraft)이다. 그것이 이성의 자리에 들어선다. 승화를 매개하는 것은 상상력이다. 그렇다고 상상력을 완전히 비이성적이라고 하는 것은 아니다. 그것은 마르쿠제가 시사하는 바와 같이 '이성의 비승화(de sublimation of reason)'의 결과로서, 이것은 이성을 벗어나는 것이라기보다는 그 변용을 말한다. 상상력이 이성처럼 억압적인 것으로 느껴지지 아니하는 것은, 되풀이하건대, 감각을 통해서, 또 감각을 유지하면서 작용하기 때문이다.

구상력으로서의 상상력의 특징은 그 능동성이다. 그러나 그것은 주어진 것에 대한 수동적 감성에 기초한 능동의 힘이다. 상상력은, 그 창조성을 통하여 합리성이나 윤리 규칙의 강행에 비슷하게, 대상 세계와의 관계에서 제어의 느낌을 준다. 그러나 마르쿠제는 상상력의 특징이 '창조적 수동성(creative receptivity)'에 있다고 말한다. 상상력의 움직임은 법칙이나 의지의 강박에서 연유하는 움직임이 아니다. 제어의 느낌은 수동적인 열림에서 드러나는 사물의 가능성 안에서 움직이는 데에서 온다.

미적 체험에서 상상력이 자유로운 움직임 속에 있다는 것은 인과율에서 자유롭다는 말이기도 하지만, 현실 행동의 관점에서는 목적으로부터 자유롭다는 말이다. 여기에서, 미의 특징으로 말하는 '법 없는 법칙성', '목적 없는 목적성'과 같은 말이 나온다. 목적이 없다는 것은 사람이 보다 자유롭다는 것을 의미하기도 하지만, 사물 자체를 그 자체로 놓아둔다는 것을 말한다. 그것은 대상을 그 자체의 자유로운 상태에 둔다. 그러면서 그것에 일정한 관계를 갖는다.

2. 놀이의 자유와 이데아

능동과 수동의 조화된 관계는 놀이(play, Spiel)에서 가장 잘 나타난다. 놀이는 현실의 압력을 강박으로 받아들일 필요가 없는, 이성보다도 더 자유로운 주체적 능력의 발현이다. 그리하여 그것은 현실을 제어하고 있다는 느낌을 준다. 그러니만큼 그것은 주체적 존재로서의 인간에서, 적어도 어떤 각도에서 보면, 이성보다도 더 큰 만족을 준다. 그러나 놀이는 단순히 주체의 놀이가 아니다. 그렇다면, 그것은 세계와의 화해를 매개할 수 없을 것이다. 놀이에서, 상상력의 자유는 바로 사물의 자유를 말한다. 놀이는 이 사물의 사유를 더 깊은 관점에서 드러나게 한다. 가다머는 마르쿠제 이후에 명성을 얻은 철학자이지만, 이 점에서는 가다머의 생각을 참고할 필요가 있다. 미적 체험에서의 놀이의 요소를 더 중요시한 가다머는, 놀이에서 "주체는 놀이를 노는 자가 아니다. 놀이는 노는 사람을 통해서 밖으로 드러날 뿐이다."라고 말한다.[6] 현실은 지금 실현되지 아니한 가능성으로 가득

---

6   Hans-Georg Gadamer, *Wahrheit und Methode*(J. C. B. Mohr, 1986), p. 108.

차 있다. 이것은 급한 용무가 있는 사람에게는 잘 보이지 않는다. 심미적 놀이는 이것들을 포괄하여, 그것의 진실을 드러나게 한다.

진실의 가장 중요한 부분은, 가다머의 관점에서는, 이러한 가능성이 보여 주는 구조이다. 연극의 서사적 구조는 이러한 구조의 한 표현이다. 이 구조는 이미 정해져 있는 것이라기보다는 인간의 구상력에 대응하여 움직임 속에서 인지된다. 주어진 현실에 숨어 있는 이러한 구조는 단순히 예술 작품에서만 중요한 역할을 하는 것은 아닐 것이다. 그것은 바로 현실 자체가 가지고 있는 가능성이라고 할 수 있다. 그리고 그것은 인간이 가장 자유롭게 그 전면성 속에서 존재할 수 있는 가능성이다. 이 가능성이 —— 인간의 가능성이면서 그것을 통해서 현현하는 이데아로서의 가능성이 바르게 포착되고 실현될 때, 참으로 인간 문명은 최대한의 억압 없는, 인간의 모든 가능성 그리고 인간과 자연의 가장 보람 있는 교섭의 가능성을 실현하는 매체가 될 것이다.

3. 전자 정보화 시대의 문화

전자 매체의 발달은 이러한 심미적 형태의 현실적 출현으로 생각될 수 있다. 그것은 인간의 활동과 객관적 가능성을 창조적 자유 속에서 일치하게 할 수 있는 것으로 보인다. 문화가 본능적 충동과 욕망 그리고 사회적 억압 또는 필요가 서로 타협한 결과라면, 전자 매체의 발달과 그로 인한 정보의 확산과 시각화가 이러한 타협으로서의 문화를 크게 변화시킬 것으로 생각할 수 있다. 그리고 문화는 전체 매체와 더불어 거의 그 억압적 테두리를 벗어 버리게 될 것이라고 할 수 있다. 현실의 지도를 구성하는 모든 정보가 무진장 접촉 가능한 것이 된다면, 현실은 그 무게를 잃어버리고 사람의 자유의 실현을 위하여 마음대로 조종되는 카드와 같은 것이 될 것이다. 그런 점에서 컴퓨터 게임은 그러한 정보 조종의 이상화된 형태를 암시하는 것이라고 할 수 있다. 참으로 이러한 사실의 게임이 가능한 것일까? 이렇게 생각하는 것은 어쩌면 지나치게 낙관적인 해석일는지 모른다. 그리고 우리가 다시 확인하는 것은 문화의 불편함일 수 있다.

1. 전자 정보와 자유의 확장

레비스트로스의 『슬픈 열대』는 억압적 문명으로부터의 해방을 약속할 것으로 기대했던 열대가 반드시 그러한 곳이 아니란 것을 발견한 그의 체험을 기록한 책이다. 그를 슬프게 하는 사실의 하나는 어떻게 아마존의 원시 부족 사이에서 문자 메시지가 위계적 지배 조직을 가능하게 하는 정치 수단이 되는가를 발견한 것이었다. 문자가 이러한 지배 체제의 수단으로서만 의미를 갖는 것은 아니겠지만, 그러한 연루가 있는 것은 사실일 것이다. 문자는 정보를 전달한다. 그것은 신으로부터 오는 것일 수도 있고 임금이나 지배 조직의 상부로부터 하달되어 오는 것일 수도 있다. 그것의 의미는 퇴적된 정보, 즉 문화 자본을 바탕으로 해석된다. 신화의 세계에서 메시지는 신탁의 말씀이고 그것을 설명하는 근원 설화와 우주론이다. 경험적 관찰의 퇴적은 신화적 담론을 점점 경험적 세계에 근접하게 한다. 그리고 사실 세계의 법칙의 사회적 전환이 지배의 메시지를 대신한다. 이렇게 하여 문화의 발달은 정보에서 정치적 명령의 성격을 완화한다.

다시 말하여, 문화적 정보의 총체는 사람의 생존 조건으로서의 물질적 세계에 겹치고, 또 그것을 대체한다. 현실 원리가 요구하는 것을 개체가 수용하고 내면화하고 자신의 주체적 작용의 일부가 되게 하는 것이 문화의 매개 작용이라고 할 때, 문화는 이 현실을 일정하게 재현된 형태로 보여 준다. 그럼에도 불구하고 그대로의 현실처럼 보이는 현실은 일정한 관점에서 취사선택된 정보에 의하여 구성된 것이다. 그리하여 현실은 이데올로기적 편향으로 구성된 현실이다.

현실성의 주장 안에 숨어 있는 이데올로기의 주체는 상상된 집단이고, 또 집단의 이름을 빌려 쓸 수 있는 권력자 또는 그것을 윤리적 도덕화하는 지도자이다. 정보는 지도자를 중심으로 또는 지도자가 대표하는 체제를 위하여 집단을 결속하는 데에 필요하다. 그것은 집단의 구성원이 요구되는 집단의 현실적 도덕적 요구에 맞게 행동하는가 또는 거기에서 벗어나는가, 또는 더 전향적인 관점에서 집단의 이익을 진흥하는 데 기여하는가 그렇지 않은가의 기준에 의하여 취사선택된다. 현실의 노동을 조직화하는 데 필요한 집단의 내부적 결속은 많은 경우 적대적인 것으로 간주되는 또는 적어도 타자의 위치에 있는 것으로 상정되는 외부의 존재로써 강화된다. 내부적 긴장은 외부에 대한 방어의 필요로서 통제된다. 집단 외의 상황에 대한 정보도 집단의 내면적 결속의 관점에서 취사선택된다. 물론 외부의 적은 내부의 공범을 갖는 것으로 생각된다.

전자 정보 매체의 발달은 집단의 관점에서 재현된 현실의 모습 그리고 현실의 동태를 바꾸어 놓을 수밖에 없다. 집단의 정보에 중심이 있고 외곽과 변두리가 있다고 한다면, 정보 매체의 발달의 한 결과는 중심과 주변이 없어지는 것이다. 이것이 현실 적응의 매체로서의 문화에 대하여 가지는 의미는 간단할 수 없다. 그것은 관습적인 집단 현실의 정당성에 대하여 의문을 촉발한다. 한편으로 집단 현실 ──수행 원리에 의하여 구성된 현실이 여분의 억압을 포함하고 있다면, 이렇게 촉발된 의문은 해방적 의미를 갖는다. 이제 현실의 이미지는 새로운 중심과 지평 속에서 다시 구성되어야 한다. 그것은 중심이 분명치 않은 상황에서 구성되는 것임에 조금 더 여분의 억압이 감소한다는 것을 의미할 수 있다. 뿐만 아니라 무한한 정보는 무한한 구성과 재구성의 가능성을 열어 놓는다. 그리하여 현실의 구성은, 위에서 언급한 바와 같은, 놀이에 비슷한 것이 된다. 이러한 정보의 자유 그리고 그것의 재구성의 놀이는 수신의 경우와 함께 송신에도 해당된다. 개인은 어떤 곳의 누구에게도 그의 생각을 발신할 수 있다.

2. 현실 정보의 제약: 정보 주체와 진리

그러나 이러한 자유가 놀이의 성격을 가졌다는 것은 그것이 현실적 의미를 가지고 있지 못하다는 뜻이기도 하다. 위에서 말한 것처럼, 놀이의 의미는 현실을 넘어가는 것이면서, 현실의 가능성을 암시한다는 데에 있다. 그러나 이 두 개는 그것들을 연결하는 복잡한 변증법적 과정을 거치지 않고는 하나로 이어지지 아니한다. 놀이로서의 정보의 자유는 다시 한 번 현실 원리의 제약에 부딪치지 않을 수 없다. 정보의 세계는 모든 가능성의 정보와 현존 현실 정보의 두 영역으로 구성된다. 이 두 영역을 혼동하는 데에서 정보의 놀이가, 그 성격에 관계없이, 자유로운 놀이라는 인상이 생겨난다. 중요한 작업의 하나는 이 두 영역을 가려내면서, 현실 정보의 윤곽을 밝히는 일이다. 그런 다음 둘 사이의 이행의 문제를 궁리하는 것이다.

또 하나의 문제는 이러한 작업을 하는 주체가 누구이냐 하는 것이다. 이 주체가 분명하게 억압자가 아니라 우리 자신이라고 하더라도, 그 주체도 선험적으로 주어지는 것이 아니라 주어진 담론 체계에 의하여 구성되는 것이기 때문이다. 그러면서도, 주체가 누구이든지 또 구성이 어떤 것이든지, 구성에 따르게 마련인 불편은, 주체가 어떻게 구성된 것이든지 간에, 보다 넓은 세계에 대한 열림을 완전히 배제하지는 못한다. 현실을 구성하는 작업은 무한한 순환론의 나선(螺線) 운동이 될 수밖에 없다. 그것은 억압을 벗어나고자 하는 자아의 주체, 그것을 포함한다. 그것은 해체되고 재구성되는 운동을 통해서만, 진정으로 주체적이면서 세계에 대한 비억압적 관계를 갖는 세계 구성의 원리가 될 수 있다. 정보의 자유에 대한 맹신은 이러한 작업의 필요를 간과한다.

정보의 정치적 절차 정보의 확장과 수신과 송신의 자유가 직접적으로 현실의 제약을 넘어가지 못한다는 것은 정치의 영역에서 가장 간단히 살필 수 있다. 인터넷의 발달이 정보의 중앙 집권적 체제 그리고 정치적 권위주의 체제 붕괴를 촉진한다는 것은 일정한 정도에서만 사실일 것이다. 자유로운 송수신 체제를 통한 의견의 교환은 궁극적으로는 현실의 절대적 제약에 부딪치게 마련이나, 의견의 표현은 자유로울 수 있다. 그러나 그것이 현실에 관계되기 위해서는 결정으로 수렴되어야 한다. 이것은 일정한 절차를 통해서만 이루어질 수 있다. 정당, 전위 정당, 또는 대의 정치, 다수결, 집행 기구 등은 이러한 필요에서 생겨난다. 이러한 절차와 기구들이 엄격히 규정되지 않는다면, 표현의 자유는 혼란과 갈등의 원인이 될 뿐이다.

사실 표현의 자유는 현실 정치의 차원에서 그러한 절차 이전에 이미 일정한 가치 체계에 의하여 위계적으로 구성되게 마련이고, 그럼으로써 현실적 결정의 과정에의 연결을 준비한다. 그렇지 않다면 표현된 의견들이 현실 질서의 구성에 영향을 미치는 것은 극히 어려운 일이 된다. 담론의 세계에도 일정한 권위의 질서가 없을 수 없다. 그것이 없는 대중주의는 신뢰할 수 있는 현실을 만들지 못하고 많은 사람들의 마음을 일시적인 선동과 흥분으로부터 지켜 내지 못하고 궁극적으로 권력을 가진 사람들의 수단이 될 뿐이다.

진리의 기준과 체계 현실 구성의 최종적 준거는 현실의 필요이다. 이 현실은 권력과 소망의 숨은 지향에 의하여 왜곡되지 않을 수 없다. 이에 대하여 주어진 세계에서 살아남는 인간과 사회의 조건은 진리 또는 그것을 향한 의지에 의하여서만 확보된다. 결정을 위한 합의를 유도해 낼 수 있는 것은 진리의 기준에 의하여 검증될 수 있는 의견이다. 진리와 진리에 근거한 실천에 대한 책임을 수반하지 않는 의견의 자유가 진정한 의미에서 자유로운 공동체의 건설의 토대가 된다고 하기는 어려운 일이다. 정보의 진리 여부는 신뢰할 수 있는 진리 검증 체계의 검증을 통하여 결정된다. 이러한 체계가 없을 때, 정보의 진리는 정치적 선동이나 오락의 의미밖에 갖지 못한다. 궁극적으로 사실의 사실성은 목격하는 것으로 확인된다. 이 확인은 송수신자의 직접적인 목격일 수도 있고 신뢰할 만한 목격자의 증언에 의한 것일 수 있다. 도덕성은 사회적 담론의 전제의 하나이다. 다른 한편으로 사실의 사실성, 진리의 진리성은 그것의 논리적 일관성에 의하여 판단될 수 있다. 이것은 송수신자의 이성적 능력을 전제한다. 그것은 특히 마지막의 논리적 일관성에 대한 판단에서 그러하다. 물론 이 전제가 쉽게 충족되는 것은 아니다. 이것은 특별한 훈련 또는 자기 훈련을 필요로 한다.

그런데 정보의 과잉만으로도 진리 판단을 위한 비판적 거리와 자기 훈련은 지탱하기가 어려운 것이 된다. 지나치게 많은 정보 또 일정한 관점에서 정리되지 아니한 정보는 바로 사고와 성찰의 여유와 시간을 앗아 가는 역할을 한다. 그리하여 사유하고 성찰하는 자아의 형성 없이는 정보의 자유는 허망한 것이 될 수밖에 없다. 이것은 송신의 경우에도 마찬가지이다. 사실을 송신 가능한 정보로 변형하고 사실의 의미를 정립하고자 하는 진리의 작업은 이러한 능력이 없이는 불가능한 일이다. 그러면서도 송신은 수신이나 마찬가지로 계속된다. 그리하여 정보 교환의 자유의 환상은 지속된다. 일정한 진리의 이론적 실천적 구성의 체계의 인증 체계를 떠난 정보는 저절로 진리 내용이 없는 환상의 일부가 되어 버리고 만다.

3. 컴퓨터 놀이의 문제

송수신자의 주체적 자유를 가장 두드러지게 느끼게 해 주는 것이 컴퓨터를 통한 게임이라고 할 수 있다. 전자 매체의 정보는 송수신자의 조종에 의하여 취사선택되고 유통된다. 이것은 어떤 권위의 중심이 아니라 컴퓨터에 접속할 수 있는 모든 개인에게 허용되는 자유이다. 컴퓨터놀이는 보다 적극적으로 이 조종의 자유의 폭을 넓혀 준다. 그러나 이 자유는 주어진 게임의 테두리 안에서 행사되는 자유이다. 이 테두리는 게임 제조업자가 정한 것이다.

물론 놀이에는 어떤 경우에도 일정한 한계가 없을 수 없다. 바로 놀이의 의미는 이 한계의 도전에 있다. 그러나 중요한 기준은 이 한계가 한계를 넘어가는 어떤 것을 시사하는 것인가 아닌가 하는 점이다. 한계가 없다는 것은 주어진 물리적 세계의 무한계성이다. 그리고 그것은 그것을 감지하고 발견하는 사람의 심성에 대응한다. 즉 물리적 세계의 무한은 인간 심성의 무한이다. 다만 역설적인 것은 이 무한성은 법칙성 — 즉 한계를 보여 주는 규정에 의하여 드러난다는 점이다. 달리 말하면, 이 법칙성은 무한계의 배경으로부터 드러나는 것이라야 한다. 이것은 모든 인간 심성의 탐험 — 수학이나 물리학 그리고 예술적 탐험에 두루 해당된다. 컴퓨터놀이에 결여되어 있는 것은 이 무한과 유한의 창조적 얽힘이다.

심미적 차원에서의 놀이도 놀이의 자유는 일정한 테두리 안에서 행사된다. 예술 작품의 경우, 이 자유는 특정한 매체의 전통에 고유한 수법과 언어 관용, 예술 제작과 유통의 사회 조직 등의 제약 속에 움직인다. 그러나 그것은 현실에 노출되어 있음으로써 설득력과 정당성을 얻는다. 이 현실도 물론 사회적으로 구성된 것일 가능성이 크지만, 거기에는 그렇게 구성되거나 가공되지 않은 자연 상태의 현실이 포함되거나 암시된다. 어느 쪽이든지 간에 그것은 대체로 당장에 지금의 형상으로 드러나지 않은 잠재된 가능성을 배태하고 있다. 아무리 경직된 이데올로기에 의하여 한정되는 현실이라고 하더라도 개인의 움직임의 자유를 완전히 없애 버릴 수는 없다. 그러니만큼 새로운 가능성은 남아 있게 마련이다. 사람이 움직여 다니는 현실의 세계는 완전히 계획된 세계일 수가 없는 것이다.

이에 대하여 게임의 세계에서 잠재된 가능성은 존재하지 않는다. 물론 선택의 여백을 최대화하는 것이 게임을 흥미롭게 하는 방법이지만, 그것이 완전히 현실과 같아지고 참으로 새로운 가능성으로 열리는 것이라면, 그것은 다시 게임의 흥미를 없애는 결과가 된다. 현실에서 잠재된 가능성은 나의 제어 범위를 넘어가는 것이다. 그것은 하나의 도전으로 존재한다. 그것이 제어의 범위에 들어오는 것은 나와 대상 세계의 공존적 길항을 통해서이다. 그러나 게임의 세계에서 게임의 재미는 모든 가능성을 완전히 내가 통제하게 된다는 것을 의미한다. 그것이 나의 승리 — 완전한 승리를 가능하게 한다.

4. 컴퓨터 글쓰기와 텍스트의 자유

컴퓨터 글쓰기 컴퓨터 게임이 궁극적으로 게임 기획자와 제조업자가 마련한 테두리에 의하여 제한되고 또 놀이의 세부에서도 고정된 게임의 규칙에 의하여 제한된다고 했지만, 사실은 그 반대라는 주장도 있다. 그리고 컴퓨터 글쓰기가 그러한 예가 될 수 있다는 것이다. 문학 작품의 생산에서, 전통적인 문학 텍스트는 독자를 주어진 텍스트와 텍스트의 제작자로서의 저자의 의도에 예속되게 한다. 이에 대하여, 컴퓨터는 오히려 독자로 하여금 텍스트와 상호 작용을 가능하게 하고 독자로 하여금 스스로의 텍스트를 창작해 내는 데에 도움을 줄 수 있다는 생각이 여러 가지 전자 글쓰기의 발달 아래 들어 있다. 여기에서 글 읽기와 글쓰기는 실로 자유로운 놀이가 된다고 한다. 이 관점에서 글 읽기는 어떤 텍스트에 매이는 일이 아니라 그 것을 통하여 스스로의 자유를 자유롭게 행사하는 것이다. 그리고 저자와 독자의 차이는 거의 사라진다.

그러나 이러한 자유 — 저자와 독자가 대등해지는 자유는 스스로 독자적으로 글을 창작해 내는 것이 아니라 다른 사람의 글을 적절하게 편집 집성하는 사람이 저자라는 포스트모더니즘의 명제를 전제로 한다. 저자는 이 일에 있어서 독자보다 조금 더 능숙할 뿐이다. 전자 글쓰기에서 독자도 그러한 저자에 비슷한 사람이 된다. 그렇다면, 저자나 독자의 자유는 이 누적된 텍스트의 세계에 의하여 한정된다고 해야 한다. 텍스트는 결코 그 사실적 시원 — 사실의 무한성을 가지고 있는 사실적 시원에 이르지 못한다. 이러한 포스트모더니즘적 발상을 적극적으로 글쓰기에 끌어들이려는 것이 하이퍼텍스트(hypertext)의 개념이다.

진행 중인 하나의 텍스트는 참조 사항을 통해서 또는 전자 장치를 통해서 다른 텍스트와의 연계의 가능성을 열어 놓고 또 그것을 포함시킬 수 있다. 이렇게 하여 중층의 텍스트가 만들어진다. 미국의 작가 로버트 쿠버(Robert Coover)는 2005년 대산문화재단 주최의 국제문학포럼에서 이러한 전자 글쓰기를 설명하고 보기들을 시연해 보여 주었다. 거기에서 언급된 『꿰어 맞춘 여자(Patched Girl)』라는 작품은, 쿠버의 설명에 의하면, 메리셸리의 『프랑켄슈타인』을 모델로 삼아, 여러 몸뚱이로부터 신체 부위를 주워 모아 새로운 몸을 만드는 이야기를 써 나가는 것인데, 이야기와 병행하여 열 가지 기존 텍스트를 모아 그럴싸한 새 이야기와 텍스트를 엮어 내는 것이 주요 내용이라고 한다. 이러한 전자 소설은 더 발달함에 따라서 독자가 선택할 수 있는 여러 다른 이야기의 가능성을 첨가하고 또 거기에 독자 자신 이야기를 새로 보태어 넣을 수 있는 여유를 주는 것이 된다. 사용되는 매체도 말에 한정되지 않고 영상과 음향이 첨가되고 또 동영상, 영화 필름, 3차원 영상 등이 첨가된다.[7]

---

7   Cf. Robert Coover, "Literary Hypermedia and the Cave", *Writing for Peace: Proceedings of the 2nd Seoul International Forum for Literature 2005*(Seoul Selection, 2006).

이러한 글쓰기 또 글 읽기는 저자＝독자에게 최대한의 자유를 허용한다. 물론 제한이 없는 것은 아니다. 어떤 글쓰기에서도 서사적 맥락이나 언어의 사용 자체가 자유에 대한 한계가 된다. 그러나 위에서 이미 암시한 바와 같이, 자유의 무한성은 한계와의 얼크러짐 속에서만 시사된다. 그런데 전자 글쓰기가 보여 주는 여러 가지 창의성과 자유에도 불구하고 이러한 작품 생산이나 작품 해독은, 위에서 설명한바, 컴퓨터 게임과 같은 제한 속에서 움직인다. 결국 저자나 독자나 주어진 가운데에서의 선택권을 행사할 뿐이지, 스스로 이러한 것들을 창조하고 그것을 통하여 자아나 세계에 대한 앎을 증가시키면서 동시에 그 무한한 열려 있음의 경이를 보여 주지 못한다. 물론 전통적인 예술 작품의 경우에도 모든 것이 작자에 의하여 창작되는 것은 아니다.

위에서 말한바, 이야기 구성의 가장 원초적인 법칙성 — 서사성이나 언어의 규칙보다 더 구체적으로 창작의 외적 규제를 가리키는 말이 포스트모더니즘의 용어 'intertextuality'이다. 'Intertextuality'는 글을 쓴다는 것은 다른 책을 읽는 데에서 나온다는 사실을 밝히려 한다. 그러니까 원래부터 글쓰기는 스스로 받아들인 제약 속에 있으면서 그것을 의식하지 못하는 것일 뿐이다. 하여튼 이 관점에서 모든 것은 인위적으로 만들어져 무의식으로 침전된 인자들로 이루어져 있는 것이다. 여기에 대하여 이러한 인위적 세계로 대담하게 개입해 들어가는 것이 전자 글쓰기이다.

어떤 경우 전자 글쓰기는 전자 소통 체제가 가능하게 하는 새로운 자유와 여유를 향유하면서도 전통적인 글쓰기의 특징을 드러낼 수 있다. 그리하여 위에서 간단히 언급한 절대적 한계를 극복하는 것처럼 보일 수도 있다. 전통적인 글쓰기도 그 나름의 예술 행위로서의 자유를 드러내 보였다면, 전자 매체는 이를 조금 더 확대한다고 할 수도 있다. 쿠버의 설명으로는, 탈란 메못(Talan Memmott)이라는 전자 작가는, 다른 전자 작가들이 하는 모양으로 여러 개방되어 있는 링크를 통해 여러 텍스트를 연결하고 또 독자에게 스스로 서사적 발전에 개입할 수 있는 작품을 쓰는 대신, 독자적인 프로그램으로 자신의 독자적 작품을 만들어 가면서, 그 과정을 현재 진행형으로 두고 독자들로 하여금 그에 접속하여 작품의 진행에 참여할 수 있게 한다. 그는 다른 관습적인 이야기나 테마의 수법을 차용한다. 그리고 이러한 빌려 온 요소들로 하여금 그의 작품 안에서, "자기 성찰과 자기반성의 총체적 기획으로 합류"하게 한다. 그러기 때문에 그것은 단순히 밖에 주어지는 요소들을 조작해 내는 것이 아니다. 그의 이야기는 형식적으로도 독자적인 것이 된다. 그것은 저자의 의도를 넘어 객관적 세계로 열린다. 작품에서 작가가 이룩해 내는 "'자아'는 저자 자신의 자아라기보다는 형식 자체의 자아이다."[8]

그러므로 여기에서의 자아의 자유와 형식의 완성은 전통적인 예술 작품에서 작가가 이루어 내는 것과 같다. 예술 작품이 상상력의 놀이의 소산이라고 할 때, 위에서 본 바와 같이, 그것은 노는 사람의 주체의 놀이이면서 그 주체의 놀이를 통하여 놀이 자체가 그 모습 — 다시 말하여, 그 안에 숨어 있던 어떤 형식을 실현하는 것이다. 그러한 면에서 전자 글쓰기는 기본적인 기제에 있어서 전통적인 글쓰기와 같은 기능을 수행하는 것으로 보인다. 그러면서도 그것의 개인적 한정성을 넘어 저자와 독자를 보다 넓게 예술적 놀이에로 해방한다.

그런데 참으로 그러한가? 피상적인 유사성에도 불구하고 그 차이에 주목하는 것은, 전체 매체의 세계를 이해하는 데에 있어서 중요한 일이다. 그 차이는 매우 미묘하다. 차이는 간단히 말하면 이 글쓰기 놀이의 움직임과 그 밖에 있는 현실 또는 초월적인 것과의 관계에 있다. 탈란 메못의 글쓰

---

8 Ibid., p. 536.

기는 객관적이다. 그러니만큼 그것은 단순한 주체의 놀이의 결과가 아니다. "그는 기계와 같이 생각하려는 것 같다. 그에게 섬세하고 우아한, 그리고 정밀하고 고정적인 디자인들은 그 등장인물, 그 상자 속의 또는 상자를 넘어가는, 귀신이 스스로를 단장하여 관중들에게 내보이려고 하는 것 같다."[9] 메못의 작품에서 객관성이란 기계의, 즉 컴퓨터의 객관성이다. 작품에서 구현되는 것도 이 기계의 객관성이다. 그 객관성이 연출되는 데에 있어서 능동적인 행동자가 되는 것은 자아, 또는 데카르트적인 전통에서, 보이지 않는 주체적 원리로 생각되던 상자 속에 숨은 귀신과 같은, 그러한 숨은 정신이다. 다만 이 정신은 어떤 지속적인 본질이 아니라 관중과의 관계에서 잠정적으로 구성되는 주체 ─ 등장인물이다.

그러나 그것은 현상의 세계로서의 현실 그리고 그 안에서의 주체의 존재에 대한 포스트모더니즘적 애매성을 가지고 있다. 그렇다는 것은 현상적인 것의 뒤에서 숨어 움직이는 초월적인 것에 대한 지시가 들어 있다는 인상에도 불구하고, 이 전자적 의미화는 결국 컴퓨터의 가능성의 범위 안에서의 일이라는 말이다. 포스트모더니즘의 세계에서 모든 것은 텍스트이고 또 그것은 가상 현실과 그 차이를 갖지 아니한다.

4. 컴퓨터 세계와 현실 세계

우리는 전자 매체의 가능성을 말하면서 이미 그 한계에 대하여 언급하지 않을 수 없었다. 이것을 조금 더 우리가 사는 현실 세계와 그것으로부터 추상화되는 예술의 의미와의 관련에서 생각해 볼 필요가 있다. 여기에서

---

9 Ibid.

중요한 것은 현실이다. 그것은 제1차적으로 감각에 의하여 접근된다. 그리고 그것이 보다 큰 예술적 사실로 옮겨지는 경우에도 그것은 육체를 가진 인간의 현존재성을 벗어나지 않는다. 또는 그것을 시사하고자 하는 모든 노력을 포기하지 않는다. 불가항력의 직접성으로서의 인간 현실을 시사하려는 것이다. 역설적으로 그러기 때문에 그것은 바로 무한한 시공간의 과정을 시사하는 일이 되기도 한다. 사람의 삶은 이 직접적이면서 무한한 세계 과정의 일부이다. 전자 매체가 결하고 있는 것은 이러한 과정의 직접성과 그것의 무한한 창조성이다.

1. 감각의 가상화와 현실 세계

새뮤얼 존슨(Samuel Johnson)의 전기 작가 보즈웰(James Boswell)은 존슨이 버클리(George Berkeley)의 관념론을 반박하는 데에는 돌부리를 발로 차는 것만으로도 충분하다고 말했다고 전한다. 모든 것이 텍스트라는 주장의 공허함은, 이론이야 무어라고 하든 비슷하게 반박될 수 있다. 우리는 위에서, 전자적 세계와 현실의 차이는 몇 가지로 간단히 말할 수 있다. 그 중에 가장 간단한 것은 전자 세계의 가상성(virtuality)일 것이다. 전자 매체는 오관으로 접하는 세계를 단순화한다. 그리하여 세계를 조종의 대상으로 삼는 것을 용이하게 한다. 여기의 가상성이 우리가 사는 세계의 전부가 아니라는 것은 돌부리를 차는 것만으로도 충분할지 모른다. 그러나 동시에 가상성의 동기로서의 조종의 의도의 정당성은 인정될 필요가 있다. 그것은 바로 인간이 마음대로 만들어 내고 조종할 수 없는 현실의 세계에 살고 있다는 사실에서 일어나는 현상이다. 그리고 그것이 가상화를 정당화한다. 문제는 그로 인하여 사실의 세계가 소거될 수 있다고 착각하는 것이다. 조종의 필요에 못지않게 근원적인 인간 실존의 필요는 세계를 즉자적인 것으로 인지하는 일이다. 조종의 필요는 이 근원적 필요의 한 파생적 결과이다.

이 근원적 필요는 완전한 조종이 아니라 그에 가까우면서도 그것에 일치하지는 않는 주관 — 대상의 관계에 의하여 충족된다. 가장 대표적으로 감각적 향수나 성적 만족에도 이러한 미묘한 요구가 들어 있다. 이러한 요구는 감각적 성적 향수가 그러한 것이기 때문일까? 그러나 이 향수와 만족이 사람이 원하는 모든 것이라면, 그것이 완전한 조종, 그것으로 인하여 이루어지는 완전한 일치가 아니어야 할 하등의 이유가 없다고 할 수 있다. 독자적인 대상 세계의 확인은 그러한 감각적 만족 이상의 존재론적 의미를 가지고 있는 것인지 모른다. 주관과 객관의 일치를 요구하는 인식의 요구가 오히려 원초적 욕구이며, 어쩌면 이 원초적 욕구가 감각적 차원에서도 작용하는 것이라고 할 수도 있다는 말이다. 이 욕구로 인하여, 타자와 세계에 대한 모든 관계에서 사람은 일치와 대상적 거리를 동시에 느껴야 하는 것이다.

그러니까 인식론적 요구는 반드시 감각적 추상화에서 오는 것이 아닐 수 있다. 그것은 원초적 성격을 가지고 있다. 세계에 대한 형상적 인식은 세계에 대한 이중적 인식 — 직접성으로 그리고 대상적 거리의 저쪽에 있는 것으로 보는 것의 한 방법이다. 그것은 사실 세계의 속성이면서 거의 감각적인 만족을 줄 수 있는 것이다. 예술 그리고 순수한 과학적 추구에 들어 있는 것은 세계를 또는 그 일부를 하나의 통일된 형상으로 보고자 하는 인간의 인식적 요구이다. 이것은 본능적인 철학적 충동이기도 하고 세계를 안주의 터로 확인하고자 하는 실존적 욕구이기도 하다. 또 그것은 조종을 위한 예비적 조작이기도 하다. 그러나 이 인식론적, 실존적, 기술 조종적 요구의 단순화가 동시에 현실 그 자체, 그것의 복합성을 벗어나지 않아야 한다. 그러는 한에서, 주어진 세계는 감지될 수 있는 것으로 남아 있다. 거기에서 핵심적인 매개체가 되는 것이 감각이다. 그런데 무엇보다도 이 감각을 가상화하는 것이 컴퓨터 매체의 정보 소통이다.

감각과 인간 실존 마르쿠제는 문명사회가 요구하는 억압의 한 면으로 사람의 '근접 감각(proximity sense)', 그러니까 후각과 촉각의 쇠퇴를 말하고 있다. 이 감각들은, 승화가 없는 직접적인 쾌락(또는 불쾌감)을 준다. 그리고 그것들은 "일반화되고 관습화된 형식의 의식, 도덕, 미학을 거치지 않고 사람들을 세계에 그리고 상호 간에 이어 준다. 이러한 직접성은 조직화된 지배와 양립할 수 없다."[10] 이러한 관찰에 비추어 볼 때, 오늘날 전자 전달의 방식은 아무리 발달했다고 하여도 언어 메시지와 시각 그리고 청각에 한정되어 있다는 것에 주목하게 된다.

중요한 것은 전자 매체에서의 근접 감각의 제거가 억압의 효과라는 사실보다도 이것이 전자 매체의 소통으로 하여금 현실 유리적인 성격을 가지게 한다는 점이다. 사람의 감각은 물질세계에의 지표가 되는 것인데, 감각 중에도 근접 감각은 이러한 성격을 가장 두드러지게 가졌다고 할 수 있다. 그것은 일반적으로 우리가 물질세계를 확인하는 과정을 가장 적나라하게 드러내 준다. 즉 그것은 우리의 감각 작용이 물질적 현실로부터 거리를 유지함으로써가 아니라 그 안에 밀려 들어가는 형태로 작용한다는 것을 말해 준다. 촉각과 같은 근접 감각은 일정한 거리를 유지함으로써 바르게 작동하는 시각이나 청각과 다른 특징을 가지고 있다. 그러나 엄밀하게 보면, 모든 감각과 기관 — 원격 작용의 감각까지도 근접 감각에 긴밀하게 연결되어 제구실을 한다고 할 수 있다. 보들레르나 랭보 또는 정지용의 시에서의 공감 현상(synaesthetia)의 활용은 특이한 시적 기법으로 이야기되고, 회화의 수법으로도 이용되지만, 이러한 수법은 우리의 현실 감각의 작

---

10 Marcuse, pp. 35~36.

용이 공감적이라는 사실의 증거가 된다.

현실에 있어서 감각은 역동적으로, 그러니까 감각의 대상 속에 말려 들어가는 형태로 작용한다. 그러니만큼 근접 감각은 모든 감각 작용의 토대이다.(운동장의 축구를 구경할 때, 우리의 시각이 공이나 선수들의 움직임과 더불어 움직이는 듯 작용한다는 것은 메를로퐁티의 관찰 중의 하나이다.) 그리하여 그것은 쉽게 단순화되고 객관화될 수 없다. 컴퓨터의 시각 영상은 그렇지 않은 듯하면서도 이러한 공간적이고 역동적인 현실 시각 체험과는 크게 다른 것이다. 그리고 컴퓨터의 영상들은 자연스러운 영상이 아니라 픽셀이라고 부르는 점과 선 그리고 사각으로 인공적으로 구성된 것이다. 이것은 디지털 녹음을 한 음반의 경우에도 마찬가지이다. 그것은 무수히 작게 분해된 소리의 입자를 인위적으로 재구성하여 만들어 내는 소리이다. 전자화된 소리나 영상의 조작이 용이한 것도 이러한 단순화로 인한 것이다. 인위적 성격은 공급자가 제공하는 영상물이나 청각물 또 수신자가 그것을 수신하고 또 스스로 만들어 보는 영상물과 음성이나 음악의 일반적 속성이다. 그런 성격의 생산물의 소비가 현실 속에서의 실존적 행위라고 생각하는 것은 착각에 불과하다.

근접 감각, 공감각, 그리고 역동적 감각이 주는 교훈의 하나는 물질세계가 객관적으로 쉽게 정리되거나 조종될 수 없다는 사실이다. 물질세계의 특징은 그 애매성에 있다. 그것은 사람의 이성적 기술적 노력에도 불구하고 그것을 넘어가는 신비를 감추고 있다. 이러한 물질세계의 신비는 인간 존재의 신비의 바탕을 이룬다. 감각이 세계에 접하는 창구인 것은 틀림이 없다. 그리고 이 창구를 통하여 세계를 보는 것은 주어진 세계 속에 사는 인간의 삶의 행복의 근원의 하나이기도 하다.

감각적 인지 그렇다고 이 감각을 그 모호성이나 신비성 속에 맡겨 주는 것만이 사람의 세계에의 접근이나 거기에서 오는 기쁨을 크게 하는 것은 아니다. 감각의 의미는 그것이 세계로 열리는 창이라는 사실에 있다. 예술의 형상화는 그것을 돕는 일이라고 하겠지만, 이것은 다른 보다 일상적인 일에서도 일어나는 일이다. 미국의 시인 게리 스나이더(Gary Snyder)는 자신의 아이들에게 주는 교훈적 시에서 세 개의 교훈으로, 소유를 가볍게 하고 우애를 가꾸라는 말과 더불어 꽃의 이름을 배우라는 말을 하고 있다. 나는 한국을 처음으로 방문하고 잠깐 체류하게 된 미국의 한 시인이 한국의 식물도감을 구하고 싶다고 말하는 것을 듣고 감탄한 일이 있다. 자연을 특히 사랑한 헤르만 헤세는 그의 수필에서 꽃과 나무의 이름을 익히는 것만으로 그가 찾는 숲이 얼마나 분명하게 또 풍부하게 되었던가를 이야기하고 있다. 식물학의 지식 또 사실 나아가 동물학, 지질학, 천문학 등이 사람의 세계에 대한 인식과 그 기쁨을 더 크게 해 줄 것이라는 것도 잊을 수 없는 일이다.

전통적인 학문의 동기는 반드시 공리적인 것이 아니다. 거기에는 있는 대로의 세계를 알고 즐기는 것은 아마 더 큰 동기였을 것이다. 예술에도 그러한 면이 있다. 그리고 잊지 말아야 할 것은 예술, 가령, 회화의 한 의미는 그림을 그리는 사이에 많은 사물에 대하여 ─ 그 있음새에 대하여 배우게 된다는 사실이다. 전자 정보도 그러한 배움의 연장선상에서 생각될 수 있다. 이제 전자 정보에 대한 접근이 용이해지고 그것을 통한 정보는 무한히 커다란 것이 되었다. 전자 영상 실험을 통하여 사물의 자세한 생김새에 대한 학습도 새로운 기회를 가지게 되었다. 이러한 발전은 물질세계의 수수께끼와 신비 그리고 경이를 줄이는 것이 아니라 확대하였다. 다만 여기에서 중요한 것은, 다시 한 번, 물질세계, 현실 세계와의 관계를 잊지 않는 일이다.

2. 전자 놀이와 예술의 놀이

되풀이하건대, 감각의 매개 없이 사람은 세계로 나갈 수 없다. 그러기에 그것으로 알게 되는 세계는 행복의 근원이 된다. 그러나 사람은 감각의 탐닉만을 원치 않는다. 사람은, 위에 말한 바와 같이, 그의 세계를 하나의 형상으로, 안주의 터, 기술적 조종의 대상으로 파악하기를 원한다. 그중에도 기본적인 것은 형상적 인식이다. 여기에 중요한 역할을 하는 것인 놀이는 그것에 이르는 원초적 바탕이라고 할 수 있다. 놀이는 일단 현실 안에서의 행동이다. 그러면서 그것은 일정한 형식을 가지고 있는 것이 보통이다. 그러나 이러한 행위적 수행으로서의 놀이는 다른 인간 행위 ─ 상징 행위의 원형이 된다. 그 변주의 하나는 단순히 정신적 조작으로서의 놀이이다. 그리고 다른 변주는 여러 인자들을 하나의 규칙 속에 통합함으로써 얻어지는 조종의 연습이다. 이것은 현실 조종의 예행연습일 수도 있고 그 자체로서 쾌감을 주는 일일 수도 있다. 놀이는 어떤 경우에든지 인위적인 것이라고 할 수 있다. 그러나 그 궁극적 의미는 그것이 물질세계에 대하여 갖는 관계의 관점에서 평가될 것이다. 그것은 한편으로 물질세계의 형상적 인식 또는 직관으로 나아가는 것이어야 하고 동시에 그것이 인간 주체의 자유에 일치하는 것이어야 한다. 그러한 의미에서 그것은 인간과 세계의 일치에 대한 느낌을 그 기초로 한다.

전자 매체의 발달은 한편으로 정보의 확대를 가져왔지만, 다른 한편으로는 전자 게임에의 접근을 용이하게 하고 그것을 한없이 섬세한 것이 되게 하였다. 두 가지 발전에서 중요한 것은 그것이 제어와 조종의 느낌을 크게 하였다는 것이다. 전자 게임은 그것을 노는 자에게 자신이 주어진 자료를 제어할 수 있는 무한한 능력을 가지고 있다는 자신감을 줄 수 있다. 그것은 인간의 주체적 자유를 확인한다. 그러나 이것은, 이미 지적한 바와 같이 착각일 수 있다. 놀이하는 사람은 인위적으로 고안되어 있는 일정한 가능성의 테두리 안에 있다. 그것을 놀이하는 사람은 사실이 고안된 매트릭스에 순종하는 것이다. 그리하여 조종의 환상에도 불구하고, 그 대상의 가상성 그리고 놀이의 주체적 자유의 허위로 인하여 노는 자는 다시 한 번 좌절에 부딪치게 되고 폭발적 자기주장과 그 좌절의 반복 순환에 빠지게 된다.

여기에 대하여 예술적 놀이를 다시 한 번 대조할 필요가 있다. 예술의 테두리 안에서의 놀이는 예술 특유의 세계를 펼쳐 내는 방법 또는 그 세계에 이르는 방법이다. 그러기 때문에 그것은 예술의 본질의 테두리 안에서 움직인다. 이미 말한 바와 같이, 예술이 드러내 주는 것은, 궁극적으로, 목적 없는 목적성, 법 없는 법칙성의 세계이다. 이것은 예술이 만들어 내는 세계이다. 그러나 거꾸로 그것은 목적성 너머의 목적 없는 세계, 법칙성 너머의 법칙 없는 세계를 지시하기 위한 것이다. 예술에서 이 두 세계는 하나의 팔림프세스트 ― 중복되어 쓰인 양피지로 존재한다. 따라서 예술 작품이 목적 없는 목적성, 법 없는 법칙성을 보여 준다고 할 때, 그 목적과 법칙은 사람이 인지하는 목적과 법칙으로 포괄되지 아니한다. 그것이 있다고 하더라도 그것은 사람의 급한 목적 지향적 행위에 의하여 왜곡되지 않는 존재 방식을 암시할 뿐이다. 예술적 직관에서 자연은, 실러의 말대로, "자유 의지의 현존, 있는 대로의 사물의 지속, 그들 자체의 변함없는 법칙에 따른 자체적 존재"이고, 자연의 사물들이 보여 주는 것은 "고요한 창조의 삶, 스스로에서 나오는 고요한 작용, 그 스스로의 법에 따른 현존, 내적인 필연성, 스스로와의 영원한 일체성"이다.[11]

이러한 자연으로부터 떨어져 나온, 어떻게 보면, 병적 존재인 인간은 이 자연의 단순성에의 복귀를 갈망한다. 그러나 이것이 본래적 자연에의 복

11 Friedrich Schiller, "Über Naive und Sentimentalische Dichtung", *Schillers Werke*, 2er Band(Knauer, 1964), pp. 642~643.

귀를 말한다면, 그것은 불가능한 것이지만, 복귀 또는 적어도 그것에의 근접이 스스로를 주체로서 깨닫는 정신의 탄생을 통하여 우회적으로만 가능하다는 실러의 주장은 정당한 것이다. 그러나 이 복귀는, 동시에 정신의 자기비판 — 이성으로, 이성을 넘어가는 보편성에의 열림으로 승화하는 정신의 자기비판을 병행함으로써 가능한 것이 된다. 위에서 언급한바, 쿠버 또는 메못의 "상자 속의 귀신"은 사람의 조작적 상상력을 넘어가는 주체성의 원리 또는 정신의 암시가 있는 것처럼 보인다. 그러나 이것이 반드시 컴퓨터 프로그램의 세계를 넘어가는 정신의 실재를 말한다고 할 수는 없다. 실러가 말하는 반성적 예술에서, 정신은 주체성의 원리이면서 자연에 근접해 가는 것을 도와주는 정신이다. 그것은 궁극적으로 세계 자체에 일치한다. 이 일치하는 과정이 깊은 의미에서의 놀이의 본질이다.

위에서도 잠깐 비쳤던 가다머의 생각으로는 놀이의 참의의는 노는 사람의 자유보다도 그것을 통하여 놀이 자체를 드러내 보여 준다는 데에 있다. 놀이 자체라는 것은 자연과 같이 사물이나 인간의 주관의 활동이 스스로 존재하는 모습이다. 그러나 이것은 일정한 모양을 가진 것으로 즉 구조이자 본질로써 드러난다. 한 위치나 관점에 고착되지 않는 놀이의 자유로운 움직임이 그것을 드러내 주는 것이다. 가다머는 놀이의 공연적 성격을 강조한다. 놀이는, 축제나 연극에 가장 잘 드러나듯이, 시간 속에 일어나는 사건이다. 그러면서 단순한 사건이 아니라 진리가 드러나는 순간의 사건인 것이다. 이렇게 말하는 것은 놀이가 잠재해 있던 진리가 현실로 나타나는 엔텔레키아라고 말하는 것이다. 이렇게 일어나는 진리의 사건은 반드시 이성적으로 파악되는 명제가 아니다. 그것은 놀이에 참여함으로써 직접적으로 전달되는 체험이다. 그리하여 가령 비극의 경우, 관객은 "현장에 있음으로써 일어나는 교감(in der Kommunion des Dabeiseins) 속에" 있다. 그리고 이 현장에 있다는 것은 자신으로 되돌아가 자신의 존재의 진리 속에 있다는 것을 — 가다머의 표현으로는 "진리 속에서 자신과의 연속성을 심화한다."는 것을 의미하기도 한다.[12] 이것은 동시에 세계가 허용하는 인간의 존재론적 진리에, 그러니만큼 세계 그 자체의 진리에 일치한다는 것을 말하는 것이라 할 수 있다.

놀이를 통한 예술 체험에의 진입에 대하여 가다머가 말하는 것은 사뭇 형이상학적이어서 분명하게 이해하기 어렵다. 그러나 그에게 예술 체험이라는 것은 말하자면, 플라톤적 이데아가 시간 속에 드러나게 되는 것을 말한다고 할 수 있다. 그러나 이 이데아는 고정된 것이 아니라 놀이와 같은 자유로운 정신의 움직임이 — 그것은 특정한 서사적 체험과 관계되어 일어난다고 할 것인데 — 보여 주는 어떤 형상적 성격에서 암시된다. 이것은, 비록 그것이 신비한 암시를 가지고 있다고 하여도, 여기저기에서 빌려 온 서사적 자료의 조직 원리로서의 "상자 속의 귀신"과는 다른 것이다. 가다머의 정신도 서사적 자료 속에 들어 있다고 하겠지만, 그것은 자료를 넘어서 현상의 세계로서의 현실에 일정한 형식감을 부여하는 창조적 정신이다.

5. 억압, 조종, 미적 쾌락

1. 억압과 조종

전자 매체에서의 감각의 단순화는 실존의 단순화에 이어져 있고, 그 궁극적 동기는 인간이 가지고 있는 조종에 대한 갈망에 있다. 감각의 단순화는 대상 세계의 많은 것을 우리 자신이 의도하는 디자인의 일부가 되게 한다. 이 구도는 기술적 조종을 위한 것이다. 물론 이 구도는 경직된 것이라

---

12 Gadamer, pp. 137~138.

기보다 상당한 정도의 여유를 가진, 자유로운 선택을 허용하는 매트릭스이다. 전자 게임이나 글쓰기는 이 매트릭스 속에 내장된 시나리오의 수행이다. 문제는 이 구도, 매트릭스가 있는 대로의 현실 세계를 벗어난다는 것이다. 그 안에서 인간은 세계 소외의 존재가 된다. 물론 현실 세계 자체가 구성된 현실의 시나리오에 맞지 말라는 법은 없다. 기술과 공학이 이루고자 하는 세계가 바로 그러한 시나리오에 따라 구축되는 세계이다. 그러나 우리는 그것이 있는 대로의 세계에 맞지 않을 것이라는 의심을 버릴 수 없다. 그것은 주어진 인간성에 맞지 않는 것이기 때문일 것이다.

물론 인간성은 역사와 사회에 의하여 형성된 것이며, 동시에 전적으로 마음대로 만들어질 수 있는 조소성(彫塑性)을 가진 것이라는 주장이 있다. 이러한 주장이 인간의 진화 그리고 그 안에서의 긴 지속의 역사를 전부 포함하는 것이라면, 그것은 맞는 것이라고 할 수밖에 없다. 그러나 이것은 인간성을 말하는 것과 같다. 살아 있는 인간의 관점에서 볼 때, 긴 진화의 과정과 긴 지속의 역사 속에서 형성된 인간성은 거의 항수적인 불변성을 갖는다. 이러한 진화와 역사는 인간성 형성의 역사일 뿐만 아니라 그것을 형성한 지구의 환경적 조건에의 적응의 역사이다. 이것은 인간성과 공진화(共進化)한 환경 조건에도 일정한 불변성을 인정해야 한다는 것을 말한다. 위에서 말한바 인위적 시나리오 — 적어도 인간성의 내부와 인간 밖의 물리적 세계로부터 유리된 시나리오를 사람이 불편하게 느끼는 것은 자연스러운 것이라 하지 않을 수 없다.

그럼에도 불구하고 조종은 인간의 모든 기획에서 하나의 강박적인 집착인 것으로 보인다. 프로이트나 마르쿠제식으로 말한다면, 그것은 원초적 억압 그리고 여분의 억압에서 유래한다. 대상 세계에 대한 조종의 관계는 삶의 필요의 일부이다. 그러나 그것이 전면적이 되는 것은 이러한 억압과 그것이 만들어 놓은 체계로 인한 것이라고 할 수 있다. 조종에 대한 강박성은 여기에 대한 보상이 된다. 그것은 강화된 자아의 한 필요이다. 자아를 강화하는 것은 억압에 저항하는 방법이다. 억압적 체제하에서 그것은 긍정적 의미를 가질 수도 있다. 전자 매체의 발달로 늘어나는 조종의 기술과 습관은 사람으로 하여금 자아를 압살하려는 외부의 힘을 간단히 수용하지 않게 할 것이다. 그리하여 인터넷의 세계에서는 간단한 독재자가 등장하기가 어려울 것이라는 생각을 할 수 있다. 그러나 독재에 저항하는 일이 바로 모든 것을 조종하겠다는 의지에 이어져 있다면, 그것은 바로 독재자를 반사하는 거울에 불과하다. 그러한 의미에서 정보와 게임의 숙달자는 어떤 종류의 전체주의적 권력에 매우 취약할 수 있다.

전자 정보나 게임에 몰두한 상태는 스스로 깨닫지 못하는 노예 상태일 수 있다. 도취의 대상이 되어 있는 것은 정보나 게임이고 그것들의 뒤에 들어 있는 것은 공급자의 의도 또는 추상화된 조종의 암시이다. 그 정보나 게임이 설사 자신이 연구해 낸 것이라고 하더라도 그 바탕에 깔려 있는 것은 당대적인 언어와 서사의 관습과 게임의 규칙일 가능성이 크다. 여기에 권력 체제에 의한 대중적 심리 조작의 가능성이 생겨난다. 또는 전자 정보의 놀이가 창조적인 것이라고 되더라도 그것이 완전히 대상적인 것으로 존재하면서 나의 주의를 빼앗고 있는 한, 나는 대상적 존재의 지배하에 있다고 할 수 있다. 외부 세계를 마음대로 조종하고자 하는 것은 거의 본능적인 것이면서 반드시 본능적인 것은 아니다. 그것은 적지 않게 근원적 억압, 그리고 거기에서 오는 불편함에 의한 왜곡 효과이다.

2. 미적 쾌락과 억압의 현실

외부 세계의 조종에 대한 인간의 강박적 집착은, 위에서 말한 것처럼, 컴퓨터가 형용하는 정보와 게임 조종으로 충족된다. 이러한 조종의 강박, 그리고 그것에 의한 인간 현실의 왜곡은, 억압의 최소화 또는 해체로서만 시정될 수 있다. 마르쿠제의 제안은 심미적 경험의 증대가 이 시정의 가능성을 열어 줄 것이라는 것이다. 생존의 객관적 조건의 향상 — 풍요의 경제는 억압의 필요를 크게 줄이게 되고, 인간 체험의 심미적 차원을 확대한다. 그러나 참으로 그럴 것인가? 긴 억압의 역사는 억압을 모든 인간 경영의 바탕이 되게 한 것으로 보인다. 그리하여 심미적 쾌락까지도 이 억압 체제의 일부를 이룬다는 인상을 준다. 억압이 심할수록 억압된 것은 무의식의 판타지로 돌아온다. 엄격한 도덕 사회일수록 퇴폐적 쾌락이 번창한다. 역사의 변증법적 전환 또는 진전이 없이는 심미적 쾌락도 그에 대한 보상으로, 그러면서 그것을 지탱하는 한 어두운 힘으로 계속될 가능성이 크다.

여러 형태의 문화적 변형 속에 남아 온 것이 억압이다. 어느 때나 억압은 단순히 강제적으로 부과되는 것이 아니다. 억압된 것은 되돌아온다. 그리하여 억압 자체가 그 나름의 쾌락을 약속한다. 다만 쾌락은 복종의 대가로 되돌려진다. 그사이에 쾌락은 사도마조히즘의 공격적 성격을 띠게 된다. 그것은 지배의 약속에 밀접하게 연결되고 또 그것으로 대체된다. 그리고 그것은 여러 가지로 변형되어 체제의 한 요소로서의 인간성의 구성에 깊이 개입한다. 억압의 수락은 개체에게 위계질서에서의 일정한 위치를 확보해 줄 수 있다. 이것은 개인으로 하여금 주체로서의 자기를 주장할 수 있는 근거가 된다. 그리하여 법과 윤리적 명령에 복종하는 것은 바로 개체의 자아의식을 높이는 것이 된다. 개체의 해방도, 그것이 일정한 해체의 과정을 경과하지 않는 한, 권력 의지의 강화를 의미하게 된다. 이렇게 하여 개체와 그의 인간성 자체가 억압의 체제를 떠나서는 무의미하게 되는 것이다. 억압으로부터의 해방은 억압의 체제하에서 구성되는 인간성의 해체와 재구성을 요구한다. 이것은 억압의 해소나 축소의 가능성이 보이는 경우에도 그렇다. 억압과 억압의 해소는 의식의 차원에서이든 무의식의 차원에서이든 너무나 깊이 서로 얽혀 있다고 할 수밖에 없다.

심미적 비전은 그 자체로는 현실에 끼어 들어갈 지렛대를 가지고 있지 않다. 심미적 세계는 어디까지나 보임(Schein)의 세계이다. 그것은 현실이 아니다. 그것은 오로지 상상력의 대상일 뿐이다. 그렇다고 그것이 의미가 전혀 없다는 말은 아니다. 그것은 교육적 의미를 갖는다. 그 이전에 사회에는 이미 심미적 요소는 어디에나 편재한다. 필요한 것은 그것의 의식화이다. 심미적 요소는 일상적 사회생활에서도 삶의 여러 부분을 원활하게 이어 주는 매체가 된다. 우리의 삶에 일상적으로 개입하는 심미적 요소들을 생각해 본다면, 가령 사람의 표정과 복장, 언어와 몸가짐의 언어는 얼마나 많이 사람 사이의 관계에 영향을 주는가? 예의와 의식 절차가 사회관계의 평정화에 필수적 방편이라는 것은 예로부터 인정되어 온 것이다. 또는 자연과 환경의 심미성이 ─ 도시 환경까지도 여기에 포함할 필요가 있다. ─ 사람들의 심성과 행동에 커다란 영향을 끼친다는 것도 널리, 특히 한국의 전통에서, 알려져 있는 지혜이다. 마르쿠제는 심미적 차원을 통한 심리적 해방 그리고 예술 작품에서의 현실 문제의 심미적 재현이 현실과의 화해를 가져온다고 생각한다. 심미적 발달은 전체적으로 사회의 질을 보다 행복한 것으로 변화시킬 수 있을 것이다.

그러나 다시 말하여, 그것은 현실이라기보다 하나의 희망이다. 그러나 비전으로서도 우리는 그것이 어떻게 현실 속에 실현될 수 있는가를 생각할 수 있어야 한다. 필요한 것은 심미적 작업이 현실의 어디에 어떻게 놓이는가를 생각할 수 있어야 한다는 것이다. 심미적 활동은 사회의 생산 활동에서 일어나는 여분의 축적에 의하여 지원되어야 하는 것이다. 그러한 투자는 어떻게 가능해지는 것인가? 그러한 투자의 결정은 어떤 과정으로 가능해지는 것인가? 투자의 결정이 이루어진 경우, 심미적 작업은 주로 소외 노동의 일상적 삶의 어디에 놓이는가? 그것은 적어도 처음에는 작업 시간의 밖에서 가능해질 것이다. 그렇다면, 작업 시간의 감소가 그 조건인가? 심미적 활동은 소외 노동과 일정한 역할 분담으로 병행하여 이루어지는 것인가? 아니면, 그것을 통한 리비도의 변화가 결국은 사회의 소외 노동의 부분에 변화를 가져오게 될 것이라고 생각해야 하는가? 그렇다면 억압 없는 승화로서의 노동은 어떤 형태의 노동이 될 것인가? 그 사회적 조직화는 어떤 형태의 것이 될 것인가? 이러한 질문에 대한 답이 있을 때까지는 심미적 해방의 비전은 남을 수밖에 없다.

지금에 있어서, 현실의 세계에서 심미적 차원으로 가는 직항로는 존재하지 않는다. 심미적 차원의 비전은 현실 패러다임의 하나이면서 신기루에 불과하다. 그것은 현실의 복잡한 변증법을 통하여서만 현실에 이어질 수 있다. 이것은 사회적으로도 그러하지만, 개인적으로도 그러하다. 심미적 차원의 의미와 필요를 자각하는 것도 현실 속에서의 일정한 발전, 자아 형성을 통해서만 가능하다. 여기에서 형성되는 자아는 조종의 환상을 통하여 자기 확장에 몰입해 있는 자아가 아니다. 그리고 현실 자체가, 그것이 어떤 것이든지 간에, 그러한 가능성을 엿보이게 할 수 있다.

6. 억압의 현실과 자아 형성

1. 나르시시즘의 의미

그러나 충족과 행복의 비전은, 다시 말하건대, 그 나름의 의의를 갖는다. 마르쿠제에게 지배와 착취 그리고 그것이 요구하는 억압과 결과는 적대적 사회관계이다. 그는 이것에 반대되는 것으로 릴케나 앙드레 지드와 발레리(Paul Valéry)가 그리는 오르페우스와 나르시스의 이미지를 통하여 그러한 적대 관계가 없는 상태를 이상화한다. 이들의 시적 글이 그려 내는 바, 인간과 세계의 모든 것이 고요한 자기 충족의 안정 속에 있는 상태가 인간에게 일반적으로 불가능한 것은 아니다.

풍요의 경제에서 필요한 것은 인간의 심성을 이러한 심미적 경험을 향하여 열어 놓는 것이다. 정신 분석에서 말하는 유아기에 거치게 되는 나르시시즘은 그것을 위한 심리적 기제가 된다. 자아와 세계가 분리되기 이전에 유아는 원초적 나르시시즘의 단계를 거친다. 이때, 자아는 그 사랑의 대상을 자신과 일치시킨다. 그리고 이것은 잠재적으로 모든 객관적 세계를 포함할 수 있다. 이 단계에서 자신에 대한 사랑은 다른 사람과 대상 세계에 대한 사랑과 일치한다. 마르쿠제는 이러한 사랑의 관계가 이성이 중심 원리가 되는 수행 원리를 대신할 가능성을 생각한다. 그때에 새로운 현실 원리가 만들어진다. 여기에서 사람의 사랑의 충동은 죽음과 잔인성에서 해방되고, 그 언어는 노래가 되고 일은 놀이가 된다.[13]

그러나 모든 것이 자기 충족 상태에 있는 행복한 경지는 그 자체로도 완전한 것으로 생각할 수 없다. 참으로 자아의 세계의 일치에 전혀 갈등이 없을 것인가? 그렇다면, 그도 이야기하는 억압 ─ 비억압적 승화는 왜 필요한 것인가? 그러한 완전한 일치의 세계가 있다고 하더라도 그것은 프로이트에게는 자아 발전의 한 단계에 불과하다. 나르시시즘은 유아와 대상 세계의 완전한 일치가 깨어지기 시작하는 단계에 생겨난다. 이 단계에서 이미 자아는 대상 ─ 가령 아버지나 어머니를 향하던 성적 충동이 충족될 수 없다는 것을 알고 그것을 억압해야 한다. 다만 "자아가 대상을 포기하는 것은 오로지 그것을 자신 안에 투입함으로써이다." 그리하여 이 포기는 대상에 대한 변형된 사랑이 되고, 동시에 자기에 대한 사랑이 된다. 그 결과의 하나는 리비도가 성적이 아닌 다른 것으로 향할 수 있게 된다는 것이다. 대

13 Marcuse, pp. 144~156.

상적 리비도가 나르시시즘의 리비도로 바뀌는 것은 일종의 승화로서 그것이 비성적인 것이 되기 때문이다. 자아는 그다음 단계에서 더 복잡한 승화의 기제를 발전시킨다. 그것은 오이디푸스 콤플렉스의 단계를 거치면서 아버지와 일치하게 되고, 자아의 행동을 통제하는 자아 이상(ego ideal) 그리고 초자아(superego)를 발전시킨다. 교육 그리고 종교가 이 초자아를 보강한다.[14] 이러한 단계적 변화로 볼 때, 사실 나르시시즘은 자아가 아버지의 체제 또는 지배 체제에 흡수되는 과정의 일부를 이룬다. 그것은 처음부터 억압이나 체념의 소산이며, 궁극적으로 체제가 요구하는 억압과 체념의 수용 과정의 일부인 것이다. 그러니만큼 나르시시즘이 일반화되어 자아와 세계의 쉬운 충족의 관계의 조건이 될 수는 없을 것으로 보인다.

그런데 아버지와 지배 체제의 요구는 그 자체로 완전히 탄압을 의미하지는 않는다. 나르시시즘의 개입은 이 수용의 과정을 조금 더 부드러운 것이 되게 할 수 있다. 그리고 체제의 억압적 성격은 사람이 사는 사회의 성격에 따라서 여러 가지로 달라질 수 있다고 할 수 있다. 초자아의 개념은 많은 종교적 신앙에서의 광신적 요소를 설명하는 데에 차용된다. 그러나 동시에 종교의 가르침 — 그것이 자아 이상을 대표하는 것이라면, 그 가르침의 이상이 사랑이나 자비 또는 인(仁)에 기초한 것이라는 점은 이러한 해석이 전부는 아니라는 것을 말하여 준다. 다만 이것은 초자아의 다른 엄격성에 의하여 이차적인 것이 되는 경우가 많을 것이다. 한국과 같은 가부장적 전통이 더없이 강하면서 급격한 자본주의적 전환을 겪는 사회에서, 초자아는 정신적 이상보다는 공격적 자기주장의 성격을 강하게 띠는 것으로 보인다. 한국 정치에서의 혁명적 영웅주의나 위압적 호걸주의와 같은 것은 그 하나의 표현이라고 할 수 있다. 가상 공간에서의 지배 — 하나의 지

---

14 Sigmund Freud, *The Ego and the Id*(W.W. Norton, 1962), pp. 19~29.

배의 다른 표현으로서의 조종의 강박성이 컴퓨터 산업의 발달에 관계되는 것인지 모른다.

2. 현실적 자아 형성

억압은, 비록 불가피한 것이고 또 적극적인 내면의 동기로 변용된다고 하더라도, 부정적 의미를 갖는 것으로 들린다. 그러나 다른 한편으로 그것이 반드시 이러한 부정적인 뜻만을 가진 것이라 할 수 없다. 사회와 세계 그리고 그것을 구성하는 사람들과 사물이 완전히 나의 충동과 욕망에 대하여 수동적 질료로 바뀌어 거의 없는 것과 같은 것이 될 때, 그것이 행복한 상태를 의미할 것인가? 나르시시즘의 상태에서 이것들은 반드시 나의 정복이나 조종의 대상은 아니면서도 나의 리비도에 대응하는 대상이 된다. 대상 세계의 타자성은 그런대로 존재한다. 대상은 직접적으로 일체성 속에 포용되기보다 일정한 과정을 통하여 비로소 나와 하나가 된다. 일체성은 깊은 원리의 매개에 의하여 하나가 되는 것을 말한다. 이것은 일정한 적응과 변용의 과정을 상정하는 것이다. 그렇다면 이것은 보다 복잡한 조건하에서의 균형에 이르는 것과 본질적으로 다른 것이라고 할 수 없다.

대상에 대한 감각적이고 직접적인 접근을 잃지 않으면서, 깊은 형상적 질서의 매개를 통하여서 관조적 거리와 동시에 일체성을 확인하는 것이 심미적 경험이다. 이러한 확인은 몇 가지의 변용을 통하여 이루어진다. 그리하여 그것은 직접적 체험을 넘어선 의식의 발전에 의하여 매개된다. 심미(審美)는 서구어의 번역이지만, 원어보다도 강하게 의식의 반성적 과정의 존재를 시사한다. 대상에 대한 심미적 관계는 사람에게 주어진 능력이면서도 반성적인 거리를 지킬 수 있는 능력이다. 그러니만큼 그것은 훈련을 통하여 더욱 예리한 것이 되고 보다 넓은 존재론적 의미를 가질 수 있다. 나르시시즘에 있어서 대상과의 일체적 관계는 유아기로의 퇴행을 의미할 수 있지만, 심미적 관계는 보다 진전된 의식화를 통하여 대상 세계와의 통합을 의미한다. 이것을 위한 훈련을 길게 설명한 것이 실러의 『인간의 미적 교육에 대한 서간』인데, 마르쿠제가 '심미적 차원'을 말하면서 의존하고 있는 것도 상당 정도가 실러적인 심미성의 개념이다. 다만 그는 심미가 요구하는 교육적 차원에는 주의하지 않는다고 할 수 있다.

심미적 과정은 일반적으로 사람과 대상과의 긍정적 관계를 상정하는 것이다. 그것은 직접적 차원에서 일체를 허용하는 것이라야 한다. 그러나 방금 말한 것처럼, 그것은 대상의 타자성과 그것과의 관계에서의 자아의 발전적 변화를 상정한다. 그렇다면, 그것은 자아에 가해지는 억압이 반드시 자아의 자유에 절대적인 의미에서 대립하는 것이 아니며 억압으로부터 자유로의 전환이 점진적인 것일 수 있다는 것을 암시한다. 억압의 질서 속에서 대상은, 보다 자유로운 관계에서나 비슷하게, 자아에 대립하는 타자이다. 다만 그 타자적 성격은 적대적으로 강화되어 있을 뿐이다. 그러나 다른 한편으로 여기에서도 타자가 자아를 전적으로 부정하는 것이라고 할 수는 없다. 다만 균형 잡힌 관계의 성취는 보다 복잡한 변증법적 승화를 요구한다. 어떻게 보면 그것으로 인하여 보다 포괄적인 통합이 가능하게 되는 것을 상정할 수도 있다. 그러한 의미에서 억압도 제약이면서, 접근의 기회이다. 실제 인간의 인간적 발전은, 단순히 심미적 차원의 경험을 통해서가 아니라, 이 억압적 현실 속에서 이루어진다고 할 수 있다. 다만 이 억압적 현실은 대립적 관계가 어느 정도는 완화된 상태에서 다른 것으로 바뀔 수 있다고 할는지 모른다. 그러나 문명화된 사회는 또는 문화가 있는 사회란 이 억압을 조금은 완화하여 사물 그리고 인간과의 관계를 법칙적 규범적 관계로 바꾸어 놓은 상태를 말한다.

헤겔은 인간의 발전이 사물 세계나 인간 세계에서의 대립적 투쟁의 관계에서 이루어진다고 생각한 대표적 철학자이다. 실용적 목적을 위한 행위 — 가령 물건의 제조를 위한 공인의 행위에서도 자아는 그가 대하는 대상물에 맞설 수밖에 없다. 그러나 그의 실용 목적에 성공하기 위해서는 자아는 대상을 객관적 실체로 인정하게 되고, 동시에 자아를 그 실체가 존재하는 객관 세계의 일부로 의식하여야 한다. 이것은 자아의 발전에 중요한 계기가 된다. 개인과 개인의 관계가 헤겔이 생각한 것처럼 생사를 거는 투쟁이 되는 것은 아마 예외적인 것이거나 철학적 개념의 예각화에서 생각할 수 있는 것이라 할 것이다. 그러나 지배의 구도에서도, 또는 마르쿠제의 나르시시즘의 비전에서도, 타인이 내 욕망의 충족에 의하여 전적으로 부정되거나 나와 구별 없는 일체가 될 때, 그것이 가장 만족스러운 상태가 되는 것이라고 할 수는 없다. 여기에서 시작하는 복잡한 변증법은 단순히 다른 사람을 내 욕망의 대상으로 만들기가 쉽지 않기 때문만은 아니다.

가령 사랑은 욕망과 그 충족의 관계이면서 대등한 개인 사이의 상호 인정과 존중을 요구하는 관계이다. 그러니만큼 그것은 타인의 욕망과 필요, 관계가 상정하는 바에 따른 적절한 자기 절제를 요구한다. 이상적 양성 관계가 아니라도 사람들의 관계는 적절한 기율을 요구하는 코레오그래피에 의하여 만족할 만한 것이 된다. 예절과 의식은 이러한 코레오그래피의 일종인데, 심미적으로 구성된 절제에는 그에 따른 적절한 만족이 있을 수 있다. 비슷한 절제 또는 욕망과 충동의 억압 그리고 그에 따르는 만족감은 사람과 자연의 관계에서도 찾을 수 있다. 그것은 사람이 필요로 하고 원하는 삶의 수단을 지켜 가지고 있다. 그러니까 자연은 생존을 위하여 사람이 맞싸워야 하는 적대적 대상으로 간주될 수 있다. 그렇다고 하여 자연이 완전히 사람의 충동과 욕망의 대상으로서 가장 순응적인 존재가 될 때만, 사람이 행복을 느끼는 것은 아니다. 자연의 저항과 도전 그리고 그에 따른 자기 기율이 커다란 만족의 근원이 되는 것은 암석 등반과 같은 어려운 스포츠에서만이 아니다. 곡식을 기르고 화초를 가꾸는 데에는 그 나름의 보람이 있을 수 있다.

사람의 큰 기쁨의 하나는 앎의 기쁨이다. 이것은 있는 대로의 자연 또는 사회 움직임을 아는 데에서 얻어진다. 이것은 적어도 의식의 면에서 자제와 객관적 규율과 법칙의 존중을 요구한다. 앎을 위한 의식의 계기로서 베이컨이 말한 "정복하기 위하여 복종한다."라는 말은 모든 지적 탐구에 해당되는 말이다. 그러나 어떤 사람은 정복의 목적이 없이 자기가 인지하는 사회적 규범, 그보다 한발 더 나아가 자연의 규칙 — 많은 경우 정신적 기율로 변용된 자연에 복종하는 데에서 큰 삶의 희열을 느낀다. 크게 볼 때, 사회생활, 그리고 타자로서의 자연에서 연원하는 억압은 삶의 근본 — 괴로움과 함께 보람의 근본인 삶과 씨름하는 것을 의미한다.

삶과 씨름한다고 한다면, 누가 그 씨름을 하는 것인가? 씨름하는 것은 나라고 하겠지만, 이 나라는 것도, 더 엄밀히 생각하면, 원래 주어진 것이라기보다는 이 씨름에서 태어나는 것이라고 하는 것이 옳다. 적어도 주체적 존재로서의 나를 생각한다면 그러하다. 욕망이 나의 것이라고 할 때, 그것이 참으로 나의 욕망인가? 밖으로부터 주어지는 암시와 세뇌에 의하여 생겨나는 욕망이 얼마나 많은가? 또는 더 나아가 어떤 욕망을 가지고 있는 나라는 존재는 참으로 나라고 할 수 있는 주체적 존재인가? 그 나는 사회의 부름에 응하여 생겨난 나일 가능성이 많은데, 그 사회 자체가 바른 상태에 있지 않고야 그의 부름에 응하는 '나'가 바른 상태에 있는 '나'라고 할 수 있는가? 부모를 통해서든 또는 보다 큰 환경적 영향으로든 사회의 영향으로 형성된 나 이전의 나, 원초적 나르시시즘의 나는 그런대로 순수한 '나'라고 할 수 있는지 모른다. 그러나 그것이 나의 가능성을 최대한으로 포괄하는 나인가?

상식적으로도 사람이 성장한다는 것은 육체적 성장과 함께 주체적 자아의 변화와 확대를 말한다. 그렇다면 앞 단계에서 억압으로 생각되었던 것은 다음 단계에서는 나의 가능성의 확대를 위한 긍정적 계기가 될 수도 있다. 현대적 자아 인식에서 부족한 것이 이러한 기율을 통하여 간접화되는 자아의 개념이다. 원초적 나르시시즘의 자아도 그러한 가능성이 크다고 할 수 있지만, 오늘의 정보와 오락의 주체적 자아는 이러한 과정을 일체 생략해 버린 자아이기 쉽다. 그것은, 오늘의 한국 사회의 사정으로 볼 때, 아마 투쟁적 사회에서 형성된 투쟁적 자아일 것이다. 정보나 게임에서 특별한 승리감을 거두는 것은 이러한 투쟁적 사회의 투쟁적 자아일 가능성이 크다.

주체는 세계를 지각하고 의식하고 이론화함으로써 스스로를 대상 세계로부터 분리해 내고 의식을 가진 독립된 존재로서 스스로를 정립하고 또 이것을 사회 속에서의 타자와의 관계를 통해서 다시 확인하고, 보다 높은 이성과 정신의 존재로 발전해 가게 된다. 이러한 과정을 가장 면밀하게 해명하려고 한 것이 헤겔의 정신현상학이라고 하겠지만, 교양을 말하는 인간학에는 대체로 이러한 생각이 들어 있다. 교양이나 수신에서 상정하는 자아 형성은 한편으로 타자로서의 사회와 물질세계와 겨루고 트는 과정을 통해서, 또 다른 한편으로는 이것을 다시 자아 의식에 재투입하는 과정을 통하여 가능하여진다. 이 과정은 삶이나 대상 세계와 자아와의 투쟁의 과정으로 말하였지만, 주의할 것은 사실 이 과정에서 대상 세계도 분명한 객관적 존재로서 정의된다는 것이다. 그 객관성을 인정하는 것은 자아의 주체성 — 욕망을 포함하는 자신의 주체적 존재에 대한 한계를 받아들인다는 것을 의미한다.

세계와 자아의 투쟁 중 가장 두드러진 것은 타자와 벌이는 인정을 위한 투쟁이다. 헤겔이 생각한 바와 같이, 인정을 위한 투쟁은 사활을 건 투쟁이 될 수 있다. 그러나 이것은 자연 상태에서의 이야기이고 법질서를 가진 사회 안에서는 사람들은 "법을 지키고, 어떤 사회적 자리를 차지하고, 직업에 종사하고 또 다른 사회 활동에 참여함으로써 스스로가 인정에 값하는 존재라는 것을 드러내 준다."[15] 인정을 위한 투쟁은 사회적 인정으로 종식될 수 있는 것이다. 그리고 여기에 필요한 이성적 자기 기율, 그러니까 원시적 충동과 욕망의 억제는 높은 만족을 줄 수 있다. 그 만족에서 가장 큰 부분은 자아의 변용 — 스스로 받아들인 이성적 질서를 통한 높은 단계로의 자아의 고양 또는 보다 진정한 것으로 받아들일 수 있는 의미에서의 자아의 형성이다.

그런데 대상적 세계 — 억압을 포함하는 대상적 세계와의 변증법적 발전을 지배하는 것은 지나치게 건조한 추상적 이성인 것으로 생각될 수 있다. 그것은 의식의 발전에서도 그러하고 사회 질서의 구성이라는 점에서도 그러하다. 여기에서 우리는 다시 한 번 심미적 교육의 과정의 중요성을 상기할 필요가 있다. 형식이나 이성적 원리도 궁극적으로는 육체의 감각적 경험으로부터 출발한다. 심미적 의식은 이 기초적 사실에 밀착해 있다. 그리고 여기에서 지속적 형상을 인지한다. 그러나 구체적 인간의 실존은 끊임없이 변하는 현실 환경 속에 있다. 여기의 현실적 판단에는 심미적 감성을 넘어가는 이성이 필요하다. 다만 이성적 판단은 늘 인간 실존을 추상화와 일반화로 단순화할 위험을 가지고 있다. 그리하여 인간의 자기 이해, 타자 이해, 또 물리적 세계에 대한 이해의 수단으로서의 이성은 실존의 사실적 조건과의 관계에서 부단히 재확인할 필요가 있다. 이 재확인의 노력은 특히 인간과 사회에 대한 우리의 이해 또 그에 기초한 현실 행동에서 가장 중요한 일이면서도 등한시되기 쉬운 일이다.

---

15 Robert Stern, *Hegel and the Phenomenology of Spirit*(London: Routledge, 2002), p. 81.

7. 이성과 보편적 열림의 바탕: 계산 가능성, 이성, 상상력

그런데 이성이나 심미적 감성 또는 오르페우스나 나르시스로 대표되는 조화의 에로스가 별개의 것은 아니다. 그것은 모두 하나의 근원적인 현상으로부터 분기해 나오는 부분적 발전이라 할 수 있다. 이렇게 말하면서 생각할 것은 현대 사회에서의 이성의 위치이다. 이것은 양의성도 단일한 근원에 관계하여 바르게 이해할 수 있다. 그리고 그것은 지나치게 간단하게 이성에 대한 긍정적 또는 부정적 판단을 피할 수 있게 한다. 베버를 비롯하여 많은 사람들이 지적한 바와 같이, 현대 사회에서의 조직 그리고 질서의 원리는 이성이고 그것이 가져오는 합리화이다. 전자 매체의 문화도 그 일부를 이룬다. 그런데 이성이 단순히 도구화함으로써 지배와 억압의 원리가 된다는 아도르노(Theodor Adorno)와 호르크하이머(Max Horkheimer)의 지적을 간과할 수 없다. 그렇다고 개인적으로나 사회적으로나 인간 발전의 원리로서의 이성을 무시하는 것도 정당한 것은 아니다. 필요한 것은 그것을 보다 포괄적인 근원적 열림의 한 부분으로서 이해하는 것이다.

사람과 세계의 관계는 공간의 개입에 의하여 설정된다고 할 수 있다. 이 공간은 단순히 비유적인 것일 수도 있고 사실적인 것일 수도 있다. 그것을 확실하게 하는 것은 어려운 일이다. 하여튼 이 공간의 변형에서 심미적 또는 이성적 관계가 전개되어 나온다. 원초적 나르시시즘에서 자아는 자기에게로 돌아온 에로스에 기초하여 세계에 일치한다. 그러나 그것은 욕망의 대상을 포기한 결과의 하나이다. 나르시시즘의 상태는 자신과 타자를 다른 것으로 인식하면서 그것을 다시 에로스를 통하여 하나가 되게 한다. 달리 설명하면, 이러한 과정은 자신과 타자 사이의 공간을 만들면서 그 공간을 에로스의 공간이 되게 하는 것이다. 심미적 경험은 자아가 대상에 대한 감각적 밀착을 유지하면서, 대상을 향하여 스스로를 열게 되는 경험이다. 이때 대상은 단순히 그 자체를 말하는 것이기보다는 보다 넓은 대상 세계의 일부로서 인지되는 대상이다.

위에서 언급한 가다머의 놀이의 개념에서 놀이의 뜻의 하나는 공간적 여유를 지칭한다. 독일어의 'spielen'에서나 한국말의 '놀다'는 다 같이 물건이 고정되지 않고 움직인다는 뜻을 가지고 있다. 이 움직임의 공간에서 드러나게 되는 것이 사물의 전체적 형상 또는 형상의 원리이다. 참으로 여러 가지 것을 하나로 정리해 내는 힘은 이성이다. 이러한 정리는 공간을 상정한다. 이성의 대상으로서의 사물의 전체가 존재하는 공간은 관조가 여는 공간보다는 훨씬 더 넓은 공간이다. 이것은 사람이 사는 물리적 환경 전부를 말한다. 그것은 반드시 인간의 인식 행위에 관계되어 있다고 할 수 있다.

그런데 심미적 관조나 세계의 이성적 인식에 개입하는 공간은 관조나 인식의 필요에서 인위적으로 구성되는 것일까? 적어도 물리적 공간은 사실적으로 존재하는 것으로 보인다. 그러나 그것은 보다 근원적인 공간으로부터 유래하는 것이라는 — 가령 하이데거나 메를로퐁티의 — 철학적 해석이 있다. 이 공간은 인간의 실존에 깊이 뿌리내리고 있는 것이면서 인간 존재의 공간성을 동시적으로 규정하는 것으로 생각된다. 공간이 인식 행위에 대응하여 존재한다는 말이다. 그렇다고 그것이 인간의 구성물이라는 말은 아니다. 인간의 인식에 드러나는 공간과 물리적 공간은 공간의 열림 속에서 동시에 일어나는 것이라고 하는 것이 옳을 것이다. 인간의 대상 세계에의 관계라는 관점에서 볼 때, 감각이나 심미적 상상력이나 물리적 공간이나 모두 이 근원적 열림을 풀어 나가는 시도를 나타낸다.

이러한 공간을 어떻게 정의하든지 간에, 공간은 인간의 주관적 개입이 있을 때에 더 분명하게 의식된다. 이에 대조되는 것이 물리적으로 존재하는 것으로 생각되는 공간이다. 물론 개념적으로 그것은 더 포괄적인 것이라 할 수 있다. 그것은 우주의 끝까지 계속되는 것으로 생각된다. 그러나 이 넓은 공간은 이성의 구성 작용의 결과이다. 그 구성의 근거는 부분적 현상에서도 추출될 수 있는 법칙적 합리성이다. 이것이 물리적 공간을 지탱한다. 그것은 전체에서나 부분에서나 일관되게 작용한다. 그리하여 부분은 쉽게 전체에서 분리될 수 있다. 사람은 물론 필연 법칙의 공간 안에서 자유롭게 움직일 수 있다. 그러나 그 자유는 이 필연성을 추구하는 자유로서 의미 있는 것이 된다. 이 두 조건이 물리적 세계에 기술적 공학적 가능성을 연다. 하여튼 물리적 공간에서 그 전체는 구체적 직관으로 존재하는 것이 아니다.

여기에 대하여 관조의 공간은 보고 느끼는 감각적 대상에 어리는 공간이다. 그것은 한정된 것이면서도 더 넓게 열리는 공간을 암시한다. 예술적 경험의 엔텔레키아는 두 개의 공간이 겹치는 데에서 일어나는 효과이다. 시가 암시하는 '형이상학적 전율', 어떤 감각적이고 내면적인 체험에서의 '바다와 같은 느낌(oceanic feeling)', 또는 종교적 신성성, 전체성의 체험인 '전율의 신비(mysterium tremendum)' 등은 모두 넓은 공간의 감성적 체험이다. 어떤 관점에서는 이러한 체험들은 합리적 공간보다도 더 직접적으로 공간의 원초적 공간성을 비추어 준다고 할 수 있다. 이러한 전체에의 열림에 대하여, 합리적 세계의 선형적 강박성(compulsion of linearity)은 인간과 사물의 넓은 테두리와 그 가능성을 구체적으로 의식할 수 없게 한다. 그것은 심미적 경험에서 또는 그 연장에서의 공간의 깊이에 대한 직관을 건너뛴다. 인간의 경험의 구체성의 관점에서 더욱 불만족스러운 것은 그 공간 인식이 세계가 육체를 가진 인간, 감각적 존재로서의 인간, 구체적인 인간의 현실에 충실한 것이 되지 못한다는 것이다. 이러한 체험의 구체적이면서 전체적인 성격을 존중한다면, 감각적 경험 그것은 그 나름으로 존재론적 진실에 이르는 중요한 통로가 된다.

그런데 우리가 객관적으로 존재하는 것으로 받아들이는 물리적 공간이 인간의 공간과 별도로 존재하는가 하는 근자의 물리학적 이론에서도 반드시 긍정적으로 답해지는 문제라고 할 수는 없다. 양자물리학의 세계에서 물질과 물질이 존재하는 공간은 인간의 개입과 밀접한 관계가 있는 것으로 보인다. 그리고 거기에 움직이는 것은 반드시 간단한 의미에서의 합리적 법칙은 아니다. 대체로 근자의 여러 과학 이론은 —— 가령 혼돈, 자체 조직의 질서의 이론, 복합 구조에 대한 이론에서처럼 —— 물리나 생물 현상이 선형적 법칙보다는 전체적 게슈탈트에 대한 직관을 통해서 파악된다고 주장한다. 그런데 놀라운 것은 이것이 깊은 이론의 차원에서만이 아니라 간단한 일상적 차원에서 경험되는 사실이라는 것이다. 말할 것도 없이 이러한 문제를 간단히 설명할 수는 없다. 여기에서 이야기하고자 하는 것은 합리성이 간단한 합리성을 초월하는 바탕 위에서 움직인다는 간단한 시사이다. 그리고 그것은 당초에 문제로 삼았던 컴퓨터의 문화적 의미의 해석에 중요한 관계를 가지고 있다.

컴퓨터는 선형적 사고의 극단을 대표한다고 할 수 있다. 그리고 그것은 과학적 사고의 가시적 표현이다. 현대 과학이 컴퓨터에 크게 의존하는 것은 자연스러운 일이다. 계산, 사고의 실험, 모델 구성 등에서 그러하다. 그러나 모든 것이 컴퓨터의 계산성으로 환원되는 것은 아니다. 사람의 지능과 수학 그리고 물리적 세계의 관계에 대해 오래 관심을 기울였던 수학자 로저 펜로즈(Roger Penrose)는 사람의 이성적 이해 능력과 컴퓨터가 해낼 수 있는 바와 같은 계산이 같은 것이 아니라는 것을 강하게 주장한다. 그는 얼핏 보기에 논리적 정밀성을 생명으로 하는 수학과 같은 학문에서도 계산 가능성을 넘어가는 '이해' 또는 오성이 작용한다는 것을 강조한다. 그는, 그의 생각을 여러 가지로 압축하여 표현하고 있는 『큰 것, 작은 것, 그리고 인간의 마음』[16]에서, 수학이나 상대성 이론이나 양자 역학을 통해서

---

16 Roger Penrose, *The Large, the Small and the Human Mind*(Cambridge University Press, the Canto

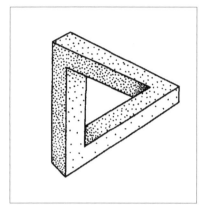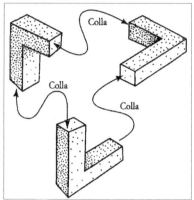

도 설명하고 있지만, 간단한 이성적 경험, 체스 놀이 또는 기이한 모양의 타일 깔기 등으로 설명하고 있다. 이러한 것들을 적절하게 이해하는 데에는 물리학과 수학에 대한 깊은 이해가 필요하겠지만, 여기에서는 과학의 세계도 합리적 추리와 계산 가능성 속에 존재하는 것이 아니라는 가장 간단한 예를 인용하는 데에 그치겠다.

펜로즈의 책에 나와 있는 한 다이어그램[17]은 전체적으로 볼 때, 합리적인 것으로 보이지 않는 도형을 보여 준다.(왼쪽) 그러나 이것을 분해해 보면, 그 부분들은 완전히 이해할 수 있는 것이 된다.(오른쪽)

두 번째의 이해할 수 있는 도형들을 합성하였을 때, 그 결과가 불합리하다고 생각하는 이유는 무엇인가? 전체적 이해와 부분적 이해의 차이는, 펜로즈의 생각으로는, 수학적으로 해명될 수 있다. 그것은 간단한 합리성 ─ 컴퓨터의 계산 가능성을 포함한 합리성 이상의 수학을 필요로 한다. 그러나 여기에서 내가 말하고자 하는 것은 수학적 해명 이전에 합리성과

Edition, 2000).

17 위의 책, p. 138.

불합리성이 직관적으로 파악된다는 사실이다. 그로부터 새로운 수학적 노력이 시작한다. 이 직관은 우리의 구체적 지각 체험에 관련되어 있다. 위의 도형에서 불합리를 보는 것은 도형을 3차원 공간 속의 물체로 보기 때문이다. 우리가 보는 세계를 이성으로 이해하는 데에는 알게 모르게 지각 체험에서 오는 직관이 작용하고 있는 것이다.

여기에서 이러한 이야기를 하는 것은 결국 이성이나 상상력이나 컴퓨터의 계산성이나 다 같이 하나의 정신 능력에서 나오고, 이것이 균형을 유지할 때에 우리의 마음의 능력이 정상적인 상태에 있다는 것을 시사하기 위한 것이다. 존재론적 상상력에 있어서 이 균형은 인간 존재의, 그러면서 그것을 넘어가는 원초적 공간성에 근거한다. 이 균형의 유지가 용이한 것은 아니다. 정신 능력의 하나에 집중하는 것은 불가피할는지 모른다. 그러나 중요한 것은 거기에 작용하고 있는 것이 마음의 일부라는 것을 잊지 않는 것이다. 여기에 중요한 마음의 능력은 감각과 물질 속에 움직이는 형상의 인식 능력 ─ 상상력이다. 그리고 그것의 언어는 비유와 아날로지와 패턴이다. 이 상상력의 주체는 스스로의 법칙과 자유롭게 움직이는 자아이다. 그러나 이것이 부질없는 환상의 놀이에 사로잡혀 있는 자아를 말하는 것은 아니다. 그것은 현실의 체험 ─ 감각적 체험, 반성을 통한 자아 인식, 사물의 전체적 형상에 대한 감각 그리고 서사의 경우, 삶의 전체 속에 드러나는 형상의 인지 능력, 그리고 존재의 시간성에 대한 깨달음의 내포이다. 그러면서 물리적 세계 속에 확실하게 자리해 있으며, 그것의 깊은 바탕으로서의 원초적 공간의 열림 속에 있는 자아이다. 여기에 물리학적 인식이 열어 놓는 세계와 그 원리로서의 이성이 무관계한 것은 아니다. 또 이 세계의 일부로서 전자 매체의 세계가 존재한다.

이러한 이야기는 전자 정보의 기능을 과소평가하는 것이 아니다. 나의 의도는 그것의 도구적인 의미 ─ 경제적 이용을 포함한 실용적 의미와 과학과 예술의 도구 그리고 현실 생활의 혁명적 변화의 수단으로써의 의미는 새삼스럽게 말할 것도 없이 큰 것을 우리가 막연히 짐작하고 있는 것이기 때문에, 그것을 문화의 영역, 즉 사람이 그의 내면과 외적 조건, 개인으로서의 존재와 집단의 요구를 조화해 주는 매개체로서의 문화의 영역에서 어떤 의미를 가질 수 있는가를 말한 것이다. 그것은 단순한 합리성의 세계, 특히 그것이 이끌려 들어가기 쉬운 조종의 세계, 또 그것의 배경에 있는 인간 소외의 세계를 넘어서 보다 큰 인간 현실의 전체성 속에 위치할 때, 참으로 인간적 의미를 갖는 것이 될 것이다.

(2007년)

이미지와 원초적 공간[1]

국문 초록

이미지는 시적 언어에서 가장 중요한 요소의 하나이다. 피상적으로 보면, 이미지는 자세한 묘사, 또는 기발한 발상으로 선명한 시적 효과를 얻는 것으로 생각될 수 있다. 그러나 효과적인 이미지는 여러 복합적인 층위를 내포하고 있다. 이미지는 이 층들을 하나로 통일함으로써 강력한 인상을 준다. 이 통일의 가장 직접적인 매개자는 감각이다. 이 감각은 정태적인 것이라기보다 움직임 속에서 일어난다. 감각하는 사람은 몸으로 움직이고 있기도 하고 생명체로서 끊임없는 메타볼리즘 속에 있다. 감각은, 그것이 사람의 마음속에서 인지된다는 의미에서 심리 내의 현상이다. 그러나 반드시 의식적으로 작용하는 것은 아니다. 그 지속은 사물들의 인상을 통일한다. 감각은 일정한 지각으로 정리된다. 그러나 그것은 수동적인 불가항

---

1 《서강인문논총》 제 24집(2008).

력성을 가지고 있다. 감각 또는 지각의 지속은 그것의 담지자가 지속을 말하지만, 동시에 사물의 지속, 세계의 지속에 일치한다. 이 지속은 공간 속에 펼쳐진다. 그리고 그것은 존재의 공간성에서 유래한다. 감각은 이러한 원초적 공간 전부를 나타내지는 아니하여도 그것을 암시하고 그것에 의하여 가능하여지는 현상이다. 이것을 거의 물질적으로 결정화(結晶化)하는 것이 이미지이다.

감각 또는 지각은 그것 자체로 의미를 갖기보다는 인간의 존재 방식에 연결됨으로써 의미를 갖는 인간 기능이다. 그것은 사람이 세계 안에 존재하는 데에 있어서 인식론적 전초(前哨)가 된다. 그러나 그것은 인간 존재와 세계 사이에 일어나는 보다 총체적인 접속에 관계되는 다른 심리 기능에 이어져 있다. 그것은 이 기능의 움직임에 영향을 받고 또 그것에 영향을 준다. 감정, 느낌, 기분이 이러한 접속 기능을 수행한다. 이보다 큰 접속에서 인식론적으로 가장 전초에 있는 것은 느낌이다. 그러나 보다 내면적인 기분은 사물들의 전체 그리고 존재를 느끼게 하는 기능을 가지고 있다. 그것은 인간 실존의 존재에의 열림을 매개한다.

시적 이미지는 이러한 여러 층위의 인간 기능을 하나로 통합하면서 감각적인 영상으로 물질화한다. 이 통합 속에 전제되는 공간 또는 존재는 거기에 놓여 있는 것이 아니다. 그것은 시적 지각의 사건 속에서 드러나는 공간이고 존재이다. 원초적 공간과 존재는 지각의 사건 ── 극히 개인적이면서도 모든 사람이 공감할 수 있는 보편성의 사건으로 드러난다. 시 그리고 예술 작품의 감동은 근본적으로 감추어 있던 것이 드러나는 에피파니의 감동이다. 거기에는 정도를 달리하여 늘 형이상학적 전율이 있다. 그것이 느끼게 하는 것은 작품이 원초적인 공간과 존재의 계시이다.

(주제어: 이미지, 지각, 감각, 느낌, 공간, 원초적 공간, 존재의 형식, 존재)

1. 이미지와 지각의 공간

1. 감각의 통일

시에 이미지가 중요함은 말할 필요가 없다. 이것을 새삼스럽게 강조한 것은 20세기 초두의 이미지스트들이다. 그들이 내세운 것은 "사물 ── 주관적이든 객관적이든 사물을 직접으로 다루는" 시였다. 사물을 직접적으로 취급한다는 것이 무엇을 말하는가? 그에 대한 답은 쉽지 않다. 가장 간단한 것은 그것이 자세한 사실적 묘사를 의미한다고 말하는 것일 것이다. 또는 강조되는 것이 선명한 인상을 주는 장식적인 이미지라고 생각될 수도 있다. 에즈라 파운드(Ezra Pound)는 초기 이미지스트 운동에서의 중요 인물이었고, 그의 어떤 사실 묘사의 시구들이 이미지즘의 예로 인용되지만, 이미지를 간단한 사물의 제시라는 관점에서 생각하지는 아니하였다. 그는 이미지를 "지적, 감정적 복합체를 한 찰나의 시간에 보여 주는 것"이라고 했고, 이미지즘이 피상적인 것이 된다고 하였을 때, 그것을 다시 에너지를 결집하는 "소용돌이"라는 말로 설명하였다.

간단한 이미지 제시의 시로 생각될 수 있는 것도 자세히 검토해 보면, 복잡한 기제를 포함하고 있는 것을 알 수 있다. 자신이 직접 이미지즘의 운동에 참여한 것은 아니지만, 거기에 중요한 이론을 제공한 철학자 흄(T. E. Hulme)은 몇 편의 시를 남겼다. 그의 시 「가을(Autumn)」은 이미지의 효과를 선명하게 예시해 주는 시로서, 이미지의 효과의 복합적인 기초를 살필 수 있게 한다.

찬 기운 도는 가을밤,
외출하니, 불그레한 달이
나무 울타리 너머에 기대어

붉은 얼굴의 농부처럼 있었다.
멈추어 말을 건네지 않았지만,
고개를 끄덕여 인사했다.
간절한 표정의 별들이
흰 얼굴의 도회지 아이들처럼
그 주위에 둘러서 있었다.

A touch of cold in the autumn night,
I walked abroad
And saw the ruddy moon lean over on hedge
Like a red-faced farmer.
I did not stop to speak, but nodded:
And round about were the wistful stars
With white faces like town children.

　이 시의 깊이를 어떻게 생각하든지, 그려 내고 있는 광경이 매우 선명한 그림으로 느껴지는 것은 틀림이 없다. 이 그림과 같은 효과는 반드시 자세한 묘사에서 오는 것은 아니다. 이 시의 요소로서는 달, 별, 농부, 아이들이 나오지만, 선명함의 효과는 다분히 이러한 요소들이 하나의 느낌으로 통일되어 있다는 데에 관계된다. 특히 우리는 이 요소들이 자연과 인간의 세계를 겹쳐 놓는다는 점에 주의할 수 있다.
　농부의 얼굴이 불그레하고(ruddy), 달의 색깔이 '붉은(red)' 것일 터인데, 이 형용사를 바꾸어 놓은 것에서도 우리는 이 중복이 흄의 의도인 것을 추측할 수 있다. 이것은 '간절한 표정(wistful)'과 '흰(white)'이라는 형용사의 경우에도 그대로 해당된다. 물론 '얼굴(face)'이라는 말이 달이나 별 또는 농부와 아이들에 두루 쓰인 것에서 이미 이러한 뒤섞임이 일어나고 있다는 것을 읽어 낼 수 있다. 외계의 사물이 마치 인간의 속성을 가진 것처럼 그려져 있는 것이다. 그러면서도 이 자연과 인간의 겹침은 반드시 과장된 감정 ─ 자연을 인간적 감정의 렌즈로 보는 바와 같은, 영미 문학 비평에서 '감정 오류(pathetic fallacy)'라고 부른 현상을 말하는 것은 아니다.

이 시를 하나가 되게 하는 것은 가을의 느낌이다. 그러나 그것은 흔히 생각하는 조락(凋落)의 가을이라는 종류의 감상적 가을에 대한 느낌은 아니다. 겹침이 일어나는 것은 감정보다는 감각의 차원에서이다. 그러면서 이 감각도 강조되는 것은 아니다. 가령 가을의 풍경을 지긋이 바라보는 것과 같은 때 강조되는 감각 ─ 그것의 심미적 지양과 같은 것이 있는 것도 아니다. 여기의 화자는 움직이고 있다. 그의 감각은 머물러 서 있는 것도 아니다. 그것은 몸의 움직임과 하나가 되어 있는 감각이다. 감각은 원래 사물을 드러내는 매개체가 될 수 있다. 그런데 여기에서 그것은 움직임 속에 있기 때문에 특히 여러 가지 사물들이 나열되는 어떤 중립적 공간과 같다. 그러면서 마음에 펼쳐지는 감각의 공간 그것이 드러내는 것은 공간이다. 그것은 지각의 공간이면서 사물들이 존재하는 공간이다. 가을이라는 느낌이 시를 요약한다면, 그것은 동시에 이 작가의 의식의 공간 그리고 사물의 공간을 요약해 준다. 흄의 가을은 이러한 복합적 움직임을 통하여 사물들과 그것의 통일로서의 가을을 제시한다.

그렇다고 이 시가 수행하고 있는 것이 사물의 직접적인 제시에 그친다고 할 수는 없다. 또는 이러한 제시 자체가 다른 차원에 의지하고 있다고 할 수 있다. 때는 가을이다. 가을에는 가을의 감각이 있다. 그것은 온대 지방의 사람들에게 단순한 감각 이상의 의미를 갖는다. 농부의 얼굴은 가을이 순환하는 계절의 하나라는 것에 관계되어 있을 것이다. 그것이 산보자로 하여금 달을 보고 농부의 얼굴과 농사일을 생각하게 하는 것이다. 도시의 아이들의 흰 얼굴도, 생물학적 기운의 성쇠를 생각하게 하는 것으로 볼 수 있다. 다만 어쩌면 그것은 계절의 순환과 더불어 움직이는 농부의 건강 보다는 더 지속적인 생물학적 위축에 이어져 있다고 할 수 있다. 또 이러한 가을의 풍경에는 달과 별들이 동참하고 있다. 물론 사실에 있어서는 건강 과 그 위축, 노동과 노동의 결핍의 순환과 배분을 궁극적으로 결정하는 것 은 이러한 전체 상황을 관류하고 있는 계절과 시간의 순환이다.

이러한 것들을 이렇게 자세하게 뜯어보는 것은 단순한 묘사에서 지나치 게 많은 의미를 읽어 내는 것이 아닌가 하고 생각될 수 있다. 제시되어 있는 것은 간단한 가을밤의 풍경이다. 그러나 가을의 느낌에 포함되어 있는 것 이, 알게 모르게, 이러한 삶의 일어남과 이욺의 순환에 대한 어떤 깨우침이 아니겠는가? 사람의 지각은 실로 많은 것을 직관적으로 포착한다고 할 수 있다. 그리고 그것에 겹쳐서만 의미를 얻는 총체적 현상이다. 지각되는 현 상이 우리에게 실감을 주는 것도 사실의 나열에 못지않게 사실을 뒷받침하 고 있는 보다 큰 배경이라고 할 수 있다. 시에서 이미지가 중요하다면, 그것 은 이미지가 이 배경의 통일성 속에서 제시되어 있기 때문이다.

2. 감각과 공간

이미지의 제시에 감각 또는 지각의 역할은 여러 다른 시들에서도 볼 수 있다. 이미지는 제1차적으로 감각이나 지각이 만들어 내는 공간에서 모습 을 드러낸다. (다시 한 번 매개자가 과장된 감정 ─ 이미 일정 방향으로 정형화된 감 정이 아니라는 점을 강조할 필요가 있다. 그럼으로써 이미지는 보다 직접적으로 사물 의 사물성을 시사한다.) 한국 근대시에서 이미지즘을 생각한다면, 정지용을 대표적인 이미지스트라고 할 수 있다. 「호수 2」와 같은 시는 거의 이미지 제시만으로 끝나는 간결한 이미지의 시이다. 그러면서도 거기에서도 위에 서 본 바와 같은 지각적 공간의 적용을 볼 수 있다.

오리 모가지는
호수를 감는다.

오리 모가지는
자꼬 간지러워.

　이 시에서 지각의 중심은 오리 목이 느끼는 간지러움이다. 그러나 시의
효과의 중심은 오리 목을 중심으로 한 동심원의 물결이라는 시각적 광경
이다. 오리 목에 느껴지는 감각이 ─ 물론 시인이 스스로의 감각을 거기에
투사한 것이겠지만 ─ 그 주변의 수면을 하나의 공간으로 통일한다. 공간
의 넓이가 큰 것은 아니면서도, 감각이 전체를 하나의 장면으로 통일하는
것이다. (사실 정확히 생각하여 보면, 오리 목보다 오리의 몸 전체가 물결의 동심원
안에 위치하는 것이 아닐까 하는 생각이 든다. 그럼에도 불구하고 시인이 오리 목을 말
한 것은 촉각을 강조하여 제시된 광경이 감각적으로 구성된다는 것을 강조하는 것인
지도 모른다. 또 몸 전체보다 목은 시각적으로 중심과 주변의 구도를 강화한다.)
　정지용이 아니라도 다른 시인에서도 이미지는 비슷한 움직임을 통하여
작용한다. 박목월,「타조」에서는 타조 목의 움직임이 핵심이다. 그것은 그
사건적인 조우(遭遇)이기에 ─ 시인의 지각과의 ─ 더욱 실감 나는 것이
된다. 그리고 동시에 이러한 지각의 조우가 새로운 체험이 되는 것은 우리
가 세상을 보는 여러 테두리들이 거기에 개입되기 때문이다. 이 테두리는
궁극적으로는 그 나름의 질서를 가진 것이면서 또 그것을 넘어 하나를 이
루는 공간이다.

　너무나 긴 목 위에서 그것은 비지상적(非地上的)인 얼굴이다. 그러므로 늘
의외의 공간에서 그의 얼굴을 발견하고 나는 잠시 경악한다. 다만 비스켓 낱

을 주워 먹으려고 그것이 천상에서 내려올 때, 나는 다시 당황한다.

먹는다는 것이 동심적인 천진스러운 행위일까. 누추하고 비굴한 본능일까. 확실히 타조는 양면을 가졌다. 소년처럼 순직한 얼굴과 벌건 살덩이가 굳어버린 이기적인 노안(老顔)과……

그리고 이 괴이한 면상(面相)의 주금류(走禽類)가 오늘은 나의 눈을 응시한다.

우리는 사물이 일정한 자리에 있는 것으로 상정한다. 생물체의 머리도 일정한 위치에 있는 것으로 생각한다. 그럼으로 하여 의외의 공간에서 사물을 — 이 경우에 얼굴을 — 만나면, 그것은 경악스러운 일이 된다. 「타조」는 타조의 머리의 움직임에 관계하여 이 단순한 경험적 사실을 진술한다. 진술은 추상적이지만, 인상의 서술은, 커다란 몸에 비하여 유달리 유연해 뵈는 타조의 목의 인상을 정확히 포착한다. 그러면서 이 시는 가볍게 형이상학적 기상(綺想)을 내비친다.

언급된 타조의 이야기에는 우화가 들어 있다. 머리는 고상한 생각만 하는 것이 아니다. 그것은 때로는 먹어야 한다는 생물학적 필요에 봉사한다. 아마 시인은 먹고살기 위하여, 반드시 자신의 위엄에 맞는 것이라고 할 수 없는 일들을 하여야 할 때가 있었을 것이다. 생물학적 필요와 고고한 자세는 별개로 존재하는 것이 아니라 구별 없이 혼재한다. 지상과 비지상(非地上) 또는 천상(天上)의 경우도 마찬가지이다. 물론 이것은 다시 삶과 삶의 공간의 두려움에 대한 인식을 바탕에 깔고 있다. 공간의 비어 있음은 이 모든 것을 서로 통하게 한다. 생물은 그 구별 없는 공간에서 삶을 영위해야 한다. 이러한 요소들 — 시인 자신의 삶의 모멸에 대한 경험, 거기에 이어진 지상과 천상의 연속성이 주는 실존적 불안감, 거대한 공간에 대한 공포 등, 타조의 목의 날카로운 지각의 뒤에 들어 있는 것은 이러한 요소들이다.

그리고 그것이 지각을 날카롭게 한다.

　김현승은 스스로 이미지스트임을 표방한 일은 없지만, 우리 근대시인 가운데 이미지스트적인 수법을 많이 활용한 시인이다. 그의 「눈물」은, 전달하려는 메시지에 있어서 전혀 이미지즘의 시라고 할 수 없는 시임에도 불구하고, 근본적인 인식의 구도에 있어서는, 흄의 「가을」에 상당히 비슷한 것이라고 할 것이다. 그것은 지각이 구성해 내는 공간을 시적 서술의 지면(紙面)으로 사용하지만, 이 공간은 앞의 시들의 경우보다 직접적으로 추상적이고 형이상학적인 공간이다.

　　더러는
　　옥토에 떨어지는 작은 생명이고저
　　흠도 티도
　　남기지 않는
　　나의 전체는 오직 이뿐!

　　아름다운 나무의 꽃이 시듦을 보시고
　　열매를 맺게 하신 당신은

　　나의 웃음을 만드신 후에
　　새로이 나의 눈물을 지어 주시다

　이 시는 꽃이 지는 것과 웃음의 끝남 그리고 눈물과 열매 등을 병치한다. 이러한 병치를 물리적으로 뒷받침하고 있는 것은, 구체적으로 열매 맺는 가을의 정경이다. 물론 이것은 공간적으로보다는 지구와 생명의 과정으로 파악되어 있다. 그것은 다시 인간사의 기쁨과 슬픔, 즐김과 회한의 리

듬으로 이어진다. (그러나 지상에 떨어지는 눈물 ── 이러한 이미지는, 거대한 지구
와 생명 전체의 드라마에 비하여 한 개인의 애환, 삶과 죽음은 얼마나 작은 것인가 하
는 것을 생각하게 한다. 그러면서도 이 시에서 눈물은 땅에 심는 씨앗에 비유되어 있
다. 그것은 큰 지구 환경에 포섭되어 안정(安定)한다.)

3. 의식과 감각적 금욕적 집중과 형이상학적 공간

　사람의 감각과 지각은 사물을 향하여 열리는 문과 같지만, 이러한 인간
기능이 사물에 반드시 적극적인 작용을 가하는 것은 아니다. 사물을 정확
히 지각한다는 것은 물론 감각의 에너지를 대상물에 집중한다는 것을 말
하지만, 그것은 기이한 금욕적 집중이어야 한다. 이러한 지각 작용에 에너
지가 필요하다고 한다면, 그것은 대상물을 향하는 것이면서 자기 자신을
절제하는 데에도 쓰이는 에너지이다. (위에서 살펴본 지각의 통일은 무의식적으
로 일어난다. 그러면서도 그것이 사물을 면밀하게 보는 힘에 연결되어 있는 것은 틀림
이 없다. 거기에는 자기도 모르는 집중이 있는 것이다.)

　황인숙의 「손대지 마시오」에서 이미지로 부각되는 것은 고양이이다.
이 고양이는 시인의 응시가 발견해 낸 이미지이다. 그러면서 동시에 응시
의 주체는 고양이 자신이다. 시인의 응시는 고양이의 응시로 촉발된 것이
다. 사람의 마음과 지각의 움직임은 그만큼 직접적으로 대상에 밀착하여
움직인다. 응시는 움직임의 억제를 수반하고 어떤 의미에서나 대상물에의
간섭을 삼가는 것으로써 가능해진다. 사람과 고양이의 응시의 일치는 사
실 이러한 절제의 소득이다. 이 시에서 고양이는 가만히 앉아 있다. (소파도
그러지만.) 시인은 ── 자신과 고양이의 ── 응시를 통하여 사물이 스스로
존재한다는 것을 확인한다. 여기에서 나오는 윤리적 명령이, 약간 희극적
으로 표현한 제목, 「손대지 마시오」이다.

욕조 속으로
졸졸졸 흘러 떨어지는 물줄기를
하염없이 바라보는 고양이가 있다.
고양이는 기다리지 않으면서
지나가는 것을 바라본다.
시간이 지나가고
물이 가득 채워진다.

지나가기를 기다리면서
의자는
깔고 앉아 있다
제 그림자를

「손대지 마시오」는 움직임으로 드러나는 것과는 다른, 사물의 이미지
를 제시하고, 그리고 그것이 자리하고 있는 공간을 암시한다. 그것은 움직
임의 공간이 아니라 가만히 있음의 공간이다. 이 정지 상태 속에서 시인이
알게 되는 것은 사물들이 그 자체로 존재한다는 사실이다.

사물들이 그 자체로 있다는 것은 무엇을 말하는가? 그것이 반드시 움직
임이 없다는 것일까? 이 시에서 고양이가 가만히 있는 것은 사실이다. 그
러나 고양이가 계속 그렇게만 있을 것은 아니다. 그것은 다시 움직일 것이
다. 그러나 가만히 ── 그것도 에너지를 집중하여 가만히 있는 것은 고양이
의 참된 있음을 드러내 준다는 느낌을 준다. 우리가 이 가만히 있음에서 깨
닫는 것은 고양이가 자기 나름의 독자성을 가지고 있는 존재라는 사실일
것이다. 그것은 고양이를 정지해 있는 상태에서 관찰할 때 알게 된다. 그러
나 고양이는 살아 있는 생명체이다. 생명의 과정은 그대로 진행되고 있다.

그리고 고양이는 시간의 흐름 속에서 늙고 죽을 것이다. 그러나 이 모든 생명의 과정은 외면에 전개되는 것이 아니라 고양이의 신체의 내부에서 진행된다. 이 내부의 과정은 고양이의 관점 — 또는 내재적 관점에서만 이해되거나 짐작될 수 있는 일이다.

안에서 진행되는 생명의 과정은 외적인 움직임이 정지될 때에 잘 감지될 수 있다. 이러한 내재적 자존(自存)은 다른 사물에도 해당된다. 사물이 그 자체로 존재한다는 것은 적어도 사람의 외면 공간에서의 행동의 맥락을 벗어져 나갈 때이다. 이 내재적 지속을 느끼게 하는 것은, 이 시의 경우, 응시이다. 그것이 관찰자의 의식을 동물과 사물의 자존으로 열어 놓는다. 이 의식의 공간에 사물들은 독립된 존재들로 인식된다. 그러나 이 의식의 공간이 심리적 공간에 그치는 것은 아니다. 사물들이 그 자체의 공간에 존재함은 틀림이 없다. 응시에 집중된 의식은 이 공간에 일치한다. 그런데 이 공간은 어디에 있는 것인가? 사물은 움직임과 정지의 역설적 조합 속에 있다 할 수 있다. 사물이 움직인다는 것은 다른 것들과의 비교에서 알 수 있는 것이다. 그러나 완전히 내재적 관점에서 움직임은 순수 지속이 된다. 그리고 그것은 밖으로부터 잴 수 있는 것이 아니다. 그것은 정지의 비유로써 접근될 수 있다. 그것이 비치는 것은 모든 것이 자체로 존재하는 순수한 시공간이다.

중요한 것은, 위의 모든 이야기가 날카롭게 관찰된 또는 정확히 기술된 이미지들에 함축 되어 있다는 점이다. 그것은 시인의 금욕적으로 집중된 의식 속에서 포착된다. 그렇다고 그것이 심리적인 공간임에 그치는 것은 아니다. 그것은 물질세계의 공간에 일치한다. 그것은 어쩌면 그 자체로 있는 사물들이 존재하는 원초적인 공간일 수 있다.

한스 카로사의 「오래된 분수(Der Alten Brunnen)」는 움직임과 가만있음, 그리고 의식과 외적인 사건, 그것을 에워싸고 있는 또는 그것들의 밑에 놓여 있는 공간──가만히 있으면서도 사건으로서 일어나게 되는 공간을 매우 적절하게 느끼게 하는 시이다. 이 시에서 사실의 지각은 의식의 집중을 가져온다. 집중은 그 지각의 대상만을 인지하게 하는 것이 아니라 그것을 에워싼 정경과 그 정경의 형이상학적 의미를 알게 한다. 이 넓은 공간은 실제 있는 공간이지만, 지각자(知覺者)의 의식 속에서 재연(再演)되는 공간이다. 그러니까 실재의 공간은 의식 속에서 보다 분명한 형상과 넓은 연관을 가진 것으로 확인되는 것이다. 당초의 이 깨달음의 계기가 된 지각 현상도 이 의식 속의 재연을 통하여 완전한 의미 속에서 파악된다.

불을 끄고 주무시라! 언제나 깨어 있는
물 떨어지는 소리가 난다. 오래된 분수로부터.
허나 우리 집에 손님이 되어 온 이들은
이 소리에 곧 익숙해진다.

어떤 때, 그대는 아직 꿈속에 있는데,
집 둘레에 수런거림이 인다. 분수 주변의
자갈밭 밟는 발자욱 소리
분수에 물소리가 잠시 멈춘다.

그대는 눈이 뜨였지만, 놀랄 것은 없다.
별들은 대지 위로 언제나처럼 가득하고,
방랑자 한 사람 대리석의 꼭지에 다가가
분수에 흐르는 물을 손을 모았을 뿐.
그는 다시 걷기 시작하고 물소리 다시 이어진다.
기뻐하라, 그대만이 홀로 있는 것이 아니니.

수없는 방랑자 별들 반짝이는 곳으로 가고

아직도 많은 방랑자 그대를 향해 오고 있나니.

이 시의 주인공은 작은 도시의 분수가 있는 광장에 면한 여관에 머물고 있는 여행객이다. 그는 밤중에 깨어나 분수 소리가 그치는 것에 주의한다. 또는 분수 소리가 멈추었기 때문에 깨어난다. (도시인은 시골에서 소음의 부재로 하여 잠에서 깨어나게 되는 수가 있다. 도시인에게 정상적인 상태는 '백색 소음(white noise)'이 있는 상태이다.) 그 결과 그는 정적 속에서 광장의 전체 공간을 상상할 수 있게 된다. 박목월의 시에서 이야기된 것과 비슷하게 갑작스러운 변화는 의외의 일 — 통상적으로 우리가 함몰되어 있는 의표(意表)의 세계 밖으로 우리를 이끌어 간다.

여기에서 열리는 것은 의식의 공간이다. 그것은 현실 공간과 일치한다. (의식의 공간이 펼쳐짐으로써 실재는 더욱 실재하는 것이 된다고 할 수도 있다.) 분수의 소리가 중단된 것은 어느 방랑자가 분수에서 흐르는 물을 손으로 받쳐 마셨기 때문이다. 분수의 중단을 지각함으로써 의식은 분수와 분수 광장 그리고 별이 빛나는 하늘의 공간 전체에로 열리게 된다. 그리고 그는, 물을 마시고 가던 길을 가는 방랑자의 인생 역정을 생각하고, 동시에 자신의 인생을 생각한다. 여관에 투숙한 것은 그도 방랑의 길에 나선 사람이기 때문일 것이다. 설사 그가 방랑자가 아니라 목적지를 향해 가는 여행자라고 하더라도 전체적인 삶의 의미라는 관점에서는 그도 인생의 방랑자라고 할 수 있다. 시의 마지막에서 그가 위로를 느낀다면, 그것은 외로운 방랑이 어떤 특정한 개인의 불운이 아니라 모든 사람의 운명이라는 것을 깨닫게 되기 때문이다.

그런데 「오래된 분수」가 이러한 깨달음의 우화를 내용으로 한다면, 약간 이상한 것은 그 깨달음이 여행자가 아니라 여관 주인의 입을 통하여 전달된다는 것이다. 그것은 실제 주인의 말이고 주인이 잠이 깬 여행자를 위로하기 위하여 자기의 경험에서 얻은 깨달음을 전하는 것일 수 있다. 물론 여행자는 거기에 공감한다. 또는 이 시는 여행자의 깨달음을 여관 주인의 말로 바꾸어 이야기하고 있는 것이라고 할 수도 있다. 그것은 서술 기법 때문일 수도 있다. 그러나 보다 깊은 의미를 생각해 볼 수도 있다. 모든 것이 여행자의 마음에서 일어나는 일이라고 하더라고, 그는, 여관의 주인이라면 수많은 여행자를 보았을 터이므로 인생이 방랑이라는 사실을 더욱 잘 알고 있을 것이라고 생각하고 자기의 느낌을 확대 일반화하여 주인의 말이 되게 하였다고 할 수 있다.

이 시에는 몇 개의 관점의 교환이 있다. 이 시가 기술하는 경험의 핵심에는 분수에서 물을 받아 먹고 길을 다시 가는 방랑자가 있다. 이 방랑자는 관찰되거나 상상될 뿐이지만, 방랑이라는 체험의 주인공이다. 여관 주인과 투숙객이 느끼는 것은 그에 대한 공감이다. 여관 주인의 관점은, 그 자신의 것이면서도 방랑자와 투숙 여행객의 심정에 자신의 관점을 일치시킨 결과이다. 물론 그것은 모든 인간의 숙명에 자기를 일치시킨 관점이기도 하다. 그러나 방랑의 파토스(pathos)는 밤에 눈을 뜨고 분수 소리의 중단에 주의하는 여행객이 느끼는 것이다. 그것은 깨달음의 절실성이다. 깨달음은 방랑객의 처지와 주인의 지혜를 아우르는 데에서 일어난다. 그러니까 이 시가 서술하는 체험의 주인공은 여행객이다. 그리고 다른 사람의 관점은 그 내용이 된다. 깨달음의 순간은 한 개인의 것이면서 보편적 진리의 일부이다. 그 순간에, 관점은 절실하게 개인적인 것이면서 여러 관점을 포괄한다. 이것은 자연스러운 일이다. 개체는 유일자이면서 보편적 존재의 일부이다.

그런데 흥미로운 것은 이러한 혼융이 일어나는 것이 공간 의식에 의하여 뒷받침된다는 것이다. 아마 모든 것은, 광장과 하늘의 비어 있는 넓이의 고요함이 없었더라면, 지각되지 못했을 것이다. 여행객은 자신의 잠자리에 있다. 그러면서 그의 의식은 광장으로 열리고 별이 있는 하늘로 열리고 다시 그 안에서의 다른 사람들의 행동과 의식으로 열린다. 이 모든 것은 분수 소리의 중단에 의하여 매개된다. 우리의 감각 또는 지각 작용은 이러한 중층적 구성을 가지고 있다. 이것이 겹칠 때에 그것은 깨달음, 에피파니의 사건이 된다. 그러나 이러한 모든 것은 다른 한편으로 이 시공간을 바탕으로 하여 일어나는 사건이라고 할 수도 있다. 다만 일상적 삶에서 그것이 의식되지 않을 뿐이다.

카로사의 「오래된 분수」는 일상적이면서도 형이상학적인 체험을 말한다. 이 시는 작은 감각적 사건도 거대한 시공간의 바탕 속에서 일어난다는 것을 확인한다. 이러한 공간은 매우 일상적인 행동과 행위 속에도 개입한다. 「손대지 마시오」는 일상사 가운데에 끼어드는 현상학적 에포케(épochè)의 순간을 포착한 것이다. 프랑시스 퐁주(Francis Ponge)의 「문짝의 재미(Les Plaisirs de la Porte)」는 더욱 짧게 일어나는 에포케를 기술한다.

임금들은 문에 손을 대지 않는다.

그들은 그 재미를 알지 못한다. 막아선 익숙한 문 판때기를 가볍게 또는 힘 있게 밀고, 다시 제자리에 돌아갔나 돌아보고 ── 손에 문짝을 잡아 보는 일을.

방으로 들어가는 걸음 앞을 막아선 커다란 막이를 사기 문고리로 잡으며 아랫배로 덮치는 재미. 이 속전속결, 육체와 육체가 부딪는. 순간적으로 미는 움직임, 막히면, 눈이 반짝 열리고 몸 전체가 새로운 환경에 적응한다.

그러나 몸은 다시 손으로 문을, 밀고, 열고, 힘주어 열어 젖힌다. 그리고 들어간다. 몸의 입성(入城)을 기름칠해 놓은 힘센 문짝의 덜컥 하는 소리가 확인한다.

높은 사람은 문 열어 주는 사람이 있어, 그에게 문은 없는 것과 같다. (있다면 사회적 지위의 확인의 수단으로 있다고 할까?) 물론 보통 사람에게도 문을 여는 일은 무의식적으로 자동적으로 될 수 있다. 그러나 그 동작을 의식하는 순간 물질적 현실과 공간이 거기에 열리게 된다. 몸은 잠깐 무거운 문이 막아선다는 환경에 적응하여야 한다. 그리고 다시 문을 여는 동작을 하게 되고 공간의 연속성을 확인한다. 여기의, 의지적 행동의 중단, 그리고 물질과 공간의 새로운 열림이 분명하게 의식되는 것은 아니다. 동작들은 의식의 결정보다는 몸의 보다 직접적인 반응의 결과이다. 그리하여 퐁주의 시의 문장의 주어들은 몸이다. 그러나 의식이 전적으로 부재한 것은 아니다. 막아서는 문, 그 무게, 손과 몸에 맞서는 무게, 그 물질적 자존, 공간적 점유, 중단된 공간과 다시 연속되는 공간 ─ 이 모든 것은 조금은 의식된다. 또는 그것을 몸의 차원에서 의식한다. 퐁주가 말하는 '재미(les plaisirs)'는 몸의 의식의 소산이다.

무거운 문을 밀어젖히는 체험에서만큼 그렇지는 않다고 하더라도, 사실 사람의 존재는 세계에서 이러한 지속과 중단의 연쇄 속에 있다. 중단은 의식을 불러일으키고, 의식은 물질적 세계를 불러일으킨다. 이 세계는 그 나름으로 지속하고 있는 세계이다. 자신의 존재의 지속 속에서 다른 존재들의 그 나름의 지속을 의식하지 못했던 인간에게 동작의 중단 그리고 그것을 수반했던 의식의 중단 그리고 그 방향 전환으로 이 지속을 새삼스럽게 인정하게 된다. 모든 사물은 그 자체로 지속하는 시공간 속에 있다. 이 시공간은 인간의 의식에 분명하게 각인되지 못한다. 어쩌면 그것은 자신의 주체성 속에 갇혀 있는 인간에게 알 수 없는 신비의 차원이라고 할 수 있다. 그러면서도 그것은 사람의 모든 움직임 속에 끊임없이 개입한다. 삶과 사물은 그 안에 존재한다.

2. 이미지 지각의 구성

1. 지각의 층위

위에서 본 바와 같이, 이미지는 시의 효과를 위하여 매우 중요한 요소이다. 그런데 거꾸로 시의 기능은 바로 이미지를 부각시키는 데에 있다고 할 수도 있다. 하나의 이미지로 통합되지 않는 시는 좋은 시가 아니라는 어떤 비평가의 말은 정당하다. 그런데, 이미지가 그렇게 중요하고 독자에게 만족감을 주는 것은 무엇 때문일까? 그 의미는 단순히 시적 기능에 있다고 할 수는 없다. 그 만족감은 제1차적으로는 우리의 지각과 인식이 주는 만족감이다. 그것은 특히 그림이나 사진에서 느끼는 바와 같은 시각적 재현 ─ 일정한 단순화를 거친 시각적 재현의 만족감이다. 그러면서도 그것은 사람의 존재의 어떤 근원적인 접촉을 가능하게 하는 데에서 오는 기쁨 ─ 그러면서도 그와는 모순된 것일 수 있으나 헤아리기 어려운 신비의 느낌에 이어져 있는 것이 아닌가 한다. 적어도 그것은 사람의 지각과 인식의 근본적 구도를 무의식중에 확인하게 하는 것으로 보인다.

시적 이미지 또 그에서 오는 확인의 느낌은 무엇보다도 지각적 현실에 기초해야 한다. 그런데 이때의 지각은 '보니까 그렇더라'는 말로 표현될 수 있는 확신만을 말하는 것은 아니다. 그것은 세계에 열려 있는 감정과 생각의 여러 측면에 이어져 있다. 그것이 중세 철학에서 카탈렙시스(catalepsis)라고 하는 지각적 확신을 주는 것은 이 모든 것이 개인적 체험의 한 순간 속에서 세계의 어떤 진실을 계시하는 사건이 될 때이다. 그 확신은 감정적, 지적 복합체 속에 세계의 진실이 계시되는 한 순간의 사건이다. 그러나 이러한 에피파니에 결정화(結晶化)되는 감정, 느낌, 기분은 그 나름대로, 낮은 정도에서일망정, 진실을 전달한다. 그리고 시의 이미지는 그리고 시적 표현의 밑에는 이러한 진실이 들어 있는 경우가 많다. 모든 시가 반드시 강력한 계시의 순간이 되는 것은 아니다. 다음에서는 어떤 시적 표현에 포착되는 그러한 계시의 요소들을 ── 여러 통로를 생각해 보기로 한다.

다시 확인하건대, 사람의 인식과 행동의 시작은 감각에 있다. 사람의 삶이 바깥세상과의 관계에서 이루어진다고 한다면, 오관에 들어 접촉되는 세계가 모든 것의 시작인 것은 분명하다. 세계는 보고 듣고 냄새 맡고 만지는 것으로써 우리에게 연결된다. 시발점으로서의 감각은 외부 세계와의 관계에만 해당되는 것은 아니다. 우리 자신에 대한 우리의 관계도 감각으로 접근된다고 할 수 있다. 우리의 신체 상황에 대한 느낌도 감각적으로 확인되고, 그것이 우리의 자아의식에의 통로가 되는 것일 것이다. 그렇다고 감각이 전부라는 말은 아니고, 그것을 시발 또는 촉발의 계기로 생각할 수 있다는 말이다. 오관으로 접하게 되는 세계는 일정한 물질적 무게와 형상을 가지고 있다. 그리고 그것은 일정한 대상으로 또 그것을 전체적으로 아우르는 세계로 조직되어야 한다. 그런 연후에야, 그것은 인식과 활동의 장이 될 수 있다. 감각에서 지각을 이야기하면, 벌써 그것은 일정한 원리에 의하여 조직된 세계를 말하는 것이 된다. 이러한 조직의 원리가 어디에서 오는지는 분명치 않다. 일단 그것은 사람의 삶의 필요에서 오는 것이라고 하겠지만, 그것이 사람의 대상이며 장으로서의 세계의 진실에 맞지 않는다면, 그것은 삶의 목적을 위해서도 전혀 쓸모없는 것이 될 것이다. 이렇게 볼 때, 그것은 사람의 내면에 근거한 것이면서 동시에 세계 자체에서 오는 것이라고 하여야 한다. 그러나 사람의 내면 자체도 세계의 일부가 아닌 것은 아니다. 따라서 감각의 세계로 조직되는 원리는 세계 자체에서 온다고 하는 것이 옳다. 또는 적어도 그것은 세계가 사람에게 나타나는 하나의 모습을 보여 준다고 할 수 있다.

그러니만큼 사람과 세계의 상호 작용은 반드시 완전히 대립적으로 분리된 주체와 객체의 충돌을 의미하지는 않는다. 사람이 세계에 존재하는 물건을 가동하고 변형하여 새로운 물건을 만든다는 사실을 볼 때, 그리고 사실상 사람이 사는 세계는 오늘날 거의 인간이 만들어 낸 세계라는 것을 볼 때, 사람의 밖에 존재하는 세계는 고정된 형태로 사람의 밖에 존재하는 객체가 아니라 사람과 물질의 세계를 관류하고 있는 능동의 원리, 창조의 힘이라고 할 수도 있다. 이렇게 말하는 것은 세계의 물질적 존재 그러면서 변화하는 존재와 그것에 개입하는 인간 활동의 원리가 간단히 주관적이라 거나 객관적이라고 분류할 수 없는 신비라는 것을 말하는 것이다.

사람이 인지하는 세계는 어떻게 근본적으로 파악되는가? 그것을 동기 짓는 것은 위에서 삶의 이해관계처럼 이야기하였다. 이 이해관계는, 의식 적으로든 무의식적으로든, 일정한 플롯으로 계획되어야 한다. 계획은 시간을 공간화하여 하나로 파악하는 행위이다. 물론 그 이전에 사람은 원초 적으로 시간만이 아니라 공간 속에 존재한다. 플롯이 시간의 공간화를 요구한다는 것을 떠나서도, 실제로 모든 인간 행동은 공간에서의 일정한 동선을 따라 이루어진다. 그리하여 사실상 공간은 시간보다 더 중요한 실존 적 의미를 갖는다.

사람은 어떤 경우에나 공간에 자리 잡거나 움직여 가고 살아가야 한다. 그러기 위해서 공간은 일정한 질서로 조직되어야 한다. 그러나 공간 지각 의 단초를 생각할 때, 이것은 반드시 의식적으로 조직되는 것은 아닐 것이 다. 사람의 삶의 이해관계 이전에 이미 공간 속에 던져져 있다. 공간은 미리 주어지는 삶의 요건이다. 그러면서 그것은 사람의 의지의 벡터 속에 있다. 그러나 그 전에 이미, 사람의 삶의 작용의 대상이고 공존적 존재인 사물은 공간에 있다. 그 안에서 사물은 따로따로 존재한다. 그리고 그것은 다른 사물과의 관계 속에 있다. 이것은 공간적 관계이다. 그러나 이 관계를 하나로 묶는 공간은 어디에서 오는가? 사물들의 관계의 확장이 그것인가? 또는 반대로 공간이 있어서 그 안에서 상호 관계가 생기고 그것을 배경으로 하여 사물이 드러나게 되는 것인가?

앞에서 말한 바 있듯이 눈으로 보거나 그림으로 재현된 풍경은 그 틀을 통해서, 밀접한 상관관계를 갖는 통일된 지각의 대상이 된다. 테두리가 사물들 사이에 공간적 관계를 만들어 내고 보이는 현상을 하나의 유기적 통일체로 만든다. 우리의 통상적 지각 현상에서 공간은 보이지도 않고 의식되지도 않는다. 그러면서도 그것은 사물의 지각에 선행하여 주어진다. 지각은 칸트가 이야기하는 바와 같이 공간의 형식이 없이는 아무것도 인식할 수 없다. 아니면 플라톤이 생각한 것처럼 모든 것은 이데아를 배경으로 존재하고 거기에 가장 중요한 것이 공간의 이데아인가?

2. 느낌

부분에 선행하여 전체를 감지하는 것은 일상적으로 경험하는 일이다. 가령 우리가 어떤 장면에 들어설 때, 우리는 아무것도 구체적으로 알아보지 못한다. 그러나 하나의 장면이 있다는 것을 안다. 이것은 우리의 지각에 대응하여 존재한다. 그러나 그것은 적어도 하나의 장면이 존재한다는 차원에서는 어렵게 풀어내야 하는 것이 아니라 한번에 주어지는 인상이라고 할 것이다. 그리고 그것에 대하여 느낌으로 일정한 판단을 내린다. 어떤 장면에 발을 들이밀었을 때, 우리는 그 장면이 풍기는 분위기를 우선 감지하는 것이다. 특히 사람들의 모임에 가면 강하게 그 분위기를 느끼게 된다. 그리하여 그것이 즐거운 파티인가 축제인가 엄숙한 의식인가 금방 알아차리게 된다. 풍경의 경우에도 그렇다고 할 수 있다. 위에서 읽어 본 시「가을」에서 풍경을 하나로 통일하고 있는 것은 가을의 찬 느낌이다. 그것이 그에 대립하는 삶의 온기의 높고 낮음, 계절의 변화, 찬 느낌의 우주적인 열림, 이러한 것들을 하나로 통일한다. 물론 이 통일은 사물들 이전에 주어진 기분의 통일이다.

데카르트적인 합리주의를 강하게 비판하는 미국의 심리학자 안토니오 다마지오(Antonio Damasio)가 사람의 느낌 또는 감정의 인식적 의미를 강조한 것은 맞는다고 할 수 있다. 그에 의하면, 감정(emotion)은 외부 상황에 대한 내적인 대응과 행동적 표현을 준비하는 데에서 매개자의 역할을 한다. 그런데 이 감정의 상태를 의식화하는 것은 느낌(feeling)이다. 그런데 이 느낌들을 조율하여 일정한 상태로 유지하는 느낌이 있다. 이것을 그는 "배경의 느낌(background feeling)"이라고 부른다. 이것이 우리로 하여금 "우리 존재의 물리적 일반적 주조(主調, the general physical tone of our being)"를 알게 한다. 그것이 "우리의 정신 상태를 정의하고 우리의 삶의 빛깔을 정해 준다." 이것은 대체로 우리의 신체의 상태를 말해 주는 지표이다. 다마지오의 용어로 이것은 "내적 생리 상태의 일시적 범주에 대한 확실한 지표(a faithful index of momentary parameters of inner organism state)"이다.[2] 끊임없이 변하거나 변주하면서도 이러한 느낌은 사람의 삶에 일정한 항상성을 부여한다. 그러나 이 느낌이 조금 더 지속적이 되는 것을 다마지오는 "기분(mood)"이라고 부른다. "기분은 조음(調音)되고 지속된 배경적 느낌과 조음되고 지속된 — 가령 우울증의 경우, 슬픔의 지속된 일차적 감정으로 이루어진다."[3] 그리하여 배경적 느낌 또는 기분이 파악하는 우리의 삶은 마치 하나의 멜로디처럼 일정하면서도 변화하여 간다.

다만 다마지오의 관찰은 주로 인간의 내부 상태, 더 직접적으로는, 근육이나 신경 그리고 두뇌의 화학 작용에 관계하여 생각된 것이다. 사람은 자신의 신체의 상태를 늘 내면적으로 모니터하고 있다. 이 모니터 활동은 신체의 의식화 과정을 나타내면서 물론 외부의 자극이나 상황에 행동적 반

---

2   Antonio Damasio, *The Feeling of What Happens*(New York: Harcourt, Inc., 1999), p. 286.

3   Ibid., p. 286.

응의 뜻을 숨겨 가지고 있다. 다마지오는 이것을 직접적으로 외부 상황에 연결하지는 않는다. 그의 생각에 그것은 감각이나 지각의 소임일 것이다. 그러나 느낌에는 이미 외적인 것이 침입해 들어가 있다고 할 수 있다. 느낌은 심리 내부의 사건이다. 그것이 일정한 파라미터를 가지고 있다고 할 때, 이 파라미터는 주로 신체적인 균형을 지칭하는 것이지만, 그것은 이미 외부 세계와의 조율의 결과이다. 그것은 상황적, 세계 내적, 또는 공간적 의식을 포함한다고 하여야 할 것이다. 그럼으로 하여 감정이나 느낌은 인식적 의미를 갖는다.

사람은 전체적인 일관성을 가진 느낌을 가지고 자신의 내부를 조정한다. 그러나 그것은 외부 조건의 감지에 연결되어 있다. 그리하여 어떤 상황에 들어갔을 때, 맨 처음에 우리는 자신의 마음의 상태를 의식하지만, 다시 그것을 통해서 전체적 분위기를 파악한다. 이때 느낌은 상황과 의식이 조율되어 지속되고 변주하는 통일체라고 할 수 있다. 시는 대체로 희로애락의 감정을 표현한다. 그리고 이 감정들은 시가 묘사하는 대상들에 하나의 통일성을 부여한다. 그러나 다마지오가 말한 바와 같은 느낌은 원초적으로 지속하고 변주하는 상황을 더 직접적으로 전달한다고 할 수 있지 않을까 한다. 그에게 느낌은 감정을 감지하는 것인 까닭에 그 이후에 일어나는 2차적인 현상이지만, 이 현상을 인식론적으로 생각할 때, 느낌은 감정에 선행한다. 그리고 그것은 감정의 요소인 행동에, 행동의 전제 조건인 상황에 선행한다고 할 수 있다. 그리고 그것은 모든 것에 일정한 형식적 전제 조건이 된다.

다마지오의 생각은 인식론보다는 심리학에 근거를 두고 있다. 그 관점에서 감정은 그것대로의 유형을 가지고 있다. 물론 우리의 상식에서도 그렇게 생각한다. 우리는 이 감정에 희로애락이 있다고 한다. 더 자세히 말하면 전통적으로 이것은 사단칠정을 모두 포함하여 희로애구애오욕(喜

怒哀懼愛惡慾)과 측은(惻隱), 수오(羞惡), 사양(辭讓,), 시지(是非)의 마음으로 구분된다. 다마지오에게 감정은 여섯 가지로 fear, anger, sadness, disgust, surprise, happiness(懼怒哀惡驚悅)이다. 이에 대하여, 배경의 느낌은 fatigue, energy, excitement, wellness, sickness, tension, relaxation, surging, dragging, stability, instability, balance, imbalance, harmony, discord(피로감, 역동감, 흥분, 건강, 병약, 긴장, 이완, 분발, 지리함, 안정, 불안정, 균형, 불균형, 조화, 불화) 등이다.[4] 감정은 행동적 표현을 위한 예비적 심리 상태이다. 다마지오는 느낌은 이것을 신체의 상태로 감지하는 것이라고 한다.

그런데 위에 열거한 느낌들에 주목할 수 있는 것은 이것들이 감정의 여러 형태에 비하여 거의 신체 상태 그것을 말한다는 점이다. 그 점에서 그것은 훨씬 원초적이다. 신체를 가진 인간이 세계에 접할 때 일어나는 기초적인 인식이 그것이다. 즉 그것은 신체에서 일어나는 상황 의식의 증표이다. 이에 비하여 감정은 의식의 차원에 보다 가까운 심리 현상이다. 물론 이것이 행동의 준비 상태를 나타낸다면, 신체는 그에 따라 그 나름의 준비에 들어가지 않으면 안 된다. 그러나 더 중요한 것은, 인간이 신체적 존재로서 세계 안에 존재하는 한, 거의 제1차적으로 주어지는 인간의 상황 의식이 느낌일 것이라는 사실이다. 그것은 인식론적으로 모든 것에 선행하고 궁극적으로 세계 안에서의 인간의 존재 방식에 의하여 결정된다.

시는 감정을 표현한다. 그러나 그것은 감정과 함께 느낌을 표현한다. 또는 시의 밑바탕에는 이러한 느낌으로 매개된 세계의 모습이 들어 있다고 할 수 있다. 그리고 시가 이것에 기초할 때, 그 발견의 느낌은 더욱 강화된다. 감정은 상투화되기 쉽다. 그러나 느낌으로 표현되는, 물질적 세계 안에서의 사람의 존재는 훨씬 다양하고 유연하고 무엇보다도 직접적이다.

---

4   Ibid., pp. 285~286.

3. 기분

위에서 잠깐 언급한 바와 같이, 느낌의 지속적인 표현은 기분이다. 지속성은 물론 나의 지속 그리고 세계의 지속을 바탕으로 한다. 그리하여 그에 이르는 통로가 될 수 있다. 그것을 반드시 같은 말로 번역할 수 있을른지 모르지만, 하이데거에 있어서 기분(Befindlichkeit, Stimmung)은 존재론적인 의미를 갖는다. (영어 번역에서 이것은 feeling, affective state, mood라는 말이 된다.) 그것은 일상적 삶의 느낌이면서 깊은 형이상학적 열림을 가지고 있는, 정서와 인식을 아우르는 마음의 상태이다. 기분은 우리의 느낌이지만, 우리가 세계 속에 있는 모습 그리고 세계의 모습을 드러내 주는 역할을 한다.

사람은 목전의 사물 하나하나에 사로잡혀 살고 생각하고 학문을 한다. 그러나 우리를 이 집착으로부터 떼어 내어 사물 전체, "있는 것의 전체(Das Seiende im Ganze)"를 짐작하게 하는 것이 감정과 느낌 그리고 기분이다. 지루함, 기쁨, 행복감 등의 정서적 상태는 다 이러한 매개적 역할을 가지고 있다. 그중에도 하이데거의 존재론에서 가장 중요한 것은 불안이다.[5] 기분은, 다시 말하건대, 사람이 마음에 느끼는 것이지만, 반드시 사람의 내면의 상태, 심리만을 이야기하지 아니하다. 독일어 Befindlichkeit에 이어져 있는 sich befinden은 '스스로를 어떤 상태에 있는 것으로 알다'라는 뜻을 가지고 있다. 그러한 의미에서 기분은 어떤 삶이 처해 있는 상태를 말한다. 그것이 사람의 존재 방식에 의하여 매개되는 것이기는 하지만, 사람의 상황을 말하는 것이다.

하이데거는 기분을 말하기 위하여 Stimmung이란 말을 쓰기도 한다. 이것은 보다 적극적인 의미에서 사람이 세계와의 일정한 관계에서만 존

---

5 Heidegger, "Was ist Metaphysik?"(1929); "What is Metaphysics?"(1929), trans. by R. F. C. Hull and Alan Crick, in Werner Brock, *Existence and Being*(Chicago: Henry Regnery Company, Gateway Edition, 1968, pp. 333~334.

재한다는 사실을 가리키는 것으로 말할 수 있다. 기분을 나타내는 두 단어는 『존재와 시간』에서 이미 이야기되어 있는 것이지만, 나중에 『진리의 본질』[6]에서 설명되는 것으로 미루어 보면, Stimmung이라는 기분은 사람이 세계에 존재한다는 사실 자체의 모습을 결정한다. 이것은 양의적이다. 인간은 진리 속에 산다. 그것은 자유로이 선택된 것이다. 바로 우리가 '기분대로'라고 할 때, 우리말의 표현에도 이것이 함축되어 있다. 그러나 깊은 의미에서 기분은 우리가 선택하는 것이 아니다. 그것은 존재의 전체를 드러내는 진리의 성격을 갖는다. 진리는 그 자명성, 필연성으로 하여 자유가 아니라 강제력을 행사하는 힘을 가지고 있다. 진리는 자유롭게 선택되는 것이 아니라 주어지는 것이고, 하이데거 식으로 말하여도, 드러나는 것, 계시되는 것이다. 개인적인 의식의 차원에서, 그리고 하이데거가 여러 곳에서 주장하듯이, 그것이 역사적으로 결정된다고 할 때에도, 진리의 강제성은 피할 수 없다. 기분은 이러한 조건들 속에서 일어난다. "제 기분대로"라는 것은, 근본적으로는, 이 진리의 상황에 스스로를 맞추는 행위이다. 사람은 주어진 현실 또는 "있는 것 전체"에 조율되어 존재한다. 이 조율이 인간의 자유에서 나온다고 한다면, 조율에는, 맞추어야 하는 것이 있으면서도, 자유의 여유도 있다고 할 수 있다. "조율되는 것(Gestimmtheit)"은 사람이 존재하는 근본적 방식이다. 그것은 삶이 세계 안의 존재 방식을 우리에게 알려 주는 인지의 방편이다. 기분은 이 조율의 소산이다. 그것은 우리의 마음을 드러내면서 세계를 드러낸다.

여기에서 이러한 것들을 말하는 것은 물론 하이데거의 존재론을 말하자는 것은 아니다. 우리의 관심은 시적 지각이고, 그것에 삼투되어 있는 공

---

6 Cf. Heidegger, "Vom Wesen der Wahrheit"(1943); "On the Essence of Truth"(1943), trans. by Hull and Crick in Werner Brock, pp. 310~312.

간의 지각이다. 하이데거의 철학에서 사물과 사물의 세계는 "있는 것의 전체"를 배경으로 존재한다. "존재" 자체는 신비 속에 감추어 있다. 그런데 이때 세계, 있는 것 전체, 있음 또는 존재는 일정하게 말할 수 없는 범위, 연장(延長)을 말한다. 그러나 이것을 쉽게 설명할 수 있는 방법은 그것을 일정한 공간이라고 말하는 것이다. 사실 하이데거의 가장 중요한 저서 『존재와 시간』에서 존재는 공간을 말하는 것으로 해석할 수 있다. 그리하여 그 제목은 『공간과 시간』이 될 수도 있을 것이다. 그가 문제 삼고 있는 것은 공간과 시간의 문제이다. 그러나 이 공간은, 그의 시간이 그러한 것처럼, 기하학적으로 측정되는 공간이 아니다. 그것은 더 복잡한 인간의 실존과 모든 존재하는 것들의 바탕으로서의 공간, 원초적인 시공간을 말한다.

그런데 여기에서 우리가 주목하고자 하는 것은 이것이 기분이라는 평범한 심리 상태에도 드러난다는 것이다. 여기에 드러나는 것이 늘 원초적 깊이를 가진 공간이라고 할 수는 없다. 그래도 시는 이러한 공간을 비침으로써 우리의 마음에 깊은 공감을 불러일으키는 것이다. 모든 시 또는 더 일반적으로 예술 작품들이 우리에게 이러한 것을 직접적으로 말하여 주지는 아니한다. 그러면서도 시와 예술 작품이 우리 마음에 어떤 분위기를 전달해 주는 것은 사실이다. 분위기란 하나의 통일성으로서의 기분을 말한다. 작품에 통일성을 부여하는 것이 분위기 또는 기분이고 이 통일성을 얻지 못하거나 독자로서 그것을 포착하지 못하는 경우 작품의 메시지의 전달은 실패하는 것이 된다. 통일성은 되풀이하건대, 공간적 성격을 가지고 있다.

4. 존재의 형식

시와 예술 작품은 개개의 사물, 사물의 군집, 분위기, 기분과 보다 깊은 의미에서의 공간 지각, 존재에의 열림의 어느 중간에 존재한다. 그것의 심리적 그리고 형이상학적 근거는 위에서 말한바 다마지오의 신체적 호미오

스타시스와 ─ 물론 이것도 상황적 조건과의 관계에서 일어나는 것이지만 ─ 하이데거의 존재론적 조율(ontologische Gestimmtheit)의 중간에 위치하는 것일 것이다. 물론 어떤 경우에 있어서나, 드러나는 것은 존재 전체가 아니고, 그 일정한 국면이다. 이 국면은 사람이 처하는 상황과 사람 그리고 사람의 기분에 맞추어 바뀌는 변화무쌍한 것이라고 하겠지만, 그것에 정형성이 전혀 없다고 할 수는 없다. 다마지오가 말한 여섯 개의 보편적 감정이나 성리학에서의 사단칠정과 같은 것은 이미 사람이 느끼는 감정에 일정한 정형성이 있다는 것을 시사한다. (다마지오의 감정은 ─ 사실은 찰스 다윈에서 끌어온 것이지만 ─ 놀라운 것은 유교에서 말하는 정(情), 우리가 일상적으로 말하는 희로애락들과 겹친다는 사실이다.) 이러한 유형화는 기분에도 적용된다. 이러한 것들은 감정이나 기분의 실질적 내용을 말한 것이지만, 내용이 아니라 형식에도 일정한 수의 종류가 있다는 것을 생각할 수 있다.

감정이나 느낌에 항수(恒數)가 있다는 것 자체가 그것을 결정하는 요인이 일정한 형식의 존재에 관계되어 있다는 것을 말한다. 이것은 플라톤적인 이데아에 귀착할 수도 있지만, 보다 경험적으로는 우리의 신체와 삶이 일정한 조건을 가지고 있기 때문이라고 할 것이다. 그것은 보다 일반적으로는 다시 세계가 일정한 특성을 가지고 있다는 것에 이어진다. 사람의 느낌은 자신과의 관계에서 세계를 인지하되 일정한 형식을 따른다. 이 형식은 적어도 사람의 관점에서는 세계 그것의 항수적인 특징이다. 그 특징 가운데에 사람이 가장 민감한 것은 자연일 것이다. 20세기 중엽 미국의 예술철학계에서 중요했던 수잔 랭어는 사람이 자기의 세계를 인식하는 데에는 선험적으로 주어지는 상징 형식이 매개 작용을 한다고 말하였다. 여기에 언어의 형식 그리고 담론의 논리가 가장 중요하지만, 경험의 상당 부분은 예술 형식을 통해서만 분명하게 인식될 수 있다. 그것은 인간 경험을 표현하는 또 하나의 언어이다. 이 언어의 근본은 사람이 살고 있는 세계가 드러내는 시각적 모양이다. 물론 시각은 우리의 감각의 일부이다. 그리고 거기에는 역학적 감각(kinesthesia)도 관계된다. 이 감각들 또는 지각들은 다시 자연 현상 안에 자리하고 있다.

하늘의 일정한 움직임, 지상에서의 낮과 밤의 교차, 조류의 간만, 태어남과 자라남, 쇠퇴와 죽음 등 자연과 삶의 규칙성은 사람이 세계를 인지하는 데에 기본적인 틀을 제공한다. 그것은 정신적 의미를 갖는다. 그러나 다른 한편으로 그것은 언어나 마찬가지로 사회적인 관습에 의하여 고착된다.[7] 그것을 사람이 반드시 의식적으로 취사선택하여 정형화하는 것은 아니다. 그것은 문화의 오랜 과정 속에서 우리의 의식과 무의식에 침전하여 지각과 인식을 결정하는 무의식의 원형이 된다. 그러면서 그것은 보다 근원적인 존재론적 바탕을 향한 통로가 된다.

중요한 것은 여러 층의 원형들이 직접적으로 우리 의식에 작용하고, 사람이 세계에 존재하게 되는 양식 자체를 결정한다는 사실이다. 그것은 심리적 차원에서 그리고 존재론적 차원에서 그러하다. 그러면서 그것은 멀리 있는 신비의 차원으로만이 아니라 감각과 지각에 직접적으로 현존한다. 하이데거가 사람의 기분을 말하면서, 그것이 직접적으로 존재의 느낌에 연결된다고 할 때에도 그것은 그러한 원초적인 존재의 공간에 열리는 인간의 일상적인 삶을 말하는 것이다. 다마지오의 배경적 느낌은 일상적 차원에서의 존재의 정향화 — 항수적이지는 아니하여도 지속적인 정형화를 말한다고 할 수 있다. 그에게 배경의 느낌은, 위에서 말한 바와 같이, "우리의 정신 상태를 정의하고 우리의 삶의 빛깔을 정해 준다." 또는 그것은 "우리 존재의 물리적 일반적 주조(主調)"를 나타낸다.[8] 그런데 이러한 사람

---

7 Cf. Susanne K. Langer, *Philosophy in a New Key*(New York: The New American Library, 1954), p. 146 et passim.

8 Cf. Damasio, p. 286.

의 빛깔 또는 존재의 주조는 조금 더 분명하게 한정되고 정형화될 수 있는 것인지 모른다. 사람의 기질, 성격이나 인격을 유형화할 수 있다는 생각에도 이러한 직관이 들어 있다.

예술 표현은 이러한 정형화의 형식들 속에서 이루어진다. 그런데 이러한 것을 의식적으로 표면에 드러내는 시도 없지 않다. 당 말(唐末)의 시인 사공도(司空圖)의 「이십사시품(二十四詩品)」은 자연의 여러 양상과의 관계에서 있을 수 있는 시적 분위기를 품격으로 그려 낸 것인데, 그것은 기분을 말한 것이라고 할 수도 있고 기분에 관계되는 분위기와 분위기의 품격을 말한 것이라고 할 수도 있다. 또는 더 단적으로 자연의 분위기와 인간의 삶의 주조의 유형을 일치시켜 말한 것이라고 볼 수도 있다. 24편의 시는 기분에 의하여 매개되는 그 나름의 인간과 자연의 상관관계의 유형학을 이룬다 할 수 있다. 적어도 그것이 인간의 세계에 대한 관계의 형식을 시사하고 있다는 것은 틀림없다. 여기에서 강조되어 있는 것은 인간 존재의 테두리로서 우주 전체와 그 속에서 움직이는 인간 존재의 양식이다. 사람은 큰 일에서나 일상적인 일에서나 있는 것의 전체 또는 존재 그것에 조율된 삶을 산다. 또는 그렇게 하는 것이 바른 삶의 방식이다. (중국의 전통에서, 큰 우주와 작은 우주의 조응 관계(照應關係)는 인간사를 풀어 나가는 기본적인 방법론이다.)

사람이 우주적 지표에 근접하는 것은 우주에 찬 에너지에 일치하고 그 것을 관찰함으로써이다. 이 에너지를 가장 잘 대표하는 것은 태풍과 같은 것이다. 그리고 사람도 그러한 에너지가 영웅적인 활기로 넘치게 되는 것을 자신 안에 느낄 때가 있다. 그러나 이 우주 공간은 보다 조용한 가운데, 명상에 의하여 또는 보다 조용한 사람에 의하여 더 잘 인지될 수 있다. 물론 사람이 사는 것은 이러한 것들보다는 작은 테두리에서이다. 그러나 거기에서도 자연의 미묘한 순환, 그 안에 일어나는 생명의 순환에 대한 섬세한 주의는 결국 그것이 보다 넓은 세계와 그 세계의 이치에 이어져 있음을 의식하게 한다. 작은 것의 의미도 큰 배경 속에서 얻어진다. 크고 작은 조화가 가장 잘 구현될 수 있는 것은 자연에 숨어 사는 독거(獨居) 은자이다. 은자의 삶은 여러 가지 기분과 존재 양식을 이야기하는 이 연작시에서 중심적인 이미지가 된다.

첫 번의 시, 「웅혼(雄渾)」은 주제를 집약적으로 표현하는 서론이라고 할 수 있다.[9] 여기의 묘사는 우주와 자연의 묘사이기도 하고 동시에 사람의 삶을 사는 방법에 대한 시사이기도 하다.

크게 움직이는 것이 밖으로 몸을 튼튼히 하고
참된 내실이 안을 가득하게 한다.
그리하여 돌이켜 빈 것이 큰 것에 들고,
튼튼함이 쌓여 호쾌한 것이 된다.

大用外腓, 眞體內充
反虛入渾, 積建爲雄

이런 거창한 내외 일치의 원리를 이미지로 뒷받침하는 것은 "어둡고 거칠게 솟아나는 구름"과 "쉬지 않고 불어오는 바람"이다. 그다음 여기에서 이끌어내는 충고는 이것을 마음에 지니면 끝없는 것에 이르게 된다는 것이다. 뒤따르는 시들은 이와 같이 거창하지는 않다. 「충담(沖淡)」은 검소한 삶에 내려오는 미묘한 영감을 이야기한다. 옷깃의 흔들림, 대나무에 부는 바람과 같은 것도 그러한 것이다. 그다음의 시 「섬농(纖穠)」은 그보다 더 일

---

9 종영(鍾嶸), 하문환(河文煥) 정(訂), 『역대시화(歷代詩話)』(상해: 예문서관(藝文書館), 발행 연도 미상), 24~26쪽.

상적인 삶에 작용하는 미묘한 기운을 말한다. 묘사되어 있는 것은 단순히 봄의 광경이라고 할 수도 있다. 그러나 그것은 동시에 인간 존재의 방식을 나타낸다.

> 흐르는 물결의 번쩍임, 먼 봄 푸름의 무성함,
> 깊은 골짜기의 고요, 때로 보이는 미인……

> 采采流水, 蓬蓬遠春
> 窈窕深谷, 時見美人……

이러한 봄의 아름다움을 말한 다음에 자신은 이러한 것들에 머무름이 없이 앞으로 나아간다고 말한다. 그리고 삶의 진실을 새삼스럽게 깨닫는다. 깨닫는 진리는 이러한 계절의 도래가 한없이 이어진다는 것과 옛것이 늘 새로워지게 하는 계절 순환의 무한함이다. 네 번째의 「침착(沈著)」과 그 다음의 「고고(高古)」는 느낌과 공간감 그리고 형이상학적 정조(metaphysical pathos)의 일치라는 점에서 서로 비교하여 볼 만하다.

> 푸른 숲, 검소한 작은 집,
> 지는 해에 공기는 맑기만 하네.
> 머리에 쓴 것도 없이, 홀로 걷는데,
> 때로 새소리 들린다.
> 기러기는 오지 않고 벗은 멀리 갔지만,
> 늘 그랬듯이, 생각에는 멀지 않고,
> 바닷바람 푸른 구름,
> 밤기슭에 밝은 달,

그대의 아름다운 말 들리는 듯,
넓은 강물 앞에 놓여 있건만.

綠杉野屋, 落日氣淸
脫中獨步, 時聞鳥聲
鴻雁不來, 之子遠行
所思不遠, 若爲平生
海風碧雲, 夜渚月明
如有佳語, 大河前橫

위의 시는 적막하면서도 그리움으로 채워진 넓은 자연의 풍경을 그린다. 또는 그리움이 있어서 자연의 적막한 넓이는 더 적막한 것으로 느껴지는 것일까? 다음의 「고고」도 공간에 관계되는 시이다.

부용을 손에 쥔 선인들 참[眞]을 타고
넓고 긴 세월을 넘어 흔적 없는 빈 것으로 가다.
동쪽으로 북두칠성 그 너머 달 뜨는 데, 좋은 바람 쫓아 일다.
태화산 위 밤 푸르고, 사람들 한가로이 맑은 종을 듣다.
말은 그 마음 빈 것에 서고, 갇힌 들 넘어,
황제처럼, 요임금처럼, 근본에 우뚝 서다.

畸人乘眞, 手把芙蓉
汎彼浩劫, 窅然空蹤
月出東斗, 好風相從
太華夜碧, 人聞淸鐘

虛佇神素, 脫然畦封
黃唐在獨, 落落元宗

　여기의 묘사에는 우주론적인 암시가 많이 들어 있지만, 공간적 이미지
가 되어 있는 것은 높은 산이며, 달이며, 부는 바람이며, 울려오는 종소리
이다. 앞의 「침착」이 수평적인 광막함을 말한다면, 이것은 수직적인 높이
를 말하고 있다는 점에 주의할 수 있다. 사공조의 「이십사시품」은 자연 그
리고 자연의 움직임을 이야기하면서, 거기에 조율되는 사람의 느낌 그리
고 사람의 존재의 양식들을 이야기한다. 이것이 시의 양식에 일치한다.
　위의 시를 이해하는 데에는 원문과 함께 영어 번역을 참조하였는데,[10]
이 번역의 제목이 'Twenty-four Modes of Poetry'인 것에 주목할 수 있
다. 번역자가 '품(品)'을 mode로 번역한 것인데, 이것은 위에 여러 번 언급
한 기분(mood)과 어원을 같이 하는 단어이다. 이 말은 음악에서의 mode를
생각하게 한다. 음악의 mode, key는 음악의 소리들을 일정한 형태 속에서
움직이게 하는 ─ 그러면서도 그 자유로운 변화를 가능하게 하는 중요한
수단이다. 사람의 감정도 그러하지만, 삶도 이러한 mode들에 의하여 여러
가지로 변주된다고 할 수 있다. 사람의 삶에도 일정한 존재의 양식이 있는
것이다. 예술 작품은 이러한 양식에 이어진 상징 형식 속에서 움직인다. 그
리고 많은 층위를 통하여 그것을 시사할 때, 새로운 감동을 준다.

5. 둥그런 존재
　우리가 이야기한 것은 기분과 정서가 일정한 형식 ─ 상징 형식이면서

10　Yang Xianxi and Gladys Yang, *Poetry and Prose of the Tang and Song*(Beijing: Foreign Languages
　　Press, 1994), pp. 193~295.

존재의 형식인 — 일정한 형식을 통하여 표현되고, 그것이 인간 존재를 세계에로 열리게 하는 계기가 된다는 것이었다. 여기에서 세계는 사물과 그것을 일정한 관계에서 존재하게 하는 시공간의 일부이다. 시가 그리고 예술 작품이 보여 주는 것은 이러한 존재론적 연쇄이다. 궁극적으로 거기에 드러나는 것은 어떤 선험성을 지닌 원초적 공간이다. 이 공간은 세계를 넘어서 무한함으로 펼쳐진다. 그러나 그것은 동시에 우리가 처해 있는 상황의 물리적, 실존적 조건이다. 그것은 인간의 세계와의 관계를 떠나서 드러날 수가 없다. 시는 이러한 공간을 그린다. 또는 암시한다. 시에 표현되는 이미지는 그러한 공기 속에 존재한다. 이미지는 사물의 증표이다. 그러나 그것은 동시에 인간의 존재 방식에 관계된다. 그러므로 사물과 사물의 존재하는 공간은 인간의 존재 방식에 관계되어 스스로를 드러낸다. 이미지는 이러한 바탕 위에서 일어나는 사건이다.

그러나 동시에 시가 정서의 표현이라는 사실에는 변함이 없다. 시의 이미지는 정서의 대응물이다. 그러면서 그것은 공간에 존재한다. 이 공간은 무엇인가? 그것은 현실로 존재하는 것인가, 심리의 공간인가, 또는 심리와 현실이 맞부딪는 데에 일어나는 것인가? 우리가 조금 전에 말한 것도 그러한 뜻의 이야기이지만, 하이데거는 여러 형태의 정서는 정서이면서 가장 근원적인 존재의 열림에 참여한다고 말할 것이다. 그렇다 하더라도 인간이 이러한 공간과 존재의 열림을 느끼는 것은 무엇 때문인가? 또는 그것을 느낄 필요를 갖는 것은 무엇 때문인가?

공간을 이야기하고 시를 이야기하는 경우, 우리는 가스통 바슐라르 (Gaston Bachelard)의 공간의 시학에 관한 저술들을 지나쳐 갈 수 없다. 그가 탐구하는 공간은 현상학적 공간이다. 현상학의 공간이 현실의 공간인지 아닌지는 분명치 않다. 바슐라르가 탐색하는 공간은 주로 시적 상상력 또는 공상 속에 드러나는 공간이다. 상상이나 공상은, 정신분석학이 말하듯이 그 나름의 성취를 지향한다. 좀 더 관대하게 말하면, 그것이 원하는 것은 행복에 관계되어 있다. 그런 의미에서 사람이 더듬어 나아가는 공간은 적어도 심리적인 만족을 주는 공간이다. 단순히 억압된 무의식적 충동의 대리 충족을 추구하는 것이 아니라면, 그것은 세계 안에서의 안주를 원하는 인간 존재의 깊은 소망을 표현한다고 할 수 있다. 이것은 원초적인 공간의 열림에 일치한다. 인간의 행복은 단순히 원초적 공간에 일치함으로써 이루어지는 것일까?

바슐라르가 그의 저서 『공간의 시학』의 마지막 부분에서 확인하는 것은 대체로 이러한 인간적 염원 ── 인간의 깊은 의식 속에 잠재해 있는 존재론적 소망이다. 그것을 그는 카를 야스퍼스(Karl Jaspers)의 말, "모든 인간 존재는 둥그렇다고 느낀다.(Jedes Dasein scheint in sich rund.)"라는 말로 요약한다. 그리고 그는 다른 많은 시인, 예술가에서 같은 둥그런 느낌의 존재감을 발견한다. 가령 고흐도 인생이 둥그렇다고 했다. 조 부스케(Joe Bousquet)는 인생이 아름답다는 말을 듣고, "그게 아니라 인생은 둥글다."라고 말했다고 한다. 라퐁텐(Jean de la Fontaine)은 "호두는 나를 둥글게 한다."라고 말했다. 이러한 둥그러움을 말하는 이미지들의 효과를 바슐라르는 이렇게 말한다.

이들 이미지들은 세상을 지워 버린다. 그것들은 과거를 가지고 있지 않다. 그것들은 그전에 가졌던 경험에서 나오지 않는다. 틀림없이 그것들은 형이상학적 심리학의 성격을 가지고 있다. 그 교훈은 고독에 관한 것이다. 우리는 잠깐 그것들을 홀로 직면해야 한다. 이 이미지들을 갑자기 마주하게 되면, 우리는 다른 아무것도 생각하지 않는다. 우리는 이 표현의 존재 안에 존재한다. 그러한 표현의 최면력에 몸을 맡기면, 우리는 이 존재의 둥그러움 가운데, 삶의 둥그러움 속에 있다. 마치 호두가 그 껍질 안에서 둥그러워지듯이. [위에 든]

철학자, 화자, 시인, 우화의 작자는 우리에게 순수한 현상학의 기록을 남겨 주었다. 그것을 활용하여 존재를 그 중심에 집중하게 하는 것은 우리 몫이다. 존재의 변주를 불어나게 하여 이러한 기록을 더욱 민감하게 하는 것도 우리 몫이다.[11]

바슐라르는 다시 말한다.

흠 없는 둥그러움의 이미지들은 우리에게 정신을 가다듬게 하고 우리를 처음으로 구성하게 하며, 우리 존재를 가깝게 안으로부터 확인하게 한다. 안으로부터 경험될 때에, 외면적인 특성이 없으니, 존재는 둥그러울 수밖에 없다.[12]

바슐라르는 새가 둥그럽다고 한 미슐레의 말을 인용하여 둥그러움을 이렇게 설명하기도 한다. 미슐레가 말한 날아가는 새는 날아가는 새이기 때문에 화살표로 그려야 더 마땅했을 터인데 그것을 둥그럽다고 한 것이다. 그것은 미슐레가 새를 "우주적 상황 속에서, 각 방위로 스스로를 지키는 삶의 집중으로, 생명의 둥그런 공에 둘려 있는 존재로, 그 통일성의 최대치로" 파악했기 때문이다.[13] 바슐라르는 릴케에서도 비슷한 새 이미지를 발견한다. 릴케는 또 나무도 그러한 둥그러움 가운데 그렸다.

언제나 그를 에워싼 것

---

11 Gaston Bachelard, *The Poetics of Space*, trans. by Maria Joals(Boston: Beacon Press, 1960), pp. 233~234.

12 Ibid., p. 234.

13 Ibid., pp. 237~238.

가운데 있는 나무들,

하늘의 궁륭을 맛보는 나무.[14]

Arbres toujours au milieu

De tout ce qui l'entoure

Arbre qui savoure

Le voûte des cieux.

바슐라르의 주장에도 불구하고 여기의 릴케의 프랑스어 시에 나오는 나무는 앞에 그가 말한 것과는 다른 둥그러움을 말한다고 하는 것이 옳다. 앞에서 바슐라르는 둥그러움을 자기 안에 밀폐되어 있는 존재의 모습으로 말하였다. 물론 그것은 이기적인 존재의 자폐적 특징을 말한 것이라기보다는 개체적 생명의 온전함을 말한 것일 것이다. 그러나 릴케의 시의 둥그러움은 개체의 둥그러움과 함께 세계의 둥그러움을 포용하고 있다. 릴케의 나무는 사물의 가운데에 있고 하늘을 떠받들고 있다. 다시 다른 시에서는 — 이것도 바슐라르가 인용하고 있는 것이지만 — 나무는 신(神)에 이르고 자신을 줄임으로써 둥그렇게 되고 모든 세상의 환난으로부터 해방되는 나무가 된다. 이러한 나무는 릴케에게 부처님의 원형이기도 하다.

이러한 것을 생각하면 바슐라르의 둥그런 존재는 역시 패쇄적인 감을 준다. 사람이 기분을 통하여, 실천을 통하여 세계에 조율하는 것은 물론 세계와 자기가 하나이기를 원하는 것에 관계되어 있다. 그러나 그것은 자기를 넘어 세계에 합치는 것을 말하는 것이기도 하다. 그것은 사람의 존재의 방식이기도 하다. 사람은 그것을 그가 거주하는 세계에서 확인하고자 한

---

14 Ibid., p. 239.

다. 그것은 그의 개인적 실존에서, 또 그가 거주하는 집에서, 도시에서 그리고 자연에서 확인하고자 하는 원초적인 소망이고 존재의 모습이다. 릴케의 시에서 부처님이 그러한 존재인 것은 당연하다. 그것은 사람이 그 자기중심성에서 벗어나서 다시 진정한 중심에 서려면 금욕적인 자기 초월이 있어야 하기 때문이다. 바슐라르는 이것을 너무 심리적으로, 인간 중심적으로 해석하였지만, 모든 사물은 원래부터 그 자체의 온전함 속에 있고, 그러니만큼 둥그럽다고 할 수 있다. 모든 것이 자존 속에 있는 공간──이것이 원초적 공간이다. 그것은 있는 대로의 공간이고, 사람의 궁극적 행복은 이 있음의 공간에 일치하는 것이다.

(2008년)

참고 문헌

『김현승 시 전집』(관동출판사, 1974).

『박목월 시 전집』(서문당, 1984).

『정지용 전집』(민음사, 2003).

Hans Carossa, *Gedichte*(Frankfurt am Main: Suhrkamp, 1978).

T. E. Hulme, *Speculations*(London: Routledge & Kegan Paul, 1960).

Francis Ponge, *Le Parti pris de choses*(Paris: Gallimard, 1995).

鐘嶸, 何文煥 訂, 『歷代詩話』(上海: 藝文書館, 발행 연도 미상).

Gaston Bachelard, Maria Jolas trans., *The Poetics of Space*(Boston: Beacon Press, 1960).

Antonio Damasio, *The Feeling of What Happens*(New York: Harcourt, 1999).

Martin Heidegger, Werner Brock ed., *Existence and Being*(Chicago: Henry Regnery, 1968).

Susanne Langer, *Philosophy in a New Key*(New York: New American Library).

Yang Xianxi and Gladys Yang, *Poetry and Prose of the Tang and Song*(Beijing: Foreign Languages Press, 1994).

세계의 불확실성과 예술의 사명[1]

문광훈 선생에게 예술은 개체적인 사물과 그 환경, 개인과 사회 그리고 세계를 하나로 융합하는 과정이고 그 과정의 소산이다. 또 예술 작품은 ─ 바로 그것이 이러한 과정의 소산이기 때문에 ─ 예술가와 그 감상자를 하나로 이어 주는 매개자이다. 이러한 융합을 가능하게 하는 것은, 예술가의 주체적 과정 그리고 그에 겹쳐지는 감상자의 주체적 과정이다.

그렇다고 예술이 제 마음대로 꾸며 내고 지어내는 주관의 자의적 행위라는 것은 아니다. 예술이 창조적 주체성의 표현이라고 하면서도, 그는 그 주체성이 "손쉬운 위로의 언어", "자기만족적 교의(敎義)와 주어진 체계"에 떨어지는 것을 경계한다. 예술가나 감상자의 주체적 작용을 중시한다면, 그것은 또한 사람의 삶과 세계의 직접적인 현존을 중시하기 때문이다. 이 삶과 세계는 간단한 개념적 구성으로 포착될 수 없다. 사람의 "자아에게[는] 수백 개의 무늬"가 있고, "세계에는 수천수만의 물결무늬가 있다."

---

1 문광훈, 『렘브란트의 웃음』(한길사, 2010년)에 실린 글.(편집자 주)

이러한 삶과 세계의 무늬를 제대로 알 수 있게 하는 것이 예술의 주체적 과정이다. 이 과정은 스스로에게 돌아가는 것이면서 동시에 스스로를 비어 있게, 투명하게 그리고 널리 열려 있게 하는 일이다.

『렘브란트의 웃음』은 예술 전반을 ── 문학과 음악과 미술을 다 포괄하고자 한다. 그리고 동서고금의 예술적 업적들을 자유자재로 언급해 나간다. 마르케스, 베르메르, 렘브란트, 벨라스케스와 함께 장자와 도연명, 이상, 김현승, 최인훈, 강운구 그리고 바흐나 베토벤 또는 모차르트 그리고 예술을 논하는 메를로퐁티나 푸코와 같은 철학자들이 논의에 포함된다. 그러면서 필자의 논의는, 논의하는 필자 자신의 주체적 작용에 대한 반성으로 변주된다. 그리하여 예술론은 예술론이면서 쉼 없이 계속되는 내면 독백과 자기 성찰에 합류한다. 어떤 부분에서 이러한 내면 독백은 서사적 암시를 가지기 때문에 심리 소설의 느낌을 주기도 한다.

내면 독백은 필자 자신의 마음속에 일어나는 일 ── 그 생각과 인상들을 검토하는 일이 되지만, 그것은 동시에 그러한 독백에 잠기는 자신의 삶에 대한 이야기이고, 처해 있는 시대에 대한 비판적 검토이다. 필자의 마음은 되풀이하여 권력과 물질의 위세가 만들어 내는 비인간적인 현실로 향한다. 마음은 그것을 개탄하면서, 그러한 현실에 대비하여 완전히 무력한 것으로 보이는 예술에 대하여 회의를 품지 않을 수 없다. 제2부의 「실내악」이란 제목의 장 ── 비 오는 날 귀가한 남자가 아내의 하소연과 우울한 날씨를 모른 체하면서 글을 읽는 것을 그리고 있는 '어떤 장면'[2]이란 부분은, 시대와 예술과 예술의 이상에 헌신하는 삶의 암울한 모순을 가장 소설적으로 극화하는 장면이라고 할 수 있다.

이 예술론의 밑에 흐르고 있는 것은 이와 같이 매우 어두운 색조의 기저

---

2 앞의 책, 289~292쪽.

음(基底音)이다. 그러나 문광훈 선생의 견해로는 세계의 불확실성을 드러내 주는 것이 가장 핵심적인 예술의 사명이다. 그러나 역설적으로 그것은 바로 세계의 창조적 가능성 그리고 늘 새로울 수 있는 삶의 바탕이라는 것을 깨우치게 하는 일이기도 한다. 예술론의 마지막 부분이 장자와 도연명에 대한 언급으로 끝나는 것은 자연스럽다. 장자가 마른 나무와 타 버린 재를 말하는 것은 세상을 더 맑고 초탈한 눈으로 보라는 것이고, 도연명이 전원으로 돌아가라는 것은 속세의 허상을 벗어나 자연으로 돌아가 하늘과 구름과 나무와 샘물의 아름다움을 보라는 것이다.

예술은 사람들에게 이러한 자연과 존재의 자기 쇄신을 알 수 있게 하여 스스로를 갱신해 나갈 것을 말하여 준다.『렘브란트의 웃음』은 문광훈 선생의 예술론이면서 이러한 세계와 삶 그리고 스스로의 삶의 참모습을 향한 탐색의 독특한 기록이다.

(2010년)

문화의 공간, 마음의 공간[1]

1

정보가 넘쳐 나는 시대가 오늘의 시대이다. 정보의 집적은 인간 역사가 시작한 이후에 계속되어 온 쉼 없는 일이라 하겠지만, 근년에 전자 매체의 발달이 이것을 부쩍 가속화하였다. 그리하여 넘쳐 나는 정보를 어떻게 할 것인가 하는 것이 문제가 되고, 개인적으로나 공적으로나 정보를 어떻게 모으느냐에 못지않게 그것을 제어 또는 제거하는 것이 연구와 생각의 대상이 되었다. 정신 건강을 위해서 제일 좋은 것의 하나는 쓸데없는 정보를 무시하는 일이라는 것을 다시금 생각하게 된다. 그러나 그것은 쉽지 않은 일이다. 귀를 막고 다니기 전에는 들려오는 소리를 듣지 않을 수 없는 것과 같이, 사람의 마음이 정보에 노출될 때 무방비일 수밖에 없는 때문이기도 하고, 정신적 계발을 위해서 정보는 필수적인 생존과 정신적 진화의 수단

---

[1] 고려대 응용문화연구소에서 열린 시민예술인문학강좌 2011 강연문.(편집자 주)

이기 때문이기도 하다. 필요한 것은 정보를 생산, 수집, 정리, 조직하는 일이다.

말할 것도 없이 이것은 예로부터 학문이나 기술 전문 분야에 있어서의 방법론적 고찰의 대상이다. 모든 학문에서 정보와 주제 그리고 정보와 주제의 정합 관계는 방법론적인 요구 사항이다. 주제의 일관성은 학문 연구의 보고에서 소통의 편의와 심미적 형식을 위하여 필요한 사항이다. 사고의 일관성은 학문적 노력의 요체이다. 이것은 사고의 자기 기율을 위하여 필요한 사항이다. 논리적 명증성은 학문이 추구하는 성과이다. 그러나 그것은 대상 세계의 법칙성을 밝히는 것이 학문이라는 점에서 더욱 중요한 일이다. 학문적 연구의 대전제이고, 신비스러운 것은 사고와 세계의 사물, 세계의 법칙적 일관성이 일치할 수 있다는 사실이다.

연구자의 자세라는 관점에서, 중요한 것은 사실성이나 논리보다는 사람의 마음의 기율이다. 결국은 모든 것이 연구자의 자기 기율에 달려 있기 때문이다. 특히, 사실과 정보의 정합 관계를 확보하는 일에 있어서 그러하다. 표절이나 실험 결과의 조작 등이 문제될 때, 우리는 과학과 같은 가치 중립적인 일에도 도덕적인 마음의 자세가 있어야 한다는 것을 새삼스럽게 절감한다. 더 나아가 이것은 이러한 학문적 요구를 넘어 세계와 인간의 사이에 어떤 성실의 관계가 있다는 것을 생각하게 한다. 사람과 사실 사이에는 어떤 밀착 또는 유리(遊離)의 관계가 있을 수 있고, 밀착을 보장하는 것이 도덕이다. 이것은 삶의 전제이고 학문의 전제이다. 그것을 받아들임으로써 학문이 가능하고, 사람의 삶의 바른 정향(定向)이 가능하다. 이것은 너무나 당연한 것이어서 의식되지 않는 것일 수 있다. 그러나 거기에서 벗어나는 일이 생긴다는 것은 그것이 당연한 것만은 아니라는 것을 말한다. 그리하여 때로는 그것은 도덕적 결단으로써 확인될 필요가 있다. 이 결단은, 객관적 사실에 대한 존중을 의미하는 것이면서 더 원초적으로는 세계와 존재에 대한 외경심으로 연결된다. 다른 한편으로 그것은 겸허의 명령이 된다. 물론 과학적 학문적 연구에서 이러한 도덕과 윤리의 문제가 늘 크게 부상되는 것은 아니다. 요구는 단순히 과학적 객관성에 그칠 수 있기 때문이다.

정보의 처리가 인간의 개체적 실존에 관계되는 경우, 그것과 도덕적 윤리의 관계는 한층 심각한 것이 된다. 여기에서는 정보의 사실 정합성만이 아니라 그것의 실존적 진실과의 정합성이 문제가 된다. 개체가 자신의 삶을 살아가는 존재라고 한다면, 정보는 그 사람의 삶의 궤도에 일치함으로써만 의미를 갖는다. 그러나 이 일치는 쉽게 측정되지 않는다. 개체의 삶의 길이나 그것의 참의미는 그 자신 알지 못하는 경우가 많고 다른 사람에게는 특히 측량하기 어려운 일이다. 그러나 기본은, 자신의 삶의 신비, 다른 사람의 삶의 독자성에 대한 존중이다. 아는 것보다 모른다는 것을 인정하는 것이 더 중요할 수도 있다는 말이다. 모든 존재가 독자적인 것이고 그러니만큼 추상적인 정보나 개념의 관점에서는 불가근성(不可近性)을 가지고 있다는 것은 우리가 본능적으로 느끼는 것이다. 다만 윤리적 함축을 가진 결단으로 지양되는 것은 쉽지 않은 일이다.

문학 작품은 흔히 사람과 사람, 사람과 사물 사이의 착잡한 관계를 연출해 보인다. 그 원인은, 그 근본에 있어서, 개체적 실존의 독자성 또는 불가근성에 있다. 많은 경우 우리는 이것을 인정하기를 원하지 않는다. 그리하여 인간관계는 책략과 갈등의 드라마가 된다. 이러한 것들을 소재로 다루는 것이 문학이지만, 이것이 펼쳐 보이는 드라마의 한 의의는 그것을 통해서 모색되는 공존과 화해의 가능성에 있다. 궁극적으로 그것은 인간 존재의 큰 형이상학적 기초 ─ 알 수 없는 공조의 기초에 맞닿는다.

인간관계의 문제나 형이상학적 깨우침은 그 자체로 이루어지는 것이라기보다는 사실들을 통하여 매개된다. 무엇보다도 사실 속에서 사는 것이 사람이다. 그리고 그것에 대한 진실된 관계가 사실 속의 인간을 존재론적 근본으로 인도한다. 사실과 정보와 인간의 실존적 성실성에 관계되는 이러한 문제들을 생각해 보고자 하는 것이 다음의 글이다. 이것은 문학을 말하는 것이면서, 문화를 말하는 것이기도 하다. 문학은 문화의 일부이면서 그것을 구성하는 중요한 요소이다. 문학이 보여 주는 갈등과 화해 그리고 공존의 공식들은 문화의 중요한 부분이 된다. 문학은 사실의 세계를 소재로 하면서 그것을 새로 구성하는 행위이다. 그러니만큼 그것은 사실의 세계에 생각의 공간을 만들어 낸다. 그 안에서 형이상학적 초월의 가능성이 시사된다. 이 공간은 문화의 공간의 기초가 된다. 이 공간에서 정보와 사실과 인간 존재는 보다 여유 있는 재구성의 여유를 얻는다. 그리고 이것은 인간 존재의 기저에 스며 있는 존재론적 공간을 깨닫게 한다.

2

최근 우리 사회에 중요한 뉴스의 하나는 구제역이라는 동물 전염병이다. 그 현장에서 멀리 있는 사람에게도 이 뉴스가 신경에 쓰이지 않을 수 없다. 나라의 경제와 축산업의 곤경을 생각하는 사람에게는 이것은 경제적 사회적 정치적 문제가 되지 않을 수 없다. 또 그것은 우리의 식생활과 건강에 직접적으로 영향을 미친다. 또는 구제역을 통제하기 위하여 수많은 동물들을 생매장한다고 하는 뉴스는, 목숨 가진 것들을 이렇게 취급해도 되는 것인가 하는 의문을 마음속에 불러일으키고 한껏 무디어진 우리들의 마음을 괴롭게 한다. 지난해에 있었던 무서운 사건들 —— 천안함 침몰이나 연평도 포격 사건 등은 현장에 있는 것이 아닌 보통 사람에게는 추상적인 사건일 수 있지만, 그것이 인명과 파괴에 관계된다는 점에서 우리의 마음을 괴롭게 하고, 또 그러한 사건이 우리의 생존의 기본적인 틀인 평화의 기반을 흔든다는 점에서 불안을 확산시킨다.

그리하여 우리는 이러한 정보들을 어떻게든 소화하여야 한다. 사람의 불안을 키우는, 우리 주변과 세계에 일어나고 있는 크고 작은 사실들은 그것을 이해라도 하여야 하겠다는 요구를 일으키는 것이다. 정보는 멀리 있는 것도 우리의 삶의 조건과의 관계에서 삶의 지식 안에 편입되어야 한다. 이러한 지적 작업의 기제는 어떤 것인가? 사건들의 배경을 전체적으로 이해하려고 노력하는 사이에서 사람들이 쉽게 생각하게 되는 것은 여러 엄청난 사건의 배후에 있는 인과 관계, 동기 관계들에 대한 추측들이다. 그리고 이 추측들은 대체로 어떤 어두운 세력들의 음모가 거기에 숨어 있는 것으로 말하여, 그 음모가 아기자기할수록 흥미를 끌고 우리의 설명 능력을 뒷받침하는 것이 된다.

지금 말한 북한에 관련된 사건들을 어떻게 이해해야 할지는 알 수 없지만, 다른 나라의 경우 — 미국의 경우를 예로 들어 보면, 거기에도 기발한 음모론들이 번창하는 것을 볼 수 있다. 가령, 오늘날 미국의 국가 정책의 방향을 크게 뒤틀어 놓은 것이 소위 테러에 대한 전쟁이고, 그 테두리 안에서 시작되어 엄청난 결과를 가져오게 된 이라크, 아프간 전쟁이다. 그런데 이 전쟁은 어떤 동기로든지 부시 대통령의 결정으로 일어나게 된 것이 틀림이 없다. 그렇다면, 9·11 사건도 전쟁을 원했던 부시 대통령 또는 체이니 부통령이 꾸민 것이 아닐까 — 이러한 의심을 갖는 것이 가능하다. 그리하여 그것도 이들이 계획한 것이라는 음모설이 나온다. 또는 테러와 관련하여 사찰이 심해짐에 따라, 치과에 가서 봉을 할 때, CIA의 사주로 이에다 도청기를 집어넣게 하고 있다는 소문도 있다. 이 예는 한 외국 신문에 실린, 이번에 미국 애리조나 주에 있었던 개브리엘 기퍼즈(Gabrielle Giffords) 하원 의원 저격 사건에 대한 논평에 거론되었던 것을 빌려 온 것이다. 이 사건과 관련해서 이 논평은 그것을 음모로 해석할 수는 없지만, 미국의 보수주의자들의 폭력과 총격과 혁명적 봉기의 수사(修辭) 습관에 관련시키는 것은 틀린 것이 아니라고 말하고 있다. 그리고 범죄인은 이러한 정치적 분위기에서 과격주의의 망상에 빠진 것이라고 한다.

3

영국의 시인 존 키츠(John Keats)가 쓴 편지의 하나에 "분명히 느껴지는 의도를 숨겨 가진 시"를 싫어한다는 말을 한 것이 있다. 이것은 쓰인 시가 좋은 시라는 것을 자랑하고자 하는 시를 말한다. 이에 대하여 좋은 시는 그러한 의도 또는 다른 의도가 없는 순수한 감정의 언어적 표현이어야 한다는 것이다.

순수한 표현 형태로서의 시에 대하여 인간의 의도가 가장 크게 관계되는 것이 정보이다. 많은 정보는 호기심을 만족시키는 역할만을 가질 수 있다. 이때, 정보는 숨겨 있는 의도와는 관계가 없다고 할 수 있다. 그러나 참으로 그럴까? 호기심의 정보도 호기심을 갖는 사람에게는, 그가 살고 있는 또는 인지하고 있는 세계에 관한 정보이다. 그것은 그의 세계 지도의 일부를 구성한다. 그리고 그것은 세계에 맞서는 그의 자신감을 북돋아주는 역할을 한다. 문제는 그것이 현실과의 밀착을 결할 수 있다는 사실이다. 이 밀착은 특히 개인적인 절실성이 없다는 의미에서 그렇다. 호기심의 대상으로서의 정보는 나의 삶에 대하여 직접적인 관계가 없다. 그러나 바로 그 점에서 그것은 나의 삶의 일부이다. 그것은 별 깊은 생각이 없이 소비하는 일용품에 비슷하다. 현실은 하나의 분리된 사실이고 한 순간의 사건이면서 큰 흐름의 일부이다. 이 흐름의 배경에 대한 연결이 없이는 작은 현실

은 현실성을 상실한다. 이 큰 흐름은 사실들의 총체적인 흐름이고, 사실 정보가 개인의 삶에 관계된다는 점에서, 그 사람의 삶의 큰 흐름이다. 개인의 절실성은 이 작고 큰 사실의 존재 방식에 다가가는 매개체이다. 그것 없이 사람이 대하는 모든 대상물은 그 일상적 삶의 의도 안에 존재한다. 호기심의 정보는 이러한 의도가 작용하는 대상물이다. 그것은 혼란스러운 정보 덩어리와 자아의 일부를 이루고, 이 자아의 반성되지 아니한 의도에 따라서 처리되는 현실 전략의 일부가 된다.

정부 기구에 포함되는 정보 기구가 취급하는 정보는 일정한 의도에 가장 깊이 연결되어 있는 사실 정보이다. 이 기구에서의 정보 수집이 전략적 의도를 가진 것이라는 것은 말할 필요도 없다. 여기에 대조되는 것이 교육에 있어서의 지식 습득이다. 교육에 지식 정보가 들어간다면, 그 기능은 그것을 절차탁마의 수단 ─ 자기 수양의 방편으로 삼자는 것이 중요한 목적이다. 그러나 정치에서 이용하는 정보는 나를 바르게 하자는 목적의 지식이 아니라 다른 사람들을 어떻게 조종할 것인가 하는 목적의 수단이 된다. 고쳐지는 것이 있다면, 내 자신이 아니라 나의 전략이다. 정보는 자신의 이점을 확보하거나 증대하기 위하여 무엇을 할 것인가의 관점에서 평가된다. 정보가 의미 있는 것이 되는 것은 자신에게 직접적으로 관계되지 않더라도 적어도 다른 사람의 관점에서라도 조종되어야 하는 사태의 존재를 전제한다.

물론 이러한 정보가 필요한 것이 세계의 현실이다. 그러한 정보를 수집하고 그것을 평가하고 하는 일은 그 나름의 정당성을 갖는다. 이러한 세계가 존재한다는 것을 무시하는 것도 중대한 결과를 가져올 수 있다. 사태에 대한 전략적 이해는 조종되는 세계에서 불가피하다. 생각해야 할 것은 이것은 부도덕한 세력들의 각축장이 인간 세계라는 것을 전제로 한다는 사실이다. 그러나 그것은 있을 수 있는 세계 가운데 하나일 뿐이다. 다른 차원에서 세계는 그 자체의 세계로 존재하고 또 보다 나은 평화 질서의 가능성으로 존재한다. 이상적으로 말하여 전략 정보의 세계는 보다 나은 세계로 승화되어야 할 낮은 차원의 세계이다. 전략은 이 승화의 가능성에 이어짐으로써만 의미를 갖는다.

전략적 세계가 세계 전체에 대한 이해를 대체할 때, 음모론적 사고가 일반화된다. 그것은 현실성이 있으면서도 현실의 사실과의 엄격한 정합성을 결여하는 사실 해석이기 쉽다. 음모의 시나리오에 맞아 들어가는 사태 파악은 사태와의 대결에서 우위를 점했다는 심리적 만족을 준다. 문제는 이러한 냉소적인 세계관의 일반화는 그럴 만한 이유를 가진 것이면서도 그러한 세계의 현실화 내지 강화에 중요한 역할을 한다는 사실이다. 국제 관계에서도 그러하지만, 국내 정치에 있어서도 그것은 정치적 공공 공간을 마비시키는 역할을 할 수 있다. 공공 공간은 공공의 세계가 존재할 수 있다는 것을 전제한다. 모든 것이 전략적 조종의 대상이라면, 그러한 전제하에서 공공의 담론은 존재하기 어렵다. 가령 정치인의 발언이 있을 때, 그 발언의 내용보다는 그 발언의 의도 — 개인적 관점이나 당파적 이익의 관점에서 그 의도가 무엇인가를 문제 삼는 것이 상례가 된다면, 어떤 정책 동의가 가능하겠는가?

4

다시 여기의 잡담의 틀을 좁혀, 사사로운 관계에서 정보의 교환에서는 어떤 일이 일어나는가? 여기에서도 사실 정합성이 문제가 되는 것은 당연하다. 그러나 특히 부상되는 것은 정보의 실존적 진실과의 정합성이다. 어떤 정보가 어떤 사람의 필요에 맞아 들어가는가?

사람이 다른 사람에게 말을 한다는 것은 두 가지의 측면을 갖는다. 하나는 사실의 전달이다. 그러나 동시에 대화에는 말하는 사람의 의도가 작용한다. 말을 꺼내는 것은 알려 주고 설득하려는 정도의 의도라도 가지고 있기 때문이다. 그러나 이 의도가 특별한 형태의 것이 아니라면, 그것은 다른 사람에 의하여 진정으로 수용되지 않는다. 그것은 정보나 의지의 일방적인 부과가 아니라 듣는 자의 입장에서 호소력과 설득력을 가질 수 있는 것이라야 한다. 듣는 자의 입장을 참고하는 말이라야 듣는 사람이 심각하게 듣게 된다. 참고 대상은 이해관계나 관심의 공동 인지에 입각한 것일 수도 있고, 또는 보다 심각하게 듣는 사람의 실존적 문제일 수도 있다. 공감의 바탕이 필요한 것이다. 참으로 깊이 있는 공감은 인간의 실존적 존재 방식에 대한 이해에서 나온다. 이것은 복잡한 경위를 거치지 아니하면 아니 된다. 문학의 관심사의 하나가 이것이라고 한다.

그러나 이것이 반드시 심각한 정신적 체험이나 깨달음을 말한다고만은 할 수 없다. 공감은 여러 가지 형태와 깊이로 존재한다. 순전히 호기심의 대상이 되는 정보를 주고받는 대화에서도 그것이 가능하기 위해서는 서로 관심을 가질 수 있는 주제에 대한 암암리의 선택이 있다. 또 그 아래에는 여러 다른 형식의 사회적 인간적 공존에 대한 전제가 놓여 있다. 많은 화제에는 이러한 조건의 충족만으로 소통의 바탕이 준비된다고 할 수 있다. 다른 어떤 화제는 보다 깊은 의미에서의 공감을 전제로 한다. 또는 어떤 화제이든지 그것은 피상적으로 또는 심각하게 접근될 수 있다고 말할 수 있다. 우리가 흔히 듣는 잡담의 하나는 건강을 유지하려면 어떻게 하는 것이 좋고 무엇을 먹어야 좋은가에 대한 의견과 충고이다. 물론 사람이 불로장생의 선약(仙藥)을 찾고 백발백중의 책략이나 법술(法術)을 발견했다고 생각하는 것은 어제오늘의 일이 아니다. 넘쳐 나는 정보와 지혜와 충고는 고마운 것이기도 하지만, 종종 우리를 피곤하게 한다. (오늘의 우리 사회에서 이 넘쳐 나는 이야기에 대하여 가장 재미있는 논평은, 보약이나 몸에 좋은 음식, 특별한 운동 방식 등, 이렇게 건강 비결이 많아 한국인은 절대 죽지 않을 것이라는 농담이다.)

마르셀 프루스트의 『잃어버린 시간을 찾아서』에는 주인공의 어린 시절, 휴가차 내려가서 머물던 시골의 고모 레오니를 묘사하는 데에 이러한 대목이 있다. 고모는 분명하게 진단되지는 아니한 병으로 하여 집에서 그리고 주로 집안의 침실에서만 지낸다. 그러면서도 동네 사람들의 동정에 대하여 관심을 가지고 있고 찾아오는 사람들은 만나기를 좋아한다. 찾아오는 지인들은 절로 그녀의 병세를 화제로 올린다. 이 화제와 관련하여, 고모는 두 가지 사람을 극히 싫어하고 거기에 해당하는 사람은 절연을 해 버리고 만다. 한 종류의 사람은, 병은 너무 심각하게 생각할 것이 아니요, 산보도 하고 음식도 잘 먹고 하면 나을 터인데 뭘 그러느냐 하는 사람이고, 다른 또 한 종류의 사람은, 말씀대로 병이 나신 것이고 사실은 생각보다 병이 중한 것일 것이라고 하는 사람이다. 이에 대하여, 기분을 상하지 않는 것은 "병을 잘 알고 계시니, 백 살까지는 사실 것"이라는 말을 하는 사람인데, 이 말을 들으면서 레오니 고모는 백 년까지야 살겠느냐고 하면서도 흔연스러운 태도를 견지한다. 고모가 세 번째의 말을 싫어하지 않는 것은 오래 살 것이라는 위안의 말을 포함하고 있기 때문일 것이다. 그러나 동시에 여기에서 자신의 건강 상태에 하등의 새로운 설명도 제시하지 않는다는 것도 한 가지 이유일 것으로 생각된다. 이에 대하여, 첫 번째 말은 같은 위로의 말을 포함하고 있고 또 좋은 충고를 담고 있다고 할 수 있지만, 레오니 고모의 판단을 교정하려는 것이고, 두 번째 말은 위로를 담고 있지 않다는 점에서는 다른 두 말과 다르지만, 병에 대한 자기 판단을 내세운다는 점에서 첫 번째 말과 비슷하다고 할 수 있다.

프루스트의 묘사에 의하면, 레오니 고모와 콩브레의 여러 사람들은 부르주아 계급의 고상한 취미의 편견에 사로잡혀 있는 극히 속 좁은 인간들이다. 그러면서도 프루스트는 그것을 보이는 대로 묘사할 뿐이지, 거기에 대하여 날카로운 비판의 발언을 하지 않는다. 그는 협소한 세계의 모습을 협소한 대로 전달한다. 흥미로운 것은 이 편견에 의하여 스스로의 세계를 지키고 있는 사람들이 그에게 어린 시절의 낙원의 일부가 되어 있다는 것이다. 방문객의 발언에 대한 레오니 고모의 신경질적인 반응은 그 세계의 협소한 편견의 한 모습을 나타낸다. 그러면서 그것은 어떤 정보와 개인적 판단이 인간관계에 가지게 되는 기묘한 왜곡 효과를 표현하고 있는 것으로 말할 수 있다. 레오니 고모는 너무 까다로운 성품을 가진, 인간적 예의를 결한 인물이라고 할 수 있지만, 그녀가 방문객들의 말을 거부하는 것은 그 나름으로 자신의 존재의 독자적인 궤도를 아끼는 태도를 표현하는 것이라고 할 수 있다. 적어도 그러한 말을 하는 사람들이 레오니 고모의 실존에 깊이 공감하고 있다고는 할 수 없다. 그 말들은 그녀의 실존의 무게에 부딪쳐 떨어져 흩어지는 무의미일 뿐이다.

레오니 고모는 결국 얼마 안 있어 죽게 되지만, 레오니 고모의 병세의 화제에 대한 민감성은, 가령 톨스토이의 『이반 일리치의 죽음』에서 주인공 이반이 얻게 되는 깨달음에 비슷한 점을 가지고 있다. 극히 정상적인 삶을 살고 있던 이반은, 결국 그를 죽음에 이르게 하는 병에 걸린다. 아내의 권유로 의사의 진단을 받게 되는데, 그는 의사가 자신의 병을 태연하게 일반적인 의학적 지식 속에 편입하는 것을 보고 크게 반감을 느낀다. 이반이 찾아간 의사는 그에게 고자세(高姿勢)를 느끼게 하면서, "우리한테 위임하고 있으면, 모든 것을 우리가 알아서 할 것입니다. 어떻게 하여야 한다는 것은 다 아는 것이고, 이러한 것은 누구의 경우나 마찬가지지요."라고 말한다. 이 말로 표현되는 의사의 지적 자신감은 사실 판사로서 이반이 피고를 대하던 태도와 같은 것이다. 법정에서 사람은 법관의 법 지식에 의하여 기지(旣知)의 사실 하나로서 분류되고 처리된다.

여기에 결여되어 있는 것은 개체로서의 인간의 실존적 진정성에 대한 인정이다. 이반에게 병과 죽음은 사회적 통념과 자신의 견해가 된 상투적 편견을 넘어 겪어야 하는 실존적 체험이고 현실이다. 죽음의 직전에 그는 피할 수도 설명할 수도 없는 죽음의 사실을 받아들인다. 또 이것은 그가 자기중심적 태도를 벗어나는 것과 일치한다. 그는 죽음을 받아들이면서, 비로소 참으로 사실 그대로 아내와 아들의, 남편과 아버지의 죽음을 수용해야 하는 괴로움에 공감한다. 이반의 실존적 깨우침은 사실 일반화된 동기의 행동이 아니라 타자에 대한 직접적인 공감의 중요성을 말하는 톨스토이의 도덕적 입장에 일치한다. (그의 작품들에서 주제의 하나는 도덕적 또는 종교적 의무를 받아들이는 데에서 나오는 선행 ── 결국 자기 선양이라고 할 수 있는 선행이 아니라 구체적인 사람의 처지에 대한 직접적인 공감과 실천이 참다운 선한 삶이라는 것이다. 가령 소설 『부활』에서 자신의 경솔한 실수로 하여 죄를 짓고 시베리아로 유형이 되는 창부 소니아를 따라 참회의 길을 가기로 하지만, 참으로 그가 새로운 인간이 되는 것은 참회와 고행을 통해서라기보다는 소니아라는 개인의 수난의 사실에 깊이 공감함으로써이다.)

『이반 일리치의 죽음』은 간단한 인간관계의 문제가 아니라 보다 심각한 인간 현실을 다룬 것이지만, 앞에 말한 프루스트의 조금 가벼운 삽화에 연결해 볼 수 있다. 둘 다 인간관계의 진실성이라는 주제를 가지고 있는 이야기라고 할 수 있기 때문이다. 이렇게 연결해 보건대, 비록 사소한 일에서이지만, 구체적인 공감의 전제 없이 사람의 처지에 대하여 판단을 내리는 것, 그리고 자신의 보다 나은 판단을 충고로서 제공하는 것이 비인간화의 혐의를 받게 되는 것은 있을 수 있는 일이라 할 수 있다. 자신의 병에 대한 사람들의 의견에 대해 보이는 레오니 고모의 반응에는, 반드시 분석적으로 의식화된 것은 아니면서도 본능적으로, 이러한 판단이 들어 있다고 할 수 있다.

　모든 정보 행위에는 주체 간의 투쟁이 함축될 수 있다. 남이 모른 것을 내가 안다고 하는 것은 두 주체의 우열 경쟁에서 나의 우위를 주장하는 것이기 쉽다. 이것은 건강에 대하여서도 그렇고 정치 문제에서도 그렇다. 한 사람이 모르는 것을 다른 사람이 깨우쳐 주는 것이 그 자체로서 잘못이라고 할 수는 없다. 그리고 그것은 실제 도움을 주는 일일 수 있다. 그러나 그것이, 의도되었든 아니 되었든, 인간관계를 우열 경쟁으로 멍들게 하는 것이 되어서는 아니 된다. 더러 시적(詩的)이라는 인상을 주면서, "너희가 ……을 아느냐?" "……에 가 보았는가?" 하는 등의 표현을 보지만, 이러한 표현에 남을 억누르는 어조가 들어 있는 것은 분명하다. 이러한 것들은 보이게 보이지 않게 인간관계에 독소가 된다. 여기의 인간관계란 개인적인 것만이 아니라 사회 전체의 인간적 성격의 유지를 두고 말하는 것이다. 이미 시사한 바와 같이, 중요한 것은 정보의 교환이 타자에 대한 존중을 기반으로 하는 것이라야 한다는 점이다.

　이것은 사실 우리가 빌려 오는 개념의 유연한 사실 적절성을 확보할 수 있는 방법이기도 하다. 어떤 일반적인 명제도, 개인적인 것이든 사회적인 것이든, 구체적인 상황의 전개 속에서는 수정될 수밖에 없다. 설사 명제가 정당한 것으로 받아들여진 경우에도, 그것은 개인의 실존의 독특한 궤적과 리듬 속에 자연스럽게 편입될 수 있는 것이라야 한다. 그리고 개인의 관점은 단순히 개인의 관점에 아니고 일정한 사태를 바라보는 시각을 나타낸다는 의미에서, 그것을 개방적인 것으로 유지하는 것은 사태의 다양하고 유연한 전체를 검토하는 데에도 도움을 주는 일이다.

5

이러한 존중의 태도가 어떻게 확보될 수 있는가? 그것은 다른 사람의 관점에서 사물을 볼 수 있어야 한다는 데에서 시작한다. 다른 사람과의 공감은 인간에게 본능적으로 주어진 능력이라고도 할 수 있지만, 이 능력이 늘 작동할 수 있는 상태에 있는 것은 아니다. 그것은 보다 의식화되고 훈련되지 아니하면 아니 된다. 또 이것을 위하여서는 본능적인 능력에 대한 보다 깊은 이해가 필요하다. 실존주의자들이 말하듯이, 사람은 언제나 상황 속에 있다. 이것은 사람이 행동의 강박, 그것을 위한 선택의 필요에 밀려 있다는 것을 말한다. 죽음을 향한 존재가 인간이라는 명제가 있지만, 그에 못지않게 행동을 향한 존재가 인간이라고 할 수 있다. 그리하여 사람은 다른 사람의 관점을 생각하거나 여러 다른 관점을 취해 보거나 또는 지금 당장에 결정하는 일을 할 여유가 없다.

상황적 존재로서의 인간에게 사람이 바라보고 마주치는 것들은, 상황을 구성하는 대상이 된다. 여기에서 대상은 나에게 마주 대하고 있는 또는 대항하고 있는 것들로서, 그에 대한 나의 반응은 나의 행동적 목적을 위하여 그것을 어떻게 다루어야 할 것인가 하는 문제에 연결되어 있다. 이 반응을 위해서는 상황에 대한 바른 인식이 필요하다. 그러나 이 인식은 어디까지나 대상적 또는 객관적 인식이다. 그러나 상황을 구성하는 대상으로서의 사물을 ─ 특히 사람의 경우 그러하다. ─ 대상적으로, 객관적으로 또는 객체로서 인식하는 것이 사물에 대한 온전하고 바른 인식일 수 있는가? 가령, 여기에 한 대학의 강사가 교탁 앞에 서 있고 그 앞에는 강의를 듣는 학생들이 있다. 이 상황은 교실, 강의, 청강 등의 말로 규정될 수 있다. 그런데 교탁은 교탁이라는 말로 완전히 설명될 수 있는가? 간단히 말하여도, 그것은 나무이고 나무는 나무로서의 본질을 가지고 있다. 또 탁자로 만들어지는 데에는 탁자를 제조한 사람의 기술, 그 사람이 참고한 디자인 원본, 그것이 일반화되는 데에 들어간 기술과 사회의 역사 등등이 들어 있다. (이 것은 일단 탁자를 목공의 제작물로 전제하고 하는 말이다.) 강의를 듣고 있는 학생의 배경에는 개인의 역사들이 있고, 또 그들로 하여금 학생이 되게 한 사회적 조건들이 있다. 이것은 강사의 경우에도 마찬가지이다. 강의실의 상황은 강의라는 사건으로 일단 규정될 수 있지만, 그것은 한 관점에서의 극단적인 단순화에 따르는 결과이다. 이것은 삶의 모든 순간의 상황 인식에 두루 해당하는 것이다. 아침에 일어나고, 준비하고 버스를 타고, 학교에 오고, 강의실에 도착하고 —— 이러한 행위의 연속성은 계속적으로 대상화되어 구성된 상황 속에서 일어난다.

다행히 이렇게 구성된 상황은, 많은 경우, 개인의 관점에서 구성된 것이면서도, 반드시 진정한 개인의 관점을 표현하고 있는 것도 아니고, 개인이 살아가는 세계에 일치하는 것도 아니다. 여기의 개인은 이미 사회가 규정한 객관적 세계 속에서 움직이는 개인이다. 그는 강의, 교통수단, 교실, 교육 제도 등 사회에서 수립해 놓은 제도 속에 있다. 개인은 이 규정을 내면화하고 그것에 따라서 행동하려면, 무엇을 어떻게 하여야 할 것인가를 생각하여 외부의 세계를 구성한다. 그리하여 강의실에 오는 것은 어떤 사람의 개인적 의지에 따라서 동원되는 것이 아니라, 이미 받아들여진 사회적 규정을 각자 실행하는 것이다. (여기에서 개인은 공적 공간의 개인이다. 이 공적인 성격이 약화될 때, 그 반응 방식은 완전히 마키아벨리적 전략이 된다. 이것은 개인의 경우에도 그렇고, 집단의 경우에도 그렇다.)

상황(situation)이라는 말은 사실 사르트르의 철학에서 중요한 개념이다. 사르트르에 있어서, 상황은 개인에게 주어진 외부적인 조건이고, 이에 대하여 개인은 이에 맞설 수 있는 자유 의지의 소유자이다. 그러나 방금 말한 경우에 있어서, 이 개인은 이미 객관적 조건에 의하여 규정된 존재이다. 그 상황도 이에 따라 구성된 것이다. 이에 대하여 조금 더 개인의 관점에서 구성되는 상황을 생각해 볼 수 있다. 그 경우, 그것은 개인의 마음에 움직이는 심리적 동기를 참고하는 것이라야 한다. 강의에 나갈 때까지, 강사나 학생이나 어떤 느낌과 생각을 가지고 움직였는가 하는 것을 그려 보아야 한다. 그리고 그것을 지배하는 전체적인 동기가 —— 강의를 포함하여 다른 삶의 계획이 —— 있을 것이고, 그것을 생각해 보는 것은 일정하게 의도된 계획으로서의 그의 삶을 살피는 것이 될 것이다. 그러나 그 경우에도 삶의 궤적은 완전히 주관적인 의지의 구성물일 수는 없다. 그것은 상황과의 상호작용 속에서 이루어진 산출물이다. 그러면서도 상황에 있어서의 주체적 행동자의 위치는 한껏 강조되는 것이 될 수 있다. 행동의 대상으로서의 세계는 거의 직접적으로 주어진다. 그러나 주관적 동기와 삶의 궤적을 되돌아보는 일 —— 그리하여 그 세계를 밝히려 하는 것은 주어진 상황으로부터 거리를 유지하고 반성을 통하여 자신의 내면과 객관적 세계를 포함하는 상황을 회복하려는 행위이다.

이것은 행동과 교차 관계에 있다고 하겠지만, 조금 더 강조되는 주제가 될 수 있다. 특정한 행동적 동기에 따라서 움직이는 경우라도, 이 동기와 상황의 연쇄가 만들어 낸 자신의 삶에 대한 의식이 없을 수는 없다. 그러나 이것을 충분히 생각해 보려면, 상황을 떠나고 행동의 압력을 유보하고 내면적 반성으로 돌아가야 한다. 이것은 그러니만큼 자연스러운 삶의 흐름으로부터 후퇴하고 내면으로 돌아가는 특별한 결정을 요구한다. 행동의 관점에서 이것은 위험스러운 일인 것 같지만, 사람의 삶에 그러한 순간이 있고, 또 그것이 필요하다고 하지 않을 수 없다. 내면적 반성을 통해서 자신의 삶을 되돌아보는 것도 삶의 필요이다. 적어도 보다 의미 있는 삶을 사는 데에, 또는 자신의 삶이 모습을 전체적으로 이해하면서 사는 데에 필요한 일이라고 할 것이다.

그런데 나의 상황과 나의 자유 의지가 아니라 나의 상황에 포함될 수밖에 없는 다른 사람에 대한 그 사람의 관점에서의 반성이 들어갈 여지는 어떻게 하여 생겨나는가? 여기에는 우선 나의 상황의 절실함 또는 정언 명령 속에서 대상화되는 사물들에 대하여 그것을 넘어 그 독자성을 인정하여야 한다. 그리고 상황으로부터의 거리, 그것으로서 구성되는 객관적 세계로부터의 거리를 확보하여야 한다. 그리고 대상화된 세계와는 별도로 다른 주체가 있고, 또 그것이 다른 세계들을 구성하고 있다는 것을 생각하여야 한다. 이 생각은 사변(思辨)이 될 수도 있고 상상력이 될 수도 있다. 그러나 다른 사람의 주관적 동기와 관심과 행동 가능성을 생각한다는 점에서, 그리고 거기에 객관적 인식의 방법이 없다는 점에서, 사변보다는 상상이 많이 작용하지 않을 수 없다. 물론 그것은 근거 없는 공상이라는 점에서 상상이 아니고, 사실적인 내용을 사실적 증거와 검증 없이 구성한다는 점에서 상상이다. 또는 그것은 단순히 개체의 독자성에 대한 존중이 인정하는 타자적 공간──유보된 공간만을 말하는 것일 수도 있다. 이것은 단초의 전제이면서 보다 근본적인 존재론적 양보를 의미한다. 그 점에서 보다 심각한 재귀(再歸)의 반성을 요구한다.

다시 위에 든 일상적인 예로 돌아가서, 강의실의 강사는 강사이면서 다른 여러 동기와 관심을 가지고 있는 개체이다. 학생도 마찬가지이다. 이들의 마음에 움직이고 있는 것은 여러 가지 지각, 감정, 인상 그리고 강의 이외의 관심사들이다. 이들을 개체로서 생각한다면, 강의라는 사회적 행동의 밖에 이러한 것들의 존재를 인정하는 것이 정당하다. 그러나 이들의 삶을 구성하는 것은 잡다한 인상과 관심만이 아니다. 이들의 삶에 일정한 모양 그리고 의미를 주는 것은 그들이 추구하는 길고 짧은 삶의 목적이다. 강의는 그 테두리 속에서 의미를 갖는 것이라 할 수 있다. 그런 다음에 강의는 강사나 학생의 관점에서 수행하여야 하는 그리고 존중해야 하는 제도가 된다. 그리고 그들의 행동은 이 제도의 관점에서 질서화될 수 있다. 물론 언제나 이런 과정 전체를 생각하면서 강의라는 행동 방식을 생각할 수는 없다. 그것은 그때의 상황으로 그리고 강박적 정언 명령으로 존재한다. 그러나 이러한 과정에서의 개체로서의 독자성의 인정은 인간적 사회의 조건으로도 필수적인 요건이다. 사회적 상황──우리가 그에 참여하면서 받아들이는 상황으로서의 사회적 상황은 개인적 삶의 그림자들로 둘러싸인 것으로 생각되어야 한다. 교육의 상황에서보다도 법정이나 경찰에서 또는 정부의 정책 집행에서 이것은 특히 중요한 사실이 된다. 인권을 존중해야 한다는 것은 이러한 사실의 이중성을 잊지 않는다는 것을 말한다. 그렇다고 사회적 대상화가 개인적 삶의 서사에 의하여 완전히 말살된다면, 그것은 제대로 된 강의도, 법도 정치도 질서도 없는 사회를 말하는 것이 될 것이다.

문학이 하는 일의 하나는 주어진 상황의 의미를 한 사람의 관점에서, 그러면서 동시에 조금 더 넓은 눈으로 평가하는 일이라고 할 수 있다. 문학의 방법은 주어진 상황의 긴급성에도 불구하고 그 안에서 행동하는 개인의 움직임을 구체적으로 그려 내는 것이다. 그것은 개인의 반응을 기록하고, 또 그것을 전체와의 관련 속에서 평가하고자 한다. 이때 문학이 의존하는 것은 위에 말한 바와 같은 상상력이다. 그것의 중요성은, 다시 말하여, 주어진 상황의 긴박성으로부터 거리를 유지하고, 그것으로 단순화되지 않는 다른 사정과 가능성에 우리의 마음을 열어 놓는다는 데에 있다. 강의의 비유로 다시 돌아가, 강의가 나오는 소설이라면, 이야기는 강의 내용이 아니라 거기에 가는 사람이 아침에 일어나 준비하고 버스를 타고 하는 일에 대한 묘사로부터 시작할 것이다. 그러고는 강의가 있고 다시 그의 계속되는 인생의 이야기가 있을 터인데, 그런 경우에 강의는, 이야기의 초점이 되지 않더라도 일정하게 의미를 부여 받는 하나의 모티프가 될 것이다. 이것은 이야기의 전체성 속에서 강의를 강의로 보는 사회적 행동에 부제가 되거나 대위(對位)적 주제가 된다.

6

이러한 문학적 서사의 모델로 볼 때, 하나의 관점으로써 ─사회적으로 규정된 관점으로써 구성된 세계는 잠재적으로 여러 관점과 여러 세계를 감추어 가지고 있다고 생각하지 않을 수 없다. 이 감추어진 세계를 넘겨보기 시작할 때, 비로소 보다 너그러운 인간 상호 작용의 공간 ─다양한 관점과 관심 그리고 다양한 가능성을 가진 공간이 열리게 된다. 이것이 인간적 상황을 보다 유연하고 풍부하게 하는 데에 도움이 된다. 되풀이하건대, 상황적으로 구성되는 또는 단순화되는 대상 세계는 그 자체로 하나의 전체성을 이룬다. 그러나 개체적 관점의 다양성에 맞부딪칠 때, 그 전체성은 폭발하여 깨어질 수밖에 없다. 그러면서 다시 시사되는 것은, 개체적 관점들을 포괄하는 무한히 복잡한 세계, 그것의 전체성의 가능성이다. 대상 세계의 총체를 구성하는 낱낱의 분자들의 주체적 관점 그리고 그것이 만들어 내는 세계를 전체적으로 종합하는 것이 가능할 것인가?

객관적 세계를 하나로 구성할 수 있는 것은 합리적 이성이다. 이성의 비판자들이 말하는 것처럼 이러한 이성이 도구적 성격을 가지고 있다고 하는 것은 틀린 말이 아닐 것이다. 그것은 대체로 일정한 목적의 지배하에서 인간의 행동을 기능적으로 조직화한다. 물론 과학의, 엄격하게 객관적인 이성을 생각할 수 없는 것은 아니다. 가령 물리학, 천체물리학적 탐구의 중심 원리로서의 이성이 어떤 특정 목적 ─실제적인 목적에 봉사하는 것이라고 말할 수는 없다. 그러나 그것이 인간의 느낌과 감정과 동기와 목적 그리고 단독자로서의 인간을 철저하게 배제하는 원리인 것은 사실이다. 그것은 완전한 의미에서 인간의 삶의 전체를 통합하는 원리일 수 없다. 물론 이성의 원리는 인간의 실용적 세계에서 중요한 기능을 갖는다. 그러나 그때 그것은 도구적 성격을 갖는다. 바로 그것이 이성이 인간의 삶에 쓸모 있는 것이 되는 한 가지 이유라고 할 수 있다.

위에서 물어본 것은 밖에서 부가되는 목적, 인과 관계, 법칙, 질서에 종속됨이 없이 낱낱의 개체들의 세계를 하나로 통합할 수 있는가 하는 문제이다. 그런데 우선 통합이 무엇 때문에 필요한가를 문제 삼을 수 있다. 통합은, 그것이 어떤 것이 되든지 간에, 인간 심성에서 나오는 세계의 전체적 인식에 대한 요구이기도 하고, 일정한 일관성의 필요를 벗어날 수 없는 현실적 행동의 요구이기도 하다. 그러나 현실에 있어서 통합은 부분적으로 가능하다고 할 수밖에 없다. 상황 속의 사물과 인간은 대상적으로 조직된다. 그렇다고 이 대상화된 단위들에 대한 너그러운 이해가 완전히 배제되어야 하는 것은 아니다. 이 이해는 상황의 재구성에 영향을 미친다. 그리고 이러한 이해를 보다 확대하여 하나 또는 여러 단위 개체를 중심으로 상황을 통합적으로 그려 낼 수 있다. 이것은 일상생활에서도 일어나는 일이지만, 보다 방법적으로 시도될 수 있다. 소설을 비롯한 문학 작품이 시도하는 것이 이것이다. 여기에 작용하는 것이 상상력이다.

그러나 부분적이나마 상황의 주체적, 다주체적(多主體的), 다면적(多面的)인 구성은 어떻게 하여 가능한가? 그것은, 방금 말한 바와 같이, 인간의 상상력으로 인한 것이다. 상상력의 생산이라는 관점에서 볼 때, 이때의 구성물은 그 활동의 한 계기에 불과하다. 상상력은 부단히 움직여 가고 부단히 넓어지고 새로운 구성을 시도할 수 있다. 그렇다면 전체적 통합이 가능한가 하는 질문과 관련하여, 그것도 불가능한 것은 아니라고 할 수 있지 않을까? 상상력의 움직임의 최종 목표가 그것이라고 할 수 있기 때문이다.

적어도 우리는 상상력의 창조성 저편에 그것이 하나의 총체적인 지평으로 존재하는 것을 생각할 수 있다. 그러면서 그것은 구성 작용의 필요조건이기도 하다. 그렇다는 것은 상상력은 자유롭게 움직이면서 자의적인 것일 수 없는 것이기 때문이다. 그것은 그 나름으로의 필연성을 가지고 있다. 이 것은 모든 것을 포괄하는 전체의 필연성 — 적어도 필연성의 암시에 의하여 정당화된다. 상상력은 이 지평 안에서 부분적인 전체성의 동심원을 그리면서 움직여간다.

총체적 지평이 거의 무한에 이르는 것이라고 할 때, 여기의 동심원은 — 모순된 말이지만 — 중심이 없는 동심원이다. 상상의 구성물이 한편으로 늘 새로 수정될 수 있는 것은, 그것이 세계의 전체를 지시하면서도 그 지시가 현실에 분명히 규정될 수 없다는 것에 관계된다. 뛰어난 예술 작품이 현실을 재현하면서 동시에 삶과 사물의 초월적 성격을 느끼게 하는 것은 이로 인한 것이 아닌가 한다. 상상력은 현실을 하나의 전체로 구성하고, 다시 그것을 지양하여 더 넓은 세계로 옮겨 간다. 더 넓은 세계의 가능성은 궁극적으로 존재의 초월적 차원을 말하는 것일 수 있다.

7

그러나 상상력을 반드시 어떤 초월적 능력, 특별한 능력으로 생각할 필요가 없지 않을까 한다. 그것은 간단히 말하여, 사물들을 나란히 놓고 보는 능력이다. 그러면서 그것은 이 병치에 일정한 질서를 준다. 그것은 사람들로 하여금 병치되는 사물들을 형상적 균형의 원리로 정리하면서 보게 한다. 상상력은 사물들을 병치하면서 통합하는 능력이다. 이러한 사물들의 형상적 균형 — 심미적으로 작용하는 균형에 대한 예감은 사물에 대한 지각 행위 일반에서 작용하는 것이다. 그것은 의식되어 있는 인간 능력이라 기보다는 본능 — 형상적 본능으로 생각된다. 주목할 것은 그것이 인간의 주관적 능력이면서 인간이 공간적 존재라는 사실에 관련되어 있는 능력일 가능성이 크다는 사실이다.

사람의 사회적 능력도 이 공간적 상상력에 밀접한 관계를 가지고 있는 것으로 보인다. 우리가 대하게 되는 어떤 상황을 단순히 나의 행동적 목적의 관점에서만이 아니라, 다른 사물과 인간을 고려하는 마음으로 생각한다는 것은 무엇을 의미하는가? 그것은 목하의 목적에 집중하는 나의 마음을 조금 더 넓게 가질 수 있음으로써 가능해진다. 그렇다는 것은 마음이 일정한 넓이를 가지고 있다는 것이다. 이 넓이의 공간은 단지 내 마음의 공간일까? 마음을 넓게 갖는다는 것은 단지 내가 내 마음을 넓게 한다는 것이 아니라 이미 존재하는 공간으로 마음이 합치한다는 것이 아닐까? 다만 이것은 어떤 특정한 접근을 통해서, 그리고 수련을 통해서 주제화되는 것일 것이다.

사람이 사물을 지각하는 것은, 게슈탈트 심리학에서 지적하듯이, 언제나 배경(background)과 도형(figure)의 관계 속에서이다. 우리의 주의는 대체로 도형에 집중되기 마련이다. 이것은 행동적 강박이 절실할 때일수록 그렇다. 그러나 그런 경우에도 배경이 의식에서 완전히 사라지는 것은 아니다. 다만 이 배경은 우리의 주의력에서 더 전면에 나오기도 하고, 배경으로 물러가기도 한다. 가령, 자기의 집과 동네와 동네에서 벌어지는 일에 빠져 살다가 뒷동산에 올라가 먼 산과 하늘을 보는 때와 같은 것이 그 간단한 경우이다. 이때 넓은 시야에 널려지는 사물들은 저절로 공간적 배치를 가지게 된다. 배치되는 사물들은 원래부터 거기 있었던 것이지만, 일상적으로는 넓은 시야 속에서 보아지던 것이 아니다. 다른 한편으로 주의하지 않던 사물들을 본다고 해서 그것들을 전부 있는 대로 보는 것은 아니다. 전체 풍경은 일정한 구도를 갖는다. 그러니까 전체의 전망 속에서 사물들이 적절한 자리를 차지하고 있는 것을 볼 수 있다. 그러면서도 구성이 늘 의도적인 것은 아니다. 전체 구도는, 적어도 우리의 시각 작용에서는, 저절로 이루어지는 것이면서 구성되는 것이다. 보는 일에 우리의 선택이 개입되는 것도 틀림이 없다. 그러나 보는 각도와 대상들을 선정하는 것은 인간이면서 동시에 광학(光學)과 시각의 균형에서 일어나는 구성 작용이라고 하는 것이 옳다.

미셸 푸코(Michel Foucault)는 인간의 지식에는 그것을 규정하고 있으면서도 쉽게 인지할 수 없는 일정한 체제가 있다고 말한다. 이것은 지식은 물론이고 사회적 행위와 제도를 지배한다. 이것은 시대의 긴 흐름 속에서 지각 변동이 일어나듯이 변화될 수 있다. 이것을 밝히려는 것이 그의 지식고고학(archéologie de savoir)이다. 그는 이 지식의 체제가 인간의 기초적인 공간 의식에 관계되어 있다고 생각하는 것으로 보인다.

지식의 체계화의 간단한 형태는 사물을 일정한 순서로 배열하는 것이다. 그것은 마치 '테이블' 위에 사물을 놓고 이리저리 조작하는 것과 같다. "우리의 사고가 세상의 모든 사물을 놓고 '수술을 하고', 배열하고, 분류하고 이름에 따라서 가르고, 그 유사성과 차이를 밝히는 테이블 ─ 태초로부터 언어와 공간이 마주치던 테이블"이 마음에 있는 것이다. 이것은 마음에 있는 내적 공간으로서, 이것 없이는 앞뒤가 맞는 지각 체험이나 사고는 불가능하다. 그러다가 사물들은 '무공간(atopia)', '이질 공간(heteropia)' ─ 이러한 공간 또는 '고장(topia)'이 없거나 부조화 속에 떨어질 수도 있다. 그때 그것들은 이해할 수 없는 것이 된다. 그러나 '유토피아(utopia, 無何有之鄕)'는 구공간의 상태이면서도, 언어와 상상의 이야기들이 그 나름으로 자유롭게 움직일 수 있게 하는 무공간의 공간이다. 여기에서 마음은 현실의 공간성의 제약을 벗어나기 때문에 보다 자유롭게 움직이고 일관성을 구축할 수 있다. 그러나 여기에서 마음은 이미 공간을 내장한 상태에 있다.

그러나 일반적으로 말하여 지각적 체험이나 학문이 가능하여지는 것은 경험적 또는 반성적 공간이다. 그러나 푸코는 이러한 것을 넘어 다시 직접적인 사물의 세계가 있고, 원초적인 공간적 질서, "무가공의 질서의 존재(l'être brut de l'ordre)"가 있다고 생각한다. 그러나 이것도 반드시 사실 그 자체를 이루는 것이 아니고, 문명의 큰 움직임 속에서 변화한다. 다만 이것이 의식의 대상이 되기가 어려울 뿐이다. 그가 '에피스테메(épistémè, 認知素困)'라고 부르는 것은 이러한 근본적 질서화의 바탕을 말한다. 그의 연구의 대상은, 그가 천명한 바로는, 이 질서 ── 그로부터 지각 경험의 질서나 학문적 분류의 질서가 생겨나는 이 기본 질서를 밝혀내는 것이다.[2]

여기에서 이러한 푸코의 생각에 언급하는 것은 물론 그의 이론을 따져 보자는 것이 아니라, 이미 비친 바와 같이, 경험과 지식의 기초에 대한 그의 생각이 인간 존재를 삼투하고 있는 공간성의 이해에 도움이 되는 것으로 보이기 때문이다. 사람의 체험과 지식에 원형적인 질서가 있다면, 그것은 공간, 사물을 병치하여 볼 수 있게 하는 공간의 성격을 가지고 있다 ── 푸코가 시사하는 것은 이러한 생각이라고 할 수 있다. 이 공간적 시각 행위는 원형적 질서 이전의 결단에 속한다. 이 시각도 이미 이 질서의 규제에 있다고 할 수 있지만, 그것은 그 나름의 직접성을 가지고 있다. 그것은 사물 자체에 열리는 직접성이다. 사람의 눈은 열기만 하면 눈앞에 있는 대상들을 본다. 이 대상물들은 일정한 공간 속에 배열되어 있다. 대상물을 보는 것과 함께 대상물의 세계를 보는 것이다. 그런데 이 대상물이란 물건들만이 아니고 인간의 마음에 대응하여 나타나는 것들이다. 사

<hr />

2 Michel Foucault, *Les Mots et les choses* (Editions Gallimard, 1966), pp. 9~13.

물들은 공간에 놓여 있으면서 그 공간을 하나로 하는 것은 사람의 마음이다. 보는 일은 지각의 세계에서 일어나고 인간의 의식 내부에서 일어난다. 이것은 비유적으로 말하는 것이라고 할 수도 있지만, 공간은 몸과 마음을 구분할 수 없을 정도로 인간의 존재 방식에 삼투되어 있는 것으로 보인다.

어쨌든 사람의 마음도 대상물을 본다. 이 대상물은 마음 안에 일어나는 것들이다. 그러면서 여기에는 인간의 체험이 개입된다. 시간의 존재로서 인간에게 마음은 자신의 역사 속에 있다. 체험은 인간의 심리와 행동에 작용했던 사건을 일정한 연쇄로서 펼쳐 보는 반성의 바탕 위에 있다. (시간의 질서화에는 그것의 공간화가 필요하다.) 그런데 이 공간화는 큰 것일 수도 있고 작은 것일 수도 있다. 이미 말한 바와 같이, 보는 것은 작은 대상물이나 범위에 집중될 수도 있고 넓은 원근법에 걸치는 것일 수도 있다.

그러나 어느 경우나 그렇다고 하여야 하겠지만, 눈으로 보는 세계는 주관적 선택에 의하여 구성되는 것이기도 하기 때문에 반드시 사물 자체의 실상에 그대로 맞아 들어간다고 할 수는 없다. 이 선택적 구성에는 여러 가지 문화적인 관용구(慣用句)와 규제가 작용하겠지만, 보는 자의 자의적인 요소 — 달리 말하면, 상상력, 회상의 능력, 구성력 등이 개입된다. 푸코의 유토피아는 무공간의 상태에서 상상력과 이야기(fabula)로 구성된다. 그렇다고 이것이 완전히 자의적인 것은 아니다. 다만 유토피아에 등장하는 대상물과 공간은 사실의 세계에서 취해진 것이면서 비유적인 것으로 변주(變奏)되었을 뿐이다. 마음속에 대상물을 좁게 또는 넓게 보는 경우 그 기제는 비슷하다고 할 수 있다. 마음이 대상물을 보는 것은 그것을 상상 속에 구성하는 것이라고 할 수 있다. 이것은 그 대상물이 체험의 연쇄일 때에 더욱 그러하다. 그것은 이미 지나간 시간을 재현하는 것이고, 또 그 시간에 일어난 사건들을 일정한 일관성 속에 배열하는 것이기 때문에 무엇보다도 상상된 구성의 성격을 갖는다고 할 것이다. 다만 이러한 것들을 조감하는 주체의 마음이 그것을 얼마나 진실된 지각에 기초하게 하는가 하는 의도에 따라서 그 사실성에 차이가 생긴다고 할 수 있다. 그러나 그 구도가 상상의 공간에서 이루어질 수밖에 없다는 점에서는 어느 쪽이나 비슷하게 이야기(fabula)의 성격을 가질 수밖에 없다.

그런데 다시 한 번 주목할 것은 상상과 사실은 반드시 모순 관계에 있는 것이 아니라는 점이다. 넓혀 보는 것일수록 상상력이 작용하는 구성 부분은 커진다고 할 수 있다. 앞에서 시사한 바와 같이, 본다는 것은 벌써 사실의 강박성 ─ 상황적으로 구성되는 사실의 강박성으로부터 거리를 둔다는 것을 말한다. 거리는 공간이고 그것은, 구성되어야 한다는 점에서, 이미 상상의 공간이다. 이렇게 하여 본다는 것은 중지 행위(épochè)로 확인되는 것이면서, 중지에 드러나는 가장 작은 것의 진정한 모습은 다시 그것을 에워싸고 있는 공간과 상상의 맥락에 의하여 확인된다. 그렇다고 맥락의 여러 연관 관계가 사실의 세부를 무의미하게 하는 것은 아니다. 이것들은 서로 상호 모순과 긴장과 의존 관계 속에 있다고 볼 수 있다.

이렇게 보면, 상상의 개입은 특별한 예외적인 경우가 아니라 세계의 인식에서 극히 정상적인 한 부분을 이룬다. 사물은 공간에 존재하고, 이 공간은 마음 안의 판(table)으로서 상상력의 공간으로 이어진다. 이 공간은 두드러지게 드러나는 경우가 있고 사실적 지각 속에 보이지 않게 스며들어 있고 하는 차이가 있다고 할 수 있을 뿐이다. 사실적 행동의 맥락 속에서 그것은 거의 드러나지 않는다. 그러한 행동을 되돌아볼 때, 또는 여러 관련 맥락을 포괄하는 넓은 관점을 얻고자 할 때, 그것은 조금 더 중요한 것이 된다. 다른 사람과의 상호 작용에서 이러한 상상의 관점은 중요하지만, 상상의 판이 더 부각되는 것은 다른 사람을 그 사람의 주체적 관심을 통해서 이해하고자 하는 경우이다. 이것은 모두 사실적 참조를 떠나지 않는 속에서 작용하는 상상을 말한 것이지만, 상상을 조금 더 활동하는 상태로 생각할 수 있다. 유토피아적 상상력은 그 극단적 경우의 하나이지만, 문학에 있어서 큰 기능을 발휘하는 것이 상상력이라는 것은 말할 필요도 없다. 여기에서도 유토피아의 경우처럼 사실은 비유적인 참조를 제공하는 것으로 변화된다. 그러나 심각한 의도를 가진 문학일수록 사실적 연관은 중요한 준거점이 된다.

그러면서도 문학은 직접적인 의미에서 상황적 사실에 개입하지는 않는다. 위에서 언급한 프루스트나 톨스토이의 이야기들은, 우리의 논의는 그것을 사실인 것처럼 다루었지만, 전부 문학 작품 속의 가공의 사실이다. 그렇다면 그것은 우리에게 무슨 뜻을 갖는가? 그것은 현실의 세계에 대하여 전범(典範)을 제시한다고 할 수 있다. 물론 문학 작품이 교훈적인 의미만을 갖는다는 것은 아니다. 이야기는 그것 자체로 흥미와 관심을 끈다. 삶의 많은 일은 그 자체로 흥미롭고 뜻 있는 것이면서, 다른 삶의 목적에도 봉사하고 적어도 참고 사항이 된다. 문학의 전범도 이러한 이중적 테두리에서 생각될 수 있다. 서사로서의 소설은 그 자체로 흥미를 끌지만, 전범으로서의 소설은 거기에 그려진 바와 같은 경우에 우리는 또는 사람은 어떻게 해야 할 것인가 하는 것을 생각하게 한다.

그러나 참으로 이야기가 직접적으로 우리의 삶에 어떤 모델이 될 수 있을까? 소설의 전범들은 수없이 많고 그 어느 것도 우리 자신의 상황에 정확히 맞아 들어가지 않는다. 전범은 구체적인 기능을 가진 것이라기보다는 우리의 마음을 수련하는 역할을 한다고 할 수 있다. 그것은 상상의 판을 닦아 놓는 일을 한다. 사실 마음은 그 자체로 존재한다고 할 수 없다. 그것은 그야말로 대상 세계에 대한 지향성(intentionality)으로만 존재한다. 그러면서도 마음은 지향성의 존재로 스스로를 의식할 수 있고, 보다 분명한 심성의 성질로 존재할 수 있게 할 수 있다. 상상의 힘은 반복된 전범의 수련 속에서 비로소 뚜렷한 기능으로서 존립하게 된다. 말하자면, 반복되어 쓰이는 글씨로 인하여 그 아래 어떤 판이 존재한다는 것을 알게 되는 것이 마음이라고 할 수 있다. 그것은 글 쓰는 행위 밑에 놓여 있는 팔림프세스트(palimpsest)와 같다. 마음은 늘 사물들 속에 숨어 있다. 그것이 드러나는 것은 대상적 인식의 되풀이 속에서 그것을 반성적으로 되찾아낼 때이다. 이 반성적 재발견이 용이해지는 것은 책을 읽는 일 — 특히 문학을 읽는 일을 통해서이다. 그것은 이미 시사한 바와 같이, 심성의 공간에서 사실의 세계를 재구성하는 일이기 때문이다. 이때 경험과 인식의 배열 공간으로서의 마음은 조금 더 의식의 표면에 두드러져 나올 수밖에 없다.

마음이 현실에 있어서 역할을 가지고 있을 것임은 말할 것도 없다. 마음은 상황적 행동과 사고에 있어서 조망과 상호 관련의 범위를 넓히는 일을 한다. 물론 의식적인 조작이나 조종으로 그러는 것은 아니다. 마음은 사회적 문화적 자산의 일부를 이룬다. 문화가 지각과 감정과 사고 그리고 행동의 틀이 된다면, 마음은 문화의 공간을 보다 넓게 하는 기초가 될 것이다. 그것은 문화의 업적을 보다 다양하고 복합적인 것이 되게 하고, 그것을 보다 일관된 전체성을 가진 것이 되게 하고, 물론 사물을 보는 데에 있어서 저절로 보다 넓고 많은 가능성의 갈래와 뉘앙스를 참조하는 것이 되게 할 것이다. 이러한 효과는 주로 문화의 영역에서 두드러지는 것이겠지만, 그것이 현실 행동에 영향을 주지 않는다고 할 수는 없을 것이다.

8

문법의 관점에서 볼 때, 시에는 감탄사로 끝나거나 또는 술어가 없는 명사구로 끝나는 문장이 많다. 이것은 감탄의 관조가 열어 주는 세계가 시의

세계라는 것을 말하여 주는 증표라고 할 수 있다.[3]

　　머언 산 청운사(靑雲寺)
　　낡은 기와집

　　산은 자하산(紫霞山)
　　봄눈 녹으면

　　느릅나무
　　속잎 피어 가는 열두 구비를

　　청노루
　　맑은 눈에

　　도는
　　구름

　이 「청노루」라는 제목의 시는 하나의 풍경을 묘사한 것인데, 이러한 풍경이 어떻다는 것인가? 어떻게 해야 한다는 것에 대한 답은 여기에 없다. 어떻게 하라는 것을 말하는 것이 아니라는 것은 술어가 되는 동사가 없는 데에 시사되어 있다. 그래도 이 시는 어떤 정서를 불러일으키려고 한다는 것을 알 수 있게 하는 묘사이지만, 일본의 하이쿠 시인, 바쇼(松尾芭蕉)의 유

3　Cf. Uchang Kim, "Translating Cultures and Marking a Poetic World……", *Yearbook of Comparative and General Literature*, vol. 54(University of Toronto Press, 2008).

명한 시구, "마른 가지에 까마귀 앉았어라/ 가을의 해질 무렵"과 같은 구절은 더욱 간단하게 사물의 모습을 제시할 뿐, 그것의 의미는 박목월의 시보다도 더욱 분명히 하지 않는 경우이다.

우리 전통의 시조에 있어서, 많이 볼 수 있는 것은 '노라', '구나' 등의 어미이다. 이것은 대체로 관찰을 제시하고 그 실용적인 의미의 암시를 삼가는 표현 방식이다. 이것은 심정을 서술하는 경우에도 그렇다.

어져 내 일이여 그릴 줄을 모르던가
이시라 하더면 가랴마는 제 구태야
보내고 그리는 정은 나도 몰라 하노라

이 황진이의 시조가 그 한 예이다. 이 시조에서 황진이가 말하고 있는 것은 다음에 님을 만나면 가지 못하게 하겠다는 결심을 말한 것이라고 할 수도 있지만, 그것은 이 시조의 불분명한 여운을 죽이는 해석이 될 것이다. 그러나 실용적 의미를 제시하지 않더라도, 이러한 시적 표현들이 사물에 대한 이해를 제공하는 것은 사실이다. 황진이의 시조에 들어 있는 심리의 굴곡의 묘사는 자명한 것이라고 할 것이다.

바쇼의 하이쿠는 극히 간단한 묘사이면서도 마른 가지와 까마귀와 가을을 연결시킨다. 이 연결은 객관적 세계에 존재하는 것이면서, 마음에 반영되어 계절에 대한 깨달음의 순간이 되었음을 전한다. 박목월의 「청노루」의 초점은 물론 청노루라는 동물이다. 그러나 시의 주안점은 이 청노루가 주변의 풍경과 계절의 변화와 일체적으로 존재한다는 사실이다. 청운사, 자하산, 산골의 개천, 개천가의 느릅나무, 눈, 구름 등 사이에 노루가 있는 것이다. 그리고 노루의 움직임은 눈이 녹아내리는 늦은 겨울 또는 이른 봄이라는 계절의 변화와 공시성(共時性)을 가지고 있다. 노루가 이러한 공간과 시간과 공존 관계에 있다고 하는 것은 노루의 눈에 구름이 비친다는 것으로 집약된다. 이러한 시공간의 넓이는 자연 현상의 일부이지만, 그것이 또한 관찰자의 마음에서 그러한 것으로 인지되는 것임도 사실이다. 그것은 마음의 공간에서의 집성(集成)이다. 노루의 눈에 구름이 비친다는 것은 사실일 수 있지만, 그것은 상상된 것임에 틀림이 없다. 이 시의 풍경을 맑은 것으로 느끼는 것 그리고 그것이 날씨가 풀리는 것에 일치하는 것에서 독자는 어떤 청결감과 함께 성적인 색채를 느낀다. (박목월의 초기 시에서 청순한 것으로 이해되는 그리움은 중요한 시적 주제의 하나이다.) 청노루라는 노루는, 사전에 보면 백두산에 사는 노루라는 설명이 있지만, 그것보다는 상상된 노루를 생각하게 한다. 「청노루」는 있을 수 있는 풍경적 계절적 조합을 보여 주면서, 상상력이 만들어 내는 마음의 공간의 구도를 보여 준다.

이러한 공간을 구성하는 시적인 관조의 현실적 의의는 별로 분명하지 않은 것으로 보인다. 그러나 상상력이 보다 심각하게, 다시 말하여, 사실적으로 작용하는 것을 적어도 문학 작품에 재현된 묘사에서 볼 수 없는 것은 아니다. 다시 프루스트의 예를 들어, 주인공 마르셀의 어린 시절을 이야기하는 가운데에는 다음과 같은 것이 있다. 프루스트는 책 읽기를 좋아했다. 그러나 어머니는 그가 조금 더 적극적으로 운동도 하고 가족 행사에도 참여하고 하는 것을 원했다. 어느 여름 그는 자기 방 침대에 누워 책을 읽으면서, 그래도 자기가 밖에서 벌어지고 있는 일에 참여하고 있다는 생각을 한다. 밖에서 공을 가지고 뛰고 있는 사람들은 현장에 있고 실감 나게 그것을 체험하겠지만, 그 체험은 단편적인 느낌의 집합으로 이루어진 것인 데 대하여, 방 안에서 마르셀은 운동에 마음으로 참여하면서 그 느낌을 반추하고 운동을 전체적으로 이해한다고 생각한다.

이러한 생각은 어머니에 대한 자기변명의 의의를 가질 수 있는 것이기 때문에 반드시 맞는 것이기 어렵고, 말할 것도 없이 운동의 참의미는 몸으로 뛰는 데에 있는 것이라 하겠지만, 마르셀의 생각이 전혀 틀린 것이라고 할 수는 없다. 그것은 그 나름의 깊은 이해를 가진 것이라고 할 수 있는 면이 있다. 사실 운동 경기의 관객이나 감독은 비슷한 위치에 있다. 이해의 성격은 다르겠지만, 관객 특히 감독은 경기를 선수보다도 더 전체적으로 이해하는 입장에 있다. 적어도 감독이 경기 운영에 대하여 지시를 내리는 것은 이런 이해가 있기 때문이다. 이와 같이 현장의 사실부터의 거리가 그 사실의 이해에 중요한 출발점이 되는 것은 생각할 수 있는 일이라 할 것이다. 프루스트의 소설 『잃어버린 시간을 찾아서』 전체가 말하고 있는 것이 바로 이것이라고 할 수도 있다. 지난 시간의 일들은 그것을 되돌아볼 때, 그 의의를 드러내고, 뿐만 아니라 그것을 되돌아보고 글로 재구성할 때에 비로소 바른 모습으로 되찾아지게 된다고 할 수 있다. 이 전체적인 회복을 위한 노력의 성과가 소설 『잃어버린 시간을 찾아서』라는 소설이라고 할 수 있다.[4]

9

위에서 말한 것은 사물의 바른 이해에 있어서 관조적 거리가 중요한 역할을 할 수 있다는 것이었다. 거기에서 인간 심성의 공간성은 보다 폭넓은 이해에 계기가 된다. 이것은 마음의 넓이에 관계되는 일이지만, 그것이 사물의 이해에 중요한 역할을 하고, 이해가 행동의 세계에서 중요하다는 점

---

4   필자는 이것을 민음사에서 다시 출간된 에리히 아우어바흐의 『미메시스』 해설에서 논한 바 있다.

에서, 현실적 의미가 없지 않다고 할 수 있다. 문학이 여는 상상의 공간은 현실을 떠나면서 풀려 나온다. 그러면서 다시 현실적 의미를 갖는다. 방에 있는 마르셀의 경우가 그러한 것이다. 그러나 이보다는 더 적극적으로 문학의 작용이 현실에 영향을 주는 경우가 없는 것은 아니라고 할 수 있다. 다만 그것이 실제 일어나는 일이라고 하더라도 그에 대한 적절한 설명을 찾기가 어려운 것으로 생각된다.

『삼국사기(三國史記)』에 나와 있는 을지문덕(乙支文德)의 시, 「여수장우중문시(與隋將于仲文詩)」는 이러한 맥락에서 한번 검토해 볼 만한 시이다. 그것은 고구려와 수나라의 전쟁의 우여곡절의 일부를 이룬다. "신기한 책략은 하늘의 이치를 다하고/ 절묘한 계책은 땅의 이치를 다했고/ 싸움의 공이 이미 높으니/ 족함을 알고 그치기 원한다고 말하고 싶다.(神策究天文 妙算窮地理 戰勝功旣高 知足云願止)" 한국 한시의 가장 오래된 예로 이야기되는 이런 내용의 시가 우중문에게 전달된 후에 전세가 바뀌어 결국 침략군은 후퇴하기 시작했다고 한다. 물론 이 시가 곧 수군의 후퇴를 가져온 것은 아니다. 이것은 거짓 항복을 몇 번 시도한 을지문덕의 유화 위장책의 일부라고 해석된다. 그리고 이 시가 전달되었을 때, 수군 내부에서는 이미 후퇴하는 방안에 대한 토의가 일고 있었다. 그러니 전쟁을 계속하기 어려운 사정이 있었을 것이다. 그러나 『삼국사기』는 이 시가 전세의 역전과 전략과 정책의 변화에 한 역할을 맡았다고 말한다.

그런데 그 사실적 역할을 떠나서, 적장에게 시를 써 보낸다는 것, 그리고 또 적장이 이 시에 답하는 시를 보냈다는 것(답시는 전하지 않는 것으로 보이지만) ─ 이러한 사실은, 오늘날과 같은 정치 현실주의의 시대에 있어서 이해하기 어려운 일이지만, 그 자체로 특이한 사실로 인정해야 할 것이다. 그것은 전쟁과 같은 급박한 상황 속에서도 시의 역할을 인정한 고대의 어떤 관습에 이어지는 것이 아닌가 한다.

『논어(論語)』에서 공자(孔子)는『시경(詩經)』의 시를 공부해야 하는 이유로 그것이 사(邪) 없는 생각을 가질 수 있게 하고, 동식물의 지식을 넓혀 준다고도 하고, 정치와 외교 활동에 활용되어야 한다고도 말하고 있다.[5] 사실 고대 중국에서 시를 인용하고 쓰고 낭송하는 것은 정치 행위에서 중요한 의식 절차(儀式節次)의 하나였다. 프랑스의 중국학자 프랑수아 쥘리앵(François Jullien)은 그의 한 저서에서[6] 중국 고대에서의 사례를 들어 이것을 예시하고 있다. 그 한 가지를 들자면, 서로 불화하고 있던 위(魏)나라의 공자가 진공(晉公)에 의하여 체포된 일이 있었다. 이에 제공(齊公)과 정공(鄭公)이 중재에 나서서 체포를 풀게 하였다. 이때 중요한 역할을 한 것이『시경』「정풍(鄭風)」에 나오는 다음의 시였다. "중자여,/ 내 동산 넘어와/ 박달나무 꺾지 마소./ 내 어찌 이를 사랑할까마는,/ 사람들 말 많음이 두렵기에./ 중자 그립다 하여도,/ 말 많음/ 또한 두려워라.(將仲子兮 無踰我園 無折我樹檀 豈敢愛之 畏人之多言 仲可懷也 人之多言 亦可畏也)"

사절 중의 한 사람이 이 시를 낭독하였고, 그다음에 진공은 위공을 석방하는 데에 동의했다. 물론 그것은 반드시 이 한 편의 시에 감동한 때문이라고 할 수는 없다. 석방에 이르기까지는 여러 차례의 연회가 있어 상호간의 우의를 확인하였고, 시도 여러 편이 연회에서 낭독되었다. 주고받은 시에서 우회적으로 강조된 것은 바른 정치 질서와 소국의 대국에 대한 예의와 평화의 중요함이었다. 마지막에 낭송된 위의 시는 남녀 간의 사랑의 관계를 말한 것이지만, 남녀 간의 사랑에 있어서처럼, 한편으로 지나치게 과격한 정책의 추구가 옳지 않다는 것, 다른 한편으로는 그러한 것이 진나라의 체신을 실추케 하여 결국은 진이 손해를 보게 될 것이라는 것을 말하려 한

---

5 『논어(論語)』,「자로(子路)」편.

6 François Jullien, *Le Détour et l'accès: Stratégies du sens en Chine, en Grèce*(Editions Grasset, 1995).

것이다. 그러니까 우의와 복속을 말하면서 또 불이익을 시사한 것이다. 어쨌든 흥미로운 것은 시가 국제 관계를 조정하는 데에 현실적인 역할을 할 수 있었다는 사실이다. (여러 차례의 연회는 시가 여는 마음의 공간과 함께 공간적 동석(同席)의 역할도 생각하게 한다.)

놀라운 일의 하나는 2009년 5월에 중국의 후진타오(胡錦濤) 주석과 대만의 우보슝(吳伯雄) 주석이 만났을 때, 호 주석이 당대(唐代)의 시인 왕지환(王之渙)의 시 「등관작루(登鸛雀樓)」를 인용하여 회담의 분위기를 부드럽게 하였다는 보도였다. "흰 해는 산을 따라 지고,/ 황하는 바다로 들어간다./ 천리를 내어다 보려면,/ 한 층을 더 올라가야 한다.(白日依山盡 黃河入海流 欲窮千里目 更上一層樓)"라는 시에서, 보도에 따르면, 호 주석이 인용한 것은 한층 더 높이 올라가야 높이 본다는 부분으로서, 긴 안목으로 양안(兩岸) 관계를 발전시켜야 한다는 것을 강조하려는 것이었다고 한다. 그러나 그 앞의 구절, 강물은 바다로 흘러 하나가 된다는 그 앞 구절을 생각하면, 왕지환의 시 인용은 보다 현실적인 함축을 가진 의미를 전한 것이라고 할 수도 있다. 한편으로는 장기적인 안목을 강조하면서 다른 한편으로는 통일의 위협을 — 대만으로서는 통일은 위협적인 것일 터이니까 — 비친 것이라고 할 수 있어, 「정풍」의 시나 비슷하게 희망과 현실을 모호하게 혼합하는 시적 협상의 전통을 그대로 보여 준 것이라고 할 수 있다. 그 뜻이야 어찌 되었든 놀라운 것은, 정치에서 시가 개입하는 전통이 그토록 지속된다는 것이고, 또 시와 정치가 이렇게 하나로 묶일 수 있다는 것이다. 이 전통은 문화로서 지속되고, 그것이 만들어 내는 공간 속에서 마음이 보다 넓게 움직일 수 있게 한다.

10

이것이 어떻게 가능하고 무엇을 뜻하는 것일까? 이해관계의 사실적인 제시와 대조 그리고 대결에 있어서보다도 여기에서 중요한 역할을 하는 것은 서로 경계를 풀 수 있게 한 주연(酒宴)과 더불어 시의 감정적 호소력이다. 쥘리앵의 관찰의 자료가 된 청 대의 학자 노효여(勞孝輿)의 『춘추시화(春秋詩話)』에 의하면, 여기에 작용하고 있는 것은 "사람의 정서를 움직일 수 있는 시 인용의 힘"이다.[7] 쥘리앵은 정(sentiment)을 움직이는 것이 마음(the state of mind)을 움직이는 대로 이어질 수 있다는 것을 강조한다. 즉 현실적이고 이성적인 결정에 영향을 미치게 되는 것이다. 여기에는 다른 요소들도 작용한다. 스스로 쓴 것이 아니라 모든 사람이 고전으로 받아들이고 있는 시를 인용하는 것은 마음을 저절로 관계를 따르게 하는 방향으로 움직이게 한다. 또 고전 인용의 가장 중요한 역할은 그 인용을 듣는 사람의 마음을 눈앞에 놓인 현안으로부터 벗어나게 한다는 것이다. 시와 현안의 관계는 비유와 전범의 관계로 이어진다. 그리하여 그것은 마음으로 하여금 조금 더 여유를 가지고 움직이게 한다. 마음은 사실의 세계에 대하여 거리를 유지하면서 스스로의 공간에서 적절한 균형을 도모할 수 있게 되는 것이다. 그리고 자율적 움직임의 연습 후에 마음은 다시 보다 여유를 가지고 사실의 세계로 돌아온다.

쥘리앵에게 중요한 것은 이 타협과 협상이 간접적으로, "대리를 통해서(by proxy)" 행해진다는 것이다. 이것이 대결을 우회하게 하는 여유를 준다. 그러나 이것은 또한, 적어도 그의 생각으로는, 많은 부정적인 효과에 연결

---

7 쥘리앵의 저서의 영역, *Detour and Access: Strategies of Meaning in China and Greece*(New York: Zone Books, 2000), p. 80.

되어 있다. 그것은 온갖 에두름(obliquity)의 전술과 하나가 된다. 그것은 사실을 사실대로 말하지 않아도 좋은 것이 되게 하는데, 이것은 전제 정치 체제하에서 보신(保身)의 수단이 된다. 그러면서 거짓된 자기변명의 수단이 된다. 그리하여 그것은 불의와 허위에 저항하지 않는 순응주의를 낳는다. 그러나 이것을 긍정적으로 보면, 사실은 직접적으로 직시하는 대신에 대리 사례를 제시하는 것은, 이미 말한 바와 같이, 대화자들의 마음에 보다 넓은 고려와 성찰의 여유를 마련한다. 그리고 그 여유 또는 공간 속에서 스스로 마음을 바꿀 수 있게 한다. 이러한 절차에서 중요한 점은 다른 사람의 마음에 자율을 허락한다는 점이다. 그리하여 협상과 협의는 외적으로 강요되는 사실에 굴종하는 것이 아니라 스스로 움직이는 마음의 소득이 된다.

11

그러나 마음이 이때 진정한 자율과 독자성의 영역에 존재한다고 할 수는 없다. 그것은 이미 조종의 대상이 되어 있다. 조종의 대상이 되는 것은 마음이 현실적 이해관계나 감정적 이해관계 속에 있기 때문이다. 마음이 서로 풀려 하나가 되는 것은 실익이 얻어질 수 있다는 계산 아니면 적어도 기분이 좋아지는 것을 즐기는 마음이 있기 때문이다. 물론 여기에서 기분은 일시적인 것일 수도 있지만, 좋은 삶의 가능성에 대한 감수성을 뜻하는 것일 수도 있기 때문에 반드시 천박한 이해관계만으로 생각될 수는 없다. 그러나 그것이 철저한 이상적 삶의 질서에 대한 인식이 되려면, 그것은 또 하나의 정신적 단계를 거쳐야 한다. (물론 이것이 독단론에 빠지는 것이 될 수도 있다.)

다시 말하여, "정서를 움직일 수 있는 힘"이 있다는 것은 현실적 감정적 이익을 전제한다. 이 힘이 무력하다는 것이 드러날 때, 그리고 협의와 타협이 불가능하게 된다면, 어떻게 할 것인가? 정서를 움직여 보려 해도 움직여지지 않으면 어떻게 할 것인가? 여기에 대한 유일한 답은 힘에 의한 해결이 될 것이다. 이러한 관점에서 보면, 이러한 정서를 통한 상호 작용은 엄격한 의미에서 타자의 자율성을 인정하는 것이 아니다. 정서가 움직여지지 않는다면, 문제의 해결을 위해서는 타자를 그대로 방치할 수는 없을 것이고, 여기에 무력의 개입이 필요하게 될 것이다.

국가 간이든 개인 사이에든, 그 관계가 협상과 협의 또는 힘에 의한 조정으로는 변경될 수 없는 것은 오히려 행동의 원칙이 이익 관계가 아니라 규범적인 경우이다. 규범이 이상적 사고에 기초한 것이라고 할 때, 허용되는 것은, 적어도 이론상으로는, 토의나 논쟁에 의한 접근이다. 토의나 논쟁 그리고 그것을 통한 접근이 불가능해진다면 어떻게 할 것인가? 이성적인 기초에 입각하였다고 하더라고 그것이 이데올로기화하고 그 독단적 결론에 빠지지 않는다는 보장은 없다. 이데올로기적 정당성은 쉽게 폭력의 사용을 정당화한다. 그러나 칸트의 지상 명령에 대한 성명에 나오는 바와 같이, 이 규범이 진정으로 보편적이고, 또 그 규범을 따라 행동하는 것이 자유로운 선택에서 나오는 것이라면, 합의가 불가능할 때, 결론은 합의를 포기하는 것이 되어야 할 것이다. 그러나 이 포기는 폭력으로 돌아간다는 것이 아니라, 타자에게 양보를 요구하는 것을 그만두고 자신의 제안을 철회하고 타자의 제안을 그대로 수용하는 것을 말한다. 또는 타자의 제안을 이성적인 것으로 보지 않더라도, 그것이 그 나름의 이성적 결정이라는 것을 받아들이고, 타협을 위한 시도 자체를 포기하는 것을 말한다. 이것은, 어느 경우에 있어서나, 타자의 절대적인 자율성을 인정하는 ── 자기 나름으로 사고하고 행동하는 것을 그대로 인정함으로써 가능하다.

물론 현실에 있어서 이러한 절대적 자율의 평화 공존이 성립하기는 쉽지 않을 것이다. 그렇다는 것은 해결해야 할 현실 문제 ── 가령, 위(魏)와

진(晉)의 긴장 관계 그리고 위공의 납치와 같은 문제 — 는 그대로 남아 있을 것이기 때문이다. 이것은 다시 무력 대결의 필요를 불러일으킬 것이다. 이러한 대결에서, 현실적으로는 다시 서로 이론적 우위에 대한 주장이 일어날 것이다. 그러나 참으로 사고자(思考者)나 행동자의 절대적인 자율의 전제를 받아들인다면, 이 싸움은 헛된 이데올로기적 논쟁이 없는 싸움이 될 것이다.

그러나 적어도 이론적인 관점에서는, 일단 위에 든 이익과 정서의 조종을 통한 상황의 재조정보다는 순수한 것처럼 보인다. 그러나 현실적으로는, 모든 존재자의 존재를 위한 전제의 하나가 평화 공존이라고 한다면, 어떤 방편을 통해서나 폭력적 대결을 피하는 것이 옳다고 할 수도 있다. 이것은 착잡한 인간 조건하에서 문제에 대한 한 가지 접근만이 옳다고 할 수는 없다는 것을 다시 생각하게 한다.

그러나 규범적 자율성의 인정은, 그 현실적 의미의 복합성에도 불구하고, 인간 존재의 도덕적 깊이 — 그 착잡함을 생각할 때 이것은 심연(深淵)이라고 부를 수도 있다. — 에 이르는 실존적 결정이다. 이것은 이해관계나 정서에서 타자와 공감하는 것보다도 — 『시경』의 시를 낭송하여 사람의 마음을 움직이는 것은 결국 공감을 유발하자는 것인데 — 더 깊은 의미에서의 공감을 말하는 것이다. 자신이 도덕적 규범에 따라 행동하면서, 그 규범의 보편성을 말하는 것은 단순히 그 논리적 보편타당성을 말하는 것이 아니다. 그것은 모든 인간이 인간의 범주 안에 있음을 인정하는 것이다. 이때 그 인간은 독자적인 판단과 행동의 능력을 가진 존재이면서 인간이라는 점에서 서로 상통할 수 있다고 생각된다. 그리고 칸트가 실천 이성에 대하여 생각하는 바를 따르면, 여기에서 상통한다는 것은 단지 이익이 감정으로 일치하는 것이 아니라 공통된 도덕적 윤리적 세계로 열린다는 것을 의미한다. 이 세계는 자유로운 것이면서 그 나름의 엄격한 법칙성을 가진 세계이다. 그러나 이것을 상정하지 않더라도 모든 사람의 인간됨을 상정한다는 것은 보편성의 가능성을 인정하기 시작하는 것이다.

그런데 이러한 판단들은 경험적 사실에서 귀납적으로 도출되는 것이 아니라 직관적 가정이라고 할 것이다. 하여튼 사람들은 실제 이익이나 정서의 면에서 다른 사람과 교통하기 전에 상대방이 인간임을 인정할 수 있다. 그러고는 그 개체성과 자율성을 받아들일 수 있다. 그때 다른 사람은 나에게 미지의 공간이 되지만, 그가 적극적 가능성 — 도덕적 윤리적 행동, 정서적 현실적 업적들의 가능성을 가진 존재라는 점에서, 그는 존경의 대상이 될 수 있다. 그러나 한발을 더 나아가 생각한다면, 그러한 가능성 이전에 존재한다는 것 자체가 존귀한 것이라고 할 수 있다. 동물의 존재가 존귀한 것이 될 수 있는 것은 그 도덕적 가능성으로 인한 것이 아니다. 존재한다는 것 자체가 동물을 존귀한 존재가 되게 한다. 생명의 존귀함이라는 관점에서 보면, 개체는 이미 생명을 가진 존재라는 점에서, 또는 존재의 기적 속에 있다는 점에서 존중의 대상이 된다고 할 수 있다.

사실 이러한 것들을 마음에 두지 않더라도 다른 사람을 대할 때, 그가 미지의 존재라고 하더라도 그 사람은 이미 이러한 인간적 가능성의 아우라(aura) 속에서 출현하는 것일 것이다. 이것은 인간을 이익이나 정서의 교환 관계 이전에 존재의 미지 속에 있는 것으로 받아들이는 것이다. 이 관점에서 사람의 존재는 초월적인 차원으로 열려 있는 존재이다. 그리고 사람은 이 초월적 공간을 바탕으로 하여 스스로를 구성할 수 있는 존재이다. 이러한 인간의 초월적 차원은 세속적인 이해관계 속에서 잊히게 된다. 그러면서도 그것은 다른 사람을 다른 사람으로 보는 데에 이미 함축되어 있다.

상황은 세계를 대상적 사물들의 세계로 구성하고, 사람은 이 세계에서 행동의 강박을 가지고 산다. 그러나 이 세계는 그것을 넘어서 있는 세계의 일부이다. 그것을 넘어가는 공간에 의지하지 않고서는 그것을 행동적 시나리오를 가지고 있는 공간으로 구성할 수가 없을 것이다. 행동한다는 것은 상황을 재구성한다는 것이고, 그것은 상황을 넘어서는 자유의 공간이 존재한다는 것을 말한다. 사실의 세계에 거리를 두고 이것을 바라보는 눈 그 자체가 다른 공간의 가능성을 열 수 있게 한다. 이 거리에 안에서 상상력은 움직이기 시작한다. 상상력은 사실의 공간을 다른 공간으로 확대하고 새로운 구성의 가능성을 열어 놓는다. 정서는 사물들로 하여금 느낌의 뉘앙스를 가진 것이 되게 하고, 사물의 행동적 강박을 흐리게 한다. 정서가 특히 심미적 구성을 가진 것일 때, 그리고 전통적 정서의 유형에 일치할 때, 사물은 그 상황적 강박성을 잃고 새로운 관점에서의 구성을 가능하게 한다. 이러한 의미에서 그것은 현실 문제의 보다 원활한 해결에 도움이 될 수 있다. 이러한 계기들을 통하여 사물과 사람은 새로운 공간적 구성을 시험할 수 있게 된다. 이것은 인간 존재의 공간적 성격으로 하여 가능한 것이다. 그리고 궁극적으로 이 공간은 존재의 신비 속에 있으면서, 개체성과 자율성에 대한 요구를 가진 사람의 실존적 현실 속에 이어져 있다.

사람들은 삶의 많은 계기에서 이 실존의 부름을 느낀다. 앞에서 잠깐 들었던 『이반 일리치의 죽음』에서 주인공의 깨달음의 핵심은 독자적인 존재로서의 모든 개인에 대한 극히 구체적이면서 형이상학적 인정의 절실성이다. 프루스트의 소설에서, 자신의 병에 대한 다른 사람의 절실한 공감 또는 이해가 수반되지 않은 자기 자신의 병에 대한 판단과 권고를 거부하는 레오니 고모의 까다로운 성품에도 여기에 대한 본능적인 인식이 들어 있다. 이것은 실존적 진정성, Eigentlichkeit, authenticity에 대한 요구라고 할 수 있지만, 세상의 모든 일에는 그 나름의 사실적 절실성이 들어 있다. 그리고 사실 자체가 그것을 요구하는 것으로 보인다. 하나의 사실은 그것 자체로 절실함을 가지고 있으면서 이 절실함은 그것의 사실적 맥락 속에서의 위치에 의하여 정확하게 이해될 수 있다. 이 사실의 절실함에 반응하지 못하는 경우, 또는 인식하는 사람의 입장에서 그것에 집중하지 못하는 경우, 사실은 정보 ── 혼란스러운 정보로 전락한다. 바른 문화는 그 안에 넓은 정서적 전개, 성찰의 깊이, 존재론적 직관을 보존하는 공간을 가진 문화이다. 그러나 오늘의 문화는 이러한 진정한 마음의 지속을 어렵게 한다고 하지 않을 수 없다.

(2011년)

문화 전통과 삶의 일체성[1]
강인한 정신, 부드러운 마음과 문화

1

광주시립미술관이 강연의 주제로 제안한 것은 호남 문화의 의의를 이야기해 달라는 것이었다. 그러나 그 주제에 대하여서는 알고 있는 것이 있다고 할 수 없기 때문에, 동양 문화에 대하여 이야기를 하겠다는 제안을 했다. 그러나 사실 이것에 대하여도 말할 준비가 되어 있는 것은 아니다. 다만 대리 제안을 한 것은, 지식의 깊이에 관계없이, 그것을 새로 생각하고 되찾아낼 필요에 대해서는 느끼는 바가 있다고 생각했기 때문이었다. 이것은 다른 많은 사람들도 그럴 것으로 생각한다. 그러면서도 찾아져야 할 것이 무엇인가, 그것을 어떻게 찾아야 할 것인가에 대하여서는, 필자와 마찬가지로, 분명한 대답을 얻은 경우가 많지 않을 것으로 생각한다. 역설적으로 쉬운 대답이 얼른 떠오르지 않는 것은 나쁘지만은 않은 일이라고 할

---

1 《광주일보》 시립미술관 인문학강좌 2.

수 있다. 그것은 여러 가능성을 새롭게 궁리해 보게 한다.

일단 문화는, 이 자리가 미술관인 만큼, 문화재와 관련하여 생각해 볼 수 있는 주제이다. 문화는 문화재와 어떻게 관계되는 것인가? 문화재에 역점을 두면, 문화를 너무 응고된 형태로 생각할 위험이 있지 않을까? 중요한 것은 오늘의 삶이다. 문화가 참으로 의미 있는 것이라고 한다면, 그 의미도 오늘의 삶과의 관련에서 찾아지는 것이 마땅하다. 문화는 가지고 있는 재화의 값보다 현재의 창조적 생산성에 이어져야 한다는 느낌이 드는 것이다. 그것은 오늘의 삶을 풍부하게 하고 그 고양된 표현을 의미할 수 있어야 한다. 그러나 다른 한편으로 그것을 너무 강조해서는 문화는 참의미를 잃어버린다. 새로운 것이라면 무작정 좋아하는 것이 오늘의 시대이고 문화도 새롭게 고안될 수 있는 것이라고 생각할 수 있지만, 아마 삶의 중요한 부분으로서의 문화는 간단히 하루아침에 또는 한 시대에 창조될 수 있는 것은 아닐 것이다. 문화재의 중요성은 여기에 있다. 문화재는 과거의 것이고 문화는 오늘의 것이라고 하겠지만, 사실 문화와 문화재가 하나의 연속성을 이루는 것이 바람직한 존재 방식일 것이다. 어떻게 하여 이것이 가능할 것인가?

문화재 보존과 보호가 중요하다는 것은 널리 인식되어 있다. 또 그 때문에 여러 복원 사업이 진행된다. 그런데 그것이 문화재를 오늘의 삶에 연결하는 데에 어떻게 관계되는 것일까? 조금 극단적인 경우를 생각하여, 문화재를 보호하고 복원함에 있어서, 과거로부터의 문화재를 원래보다 조금 더 크게 더 화려하게 꾸미고 바꾸는 것은 어떻게 생각하여야 할 것인가? 그것이 과거를 창조적으로 현재화하는 사업일까?

서울의 광화문을 복원한다고 할 때, 나는 그것을 비판하는 신문 칼럼을 쓴 일이 있다. 요지는, 큰 문제가 없다면, 재건 또는 복원하는 것보다는, 그대로 보수 유지하는 것이 좋겠다는 것이었다. 광화문이 놓인 각도가 원래와 조금 다르고 (14도가 문제였던 것으로 기억한다.) 또 재료가 다르고 현판이 다르다는 것이 복원해야 한다는 이유였다. 낭비적이라는 느낌을 떠나서도, 도대체 복원이라는 것이 가능한 일인가? 어떻게 2000년대에 지은 것이 14세기 조선 건국 초 또는 19세기 대원군 경복궁 개수 시의 물건이 될 수 있는가? 2000년대에 새로 세운 것을 그때 지은 것이라고 건조 일자를 적어 넣을 수 있는가? 남원에 가면 성춘향의 분묘가 있다. 판소리 이야기의 여주인공의 묘지가 있을 리 없고, 설사 춘향 이야기가 실화라고 하더라도 서울로 시집간 춘향이 고향에 묻힐 수가 없을 것이다. 문화재나 문화보다도 더 중요한 것은 오늘의 사실을 존중하는 정직성이다. 이 정직성이 공적인 가치가 되어 있지 않는 사회가 문화적인 사회라고 할 수 있는가?

그렇기는 하나, 다시 말하여 문화재가 중요하지 않은 것은 아니다. 그 진정한 의미는 과거와 현재가 외면적 기념비를 통하여서만이 아니라 내면적으로 연결을 해 주는 매체가 될 때 찾아지는 것이라 할 수 있다. 그렇지 않을 때, 그것은 외적인 재화 또는 관광 재료로서의 의미만을 가질 뿐이다.

기억이 없는 사람의 사람됨을 말하기가 어렵다. 기억은 자기 일관성의 주축이 된다. 자신의 삶의 일관성에 대한 느낌이 없이는 독자적인 개인으로서의 자신에 대한 의식이 있을 수 없다. 그것이 있어서 비로소 도덕적 책임의 문제도 제기될 수 있다. 자신이 한 일을 기억하지 못하는 사람에게 어떤 도덕적 책임을 물을 수 있겠는가? 그러나 기억은 그보다 더 넓은 의미를 갖는다. 기억은 삶에 내적인 일관성을 주는 기본 맥락이다. 여기에 기초하여 사람은 일관된 존재가 된다. 기억은 사람의 삶에 자연스러운 논리성을 부여한다. 물론 이러한 일관성이나 논리성이 반드시 명백하게 의식되는 기억만으로 얻어지는 것은 아니다. 사람의 삶을 일관되게 하는 것에는 습관도 있고, 손과 몸과 익힌 기술도 있고, 마음에 담고 있는 지식과 그것에 들어 있는 어떤 체계성 등도 있다. 그러면서 이러한 모든 것은 일정한 모양이나 형식 ─ 패턴(pattern)을 이루어서 어떤 사람을 그 사람으로 알아볼 수 있게 하고, 또 스스로도 자기가 어떤 사람이라는 느낌을 가질 수 있게 한다.

그러나 이러한 모양이 완전히 굳어진 것은 아니다. 일관성이란 많은 것들을 꿰뚫고 있는 하나의 원리를 말한다. 이 원리는 어느 한 가지 것에 고정된 것이 아니다. 그것은 한 가지 일을 초월하고, 밖에서 마주치거나 스스로 마음에 지니게 되는 새로운 것을 한 가지 양식에 수용하는 원리이다. 또는 원리라기보다는 지속하는 힘이다. 그것은 다(多)에서 일(一)을 만들어 내는 창조의 힘이라 할 수 있다. 기억은 이러한 힘에 관계됨으로써 진정한 의미를 갖는다. 그런데 이러한 기억으로 매개되는 일관성은 개인에게 주어진 것이고, 스스로 닦아 내는 것이면서도 사회적인 삶 속에서 형성되는 것이다. 사람의 삶은 가족과 친지와 사회 성원 일반을 포함하는 사회적인 삶을 떠날 수 없다. 이 사회적인 삶도 일정한 기억을 가지고 있다. 그 기억은 여러 개인의 삶의 기억이기도 하고, 개인들이 함께 살아가는 데에서 이루어진 상호 작용의 관습 또는 제도일 수도 있다. 문명된 사회는 이러한 기억을 ─ 역사 속에서 보다 나은 삶의 습관과 방법을 발전시키고 그것을 보존하고 전승한 사회이다. 이것이 나의 삶에 일정한 모양을 줄 수 있게 한다. 이러한 관점에서는 문화는 삶의 혼란에 길을 닦는 일에 비슷하다고 할 수 있다. (그렇다고 비문명 사회가 사람의 길이 없는 비인간적인 사회라는 말은 아니다. 문명은 문명이 없으면 혼동에 빠지는, 그리고 그것을 필요로 하는 복합적 사회의 소산이다.)

도(道)는 수양을 통해서 얻게 되는 사물과 사람의 일관된 원리를 말한다. 서양에서의 일관성의 원리가 이성, 로고스라고 하면, 동양에서 그에 해당하는 것이 도이다. 도는 길이다. 물론 도나 길은 비유적인 뜻으로 사물과 인간과 세계의 원리를 말한다. 그러면서 이론적인 의미에서보다 사람 사는 방법을 말하고, 그 방법은 앞서간 현인들이 시험해 보고 좋다고 한 길을 가야 한다는 뜻을 함축하고 있다. 그러면서 그것은 여전히 길이다. 가고자 하는 곳을 가려 하면 길을 가야 하고 그 길은 이미 나 있는 길을 가는 것이다. 길이 나 있기 때문에 새로 궁리를 해서 길을 내면서 갈 필요가 없다. 산을 오를 때 눈으로 보아 더 쉽게 더 똑바로 가는 일이 있을 성싶을 때도 없지 않지만, 대체로는 이미 나 있는 길을 따라 가는 길이 쉬운 길이다. 익숙한 길을 갈 때, 우리의 마음은 몸과 일치해 있다.

그러나 도는 하나의 쉬운 비유일 뿐이다. 도라는 말은 너무 높은 이념을 생각하게 한다. 우리의 생활에서 삶의 작은 길들은 허다하게 존재한다. 밖에 나갔다가 집에 들어왔을 때, 신발을 벗고 옷을 벗어 걸고 때로는 열쇠나 지갑을 내어 일정한 장소에 두고 하는 일은 대체로 습관적으로, 그러니까 거의 무의식적으로 행한다. 그런 다음 그것을 잊어버리지만, 제자리에 두었다면, 다음에 필요할 때, 그것을 찾아내는 데에 별문제가 없다. 객지에 살다가 고향에 가면 고향의 산천과 길거리를 보고 여러 가지 일들을 기억하게 된다. 그중에 어떤 것은 객지에 있을 때는 기억하지 않았던 것이고, 또 고향에 오지 않았더라면 기억하지 못하였을 것이다. 그러면서 그것은 고향의 사람의 삶의 지속성에 대한 느낌에 보탬이 되고, 삶의 길에 위안이 되는 곳이다. 그리고 이 위안은 다시 우리의 삶에 길을 내고 새 길을 내는 데 한 요소가 된다.

문화재는 우리의 집단적 과거의 기억을 보존하는 물질적 보조 수단이다. 그러면서 대체로 문화재란 심미적인 성격의 축조물이기 때문에 사람의 일의 많은 것이 아름다움으로 승화될 수 있다는 것을 우리에게 깨닫게 한다. 이것을 보존하는 것은 선택된 삶의 양식을 보존하는 것이다. 그러나 그것의 의미는 재화나 소유보다도 사람의 삶을 보다 정연한 것이 되게 하고, 보다 풍요한 것이 되게 한다는 데에 있다. 이 풍요란, 물건이 있어서 그렇다는 것보다는 문화적 기억의 도움으로 삶의 창조성을 되살리게 되는 것을 말한다. 그러나 물질과 정신 — 이 두 가지가 분리하여 존재할 때, 어느 쪽도 반드시 우리의 삶을 온전하게 하는 데에 도움을 주지는 않는다. 이집트의 피라미드가 이집트 사람의 현재의 삶의 원동력을 제공한다고 하기가 어려운 것과 같은 것이 그 단적인 예라고 할 수 있다. 여기에서 현재의 삶이란 보통 사람의 삶을 포함한 사회적 삶 전체를 말한다.

너무 많은 것이 변화하고 변화를 좋아하는 시대에 있어서, 우리를 슬프게 하는 것은 큰 문화재와 작은 삶에도 서로 이어지는 것이 있다는 것이 잊히고 있는 것이다. 우리 사회는 개인적인 삶에도 기억이 있고, 그것을 보존하는 산하와 길과 집과 물건이 있다는 것을 별로 인정하지 않는다. 문화재는 여기에 연결될 수 있어야 한다. 우리가 기억할 수 있는 개인적인 물질적 표적들이 없어진 마당에 개인의 삶은 뿌리 없는 것이 될 수밖에 없다. 작은 개인적 기억의 계기 — 집과 길거리를 부숴 버리는 것을 주저하지 않는 것이 오늘의 실상이다. 이것은 우리 사회의 심리적 불안에 크게 기여하는 요소의 하나라고 할 수 있다. 문화재는 생각하면서, 그것이 가지고 있는 기억의 의미를 생각하지 않고, 또 그것이 갖는 평상적인 삶과의 관계를 생각하지 않는 것은 문화재는 보존되고 복원되어도 문화의 일체성은 복원되지 않았다는 것을 의미한다.

2

기억과 문화와 삶의 길이 사람의 삶에 필요한 것이라고 하더라도 이것을 잊어버리게 된 데에는 역사적 불가피성이 있었다고 할 수 있다. 19세기 이후 우리 역사의 가장 큰 요청의 하나는 근대화였다. 근대화 또는 현대화는 달라진 세계 질서에 적응하는 데에 필수 사항이었다. 물론 이것은 큰 불행과 혼란을 동반하는 일이기도 하였다. 제국주의, 전쟁의 파괴와 살육, 정치 갈등, 사회와 생활 질서의 붕괴와 혼란 — 이러한 것들을 견뎌 내야 하는 것이 한국의 근대사였다. 그러면서 근대를 향한 움직임은 진행 되었고, 또 그것은 당연한 역사적 사명으로 받아들여졌다. 이것은 세계사 의 움직임과 더불어 움직이는 일이었기 때문에, 자기 충족적인 삶의 안정 을 버리는 일이었지만, 동시에 삶과 생각의 지평을 넓히는 일이었다. 그 렇다고 하더라도 이러한 변화 속에서 일관성, 일체성을 지닌 삶을 살기가 쉬운 일일 수가 없다. 다시 말하여, 제정신을 지키면서 살기가 쉬울 수가 없는 것이다. 정신은 그러한 변화를 넘어서서 스스로의 온전함을 유지할 수 있어야 한다. 그러나 밖으로부터 오는 막대한 압력은 이것을 어렵게 한다.

인간적 삶의 외면이 바뀌는 것은 삶의 내면으로서의 정신과 더불어 또 는 정신의 한결같음 속에서 이루어지는 것이 제일 바람직하다. 그러나 변 화가 외면으로부터 시작되지 않을 수 없는 사정들이 있게 마련이다. 변화 하는 세계에서 물질과 정신, 이 둘 사이에 균형이 이루어지지 아니하면, 사 람이 사는 모습은 갈팡질팡한 것이 될 수밖에 없다. 간단히 보면, 물질보다 쉽게 바뀔 수 있는 것이 사람의 정신이다. 그것은 마음먹기에 달린 것이 아 닌가? 그러나 깊은 의미에서는 마음을 참으로 바꾸고 바꾸게 한다는 것은 여간 어려운 일이 아니다. 좋은 말만 하면, 사람이 바뀌고 세상이 바뀔 것 으로 생각하는 사람들이 없지 않지만, 참으로 그렇게 되는 경우는 매우 드 문 일이다. 이런저런 말을 듣고 또 사정들에 접하고 마음이 바뀌고 생활이 바뀌는 수도 있지만, 그것은 삶의 피상적인 면들이 바뀌는 것이고 참으로 근본적인 변화가 일어나는 것은 아니다. 쉽게 바뀐다는 것은 자신의 삶의 중심을 잃어버리는 일이다. 도를 깨쳐서 새사람이 되는 경우가 있지만, 그것은 삶을 다스리는 중심이 바뀌는 경우를 말하는 것이어서, 그때그때의 사정으로 흔들리게 되는 것을 말하는 것은 아니다.

태평양 지역의 여러 섬 주민들이 서양의 선진 기술 문명을 접하고 가지게 된 현상을 설명하는 말에, '화물 숭배(cargo cult)'라는 말이 있다. 선진국인들이 가져온 근대 산업의 산품들을 본 토착민들은 놀라움을 금할 수가 없었다. 그리하여 외래 화물들의 도래는 간절한 소망의 대상이 되었다. 선진 사회의 제품들이 생산되는 산업 사회의 복잡한 구조를 이해할 수 없는 이들은 이러한 제품들의 도래를 촉진하는 일이 주술적(呪術的)인 수단으로 가능하다고 생각하였다. 그리하여 그에 대한 종교 예식을 발전시키게 되었는데, 모조 비행장을 만들고, 모조 라디오를 장치하고, 선진국인의 행동을 모방한 것 등이 그러한 마술적 수단이었다. 이러한 일에 관련된 종교적 행위 또는 모방 행위와 믿음이 '화물 숭배'이다. (이 말은 원래 인류학자들이 쓴 말이지만, 더러는 그것을 비유적으로 확대하여 '화물 숭배 마르크스주의'나 '화물 숭배 자본주의'라는 말도 사용된다. 근본은 얻지 못하고 물질적 외형만을 갖추면 일이 다 되는 줄 아는 일은 다른 곳에서도 발견할 수 있다. 모든 것을 명품화(名品化) 범주에서 생각하는 행위는 여기에 해당된다고 할 수 있다.)

한국의 근대화가 이러한 화물 숭배의 소산이라고 할 수는 없을 것이다. 처음에 그러한 요소가 없지 않았을 것이고, 지금도 그런 부분이 있겠지만, 그간의 정치와 경제와 생활의 사회적 물질적 환경의 변화는 단순한 화물의 증대를 넘은 역사적 투쟁의 결과라고 해야 할 것이다. 근대적 산업에는 경제 제도의 변화 그리고 ── 우여곡절이 있었지만 ── 정치 사회 제도의 변화가 병행하였다. 또 쉽게 계량화할 수도 없고 보이지도 않는 것이지만, 서양 문화와 정신의 많은 것을 내면화한 것도 여기에 한 역할을 하였을 것이다. 그러나 근대화가 전통적인 문화로부터의 단절 또는 소외를 의미한다는 것도 부인할 수 없다. 또는 근대화가 성공하면 성공할수록 이 단절과 소외는 심화된다고 할 수 있다.

　오래 다져진 삶의 길 또는 단순히 익숙해졌던 길이 문화라면, 문화적인 소외는 사람의 삶을 혼란에 빠트리게 할 수밖에 없다. 그것은 사회적 삶을 다스리고 창조하는 정신의 힘이 산란해진다는 것이고, 개인의 정신도 문화 일반과의 교환 속에서 형성된다고 할 때, 개인적으로도 자신의 길을 찾아 나아가는 정신의 힘을 잃어버린다는 것을 말한다. 기억을 잃어버린 사람이 새사람으로 태어난다고 하여도 그 사람이 온전한 사람이라고 하기는 어려울 것이다. 문화적 단절, 전통의 단절은 그대로 정신의 절단화(切斷化)를 말한다. 삶의 일관성, 자기 통제력, 창조력, 삶의 온전함이 손상되었다는 느낌이 일어나는 것은 불가피하다. 새로운 물질적 환경과 제도 뒤에 있는 정신은 아무래도 나의 것 또는 우리의 것이 아니라 남의 것이라고 느껴지는 것이다. 그리고 이 의식은 모방과 선망을 낳기도 하고, 화물 숭배의 자괴감이 되기도 한다.

　프로이트는 문명에는 '불만(das Unbehagen)'이 따른다고 말하였다. 문명의 이성적 질서 속에는 억압되는 것이 있고, 그것이 불만의 원인이 되고, 그것은, 모든 억압되는 것이 그러하듯이, 다시 되돌아오게 마련이라고 한다. 문명의 불만이 있듯이 근대화에도 불만이 있다고 할 수 있다. 근대화가 단순한 문명의 과정이 아니라 서양으로 동양을 대체하는 것이라면, 그 불만은 더욱 큰 것이 될 수밖에 없다. 이 불만은, 역설적으로 새로운 전환과 성장이 일단의 단계에 들어섬에 따라 특히 강한 것이 된다. 새로운 패러다임에 의한 시대의 창조가 일단의 균형을 이룬 다음, 그것을 더욱 완전하게 하기 위하여 단절되었던 삶의 전체성을 회복하려는 욕망이 생기는 것은 자연스러운 일이다.

　그러나 이것이 쉽지 않은 것임은 말할 필요도 없다. 문화적 사고는, 어떤 경우에나, 스스로를 새롭게 함으로써만 창조의 힘으로 유지된다. 고전적인 전통의 생명력을 유지할 수 있게 하는 것은 지속되는 새로운 해석이다. 문화는 물질과 제도 창출의 모태가 될 수 있다. 이 물질과 제도는 관습과 습관을 만들어 내고 익숙한 삶의 길이 되지만, 동시에 유연한 사고를 막아 내는 장애가 되기도 한다. 새로운 해석이란 문화의 유산을 다시 정신으로 되돌리는 작업이다. 이것은 옛날로 돌아가는 것이 아니라 옛 정신을 새롭게 하여 살아 있는 정신으로 새 현실을 재고하고 재창조하자는 것이다. 물론 이러한 노력에서 옛것을 복원하는 것은 필요한 일이다. 문화재 복원은 여기에 관계된다. 그러나 그것은 정신이 없이는 화물 숭배 또는 물신(物神) 숭배의 공허함을 수반하는 일일 수 있다. 특히 그것이 오늘의 자본주의 토양에서 그러하다.

3

정신의 온전함 ─ 삶의 온전함을 창조하는 힘으로서의 정신의 온전함은 어떻게 회복될 수 있는가? 새로운 것이 등장하는 것은 점진적 발전의 결과일 수도 있지만, 혁명적 전복을 그 계기로 할 수 있다. 이것은 한국의 근대사에서 우리가 충분히 경험한 바이다. 그러나 문화의 특징은 혁명적이라기보다는 자연스러운 진화를 매개할 수 있다는 데에 있다. 정치학자들이 쓰는 용어를 빌려 그것은 강한 힘(hard power)이 아니라 부드러운 힘(soft power)이다. 그러나 근대화는 문화에도 급격한 변화와 단절을 가져왔다. (문화가 점진적 변화와 적응의 힘을 잃어버리게 된 것이다.) 그것은 앞에서 말한 바와 같이 정신적 단절 또는 절단이 있었다는 말이다. 머리 스타일, 복장, 주거, 도시의 기본 도식, 생활 양식의 크고 작은 관례 ─ 그리고 정치 제도와 산업 제도는 물론 읽어야 할 책들까지 새롭게 대체될 수밖에 없었던 것이 근대화였다. 그러면서 이것들의 많은 것은 우리 삶의 일부가 되었다.

이러한 외래의 것을 물리치고 자신을 되찾는 일이 가능할까? 적어도 문화 부분에서는 복구의 요구가 있을 수 있겠지만, 그것도 반드시 부드럽게 이루어질 것을 기대할 수는 없다. 특히 근대화가 단순히 외래 문화의 영향이 아니라 밖에서 오는 정치 세력과 연결되었을 때, 그것을 주체적 관점에서 회복하는 일이 강한 힘은 아니라도 강한 전투적 정신을 불러일으킬 것은 당연하다. 그러나 그 경우 그것은 문화의 진정한 본질 ─ 부드러운 힘으로서의 본질을 놓치는 것이 된다. (이 역설이 문화적 사고가 풀어야 할 가장 큰 과제이다.) 타문화 추종을 벗어나고자 하는 문화의 자기 회복은 저절로 집단적 운동이 되고 정치적인 동기에 연결된다. 그리하여 그것은 쉽게 정치적 자주 독립을 추구하고 민족의 자긍심 회복을 지향하는 민족주의, 그리고 그것에 불가피하게 이어져 나오는 반제국주의의 사상과 합류한다.

유홍준 교수의 『나의 문화유산 답사기』는 이러한 정치사상에 자극된 문화 관계의 책으로는 가장 널리 알려진 책일 것이다. 물론 이 책에서 문화가 정치가 되었다는 것은 아니다. 그러나 적어도 민족주의 ─ 그 자긍심 또는 그것의 배후를 이루고 있는 르상티망(ressentiment)이 감정적 주조가 되어 있는 것은 틀림이 없다. 서문에서부터 느낄 수 있는 것은 거기에서 나오는 강한 자기주장이다. 유 교수는 1987년에 뉴욕의 미술관을 방문했던 경험을 말하면서, 한 미술관 관계자가 한국의 박물관에 대하여 질문을 했을 때, "우리나라는 전 국토가 박물관이다."라고 자랑스럽게 답하였다고 한다. 그리고 이것은 다시 서구의 미술관에 대한 비판으로 이어진다. "서구의 미술관은 경쟁적으로 그 규모의 방대함을 자랑하고 있지만, 그것은 제국주의 시대의 산물로 '이국 문화의 포로수용소'일 뿐, 낱낱 유물의 생명력은 벌써 잃어버린 것이다."라고 하고, 프랑스의 한 비평가의 자기비판의 말을 인용하여, 서양의 미술관이 "명작들의 공동묘지"에 불과하다. ──유 교수는 이렇게 말한다. 이러한 서양의 미술관의 양상은 아마 그 문화에도 해당된다고 생각되는 것일 것이다. 위의 말에 이어 유홍준 교수는 한국의 전통의 특징이 단일 민족으로 민족 고유의 연면한 전통을 지켜 온 것이라고 강조한다. "우리나라처럼 같은 지역에 같은 혈통끼리, 같은 언어로, 같은 제도와 같은 풍습을 지니면서, 같은 운명 공동체로서, 그토록 오랜 역사를 엮어 온 민족 국가도 드물다."[2]

유홍준 교수의 답사기는 답사지와 유적에 대한 정확한 기록이라기보다는 자신의 답사 감상을 적은 것이라고 할 것인데, 그 감상에 동기가 되어 있는 것은, 방금 말한 바와 같이, 수시로 표현되는 민족주의적 분노이다. 그리고 여기저기에 들어 있는 미학적 평가도 주로 이 민족주의적 또는 정치적 관점에서 이루어진다. 호남과 관련되는 예를 든다면, 이것은, "광주, 목포, 영암, 강진, 해남 어디를 가나 집집마다 식당, 다방 심지어 담배 가게에도 그림과 글씨가 주렁주렁 걸려 있는" 것을 보고 그 풍요에 주목하면서, "대부분의 호남 화가들은 관념과 전통의 인습에 파묻혀 있을 뿐, 현실과 현장은 외면하고 있다."라고 하고, "호남 화단의 양적 풍부함은 허구로 비쳐"진다고 말하는 것 같은 데에서도 볼 수 있다.[3]

이러한 판단들의 정당성 여부를 떠나서 문제의 핵심은 이러한 관점이 문화의 의미를 극히 협소하게 한다는 것이다. 지배적인 것은 이데올로기적 관점의 강한 힘에 흡수된 문화관이다. 물론 이것은 강한 정치적인 의미를 갖는다. 그리고 정치적 주체성의 수립에 일정한 기여를 한다. 그러나 이 기여를 통하여 부드러운 힘으로서의 문화는 그 본질의 많은 것을 잃어버

---

2 유홍준, 「국토박물관의 길눈이」, 『나의 문화유산 답사기 1』(창비, 1993(2010)).
3 같은 책, 20쪽.

린다. 사실 정치도 이러한 강경 일변도로 생각될 때, 참으로 인간적인 삶의 실현을 위한 움직임이 되기 어렵다. 그리하여 우리는 정치에도 그것을 넘어가는 이상이 있고, 또 그것은 문화적인 삶에 모순되는 것이 아닐 수 있다는 것을 생각하게 된다.

유홍준 교수의 이데올로기적 문화관은, 위에서 시사한 바와 같이, 당대의 여러 정치적 이념의 흐름과 움직임에 관련해서 이해될 수 있을 것이다. 유 교수의 답사기에 흐르고 있는 이념은 민족주의이다. 이것은 그 자체로 의미가 있는 것이면서 민주화 운동에 있어서 이념적 힘을 보태는 역할을 하였다. 민주주의는, 많은 이상주의적 정치 운동이 그러하듯이, 모순된 두 계기를 포함한다. 민주주의에 함축된 모순의 복합 그리고 그것의 극복은 주체적 문화의 모순에 대하여서도 하나의 모델이 될 수 있다. 민주주의의 연원이 무엇인가에 대하여는 간단히 말할 수 없지만, 이것이 혁명과 정치 투쟁에 관계되어 있는 것은 틀림이 없다.

프랑스 혁명은 세계 각처에 모델이 되었다. 그리고 반드시 같은 것은 아니지만, 러시아의 10월 혁명은 또 하나의 모델 — 인민 민주주의의 모델이 되었다. 우리나라에서 동학에 대한 기억을 강조하는 것은 이러한 영감을 우리 전통에서 확인하려 하는 것이다. 4·19 이후, 사람들의 입에 많이 오르내린 것은 "자유에서는 피의 냄새가 난다."라든지, "민주주의의 나무는 피를 먹고 자란다."라는 표현들이다. 이러한 연관에도 불구하고 민주주의는 다른 한편으로 힘이나 폭력의 통치를 거부하고 토의와 합의와 타협으로 사회의 문제를 해결하자는 정치 체제이다. 그것은 이것을 가능하게 하는 여러 협의 기구와 법률 체제를 만들고, 그것을 통하여 사회적 화해에 이를 수 있다는 것을 믿는다. 혁명은 이것을 위한 시작점일 뿐이다. 물론 이것으로 모든 것이 해결되는 것은 아니다. 민주주의는, 한 이론가가 말하듯이, 법의 문제가 아니라 법에 "규정된 권리의 체계를 끊임없이 현실화하는 것"을 말한다. 그렇게 함으로써만, 사회적으로 불리한 입장에 있는 사람들의 권리가 넓어질 수 있다.[4] 그럼에도 불구하고 이것이 반드시 유혈의 투쟁을 의미하는 것은 아니다. 그리고 혁명적인 것이든 법질서의 범위 안에서의 것이든 그 목표는 투쟁 자체가 아니라 투쟁을 통한 인간적 삶의 조건의 확보이다.

4

위에서 일관된 정신이야말로 문화의 핵심이란 말을 했다. 그러나 이제 이것을 조금 수정하여 그 정신은 강한 정신만을 의미하는 것이 아니라고 말하는 것이 옳다. 민족주의나 민주화는 강한 정신을 요구한다. 그러나 그것의 종착점은 반드시 강한 정신의 사회가 아니다. 문화는 적어도 이상에 있어서는 부드러운 조화의 삶을 지향한다. 광주의 시인 김현승 선생은 일찍이 사람의 삶은 무서운 칼을 필요로 하지만, 그 칼은 칼집 속에 들어 있는 것이 제일 좋다고 말한 바 있다. 정신에는 이 칼에 비슷한 것이 있다. 문화의 이상은 칼이 집 속에 들어 있는 평화적 균형이다.

문화에 중요한 것은, 이미 시사한 바와 같이, 보다 넓게 크고 작은 것들 가운데 움직이는 정신 또는 마음의 지향성이다. 강한 의지와 에너지를 강조하는 가운데, 이 정신 또는 마음은 단순화되어 신념이나 교리 또는 이데올로기가 된다. 이에 대하여 문화를 삶의 방식이 되게 하는 것은 일상적 관행 속에 스며 있는 정신이다. 그러함으로써 그것은 부드러운 힘이 된다. 유

---

4 Jürgen Habermas, "Struggles for Recognition in the Democratic Constitutional State" in Amy Gutman ed., *Multiculturalism* (Princeton University Press, 1994), p. 113.

학적(儒學的) 전통에서 세수를 하고 마당을 쓸고 하는 일, 사람을 대하는 것을 바르게 하고 그런 다음에 학문을 하는 것으로 수양의 절차를 생각한 것은 정신이 보이지 않는 일상성 속에서 시작되는 것을 인정한 것이다. 인류학자들이 문화의 양식을 말할 때, 이 양식은 쉽게 인지되는 정형의 공식이 아니다. 그것은 삶 전체에 나타나는, 그리하여 쉽게 포착하기는 쉽지 않은 어떤 일관성을 말한다. 그것은 먹고살고 협동하는 데에도 있고, 일상적 몸가짐에도 있으면서 문화적 재화에 드러나는 스타일에 있다. 그리고 이것을 이상적 형상으로 고양하려는 것이 보다 높은 차원에서의 문화이다. 이것은 심미적인 성취 ― 예술 작품 그리고 삶의 심미화에서 가장 적절하게 표현된다.

사회적 관점에서 중요한 것은 인간의 상호 관계의 양식이다. 그것은 규범을 포함하면서도 미적 양식으로 승화됨으로써, 그 미적 호소력으로 인하여 저절로 원활한 인간관계를 가능하게 한다. 동양에서 가장 높은 사회적 덕성으로 또 문화 국가의 특징으로 생각한 예(禮)가 그러한 사회적 행동의 양식, 심미화된 양식이었다고 할 수 있다.

흥미로운 것은 위에서 말한 민족주의나 민주주의가 외래의 사상이라는 것이다. 서양의 근대사의 많은 부분이 민족주의 또는 민족 국가와 민주주의로서 설명될 수 있다. 제국주의는, 적어도 서양에 있어서, 그 민족주의의 확대이다. 물론 여기에 중요한 경제적 뒷받침이 된 것이 과학 기술의 발달, 산업화이다. 그러나 이것이 서양 문명의 전부라고 말할 수는 없다. 그리고 서양도 제국주의나 물질주의적 관점에서만 이해하는 것은 옳다고 할 수 없다. 이렇게 말하는 것은 우리의 민족의식이나 민주주의 사상을 비판하자는 것이 아니다. 서양의 포스트모더니즘 가운데에는 문화 현상을 혼성(hybridity)이라는 관점에서 파악하려는 생각이 있지만, 여기에서 주목하려는 것도 문화의 혼성이 오늘의 현상이라는 것이다. 그리고 서양도 보다 복합적으로 이해하여야 한다는 사실이다.

서양 문명을 강력하게 하고 — 또 인간적 호소력을 가지게 한 것은 민주주의와 함께 그 안에 들어 있는 여러 인간적 가치이다. 그것은 서양이 가지고 있는 문명의 축적된 자산에서 나온 것이다. 최근에 한 영국 시사지의 논설에는 그 필자가 영국의 미술사가 케네스 클라크(Kenneth Clark)에게 문명의 핵심이 무엇인가 하고 질문하였더니, 답하기를 그것은 '예의(civility)'라고 하고, 그것은, "생산적인 담론을 위해서 서로 관용 있는 태도를 갖는 것"이라고 했다는 언급이 있었다.[5] 넓은 문명사의 관점에서 미술을 논한 클라크의 저서 『문명(Civilization)』은 그 방면의 가장 저명한 책의 하나이다. 문명은 영어로 말하여 'civilization'이고, 이 말과 같은 어원에서 나온 것이 'civility'이다. 문명은 여러 가지로 정의될 수 있고, 'civility'라는 말도 여러 가지로 말할 수 있는 것이지만, 그것을 "예의 바른 행동"이라고 옮기는 것은 그 원뜻을 크게 벗어나는 일이 아니다. 사실 그것은 동양의 예에 비슷한 개념이다. (이렇게 이야기하고 보면, 새뮤얼 헌팅턴 교수가 유명하게 한, '문명의 충돌(clashes of civilizations)'이라는 말을 생각하지 않을 수 없다. 세계 평화의 관점에서 볼 때, 극복하기 가장 어려운 것이 문명의 차이이고, 결국 그것이 극도의 국제적인 긴장의 원인이 된다는 생각이다. 또 자신의 문화의 제약 속에 움직이는 것이 사람이라는 뜻을 표현한 막스 베버의 말에 '문화의 철창'이라는 말이 있다. 집단 사이에서나 개인들 사이에서 평화와 화해의 관점에서 참으로 깨트리기 어려운 것이 사고 습관의 테두리이다. 이것을 극복하는 일에 대하여서는 다른 논의가 필요할 것이다. 클라크의 책도 이 문명과 문화의 한계 — 서양 문명 편향 — 를 완전히 벗어나지는 못한다고 할 수 있다.)

위에 언급한 'civility'에 대한 이야기가 나온 것은 최근 미국의 정치 담

---

5   *The Guardian*, 13 January 2011.

론이 격렬하여지는 것과 관련하여서이다. 이것이 특히 문제가 된 것은 최근 미국 애리조나 주에서 일어난 총격 사건으로 인한 것이다. 우리 신문들에도 보도된 바와 같이, 총격의 대상이 되었던 것은 하원 의원 기퍼즈였지만, 기퍼즈 의원은 중상을 입고 다른 몇 사람이 살해되었다. 범인은 과격한 정치 담론 —— 이 경우에는 대체로 보수적인 담론 —— 에 마음을 사로잡힌 젊은이였다. 이 사건 이후 미국에서는 정치 담론이 지나치게 과격한 것이 되어서는 아니 된다는 논의가 일고 있다. 이 글을 쓰고 있는 날짜의《뉴욕 타임스》보도에 의하면, 애리조나 대학교에는,《뉴욕 타임스》가 '예의연구소(Civility Institute)'라고 부르는, 그러나 공식 명칭은, '바른예의담론전국연구소(National Institute for Civil Discourse)'가 설립되고, 그 명예 회장에 여야의 전직 대통령, 클린턴 대통령과 조지 H. W. 부시(현 오바마 대통령의 전임이 아니고 그 전의 아버지 쪽 전임 대통령)가 취임했다고 한다.

지나치게 정치에 관련된 이야기가 되었지만, 일반적으로 문명적 가치가 존재하는 것은 사실일 것이다. 클라크는 그의 저서에서 이 문명의 내용을 시사하고자 한다. 그는, 문명의 원형은 —— 물론 그가 문명이라고 하지만, 서양 문명의 원형이다. —— 그리스에서 발견할 수 있다고 생각하였다. 그것은 빛과 자신감의 세계로서 사람에 비슷하면서도 사람보다 더 아름다운 신들이 세상에 내려와 이성과 조화를 가르치는 —— 그러한 세계이다. 이에 더하여 문명의 세계는 공포로부터 자유로운 세계 —— 전쟁과 침략과 역병과 기아의 공포로부터 자유로운 세계이다. 이에 더하여, 사람이 살고 예술을 만드는 데에 에너지와 의지와 창조력이 필요하기는 하지만, 그것보다는 더 중요한 것이 자신이 사는 공간과 시간에서 느낄 수 있는 영구성의 느낌이다. 그러면서 문명된 세계는, 사람이 단순히 유형화된 형상이 아니라 구체적인 인간의 기쁨과 고통에 대하여 공감을 가질 수 있고, 그러면서 인간의 충동과 불안과 함께 도덕적 감각과 보다 높은 정신적 권위에 대한 믿음을 가지는 세계이다.[6] 클라크는 서양 문명의 가치를 이러한 것으로 말하였다. 여기에 보태어 말한다면, 이러한 문명은 인간 스스로의 정신의 깊이와 넓이에 연결됨으로써 창조된다고 할 것이다. 클라크가 말하는 문명의 가치들은 다른 문명에서도 발견될 수 있다. 그리고 시각을 넓혀 볼 때, 아마 이외에 더 많은 인간적 가치를 이야기할 수 있을 것이다.

5

위에서 서양의 'civility'에 비교하여 동양의 '예'를 말하였다. 사회적 표현이라는 관점에서 볼 때, 문명의 핵심이 civility에 있다고 한다면, 동양적으로 말하여 그것은 예에 있다고 할 수 있다. civility에 비하여 예는 조금 더 강한 규범적 성격을 갖기는 하지만, 반드시 강한 덕성은 아니다. civility나 마찬가지로 그것은 다른 사람에 비하여 자기를 낮추는 것을 근본으로 한다. 그러면서 그것은 낮고 높은 서열이 아니라 아름다움에 승복하는 행위이기 때문에 사실적 낮음을 표하는 것은 아니다. 유교 전통에서 예에 이르는 데에 흔히 인용되는 것은 극기복례(克己復禮)라는 공자의 말이다. 예를 위하여 가장 중요한 것은 자기를 이겨 내는 일이다. 유학적 수련의 핵심은 자기를 단련하고 자기를 낮추는 훈련이다. 이것은 사회를 위하여도 필요하지만, 자기를 위하여서도 필요한 일이다. 그러지 않고는 참으로 많은 것을 향하여 자기를 넓히고 그것을 받아들임으로써 깊이 있는 자아 성취에 이를 수가 없을 것이기 때문이다.

우리 전통문화는 물론 예 이외의 여러 가지 덕성을 문화적인 사회의 특

---

6 Kenneth Clark, *Civilization: A Personal View* (New York: Harper and Row, 1969), pp. 2∼31.

징으로 생각하였다. 인의예지신(仁義禮智信)과 같은 것은 우리가 쉽게 생각할 수 있는 그러한 덕성이다. 또는 화해나 관용과 같은 것도 여기에 포함시켜 생각할 수 있다. 또는 겸양이나 검소와 같은 것도 전통문화에서의 특징적 덕성이라고 할 수 있다. 다만 서양에서도 그러했지만, 이러한 것들이 경직된 공식이 되고 지나치게 강한 자기주장이 될 때, 그것은 사람을 자유롭게 하는 것이 아니라 억압하는 방편이 되고 만다. (물론 이것은 서양적 가치의 경우도 마찬가지다.) 규범을 완화하는 것은 그것의 심미화이다. 그리고 그것을 유연한 변화와 변주를 향하여 열어 놓는 것이다. 거기에는 자기를 단단히 하는 정신보다도 부드러운 공감을 향하여 열려 있는 마음이 필요하다.

클라크의 저서 서두에 19세기 영국의 미술 이론가이자 사상가인 존 러스킨(John Ruskin)의 말이 인용되어 있다. 러스킨은 '민족의 자서전'에는 세 가지가 있는데, 행동을 기록한 것이 있고, 말을 기록한 것이 있고, 또 예술의 기록이 있다는 것이다. 그리고 한 민족의 자서전적 진실을 알려면 이 세 기록을 다 알아야 하지만, 가장 믿을 만한 것은 예술의 기록이라고 한다. 다른 것은 주로 의도를 밝힌 것에 관계되고, 실제 구현된 삶은 예술로 표현된다는 것이다.

사실 넓은 인생을 감쌀 수 있는 태도는 강한 정신이나 도덕적 교훈 또는 이념보다도 예술에서 시사된다고 할 수 있다. 예술을 통하여 우리는 여러 덕성이 우리의 지각적 체험에 연결되어 있다는 것을 직감할 수 있다. 그러면서 다른 한편으로 그것은 천지의 이치에서 나오는 것으로 예감된다. 나는 얼마 전 광주비엔날레에서 나오는 예술 잡지에 기고한 글에서, 동양 미술의 정신을 이야기하고자 한 바 있다. 그것을 위하여 프랑스의 중국학자 프랑수아 쥘리앵을 인용하였는데, 그는 담박함(fadeur) ── 강한 맛이 없는, 즉 특별한 강조점이 없는 생태적 전체로서의 산수를 중국 회화만이 아니라 중국적 세계관을 대표하는 전형으로 말하였다. 그는 이러한 그림의 대표로서 원 대(元代)의 화가 니짠(倪瓚)의 한 그림을 들고 있다. 그것은 우리나라에서도 볼 수 있는 극히 담담한 산수화이다. 그것은 산과 물과 나무와 집을 소박하게 스케치하고 있을 뿐이다. 이 그림에서 모든 것은 엷고 맑고 투명하다. 거기에는 장식적 화사함이 없다. 이러한 특징은 물론 예술가자신의 무사(無私)하고 초연한 마음을 반영한다. 모든 것은 단순하고 담박하다. 그것은 강하게 어떤 메시지를 전달하려 하지 않는다. 물론 니짠의 삶자체가 극히 소박한 것이었다. 그는 원래 부와 귀를 누리는 집에 태어났지만, 스스로 가난하고 소박한 삶을 택하여 살면서 그림을 그린 사람이다. 언급된 니짠의 그림은 「용슬재도(容膝齊圖)」라는 이름이다. 이 제목의 서재이름은 나중의 소장자의 서재의 이름이지만, 그 뜻이 재미있다. "겨우 무릎이 들어갈 만한 작은 서재"라는 뜻이다. 이러한 것들은, 조금 전에 말한 바와 같이, 우리나라의 그림이나 시에서도 발견되는 것들이다. 이 글에서 나는 강세황(姜世晃), 허유(許維), 김정희(金正喜) 등을 언급하였다.[7] (허유는 호남의 진도 사람으로 진도 한국화의 원류에 있는 사람이다.)

이러한 말을 하는 것은 니짠이나 이조의 청빈한 선비를 그대로 따라서그들의 삶의 방식을 되풀이해야 한다는 것은 아니다. 니짠은 송과 원이 교체되는 어려운 시대의 사람이고, 특별한 정신적 결단에 따라 산 사람이다. 오늘의 사람은 오늘의 조건과 수준에 맞추어 사는 것이 옳다. 오늘의 문화는 오늘의 삶 속에서 새로 창조 또는 재창조된다. 그러나 담(淡)의 전통은지금에도 계승될 수 있는 것이다. 그것은 동양적 정신 자세의 중요한 부분일 뿐만 아니라 아름다운 삶과 문화의 정신이라 할 수 있다. 담담함은 물질로 또는 의지와 정열로 자기주장을 내세우는 것과는 반대로 사람의 마음

---

[7] 졸고, 「기념비적 거대 건축과 담담한 자연」, 《Noon》(2010년 12월호). François Jullien, *Eloge de la fadeur*(Editions Phillipe Picquier, 1991). 최애리 옮김, 『무미예찬(無味禮讚)』(산책자, 2010) 참조.

으로 하여금 삶의 크고 작고, 낮고 높은 것에 열릴 수 있게 하는 원리이기 때문이다.

그러나 그것만이 전부라는 말은 아니다. 투쟁적 관점이 어떤 역사적 전환을 위하여 불가피한 것이라는 것을 부정할 수는 없다. 여러 모순된 것들로 이루어지는 것이 인간사이다. 그러나 사람의 심성에서 다루기 어려운 일이기는 하지만, 이 모순들을 발전적 균형 속에 유지하는 것이 삶의 핵심이라는 사실을 생각하여야 한다. 진정한 문화의 이상, 정치의 이상은 부정을 경유하여 긍정으로 나아갈 때 근접된다.

그러한 변증법을 떠나서도, 말이 많고 주장이 많은 것이 오늘의 세계이다. 그것은 불가피하다. 여러 가지 의미에서 불만이 많을 수밖에 없는 것이 오늘의 시대이다. 그리고 그것은 시대를 바로잡는 데에 중요한 역할을 할 수 있다. 그러나 잊지 말아야 할 것은 말없는 세계야말로 우리가 가장 자유롭게 느끼는 세계이다. 말은 우리의 정신을 넓게 하면서 동시에 그것을 그틀 속에 가두어 놓고자 한다. 예술은 이 틀과 불가분의 관계를 가지면서도 이것을 넘어간다. (예술도 물론 정열과 의지가 없이는 불가능하다. 그러나 그것은 예술적 관조를 통하여 새로운 균형을 이룬다.) 예술이 새로운 문화의 전부는 아니다. 그러면서도 그것은 담담하게 존재하면서 삶의 조화를 지향하는 문화적 노력의 모델이 될 수 있다. 이러한 전통 예술의 지향을 포용할 때, 우리의 과거의 문화유산 그리고 오늘의 미술을 바라보면서 우리는 진정한 해방을 생각할 수 있을 것이다. 이 해방은 세계와 인간에 대한 너그러운 눈길을 여는 데에서 시작한다. 그것은 우리의 삶을 보다 살 만한 것이 되게 하는 데에 기여한다.

(2011년)

사회의 문화

예향으로서의 광주를 생각하며

광주의 문화 정체성

광주 사람들은 광주를 예향(藝鄕)이라고 부르며, 그것을 자랑스럽게 생각한다. 그것은 광주를 위해서만이 아니라 호남 지역 또는 나라 전체를 위하여 모범이 될 수 있는 일이라고 하겠다. 오늘날 모든 사람이 집착하는 것은 경제이다. 그런데 기본적인 생활의 필요를 충족시키는 일을 넘어서 경제가 할 수 있는 일은 무엇인가? 이 필요를 넘어갈 때, 경제는 결국 사치의 생산을 향한다고 할 수 있다. 그것이 보다 아름다운 삶을 향한 사람의 자연스러운 욕망에 관계된다고 하다면, 사치의 생산을 나쁘다고만은 할 수 없을는지 모른다. 문화는 필요를 넘은 경제에서 특히 크게 발달할 수도 있기 때문에 그러한 사치의 일부이기도 하다.

그러나 문화의 진정한 의미는 삶의 필요와 확장을 전체적인 조화 속에서 가능하게 하는 데에 있어서 기본 매체가 된다는 사실에 있다. 예술은 문화의 가장 분명한 표현이고 동인(動因)이다. 문화와 예술은 필요를 넘어가는 경제 조건에서는 더욱 그러하지만, 그렇지 않은 경우에도 보다 인간적인 삶의 확보를 위하여 주요 관심 대상이 되어서 마땅하다. 그렇다는 것은 다시 한 번 말하여 문화가 삶의 요구 전체와 균형에 맞아 들어간다는 전제 하에서의 일이다. 아래에서는 이 점에 대하여 생각되는 것들을 조금 적어 볼까 한다.

판자촌의 분장한 미인

웃음거리 이야기로, 진한 화장을 하고 비싸 뵈는 투피스를 입고 비싼 핸드백을 든 미인이 오는데, 그 미인이 걸어 나오는 집은 판자촌의 판잣집이라는 것이 있었다. 사는 집과 차림새가 어울리지 않는다는 이야기다. 그렇게 차림새를 갖추는 데에 그럴 만한 이유가 없는 것은 아니다. 한편으로는 몸단장이라도 화려해야 사람 대우를 받는 세상에서 그것은 처세의 방편이다. 그러다 보면 바깥세상의 기준은 내면적 가치로 수용되어 자신감과 자존심을 키워 주고 정체성을 부여하게 된다. 다른 한편으로, 보다 나은 삶을 살고 싶은 것이 사람의 자연스러운 소망이고 보면, 집을 제대로 장만할 수도 없고 더구나 동네는 물론 나아가 나라의 경제와 문화를 적정한 수준으로 변화시키지도 못하는 판에, 보다 나은 삶에 대한 소망을 몸단장으로라도 표현하고자 하는 것은 당연하다고 할 수 있다.

오스카 루이스(Osca Lewis)는 1950~1960년대의 멕시코의 빈곤 지대를 연구한 미국의 인류학자이다. 빈곤의 풍경을 그리는 그의 그 연구서에는 초라한 집들의 베란다에 냉장고, 세탁기 등의 가전제품과 가구가 놓여 있는 것들을 그려 놓은 것이 있다. 살고 있는 집은 그런 상태가 아니라도 가난한 사람들도 현대적인 상품들을 소유하고 싶고 그 소유를 자랑하고 싶은 것이다. 그러나 판자촌의 미인의 경우처럼 이러한 광경에 부조화가 있는 것은 틀림이 없다.

이러한 부조화를 극복하기 위한 가장 간단한 방법은 판자촌의 여인이 몸치장을 포기하고, 가난한 멕시코인이 어울리지 않는 가전제품과 가구를 버리는 일이다. 그러나 그렇게 하면 조화가 확보될 수 있을까? 아마 초라한 판자촌은 초라한 대로 남게 될 것이다. 그리고 초라한 환경의 초라한 몸차림과 살림은 삶의 조화감 —— 궁극적으로 보다 아름다운 것을 바라는 당사자들의 요구나 외부 관찰자의 눈을 만족시켜 줄 수 없을 것이다. 판자촌의 여인이나 빈곤 지역의 사람이 필요로 하는 것은 생활 환경의 개선이다. 일단 문제는 경제이다.

아름다움의 사회적 구성

마르크스주의는 문화 등 사람의 의식에 관계되는 사항은 상부 구조에 속하는 것으로서, 그것을 결정하는 것은 경제와 사회의 하부 구조라고 말한다. 루이스가 논하는 빈곤도 사회의 계급적 불평등의 소산이라고 하겠지만, 그가 만들어 낸 '빈곤의 문화'라는 개념은 빈곤에는 그 나름의 자율적인 문화가 있어, 빈곤의 영구화에 그것이 한 중요 요인이 된다는 생각을 담고 있다. 그리하여 그것은 새로운 연구 주제를 정하는 일을 하였다. 그러나 그것은 마치 빈곤의 원인이 내재적인 데 있는 것처럼 말하는 것이 되어 마르크시스트를 비롯하여 사회이론가들의 비판의 대상이 되었었다.

그러나 모든 것이 사회 구조에 의하여 결정되고 사람의 의식에 그 나름의 자유와 여유가 있지 않다고 하는 것도 조금 지나치게 과장된 생각이다.

간단히 말하여, 생활의 필요를 넘어가는 인간의 자기표현이 문화라고 할 때, 이것이 전적으로 외부적 조건에 의하여서만 결정된다고 할 수는 없다. 거기에 작용하는 사람의 정신 능력은 상상력이다. 상상력은 독일어로는 구상력(Einbildungskraft)이라고 한다. 사람의 세계의 많은 것은 사람이 구상하고 만들어 낸 것이다. 그것은 사람의 창조적 능력의 표현이다. 다만 사람의 상상력에서 나오는 표현의 모든 것이 참으로 이러한 창조적이면서 주체적인 능력에서 나오는 것인가 하는 것이 문제라 할 것이다. 여기에서 주체적이란 스스로 삶의 핵심에 자리하면서 확산되어 가는 힘의 속성을 말한 것이다. 환경에 어울리지 않게 몸치장을 한 여인은 자신의 창조적 능력을 한껏 발휘하면서도, 자신의 몸을 넘어선 전체적인 삶의 조건에 대하여서는 무력한 상태에 있다. 뿐만 아니라, 그 치장에 사용되는 물건들은 소비사회가 공급하는 것일 것이고, 그것을 선택하는 마음도 사회에 의하여 조종되는 것일 것이다. 아름다움에 대한 판단도 반드시 진정성을 가진 것이라고 말하기 어렵다.

그런데 참다운 창조적인 힘의 의미는 이러한 조건 ── 사회적 물질적 조건과 거기에 움직이고 있는 심리적 조건 등을 결정하는 데에 있다. 그것을 참으로 개인이 소유하고 발휘할 수 있는 것일까? 그것은 사회 전체의 힘일 수밖에 없다. 그러한 의미에서 이 힘의 출처는 마르크스주의가 말하는바 하부 구조이다. 그러나 지금까지 존재했던 사회주의가 반드시 좋은 예술 작품들을 만들어 내는 데에 성공하였다고 할 수는 없다. 기존 사회주의 예술 감각은 포스터와 슬로건, 건축과 도시 계획에 잘 표현되어 있다. 대체로 스탈린 시대의 건축은 거대하고 정돈된 것이기는 하지만, 별로 아름다운 것으로 평가되지는 않는다.

심미적 지각

판자촌의 부조화는 잘못된 삶의 질서에 대한 우리의 느낌이다. 그것은 일단 미적 감각을 통하여 중개된다. 이 감각은 사회주의의 거대 계획에 작용하는 독단적 이성보다는 조금 더 작게 그리고 섬세하게 작용한다. 미적 감각은 개체적 인간과 상황적 변화의 뉘앙스를 반영하면서 움직인다. 그러한 감각이 재현하는 것들은 얼핏 생각하기에 일회적이고 개별적일 것 같지만, 삶의 전체성은 이러한 개체적 사건들이 이루는 전체성이다. 그러니만큼 그것이야말로 삶을 구성하는 보편적인 요소들의 은둔처이다. 그러면서 그것은 자연에 자리한다. 이 자연은 거대한 법칙성을 가지고 있지만, 머리로 생각된 계획보다 거대하고 섬세하다. 그리하여 그것은 개인의 삶의 섬세한 사실 속에 침투되어 있다. 거대 계획이 참조하지 않는 것은 사회에 못지않게 중요한 사람의 삶의 큰 테두리로서의 자연이다.

수직선과 수평선은 삶의 환경을 지배하는 기본 축이다. 모든 건축 디자인이나 도시 계획은 이것을 참조하고 이것을 느낄 수 있게 하여야 한다. 그러나 그것은 어디까지나 삶의 공간의 기본 축일 뿐이다. 공간 계획이 전체적으로 여기에 맞추어져야 하는 것은 틀림없다. 그러나 그것은 다시 삶의 유연한 현실에 따라 변조되어야 한다. 옛날 정원을 만드는 데에 쓰인 말로 차경(借景)이라는 말이 있다. 이것은, 정원을 조성할 때, 정원의 저쪽에 보이는 경치가 전체 풍경 속에 편입되어 보이게 하는 정원 디자인을 말한다. 이것은 단지 내 소유를 벗어난 자연 경치를 슬그머니 빌려 오는 것만을 의미하지 아니한다. 근경과 원경이 따로 있으면서 하나가 되는 것이 더욱 자연의 느낌을 높여 주는 것이다. 정원의 산보로를 굽어지게 하여 굽이를 돌면 비로소 먼 경치가 보이게 하는 수법도 있다. 삶의 공간은 그 나름의 리듬을 가지고 있고, 이것을 느끼게 하는 데에는 미적 감각이 중요하다.

아름다움과 주체적 질서

이러한 환경의 조성에 중요한 것은 거기에 통일의 원리가 있어야 한다는 것이다. 모든 심미적 구성물에는 질서가 있고 조화감이 있어야 한다. 이 조화감의 기본이 되는 것이 내용적 주제에 있어서나 스타일에 있어서의 통일의 원리이다. 이것은 단순하게 추상적 원리로 생각될 수 있다. 그러나 사람들이 참으로 확인하고자 하는 것은 추상적이고 기계적인 통일성이 아니다. 통일의 원리는 주체의 원리가 되어야 한다. 주체란, 간단히 말하면, 대상들에 작용하는 의지 그리고 그 힘을 말한다. 사람들은 작가의 이름을 듣지 않고도 그것이 누구의 작품인가를 짐작한다. 기계적인 것은 아니면서 스타일의 창조적 통일성이 있는 것이다.

아름다운 풍경 또는 조화 있는 삶의 공간에서도 사람들은 구상력의 일관된 힘을 감지한다. 그것은 누구의 힘인가? 개인의 화폭을 떠난 공간 — 공공 공간에서 개인의 주체적 힘을 느낄 수 있는 것인가? 간단하게 생각하면, 그러한 힘은 집단적인 세력의 힘일 것이다. 도시를 일정한 마스터플랜에 맞추어 정비하고 거대한 아파트를 짓고 예술 작품의 규율을 정하고 하는 것은 독재자가 가장 잘 할 수 있다. 많은 도시 계획은 독재 국가에서 쉽게 이루어진다. 그러나 권력에 집중되는 의지가 다른 개성과 지각과 생각을 가지고 있는 인간 현실의 총체를 수용하고 인간의 타고난 필요와 자연 조건을 통합하는 것이 될 수는 없다. 물론 사회적 의지의 통합을 말할 수는 있다. 그 관점에서 생각된 것이 소위 집체 예술이다. 그러나 자화자찬의 경우를 제외하고는 집체 예술이 진정한 예술이 되기는 어렵다. 예술에 관한 진실의 하나는 그것이 개성을 떠나서는 의미 있는 것이 되지 못한다는 것이다. 그리고 대부분의 경우 사회의 집단적 의지라고 하는 것은 참다운 의미에서의 사회 전체의 주체적 의지가 아닌 경우가 대부분이다. 그러나 다른 한편으로 독재적 전횡이 되는 것이 아닌, 개인들의 자의적인 의지 하나하나가 그러한 통일과 주체 그리고 조화의 원리가 될 수 있는 것도 아니다.

여기에서 상정할 수 있는 것은 보편적 가능성에 열려 있는 개인이다. 이것은 모순되는 요구처럼 들린다. 그러나 르네상스기의 인간 이상에 '보편적 인간(l'uomo uniersale)'이라는 것이 있다. 이것은 인간적 가능성을 두루 자신의 능력으로 발전시킨 사람을 말한다. 사실 뛰어난 사람이라는 것은 여러 문화 전통에서 특이한 개성을 내보이는 사람이 아니라 여러 사람에게 완성된 인간으로서의 전범이 되는 사람이다. 그러면서 보통 사람이 모방하기 어려운 개성 또는 인격을 갖춘 사람이다. 그러면서 그것은 유기적 문화 공간의 전체적 구성에 기여한다. 애매하게 형성되는 '보편적 인간'의 이상은 보이지 않는 사회 의지로 존재한다.

좋은 예술 작품도 마찬가지이다. 그것은, 일정한 조화된 질서를 보여 주되, 우리에게 삶의 조화 —— 예술인 자신의 삶이든 그가 살고 있는 고장과 시대에 가능했던 일정한 종합적 질서이든, 삶의 조화를 느끼게 해 주는 것이라야 한다. 그 한 전범은 자연에서 찾을 수 있다. 사람이 자연에서 느끼는 아름다움은 자연의 자기실현으로서의 질서감에서 온다. 그것은 어떤 특정한 의지의 표현이 아니다. 예술 작품의 조화도 이에 비슷한 것이라 할 수 있다. 그것은 예술가가 자신의 의지를 대상에 부과하기보다 대상에서 발견되는 질서에 순응할 것을 요구한다. 그러면서 그것은 바로 그 자신의 깊이에서 발견되는 의지에 일치한다.

다만 어떤 경우에 있어서나 자연과 거리를 가질 수밖에 없는 인간의 일이 그러한 조화를 현실 속에서 구현하기는 여간 어려운 일이 아니다. 그것은 복잡한 변증법적 과정을 통하여 실현된다. 인간 현실은 사회적 인간적 갈등 또는 실존적으로 삶과 죽음, 또는 생로병사(生老病死), 피할 수 없는 고통을 포함하지 않을 수 없다. 현실 속에서 질서와 조화를 찾는다는 것은 완성된 현실을 말하는 것이라기보다는 자신의 시대와 삶 속에서 질서를 찾으려는 노력이고, 나아가 그것을 넘어가는 어떤 초월적 질서에 대한 그리움으로 표현될 뿐이다. 예술가의 개성은 이 탐구의 의지에서 느껴진다. 그러한 의지의 밑에는 "실재하는 것은 이성적"이고 "이성적인 것은 실재"하며 그렇게 될 수밖에 없다는 변증법적 현실 이해가 있다. 그리하여 그러한 예술적 의지는 모든 현실 속의 갈등을 절감하면서 동시에 조화감을 발견한다. 이것은, 사회적 이데올로기나 유토피아주의에서와는 달리, 역사나 사회의 전체성에서만이 아니라 사람이 접하는 현실 모든 곳에서 미적 조화를 발견할 수 있게 한다.

판자촌의 아름다움

미적 조화란 자연스러운 것이며 그 조화에는 주어진 조건에 대한 순응이 포함되는 것이면서도, 어떤 의지 — 인간의 의지이기도 하고 사물과 삶에 내재하고 있는 목적의 작용이라고 할 수도 있는 의지를 나타낸다. 위에서 우리는 판자촌의 미인이 그 치장을 버리고 판자촌의 수준으로 내려가면 조화가 가능할까 — 이렇게 물어 보았다. 전통적으로 높은 선비가 사는 자연 속의 암자 또는 전원은 일종의 이상적인 삶의 환경으로 생각되었다. 그것은 그의 삶에 일치하고 그 환경은 그의 삶에 일치하면서 어떤 고양된 삶의 이상을 표현하였다. 금욕적인 인간이 조촐한 환경 속에서 사는 경우, 그것은 그 나름의 조화가 있는 삶이 된다.

조금 더 세속적인 관점에서, 반드시 아름답다고 할지는 모르지만, 그래도 하나의 삶의 질서를 대표하는 것으로서 우리는 정비된 빈민촌과 같은 것을 생각해 볼 수 있다. 리우데자네이루는 '파벨라(favela)'라고 불리는 빈민촌으로 유명하다. 이곳은 도시적인 공공시설도 없고 치안도 험한 곳이었지만, 그동안의 여러 개선 노력의 결과 관광객을 유치할 수 있는 정도까지 정비되었다. 관광객들이 이런 빈곤의 거주지를 찾는 것은 빈곤한 삶에 대한 호기심 때문이기도 하지만, 그곳에 이루어진 그 나름의 보다 인간적인 삶의 느낌 때문이기도 할 것이다. 현대적 기획으로 철저하게 정비되지 않은 곳이, 보다 인간적인 도시 ─사람들의 사회적 교류는 물론 인간의 육체적 정신적 필요에도 맞는 공간이 될 수 있다는 의견을 발표한 도시 계획의 전문가들도 적지 않다. 이러한 것은 전통적인 답답함을 느끼게 하던 서울의 북촌이 최근에 와서 매력적인 관광 명소로 바뀌어 가는 데에서도 볼 수 있다.

조화의 느낌의 근본은 하나이지만, 그것은 여러 수준과 차원을 가지고 있다. 조화란 부분과 부분의 상호 관계의 균형을 말한다. 조화는 자연스럽게 구현될 수도 있고 주체적으로 주장될 수도 있다. 어떤 경우에나 그것은 삶의 여러 요인들이 하나의 통일 속에 있다는 사실에 대응한다. 빈민가가 정돈되었다면, 그것은 그곳의 삶이 하나의 통일된 질서로 정리되었다는 것을 말한다. 삶은 간단한 도시 계획에 의하여 설계되기에는 너무나 많은 세부를 가지고 있다. 여러 나라에서 참으로 아름다운 거주지는 오래된 도시나 촌락들에서 발견된다. 어떤 설계보다도 시간의 조율이 오히려 삶의 섬세한 필요들을 수용하면서 하나의 질서를 만들어 낸다. 그러나 그러한 경우에도 사람들이 느끼는 것은 반성적인 의식으로 되찾아진 삶의 질서이다. 위에서 말한 서울 북촌의 어떤 부분의 변화는 이미 있는 것에 대한 주체적 의식에 의한 고양을 드러낸다. 주어진 것만이 아닌, 그러니까 보다 의식화된 문화 의식이 거기에 작용하는 것이다.

문화의 진전

나는 다른 곳에서 김대중 대통령이 프랑스의 사회학자 피에르 부르디외의 문화 주체성의 문제에 대하여 어떻게 대처할 것인가 하는 질문을 받고, 그에 대답하여 경제가 일정 수준에 이르면 사람들은 저절로 문화를 돌보게 된다고 말하는 것을 들었다는 사실을 적은 일이 있다. 오늘날 한국 사회에서 보다 나아지는 집단 공간들은 경제 수준의 향상에 관계됨에 틀림이 없다. 경제가 문화 의식을 높이는 것이다. 그러나 경제와 문화가 완전히 일치되는 것은 아니다. 우리 현실에서 고층 아파트가 밀집한 도시가 자연과 거주가 조화를 이룬 촌락보다 앞으로 나아간 문화를 나타낸다고 할 수는 없다. 경제와는 별도로 문화는 문화대로 스스로의 심화 원리를 가지고 있다.

문화 의식은 깊은 반성적 성찰을 가진 것이 있고 그렇지 못한 것이 있다. 전체를 생각하고 생활 세계의 작은 지혜들을 아우를 수 있는 문화 의식에서, 그 축이 되는 것은 이성이다. 그러나 그것은 지나치게 도식적인 것이 될 수 있다. 추가되어야 할 것은 심미적 의식이다. 이성은 보다 큰 규모의 전체를 향하는 경향을 가지고 있고, 심미 의식은 큰 것만이 아니라 작은 것에서도 아름다움을 발견해 낸다. 그러나 전체적으로 이렇게 하나가 된 심미적 이성은 보다 작은 데에서부터 보다 넓은 데로 발전한다. 꽃의 아름다움과 그것을 널리 포함하는 정원의 아름다움 그리고 국토 전체의 아름다움에 규모의 차이가 있고, 거기에 대응하는 이성과 미의식에 규모의 차이가 있다는 것은 쉽게 생각할 수 있다. 건물의 장식을 만드는 것, 건물을 짓는 것, 건물의 복합적 공간을 만드는 것이 같은 규모의 심미적 구상력(또 기술적 능력)을 요구하는 것이 아님은 말할 필요도 없다. 이것은 보다 작은 규모의 조형 예술이나 문학 작품에도 적용된다. 문학 작품의 경우, 단편보다는 장편에 작용하는 상상력의 힘이 다른 규모가 되는 것은 당연하다. 물론 이것은 물리적 길이의 문제만은 아니다. 건물의 장식이나 시의 수사법(修辭法)에서도 작은 재주와 큰 구상력 또는 구성력이 다르게 작용하는 것을 본다.

이와 관련하여 우리는 예술적 창의력이 마치 사물의 큰 이치를 떠나서 존재하는 작은 재주의 발휘를 뜻하는 것처럼 생각하는 것을 반성해 볼 필요가 있다. 대국적으로 볼 때, 예술적 상상력은 사물의 이치를 밝히고자 하는 과학적 이성과 전적으로 다른 것이 아니다. 이것은 거꾸로 과학이 예술적 상상력과 전적으로 다른 것이 아닌 것과 같다. 영국의 저명한 수학자 물리학자 로저 펜로즈가 세계의 구조의 이해를 위한 모든 의식적 노력의 신비를 논하는 책에는, 수학의 공리가 사람의 발명이나 구성의 결과인가 또는 자연에 있던 이치를 발견한 것인가 하는 흔히 제기되는 수학의 기초에 관한 문제를 언급하는 부분이 있다. 펜로즈는 수학의 공리가 발명이 아니라 발견이라는 쪽을 택한다. 이것은 예술 작품의 경우에도 마찬가지이다.

위대한 예술 작품은 보다 낮은 차원의 작품에 비하여 '신에 근접해 있다'고 할 수 있다. 예술가들이 그들의 작품에 대하여 드물지 않게 갖는 느낌은 그들의 큰 작품은 영적 세계의 영원한 진리를 밝힌 것이고, 그만 못한 작품은 인간이 조작하여 만들어 낸 자의적 구성물이라는 것이다.[1]

그런데 자연과학은 진보한다. 예술 의식이나 문화도 진보하는가? 역사적으로 보면 빛나는 예술적 문화적 업적을 남긴 시대가 있고 그러지 못한

---

1 Roger Penrose, *The Emperor's New Mind: Concerning Computers, Minds, and the Laws of Physics*(Random House UK, London: Vintage Books, 1990), p. 127.

시대가 있다. 예술과 문화의 진보는 일직선적인 것으로 볼 수 없다고 할 수 있다. 그러나 다른 한편으로 보다 넓게 인간의 능력을 포괄하는 데 성공하는 예술 작품이 있고, 그러한 예술의 토양이 되는 문화의 진보가 있다. (가령 서양에 있어서, 고전적인 그리스 시대, 중세, 르네상스기를 비교하면, 이것은 금방 알 수 있다.) 섬세한 감각과 전체적 이성 —— 이 두 능력이 하나가 되어 예술 능력이 관계된다고 할 때, 변화하는 역사 속에서 예술 능력이 정태적으로 남아 있을 수는 없다. 삶의 변화는 감각과 이성에 끊임없이 새로운 적응을 요구한다. 그리고 그 확대를 요구한다.

　문화 의식이 높아 가는 것은 일단 전통문화의 소중함에 대한 의식이 높아 가는 것을 말할 수 있다. 그러나 동시에 생각할 것은 그것이 고정된 전통 형식을 부활하는 데에 편향되는 것은 곤란하다는 사실이다. 판자촌에서 걸어 나오는 미인은 서양식 몸단장을 한 미인일 것이다. 그런데 이 미인이 옛날의 소박함으로 돌아감으로써 문제가 해결될 수 있을 것인가? 「카페 프란스」(1926)를 비롯하여 정지용의 초기 시에는, 반드시 여성은 아니라도 서양적인 의상을 입은 사람들이 많이 등장한다. 그러나 해방 직전에 정지용의 시의 역점은 전통적인 것에로 옮겨 간다. 「붉은 손」(1941)은 시골의 물 긷는 처녀의 소박한 아름다움 ——"검은 버선에 흰 볼을 받아 신고/ 얼어붙은 붉은 손으로/ 길 눈을 헤쳐/ 돌 틈에 트인 물을 따내"는 처녀의 아름다움을 묘사한다. 이러한 전통적인 삶 속의 전통적인 순박한 처녀상은 1941년에는 가능했지만, 지금에 가능할 수는 없다. 오늘날의 아름다운 처녀는 다른 모습을 가져야 하는 것에 틀림없다. 오늘의 문화는 오늘의 삶을 포괄하고 고양하는 것이라야 한다.

광주의 문화 정체성

이러한 생각들은 광주의 문화 주체성을 정의함에 있어서 몇 가지를 생각하게 한다. 광주의 문화적 전통은 광주의 정체성을 규정할 만하다. 전통적으로 광주의 장점인 시서화(詩書畵)와 음악은 촉진되어야 한다. 그러나 그것은 오늘의 것 — 많은 부분 서양에서 온 영향들을 흡수하여야 한다. 그리고 그것들을 삶의 전체에 영향을 주는 것으로 확대하여야 한다. 이것은 적극적인 문화 교육을 요구한다. 그러면서 총체적인 예술적 감성과 문화 의식은 건축, 도시 계획에 스며들고 오늘의 사회와 경제에 영향을 줄 수 있어야 한다. 또 연극과 축제도 바른 방식으로 조직될 수 있어야 한다.

문화와 예술을 장식적 잔재주에 있다고 생각하게 하는 상품의 시대에 있어서 잊지 말아야 할 것은 그것이 과학의 발전과 별개의 것이 아니라는 사실이다. 모든 것은 사실의 무게와 그 신비에서 발견된다. 이런 것들에 두루 주의함으로써, 광주는 분명한 문화 정체성을 수립하여 나가게 될 것이다.

(2013년)

현실과 형상

현실의 예술적 재구성

1. 회의적인 서론: 인간이 만드는 세계 / 동물의 왕

1. 자연과 시공간 그리고 인간의 질서

많은 사람에게 아직은 절박한 일상적인 삶의 문제가 되어 있는 것은 아니지만, 오늘날 인류가 부딪치고 있는 가장 큰 문제는 지구에 일어나고 있는 생태계의 훼손이다. 우리가 느끼기 시작한 기후 변화는 그중의 한 현상이다. 지구 위에서의 인류의 삶을 위협하고 있는 생태계의 변화는, 그에 대한 다른 원인이 있다는 설명들이 없는 것은 아니지만, 인간 스스로가 저지른 일들로 인한 것이다. 이 잘못의 원인을 간단히 말하면, 인간의 삶이 너무 번창하여 그것을 지구가 감당할 수 없게 된 것이다. 원래 생물학적 존재로서의 인간은 도구를 만들어서 생존의 편의를 도모하는 존재이다. 그러면서 그것에서 한발을 더 나아가 주어진 자연환경을 자신의 삶의 필요와 요구에 따라서 변형하고자 한다. 그리하여 인간이 살고 있는 자리, 살았던 자리에는 그 삶의 자국이 남고, 경우에 따라서는 그것은 자연의 상처가 된다.

원하는 바에 따라서 사람이 주어진 환경을 바꾸는 데에는 거기에 일정한 질서를 부여하는 원리들이 있다. 이것이 자연의 상처를 치유하기도 하고 또 사람의 삶과 자연이 어울리는 새로운 질서를 만드는 데 도움이 되기도 한다. 자연과 물질적 자료를 변형하려고 도구를 만드는 일은 저절로 정도를 달리하여 사물이 내장하고 있는 합리적 원리를 따르는 일이 된다. 그러나 거기에는 동시에 대체로 미적인 기준이 작용하게 마련이다. 미적 원리는 형상의 원리이기 때문에 저절로 질서의 원리가 된다. 그리하여 도구적 목적은 새로운 질서에 통합될 수 있다.

　어떤 것이 주된 원리로 작용하든, 그 근본적인 바탕은 자연 자체가 가지고 있는 원리, 곧 인과 법칙과 공간적 원리이다. 인과 법칙은 다른 차원에서는 시간의 한 특성으로서 이해될 수 있는 법칙이다. 그리하여 자연의 원리는 시간과 공간의 원리 또는 시공간의 원리로 옮겨 볼 수 있다. 이렇게 옮기는 것은 그것을 거의 절대적인 존재의 테두리로서 확인하는 일이 된다. 그러나 이러한 존재론적 범주를 사람이 만드는 가공물에 구현할 수 있다는 것은 아니다. 인공적 질서는 위에 말한 바와 같이 심미적인 원리에 따라 이루어지고 또 평가된다. 그러면서도 심미적 원리는 새로운 질서에 작용하는 원리의 전부가 되는 것은 아니다. 그것을 넘어가는 보다 큰 테두리를 상기하는 것은 심미적 원리가 전부는 아니라는 것을 상기하는 일이다.

　인간이 가공하는 새로운 질서가 어떤 깊이에서 이루어지든지 간에, 이러한 질서가 쉽게 실현되지는 않는다. 궁극적인 테두리는 시공간의 원리라고 하더라도 또 하나 고려해야 할 것은 자연의 질서이다. 현실적으로 인간의 삶의 전체적인 환경을 이루는 것은 자연이다. 시공간의 원리는 모든 현상 속에 배어들어 있으면서 그것을 넘어가는 전체성이다. 그것은 작은 감각적인 현상에도 들어 있고, 자연에도 들어 있다. 감각을 일정한 형상 속에 파악할 수 있게 하는 것은 시공간이 가지고 있는 형상적 잠재력이다. 인간의 인식 능력에 의하여 파악되는 것이 이 시공간의 형상적 잠재력의 현현(顯現)이라고 할 수 있다. 자연의 어떤 현상은 그 숭고함으로 하여 이 전체성을 암시한다. 그것은 자연에 의하여 암시되면서 그것을 초월하는 전체이다. 그러나 이러한 추상적 범주를 넘어 자연이야말로 현실적 전체성이다. 그것은 인간의 지각이나 작용에 그리고 삶의 필요 전체에 반응한다. 그것은 보다 큰 시공간의 테두리의 하위에 있으면서, 도구적인 관점에서, 삶의 관점에서, 또 심미적인 관점에서 접근될 수 있는 삶의 환경의 전체이다. 인간의 가공의 작업은 시공간의 형상에 따르는 것이면서, 보다 직접적으로 또 현실적으로 자연에 의하여 제한된다. 그러면서 이 제한은 인간의 힘에 유연하게 반응한다. 그것은 그것을 손상하는 것까지도 허용한다고 할 수 있다.

그리하여 자연에 대한 인간의 가공 행위는 당초부터 문제적인 것이 될 수 있다. 그러나 그것의 규모가 커짐에 따라, 그것은 참으로 문제적인 것이 된다. 가공이 거대한 변형의 작업이 되게 하는 것은 과학 기술의 발달에 따른 산업화이다. 물론 산업적 변화는 환경 혼란의 원인이 되기도 하지만, 환경 질서의 향상에 동인이 되기도 한다. 그러나 이 향상 그것이 다시 문제가 된다. 산업화를 추동하는 과학 기술은 합리성의 원칙을 일반화한다. 그러나 산업화의 단적인 표지가 되었던 공장 단지 또는 산업 단지에서 금방 볼 수 있듯이, 극도로 단순화된 합리성의 원리에 따라 조성되는 산업 단지는, 인간의 감성의 관점에서 또는 현실적 삶의 조건이라는 관점에서, 사람에게 만족과 균형의 질서가 되지는 못한다. 이것은 다른 원리의 경우도 마찬가지이다. 합리성이든 심미성이든 하나만이 지나치게 강조될 때, 그것은 삶과 자연의 본래적인 질서에 왜곡을 가져오게 마련이다. 문명을 하나의 이상적 이념으로 생각할 때, 그것은 이러한 왜곡을 최소화하고 삶의 전체적인 균형을 정의하는 개념이라고 할 수 있다.

2. 문명과 예술

문제와 왜곡이 있는 것은 사실이지만, 과학 기술로 하여 가능하여진 산업 발전은 인간의 삶에 풍요의 느낌을 일반화하였다. 그것으로 하여 삶의 이기들이 일상화되고, 삶의 물질적 하부 구조가 구축되고, 위생 수준 등이 향상되었다. 식량의 생산이 용이해진 것도 다분히 산업 기술의 발전에 힘입은 것이다. 이러한 발전의 결과를 단적으로 보여 주는 것은 시각적으로 확인할 수 있는 도시의 발달일 것이다. 세계 인구의 절반 이상이 이제 도시에서 산다는 통계들이 나온다. 이러한 변화를 다시 한 번 하나로 종합하면, 이것은 인간의 삶이 문명화되어 간다는 것을 나타낸다고 할 수 있다.

문명은 예로부터 주로 도시에 자리를 잡았다. 넓게 이해하여 문명을 인간의 집단적 운명의 큰 동기라고 한다면, 도시의 발달은 긴 인간 역사에 존재하던 오래된 동기의 가속화를 의미한다고 할 수 있다. 문명을 서구어로 말하면, 대체로는 civilization의 여러 변조로 옮겨진다고 하겠는데, 이것은 어원적으로 라틴어의 civil, civis에서 나오고, 다시 civitas, 즉 도시에 이어진다. 도시에 사는 사람들의 일정한 관습, 곧 주로 보다 세련된 삶의 양식을 나타내는 것이 문명이라고 할 수 있다. civilization을 더 좁혀서 civility/civilite와 같은 말에 이어서 생각하면, 그것은 예의 바르고 세련된 행동을 말하고 라틴어 어원으로 소급해 올라가, 자주 쓰이지는 않은 말 같지만, civilitas는 좋은 통치의 방식을 말한다. 이것은 공자(孔子)가 정치에서의 정(政)이 바른 것, 정(正)과 같은 말(政者正也)이라고 한 것에 일치한다. 다만 동양에서는 정치가 도시에 또는 거대화된 도시에 이어졌다고 할 수는 없을는지 모른다. 그러나 정치는 그 물리적 중심을 필요로 하고 그로 인하여 도시가 아니라면, 적어도 도성(都城)을 가질 수밖에 없다고 할 수 있다. 그 경우에 정치의 공간으로서의 도시에는 처음부터 질서와 권위를 상징하는 도시 계획이 있게 마련이다. 그리고 이와 더불어 거기에는 권위를 상징하는 건축물, 조각 또는 그림이 따른다. 상징적 동물 또는 존재로서의 인간에게 권위는 단순히 폭력으로만 확보되지는 아니한다. 권위는, 정치적 권위이든 다른 어떤 권위이든, 상징물이 나타내는바 정신적 영향의 뒷받침을 필요로 한다.

서양 중세 미술의 연구서에 『영상의 힘, 힘의 영상』이란 제목의 책이 있다.[1] 이 제목이 함축하고 있는 영상과 힘의 교환 관계는 미술의 한 기능을 단적으로 표현한 것이다. 그러나 이 관계는 물론 다른 매개체를 통하여서도 표현된다. 건축물의 구도, 그 배치, 또는 모임에서의 공간 배열 등도 권력과 권위의 표현이다. 위에서 말한 예의 작법으로서의 civility도 그 표현의 하나라고 할 수 있다. 다만 그것은 권위의 관계가 극단적으로 부드러운 미적 관계로 변화된 것인데, 조각이나 그림 또는 음악이나 시도 질서와 권위의 심미적 승화에서 나온다고 할 수 있다. 그러나 도시는 정치의 중심이면서, 그 말에서도 알 수 있듯이 저자, 시(市)를 포함한다. 도시의 중요성은 정치에 못지않게 경제 활동의 중심이라는 데에 있다. 이 경제 활동은 심미적 상징물들을 생산하는 것을 포함한다. 오늘날에 올수록 심미적 상징물들은 상업적 거래의 대상으로서의 의미를 갖는다. 그리하여 그것은 소비재가 되거나 소비재 판촉의 수단이 된다. 많은 소비재의 디자인 그리고 소위 문화 콘텐츠라고 불리는 문화의 소산물이 여기에 속한다.

이렇게 말한다고 하여 심미적 상징물, 달리 말하여, 예술 작품들이 정치나 경제의 종속물로서만 존재한다는 것은 아니다. 다만 여기에서 문명과 도시와 관계하여 이것을 언급하는 것은 예술도 인간 현실의 한 부분으로서의 인공적 구조물의 범주로 구분될 수 있는 것이라는 것을 인정하자는

---

1 Lutz Lippold, *Macht des Bildes—Bild der Macht: Kunst zwischen Verehrung und Zerstoung* (Leipzig: Leipzig Edition, 1993).

것이다. 예술은, 다시 말하여, 자연과 지구와의 관계에서 인공물의 가장 큰 결과인 도시와 문명의 일부이다. 오늘날에 와서 그 의미도 이와 관련하여 평가될 수 있다.

도시가 문명의 소산이고, 또는 역으로 문명이 도시의 소산이라고 한다면, 문명이라는 말은 그에 관계된 많은 것을 긍정적으로 받아들이게 한다. 그러나 도시와 문명의 거대화는 이제 문제적인 현실이 되고, 그와 함께 이 거대화의 일부가 되었다. 이에 따라 그것에 관계되는 인공적 창조물들을 간단하게 긍정적으로 볼 수만은 없게 되었다. 자연과의 관계에서, 문명을 반드시 긍정적으로만 볼 수 없다면, 이에 관련하여, 그 한 부분을 구성하는 예술은 어떻게 보아야 하는가?

흔히 우리가 예술을 말할 때, 그 원래의 뜻이 어떤 것이든지 간에, 그것은 독자적 존재 이유를 가진 상상력과 작업의 결과인 것으로 이해된다. 그러면서도 자연과의 관계에서, 모든 인공물이 문제적인 것이 된다면, 예술은 참으로 긍정적 의미를 가질 수 있는가? 예술은 도시나 문명에 비하여서도 대체적으로 긍정적인 것으로 생각하는 것이 우리의 사고의 관습이다. 그러나 역사적으로 볼 때, 이 긍정이 절대적인 것은 아니었다. 예술에 대한 존중에도 불구하고, 예로부터 현실 실천의 우선순위에서는 예술은 뒤로 밀리는 것이었다. 위에 말한 대로, 권력의 영상을 제공하는 것이 예술이었다는 것은 더욱 넓게 일반화할 수 있는 사실이다. 근대에 들어, 예술이 이데올로기 또는 국가나 어떤 집단적 사회 이념에 봉사하여야 한다거나 그에 반대하여 예술 지상주의를 주장하는 것과 같은 일도 이러한 사정을 말한다. 어쨌든 예술의 의미는 언제나 새로이 생각되어야 하는 어떤 것이고 지금의 시점에서 그것은 도시 문명 그리고 —— 이 문명이 인공적 생산의 결과라고 할 때 —— 그것이 갖는 생태 환경과의 관계에서 생각되어야 한다고 할 수 있다. 뿐만 아니라 그것이 권력이나 소비주의의 시종이 되면서 환경 파괴에 도움을 준다고 한다면, 예술이 반드시 그 자체로 존중될 만한 것인가를 다시 생각해 보지 않을 수 없다고 할 것이다.

그러나 인공물이 자연에 대한 위협이 되지 않을 수 없는 지점에 이른 것이 오늘의 현실이라고 하더라도 또 다른 하나의 가능성은 예술의 의미를 바르게 이해하는 것이 인간과 자연의 관계를 바르게 이해하는 데 기여할 수 있다는 점이다. 결국 자연에 작용하여 삶의 수단을 강구할 수밖에 없는 것이 인간의 조건이다. 그렇다면, 이러한 자연에 대한 인간의 침해는 어떻게 하여야 일정한 균형을 유지할 수 있겠는가?

중요한 것은 삶의 전체적인 환경과 조건을 잊지 않고 생각하는 것이다. 미국의 대중 과학 잡지 《사이언티픽 아메리칸》 2013년 11월호에 「동물의 왕(King of the Beasts)」이라는 글이 실렸다.[2] 이 글은 아프리카에 인간이 등장함과 동시에 아프리카의 동물들의 종의 균형 그리고 생태계가 어떻게 변화하였는가에 관한 것이었다. 수백만 년 전의 유골들에 대한 연구는, 원래 채식을 하던 인간의 선조(homo)가 육식으로 그 생존의 수단을 바꿈으로부터 시작된 일이지만, 특히 그 후손인 인간(homo sapiens)이 등장함으로부터는 가속적으로 많은 다른 육식 동물이 사라지게 되었다는 것을 확인하였다. 다시 말하여, 인간이 '동물의 왕'이 됨으로써 동물 먹이 사슬에 대변혁을 가져온 것이다. 이 동물의 왕의 지배는 그 후로도 계속되어, 이제는 단지 동물 생태계만이 아니라 모든 생물의 생태계는 물론 하늘과 땅을 바꾸어 놓았다. 오늘날 큰 문제가 되어 있는 기후 변화는 이 대변혁의 한 부분이다.

오늘의 많은 문제는 이러한 지구 환경의 대변혁과의 관계에서 생각되는 것이 마땅하다. 지나치게 큰 테두리를 생각하는 것일 수도 있으나, 문명

---

2   Lars Werdelin, "King of the Beasts", *Scientific American*, November 2013.

과 도시, 예술과 인공 제조물 등, 그리고 인간의 많은 공작(工作) 행위를 이 테두리와의 관련 속에서 생각하지 않을 수 없는 것이 오늘의 지구와 역사의 상황이다.

예술은 물론 그 자체의 원리에서 생각되어야 하는 것이면서, 여러 차원에서의 인간의 인식 행위이고 창조 행위이다. 그리고 오늘의 현실에서 특히 중요한 것으로 고려해야 하는 것은, 그것이 자연환경 내에서의 인간 행위라는 점이다. 그리하여 그것은 특히 이 테두리에 비추어 다시 평가되어야 하는 인간 행위라 할 수 있다.

다시 묻건대, 인간의 삶에 예술이 왜 필요한 것인가? 간단한 답은 물론 심미적 만족을 위하여 존재하는 것이 예술이라고 하는 것이다. 심미적 만족은 무슨 의미를 가지고 있는가? 예술에서 얻는 만족은 지각되는 사실들의 조화에서 온다. 이 조화는 부분들이 전체 속에 안정되어 있음을 느끼게 한다. 이 전체는 공간과 시간 안에서의 형상적 균형을 말한다. 이것은 지각되는 것이면서, 그것을 초월하는 형상의 차원을 가리킨다. 다른 한편으로 지각, 인식 그리고 조형의 차원에서의 이러한 형상적 만족이 삶의 조화에 대한 요구가 되는 것은 극히 자연스러운 일이다. 그것은 자신의 삶에 또 사회적 삶에도 적용되면서, 최종적으로 자연 그리고 초월적 세계에서의 조화에 대한 요구일 수 있다. 다음에서 생각해 보고자 하는 것은 이러한 여러 차원에서의 예술의 의미이다.

2. 그림과 그 틀(격자)/반 고흐의 구두 읽기

1. 세계와 지구: 농촌 여성의 구두

독일 쾰른의 발라프(Wallraf) 미술관에서는 2009년 9월부터 이듬해 정월까지 「빈센트 반 고흐: 한 켤레의 구두(Vincent Van Gogh: Ein Paar Schuhe)」라는 표제 아래 고흐의 구두 그림을 중심으로 한 전람회가 열렸다. 그것은 그 그림이 여러 철학자들의 주목을 받았기 때문에, 그림과 함께 철학자들의 논의들을 개관할 수 있게 하려는 전람회였다고 한다. 가 보지는 못하였기 때문에, 그림과 철학적 논의를 어떻게 전시할 수 있었는지 짐작이 가지 않는다. 이 그림을 논한 사람들은 하이데거를 비롯하여, 마이어 샤피로(Meyer Shapiro), 자크 데리다(Jacques Derrida), 이언 쇼(Ian Shaw), 스티븐 멜빌(Stephen Melville) 등을 포함한다.

정물(靜物)의 대상이 되는 것은 대체로 꽃이라든지 화병이라든지 아름다운 것으로 되어 있는 물건들인데, 구두는 특히 아름답다고 할 수 있는 것도 아니고, 또 그려지기 전부터 미적인 대상으로 지목된 것이라기보다는 실용적이고 일상생활의 장비라는 점에서도 그림의 대상으로는 조금 기이한 선택이기 때문에, 그림에 그려진 다음에 그것이 주목의 대상이 되는 것은 자연스럽다고 할 수도 있다. 그러나 그것이 전람회의 주제가 된 것은 조금 전에 말한 바와 같이 철학자의 논의로 인한 것일 것이다. 정확히 그 순서를 알 수는 없지만, 고흐의 이 그림이 논의의 대상이 된 것은 하이데거의 예술론에서 시작된 것일 것이다. 다른 논의들도, 적어도 보도된 것으로는, 하이데거에 대해 언급하는 것으로 시작한다. 다음에서 대표적인 철학자들의 논의를 살펴보고 이 구두와 그에 대한 논의의 의미를 다시 생각하기로 한다. 이것을 생각하는 데에 있어서, 의존하는 것은 위에 말한 전시회에 대한 보도 그리고 그에 대한 해설이다.

미국의 《하퍼스 매거진(Harper's Magazine)》에 이 전람회에 관한 기사를 쓴 스콧 호턴(Scott Horton)은 이 그림에 관한 논의를 간단히 소개하기 위한 목적으로 하이데거의 「예술 작품의 기원」에서 이 그림을 묘사하고 있는 부분을 인용하고 있다. 그것을 원문을 참조하여 재인용한다.(그림 1)

(그림 1) 빈센트 반 고흐, 「한 켤레의 구두」

　그늘이 드리워 있는 구두 목의 낡은 안 겹에, 일하는 사람의 발자국의 힘겨
움이 엿보인다. 단단하게 굳어 있는 구두의 무게에는 바람 거친 들판의 단조
롭고 펀펀한 두렁 위를 천천히 걸어가던 그녀의 끈질김이 쌓이고, 가죽 위에
는 흙의 축축함과 걸쭉함이 놓여 있다. 구두 밑창에는 저녁 어스름이 내릴 때
들길을 걷던 고독이 스며들어 있다. 구두에는 말 없는 지구의 부름——지구가
선물한 여물, 수확이 끝난 겨울 들판의 황막함 속에 들어 있는 불분명한 체념
이 어른거린다. 이 구두라는 도구에는, 탄식은 없지만, 빵이 보장될 수 있는가
에 대한 불안, 또 한 번 빈곤을 이겨 낸 데 대한 말 없는 기쁨, 배 속에 탄생이
가까이 온 아기의 움직임, 어디에나 있는 죽음의 전율이 지나간다. 이 도구는

지구에 속하고 그것을 농부 여인의 세계가 지킨다. 이 보호에 소속되어 들어 감으로써 도구는 존재로 떠올라 스스로 안에 안정한다.[3]

호턴은 하이데거를 인용한 다음 그의 언어 놀이가 기이하고 접근이 어렵다고 말한다. 간단한 눈으로 보면, 사실 위의 구절과 같은 것은 단순한 느낌을 묘사하는 것으로서 그렇게 어려운 것이라고만은 할 수 없다. 기이한 것은 묘사가 사실적인 그림을 직접적으로 말하기보다는 그려진 구두를 주제로 하여 하이데거 자신의 시적인 랩소디를 펼친 것 같다는 점이다. 그러나 다른 한편으로 어려움이 없는 것은 아니다. 랩소디는 예술의 존재론적 의미에 대한 심각한 성찰을 담고 있기 때문이다. 그것을 이해하는 데에는 하이데거의 철학적 사고에 대한 보다 면밀한 주의가 필요하다.

하이데거는 앞에 인용한 묘사 직전에 물건(Ding)을 가지고 사람이 그 자신이 쓸 수 있는 도구(Zeug)를 만든다는 것의 의미를 설명한다. 도구는 대체로 사람이 익숙하게 사용하는 것이기 때문에, 그것을 설명하라고 하면, 분명한 답을 대기가 쉽지 않다. 우리가 신고 다니는 구두의 경우에도 그 실체를 설명하기는 쉽지 않다. 다만 예술 작품의 경우, 현실의 구두를 알고 있기 때문에, 그 도움으로 우리는 그림을 구두의 그림이라고 의식한다. 반 고흐의 구두 그림은 이러한 관계들을 생각하는 데에 도움을 준다.

하이데거의 묘사에서 그것은 인간의 삶의 한 부분으로 존재한다고 의식된다. 고흐의 구두는 농부의 삶의 한 부분이다. 그것은 노동과 노동의 장소로서의 들판의 흔적을 지니고 있다. 말할 것도 없이 노동은 사람의 생존의 필요에서 반드시 하여야 하는 일이다. 그러나 생존은 빵을 먹어야 한다

3　Scott Horton, "Philosophers Rumble Over Van Gogh's Shoes", *Haper's Magazines*, http://harpers. org/print//pid=5828; Martin Heidegger, "Der Ursprung des Kunstwerkes", *Holzwege*(Frankfurt am Main: Vittorio Klostermann, 1952), pp. 22~23 참조.

는 것을 말하기도 하지만, 계절의 순환 속에서 앞으로의 삶을 준비하고, 태어나고 죽고 하는 삶의 순환의 주기에 대비한다는 것을 말한다. 이러한 일들은 지상에 사는 사람들의 환경이다.(독일어의 Erde 또는 영어의 earth는 한국어 또는 한문으로 땅, 토(土), 지(地), 지구로 번역할 수 있다. 여기에서는 이것을 문맥에 따라 여러 가지로 쓸 수밖에 없다. 앞의 땅과 토는 체험적인 구체적 현실을 말하고 뒤의 지구는 그것을 추상화하여 전체적으로 말하고자 하는 양편에 걸친 말이라고 할 수 있다. 독일어와 영어는 두 의미를 다 포함한다.) 땅 또는 지구 위에서 살려면, 사람들은 자신의 세계(Welt)를 구축하여야 한다. 살 집을 짓고, 터를 일구어 내고 하는 일이 그 일의 일부이다. 이 일에서 한 부분을 이루는 것이 도구 또는 연장이다. 구두는 그러한 삶의 도구의 하나이다.

하이데거의 묘사에서 한결같이 주의의 대상이 되는 것은 농부의 일이 땅을 가는 일이고, 조금 확대해서 말하면 지구 위에서 작업하는 일이라는 사실이다. 구두의 본질은 이 테두리에 의하여 정의된다. 구두는 땅 위에서 먹이를 확보하고 살 자리를 만드는 일에서 하나의 보조 수단이다. 그런데 또 주목해야 할 것은 땅 또는 지구와의 관계에서 구두의 존재가 기이한 긴장의 관계에 있다는 사실이다. 말할 것도 없이 구두도 지구의 산물이다. 그러나 그것은 지구 환경 속에서 풍화하여 퇴락하고 닳아 없어진다. 다시 말하여 지구는 구두를 존재하게 하면서 동시에 그것을 오래 허용할 의도가 없다. 땅은 구두에 대하여 적대적인 관계를 가지고 있다. 구두는 오로지 보존의 노력을 통해서 보존된다. 이러한 인식은 하이데거의 묘사에 섬세하게 배어들어 있다. 인용의 마지막 부분이 말하는 것도 사람의 구두와 땅 또는 지구 사이에 존재하는 이러한 보완과 갈등의 관계이다. "이 (구두라는) 도구는 지구에 속하고 그것을 농부 여인의 세계가 지킨다. 이 보호에 소속되어 들어감으로써 도구는 존재로 떠올라 스스로 안에 안정한다."

이러한 긴장 관계를 비추는 문장에서 특히 주의해야 할 것은, 되풀이하건대, 지구(Erde)와 세계(Welt)의 대조이다. 구두는 지구에 속하지만, 농부 여성에 의하여 지켜져야 한다. 다시 주의하여 보면, 구두라는 도구를 지키는 것은 농부 여성이라기보다는 그의 '세계'이다. 구두는 조심스럽게 신지 않으면 오래가지 않는다. 그러나 그것을 만드는 것은 이 여성 자신이 아니다. 단순히 그것을 잘 보존하는 데에도 비를 막을 수 있는 지붕이 있어야 하고, 구두 장 같은 것이 있다면, 구두는 더 오래 보존될 수 있다고 할 수 있다. 물론 그에 선행하여 구두가 발명되어야 한다는 것도 생각할 수 있다. 그런 의미에서 구두의 보존은 그 여성이 살고 있는 사회의 생산과 노동의 협동적 조직으로 또 그 역사 속에서 가능한 것이 된다. 구두는 인간이 구축한 세계 속에 산다. 그것은 지구를 기반으로 하고, 지구의 가능성 속에서 구성되어 하나의 사물 또는 창조물로 존재한다. 그러면서도 지구의 적대적인 작용으로부터 완전히 자유롭지 못하여 그것으로부터 스스로를 지켜야 한다. 이 보완적이면서 적대적인 관계는 사람의 삶의 모습 자체를 규정한다. 사람은 이러한 모순 속에서 살아 버티어야 하는 모호한 존재이다.

앞의 묘사에서, 농부 여성이 구두의 밑창으로 고독을 느끼는 것은 바로 인간 실존의 지구로부터의 분리를 말한다. 그 고독은 들에서 길을 가야 한다는 사실에서 벌써 나타난다. (앞의 인용이 나온 예술론은 『나무길(Holzwege)』에 수록되어 있는데, 하이데거의 철학적 에세이들을 모은 책에는 그 외에 『들길(Feldweg)』 그리고 『길 표시(Wegmarken)』가 있다. 자연 가운데에서 사람이 골라 가는 길은 그에게 특별한 의미를 갖는다고 하겠다.) 들에서 일하는 농부 여성에게 구두 밑창으로 고독을 느끼는 것은 바로 밑창이 사람과 땅을 갈라놓는 것이기 때문이다. 이러한 유리(遊離)로 하여 힘겨움이 있고, 끈질긴 의지가 있고, 앞의 인용에 나오는 바와 같이, 괴로움과 견딤의 심정이 생겨난다.

이렇게 말하면, 구두는 자연히 인간이 세상에 사는 방식 전체를 상징하는 것이 된다. 그것을 그린 것이 고흐의 그림이다. 이러한 그림의 독해가 조금 과장되는 느낌을 주는 것은 사실이지만, 예술이 단순히 삶의 장식이 아니라 인간이 땅 위에 사는 방식의 한 표현이라는 하이데거의 해석은 예술 작품이 세계에 존재하는 방식의 가장 넓은 테두리를 상기하게 하는 것이다. 예술 작품은, 하이데거의 생각으로는, 물건을 만들면서 사는 인간의 삶의 방식에서 나오는 행위의 결과이다. 그것은 세계가 만들어지는 과정의 일부이다. 지구라는 주어진 삶의 바탕으로부터 인간이 구성하는 것이 세계이다. 사람은 세계를 변형시켜서 살 수밖에 없기 때문이다.

세계는 지구 안에 열림(das Offene)이 생겨나게 함으로써 만들어진다. 이 열림은 사람이 존재한다는 사실의 조건이고 존재의 허용으로 가능해지는 조건이다. 예술 작품이 존재하려면 존재가 가능하여야 한다. 그것은 공간의 개념에 비슷한 열림을 전제로 한다. 이 조건은 물론 예술 작품보다 더 원초적인 단순한 작업(Werk)에 들어갈 때도 요구되는 것이다. "작업을 통하여, 손에 쥐듯, 환하게 작업에서 만드는 작품에 존재하는 것이 나타난다. 즉 그 존재(Sein) 속에 존재하는 것(das Seiende)이 열린다. 진리(Wahrheit)가 일어난 것이다."[4] 예술은 이러한 과정의 일부이다.

예술 작품은 그 나름으로 존재하는 것의 존재(das Sein des Seiendes)를 연다. [예술 작품의] 작업에서 열림(Eröffnung), 즉 드러남(Entbergen), 즉 존재하는 것의 진리가 일어난다. 예술 작품에서 진리가 작업 속으로 움직여 가게 한다. 예술은 진리가 스스로 작업 속에서 움직이게 하는 것이다.[5]

이미 앞에서 설명한 바와 같이, 고흐의 구두에 관한 부분에서 그것이 지

---

4 Martin Heidegger, Ibid., p. 27.

5 Ibid., p. 28.

구와 세계, 존재와 사실의 관련 속에서 생겨난다는 것이 시사되어 있다. 그것은 갈등과 수용의 과정이다. 그리하여 그 과정에서 드러나는 진리는 늘 드러나는 것, 그리스어로 aletheia이다. 예술 작품은 이 과정의 일부이다. 하이데거가 이것을, 다른 예를 포함시키며, 설명하는 것을 또 한 번 인용한다.

> 농부의 구두를 보여 주는 그림, 로마의 분수를 말하는 시[앞에서 콘라트 마이어(Conrad Ferdinand Meyer)의 「Der Römische Brunnen」을 언급하였다.]가 알리려는 것은 하나로서 따로 있는 사물을 보이게 하는 것이 아니다.(엄밀하게 말하여 알린다는 생각 자체가 바른 것이 아니다.) 그보다는 "드러남(Unverborgenheit)"을 그 자체로 존재하는 것 전체와의 관계에서 드러나게 하는 것이다. 구두가 단순하게 그리고 진정으로 그 본질 속에 드러나면 드러날수록, 분수가 자명하고 다른 꾸밈없이 순수하게 그 본질 속에 드러나면 드러날수록, 모든 존재하는 것은 이들과 더불어 더욱 강하게 존재하게 된다. 이렇게 하여 스스로를 감추는 존재에 빛이 비춘다. 이러한 빛이 작품에 연결되어 삼투된다. 이 작품에 이어진 빛남은 아름답다. 아름다움은 진리가 본질을 드러내는 하나의 방법이다.[6]

2. 예술 작품과 인생의 역정: 반 고흐의 삶의 구두

하이데거의 예술에 대한 설명은, 인간의 실존을 포함하여, 근본적 존재론의 관점에서 예술의 위치를 자리매김하고자 하는 것이다. 그것은 진리의 압도감을 가지고 있다. 그리고 삶의 근본에 대한 통찰이 사람의 마음에 불러일으키는 엄숙한 느낌을 감지하게 한다. 그러나 앞에서 우리는 고흐

---

6 Ibid., p. 44.

의 구두 그림에 대한 하이데거의 관찰이 하나의 자의적인 시적인 랩소디의 느낌을 준다고 하였다. 이것도 부정할 수는 없다. 이것은 다른 관련, 곧 랩소디가 아니면서도 그러한 요소를 가진 다른 관련들을 생각할 수 있다는 것을 말한다. 모든 예술품이 그러하듯이 고흐의 그림은 여러 가지의 관점과 연상 속에서 재해석될 수 있다. 앞에 언급했던 스콧 호턴은, 발라프 미술관의 전시회를 보도하면서, 하이데거에 이어 반 고흐의 그림에 대한 마이어 샤피로의 글을 인용한다. 샤피로의 글은 하이데거의 견해를 논박하는 글이다. 그것은 하이데거의 해석이 사실적 범위를 벗어난 것임을 지적하고 이것을 다시 더 상식적인 차원으로 돌려놓으려 한다.

호턴이 인용하는 샤피로의 글은 단순하게 구두에 대한 하이데거의 판단이 사실적으로 틀렸다는 것을 보여 주려는 것으로서, 그 구두는 여성 농부의 것이 아니고 구태여 말한다면, 반 고흐 자신의 것이고 농촌을 떠난 도시인의 것이라는 사실이다. 샤피로의 주장은 전체적으로 이 점을 중심으로 전개된다. 그러나 뒤에서 보듯이 그것이 참으로 사실적인가는 확실치 않다. 사실 — 예술에서 사실이 무엇인가 또 무엇을 사실이라고 하는가는 고민의 대상이 될 수밖에 없다.

샤피로에게, 방금 말한 바와 같이, 문제의 많은 것은 그림의 사실적 기초를 간과한 데에서 연유한다. 고흐의 구두 그림은, 호턴의 글에도 인용되어 있는 말로, "낡아 가는 구두의 진실된 초상화"이다. 샤피로에 의하면, 구두는, 남아 있는 작품으로 계산하건대, 여덟 번이나 고흐의 그림의 주제가 되었다. 그는 하이데거에게 편지를 보내어 그가 본 그림이 어느 것인가를 확인하고자 하였다. 하이데거는 그의 편지에 답하여, 1930년 암스테르담의 전시회에서 본 그림이었다고 하였다. 이 답으로도 추측이 되는 것이지만, 다른 증거로 보아서도 하이데거가 화제로 삼은 그림은, 샤피로의 생각에는, 1888년의 구두 그림이고, 이것은 여성 농부의 구두가 아니라 반 고흐 자신의 구두다.

샤피로가 강조하는 그림의 사실적 기초 가운데 중요한 것은 작품과 작가와의 관계이다. 그의 생각에 지나치게 형이상학적인 하이데거의 글은 사실을 등한히 하여 그 해석에 "예술가 자신의 모습"[7]이 보이지 않는다는 것이다. 샤피로가 사실 관계를 규명하면서 들고 있는 다른 증거는 고흐가 동생에게 보낸 편지 그리고 한때 같은 숙소에서 머물렀던 폴 고갱(Paul Gauguin)의 회고담 등이다. 그중에도 폴 고갱의 회고는 감동적인 내용을 담고 있는데 그것은 구두를 고흐의 자전적인 사실에 연결해 주는 역할을 한다. 고흐의 아버지는 목사였고 아들이 목사가 되기를 원했다. 그러나 고흐는 목사가 되지 못하고, 그림을 그리는 한편 이런저런 일로 생활을 꾸려나갔는데, 신앙의 문제를 완전히 떠날 수는 없었고, 20대 중반에 다시 목사가 될 생각을 하고, 한때 벨기에의 어느 광산촌에서 선교사 노릇을 했다. 그러나 그는 그 일에도 실패하고 다시 브뤼셀을 거쳐 집으로 돌아갔다. 고갱에 의하면, 그가 고흐의 방에서 낡고 헌 구두를 보고 무엇 때문에 쓰레기통에나 버려야 할 구두를 보관하고 있는가 하고 물었더니, 이러한 자신의 삶을 말하고, 아버지의 뜻에 따라서 임시 선교사까지 되었는데, "그 행로의 피로를 용기 있게 견디어 준 것이 저 구두"[8]라고 말했다고 한다.

광산촌에서 고흐가 한 일의 하나는 화상을 입은 광부를 구하여 그를 40일이나 간호하여 다시 살아나게 한 것이었다. 고흐는 광부의 이마에 난 자국을 보고 그가 예수의 모습을 그대로 닮았다고 생각하였다. 이런 이야기를 듣고, 고갱은 구두 그림을 그리고 있는 고흐 자신도 예수를 닮았다고 생각하면서, 그의 초상화를 그렸다.

---

7   Meyer Schapiro, "The Still Life and a Personal Object: A Note on Heidegger and Van Gogh", *Theory and Philosophy: Art, Style, Artist. and Society*(New York: Goerge Braziller, 1994), p. 139.

8   Ibid., p. 140.

이런 사연이 고흐의 그림에 그대로 나타나 있는지는 확실치 않다. 그러나 그것이 보는 사람으로 하여금 그림에서, 샤피로의 표현으로, "많은 이동, 피로감, 눌림의 느낌, 무거움" 등을 새삼스럽게 느낄 수 있게 할 가능성이 커지는 것은 사실일 것이다. 또 마르크스주의자였던 샤피로는 이러한 느낌에서, "사회적 존재로서의 운명적 조건들"[9]을 본다고 생각한다. 그런데 사회적 조건이라는 것을 넘어서, 이러한 전기적 보완(補完)은 그림이 표현하는 것도 인간의 삶의 어떤 행로라는 것을 느끼게 하고, 그림을 보다 감동적인 것이 되게 한다고 할 수 있다. 샤피로는 비슷한 주제를 다룬 화가들로서 밀레나 도미에 같은 사람을 들고, 또 작가로서 플로베르와 졸라를 들고 있다. 졸라가 사람의 삶을 "하나의 순력, 끊임없이 바뀌는 변화"의 과정이라고 한 것은 반 고흐의 구두를 감상하는 데에 도움을 줄 수 있는 생각의 틀이라고 할 수 있다.

3. 미술의 언어: 구두의 짜임

샤피로는, 하이데거처럼 사실적 면밀함이 없이, 즉 그림의 대상, 작가의 전기적 사실, 그것을 규정하는 사회적 당대적 조건에 대한 면밀한 주의가 없이 그림을 본다면, 그 뜻은 구태여 그림이 아니라 현실의 구두를 가지고도 전달될 수 있을 것이라고 말한다. 그러나 샤피로의 반 고흐론도 반드시 그림을 해석한 것이라기보다는 그것을 화가의 개인적 삶 그리고 그 삶의 사실적 조건에 비추어 보려는 것이라고 하여야 할 것이다. 그렇게 하는 것은 엄밀한 의미에서 사실을 말하는 것은 아니다. 그림은 사실이 아니라 캔버스나 종이 위에서 물감으로 형상을 추적한 것이다. 그리고 다른 사실들이 또 거기에 개입한다. 그것은 그림이라는 사실을 초월한 사실들이다. 그

---

9 Ibid.

렇다는 것은 그림을 그림으로 성립하게 하는 문화적 사회적 관습의 소산으로서 존재하게 되는 것이 그림이기 때문이다. 여기에 더 붙인다면, 다시 그러한 문화적 사회적 창조물을 현실의 재현이나 구성으로 받아들이게 하는 인간의 인지 작용의 신비가 거기에 개입된다고 할 수 있다. 그리고 인지 작용은 인간이 거주하는 자연 조건과의 상호 작용 속에서 성립한다. 호턴이 언급하고 있는 다른 철학자인 자크 데리다는 바로 이러한 관점에서 반고흐의 구두를 논한다.

데리다 독해 데리다의 논의는 일단 구두 그림을 직접 논하기보다는 하이데거와 샤피로의 논의를 비교하는 데에 집중된다. 그리고 이 비교에서 그는 대체로 하이데거의 편에 있다고 할 수 있다. 그렇다고 그의 논의가 간단하게 하이데거를 옹호하거나 보충 해석하는 것은 아니다. 그의 해석은 말할 필요도 없이 하이데거를 추종하는 것이 아니라, 현대 서구의 철학계에서 그 나름의 위상을 가진 철학자로서의 자기 이론에서 나오고, 또 그것을 발전시킨 것이기도 하다. 그것은 데리다의 철학을 이해하는 데에 있어서나, 예술의 본질을 이해하는 데에 작지 않은 도움을 줄 수 있는 것이라고 할 수 있다. 그러나 여기에서 그것을 전체적으로 해석하고 평가할 수는 없다. 그것은, 그의 글이 대체로 그러하듯이, 너무나 섬세하고 착잡하여 난해하기 짝이 없다. (이 점은 우리의 사고를 심화하는 데에 도움을 주는 것이기도 하고 어떤 부분에서는 불필요한 사변의 유희로 비치기도 한다.) 하나의 방편으로 호턴의 데리다 인용을 재인용하고 그것을 해독(解讀)함으로써 예술에 대한 우리의 고찰에 도움을 청해 보기로 한다. (번역은 영문 번역을 다시 우리말로 번역한 것이다.)

특징을 잡아내는 또 하나의 선(線), 줄/특징을 분리해 내는 또 하나의 체계가 있다. 그것은 작업의 대상을 틀(액자) 속에 들어 있는 그림으로 보게 한다. 틀은 작업의 대상을 탈작업(脫作業, desoeuvrement)이 되게 한다. 틀은 잘라 내고 다시 꿰맨다. 보이지 않는 끈으로, 캔버스를 뚫어 가리키고 (구멍 뚫기/가리키기(pointure)가 종이를 뚫듯이) 작품으로 들어갔다 다시 나오고 그러는 사이에 그것을 그 환경에 다시 꿰매어 놓고, 그 내적인 세계와 외적인 세계에 접속하게 하는 것이다. 그로부터 시작하여 그 구두가 무용(無用)한 것이라고 한다면, 그것은 물론 벗은 발의 접속에서 분리되고 재접속하여야 하는 주체(주인, 익숙한 보유자, 그것을 신는 사람, 구두가 받드는 사람)로부터 분리되었기 때문이다. 그것은 동시에 그림으로 그려졌기 때문이다. 그림의 한계 속에서, (구두) 끈에 들어 있다고 하여야 할 한계 안에서 그렇다는 것이다. 본 작품(oeuvre)에 대한 전채(前菜)/첨가물(hors d'oeuvre), 다시 전채/첨가물로서의 본 작품이라 할 수 있는 연결의 끈이 구두끈의 구멍 ——쌍으로 되어 있는—— 으로 들어가고, 그리하여 보이지 않는 쪽으로 들어가는 것이다. 그리고 그 끈들이 다시 나올 때, 그것은 가죽의 다른 편 또는 캔버스의 다른 편으로부터 나오는 것인가? 그 쇠끝의 찌름은 쇠 가장자리를 지나 가죽과 캔버스를 동시에 뚫는다.[10]

호턴은 위의 글을 영문으로 인용하고, 거기에 사용된 구멍 뚫기(pointure)라는 말에 대하여 데리다가 인용하는 사전의 정의를 재인용하고, 데리다가 하이데거를 능가하는 언어 유희의 기교가라는 것을 칭찬하고 있을 뿐 인용문에 대하여 자세한 설명을 하지 않는다. 인용문은 쉽게 풀리지 않는 난해하고 기이한 글임에 틀림이 없다. 그러면서도 그것은 깊은 사고의 표

---

10 Jacques Derrida, *The Truth in Painting*, Geoff Bennington and Ian McLeod trans.(Chicago and London: 1987), pp. 303~304; Scott Horton, Ibid.에서 재인용.

현이다. 약간의 주석을 시도하는 것은 데리다의 사고를 여는 한 방안이 될 것이다.

위의 인용은 "또 하나의 선(線), 줄/특징을 분리해 내는 하나의 체계"를 언급하는 것으로 시작한다. "또 하나"라고 하면, 그 앞에 다른 것이 언급되었다는 것을 말한다. 인용문에 들어 있는 "또 하나의 체계"는 구두가 그림으로 표현된 것, 즉 구두와 그림의 관계를 구성하는 체계이다. 이에 대하여 그 이전에 언급된 체계는 구두 자체가 다른 사물들에 대하여 가지고 있는 여러 가지 관계를 보여 주는 체계이다. 구두라는 물건이 있으면, 어떻게 된 까닭으로 우리는 그것을 구두라고 생각하는가? 그것은 신발로서의 쓸모 때문이다. 그러나 쓸모가 없어진 것도 어떻게 하여 구두라고 — 쓸모가 없어진 구두라고 하는가? 반 고흐의 구두에 — 그것이 실물의 구두를 지시하는 것이라고 한다면 — 이 구두의 구두끈이 풀어져 있다고 본다면, 구두끈은 매는 것이라는 선입견과 관련시켜서 그것을 지각하기 때문이다. 실물 구두는 아무리 따로 떼어 놔도 이러한 연상을 통해서 파악된다. 그것은 옷, 의상과 비슷하다. 의상은 '입는다'는 것을 떠나서 생각하기 어렵다. 이렇게 사물은 따로 떼어 놓은 사물로서 이해되기가 어려운 것이다.

사물 자체를 작업 또는 작품, 곧 데리다가 그리스어에서 빌려 와 사용하는 말로 '에르곤(ergon)'이라고 한다면, 거기에는 어떤 부차적인 것이 따르게 된다. 이것을 다시 데리다는 그리스어로 '파레르곤(parergon)'이라고 부른다. 가령, 어떤 사물에 따르는 미적 특성 곧 형식미와 같은 것도 파레르곤이라고 부를 수 있는, 부차적으로 추가되는 요소가 된다. 뿐만 아니라 어떤 사물을 말하고, 그것을 설명할 때 따르게 마련인 서술어(敍述語)와 같은 것도, 언어의 구조에서 오는 지각 구성의 요인이다. 사물을 지각하는 데에 언어가 그렇게 작용하는 것이다. 그것이 사물 자체에 본질적으로 따르는 것인지 아닌지는 확실치 않으면서, 그것은 우리의 사물 인식을 제한한다.[11] 앞의 인용에서 본 작품이나 첨가물/전채라고 한 것은 이것을 가리킨다. 여기에서의 식사에 대하여 전채, 본질적 사물에 대하여 첨가물 또는 장식이나 의상——이러한 부차적인 것으로 보이는 것들은, 다시 말하여, 본질이 아니면서 또 정확하게 개념화되지 않으면서, 개념 비슷하게 작용하여 미적 판단력에서 중요한 역할을 하고 작품 자체의 성격을 규정한다. 그리하여 전채가 말하자면 식단의 중심 음식이 되는 것이다.

이런 상호 작용은 실물을 볼 때도 작용하지만, 그림에서는 더 복합적으로 작용한다. 그림이 틀에 있다는 것은 사실적인 조건이기도 하지만, 틀은 그 외에도 다른 여러 그림의 조건에 의하여 한정된다는 것을 말한다. 구두가 그림에 그려져 있다면, 그것이 실재의 구두가 아닌 것은 말할 것도 없다. 그림의 틀은 실제의 액자이면서 그 존재를 규정하는 조건이다. 그리하여 틀은 그림과 그림의 구두를 그 사실적 환경으로부터 떼어 낸다. 그러면서 동시에 그것은 그림을 다시 여러 주변적인 조건에 접속, 결부 또는 부착한다. 그런데 다시 부착하는 것도, 사실적 구두의 경우와 마찬가지로, 사람이 발에 신는 도구적인 사물이라는 것을 보이는 것이 된다. 그것에 다른 사실들이 부착되는 것이다. 그러니까 그림(peinture)은 구멍을 뚫는 것 (pointure), 그림을 다른 것으로 연결할 준비를 하는 것이고, 다른 것을 가리키는 행위이다.(pointure)

다시 그림으로 돌아와 생각하면, 그 안에서의 실물의 지각 과정이 되풀이된다. 끈이 있으면, 구멍이 있어야 한다. 이것들은 다시 그것을 연결하는 사람이 있어야 한다는 것을 가리킨다.(구멍이 쌍을 이루고 있다는 것은——실제 그렇게 그려져 있든 아니든——그것이 마주 있는 대칭을 이루면서 끼워진다는 것을 생

---

11 Jacques Derrida, Ibid., p. 53 외.

각하게 한다. 인용된 것과는 다른 부분에서 문제가 되는 것이지만, 두 짝의 구두를 한 켤레의 구두로, 즉 다른 구두 한 짝씩 모아 놓은 것이 아니라, 한 쌍의 구두로 지각하는 것도 그림 자체에서보다도 우리의 일상적 습관에서 오는 것이다.) 그림에서나 현실에서나 사람이 없이 구두만 있는 경우가 있다. 그때도 사람들은 구두를 착용하는 주인공을 생각하지 않을 수 없다. 사실로서의 구두는 엄격한 의미에서 구두가 아니다. 사실은 현실의 구두라는 물건을 생각할 때, 가죽으로 되어 있는 어떤 물건일 뿐이다. 쓸모를 떠나서 그것은 구두가 아니다. 그런데 그것이 무용한 것이 되어 있는 것은 "벗은 발의 접속에서 분리되고 재접속하여야 하는 주체(주인, 익숙한 보유자, 그것을 신는 사람, 구두가 받드는 사람)로부터 분리되었기 때문이다." 이것은 그림의 경우에 더욱 그렇다. 그림의 구두도 실제의 구두를 연상하게 하여야 한다. 그리하여 그림은 캔버스의 안과 밖을 왔다 갔다 하면서 여러 가지 것을 하나로 연결한다.

이와 같이 그림의 구두가 그림이라고 알면서도 현실의 사람의 발과 분리하기 어려운 것은 데리다가 드는 마그리트(René Magritte)의 그림(그림 2)[12]에서 더욱 분명하게 볼 수 있다. 여기의 구두는 사람의 발에 부착되어 있다. 그러면서도 사람의 발은 신체로부터 분리되어 있다. 그리하여 우리에게 혐오감을 준다. 발은 신체의 일부로 있어야 비로소 온전한 것으로 생각되고, 우리에게 별다른 소외감이 없이 현실의 일부가 된다. 구두가 사람의 발에서 분리되어 있을 때, 그것이 신체에서 떨어져 나온 발처럼 혐오감이나 이질감을 일으키는 것은 아니지만, 그것이 당연히 발에 연결될 수 있다는 가능성 속에 있기 때문에 구두는 구두가 된다. 그림이라는 완전히 실용의 세계를 떠난 별도의 틀에서도 우리는 그렇게 느끼는 것이다. 모든 사물은 현실의 다른 부분에 이어져서, 끈이 맺어져서 비로소 자연스러운 사물이 된다.

---

12 Ibid., p. 315.

(그림 2) 르네 마그리트, 「빨간 모델(La Modèle rouge)」

예술과 지각의 언어 위의 해설로 앞에 인용하였던 것이 조금은 설명되었기를 희망한다. 지나치게 파고드는 언어의 유희, 지각의 놀이인 듯하면서도, 사실 그림과 현실과의 관련에서의 사람의 지각의 조건을 새삼스럽게 생각하게 하는 것이 데리다의 글이다. 우리의 지각은 현실에서이든 아니면 그것이 예술에 표현된 것이든 사실을 있는 그대로 재현하는 것이 아니라 그것을 구성해 내는 여러 관계망, 끈으로 확대되어 구성된다. 그림은 틀에 의하여 한정된다. 이 말은 실제의 틀이 회화를 액자로 만든다는 것이기도 하고 그림이라는 범주의 틀이 새로 정의되는 현실을 보여 준다는 말이기도 하다. 그러나 사실상 모든 사물의 지각은 이러한 틀에 의하여 한정된다. 위의 인용은 이러한 틀이 가능하게 하는 여러 가닥과 그 얽힘을 보여 주려 한 것이다.

데리다는 고흐의 그림에 대한 하이데거와 샤피로 등 선행 이론가들의 해설을 논하면서 현실을 재현하는 것이 예술이라는 전통적 주장을 부정한다. 그러나 어떤 방식으로든지 예술 작품이 보여 주는 것이 현실에 관련이 없는 것은 아니고, 여러 조건하에 구성되는 지각의 대상도 일종의 현실의 새로운 재현이라고 할 수 있기 때문에 — 편의상 이 말을 다시 사용하여 — 위에 비친 얼크러짐을 다시 설명하건대, 이 재현은 몇 가지의 한정 조건 속에서 이루어진다고 할 수 있다. 이것이 어떤 것인가를 잠깐 살펴본다.

하나는 우리가 흔히 생각할 수 있는 대로, 예술가가 자기의 환상을 그대로 작품에 재현하는 것이다.(이 투사(投射, projection)는 어느 작품에나 작용하지만, 그것은 작품에 그대로 드러나는 것일 수도 있고, 예술가의 심리에 작용하는 심리적 동기에 그칠 수도 있다.) 다른 하나는 사람의 행동과 인식에 내재하는 규칙이다. 이것은 칸트의 철학과 같은 데에서 말하는 인식론적 제한과 비슷하다. 성질은 다르면서도 그것은 예술가의 그리고 인간 일반의 현실 인식에 작용하는 여러 제한과 조건을 형성한다. 규범적 강제성을 가지고 작용하는 이 제한 조건은 인식론적 제한이라고 하겠지만, 다시, 사회적 의무감, 언어의 인식 규범이 우리의 인식과 지각을 제한한다. 이러한 제약과 조건들은 사람의 삶과 그것의 지적인 그리고 예술적인 재현을 믿을 수 없는 것이 되게 한다고 할 수 있다. 그렇다는 것은 그 재현이 완전히 진리를 나타내지 않는다는 말이다. 그러면서 동시에 그것이 사람이 사는 세계의 진리를 드러내 주는 것도 사실이다. 말하자면 그 근본은 사람의 삶이 이 세상 내에서 영위된다는 사실에 있다. 이 사실은 인간 생존과 존재론적 일치를 상정하게 한다. 그리하여 데리다는 — 그의 저작의 여러 곳에서 발견되는 허무주의적 또는 불가지론적인 발언에도 불구하고 — 예술과 인간 인식의 존재론적 정당성을 시인한다고 할 수 있다. 이 점에서 그는 하이데거에 동의하는 것으로 말할 수 있다.

반 고흐의 구두의 현실 재현과 그에 대한 철학적 논의와 관련하여 흥미로운 것은 데리다가 저질의 호기심에 자극되듯 탐정 역할을 하는 부분이다. 구두에 대한 관심은 프로이트와 페렌치(Sándor Ferenczi)의 정신 분석학에 의존하여 성기에 대한 관심, 특히 어린아이들이 어머니의 성기의 결여와 관련하여 상기하는 성기에 관련되어 있을 수 있다고 그는 추측한다. 다만 데리다는 구두를 그것에 일치시키는 것이라기보다는 그것이 의미 전달의 수단으로 바뀔 수 있는 가능성을 생각하는 것이다. 성의 상징물들은 무의식의 성을 만족시키려는 데에서 나왔다고 하겠지만, 그것은 다시 다른 의미를 전달하는 수단이 될 수 있는 것이다. 달리 말하여, 의미를 만들어 내는 데에 성의 상징이 동원되는 것이다. 어떤 사물이 관심의 대상이 된다면 그것에 심리적 에너지가 투여된다는 것인데, 그것에 성적인 리비도가 부착되는 것은 자연스럽다 할 것이다. 그리고 그렇게 투사된 사물이 세계를 해석하는 의미 단위(semanteme)로서 중요한 역할을 하는 것도 당연하다.

정신 분석학에서 구두가 성기에 관계된다면, 그것은 현실의 성기라기보다는 신령스러운 힘을 가진 물신(物神, fetish)이라는 것을 말한다. 그리고 그것은 리비도가 투사되어 있는 의미 전달의 수단이 된다. 의미는 물론 다른 것과의 서술적 관계에서 생겨난다. 그리하여 의미 단위로서의 물신은 "언제라도 쪼갤 수 있는 덩어리(ensemble)에서 쪼개어 낼 만한 부분"[13]이 된다. 어떤 부분을 전체에서 떼어 내는 것은 그것에 물신적 성격을 갖게 하는 것인데, 그것은 다른 맥락에 연결됨으로써 견해의 표현을 위한 수단이 될 수 있다. 이때 그것을 뒷받침하는 심리적 에너지는 성적인 것에서 나온다. 데리다가 구두의 성적인 의미를 언급하는 것이 어떤 의도인지를 분명히 한다고 할 수는 없지만, 방금 말한 것과 같은 것이 그 의도가 아닌가 한다.

---

13 Ibid., p. 268.

그에게 모든 의미화는 성적인 뒷받침을 가지고 있다. 그러나 그것이 그림의 구두를 성의 상징이 되게 하지는 않는다. 데리다가 구두의 성적 함축을 말할 때, 그것은 단순히 에너지의 부하(負荷)를 가진 언어를 들추어내고 있을 뿐이다. 그러나 이러한 관련은 그만큼 언어로서 사물의 진실에 접근하는 것이 어렵다는 것을 나타낸다.

예술의 진리 부채(負債) 언어나 그림에서의 우발적인 연결은, 반 고흐의 그림과 관련하여 또 하나의 탐정 행위에서 발견된다. 샤피로는, 다시 말하여, 하이데거의 잘못을 밝혀서 그의 반 고흐론을 반박한다. 여기에 대하여 데리다는 하나의 중요한 동기가 있다고 생각한다. 샤피로가 하이데거의 반 고흐론을 처음 알게 된 것은 쿠르트 골드슈타인(Kurt Goldstein)을 통하여서였다. 여기에서 참고한 책 『그림에 있어서의 진리 (La Verite en peinture, The Truth in Painting)』에 실린 「가리킴/그림에 있어서의 진리 복구(Restitutions de la verite en pointure, Restitutions of the Truth in Pointing(Pointure))」는 골드슈타인에 바치는 헌사(獻辭)를 첨부하여 잡지에 기고한 것이었다. 그렇게 한 것은, 데리다의 생각으로는, 빚을 갚기 위한 것이었다. 그는 이 빚을 매우 복잡한 관계에 있는 것으로 생각한다.

샤피로는 컬럼비아 대학에 봉직하면서 동료 교수였던 골드슈타인의 강의를 듣고서 처음으로 하이데거의 글 「예술 작품의 기원」의 존재를 알게 되었다. 그는 이 사실로 하여 그에게 빚을 지게 되었다. 그러나 그가 갚자고 생각한 빚은 이러한 개인적 빚만을 의미하는 것은 아니었다. 샤피로에게는 하이데거가 차지해 버린 고흐의 구두를 적어도 자신의 생각에 정당한 자리 그리고 정당한 소유주에게 다시 되돌려 놓는 것이 하나의 의무였다. 골드슈타인은 유태계 독일인으로서 슐레지엔에서 태어나 하이델베르크, 브레슬라우 등에서 공부하고 결국은, 신경심리학의 새로운 분야를 개척하여 명성을 얻고 1930년에 베를린 대학의 신경과학 교수가 되었다가, 나치가 집권을 한 1933년에 교수직 박탈, 지하 감금, 해외 추방의 수난을 겪고 네덜란드를 거쳐 미국에 정착, 컬럼비아 대학의 교수가 되었다. 데리다가 지적하는 바로는 그가 이러한 유태인 박해의 희생자가 된 시기와 하이데거의 「예술 작품의 기원」이 집필되고 강연 원고가 된 시기가 거의 일치한다. 데리다가 지적하고 있지는 않지만, 같은 시기에 두 사람의 다른 경험을 하나로 연상하게 하는 데에는 나치 집권의 초기에 하이데거가 나치에 협력한 사실도 한 요인이 된다고 할 수 있다.

데리다의 지적으로는 하이데거가 강조하는 "땅/지구의 부름" 그리고 농민 중심의 이데올로기도 나치즘의 사상에 맞아 들어간다. (나치즘에서 중요한 키워드가 된 것은 '피와 토지(Blut und Boden)'이었다.) 그리하여 샤피로는 이러한 것들과 관련하여, 고흐의 구두가 농촌 여성의 구두가 아니며, 농촌을 떠나 도시로 옮겨 간 사람의 구두라는 것을 밝힐 필요가 있다고 느낀 것이라는 것이다. (토지의 삶의 예찬은, 위에 말한 바와 같이, 나치즘과 유태인 학살의 문제가 연결되어 있을 것이다. 이것은 그 자체로 중요한 범죄적 의미를 가질 수 있는 일이지만, 여기의 그림 논쟁에 관계된 세 사람, 골드슈타인, 샤피로, 데리다가 모두 유태인이라는 사실로 하여 보다 깊은 개인적인 의미를 갖는 일일 것이다. 그러나 데리다가 그러한 개인적인 관점을 비추면서 이 문제를 다루고 있는 것은 아니다.)

그런데 요점이 되는 것은 이러한 사실적인 문제에 대한 해명이 아니다. 데리다가 밝히려 하는 것은 회화 주제의 선정과 해독과 그에 대한 이론적 설명을 규정하는 체제이다. 관련된 정치 상황은, 말하자면 물신화(物神化)된 성의 경우나 마찬가지로, 심리적 동력과 언어가 어디에서 오는 것인가 하는 문제를 밝히는 일을 할 뿐이다. 중요한 것은 전체 논의를 지배하는 논리이다. 그것이 따르지 않을 수 없는 사고와 사고의 흐름을 규제한다. 샤피로의 관심을 움직이고 있는 것은 정의감이다. 그의 동기에는 구두를 원소유주에게 돌려주는 것이 마땅하다는 정의감이 작용하고 있다. (여기에서 정의감은 사물이 정당한 사물의 관계, 의미 연관 속에 있어야 한다는 느낌이다. 이것은 모든 것이 제자리에 있어야 한다는 느낌이고, 이것이 어려워질 때, 사람은 부채감에 시달린다. 살 만한 삶을 살아야 한다는 것, 삶의 제자리를 찾아야 한다는 것, 그것이 이미 태어남이 사람에게 안겨 주는 빚이고 채무이다. 데리다가 언어 사용에 있어서의 의미 완성 자체를 그렇게 보는 것도 이러한 실존적 느낌에 연결된 것이라고 할 수 있다.)

다시 구두로 돌아가서, 구두는 사람의 착용을 위한 도구이다. 그것은 당연히 주인을 상정한다. 구두를 보는 마음에는 이 상정의 틀이 본능적으로 작용한다. 이것은 다른 각도에서 보면 보다 일반적으로 진리가 무엇인가를 밝히려는 마음이다. 구두의 진실이 무엇인가가 문제인 것이다. 관객이 그림이나 예술 작품을 보고 이것이 현실의 무엇을 그린 것인가 하고 물을 때, 그 아래에 들어 있는 사람의 느낌도 그림의 주제와 주체를 찾아야 한다는 의무감에 관계되는 정서이다. 데리다는 그림을 대할 때 그것을 보는 사람의 마음이 귀속(歸屬, attribution)이나 전유(專有, appropriation) 또는 — 반고흐의 그림을 다루는 글의 제목에 들어 있는 특이한 용어로 — 복원/상환(復元/償還, restitution)의 테두리 속에서 움직인다고 본다.

진리에 대한 물음은 카테고리적 분류를 향한 강박감을 일으킨다. 그리고 사람이 관계된 경우, 그것은 어떤 것을 소유주에게 돌려주어야 한다는 느낌이 된다. 그러니까 진리에 대한 물음은 이러한 연계 관계로 답하여질 수 있는 답을 향한다고 할 수 있다. 데리다의 글의 서두에는, 세잔의 편지에 나온 말, "나는 당신에게 그림의 진실(진리)에 대하여 빚을 지고 있습니다. 그래서 그것을 당신에게 말하고자 합니다."라는 것이 제사(題詞)로 인용되어 있다. 화가는 자신이 그린 것이 진실이나 진리에 맞는 것이어야 한다는 느낌, 강박감을 가지고 있다. 데리다의 생각에는 진리가 무엇인가, 진실이 무엇인가 하는 물음 자체가 어떤 강박에서 나오는 것인데, 그것은 세잔의 표현에 들어 있는 것처럼, 빚을 지고 갚아야 한다는 느낌에 이어져 있다. 그것은 부채에 대한 의무감과 같은 것이다.

그러나 이것은 그러한 심리적 강박이 그림이나 예술 작품으로 하여금 개인적인 집념을 투사하는 배설물이 되게 한다는 것은 아니다. 예술 작품은 이러한 여러 규제 속에서 움직이는 심리적 인식론적 틀 안에서 그 나름의 진리와 진실을 재현한다. 샤피로와 하이데거의 격투기 또는 힘 겨루기에서 데리다는 대체적으로 하이데거의 손을 들어 준다고 할 수 있다. 그러나 지나치게 일방적으로 그렇게 한다고 할 수는 없다. 샤피로는 구두의 소유주를 밝히려 한다. 그러나 하이데거는 반 고흐의 구두를 통하여 사실적인 귀속 관계를 밝히려 하는 것이 아니라 사실과 예술 작품과 자연 또는 지구 사이에 있는 존재론적 근거를 밝히려 한다. 그가 원하는 것은 어떤 특정한 구두의 진실을 밝히는 것이 아니라 그러한 사물의 근원을 설명하는 것이다. 따라서 그것을 예시하는 데에 있어서 반드시 반 고흐의 그림이 필요했다고 하지 않을 수도 있다. 데리다는 "칠판에다 어렴풋하게 백묵으로 그린 구두도 똑같은 사례의 기능을 했을 것이다."[14]라고 말한다.

하이데거가 보여 주려 한 것은 사물 자체와 도구로서의 사물과 예술 작품을 포함하여 작업의 대상으로서의 사물이 태어나는 과정이다. 이 과정에 대한 데리다의 설명은, 앞에서 이미 느낄 수 있는 것이었지만, 지나칠 정도로 정교하다. 그러나 정교하기 때문만이 아니라 그것이 회화의 의미를 바르게 말하는 것이라고만은 할 수 없기 때문에, 그것을 다 따라갈 수는 없다. 그러나 그가 보여 주려는 것은 하이데거가 진리의 과정을 설명하여 그것이 존재의 열림에서 드러나는 어떤 것, 인간의 사유를 통하여 존재의 참모습을 드러내면서 감추는 진리가 태어나고, 거기에서 지구로부터 세계

---

14 Ibid., p. 311.

가 태어난다고 한 것에 비슷한 것으로 들린다. 인간의 작업을 통하여 우리가 통상적으로 사물로서 받아들이는 진리가 태어나는 것인데, 이것을 가장 잘 보여 주는 것은 예술 작품이다. 예술은 사물을 그리면서 그것을 쓸모로부터 단절한다. 그러나 그것은 다시 그 조건에 결부되어서야 의미를 가지게 된다. 다시 말하건대, 사물은 그 사실적 조건에 결부되어서만 넘겨볼 수 있게 되는, 그러나 그것으로부터 분리되어 있는, 쓸모없는 어떤 것이다.

3. 믿음의 모험

1. 세계와 존재에 대한 믿음

이러한 사물의 탄생에서 핵심적인 용어는 데리다의 해석으로는 "신뢰성(Verlasslichkeit)"이다. 이것은 하이데거 자신이 도구가 되는 물건의 속성을 말하면서 사용한 말이다. 다만 데리다의 생각에 이것은 다른 어떤 개념, 물질과 형상이나 쓸모 등의 개념보다도 가장 근본적으로 사람과 사물의 관계를 설명해 줄 수 있는 말이다. 그것은, 진리가 드러냄(aletheia)으로 탄생하듯이 사물이 세계의 일부로서 탄생하고, 세계를 구성하는 것은 이 신뢰를 통하여서이다. 모든 것의 시작은 자연과 인간의 신뢰를 통한 연계이다. 도구를 사용하는 데에 전제되고 경험되는 것이 이것이다. 도구를 쓰는 것은 그것이 믿을 만한 것이라는 느낌이 있어야 한다. (아마 오늘의 사람에게 이것을 가장 잘 증거해 주는 것은 믿고 운전을 시작하는 자동차일 것이다.) 믿음은 쓸모를 초월한다. "믿을 만한 것은 신뢰, 믿음, 신용에 값하는 것이다. 여기에서 신용은 상징적 계약 곧 거명(擧名)할 주체가 (알게 모르게) 서명을 하여 동의의 대상이 되게 하는 상징적 계약에 선행한다. 그것은 문화적인 것도 아니고 자연스러운 것도 아니다. 그것은 결정 또는 결심에 선행한다."[15]

해석이 쉽지 않지만, 이러한 신뢰의 행위를 설명하기 위하여 데리다가 들고 있는 얀 반 에이크(Jan Van Eyck)의 그림은 흥미로운 시사(示唆)를 가지고 있다.(그림 3, 4) 그림에는 아르놀피니라는 이름의 부부 또는 부부 될 사람이 서 있다. 그 뒤에는 둥근 거울이 있어서, 함께 서 있는 이 두 사람을 하나의 영상으로 묶으려는 듯 비추고 있다. (거울에는 다른 사람도 보이고 또 거울의 주변 장식에는 그리스도의 삶에 관한 여러 삽화들이 새겨져 있어서, 거울과 그림에 대한 여러 해석을 불러일으키고 있으나, 여기에서는 데리다가 언급하는 것만을 다루기로 한다.) 거울 위에는 라틴어 이름으로 "1434년 요하네스 데 에이크가 여기에 있었다.(Johannes de Eyck fuit hic, 1434)"라는 문자가 장식처럼 쓰여 있다. 이 그림에 대한 여러 미술사가들의 해석 그리고 데리다의 해석에 따르면, 결혼식에는 증인이 있어야 하는데, 증인이 없이 행해지는 이 결혼식에 증언으로서의 역할을 하는 것이 그림이고 그림을 그린 화가이다. '그 자리에 있었다'는 말이 새겨져 있는 것은 증언을 보강한다. 이 혼례를 데리다는 "믿음의 혼례(wedding per fidem)"라고 한다.(증인 없는 혼례를 전통적으로 그렇게 정의했던 것으로 보인다.)

데리다의 논의에는 믿음의 혼례의 복잡한 의미를 보강하는 사물들이 이야기된다. 그림에는 벗어 놓은 구두가 나온다. 그것은 성스러운 장소에서는 신발을 벗어야 한다는 관습을 나타낸 것으로서, 구두는 더러운 것이기에 벗어 놓은 것이지만, 동시에 역설적으로 이 예식의 성스러움을 상징한다. 구두는 쓸모 있는 것인데, 쓸모라는 것도 이 더러움에 속한다고 할 수 있다. (그것은 사물이나 행위 또는 어떤 대상의 그 자체의 가치를 낮추는 것을 의미한다.) 역설은 구두가 더러움 또는 그에 속하는 쓸모와 성스러움을 동시

---

15 Ibid., p. 349.

(그림 3) 얀 반 에이크, 「아르놀피니 부부 초상(Portret van Giovanni Arnolfini)」

(그림 4) 그림 3의 부분

에 상징한다는 것이다. 더러운 구두가 있어서 그것을 벗어 놓고 들어간 자리가 성스럽다는 것이 드러난다. 데리다는 쓸모와 성스러움의 대조를 넘어 그것을 뒷받침하는 것이 "신뢰"라고 말한다. 그런데 달리 말하면, 이 대조가 있어서 신뢰가 입증이 된다고 할 수도 있다.

이러한 모순의 논리는 데리다가 말하는 다른 결혼의 상징물에도 들어 있다. 반 에이크의 그림에 그것이 나오는지는 확실하지 않지만, 반지는 결혼의 상징이다. (이것은 우리나라에서까지 결혼식의 관습이 되었다.) 반지는 두 사람을 묶어 주는 신뢰의 상징이다. 그것도 신발이나 마찬가지로 복잡한 의미를 가진 상징물이다. 데리다는 반지의 독일어 단어를 상기한다. 프랑스어의 anneau에 대하여 독일어의 반지 Ring은 싸움이나 대결의 뜻을 가진 Ringen을 연상하게 하는 때문이 아닌가 한다. 반지는 지구와 세계에 속한다고 할 수 있다. 그것은 지구에 속하는 것이면서 그것을 넘어 인간의 세계의 약속과 믿음의 서약을 나타낸다. (말하자면, 그것이 나타내는 것은 성(性)의 신뢰로의 승화이다.) 지구와 세계는 대적하고 싸우는 관계에 있다.

앞에서 말하였듯이, 하이데거의 땅의 철학에 따르면, 지구는 주어진 것인데, 그것을 사람이 거주할 수 있는 것으로 바꾸어 놓으려 할 때, 세계가 생겨난다. 그리하여 싸움과 허용의 관계가 생기는 것이다. 이 사건은, 다시 말하여, 사람의 관여(engagement)로 하여 일어나는 것이다. 이것은 모든 쓸모나 개념의 체계에 선행하는 인간 실존의 조건이다. 관여라고 번역한 단어 engagement는 프랑스어로는 현실 참여나 약혼을 의미할 수 있다. 이것은 반 에이크의 그림에 나오는 혼사를 의미할 수도 있지만, 지상에서 삶을 산다는 사실 자체, 그에 대한 실존적 참여를 말할 수 있다. 데리다가 반 에이크의 그림으로 예시(例示)하고자 하는 것은 모든 용도와 의미에 선행하는 삶의 조건이다. 이것을 다시 말하면 다음과 같다.

'믿을 만하다는 것(Verlasslichkeit)'은 제일의 그리고 궁극적인 조건 곧 재결부(reattachment)의 구체적인 가능성의 조건이다. 그것을 조건으로 하여, 작업의 생산품을 쓸모에, 그것을 사용하는 데에, 그것을 몸에 붙이거나 매거나, 일반적으로 그것의 소속에 결부될 수 있다. 이러한 재접속, 재결부는 이 신뢰에, 이 근본에도 선행하는 선물 또는 (자기의) 버림에 결부된다.

데리다는 다시 어머니를 비유적으로 들어 말한다. 믿는다는 것은 "어머니에게 돌아가고, 어머니에서 나오는 것"과 같다. "Verlasslichkeit(신뢰, 맡김, 버림)"은 모든 도식, 곧 인식 또는 쓸모의 도식(스키마(schema))에 선행한다.[16]
하이데거가 말하려 하던 것을 이렇게 풀어 나간 다음, 데리다는 다시 이러한 풀이가 완전히 고정될 수 없음을 말한다. 모든 존재하는 것은 여러 해석, 여러 접속의 가능성을 가지고 있다. 샤피로가 반 고흐의 그림을 말할 때, 그것이 하이데거와 다른 해석을 갖는 것은 당연하다. 사물을 에워싸고 있는 것은 존재의 여러 관련성이다. 거기에는 실제 존재하는 것과 존재 자체, 존재와 무 그리고 여러 관련의 가능성들이 도깨비처럼 출몰한다. 사물이 인간에게 열리게 하는 '신뢰'도, 이미 시사한 바와 같이, 싸움 속에서 생겨난다. 이 싸움에 개입하는 것이 철학적인 사고이다. 그것은 지구의 열려 있음에 일정한 방향을 잡는 일을 한다. 싸움의 소산이 바로 진리이고 진실이다. 그러나 이 절단된 것에의 접속 가능성이 진리에 근접하려는 인식론적 또는 개념적 시도가 되는 것은 아니다. 또 곧바로 진실과 진리가 되는 것도 아니다. 그렇게 말하면, 모든 사고와 상징과 언어가 시작하는 '신뢰'도 절대적으로 신뢰할 수 있는 것은 아니라고 할지 모른다. 그러나 그러한 과정 속에서, 하이데거의 생각에 따라, 진리(aletheia)가 열리는 것 — 감추

---

16 Ibid., p. 353.

면서 열리는 것이 인간 존재와 예술의 기원이 된다는 것은 일단 그럴듯한 주장으로 받아들일 수 있는 것이라 할 것이다.

2. 세계에 대한 믿음의 쇠퇴

이렇게 말하면서, 하나의 부가적 관찰로서 이러한 믿음이 쇠퇴한 것이 오늘날이라고 또 그에 따라 예술과 예술에 대한 이해가 달라진다는 점을 지적하는 것이 필요할 것으로 생각된다. 이것은 위에 잠깐 살펴본, 세 철학자, 이론가의 반 고흐의 구두에 대한 해석의 차이를 보다 넓은 시대적 변화에 자리하게 할 것이다.

세계에 대한 믿음의 쇠퇴는 인간이 자신에 대한 믿음이 강해진 것과 관련이 있다고 할 수 있다. 기술적 능력에 의하여 지구를 변형할 수 있는 인간의 힘이 강하여짐에 따라 지구에 대한 신뢰는 절실한 필요가 아니게 된다. 그러면서도 인간의 근본적인 허약성은 극복될 수 없는 것이기에 내면적 불안감은 강해질 수밖에 없다. 운명을 생각할 필요가 없는 상황이면 나의 힘은 한없이 커져서 마땅하지만, 참으로 내가 지구를 마음대로 부릴 만큼 강할 수가 있는가? 그리고 나의 힘이 아무리 강해도 지구를 넘어서 강할 수가 있는가? 오늘날의 환경 문제도, 구태여 이러한 점에 관련시켜 본다면, 이러한 점에 관계된다고 할 수 있다. 사람은 현실적으로도 그러하지만, 모든 차원의 실존적 신뢰에 있어서도, 지구를 떠나서 살 수 없다. 형이상학적 차원에서의 존재론적 신뢰도 현실적으로는 지구에 안거한다는 데에 관계된다고 할 수 있다. 하이데거의 존재의 철학은 존재와 그에 대한 인간적 신뢰의 사이에 벌어지는 간격을 보여 준 대표적 철학이라고 할 수 있다.

내면의 삶이 어떤 것이든, 지구 내지 토지와의 관계가 희박해져 간 것이 20세기의 인간의 역사라고 할 수 있을 것이다. 이것은, 조금 단순화하는 이야기이기는 하지만, 미술의 역사에서 리얼리즘이 약해지고 인상주의 그리고 표현주의와 추상화가 대두되는 것에서도 볼 수 있는 것이 아닌가 한다. 이것은 잠깐 위에 언급한 세 철학자의 삶과 사고의 흐름을 살펴보아도 느낄 수 있는 것이다.

하이데거(1889~1976)는 독일 남서부의 메스키르흐에서 태어나, 만년을 같은 지역의 슈바르츠발트에서 지내고 죽은 다음에는 고향 메스키르흐에 묻혔다. 하이데거보다 15년 후에 태어난 샤피로(1904~1996)는 동유럽 이민자의 아들로서 뉴욕 시에서 성장하고 학교를 다녔고, 결국 뉴욕 소재의 컬럼비아 대학의 교수로서 일생을 보냈다. 데리다(1930~2004)는 샤피로보다 26년 늦게 알제리에서 스페인 계통의 유태인으로 태어나 알제리와 프랑스에서 공부하였다. 파리의 고등사범학교에서 공부하고 그 교수가 되었지만, 젊어서부터 미국에 왕래한 그는 어바인 소재 캘리포니아 대학을 비롯하여 미국의 여러 대학에서 가르쳤다. 하이데거가 농촌에 친밀감으로 느끼는 사람이었고, 샤피로가 도시인이었다고 한다면, 데리다는 유목민처럼 토착적 뿌리가 약한 사람이었다고 할 수 있다. 지나친 단순화일 수 있지만, 그들의 토지와 도시와 유목민적 이동은 그들의 사상에도 반영되어 있다고 할 수 있다. 적어도 반 고흐의 구두에 대한 해석에서 구두를 하이데거는 토지의 삶에, 샤피로는 옮겨 다니는 도시인에, 데리다는 거의 전적으로 작품의 구성 조건 자체에 연결시키는 것이 그들의 삶과 무관한 것이라 할 수는 없을 것이다.

그런데 기이한 것은 이들 철학자들의 차이는 시대적 차이 그리고 시대적 변화를 반영하는 것으로 이해될 수도 있다는 사실이다. 산업화, 도시화 그리고 세계화가 진행되면서 토지에서 도시로, 다시 도시에서 광범위한 이주로 옮겨 가는 것 ― 이러한 것이 많은 사람들의 삶의 모형이었다고 할 수 있다. 이러한 시대의 변화와 함께, 예술 작품도 점점 지구와 자연의 진리와는 관계가 먼 것으로 생각되었다고 할 수 있다.

그러나 예술이 자연과 물질세계를, 현실을 완전히 떠날 수가 있는 것일까? 문학 작품을 비롯하여 담론적 표현에 대한 데리다의 유명한 말에 모든 것이 텍스트일 뿐 그 외의 현실은 존재하지 않는다는 것이 있다. 그 관점에서는 예술 작품도 그러한 것이 되어 물질적 세계나 인간 현실이나 자연과는 별 관계가 없는 것으로 생각될 수 있다. 그러나 참으로 예술 작품이 그렇게 현실을 떠날 수 있는 것은 아닐 것이다.

미술은 감각이나 지각을 떠나서 생각할 수 없다. 설사 그러한 경우가 있다고 하더라도 ― 감각이나 지각이 현실에 대한 것이 아닌, 가령 마약의 영향으로 일어나는 환상처럼, 자족적인 경우 ― 그것을 적어도 작품으로 재현하여야 한다고 하면, 그것은 모든 물질세계의 근본으로서의 시간과 공간을 떠날 수는 없다고 할 것이다. 미술 작품은 공간 또는 여러 위상학적 공간을 떠나서 생각할 수 없는 조형물이다. 건축이 미술적 조형에 포함될 수 있다면, 그것은 다른 어떤 예술보다도 물질세계의 법칙을 떠나서 존재할 수 없다. 물론 이 법칙은 물리적 법칙으로보다는 시공간의 형상적 잠재력에 대한 어떤 암시로 예감되는 것일 수는 있다. 그러나 형상의 뒤에는 물리 법칙이 숨어 있게 마련이다. 예술이 시대와 사상의 시대적 변화, 그리고 그 아래 있는 삶의 물질적 토대를 떠나서 변화하는 것도 근본적으로 이러한 예술의 세계 의존성을 인한 것이라 할 수 있다.

4. 물질세계와 형상

1. 예술과 진리
위에서 풀어 본 하이데거와 데리다의 주장은 예술의 근원, 철학적 또는 형이상학적 기원을 다시 확인하려는 것이었다. 그것은 예술이 모방이고 재현이라는 것, 이미 있는 현실을 재현하는 것임을 부정한다. 진리 또는 진리에 관한 명제가 그대로 실재에 대응하고 그에 의하여 보증되는 것이라는 것도 받아들이지 않는다. 진리는 예술이나 철학적 사고 또는 문화적 선택을 통하여 비로소 진리로서 드러나게 된다. 그러니까 예술은 진리와 함께 탄생한다. 뿐만 아니라 세계나 지구도 그것으로서 밝혀진다. 그렇다 하더라도 진리의 명제도 그러하지만, 예술이 가리키는 진리가 그 너머에 존재하는 세계 또는 물질세계를 완전히 떠나서 성립한다고 할 수는 없다.

인간은 물질세계가 말하자면 물자체(Ding-an-sich)라는 미지의 형태로라도 실재한다는 느낌을 완전히 버릴 수 없다. 진리와 물자체는 서로 만나지 않으면서 서로의 존재를 알고 있다고 할 수 있다. 진리는 물질세계의 여러 자료와 특징을 빌려 옴으로써만 진리로 구성된다. 이것은 무엇보다도 예술에서 그러하다. 모방이나 재현이라는 개념이 등장하는 것도 이에 관련되어서이다. 이것은 예술이 자연으로부터 분리될 수 없다는 것을 말하지만, 동시에 그 관계에 인간의 여러 고안이 불가결의 것이라는 것을 말한다. 이 고안은 사람의 발명이기도 하고 사람을 넘어가는 자연 세계의 재구성으로서만 예술 현실이 된다. 그러면서 다시 그것은 자연 세계 자체를 넘어가는 세계에서 오는 암시가 되기도 한다.

예술은 일단 다른 무엇보다도 인공적 고안에 의하여 창조된다고 할 수 있다. 그러면서도 그 고안은 자연 또는 자연의 흔적들 그리고 초월적 암시를 완전히 떠날 수 없다. 회화는 화가의 창조물이다. 그러나 그것은 색채, 사물의 윤곽을 그리는 선, 형체, 공간적 배치 등을 떠나서 존재할 수 없다. 상상력은 이것들을 완성된 회화로 구성할 뿐이다. 사건의 시간적 전개를 생각하지 않고 소설이나 연극을 그럴싸한 현실 묘사 또는 현실의 창조로서 받아들일 수는 없다. 여기에는 물론 구성력이 작용한다. 잃어버린 시간을 재구성하는 경우는 그 가장 대표적인 경우이다. 여기에는 그 나름의 초월적 개념이 개입될 수도 있다. (물론 시간이나 공간, 색채와 형상 — 이러한 것이 얼마나 현실의 속성인지는 확실치 않다. 그것을 과학적으로 정형화하는 개념이나 수학의 알고리즘이 얼마나 실재의 속성인가 하는 것도 문제로 남는다고 할 수 있다. 그러면서 다른 한 접근은 그것이 인간의 지각이나 인식의 필수 조건이면서 동시에 그것의 뒤에, 형상의 플라톤적인 세계가 존재한다는 것도 철학자나 수학자 물리학자들의 끊어 버릴 수 없는 가설이다.)

그런데 무릇 모든 예술 또는 예술적인 것 가운데에도 가장 깊이 물질세계에 개입하고 또 그에 의하여 뒷받침되어야 하는 것은, 이미 비친 바와 같이 건축일 것이다. 말할 것도 없이 설계하고 건설하는 것은 인간적 노력이다. 그러나 그것은 물질세계의 법칙을 따라야 한다. 하이데거는, 위에서 본 바와 같이, 사람이 도구를 통해서 자연을 변형하고 그것을 통하여 그 나름의 세계를 만들면서도 다시 자연으로 돌아가 그 속에 존재한다는 사실을 보여 주는 예로서 구두를 들었지만 (물론 고흐의 그림이 예술과 지구의 상호 긴장과 부조(扶助)의 관계를 가장 잘 드러내 주기 때문에) 그가 들고 있는 보다 좋은 예는 어쩌면 건축물일 것이다. 그것은 분명하게 지구 위에 존재한다. 그러면서 인간의 창조물이다. 그것은 둘이 하나가 되게 한다. 둘은 서로 긴장 관계에 있으면서도 존재와 인간의 일체성을 확인하게 한다. 그리스의 신전은 하이데거에게 지구와 세계의 일체성과 그 일체성의 배경이 되는 정신, 영적인 것의 임장(臨場)을 드러내 주는 대표적인 인공물이다. 그는 신전의 건물이 자연 속에 존재하는 모습을 다음과 같이 묘사한다. 그것은 자신만을 드러내는 건조물이 아니다. 우선 건축이 분명하게 하는 것은 세계의 여러 모습 그 자체이다.

건물이 저기 바위 땅 위에 서 있다. 그 인공물이 편하게 서 있는 것은 마지 못한 그러나 강요된 것은 아닌, 바위가 그것을 떠맡는, 그 짐 지기의 신비를 드러낸다. 거기 서 있음으로 하여, 건물은 맞불어오는 폭풍에 버티어 서서 폭풍의 무서운 힘이 드러나게 한다. 대낮의 밝음, 하늘의 광활함, 밤의 어둠을 처음으로 환히 보이게 하는 것은 돌들의 빛남과 번쩍임이다. 그것은 햇빛으로 하여 빛나는 것이지만, 건물의 확실한 우뚝함으로 보이지 않던 대기의 공간이 보이게 된다. 인공물의 흔들리지 않음이 바다 물결에 대비됨으로써, 그 안정이 물결의 어지러움을 보이게 한다. 그리하여 나무와 풀, 매와 황소, 뱀과 귀뚜라미가 그 분명한 모습으로 드러나고 그 있는 대로의 참모습으로 나타난다.[17]

이렇게 건물은 자연의 땅과 하늘을 분명하게 보이게 하고 밤낮의 순환을 알 수 있게 하고 파도와 같은 자연 현상 그리고 나무나 풀 그리고 동물들의 존재를 확인할 수 있게 한다. 어떤 예술 작품보다도 직접적으로 지구의 여러 가지를 하나의 일체성 속에 연결하고, 지구로 하여금 인간이 거주하는 고장이 될 수 있게 하는 것이 건축물이다.

이렇게 말하면서, 하이데거는 이러한 인공과 자연의 혼재가 인간의 구상을 자연에 억지로 부과한 결과라고 말하지 않는다. 이것은 다시 그의 신비주의로 돌아가는 것이지만, 오늘날 상실된 건축의 유기적 성격을 상기하기 위해서라도 이 혼재 현상에 대한 그의 주석을 잠시 살펴보는 것은 샛길로 드는 일만은 아닐 것이다. 특이한 것은 건축이라는 인공적 구조가, 조금 더 생각해 보면, 자연의 자료를 가지고 인간이 자의에 따라 형상화하는 것이 아니라는 점이다. 하이데거는 그것이 처음으로 자연이 자연으로서 존재하게 하는 행위라고까지 말한다. 더 일반화하여, 이미 존재하고 있던 사람이나 동물이나 식물이나 사물들을 바꾸어 놓는다든지 모방하고 재현

17 Martin Heidegger, op. cit, p. 31.

하는 것이 아니라 그것들을 그 참모습으로 현존하게 하는 것이 바로 예술이다. 이런 의미에서 역설적으로 예술 행위 또는 사람의 작업은 바로 세계를 창조하는 행위이다. 그것을 가장 잘 나타내는 것이 그리스 시대의 조각이다. "체육 경기에서 승자(勝者)가 바치는 신의 조각은 …… 신의 모습이 어떤 것인가를 눈으로 볼 수 있게 하려는 것이 아니다. 조각이 신으로 하여금 현존하게 한다. 그리고 그것으로써 신이 존재한다."[18]

신의 존재로 하여 신이 존재하는 구역으로서의 신전 그리고 그 구역은 성스러운 것이다. 그러나 신을 모시기 전에 이미 신전을 통하여 드러나게 되는 세계의 여러 모습은 성스러운 것이다. 비슷한 창조는 언어 예술에서도 일어난다. 그의 견해로는 비극이 삶의 모방이라는 아리스토텔레스의 주장은 잘못된 것이다.

비극은 무엇을 공연하고 보여 주는 것이 아니다. 거기에서 바로 옛 신에 대하여 새로운 신이 싸움을 벌인다. 사람들의 언어 작업은 이 싸움을 이야기하는 것이 아니다. 연극의 공연 가운데 사람들의 언어가 바뀌고 진정한 언어 하나하나가 싸움을 벌인다. 그리고 무엇이 성스럽고 무엇이 성스럽지 아니한가, 무엇이 크고 무엇이 작은가, 무엇이 용기가 있고 무엇이 비겁한가, 무엇이 드높고 무엇이 헛된가, 무엇이 주인이고 무엇이 노예인가를 결단한다.[19]

그리스 비극에 대한 그리고 더 일반적으로 언어 예술에 대한 하이데거의 이러한 발언은, 과장된 것이기는 하지만, 예술 작업이 단순히 기발한 고안의 생산품이 아니라는 것을 다시 확인하는 것이다. 그것은 성스러운 계시의 행위이다. 예술 또는 인간의 작업은 구체적인 예술, 건물이나 조각

---

18 Ibid., p. 32.

19 Ibid.

을 세우고 비극을 공연하고 성스러운 축제를 연출하기 전에 이미 어떤 가능성의 공간을 여는 행위이다. 그것은 "찬양과 헌신"의 심성을 기초로 한다. 그것은 신에게 바친다는 것을 말한다. 예술을 통하여, 달리 말하여, "성스러움이 성스러운 것으로 열리고, 신이 그 임장의 열림 속에 존재하게 한다." 예술은 독자적인 의미를 갖는 것이 아니라 이러한 성스러운 열림의 매개자로서 의미를 갖는다.[20]

5. 물질의 기하학

1. 예술과 환경

그렇다고 예술에 그 나름의 기술이나 장인술이 없는 것은 아니다. 그리고 그것을 통하여 예술은 현실을 변형한다. 그것은 무엇보다도 현실을 형상(Gestalt)화한다. 진리가 드러나고 고정되는 것은 예술의 매개를 통하여서이다. 진리는 지구에 가해지는 균열로 하여 확정된다. 사람의 존재가 지구에 균열을 만든다. 그러나 균열에서 예술적 형상화가 일어난다. 독일어로 균열(Riß)은 떼어 내고, 윤곽을 스케치하고, 기본 구도를 추출하는 일을 뜻하는 여러 말을 하나로 모아 놓는 말이다.("Der Riß ist das einheitliche Gezuge von Aufriß und Grundriß, Durch- und Umriß."[21]) 다만 이러한 일의 중심에 있는 균열은 다시 지구 자체에 흡수될 수 있어야 한다. 균열은 지구를 벗어 나오는 일이지만, "다시 굴러다니는 돌의 무게, 말 없는 나무의 단단함, 색깔들의 어두운 반짝임으로 들어갈 수 있어야 한다." 균열과 지구와

---

20 Ibid., p. 33.

21 Ibid., p. 51.

싸움과 화해의 중간에 끼어드는 것이 "형상(Gestalt)"이다. "작업한다는 것은 진리를 형상 속에 확실히 하는 것이다. 균열이 다시 이어지는 때움, 그것의 구조가 형상이다."[22]

형상 또는 형상화가 예술의 핵심에 있다는 것은 많은 미학적 성찰이 동의하는 사실이다. 다만 하이데거는 여기에 형이상학적 설명을 첨가한 것이다. 그것은 그 나름의 타당성을 갖는다. 그것은 형상이 물질세계를 떠날 수 없고, 그것과 분리되어서는 참다운 호소력을 가질 수 없다는 것을 강조한다. 그리고 그것은 넓은 범위의 자연환경을 말한다. 이 환경과의 관계가 포함됨으로써 예술과 인공의 건조물은 삶의 신성한 토대를 떠나지 않는 것이 되고, 그 신성함의 영기(靈氣) 또는 아우라를 유지한다. 이러한 관찰은 예술 작품이나 진정성을 가진 건조물의 토지와 문화와의 불가분의 일체성을 강조하는 데에서 특히 중요한 의의를 갖는다. 그는 박물관에 전시한 조각품, 문화재로 승격한 건물 등이 참다운 의미에서의 예술품일 수 없다고 말한다. 그것은 지구와 세계의 진실을 잃어버린, 그리하여 예술품으로 전락한 예술품일 뿐이다. 그것은 "세계의 퇴출과 세계의 몰락"의 증표이다. "작품은 오로지 그것으로 하여 열린 구역에 소속되는 것이다."[23] 하이데거의 이런 생각, 곧 주변의 자연 전체를 하나로 묶어 세계가 되게 하고 그 전체를 떠나서 예술 작품이 참다운 의미를 가질 수 없다는 생각은, 다시 말하여 예술품에 대한 조금 과장된 형이상학적 해석이라고 할 수도 있지만, 주변과의 유기적 관계가 없이 개인의 창안을 과시하는 것이 예술이고, 매력적인 건물이라고 하는 오늘날의 견해들에 대하여 깊은 경고가 된다.

그러나 유기적 일체성을 잃어버린 경우에라도 예술 작품이 물질적 세

---

22 Ibid., p. 52.

23 Ibid., p. 31.

계의 현실을 떠나 존재할 수 없다는 것은 틀림이 없다. 그러면서 물질세계에서 온 예술의 자료는 형상화에서 하나가 된다. 그러면서 그 형상화의 원리 자체가 자연에 일치한다. 자연으로부터 취해진 부분적인 자료의 작품에서도 그러하다. 자연은 질료로서나 형상으로서나 예술 작품 안에 편재(遍在)한다.

2. 수직선과 수평선

특히 이것은 건물의 경우에 그러하다. 건물은 축조물이고 예술이다. 중력을 무시한 건물이 온전할 수 있는가? 건물에서 자료들을 사용할 때, 그것은 중력을 고려하지 않을 수 없다. 모든 건물은 중력에 저항하여 똑바로 서야 한다. 그런데 이 중력의 원리는 똑바로 세워지는 물질의 원리이면서 형태의 원리가 된다. 어떤 건물은 수직선을 두드러지게 보이게 한다. 예술에 있어서 핵심적인 것은 이것이 다시 심미적으로 승화된다는 것이다. 인간의 감성에 직접적으로 호소하는 심미성은 인간과 세계의 균형을 확인한다. 건물의 수직선은 중력과 관련되면서 사람이 그 지배 속에 있는 지구 위에 거주하고, 직립 보행한다는 사실, 높이 올라간다는 것이 갖는 심리적 생물학적 물리적 현상에 관련되어 있다. 그러면서 그것은 다시 심미적 성격을 가지게 된다.

다른 한편으로 수직선은 수학의 개념이다. 많은 건축물에서 심미적 효과에 기여하는 것은 이 수학적으로 단순화된 선의 표현이다. 미적인 것과 수학이 같은 것일 수는 없지만, 아름다움과 수학의 관련은 우연적인 것만은 아닐 것으로 생각된다. 수학은 플라톤적 세계에 이어질 수 있다. 기하학, 대수, 또 보다 고차원적인 수학은 단순히 주어진 세계에서 추출되는 추상적 개념을 체계화하는 것인가? 아니면 현실 세계를 구성하는 근본 원리인가? 또는 그러한 원리들은 현실 세계를 넘어서 존재하는 이데아의 세계의 현현(顯現)인가? (수학이 현실을 나타내는 것인가 아니면 단순히 지능의 구조물인가 하는 수학적 진리의 본질에 관한 논의가 여기에 관계될 수 있다.) 수학의 플라톤적 관련은 미적 구조물의 원리도 그에 관련된다는 생각을 하게 한다. 어떤 경우나 여러 종류의 형상, 곧 대부분 심미적 단순성으로 하여 우리의 미적 감수성 그리고 이성적 능력에 호소하는 형상들이 세계와 우주에서 발견된다는 것은 틀림이 없다. 이렇게 볼 때, 건축물은 물질에 관계되면서, 이데아의 세계에 관련된다고 할 수도 있다. 물질세계에 존재하는 조금 더 독립적인 형상적 요소에 대하여 언급하는 것도 우리의 논의에서 불가피한 것으로 생각된다.

예술과 인간의 지각의 관계를 그의 연구의 중심 과제로 삼았던 루돌프 아른하임은 그의 저서 『건축 형식의 역학(*The Dynamics of Architectural Form*)』(1977)에서 건축물과 인간 지각 그리고 삶의 관계를 설명하고자 한다. 그의 접근은 주로 형상의 관점에서 건축의 문제를 다루려는 것이지만, 건축 형식의 생물학적, 심리적인 관련 또한 고려하는 것이다. 여기에서는 건축의 기본적인 특성을 이루는 수직선과 수평선에 대한 그의 관찰을 잠깐 살펴보기로 한다.

건축에 있어서 ─ 또 사실 그것은 다른 인간 지각 경험에도 쉽게 연장되는 것이지만 ─ 수직선이 중요하게 되는 것은 쉽게 알 수 있는 것이다. 그 직접적인 원인이 인간의 직립 보행이라는 것은 조금 전에 말한 바와 같다. 여기에 보태어 말한다면, 거주하는 집의 높이의 경우, 실내의 천장이 일정한 높이를 가져야 하는 것은 호흡과 동작의 공간의 확보를 요구하는 생리와 심리가 작용한 결과라고 할 수 있다. 그러나 생물학적 필요는 더 심리적인 현상으로 확대된다. 직립의 자세를 유지하는 것은 쉬운 일이 아니다. 말할 것도 없이 그것은 지구의 중력에 대항하는 행위이고 그러니만큼 힘을 들여야 하는 일이다. 아른하임은 이 연장선상에서 수직선이 보다 큰 상징적인 의미를 가진다는 것을 지적한다. 사다리나 계단 또는 나무를 올라가는 것은 모두 힘이 드는 일이다. 그것은 "자신의 무게를 이겨 내면서 보다 높은 목적에 이르는 행위이고 거기에 상징적 의미가 부여되는 것은 당연하다."라고 말한다. 그리하여 올라간다는 것은 "영웅적 해방의 행위"가 되고, "세속적 권력" 또는 "정신성"을 상징한다.[24] 탑을 짓는 것도 그러하지만, 궁전이나 교회를 높이 짓는 것은 이러한 상징화에 관계된다.

그러나 참으로 사람이 삶을 영위하는 것은 수평적 공간이라는 관찰은 보다 일반적인 의미를 갖는 것으로 말할 수 있다. 거주하는 주택이 평면적 넓이를 가져야 한다는 것은 말할 필요도 없다. (한국에서 집값의 중요 부분이 바닥의 평수로 정해지는 것은 이 사실을 극단화한 것이다.) 상징적 축조물도 일정한 넓이를 갖는다. 프랭크 로이드 라이트는 수평선이야말로 "땅의 선이고, 평정(平靜)의 선(the earth line of human life(the line of repose))"이라고 하였다. 그리고, 보통의 삶을 강조한 그의 건축은 외면에서도 수평적 인상을 강조하여 드러내고 내부에서도 칸막이를 최소화하였다.[25] 그러나 거기에도 실질적 필요 이상의 것이 따른다. 아른하임은, 건축 이론가 크리스찬 노르베르그그슐츠(Christian Norberg-Schulz)의 말, "인간 존재의 가장 단순한 모형은 수평의 평면 — 수직 축(軸)에 의하여 꿰뚫린 수평의 평면이다."[26]를 인용한다. 그런데 수평의 평면이 라이트의 말과 같이 삶의 선이라고 할 때, 건축은 어떤 이유로 축으로서의 수직선이 필요한 것인가? 야망이나 소망을 표하는 것이 아닌 보통의 건축에서도 직선이 필요하다면 그것은 어떤 까닭인가?

---

24 Rudolf Arnheim, *The Dynamics of Architectural Form* (Berkely, Los Angeles, London: University of California Press, 1977), p. 33.

25 Ibid., p. 38.

26 Ibid., p. 35.

아른하임의 시사를 따르면, 축은 사람의 동작의 지표로서 그리고 상징적 요구에 의하여 필요해지는 것으로 보인다. 아른하임의 저서에는 캐나다의 요크 대학에 있는 비스듬하게 지어진 건물의 그림이 실려 있다.(그림 5) 이 건물 안에 들어간 사람은 몸을 가누는 데 혼란을 일으킨다. 이것은 주로 시각의 인상이 중력의 방향을 벗어나는 것이기 때문이라고 한다. 이것은 수직선이 시각과 신체의 균형에 중요한 지표가 된다는 사실을 말하여 준다. 그러나 현실적 필요를 떠나서도 이 도해(圖解)는 불안감을 준다고 할 수 있는데, 그 이유는 심리에 있는 정형성(定形性)에 대한 요구에 그것이 어긋나기 때문이라고 할 수 있다. 아른하임은, "우리의[인간의] 공간 체계에서 수직의 방향은 수평면에 대하여 일정한 기능을 가지고 있는데, 수평면에 대하여 유일한 대칭적 균형(symmetry)의 축이 될 수 있는 것이 수직선이

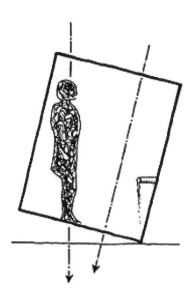

(그림 5) Rudolf Arnheim, *The Dynamics of Architectural Form*(University of California Press, 1977)

기 때문"이라고 한다.[27] 사람의 삶이 편안할 수 있는 것이 평면이라고 하더라도, 그것을 확인하려면 수직선이 필요한 것이다. 사람은 몸과 함께 마음의 요건을 충족시키면서 삶을 살아야 한다. 그리고 이 마음의 요건은 사람이 중력에 대하여 스스로를 조정하면서 살아야 한다는 사실에 근거한다.

그러니까 다시 말하여 수직과 수평의 공존은, 신체의 필요를 넘어서 지각의 요청이고 이성의 요청이다. (물론 여기에서 지각과 합리를 분리할 수는 없고, 실존적 필요와 개념의 필요는 늘 하나라고 하여야 한다.) 90도에서 만나는 수평과 수직의 좌표는 데카르트에서 시작되는 해석기하학의 기초적인 도형이다. 그것은 사고의 필요로서 단순한 경험을 초월한다. 이 경험의 초월을 수직선이나 수평선 그리고 기하학적 개념이 표현한다. 이러한 개념들은 경험을 규정하면서 그것을 추상적 차원으로 이동하게 한다. 사실의 배후에 있는 이러한 추상 개념은 심미적 만족감의 중요한 요인이 된다. 위로 세우고 옆으로 평평하게 하는 건물이 반드시 추상화된 기하학적 개념을 요구하는 것은 아니다. 그러나, 앞에서 말한 바와 같이, 그것의 존재가 건물의 심미적 만족을 강화하게 되는 것은 사실이다. 기념비적 큰 건물에서 위로 뻗어 올라간 원주나 각주와 회랑(回廊)은 이러한 추상화된 선들을 돋보이게 한다.

6. 도시 공간과 공동체

수직과 수평이 중요하다고 하여도 더 중요한 것은 그것들이 교차하여 이루게 되는 공간 전체의 편의와 아름다움이다. 실내도 그러하고 건물의

---

27 Ibid.

외형도 일정한 균형의 공간 그리고 그 변주가 되어야 한다는 것은 우리가 일상적으로 경험하는 일이다. 그런데 공간 전체의 모습은 건물 하나에 한정되는 것은 아니다. 여러 개의 건물로 이루어진 장원이 일정한 공간적 질서를 가지고 있다는 것은 쉽게 생각할 수 있는 일이다. 또 대학의 영역 안에 건물들의 공간적 상호 관계는 캠퍼스를 오가는 사람들의 눈에 안정된 것으로 또는 혼란된 것으로 비치게 된다. 어떤 경우에나 함께 있는 물건이나 건물은 당연히 하나의 공간 안에서 조화된 관계를 가지거나 불협화의 관계 속에 들어간다. 정물화(靜物畵)에 그려지는 여러 물건들이 서로 조화를 이루어야 한다는 것은 당연한 요청이다. 도시의 건물들도, 원래 그렇게 의도된 것이든 아니든, 상호 간에 좋고 나쁜 관계를 갖게 마련이다. 공간적 조화를 잃어버린 건물들의 상호 관계는 전체적인 공간 감각이 없이 마구 지어진 도시에서는 너무나 쉽게 볼 수 있는 경우이다.

다시 말하여, 건축물들의 의미는 그 자체에 못지않게 그 사이에 존재하는 공간에서 생겨난다. 이것은 기하학적이면서 또 그것으로는 헤아릴 수 없는 측면을 가지고 있다. 하이데거는 사물이나 건물의 의미가 그것에 관계되는 유기적 환경으로부터 분리될 수 없고, 위에서 보았듯이, 그 전체성이 그 안에 존재하는 것에 신성함을 부여한다고 생각한다. 아른하임은, 공간의 전체성에 신성함까지는 인정하지 않는다고 하더라도, 사물 하나하나의 개체적 속성을 넘어가는 공간에 여러 복합적 의미가 존재함을 인정한다. 그러면서 그것을 보다 분명한 도형으로 파악한다. 그리고 그것은 심미적인 효과만이 아니라 사회적 효과를 갖는 것으로 말한다. 그의 관찰은, 말하자면, 하이데거를 사실주의로 옮겨 놓은 것이라 할 수 있다. 가령 두 건물 곧 큰 건물과 작은 건물이 있다고 한다면, 현대적인 접근은 ─극단적인 경우가 부동산이라는 고립된 금전 가치로 보는 경우이다.─ 그것을 따로따로 평가한다. 그러나 이렇게 하는 것으로 하여, "현대적 삶에서 보는 시각적, 기능적, 사회적 혼란"이 일어난다. "이에 대한 책임은 인간 공동체를 분자화하여 자기 자신만의 일에 종사하는 개인들 또 소집단의 집합이 되게 하는 오늘의 좁은 시각과, 사회 전체적으로 근시적인 실용성만을 중요시하는 시각에 있다." 이렇게 사물 전체를 보지 못하고 부분적으로 보는 것은 "시야 전체를 보는 자연스러운 시각이 병적으로 왜곡되었다는 것을 말하고" 동시에 사회관계에 있어서 그 태도가 병적인 것이 되었다는 것을 말한다. 아른하임은 정형성을 잃어버린 공간을 이렇게 진단한다.[28]

도시는 그야말로 수없는 건물이 별로 전체적인 디자인이 없이 군집하여 있는 거주와 활동의 공간이다. 그러면서도 거기에 전적으로 시각적 행동적 질서가 없는 것은 아니다. 이 애매함을 표현하고 있는 것이 많은 도시에서 중심에 또는 여러 부중심에 있는 광장이다. 그러나 이 중심의 중심적 공간으로서의 의미를 고려하지 않게 된 것이 오늘의 도시이다. 아른하임은 그의 저서에서 중심이 파괴된 예로서 보스턴의 중심에 있는 코플리 광장(Copley Square)을 들고 있다.(그림 6) 그림만 보아도 알 수 있듯이, 이 광장에 있는, 고풍적 교회와 도서관의 건물과 새로운 스타일의 고층 빌딩, 존 핸콕 탑은 서로 어울리지 않는다. 그것은 높이에 있어서 그렇고, 스타일에 있어서 그렇다. 이 경우에, "서로 맞아 들어갈 수 없는 양식은 상호 거부에 귀착하고, 시각적 상호 파괴에 이르게 될 무질서를 나타내게 될 것이다."[29] 그리하여 그런대로 조화가 있던 보스턴의 코플리 광장은 무질서의 공간이 되었다. 이와 관련하여, 광장이라는 공적 공간이 이 정도의 혼란에 빠지는 것은 우리들의 도시에 비교하면, 아무것도 아니라고 할 수 있다.

아른하임의 생각으로는 미적으로 만족할 만한 도시는 각 구역마다 개

---

28 Ibid., p. 17.

29 Ibid., p. 15.

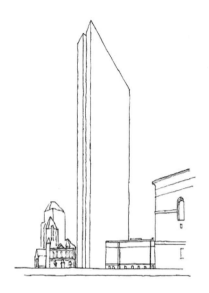

(그림 6) 보스턴 코플리 광장(Arnheim, *The Dynamics of Architectural Form*)

성을 가진 건축들이 공간의 단위를 이루고, 이 구역의 공간들이 다시 납득할 만한 질서를 가지고 하나의 공간을 이룰 수 있어야 한다. 이것은 단순히 미학적 관점에서만 주목되는 현상은 아니다. 필자의 경험으로도 유럽의 많은 도시들은 도시의 중심이 있고, 중심에 중요한 공적 건물 곧 시청, 상공 회의소, 노동조합, 교회 등이 있다. 그것들은 도시가 하나의 정치 공동체로 조직되어 있음을 지각적으로 의식할 수 있게 한다. 많은 공적 행사들이 거기에서 이루어지는 것은 물론이다. 도시 풍경의 혼란, 특히 도시 광장의 혼란 또는 부재는 구태여 말로 강조하지 않아도 물질과 그 건조물들에 스며들어 존재하는, 시민적 의식의 희석화를 가져온다.

7. 동서양 건축 언어의 차이

1. 한국 건축의 지붕

그런데 건축의 공간을 말하는 어휘들을 살펴보면, 그것은 일반적인 성격을 가지면서도 반드시 보편적인 것은 아니라는 생각에 이르게 된다. 앞에 말한 수직선과 수평선의 느낌은 다른 문화 전통에서는 다르게 표현된다고 해야 하기 때문이다. 서양의 기준에 따르면, 중국이나 일본의 경우도 그렇지만, 한국의 건축에 있어서, 수직선은 그렇게 강조되는 것이 아니라고 할 수밖에 없다. 그러나 거기에서도 그것이 완전히 무시되는 것은 아니다. 수직과 수평이 건조물로서의 기본이라는 것은 거주의 물리적 법칙이 정하는바 그대로이다. 건물과 자연환경과의 관계는 여전히 중요하고 그중에도 건조물과 하늘과 땅의 관계가 무시될 수는 없다. 건조물이라는 물리적 사실은, 최소한의 필요를 넘어가면, 상징적 공간으로 이행하기 시작하기 마련이다. 아시아의 형이상학적 전통에서 사람과 하늘과 땅의 관계는 대체로 세계 이해를 위한 구도의 기본 축이 되고, 사실상 지상의 건축물에서 하늘과 땅이 근본적인 언어가 되는 것은 자연스럽다. 그러나 높이가 별로 눈에 띄지 않는 것은 어떤 이유일까?

아시아의 건축물, 특히 한국의 건축에서 건축의 여러 부분 중 가장 눈에 띄는 것은 지붕이다. 그리고 장대하게 지은 건축물일수록 지붕이 크다. 어떤 경우, 멀리서 보는 동네 또는 울안에 모여 있는 건축물들의 경우 집들의 모임은 겹쳐 있는 지붕의 집합이 된다.(그림 7, 8) 멀리서 볼 때, 건물의 외양은 석기 시대의 고인돌의 전통을 계승한 것이 아닌가 하는 생각을 하게 한다. 그러나 이러한 점들에 대한 일정한 해석은 존재하지 않는 것으로 보인다. 하늘과 땅에 대하여 건물이 가질 수 있는 관계에서, 적어도 서양식 건물에 비하여, 하늘과의 관계보다는 땅과의 관계가 크다는 것은 생각할 수

(그림 7) 경주 양동 마을(문화재청)

(그림 8) 큰사랑채 만취당(『가옥과 민속 마을』, 문화재청)

있다. 물론 지붕에 비하여 낮은 건물의 높이는, 특히 지붕이 과장될 때, 하늘 아래 엎드려 있는 것으로, 거의 읍하는 자세로 엎드려 있는 것으로 볼 수도 있다. 하늘과의 관계에서 그곳에 이르려고 하는 것보다는 그에 승복하는 것을 보여 주는 것이다.

건물은 말할 것도 없이 정상적 상황에서 하늘보다는 땅에 관계되는 인조물이다. 여러 가지로 제례 의식을 포함하여 중요한 것은 땅이다. 집을 짓는 것은 사람의 삶에서 중대한 행사임에는 틀림이 없다. 집을 짓고 완성하는 데에는 의식이 따르는 것도 그것 때문일 것이다. 이제는 우리도 계승한 것이라 하여야 하지만, 서양의 풍습으로 교회를 지으면 그것을 봉헌하는 행사가 있다. 집도 중요한 집의 경우는 그러한 행사가 있다. 베토벤의 작품에 극장의 신축을 축하하는 「건물의 봉헌(Die Weihedes Hauses)」이라는 교향곡이 있다.

우리의 풍습에서 집을 짓는 과정에는 여러 제례 의식이 따른다. 첫 의식은 텃고사[土神祭]이다. 그것은, 김광언 교수가 설명하는 대로, "집터의 신[土神]에게 땅을 파헤치고 집을 짓게 되었으나 역사가 순조롭게 진행되도록 도와 달라고 지내는 제사이다." 그것은 집터 네 귀에 술을 뿌려 사방의 신들을 달래려는 부분이 들어 있다. 그 후에도 제사는 계속된다. 집귀신[家神]을 모시는 식도 행한다. 제사 중에 핵심은 상량고사(上梁告祀)이다. 이때 마룻대를 올려 상량을 하고 마룻대에 걸터앉은 목수가 끈을 묶어 끌어올린 장닭의 목을 자귀로 잘라 그 피를 네 기둥에 뿌린다. 마룻대에는 상량문이 적혀 있다. 거기에는 해, 달, 별님에게 오복을 비는 기원, 용비봉무(龍飛鳳舞)와 같은 상서로운 동물에 대한 언급, 오행(五行)을 가리키는 글귀 등이 들어간다.[30]

---

30 김광언, 『한국의 주거 민속지』(민음사, 1988), 39~53쪽.

집을 짓는 것은 이미 존재하는 땅의 질서를 새롭게 조정하는 일이고, 이 것은 땅을 관할하는 여러 힘 곧 다원적인 힘, 여러 신, 다신(多神)을 진정시키고 그 도움을 청하는 제례를 필요로 한다. 신령한 힘은 사실 땅과 하늘에 편재한다고 할 수 있다. 그중에도 그것은 땅에, 땅의 모양에 스며들어 있다. 이것을 설명하는 것이 풍수지리이다. 그러니까, 보호를 약속할 수 있는 신은, 봉헌식이 하늘에 계신 것으로 생각되는 초월적인 신 또는 그리스 신화의 경우 올림포스 산에 본거지를 두고 인간사와는 거리를 두고 자유롭게 왕래하던 그리스의 신과는 거주의 향방이 다르다. 강조되는 건축물들의 좌표적 지향은 그것의 산천에 서려 있는 다신과의 관계로 인한 것이 아닌가 하고 생각해 볼 수 있다. 지붕의 중요성도 다신의 거주 영역의 영향인지 모른다.

그러나 한국 그리고 동아시아의 건축에 있어서도 높이와 넓이의 기하학이 무관한 것이라 할 수는 없다. 높이로나 길이로나 건물의 크기가 위엄과 위세에 관계되는 것은 말할 것도 없다. 위세가 있는 집안의 건물일수록 높은 것은 자연스럽다. 한 뜰 안에서도 집안의 서열은 거주 건물의 높이에 반영된다. 이것은 의식적인 전략이기도 하지만, 물론 사람의 시각의 논리에 기초한 것이다. 건조물의 다른 특징들은 이 논리에서 설명될 수 있다. 건물 아래에는 축대가 있다. 이것은 그 위의 집을 보다 높이 보이게 한다. 이것은 높이의 의미에 못지않게 건조물이 건조물로서의 독립적 완성감을 가져야 한다는 요구에도 관계된다. 밖으로 보이는 기둥 아래에 기둥을 떠받드는 받침대가 있는 것은 높이에 대한 요구에 더하여 완성의 논리로 인한 것일 것이다.

이러한 시각의 요구는 서양의 경우에도 별로 다르지 않다. 아른하임은 서양의 석조전의 기둥에 받침대가 있음에 주목한 바 있다. 르코르뷔지에의 건물의 기둥에 그것이 없는 것은 의도적이다. 위에서 인용한 건축에 관한 저서에서, 아른하임은 정상의 시각 미학의 요구를 벗어난 피사의 세례당(Battistero di Pisa)의 문제를 길게 다루고 있다.(그림 9, 10) 분명한 판단을 내리는 것은 아니지만, 이 건물은 지표에서 끝나지 않고 땅 밑으로 계속되어서, 완성감이 부족한 느낌을 준다고 그는 생각하는 것으로 보인다. 이것과 관련하여 그가 건물과 지표와의 관계에 대하여 언급하고 있는 것은 한국의 전통 건축을 읽는 데에 참고가 된다고 할 수 있다. 건물이 지표에 맞닿은 점에서 끝나지 않고 땅을 파고든다는 인상을 피하기 위해서는 단절이 필요하다. 그것은 건물 하부에 평행선을 강조함으로써 이루어진다고 그는 말한다. 그러나 그것이 지나치면, 건물은, 마치 물 위에 배처럼 부상해 버리는 인상을 줄 수 있다. 아른하임의 관찰로는, 이때 건물의 완성감은 "건물 정면의 대칭성"으로 보완될 수 있다. 대칭은 수직 축을 제공하여 건물의 안정감을 높여 준다. 숫자로 옮겨서 말하여, 이때의 수직과 수평 비율은 사각 평방의 비율로서 잴 수 있는 것이 좋다고 한다.[31] 이러한 관찰은 한국의 전통 건축에 그대로 해당된다고 할 수 있다. 지붕의 무게와 단정하고 높은 축대와 일정한 비율의 건물의 전면은 건물의 위엄을 높인다.

　높이 자체가 독립적으로 상징적 의미를 갖지는 않지만, 그것이 중요하지 않은 것이 아니라는 것은 위에서 말한 바대로이다. 위엄이 있는 건물일수록 축대와 지붕이 높다. 그런데 이 높이는 상대적인 성격을 갖는다. 한국의 전통 건물들은 서로 이어져 있거나 따로 있으면서 건물군을 이루게 마련인데, 그때 중심이 되는 주거 공간, 주인의 거소, 사랑채 등은, 앞에서 말한 바와 같이, 다른 건물보다 높게 마련이다. 동시에 주목할 수 있는 것은 건물의 의미가 건물 자체로 정해지는 것이 아니라 일정하게 설정된 평면적 공간 내에서의 위상으로 정해진다는 점이다.

---

31 Rudolf Arnheim, op. cit, pp. 40~44.

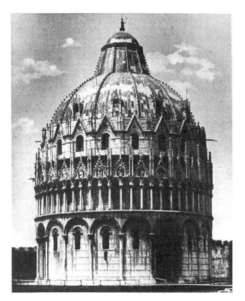

(그림 9) 피사의 세례당(Arnheim, *The Dynamics of Architectural Form*)

 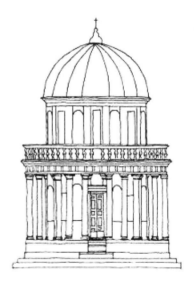

(그림 10) 피사의 세례당과 몬토리오의 산 피에트로 사원(Tempietto di San Pietro in Montorio)

(Arnheim, *The Dynamics of Architectural Form*)

경복궁은, 가령 베르사유 궁과 같은 것에 비교하여, 하나의 거대한 건물을 의미하는 것이 아니라, 둘러막은 성곽 내에서의 수없이 많은 건물을 포괄하여 지칭하는 이름이다. 그것은 많은 건물들을 수용하고 있는 공간 전체를 말한다.(그림 11) 이 공간 내에서의 건물들의 중요성은 철저하게 공간의 좌표에 의하여 결정된다. 정해진 공간에는 동서남북의 방위를 분명하게 하는 대문들이 있고, 남북을 주축으로 하여 건물들이 그 중요성에 따라 배치되어 있다. 왕의 정치 행위를 표하고 있는 근정전(勤政殿)이 남북의 주축에서 가장 중요한 자리에, 또 가장 크고 높은 건물로 위치하는 것은 당연하다. 서양의 왕궁들이 하나의 건물 또는 제한된 수의 건물 안에 복잡한 수직과 수평의 지각 미학을 구현한다고 한다면, 한국의 궁궐은 그 미학을 땅에 깔아 둔 구도 속에 표현하는 것이다. 다만 그 미학은 단순히 시각적인

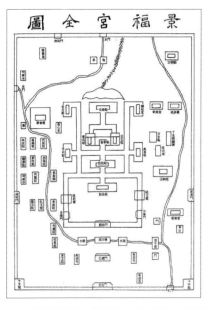

(그림 11) 「경복궁전도」(『사진으로 보는 경복궁』, 문화재청)

것이라기보다는 시각과 함께 보행(步行)과 같은 신체의 움직임에 의하여 느껴질 수 있는 것이라고 할 것이다. 또는 느껴지기보다는 상징적으로 마음속에 구성되어야 하는 것이라고 할 수 있다.

이러한 공간의 수평적 서열화 또는 공간의 질서화는 도시 전체에도 확대되어 적용된다. 시작은 중국에 있지만, 조선조 초에 새로 건설된 한성부 (漢城府)의 도시 계획에도 같은 공간 형이상학 그리고 그것의 도형학이 작용한다. 새로 건설된 한성부에 주축이 되는 것은 사방을 나타내는 네 개의 산이다. 즉 북의 백악(白岳), 남의 남산(南山), 동의 낙산(駱山), 서의 인왕산 (仁旺山)이 사방을 나타내는 표지가 되고, 이로부터 그어지는 남북동서의 축에 따라 궁궐(宮闕), 묘사(廟社), 조시(朝市), 도로(道路) 등이 놓인다.(그림 12) 한성부는, 현대적 도시 계획이 있고, 빠른 속도의 차마(車馬)가 삶의 공간을 확대하기 전의 도시로서는 정녕코 드물게 보는 시가지 계획을 가진 도시였다고 할 수 있다. (물론 북경을 비롯한 중국의 도시 또는 일본의 교토[京都] 같은 도시는 더 정연한 공간 도감(圖鑑)을 따른 것이라고 하겠지만.)

2. 기호와 미학

조선 시대 그리고 한국의 건축과 도시 디자인의 시각 미학의 논리와 어휘를 정확히 분석해 내는 데에는 여기에서 할 수 있는 것보다 훨씬 면밀한 연구와 고찰이 필요할 것이다. 그런데 위에 말한 것들에 이어서, 확실한 논리보다 추측에 불과할 것으로 생각하지만, 한두 관찰을 여기에 덧붙여 볼까 한다. 하나는 조선조의 기록 문화에 속하는 의궤라는 장르에 관한 것이다. 정조의 수원 방문을 기록한「원행을묘정리의궤(園行乙卯整理儀軌)」와 같은 것을 볼 때, 이것을 어떻게 분류해야 할지부터 문제가 된다. 그런데, 이것도 그 추상성이 위에 말한 건축물과 그 공간에서 받는 것과 같은 추상적 인상에 상통하고 거기에 같은 설명이 적용될 것으로 보인다. 물론 의궤는

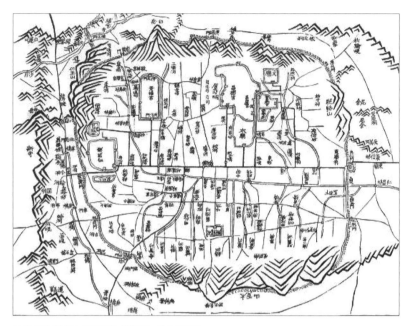

(그림 12) 「한성도」(진단학회, 『한국사』, 을유문화사)

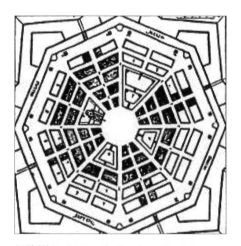

(그림 13) Daniel Speckle, *Plan for an ideal city*,
1598(Arnheim, *The Dynamics of Architectural Form*)

회화로서보다는 기록으로서의 의미를 갖는다고 하겠지만, 그래도 단순한 문자 기록이나 도해를 넘어서 사실적 묘사가 없는 것은 아니기 때문에 회화적인 측면이 없다고만은 할 수 없다. 그러면서 그것은 기호적 성격을 가지고 있다. 이 장르적 모호함은 전체적으로 사물의 영상화 → 상징화 → 기호화라는 과정을 진동하는 발상의 특징에서 오는 것이라고 볼 수 있지 않나 하는 생각이 든다. 의궤는 지각적 요소를 담고 있으면서도, 지각에 직접적으로 호소함으로써만 그 의의를 드러내지 않는다.

위에 말한 의궤 가운데 「봉수당진찬도(奉壽堂進饌圖)」(1795)는 정조가 화성에 갔을 때 중요 행사의 하나인 혜경궁의 화갑을 기념한 잔치를 그린 것이다. 잔치 공간은 문이나 휘장을 쳐서 구별하고 참석자는 모두 신분에 맞추어 일정한 자리, 가령 덧마루에 앉은 사람들 중 의빈(儀賓)은 오른쪽, 척신(戚臣)은 왼쪽 하는 식으로 공간의 질서에 맞추어 앉아 있다. 잔치에 참석한 사람은 82명이라고 하는데, 세어 보지는 않았지만, 이들이 일일이 그림에 등재되어 있는 것이 아닌가 한다.(그림 14) (「봉수당진찬도」는 여러 가지가 있으나 여기서는 「화성능행도병(華城陵幸圖屛)」에 포함되어 있는 것을 예시하였다.) 이것은 비슷한 시절에 자크루이 다비드(Jacques-Louis David)가 그린 「나폴레옹 대관식(Le Sacre de Napoleon)」(1807)(그림 15)이라는 공식 행사를 기념하는 그림에 비교해 볼 수 있다. 다시 말하여 그 목적이 다르고 전통이 다르다고 하겠지만, 두 그림의 의의는 그 효과의 차이에도 불구하고 현실 재현에 있다고 할 것이다. 앞의 의궤는 말하자면 출석부로 확인되는 것과 같이 참석자가 확인되고 앉았던 자리가 분명하게 표시된다. 다비드의 그림에서 나폴레옹은 물론 다른 참석자들도 분명하게 알아볼 수 있을 뿐만 아니라, 축하를 위하여 참석한 사람들은, 예법상의 순서가 없는 것은 아니겠지만, 자연스럽게 몰려 있는 현실의 모습을 드러낸다. 이 비교에서 다비드의 그림은 단연코 보다 실감이 나는 것이라 할 수 있을 것이다.

(그림 14) 「봉수당진찬도」(동국대 박물관 소장)

그러나 그 리얼리즘은 기준의 문제이기도 하다. 어떤 사실을 언어로 표현하는 것과 그림으로 표현하는 것 어느 쪽이 더 실감 있게 사실을 전달한다고 할 수 있을까? 또는 기억을 통하여 어떤 사실을 되살리는 경우, 정확한 기술(記述)과 사진, 어느 쪽이 더 사실을 바르게 회상하게 할까? 사진은 시각적인 인상을 담는다고 하지만, 말로 이야기하고 기록한 것은 사진에 포착된 움직이지 않는 한 장면에 비하여, 사건 전개의 이야기를 상기하는 데에 도움을 줄 수도 있을 것이다. 이야기에 비하여서도 어떤 경우는 간단한 기록이나 기호로서 여는 사건의 연쇄가 더 사실적인 것일 수도 있을 것이다. (학교 반의 사진과 출석부를 두 가지 사실성의 극단적인 대조로 생각해 볼 수 있

(그림 15) 자크루이 다비드, 「나폴레옹 대관식」

(그림 16) 그림 15의 부분

다.) 그렇기는 하나 사실성의 관점에서 다비드의 작품이 더 나은 것이라고 하는 판단이 불공정하다고 할 수는 없다. 그럼에도 불구하고 사실성이 사실에 접근하는 관점과 방법과 판단의 기준에 관계된다는 것도 틀림이 없다. 사람이 지각하는 사실은 무엇을 중요시하느냐에 따라서 다르게 주목된다.

나는 신숙주(申叔舟)의 『해동제국기(海東諸國記)』를 보면서 거기에 일본의 세속 풍경보다도 일본 천황의 세계(世系)에 대한 기록과 같은 것이 자세히 나오는 것을 보고 놀란 일이 있다. 그러나 그에게 계보의 문제는 오늘의 우리에게보다는 중요한 사실이었을 것이다. 어쩌면 봉수진찬의 참석자에게는 의식의 절차, 그중에도 서열에 따라 구획된 공간의 어디에 누가 앉았는가가 중요한 사실이었을 것이다. 공간을 사회적 위계에 대응하는 질서에 의하여 구분하는 것은 어느 사회에서나 존재하는 풍습이지만, 한국에 있어서 이것은 예나 지금이나 가장 중요한 사회 위계화의 수단이다. (동아시아에서 이 사실의 중요성을 대상으로 한 학문적 연구도 있다.) 「봉수당진찬도」만이 아니라 의궤 일반에 보이는 추상화된 공간적 질서는, 당대의 지각과 사고의 논리로는, 그림으로나 기호로나 가장 중요한 사실을 가리키는 공간 구도였다고 할 수 있다.

　　공간의 기호화는 일반적으로 동아시아에서 다른 전통에서보다도 중요한 것이 아니었나 한다. 더욱 면밀한 검토가 필요한 사항이지만, 중국의 문자 구성 자체가 그러한 기호적 사고의 무의식적 전통의 수립에 기여하였다고 할 수 있다. 중국 문자에 대한 데리다의 논평은 이것을 시사한다. 중국의 문자는 완전히 문자만으로 이루어진 독자적인 세계를 이룬다고 그는 말한다. 소리를 떠난 표의 또는 상형 문자는 소리로 매개되는 현실, 곧 인간의 정신과 동시에 그것이 직접적으로 접하는 현실을 벗어난다. 라이프니츠는 바로 그 수학적 기호와 같은 추상성으로 하여 중국 문자는 정신적 진리를 표현할 수 있는 문자라고 생각하였다. 라이프니츠의 이러한 생각을 반박하는 헤겔을 인용하면서, 데리다는 다음과 같이 말한다.

　　문자가 그 비표음적 계기 속에서 배반하는 것은 바로 생명이다. 동시에 그것은 숨결, 정신 및 정신의 자신과의 재귀적(再歸的) 관계로서의 역사를 위협한다. 숨결을 끊은 문자의 반복은, 해석 또는 소수에 국한된 편협한 환경으로 제한된 성서 주해 속에서, 정신적 창조를 불모화하거나 부재화한다. 문자는 죽음의 원리이며, 존재의 생성 속에 나타나는 차이의 원리이다. 문자 언어와 음성 언어와의 차이는 중국과 유럽의 차이에서 볼 수 있다. "중국 문자의 상형 문자가 적합한 곳은 오직 중국 정신문화의 주석주의(註釋主義) 속에서이다. 이 유형의 문자는 한 민족의 가장 작은 부분에 국한된 몫이며, 이들이 정신문화의 독점적 영역을 소유한다. …… 상형 문자는 일반적으로 그런 것처럼 하나의 주석적 철학을 요청할 것이다."[32]

이렇게 중국의 문자가 이루는 세계는 현실에 직접적인 관계를 갖지 않는, 그 자체로 이루어진 독자적인 세계이다. 그것이 어떤 세계인지는 물론 다시 생각해야 할 것이다.(중국의 문학과 관련하여, 그것은 사실을 재현하려는 것이 아니라 문학 전통의 계속적인 자기 보존과 계승 그리고 그것의 집적 속에서만 존재하는 독립된 구역이라는 해석이 있다. 그것은 완전히 intertextuality의 세계이다.) 데리다에 의하면, 이것은 서구의 전통에 대조된다.

아리스토텔레스 이후의 서구 전통에서, 모든 기의(記意)는, 문자를 포함하여 목소리에서 나오고, 이것은 마음에, 또는 기표에 대한 생각에, 즉 사물 자체에 끊을 수 없게 이어져 있다. 이때 사물이란 형상(eidos) 속에서 창조된 것, 로고스나 신의 무한한 이성 속에서 창조된 것이다.[33] 이것은 역설을 포함하고 있는 주장이다. 그렇다는 것은 한편으로 사람이 사물을 있는 대로 지각할 수 있다는 것을 말하면서, 다른 한편으로 로고스의 사고로 하

---

32 자크 데리다, 김성도 옮김, 『그라마톨로지』(민음사, 2010), 75쪽. 여기의 논지에 맞게 김성도 교수의 번역을 약간 수정하였다. 인용부 안에 들어 있는 것은 헤겔의 *Enzylopädie der philosophischenWissenschaften in Grundrisse*(Frankfurt: Suhrkamp, 1970), pp. 273~276으로부터의 인용.

33 자크 데리다, 앞의 책, 51쪽 참조.

여 그것이 가능하다는 것이다. 다시 말하면, 표음 문자는 입으로 말해지는 것에 연결되어 있고, 그것은 사물 자체에 연결되어 있는데, 그것이 가능한 것은 사물을 있는 그대로, 투명하게 생각할 수 있는 로고스의 바탕이 있기 때문이다. 이러한 사상적 전통에 서 있지 않는 중국의 문자는 사실적인 것을 표현하려고 하는 것이 아니라고 생각된다. 그것은 어떤 독자적으로 존재하는 정신적 세계를 지시한다. 수학의 언어가 표현하는 것도 이와 비슷한 것으로 말할 수 있다. 이 관점에서는 사실주의적 관점에서 파악한 사실이 중요한 것이 아니다. 회화로서 어떤 사실이나 사건을 재현하려고 할 때도 그것이 반드시 서구적인 의미에서 또는 지각 체험의 구성이라는 관점에서 재현되는 것에 동일한 것이 아니다. 중국에서의 문자적 표현은 그 자체의 기호학적 체계 속에서 이해되어야 한다.

한 가지 보탤 것은 데리다가 사실주의를 — 또 그것은 로고스 중심주의에 중복되는 것인데 — 언어와 인식의 정당한 이해를 나타내는 것으로 보는 것은 아니다. 위의 데리다 인용은 그 자신의 주장보다는 서구의 전통을 설명한 것이다. 바로 이러한 전통의 편협성을 깨트리려는 것이 데리다의 해체주의다. 그는 실재를 떠난 기호의 놀이로 이루어지는 것이 언어의 세계라고 생각한다고 할 수 있다. 다만 그 세계가 독자적인 정신적 의미를 가지고 있다고 생각한다고 할 수는 없다. 그의 관점에서, 언어의 놀이는 기호의 놀이이면서, 실재에 가까이 가고자 하는 노력의 표현이다. 그리고 실재는 그 너머에 존재한다.

3. 일단의 요약: 공간의 도형화

서구 미술을 염두에 두면서 의궤와 같은 한국의 미술을 보면, 현실의 미적 재현의 많은 측면이 단순한 감각적 또는 지각적 체험의 직접적인 표현을 넘어 여러 문화적인 전제에 의하여 규정된다는 것을 생각하게 한다. 그중에도 이 전제에서 중요한 것은 개념적 분석을 넘어가는 문화적 시대적 인식의 체계 또는 인식의 발상의 기초, 푸코의 말로, 에피스테메의 체계이다. 이것이, 위에서 예를 든 다비드의 그림에서 보는 바와 같은, 서구 회화의 현실 묘사의 양식과 「봉수당진찬도」에서 보는바 추상적 의궤의 기록 양식 — 이 둘 사이의 차이의 배경을 설명할 수 있는 것이 아닌가 한다. 간단히 말하여 두 스타일의 차이는 문화적인 차이이고, 그것은 삶을 보는 눈길의 차이이며, 그러한 시각의 차이를 산출해 내는 세계관의 차이이다. 그런데 이러한 차이는 어느 쪽이나 세계를 보는 방법의 차이라고 하여야 한다.

여기에서 세계란, 실체를 어떤 것이라고 하든지 간에, 분명하게 존재하는 현실 곧 사람의 삶이 부딪는 현실이다. 그 현실은, 그것을 조금 단순화하여 형상적 관점에서 보면, 공간 속에서 벌어지는 물질 현상이고 생명 현상이다. 공간은 칸트가 생각한 인식의 직관 양식의 하나이고, 모든 예술은 이 양식의 바탕 위에서 가능하다. 그중에도 회화는, 의도가 그렇지 않다고 하더라도, 공간을 그 나름의 구도로 구성하는 작업이다. 그러나 언어 예술에 있어서도 공간은 중요한 배경이 된다. 서사는 불가피하게 사건이 전개되는 일정한 장면을, 그 장면이 고정되지는 않지만 일정한 장면을 그 배경으로 전제한다. 시에 있어서 이것은 특히 중요하다. 이것은 특히 영미 현대시의 전개에서 중요한 시 운동이었던 이미지즘의 경우에 두드러지게 드러나는 특징이다. 두드러지게 환기(喚起)되는 이미지들은 그것들을 종합하는 공간이 없이는 시적 의미를 전달하지 못한다.

말할 것도 없이, 건축은 공간을 물질적으로 구성하는 작업이다. 공간의 질서는 여기에서 가장 중요한 요소이다. 위에서 본 바와 같이, 서양의 중요한 건축물에서 공간 계획은 주로 하나하나의 건물 자체의 균형, 수직과 수평을 축으로 한 시각적 균형을 핵심으로 한다. 한국의 건축의 원형은 지붕과 축대로 구성되는 건물의 사각의 축조물, 곧 무게를 느끼게 하는 축조물로 생각된다. 그러나 그에 못지않게 중요한 것은 일정한 구역의 공간 구획이다. 이 공간은 한편으로는 천지와 오행의 원리 그리고 지신(地神)을 중심으로 한 여러 마술적 신을 참조하여, 다른 한편으로는 거주자들과 방문자들의 사회적 서열의 규칙에 의하여 다스려진다. 공간은 사회적 서열에 물질적 또는 마술적 힘을 현실화하여 표현하는 것으로 생각된다. 그것이 구체적으로 실현되는 경우는 많지 않은 것으로 보이지만, 중요한 건물 곧 궁궐과 같은 건물 밖의 시가지도 방위와 산수의 마술적 영향을 끌어들이게끔 설계된다. 이러한 공간의 면밀한 계획화 그리고 마술화에 의하여 그 공간의 여러 부분들은 마술적 힘을 갖는다. 이것은 회화에서도 반영된다. 그리하여 공간 내의 사물이나 인물은 거의 기호화된다. 이렇게 하여 그것들은 감각적 호소력을 갖는 서양 미술의 사실성과는 전혀 다른 상징적 의미를 가지며, 사회적 권위를 발산하게끔 구성된다.

위에서 말하였던 것을 이렇게 되돌아보면서, 우리는 공간 계획의 윤곽을 몇 가지 가능성으로 요약할 수 있다. 건축물은 동서양을 막론하고 일정한 공간적 구조를 가져야 한다. 그러나 동양에 있어서 이 구조화된 공간은 보다 넓은 공간으로 확대된다. 확대된 공간에서 많은 것은 지각적 직접성을 벗어나 기호가 된다. 서양에 있어서도 공간의 구조화는 건축물을 넘어 넓은 지면으로 확대된다. 그러나 여기에서의 구조화의 원리는 미리 주어진 것이 아니라 경험적 사례로부터 추출된다. 여기에 작용하는 원리는 칸트가 『판단력 비판』에서 "성찰적 판단(reflektierende Urteilskraft)"이라고 말한 인간의 지적 능력에 비슷한 것이라고 할 수 있다. 그것은 구체적인 사례를 두고 그것을 보편적 개념에 포괄하는 판단력, 곧 "한정적 판단(bestimmende Urteilskraft)"에 대하여 구체적 사례들로부터 보편적 법칙을 찾아내는 능력을 말한다. 칸트의 생각으로는 이것이 주로 심미적 판단에서 작용하는 인간 능력이다. 서양의 건축을 넘어 길거리에 이르는 공간 계획은 이러한 경험적 필요에 따른 판단으로 이루어진다고 할 수 있다.

그런데 서양에서 보다 철저하게 합리적인 시가지 계획을 보게 되는 것은 어떤 이유인가? 그것은 경험적 판단이 삶의 필요나 교통의 필요에 더 충실할 수 있기 때문이 아닌가 한다. 그 판단력의 조종으로 구체적인 사례가 합리성으로 수렴되는 것이다. 근대화라는 합리화 과정 속에서 근대 도시는 도시 계획의 합리성을 더 확대하고, 그것이 더욱 잘 계획된 그러나 너무나 일률적인 가로의 구도를 만들어 낸다. 그러나 이에 대하여 신의 도시를 만드는 것은 이러한 현실적 요구를 넘어가는 기획을 지상의 삶에 부과하려는 것이기 때문에, 궁극적으로는 경험적 현실을 이겨 내지 못하고 만다고 할 수 있다. (한국의 신은 초월적인 로고스보다는 지기[地氣]를 대표하는 여러 공간적 기호에 나타난다.)

이것은 대체로 큰 규모의 공간에 대한 관찰이다. 그러나 공간적 구도는 작은 규모에서도 인식과 표현의 구도로 작용한다. 또는 그것은 현실의 예술적 변형에 있어서 보다 쉽게 그리고 다양하게 작용한다고 할 수 있다. 이것을 잘 보여 줄 수 있는 것은 장식 예술 부문이다. 이 장식은 물론 건물의 여러 부분에서 표현되고, 몸에 붙이는 장신구나 폐물 또는 화장술 등에 나타난다. 이것이 동서양에 따라 어떻게 다른가는 별도로 생각하여야 하는 과제이다. 한국의 전통 가옥의 경우에도, 기와의 짜임새, 지붕의 맞부딪는 모양, 단청과 같은 채색, 문의 창살 모습 등 세부에 그 나름의 기하학이 있다. 그러나 이러한 장식의 기하학도 서양의 기념비적 건축에서 더 복잡한 것이 되고 또 건축 공간 전체에 편입되는 것으로 말할 수 있다. (건물의 장식이라는 관점에서 볼 때, 이슬람의 건축물들은 다른 어떤 전통에서보다도 여러 가지의 공간적 디자인을 보여 준다. 이것을 비교 문화적 관점에서 유형화하는 것도 어려운 과제가 될 것이다.)

전체 공간의 스키마를 벗어나지는 아니하면서 세부의 디자인에 주의하는 것은, 또는 전체 기하학을 고려하면서 경험적인 접근을 포기하지 않는 공간 구조의 의식은 더욱 적절한 구조적인 균형을 이루어 낸다고 할 수 있지 않나 한다. 이것은 다시 과학적 사고에 드러나는 정형성에 대한 관심에 이어지는 것으로 생각된다. 경험으로부터 형상을 추출해 내는 합리성이 이러한 정형성을 발견한다. 이 경험에서 주의의 대상이 되는 것은 작은 물체의 기하학이다. 그것의 형상은 보다 큰 구도를 구성하는 것일 수 있고, 그러한 구성에 편입되지 못하는 수도 있다.

8. 자연의 도형

1. 자연과 예술: "자연의 예술 형태"

지금까지 말한 것은 인위적으로 계획되는 공간의 문제였다. 물론 궁극적으로 공간은 자연의 속성이며, 그것에 대한 일정한 구도화도 자연에서 온다. (공간의 본질에 대한 인식론적 논의가 있기는 하지만, 보통 사람의 관점에서 그것은 시간과 함께 절대적인 객관적 사실이다.) 그리하여, 조금 전에 말한 것처럼, 이 공간의 정형성은 자연에 대한 과학적인 탐구에서 확인된다. 이것은 한편으로 사물 자체의 모습에 충실함으로써, 다른 한편으로 그것에 대한 합리적 이해의 기획을 견지함으로써, 즉 사물 자체의 인식을 향한 지적 노력을 통하여 인지된다.

서구의 합리주의 전통에서, 다시 말하건대, 사물 자체와 로고스의 일치라는 지각과 인식의 방식은 사물에 대한 최대한의 사실적 접근을 가능하게 한다고 생각된다. 세계와 사람의 접촉은 감각을 통하여 매개된다. 감각은 물질적 자극으로 촉발되지만, 이것이 의식화될 때 그것은 이미 일정한 형식화를 가진 지각으로 구성된다. 이 구성의 원리는 한편으로 인간의 의식에 내재하는 스키마이고, 사물 자체가 가지고 있는 형태의 논리성이다. 궁극적으로 그것은 물리적 세계의 저편에 숨어 있는 플라톤적인 이데아의 존재를 시사하는 것으로 말할 수도 있다. 그러면서 물론 이러한 인식 구성은 시대적인 에피스테메 또는 패러다임의 지배를 받는다.

19~20세기 초의 독일 생물학자 에른스트 헤켈(Ernst Haeckel)의 비교적 대중적이라고 할 수 있는 저서 『자연의 예술 형태(*Kunstformen der Natur*)』(1904)는 여러 생물의 모양에서 발견되는 도형적 형태들을 집합해 놓은 책이다. 헤켈의 의도는 여러 종류의 생물체의 모양들의 단정한 형태를 그려 넘음으로써, 다윈의 진화 이론이 생물의 형태의 진화를 수반하였다는 것을 증명해 보여 주려는 것이었다. 그는 단세포 동물로부터 인간의 신체까지가 연속적인 복합적 형태의 진화를 보여 준다고 생각하였던 것이다. 그러나 당대의 또는 후대의 생물학자들은 그가 형태의 진화론적 연속성을 증명하지 못하였다고 판단하는 것으로 보인다.[34] 그의 도해도, 단세포 동물로부터 곤충과 식물 그리고 동물들의 그림을 포함하고 있지만, 그의 책이 예시하고 또 초점에 두고 있는 것은 심해 단세포 동물인 방산충류(放散蟲類, radiolaria)의 여러 모습들이다.

여기에 복사해 본 해파리(학명 discomedusae) 그림이 기초적인 도해가 된다고 할 수 있다. 같은 책에 실린 다른 도해는 이보다는 더 인공적인 장식에 가깝다.(그림 17, 18) 반드시 이러한 그림이 모델이 되었다고 할 수는 없으나, 헤켈의 시대에 그의 그림과 유사한 장식들이 만들어졌다. 그중에도 프랑스의 건축가 르네 비네(René Binet)는 헤켈에서 영감을 얻어 『장식 스

---

34 영어판 Ernst Haeckel, *Art Forms in Nature*(Munich: Prestel, 1998)에 실린 생물철학자 올라프 브라이트바흐(Olaf Breidbach)와 인간 행태학(human ethology) 연구자 이레노이스 아이블아이베스펠트(Irenäus Eibl-Eibesfeldt)의 평문 참조.

(그림 17) 「해파리」(Ernst Haeckel, *Art Forms in Nature*)　　(그림 18) 「해파리」(Haeckel, *Art Forms in Nature*)

케치(*Esquisses decoratives*)』(1902)[35]라는 제목의 책에 헤켈에서 도출된 장식 그리고 그것에 대응하는 실물 장신구를 그려 놓기도 했다.(그림 19, 20) 가장 놀라운 것은 그가 1900년 파리 세계 박람회의 출입구의 탑을 헤켈의 그림에 기초하여 디자인한 것이다.(그림 21) 즉 헤켈의 생물 형태가 큰 규모의 건조물의 디자인에도 재현된 것이다.

헤켈과 당대의 예술과의 관계는 착잡하다. 영어로 출간된 『자연의 예술형태』에 해설을 쓴 올라프 브라이트바흐는 헤켈의 도해 수법과 19세기 말

35　헤켈의 작업은 1862년의 *Die Radiolarien* 등의 책을 비롯하여, 여러 출간물을 통하여 널리 알려졌다. 비네의 책의 연대가 여기에서 참고한 *Kunstformen der Natur*에 앞서는 것은 이 책의 출판 연대에 앞서는 것일 뿐이다.

〈그림 19〉 르네 비네, 장식 스케치(ANNEAU. Plate with rings, René Binet's *Esquisses décoratives*, Paris, 1902)(Ernst Haeckel, *Art Forms in Nature*)

〈그림 20〉 르네 비네, 장식 스케치(SIEGE. Plate in René Binet's *Esquisses décoratives*, Paris, 1902)(Ernst Haeckel, *Art Forms in Nature*)

의 '아르 누보(Art Nouveau)' 사이에 친화적인 관계가 있다고 말하면서, 눈으로 파악하기 어려운 이들 생물체의 모양을 가시적인 것이 되게 하는 데에 가장 좋은 방법은 '아르 누보'의 수법이며, "헤켈의 수법이 아르 누보의 수법을 만든 것이 아니라, 아르 누보의 수법이 헤켈의 수법을 결정하였다."라고 말한다.[36] 그러나 헤켈이 섬세한 장식을 중시하는 아르 누보가 생기고 있는 시대 흐름의 영향을 받았다고 하더라도, 그가 자연을 보는 방법으

---

36 Ernst Haeckel, op. cit, p. 14.

(그림 21) 르네 비네, 파리 세계 박람회 출입구(René Binet, entrance gate to the Paris World Exposition in 1900)(Ernst Haeckel, *Art Forms in Nature*)

로 아르 누보의 스타일을 발견한 것도 사실일 것이다. 브라이트바흐가 그 스타일이 그의 관점을 결정하였다고 한 것은 그러한 관조의 방법을 말한 것이라고 할 수 있다. 그에게는 문화적 스타일을 포함하여 인간이 자연을 보는 법 자체가 자연 그 자체에서 오는 것이었다. 브라이트바흐가 그의 평문의 앞부분에서 설명하는 바는 다음과 같다.

사람은 자연이다. 사람은 진화의 일부이고 그 결과이다. 우리의 행동과 생각은 이 진화의 산품이다. 따라서 사람이 무엇을 안다는 것은 인간 자체의 무엇인가를 드러내는 것이 된다. 우리의 지식, 곧 자연의 법칙 속에서 생겨나고 그에 종속되는 지식은 자연 그것이고, 헤켈의 생각으로는 그 이상의 것이 아니다. 도안하는 사람, 그의 감각 기관, 그의 동작은 자연이 스스로를 표상해 내는 일의 전개에 불과하다.[37]

---

37 Ibid.

인간의 지각 능력과 자연 현상의 일치는 『자연의 예술 형태』에 부친 또 하나의 평문에서도 긍정되어 있다. 글쓴이 이레노이스 아이블아이베스펠트도 지각, 사고, 심미의 인간 능력이 진화의 결과임을 인정한다. 이것은, 그 자신이 지적하는 것처럼, 칸트와는 다른 관점에서, 인간의 인식 능력의 제한을 인정하는 것이다. 그러나 이것은 현실을 정확히 있는 그대로 인식하지 못한다는 것을 말하지만, 동시에 그것이 반드시 자연의 실상을 비껴간다는 것은 아니다. 과학의 발전은 이 인식을 정확한 것이 되게 한다. 헤켈은 과학의 발견을 보다 예술적인 호소력을 가질 수 있게 한 것이다.

자연의 아름다움에 대한 인식은 인간과 자연의 관계에서 중요한 기능을 갖는다. 아름다움은 자연을 더욱 주의 깊게 관찰하게 하고 그것에 대하여 외경감을 가지게 한다. 아이블아이베스펠트에 따르면, 그것은 특히 오늘날 중요한 역할을 맡아 가지고 있다. 그렇다는 것은 자연의 아름다움에 대한 인식이 다양한 생명체를 포함한 환경 보존에 중요한 역할을 할 수 있기 때문이다. 그런데 그것은 예술이 자연의 기준을 떠나지 않을 때 가능한 일이다. 그러나 오늘날, 그가 보는 바로는, 아무것이나 예술이 될 수 있고 아무나 예술가일 수 있다는 생각이 풍미한다. "끊임없는 새로운 아이디어와 담론이 예술을 이룬다."라고 생각하는 것이다. 아이블아이베스펠트의 생각으로는 오늘의 인간들이 모충(毛蟲)이나 나비나 잠자리나 벌을 가까이하고 풀 위에 누워 날아가는 새를 보는, 자연과 친근한 어린 시절을 보내지 못하고, "현대의 거대 도시의 산업 지대의 변두리, 추하고 인위적인 환경에서" 살기 때문이다. 그것이 "주워 모은 물건들과 추한 쓰레기의 합성"을 예술로 받아들이게 하는 것이다. 이것은 "가치의 붕괴"와 더불어 "자연과의 친밀한 관계", "공동체적 유대" 등을 파괴하는 결과를 가져온다. 이것이 결국은 환경 파괴를 가속화하는 데에 중요한 요인들로 작용한다. 이러한 관점에서 헤켈이 과학적이면서 심미적인 자연의 미적 형상들을 보여

준 것은 오늘날에도 중요한 의미를 갖는다고 할 수 있다. 아이블아이베스 펠트는 이렇게 주장한다.[38]

2. 시메트리: 이데아와 지각

헤켈의 생물학적 도형들이 보여 주고자 한 것은 생명체가 드러내는 심미적 형상인데, 거기에서 근본 원리가 되는 것은 대칭적 균형(시메트리, symmetry)이다. 이것은 단순히 생물 형태에서 경험적으로 구성되고 추출된 형상이 아니라 수학이나 물리학에서 정리된 개념이다. 그러면서 그것은 물질세계의 도처에서 발견된다. 다만 그것이 경험 세계에서 추상화된 것인지, 아니면 본래부터 물질(hyle)에 형상(morphe)을 부여하고 궁극적으로 이데아(eidos)의 개입을 의미하는지는 분명치 않다.

수학자 헤르만 바일(Hermann Weyl)의 저서 『대칭적 균형(Symmetry)』은 여러 분야에 나타나는 여러 형태의 대칭성의 개념을 전반적으로 설명하고자 하는 책이다. 결국은 수학적인 관점에서 개념의 여러 함축을 밝히려는 것이 그 주된 의도이지만, 바일의 이 책은 천체의 형태, 생명 현상 그리고 건축에 나타나는 여러 형태의 시메트리 그리고 그 심미적 효과 등에 대하여 여러 가지 중요한 관찰들을 담고 있다. 그는 시메트리를 정의하여, "시메트리는, 그 의미를 넓게 또는 좁게 정의할 수도 있으나, 오랜 세월을 거쳐서, 인간이 그것을 통하여 질서, 아름다움, 그리고 완벽함을 이해하고자 한 개념"이라고 말한다. 시메트리는 인체, 식물, 또는 물질의 세계에서 두루 발견되는 기하학적 형상이다. 그리고 그는 그것이 어디로부터 연유하는 것인가 하는 의문에 대하여, 플라톤적인 이데아에 그 근원이 있을 것이라는 점을 시사한다. 그러나 그것을 분명하게 답하지는 않는다. 그가 시사

---

38 Ibid., pp. 28~29.

하는 것은 플라톤의 이데아가 사람의 시메트리에 대한 지각에서 드러나게 되는 한 가지 가능성일 수 있다는 것, 그리고, 복합적인 구성을 가질 수밖에 없는 인간의 지각에 개입될 때, 그것은 보다 세속적인 다른 요인들에 의하여 흐려지게 될 수 있는 것이어서 이데아는 불확실한 것이 되고 알기 어려운 것이 된다는 것이다.

그러나 세계에서 발견하는 시메트리가 경험을 넘어 초월적인 측면을 가지고 있다는 것은 인정하지 않을 수 없는 가능성이다. 그는 시메트리가 인체 조각의 아름다움에 중요한 기능을 가지고 있다는 것, 심미적인 가치가 생명 현상에 중요하다는 것을 말하고, 그 근원에 대하여 다음과 같이 묻는다.

> 자연이 어떤 내재적인 법칙에 따라 그 피조물이 생명체에 부여한 시메트리를 예술가가 발견하여, 자연이 부여하였지만 완성하지 못한 원형을 모사(模寫)하고 완성한 것인가? 아니면 시메트리의 심미적 가치는 별도의 독립된 근원을 가진 것인가?

질문 다음에, 바일은 답하여 말한다.

> 나는 플라톤과 더불어 이 두 가지에 대하여 수학적 개념이 근원이라고 생각하고 싶다. 즉 자연을 지배하는 수학 법칙이 자연에 있는 시메트리의 근원이고, 이 아이디어의 직관적 자각이 창조적 예술가의 마음에서 일어날 때 예술 안에서 그 근원이 된다. 그리고 추가하여, 밖으로 보이는 인체의 좌우 상칭(左右相稱)이 자극제가 되었다고 하여야 할 것이다.[39]

---

39 Hermann Weyl, *Symmetry*(Princeton University Press, 1952, 1982), p. 8.

그러니까 바일의 생각은 수학의 법칙이 자연에 있고, (이것은 수학적 법칙이 반드시 자연에 대한 경험적 세계로부터 추론되고 추상화된 것이 아니라, 자연에 선행하여 이데아로서 존재한다는 말로 생각된다.) 예술가의 마음이 이것을 직관적으로 깨닫는데, 그것을 촉진하는 것은 인체의 아름다움, 그러니까 사람들에게 절로 감정적 반응을 촉발하는 인체의 아름다움이라는 것이다. 이렇게 하여, 시메트리는 감각과 직관을 통하여 작용하면서도 그것을 뒷받침하는 창조의 원리인 것이다. 이 관점에서 아름다움이 자연의 외면적 형상을 특징짓는 것은 당연하다. 그리고 그것은 사물의 공간적 균형에서 표현된다.

그러나 완전한 시메트리가 반드시 이상적 자연의 상태를 나타내는 것은 아니다. 세계의 법칙성은 거의 모든 사물로 하여금 시메트리 형태를 가지게 한다. 그러면서도 법칙을 벗어나는 우발성은 세계의 또 하나의 가능성이다. 그리하여 시메트리가 압도적인 세계에서도 에이시메트리(asymmetry), 비대칭성을 피할 수는 없다. 그리고 그것은 필요한 일이기도 하다. 이것은 특히 생명체의 경우에 그러한 것으로 보인다. 생명의 필요는 공간에서의 비대칭적 성장과 확장을 통하여 충족되는 것이기도 하기 때문이다. 다른 부분에 비하여 더 커질 필요가 있는 인체 내의 심장은 비대칭적인 나사못의 모양을 가지고 있다. 위에서 인용한 바일의 말에, 우리의 시메트리의 탐구가 인체에 의하여 자극이 된다는 것이 있었는데, 그것은 적어도 인간에게는, 이데아의 세계가 자기 충족적으로 존재하는 것이 아니라 육체의 기능 —— 반드시 추상적 개념으로 환원이 될 수 있는 것이 아닌, 육체의 기능에 결부되어 있다는 것을 말하는 것이다. (육체적 사랑, 에로스(eros)의 사랑이 높은 경지의 사랑, 아가페(agape)에 이르는 데에는 몇 개의 사랑의 계단을 올라가야 한다는 르네상스의 플라톤주의자들의 생각과 비슷한 것이 여기에, 곧 육체에서 시작하여 플라톤적인 시메트리에 이른다는 생각이 여기에 있다고 할 수 있다.)

바일이 직접적으로 언급한다고 할 수는 없지만, 인간의 변화 많은 감각적 삶은 저절로 법칙의 준수를 쉽지 않게 한다고 할 수 있다. 이것도 언급되지 않는 사항이지만, 자유 의지도 이 비대칭성에 원인이 될 것으로 말할 수 있다. 바일의 관심은 전적으로 주어진 사물과 생명체의 형태에 한정되어 있어서 행동의 세계는 그의 연구의 밖에 있다. 그러나 그가 수메르, 바빌로니아, 그리고 페르시아의 건축과 장식들을 보여 주면서, 서양의 건축과 장식이, 이 중동의 문명의 유산에 비하여, 비대칭적 요소를 포함하고, 형식을 넘어가는 힘의 작용을 보여 준다고 한 것은 행동의 영역에 관계되는 사항을 말한 것이다. 서양 전통의 첫 사례로서 도해에 나온 것은 에트루스카의 벽화이지만, 이러한 비대칭적 요소는 기독교가 들어온 다음의 그림에서도 볼 수 있다.(그림 22, 23)

어쨌든 생명에 연결된 아름다움은 시메트리를 기본으로 하면서도 그것에 반드시 철저하게 맞아 들어가지는 않는다. 생명은 어쩌면 무생물의 자연법칙을 역행하는 자연 현상, 곧 자연의 법칙에 따르지 않을 수 없으면서, 그것에서 어긋나야 하는 자연 현상이라고 할 수 있다. 바일의 책에 나와 있는 도해 가운데 우리에게 보다 아름답게 보이는 것은 일정한 균형을 가지고 있으면서도, 흔히 '자연스럽다'고 말할 때의 유연성을 가진 사물들이다. 고대 그리스의 소년상이나 붓꽃(iris)의 사진과 같은 것이 그 예이다. (그림 24, 25)

사람의 삶이 지나치게 규칙적인 것일 수 없음을 나타내는 일화로서 바일이 들고 있는 토마스 만(Thomas Mann)의 『마의 산』에 나오는 일화는, 반드시 그의 엄격한 과학적 논증에 맞는 것은 아니지만, 시메트리와 그것의 너머에 존재하는 삶의 현실을 잘 설명해 준다. 이 소설의 주인공 한스 카스토르프는 산비탈에서 스키를 타다가 눈구덩이에 빠져 거의 죽을 뻔한 경험을 한다. 그때 그는 한없이 다르면서 한결같이 시메트리를 가지고 있는,

(그림 22) 에트루스카의 벽화(Hermann Weyl, *Symmetry*
(Princeton University Press, 1982))

(그림 23) 베네치아 산 마르코 성당의 아이콘(Weyl, *Symmetry*)

눈의 아름다움에 심취한다. 그러다가 문득 그것이 죽음을 나타낸다는 것을 깨닫는다. "완전히 대칭적이고, 차갑게 완전한 형상"의 눈이 "불길하고, 반유기체적이며, 생명 부정의 성격"을 가지고 있다는 것을 깨닫게 되는 것이다. "생명의 원리는 이 완전한 정확성에 몸서리를 치고, 그것이 죽음에 가깝다는 것을 알고 죽음의 핵심을 이룬다는 것을 안다." 그리고 주인공은 이러한 삶의 원리에 대한 깨달음과 함께, 건축이 완전한 디자인 속에 은밀

하게 작은 변조를 끌어넣은 이유도 이해하게 되었다고 생각한다.[40]

9. 이데아의 평화/기술(技術)의 지각현상학

1. 이데아로서의 물체

위에서 말한 것들은 자연이나 인공물에서 볼 수 있는 비대칭적 요소를 말한 것인데, 이것은 말할 것도 없이 큰 구도 내에서의 작은 변조에 대해 언급한 것일 뿐이다. 수학자들은 대체로 플라톤적인 이데아의 존재를 믿고 싶어 하는 경향을 가지고 있다. 그것이 실재하는 세계인지, 물질적 세계의 법칙성을 나타내는 것인지, 아니면 논리적 사고로 구성해 내는 개념의 세계인지는 확실하지 않다.

그러나 이데아 또는 그와 비슷한 법칙 그리고 형상의 암시가 현실 세계에 비친다면, 그것은 어떻게 나타나는 것인가? 그리고 사람은 그것을 어떻게 포착할 수 있는가? 수학이 그것을 짐작하게 한다고는

(그림 24) 고대 그리스 소년상(Weyl, *Symmetry*)

(그림 25) 붓꽃(Weyl, *Symmetry*)

---

40 Ibid., pp. 44~45.

하지만, 원래의 이데아가 형상의 성격을 가졌다면, 그것은 시각적으로 또는 일상적 인간의 지각 속에 포착되는 것이라고 할 수 있다. 동굴의 어둠 속에 있는 것이 인간이라고 하더라도, 이데아의 모습은 시각적 또는 지각적 현존성을 가졌거나 그것을 암시할 가능성이 있다. 나는 몇 년 전에 시카고 대학의 물리학 교수 시드니 나이절을 만나서 이야기를 나누고 그의 논문, 「그림자와 무상(無常)의 존재(Shadows and Ephemera)」를 넘겨받은 일이 있다. 엎질러진 물의 물리학과 같은, 일상적인 사건의 물리학적 해명에 관심을 많이 가진 것으로 알려진 나이절 교수의 이 논문은 짤막한 것이면서도, 이러한 문제에 대한 귀중한 통찰을 담고 있다. 그는 우리가 순수화된 이념으로 생각하는 것과 같은 것이 실제로 우리의 나날의 삶에 일어나고 있고 그것은 사진 기술과 같은 것으로 포착될 수 있다는 것을 말한다.

앞에서 수학자가 플라톤주의자라고 말했지만(가령, 영국의 수리물리학자 로저 펜로즈와 같은 사람이 그렇게 쓴 일이 있다.) 나이절 교수는 대부분의 물리학자는 플라톤주의자라고 말한다. 플라톤주의는 흔히 물질세계를 지배하는 법칙이 보편성을 가지고 있다는 사실을 두고 하는 이야기가 되지만, 그의 생각으로는 "보편성의 이념은 물체와 물체 사이의 상호 작용을 지배하는 법칙이 아니라 물체 자체에 해당시킬 수 있다."[41] 가령, 우리가 눈으로 볼 수도 없고, 감각으로 확인할 수도 없지만, 전자(electron)와 같은 것은 틀림없이 존재하는 입자이다. 우리의 집의 전깃줄 속을 달리고 있는 전자는 원자를 에워싸고 있고 화학 접합(chemical bonding)에 끼어들어 세계를 하나로 묶어 놓는 기초가 된다. 그것은 순수한 플라톤적인 형상(form)을 가지고 있다. 전자는 모두 같은 전하(電荷), 질량, 스핀(spin)을 가지고 있다. 그것은 서로 구분될 수가 없다. 전자의 존재를 알아보는 것은, 물론 여러 기구

---

41 Sidney R. Nagel, "Shadows and Ephemera", *Critical Inquiry*, Vol. 28, no. 1(Autumn 2001), p. 24.

(그림 26) 「글리세린 방울(A drop of glycerol)」(Sidney R. Nagel, *Shadows and Ephemera*)

를 통하여 간접적인 방법으로 확인하는 일이 된다. 이것을 나이절 교수는 플라톤이 동굴에서 그림자를 보면서 그 뒤에 보이지 않는 실재를 짐작하는 일에 비교하고 있다.

그러나 플라톤적인 불변의 세계가 간접적으로 짐작되는 것만은 아니다. 가령, 공을 던졌을 때 또는 공이 아니라도 공중으로 던져진 물체가 그리는 곡선은 보편적인 것으로 확정할 수 있는 포물선을 그린다. 공이 그리는 포물선은 물체가 아니라 동역학이 만들어 내는 "우아하고 보편적인 형상(elegant and universal forms)"이다. 물론 이것은 고속 카메라로 촬영하여 포착하여야 한다.

여기에 언급하고 있는 논문의 주제는 그에 비슷한 글리세린 그리고 물방울의 모양이다.(그림 26) 액체의 방울이 꼭지에서 떨어질 때, 거기에서 떨어지는 물방울은 늘 같은 모양을 지닌다고 나이절 교수는 말한다. 늘 같은 플라톤적인 형태가 된다. 꼭지에서 떨어지는 액체 방울의 모양은, 던져진 공과 마찬가지로, 상황의 역학으로 정해진다. 그러나 동시에 그것은 물체 자체이다. 그리고 이 물체는 모든 액체의 방울에 해당하는 보편적인 형태를 갖는다. 방울의 크기는 중력과 표면 장력의 긴장으로 결정된다. 그런데 보편적인 형태의 방울은 방울이 되기 직전의 액체의 줄기의 크기에 관계된다. 길게 늘어지는 줄기는 꼭지에 관계없이 영(零)에 가까워질 때까지 작아진다. 이 모습도 보편적인 것이다. 이 줄기가 영에 가까워지면서, 방울이 생긴다. 이렇게 떨어져 나오는 방울의 모양은 확연하고 보편적이다. 그리하여 드러난 것은 단순히 액체 방울의 모습이 아니라, "철저하게 세상 속에 존재하는 물체의 주변에 있는 보편적인 행위(작용)의 구역이다." 그리고 카메라에 잡힌 이 모든 것은 "우아하고 초연하게 평온한 것"으로 보인다.[42] 사람의 지각에 플라톤적인 이데아가 포착된 것이다. 그런데 이 지각은 플라톤적인 피안 세계의 모습을 직접적으로 접하는 것이면서, 사람의 주관적 기능, 마음을 포함한 주관적 기능에 이어져 있다.

나이절 교수도 플라톤적 우아한 형상의 배경에 있는 마음의 움직임이 그 심미성을 보강해 주는 것으로 생각하는 것으로 보인다. 카메라에 잡힌 액체 방울의 모양을 보편적 형상으로 알아본다는 것은 심리적으로 비슷한 실험의 반복을 상정했다는 것이다. (말하자면, 형상의 변조를 시도하면서 형상의 직관에 이르는 것이다.) 스케일을 달리하여 비교된 여러 방울이 그 배경에 있다. 중복되는 크고 작은 모양이 일정한 질서를 시사하는 것이다. 그리하여 거기에 시메트리가 있음이 감지되는 것이다. 나이절 교수가 글리세린 방울에 이어서 다른 시메트리의 예를 드는 것은 이러한 무의식적 비교를 상정하기 때문이라 할 수 있다. (이 시메트리는 액체 방울의 시메트리이고 마음에 어른거리는 다른 액체 방울들 사이에 존재하는 상사성[相似性]이다.)

세계의 아름다움을 보여 주는 중요한 예의 하나는 프랙털(차원 분열 도형

---

42 Ibid., p. 27.

[次元分裂圖形])이다. 뛰어난 사진작가이기도 한 나이절 교수는 잎 떨어진 겨울나무의 사진을 논문에 싣고 있다.(그림 27) 그러한 나무가—특히 그 것이 햇빛에 의하여 흰 벽에 투사될 때—특이한 아름다움을 가지고 있 다는 것은 나도 감지하는 경우가 있었지만, 그것이 프랙털의 정형성(定形 性)을 가지고 있다는 것을 알았을 때, 그것이 더 신묘한 것임을 알게 되었 다. 겨울나무의 나뭇동과 큰 가지들 그리고 큰 가지에서 다시 뻗어 난 잔 가지들이 반복되는 프랙털의 모습을 드러내는 것이다. 망델브로(Benoît Mandelbrot)의 발견이 화제가 되기 전에 그려진 잭슨 폴록의 소위 '드립 페 인팅(drip painting)'에서 프랙털의 디자인이 보인다는 것도 논의된 바 있 다.[43] (그리고 이러한 과학과 회화와의 연결은 회화의 진정성을 평가하는 데 척도가 될 수 있다는 제안도 등장하였다.) 또 하나의 증거로서 지금의 이 글에는 한국 화 가의 묵화의 사진을 실었다. 이것은 이곳의 이웃 인사동 화랑에서 열렸다 가 바로 며칠 전에 막을 내린 개인전에서 취한 것이다.(그림 28)

프랙털이 아니더라도, 나이절 교수는 일상생활에서 볼 수 있는 심미적 현상들에 대한 관심을 가지고 있다. 이 논문에는 물과 기름이 섞일 때 두 액체의 경계에 생기는 표면의 여러 모습에 대한 사진이 있다. 그것은 완전 히 정형적이지는 않으면서도 일정한 미학적 형태를 드러낸다. 여러 가지 로 다른 형상을 보여 주는 이 형태들은 어떤 원형의 여러 변조를 생각하게 한다.

2. 카메라의 눈: 지각의 조정

그런데 이러한 것들과 관련하여 생각하게 되는 것은 시각의 문제이다. 시각이 어떻게 영구적인 형상을 볼 수 있는가? 그것을 위하여 시각은 어떤

---

43 Richard P. Taylor, "Order in Pollock's Chaos", *Scientific American*(December 2002).

(그림 27) Sidney R. Nagel, Shadows and Ephemera

(그림 28) 설원기, 「겨울나무」(『설원기 미술 세계』, 2014)

상황에 있어야 하는가? 이것은 과학뿐만 아니라 예술의 현실 재현의 문제에 중요한 관련을 가진 문제일 수 있다. 물질세계의 여러 형상이 보이는 것은 눈이 그것에 주목하기 때문이다. 그런데 앞에 거론한 형상들은 높은 수준의 사진술을 가진 사람이 고속 카메라로 물질 과정의 한 순간을 포착한 것이다. 널리 보면, 그것은 과학에서나 예술에서나 현실을 보는 시각을 조정하는 일의 일부가 된다고 할 수 있다. 플라톤적 형태의 물체와 원형적 작용의 설명에 덧붙여, 사물의 형상을 드러내는 매개체로서의 카메라의 기능은 어떻게 생각하여야 할 것인가? 여기의 영상들은 육안으로 본 것들이 아니다. 카메라는 위에서도 잠깐 실험 기구와 비슷하게 사실을 탐색하는 도구로서 설명했지만, 글리세린이나 물방울이나 줄기를 점적(點滴)의 순간에 잡은 카메라를 믿을 수 있는 것일까? 어찌하여 카메라가 포착한, 눈으로 볼 수 없는 것을 사실의 참모습을 보여 준다고 생각하는 것일까?

나이절은 이 문제와 관련하여, 발터 벤야민의 「기술 복제 시대의 예술」로부터의 인용을 주석에 부치고 있다. 인용에서 벤야민은 "스냅 사진은 눈으로도 본 것을 더 정밀하게 하는 것이 아니라, 전적으로 새로운 사안(事案)의 구조적 형성을 드러낸다."라고 하고, 또 "육안에 열리는 것과는 다른 자연이 카메라에 열리는 것이다. 그것은 무의식적으로 침투해 간 공간이 사람이 의식적으로 탐색하는 공간을 대체하는 때문일 수 있다."라고도 한다.[44] 이것은 카메라만이 아니라 육안의 시각 그리고 실험 기구 등이 들추어내는 현실에 두루 해당된다. 벤야민의 말은 보는 현상은 시각의 장치에 따라 모두 다른 것일 수 있다고 하고, 다른 시각의 방법이 다른 실재의 모습을 드러내는 것이라고 말하는 것이다. 사물을 접근하는 이 다른 방법들에는 육안, 시각 보조기 ── 가령 색안경, 돋보기 그리고 실험 기구 ── 엑스

---

44 Sidney R. Nagel, op. cit, p. 27.

레이, 전자파, 시약 등등이 있을 수 있는데, 문제는 어떤 눈과 기구로 본 것이 참으로 진실에 가까이 간다고 할 수 있는 것인가 하는 것이다.

가령 믿을 만한 것이 아니라 나쁜 카메라라면, 그것이 보여 주는 형상들을 어떻게 평가할 것인가? 이 문제에 대한 답이 쉬운 것일 수는 없다. 카메라의 정확도에 대한 평가에는 그 제작과 평가의 오랜 전통에서 나오는 기준이 있을 것이다. 그 기준에서는 결국 눈으로 보는 것을 세부까지 드러내보여 주는 선명도도 중요할 것이다. 그리고 이 선명도의 기준에는 카메라 렌즈, 눈, 광선, 셔터의 속도 등의 상호 관계에 대한 과학적 그리고 기술적 이론들이 개입될 것이다. 그러나 동시에 사물의 전체를 파악하는 것이 중요하다고 하는 경우, 세부의 선명도는 중요한 것이 아닐 수도 있다. 그 경우 그에 따르는 기술적 문제들이 별도로 궁리되어야 할 것이다. 여기에서 중요한 것은 전체적인 의도와 그것을 현실화하는 기술의 문제이다. 과학 연구에서 특정한 사안에 대한 시험은, 그에 집중되는 기술적 주의 외에 이 집중을 결정하는 큰 이론에 의하여 뒷받침되어야 한다. 벤야민의 말 가운데, "전적으로 새로운 사안의 구조적 형성"이라는 것은 사실과 그것을 결정하는 구조적 테두리를 말한 것으로 해석할 수 있다. 결국은 틀이 문제인 것이다. 시각의 조건은, 시각 기구의 정밀도에 못지않게, 큰 틀에 의하여 결정된다.

이 틀은, 그림의 경우를 생각해 보면, 데리다가 말할 때의 그림의 틀과 같다고 할 수 있다. 즉 그것은 현물로서의 틀 이외에 그림의 전통, 그리고 그림이라는 전제가 요구하는 여러 요건들을 말한다. 그림의 가장 큰 전제는 그것이 3차원의 세계를 2차원으로 옮긴다는 것이라 할 수 있다. 미학적 문제를 떠나서 말한다면, 이것은 현실의 어떤 부분을 억제하는 것이면서 현실을 더욱 잘 볼 수 있게 하는 조작(operation)이다. 2차원으로의 환원은 사물들의 공간적 관계를 일정하게 한정된 공간으로 이동함으로써 사물들의 관계를 보다 쉽게 파악할 수 있게 한다. 이것은, 우리가 일상적으로 경험하는 일로, 3차원의 공간을 유리창의 틀을 통해서 풍경을 볼 때 같은 인식의 변화가 일어나는 것으로도 추측할 수 있는 일이다.(그림 29)(개념적 파악은 이러한 단순화 곧 3차원의 2차원 환원과 비슷한 단순화를 요구하는 것으로 보인다. 지도나 공중 촬영 사진은 바로 그 목적을 위한 현실 변형이다.) 그러면서 2차원의 재현은 3차원을 암시할 수 있다. 원근법이나 사물이나 풍경에 가해지는 음영(陰影)은 그러한 효과를 낸다. 2차원은 지적 인지 이외에 다른 효과를 가질 수 있다.

일본의 우키요에(浮世畵)의 효과 그리고 그 영향을 받은 인상파의 그림은 2차원을 두드러지게 함으로써 심미적 호소력을 높인 회화의 스타일이다. 윤곽을 없애고 색채만을 두드러지게 하는 어떤 회화도——가령 표현주의의 여러 작품도——단순화의 감각적 호소력의 고양을 의도한다고 할 수 있다. 비슷한 틀은 시나 소설에도 해당된다. 많은 문학의 연구는 대체로 이것을 밝히는 일에서 멀지 않다고 할 수 있다. 아리스토텔레스 이후의 서사의 규칙에 대한 연구, 또는 20세기에 번창한 서사학(Narratology)의 연구, 또는 에른스트 로베르트 쿠르티우스의 유럽 문학의 전통에 관한 연구로 하여 유명해진 문학의 주제와 서사적 전개에 있어서의 토포이(topoi)의 기능에 대한 연구 등은 모두 문학을 구성하는 규칙을 밝히려는 노력이다. 음악이 음계의 기본으로부터 음조의 선택이나 주제의 전개에 이르기까지 전통과 관습 그리고 일정한 음악의 규칙에 의존한다는 것은 말할 필요도 없다. 그러면서도 이 모든 틀과 규칙이 반드시 의식적으로 이용되는 것은 아니다.

놀라운 것은 그것이 구조적 투명성에 대한 직접적인 직관으로 또는 에피파니로 현현(顯現)한다는 것이다. 그것은 카메라로 포착된 글리세린이나 물방울의 점적(點滴)의 순간에 플라톤적인 형상이 드러나는 것에 비교할 수 있다. 형상적 구조는 추론되고 구성되기도 하지만, 지각과 사고에 직

(그림 29) 이윤진, 「도시 간(間)」(ⓒ이윤진, 2014 / 갤러리현대 제공)

관적으로 나타난다. 우리는 이와 관련하여 보는 자의 태도를 조정하여 사물 자체(Sachen selbst)의 직관에 이를 수 있다는 현상학적 인식론을 생각할 수 있다.

3. 세계 안의 안거(安居)

지금까지의 논의는 플라톤적 이데아처럼 분명해지는 사물 ── 구체적인 물체와 그 형태 그리고 그것의 법칙적 명증성을 나이절 교수의 액체 방울에 관한 짧은 에세이를 따라서 생각해 보면서, 조금 샛길에 들었던 것이다. 나이절 교수의 글은 매우 시적인 감상을 적는 것으로 끝난다. 그것은 일상의 삶 속에서도 발견되는 플라톤적 이데아의 사건이 어떻게 삶의 위안이 될 수 있는가를 말해 준다. 그는 먼저 산과 협곡과, 사막과 바다, 자연의 풍경이 얼마나 정신적 위안을 줄 수 있는가를 말한다.

말할 것도 없이 자연은 사람의 마음에 큰 위안의 근원이다. 공간 자체가 우리에게 위안을 준다. 그리고 그것에 드러나는 ── 그러니까 비어 있는 공간에 다시 사물들이 일정한 질서를 구성하는 공간이 될 때의 ──사물들은 더욱 우리에게 위안이 되고 초월적인 평화를 엿볼 수 있게 한다. 자연의 한 의미는, 다른 여러 가지가 있다고 하여야겠지만, 이러한 것에 대한 체험을 준다는 데에서 찾아질 수 있다. 자연의 위안을 말하기 위하여 나이절 교수가 인용하고 있는 미국의 소설가이며 환경주의자인 윌리스 스테그너(Wallace Stegner)의 사람이 손대지 않은 자연에 대한 말을 여기에 재인용한다.

십 년 동안 내내 거기에 발을 들여놓지 않았다고 하더라도, 그것[그 자연]이 거기에 있다는 것을 아는 것은 우리의 정신적 건강을 위해서 좋은 일이다. …… 늙은 사람에게 그것이 거기에 있다는 사실, 비록 생각 속에서만 있는 것

이라고 하더라도, 거기에 있다는 사실 그것이 중요하다.[45]

그러나 나이절 교수는 이러한 큰 자연 현상에 못지않게 작은 자연의 사물들에 감동한다고 말한다. 결국 큰 자연의 구조물을 형성하는 힘이 작은 형상들도 만들어 내는 것이다. 나아가 이 형상들은 작은 사물에서 그 담박함과 우아함을 더 분명하게 드러내 보인다. 그것은 우리가 느끼는 일상생활의 초조함을 순화하여 준다. "꼭지가 잠기지 않아서 밤중에 물이 새고 그로 인하여 잠을 이루기 어려울 때, 물방울 하나하나가 떨어지면서 일어나고 있는 경이로운 과정을 생각하면, 우리의 초조한 마음이 누그러든다. 속절없이 허망한 물방울에서 우리는 보편적 형상 곧 느낌과 우아함이 가득한 형상을 넘겨보는 것이다."[46] 나이절 교수는 작은 것들의 형상에서 얻는 행복을 이렇게 설명한다.

10. 회의적인 결론: 들녘의 길/동물의 왕

나이절 교수의 말이 틀리다고 할 수는 없지만, 작은 것들보다는 사람이 보다 큰 자연에서 더 강하게 작은 아름다움을 넘어 숭고한 아름다움을 느끼는 것은 사실이다. 아름다움과 숭고미는 별개의 것이 아니다. 하나는 다른 하나의 전체적 규율의 장을 말한다. 수도꼭지의 물은 아니지만, 작은 것들로서 꽃이나 나무의 아름다움 또는 아름다울 수도 있고 두려울 수도 있는 동물의 위엄을 접할 수 있는 것은 큰 자연이 유지됨으로써이다. 작은 것

---

45 Ibid., p. 30; Wallace Stegner, "Wilderness Letters", Page Stegner (ed.), *Marking the Sparrow's Fall: The Making of the American West?*(New York, 1998), p. 112.

46 Sidney R. Nagel, Ibid., p. 30.

들도 큰 자연 속에 포함되어야 아름답다. 물방울 또는 방산충의 생김새에서 아기자기한 형상적 아름다움을 발견하는 것도 중요한 일이지만, 더 중요한 것은 그것이 자연에 수용된다는 것이다.

그것이 어찌 되었든, 사람은 세계에서 시메트리와 형상을 발견하고 또 만들어 낸다. 자연은 인간의 왜소함을 보여 주는 거대함을 가진 것이면서도 큰 위안의 근본이 된다. 또 다른 위안은 사람이 발견하고 만들어 내는 작은 도안의 장식이고 거주 공간이다. 또 조금 더 크게 그것은 건축이고 공원이 된다. 거기에는 공간적 기획이 있다. 그것은 일단 앞에서 말한바 칸트의 성찰적 이성의 판단이 구성하거나 그로부터 인지되는 것이다. 그리고 더 나아가 그것은 우주론적인 확정적 판단과 합리성에 거두어들여질 수도 있다. 그러나 이러한 것들은 시적인 접근 곧 이성적이면서 감성적인 접근에서 보다 쉽게 느낄 수 있다.(하이데거가 즐겨 쓰는 말로 사람은 "시적으로 거주한다.") 시적인 순간은 작은 것이 큰 것을 비추는 순간이다.

어떤 종류의 자연 공간 그리고 그 안에 위치한 인간의 삶은 하이데거가 강조하는 바와 같이, 존재의 열림과 그 숭엄한 진리를 넘겨볼 수 있게 하는 공간이다. 이 전체에 대한 느낌이야말로 삶의 전체를 포용하는 체험을 가능하게 한다. 그것은 자연을 넘어 다시 근원적 정신세계를 암시한다. 이에 대하여 작은 시메트리는, 인공적인 것이든 자연에서 발견되는 것이든, 오히려 혐오감을 일으킬 수도 있다. 자신의 몸에 지나치게 장신구를 많이 붙인 것을 보고 사람들은 아름다움이나 고양감을 느끼기보다는 야만이나 미숙 또는 퇴폐를 느끼는 경우도 있다.

앞에서 인용한, 헤켈의 책에 평문을 쓴 아이블아이베스펠트는 동물행태학자로서 자연에서 발견되는 시메트리, 곧 동물이 보여 주는 시메트리는 당초에 적에게 경고를 주는 신호였다는 것을 지적하고 있다. 한 수리물리학자가 쓴 대중 과학서는 시메트리에 대한 인간의 민감성이 생물학적 근원을 가진 것으로 말하면서, 그것이 살아 있는 동물과 죽은 자연을 식별하는 데에 중요한 기능을 한다는 사실에 연결시킨다. 숲에서 맹수를 알아보는 간단한 방법은 좌우의 시메트리를 보여 주는 사물에 주의하는 것이다. 동물의 눈은 좌우 균형을 이루고 있기 때문이다.[47] 일반적으로 이것은 사람이 시메트리에 주의하는 하나의 동기라고 할 것이다. 이러한 관점에서라도 사람이 작은 시메트리의 아름다움을 넘어 넓은 공간의 숭엄한 질서를 존재의 기초로 느끼는 것은 당연하다. 그리고 인간은 이 공간이 시사하는 질서를 보다 정연한 것으로 바꾸고자 한다. 그러나 지나친 정연함은 그것대로 소외감을 일으킨다. 인간의 거주의 공간이나 그에 적합한 자연의 계획은 매우 모호한 균형 속에 존재한다.

위에서 본 바와 같이 하이데거의 예술관은 자연 그리고 그것의 정신적 근원에 대한 그 나름의 이해에서 나온다. 또는 예술의 교훈은 그러한 자연과 그 정신적 바탕에 대한 깨우침에 있다. 예술 작품은 그에게 자연을 토대로 한 작업의 일부이다. 이 관계를 가장 분명하게 알게 하는 것은 건축이다. 그의 「짓기 살기 생각하기(Bauen Wohnen Denken)」는 다시 한 번 이것을 확인하는 글이다. 건축에 대한 그의 견해를 잠깐 살펴보는 것은 인공적 조형과 삶의 환경의 관계를 생각하는 데에 도움이 될 수 있다.

'집을 짓는다'는 것은 '거주할 자리를 마련한다,' '터를 잡는다', 또는 '산다'는 것을 뜻한다. 독일어로 말하여, '집을 짓는다(bauen)'는 '거주한다(wohnen)'와 어원적으로 거의 같은 뜻을 가지고 있다고 한다. (방금 번역한 것처럼, 우리말에서, "효자동에 삽니다."라고 할 때의 '주소를 가진다'는 것은 삶 자체를 의미한다고 할 수 있다.) 하이데거는 어원적으로 '바우엔'은 '아끼고', '보존

---

47 John D. Barrow, *Impossibility: The Limits of Science and the Science of Limits* (Vintage Books, 1999), p. 5.

하고', '돌보고', '땅을 갈고', '포도나무를 기른다'는 뜻을 가진 말이라고 한다. (우리말의 '짓다'는 집을 짓는다는 말이기도 하고, '농사짓다'에서 보듯이 식물을 기른다는 말이기도 하다.) 하이데거에게 짓는다는 것은 사람이 땅 위에서 사는 것 전부를 의미한다. 농부의 구두가 그의 삶의 환경 전체를 표현하듯이, 지음은 자연의 모든 것을 종합함으로써 가능하여진다. 하이데거는 지음은 네 가지 삶의 조건을 종합하는 행위라고 한다. 이 네 가지는 땅과 하늘과 신적인 것과 인간(죽음의 존재로서의 인간, die Sterblichen)이다. 이것을 그는 "네 개의 축(das Geviert)"이라고 부른다.

한 가지 주목할 것은, 사람을 통해서 존재가 진리로서 드러나듯이, 이 네 가지 것은 인간을 통해서 하나가 된다는 사실이다. 하이데거가 드는 가장 편리한 예는 사람이 짓는 다리이다. 강물로 나뉘고 따로 있는 두 기슭이 다리를 놓음으로써 이어지고 따로 있던 땅들이 하나의 구역을 이룬다.

어떻게 위에 말한 네 가지 것이 하나가 되는가는 더 자세한 설명을 요하지만, 인공적으로 만들어지는 집이 어떻게 삶의 터전이 되는가 하는 데 대하여 그가 가졌던 생각은 그가 자주 찾아가고 또 집을 가지고 있던 독일 남부 슈바르츠발트의 농가의 묘사에서 느껴 볼 수 있다. '물건'이란 그의 생각에 땅의 여러 요소들을 합하여 만들어지는 것인데, 이 토지와 인간의 삶과 이 집의 일체성은 예술 작품을 포함하여 모든 인공 조형물에 해당된다고 할 수 있다. 그는 '집에 산다는 것'을 설명하면서, 한 농가를 말한다.

짓는다는 것의 본질은 삶을 허용한다는 것이다.(Das Wesen des Bauens ist Wohnen lassen.) 짓는 것을 완성하는 것은 그 공간들을 합침으로써 거소들(Orte)을 세우는 것이다. 거주하는 삶이 가능할 때, 비로소 지을 수 있다. 잠깐 동안 이백 년 전에 농사하며 거주하는 삶이 지은 슈바르츠발트의 농가를 생각해 보자. 땅과 하늘과 신성과 죽어 갈 자를 하나로 하여 사물이 되게 할 수

있는 힘의 뜨거움이 이 집을 세우고 정당한 것이 되게 하였다. 그 힘이 두 초
원 사이, 바람 없는 남향의 언덕, 샘물 가까운 곳에 농가를 세웠다. 아래로 널
따랗게 내려 쳐진 죽데기의 지붕은 그 알맞은 경사면으로 눈을 견디어 내고,
아래의 방들을 긴 겨울의 밤의 바람으로부터 지켜 낸다. 그 건축의 힘은 식구
들이 함께하는 식탁 뒤로 신을 모시는 신단(神壇)을 잊지 않았다. 그리고 그것
은 아이들의 침대와 통나무의 관(棺)을 놓아둘 성스러운 공간을 내어 놓았다.
그럼으로써 여러 다른 세대의 사람들이 가는 삶의 길을 한 지붕 아래 각인하
였다. 땅에 거주하며 사는 데에서 나온 공인 기술이 지금도 쓸모 있는 공구로
서 그 농가를 지었던 것이다.[48]

건축에 대한 하이데거의 이론도 그렇지만, 이러한 농가 곧 인간 존재의
바탕의 모든 것에 일체적으로 이어진 농가의 소묘는 한 편의 전원시이다.
바로 그때문에 그것은 오늘의 산업 사회의 현실에서 너무나 멀다고 하지
않을 수 없다. 하이데거 자신이 이것을 의식하지 않는 것은 아니다. 그가
말하고 있는 것은 현대 이전의 시대에 집이 무엇을 뜻하였던가를 설명한
것인데, wohnen을 알지 않고는 bauen을 이해할 수 없다. 그리하여 오늘
날에 있어서는 그것을 '생각하는 것'만으로도, 곧 건축을 물음의 대상으로
삼는다는 것만으로도 얻어지는 것은 있을 것이라고 그는 말한다. 그리고
사실 '생각한다는 것'은 다른 요건들이나 마찬가지로 참다운 건축의 요인
이다. 삶의 의미에 대한 생각이 없는 건축이 참다운 건축이 될 수는 없다.
　생각해 본다는 관점에서라도, 건축과 존재의 관계, 그리고 예술을 포함
하여 일체의 인공적 조형물에 대한 하이데거의 생각은 이상적 지표로서

---

48 Martin Heidegger, "Bauen Wohnen Denken", *Vortraege und Aufsaetze*(Pfullingen: Neske, 1954),
　　p. 161.

중요한 의의를 가지고 있다. 문제는, 다시 말하여, 이것이 오늘의 현실에서 어떻게 하여 변형 적용될 수 있느냐 하는 것이다. 적어도 그것은 오늘의 거주의 양식이나 삶의 스타일이 인간 존재의 깊은 진실에 맞아 들어갈 수 없다는 경고를 주는 효과는 있다고 할 것이다. 산업 문명의 인공적 건조물로 덮인 도시 공간이 보다 행복한 삶을 위한 공간이 되기는 어렵다는 사실은 많은 사람들이 깨닫고 있는 사실이다. (지상에 산다는 것 그리고 거기에 집을 짓는다는 것이, 거주도 아니고, 건축도 아니고 부동산이 되어 버린 우리에게 이것은 더욱 절실한 깨달음이 되어 마땅할 것이다.)

앞에서 우리는 아이블아이베스펠트가 "주워 모은 물건들과 추한 쓰레기의 합성"을 예술이라고 하는 새로운 예술의 흐름을 비판적으로 말한 것에 대하여 언급하였다. 그는 이것은 결국 가치와 공동체의 파괴에 이어진다고 말한다. 마음을 만드는 것은 책이나 교사의 가르침보다도 거주하고 있는 환경이다. 인공적 환경은 거기에서 오는 스트레스로 하여, 잡된 것들의 예술과 비슷한 예술과 오락을 번창하게 한다. 이것에 대하여 자연을 삶의 공간으로 편입하자는 운동이 퍼지는 것은 자연스럽다. 일찍부터 공원을 더 많이 짓는 것이 도시 환경을 개선한다는 것인데, 그 생각에 입각한 시민운동도 있다. 그러나 그러한 움직임이 인간의 거주가 가지고 있는 삶 ── 자연과의 조화 속에 유지되는 인간의 삶의 문제를 완전히 해결해 주지는 않는다는 것도 상기할 필요가 있다. 존재론적 근원을 상실한 인공물의 문제에 대하여 근원의 회복은 필요한 일이다. 그러나 다른 한편으로 어떠한 대책도 이미 자연을 침범하는 일이고 존재론적 진리를 왜곡하는 일이 될 수 있다는, 보다 부정적인 관점도 의식하지 않을 수 없는 것이 오늘의 상황인 것으로 보이기도 한다. 많은 유토피아의 계획은 삶의 공간을 정비하는 것으로 귀착한다. 그러나 그러한 실험의 효과가 성공한 예는 별로 많지 않다고 하는 것이 옳다.

물론 도시의 문제를 해결하는 한 방법은 보다 합리적인 계획으로 문제점들을 바로잡아 나아가는 것이다. 즉 보다 철저한 합리화가 필요하다고 할 수 있다. 그러나 그것이 잠정적인 답은 된다고 하겠지만, 영원한 답이 되지는 않는다. 인간이 위의 건축론을 펼치면서 필요한 것은 생각이고 "오랜 경험과 쉼 없는 연습의 공정"이다.(생각과 건축의 계획은 "die Werkstatt einer langen Erfahrung und unablässigen Übung"에서 나와야 한다.) 이 공정은 삶의 과정 전체를 포함한다. 그러나 오늘날 너무 쉬운 기획은 문제를 만들어 내기 쉽다. 더 많은 기획 그리고 계획은 더 많은 문제를 만들어 낸다.

이 연장선상에서는 더 극단적으로 말하여, 하이데거의 자연 속의 거주도 문제를 가질 수 있다. 그것도 다분히 역사의 한 삽화를 말할 뿐이다. 그리고 그것은 오늘날 다시 얄팍한 계획의 동기가 될 수 있다. 더 적절한 것은 위에서 나이절 교수가 언급한 스테그너가 말하고 있는, 사람이 손대지 않은 자연 곧 영어의 wilderness가 가리키는 자연 또는 황무지인지 모른다. 나는 자연과 인간의 관계를 말하면서, 학생들에게 사람이 소가죽의 구두를 신는 것과 비슷하게, 소가 사람 가죽의 신발을 신고 다니는 것을 상상해 보면 어떨까 하는 농담을 한 일이 있다. 너무 심한 농담이지만, 이 글의 서두에서 말한 바와 같이, 사람은 동물 중의 왕이다. 하이데거는 고흐의 구두 또는 농촌 여성의 구두가 자연의 일부라는 것을 강조하지만, 문제의 구두가 가죽 구두라는 것, 가죽은 죽은 소에서 나온다는 것을 말하지는 않았다. 가죽 구두를 신는 것은 동물의 왕으로서의 인간의 운명이다. 그러면서도 그것이 문제적인 상황이라는 것도 틀림이 없다. 이러한 조건과 상황이 가지고 있는 문제와 모순은 계속 고민하는 도리밖에 없다.

(2014년)

세계화 시대의 예술의 이념

예술의 공간과 그 변화

시의 공간

1

앞으로의 예술이 어떤 모양의 것이 될 것인가를 미리 짐작할 수 있을까? 그것을 예언하려면 오늘의 예술의 상태를 총체적으로 살피고, 그다음 예술 표현의 형성적 여러 요인을 파악할 수 있어야 한다. 거꾸로 오늘의 물질적 정신적 상황을 전체적으로 파악하고 다시 이러한 상황이 어떻게 예술의 표현 형식에 영향을 끼치게 되는가? —— 이러한 문제들을 생각하여야한다. 이러한 일은 말할 것도 없이 나의 능력을 넘어간다. 예술원 회장께서 그리고 이 행사의 추진 위원회에서 이러한 주제의 발표를 위촉 또는 강요한 것은 그것을 상정한 것이 아니라, 가진 대로의 느낌을 정리해서 이야기해 보라는 것일 것이다. 이 느낌을 정리하는 데에도 어떤 요령이 필요할 터인데, 한 가지 생각한 것은 예술 표현의 중심 원리 하나를 택하여 그 문제를 접근해 보자는 것이다. 이 느낌은 앞으로의 예술의 모습에 관한 것이라기보다는 오늘의 예술에서 받는 인상에 관한 것이다. 이 점 미리 양해를 구하고자 한다.

　예술 표현의 중심에는 말할 것도 없이 한편으로는, 예술가의 상상력 ── 조금 더 일반화해서 말하면, 주체적 능력이 있고, 다른 한편으로는 표현의 대상이 있다. 이 대상은 여러 가지로 변형되면서도 사람이 살고 있는 환경 ── 자연과 사회에서 추출되는 사물과 인물 그리고 사건이다. 이것이, 사람의 지각 ── 더 구체적으로는 예술가의 지각을 통하여 감지, 인지 또는 인식되고, 다시 언어 그리고 조형의 자료나 소리 또는 신체 등 물질적 자료의 매체를 통하여 일정하게 표현되고 고정된다. 주체적 인간으로서의 예술가가 이러한 물질적 매체를 통하여 시도하는 것은 외계의 여러 사물들에서 나온 모티프들을 하나로 통합하는 것이다. 이러한 과정은 예술가가 자신의 주체적 체험을 하나로 통합하는 과정이기도 하다. 그것은 물론 단순히 자신의 체제 속에 외물(外物)을 끌어들이거나 흡수하는 것이 아니다. 이 과정에서 주체적 능력 자체가 통합과 확장을 경험한다. 그리고 이것은 외적으로나 내적으로나 다르게 존재할 수 있다는 가능성을 경험하는 일이다.
　예술 작업의 통합이란 물론 아무렇게나 여러 가지 것들을 모아 놓는 것을 말하는 것은 아니다. 그것은 일정한 형상적 질서를 이룩해 내는 일이다. 그 질서가 예술 작품의 심미적 호소력의 기본이 된다. 이 형상적 질서 그리고 그것의 호소력이 어디에서 오는가를 밝히는 것은 쉽지 않은 일이다. (의식되는 것이 아니라고 하더라도, 그것을 직관하는 것은, 모든 지적 작업이 그렇듯이, 궁극적으로 플라톤적인 이데아의 현현(顯現)을 경험하는 것이라고 하여야 할지 모른다.)
　여기에서 주목하고자 하는 것은 이러한 통합의 과정이 여러 가지를 하나로 할 수 있는 공간을 상정한다는 사실이다. 여러 가지 요인이나 요소를 하나로 합치는 데에는 그것을 하나로 존재하게 하는 바탕이 있어야 한다. 즉, 그것이 무엇을 의미하든지, 공간이 있어야 한다는 말이다. 이 공간을 이해하는 것은 쉬운 일일 수 없다. 그것은 존재의 근본에 맞닿으려는 작업이다. 하이데거의 대표적인 책의 제목은 『존재와 시간』이다. 여기에서 '존재'는 공간을 말한다고 할 수 있다. 그러나 여기에서는 가장 간단하게, 그것을 사물의 공존을 설명하는 데 필요한 비유라고 하는 관점에서 접근할 수 있을 것이다. 그러나, 다시 말하여, 공간은 사람이 경험하는 일상적이면서도 신비롭다고 할 수밖에 없는 현실이다. 어느 쪽이든지 간에, 그것은 체험적 사실들의 장(場)으로서 현상학적 실재인 것은 틀림이 없다. 그런데 이것이 어떻게 존재하는가, 또는 존재하는 것으로서 받아들여지는가 ― '받아들여진다'고 해서 그것이 반드시 의식된다는 말은 아니다. ― 하는 것은 예술의 존재 방식을 결정하는 근본적 원인이 된다고 할 수 있다. 그런데 오늘날 이 공간에 중요한 변화가 일어나고 있는 것으로 보인다. 이 변화는 오늘의 예술 행위에 중요한 의미를 갖는 것이 아닌가 한다. 여기에서 우리가 생각해 보고자 하는 것은 예술적 형상화의 바탕으로서의 공간의 변화와 그것이 예술 행위에 대하여 갖는 의의이다.

2

문제가 무엇인가를 알아보기 위하여 예술 공간을 암시하는 예를 잠깐 살펴보기로 한다. 이러한 공간을 가장 쉽게 느끼게 하는 것은, 시의 예를 들어, 이미지라고 할 수 있다. (물론 이미지의 가능성을 떠나서 조형 미술을 생각할 수 없다는 것은 말할 필요도 없는 일이다.)

오리 목아지는
호수(湖水)를 감는다.

오리 목아지는

자꼬 간지러워.

여기 인용한, 한국의 가장 뛰어난 이미지스트 시인 정지용의 시 「호수
(湖水) 2」에 묘사된 호수는 오리가 떠 있는 호수의 모습을 가장 선명하게
느낄 수 있게 한다. 이 시가 오리나 호수를 입체적인 영상으로 떠올리게 하
지 않았더라면, 이 시는 별로 호소력을 갖지 못했을 것이다. 여기에는 공간
적 이미지가 중요한 역할을 한다. 그것을 실감 있게 하는 요소에는 오리 모
가지의 움직임이 있다. 움직임은 실을 꼬는 것과 같은 동작이다. 또 그것은
다시 부드러운 유체(流體)에 접한 사람의 목의 움직임과 감각에 이어진다.

그리하여 이 시에서 물 위의 오리는 하나의 이미지이면서 여러 감각적
체험으로 이루어져 있다. 이렇게 여러 요소들을 하나로 모으고 있는 바탕
은 무엇인가? 물론 그것은 시인의 상상력 또는 마음이다. 이러한 것들은
시인의 마음에서 하나가 된다. 그러니까 위에서 말한 공간은 시인의 마음
이라고 할 수 있다. 그러나 이 마음이 제멋대로 이것들을 모은 것은 아니
다. 여러 요소들의 집합은 한편으로 사실 세계의 가능성에 맞는 것이다. 그
러니까 여러 가지를 종합하고 있는 시의 이미지가 호소력을 갖는다. 그리
고 다른 한편으로 이 시에서 여러 요소들의 집합이 이루는 광경은 시인의
경험에서 하나로 통일될 수 있는 것이기도 하다. 그리하여 이 집합은 유기
적 체험으로 결정(結晶)된다. 이러한 통일의 과정은 무엇을 의미하는가?

정지용의 다른 시를 인용하여 문제를 다시 살펴본다. 정지용에게는 바
다를 주제로 한 시가 많은데, 「바다 6」은 다음과 같이 시작한다.

고래가 이제 횡단(橫斷)한 뒤
해협(海峽)이 천막(天幕)처럼 퍼덕이오.

이 첫 연의 뜻은 이해하기 쉽지 않다. 그 뜻이 어떤 것이든, 바다가 출렁이는 것, 천막이 출렁이는 것은 물질 공간의 특징을 공유한다. 그것은 직접 독자의 감각적 체험에 호소한다. 그런데 그 비유의 의미는 무엇일까? 어쩌면 고래와 같은 큰 동물에게는 해협도 작은 천막 정도로 작은 행사의 터전으로 볼 수 있다는 것일까? 바다가 험한 곳이 아니라 가까이할 수 있는 것이라는 뜻이 함축되어 있는 것은 분명하다. 다음에 이어지는 시적 이미지들—흰 물결, 바둑, 은방울은 바다를 더 친밀하게 생각할 수 있는 곳이 되게 한다. 그리고 고기를 잡으려는 바다종달새는 바다를 삶의 터로 생각할 수 있게 한다. 그다음에 나오는 묘사도 비슷한 관점에서 생각해 볼 수 있다. 그것은 바다를 쉽게 접근할 수 있는 산의 풍경에 비교한 것이다.

> 미억닢새 향기한 바위틈에
> 진달래꽃빛 조개가 해ㅅ살 쏘이고,
> 청제비 제날개에 미끄러져도—네
> 유리판 같은 하늘에,
> 바다는—속속 드리보이오,
> 청대ㅅ닢처럼 푸른
> 바다
> 봄
>
> 꽃봉오리 줄등 켜듯한
> 조그만 산으로—하고 있을까요.
>
> 솔나무 대나무
> 다옥한 수풀로—하고 있을까요.

노랑 검정 알롱달롱한

블랑키트 두르고 쪼그린 호랑이로 —— 하고 있을까요.

당신은 '이러한 풍경(風景)'을 데불고

흰 연기 같은

바다

멀리멀리 항해(航海)합쇼.

이 시가 쉬운 듯하면서도 난해한 것은 첫 연에서 본 바이다. 산뜻한 느낌을 주는 묘사가 많으면서도 문맥이나 전체 맥락을 파악하기가 쉽지 않다. 그러나 전체적으로 볼 때, 바닷속의 풍경과 봄 산의 풍경을 비교한 것은 기발하면서도 선명하다. 이 비교는 물론 시인의 상상력 속에서 이루어진 것이지만, 그것이 가능한 것은 비교의 대상물이 그것을 허용하기 때문이다. 상상하는 마음 아래에는 산과 바다라는 공간이 놓여 있다. 또는 거꾸로 두 대상이 다 같이 공간이기에 비교가 가능해진다고 할 수 있다.

물론, 되풀이하건대, 이 두 공간이 하나가 되는 것은 시인의 마음에서이다. 그리고 이 마음은 특별한 것이라고 할 수 있다. 시인이 바다를 가면서 떠올린 것은 봄산인데, 이것은 시인에게는 바다보다 익숙한 것이다. 그것은 고향의 산천인지도 모른다. 그가 산을 생각하는 것은 어쩌면 그럴 필요가 있기 때문이다. 그렇다는 것은 바다 그리고 그가 향해하고 있는 곳이 낯선 곳이기 때문이다. "꽃봉오리 줄등 켜듯한/ 조그만 산으로 —— 하고 있을까요"에 나오는 기이한 구문은 그다음에도 되풀이되어 있는데, "하고 있을까요"는 항해자의 태도를 지칭하는 말로 생각된다. 그리하여 이것을 다시 풀어 쓰면, "꽃봉오리 줄등 켜듯한 조그만 산으로 가고 있는 것처럼 하고 있을까요" 하고 누군가에게 또는 자신 자신에게 묻고 있는 말이 된다.

왜 이러한 자세가 필요한가는 하나 건너뛰어 나오는 구절에서 추측해 볼 수 있다. "노랑 검정 알롱달롱한/ 블랑키트 두르고 쪼그린 호랑이로 ── 하고 있을까요." 이것은 담요를 뒤집어쓰고 있는 시인 또는 항해자 자신의 모습을 말한 것일 것이다. 물론 담요 밑에 있는 것은 호랑이이다. 호랑이는 맹수로서 그렇게 조용한 자세로 있는 동물로 생각되지 않는 것이 보통이다. 항해자가 스스로를 호랑이에 비교하였다면, 하나는 자신이 끓어오르는 감정에도 불구하고, 그것을 억누르고 있다는 것을 표현하려는 것이고, 다른 한편으로 견디고 있는 호랑이처럼 스스로도 강한 의지의 인간으로서의 자신을 가질 수 있어야 한다는 뜻을 나타내는 것이라고 할 수 있다.

시의 마지막 부분에 나오는 '이러한 풍경(風景)'이란 말은 그 앞의 산의 풍경이 의도적으로 그려 낸 것이라는 것을 말한다. 그리하여 "당신은 '이러한 풍경(風景)'을 데불고/……멀리멀리 항해(航海)합쇼"라는 말은 낯선 곳으로 멀리 가더라도 이러한 풍경 ── 고향의 풍경을 마음에 지니고 항해하라는 지시이다. 이렇게 읽고 보면, 맨 앞의 '천막'의 뜻도 이해될 수 있다. 여기 천막은 어떤 축제 행사를 위한 것으로 말할 수 있다. 그것은 다음에 산으로 올라 갈 때의 꽃을 '줄등'에 비교한 것에 연결된다. 그러니까 「바다 6」은 일본이라는 이국(異國)으로 떠나는 시인이 스스로에게 되뇌는 격려사와 같은 것이라 할 수 있다.

그러나 여기에서 주목하고자 하는 것은 시인의 마음의 움직임이다. 동기가 미지의 외국 여행에서 느낄 수 있는 두려움에 대하여 스스로를 격려하려는 것이라고 하더라도, 그것이 시를 구성하는 공간을 만들어 낸다는 사실이 흥미로운 것이다. 이 공간은 마음의 공간이다. 그리고 그 공간을 펼치게 하는 것은 두려움과 그리움의 기묘한 결합이다. 그러면서 더 중요한 것은 이러한 심리적 움직임이 바다와 산을 하나로 하는 공간의 융합을 가져오고, 이 융합의 가능성은 단순히 심리적인 것이 아니라 사실적인 것일 수 있다는 점이다. 바다는 '흰 연기'와 같은 흐릿한, 즉 분명하게 감지될 수 있는 미지의 것이면서도, 고향의 산과 같이 생물이 서식할 수 있는 공간이다. 물론 이것은 상상된 것이지만, 사실적으로 탐구될 수 있는 가설이다. 시는 이 상상의 공간을 그려 낸다. 그러면서 사실의 공간을 포용한다.

이러한 융합 작용은 공간의 신비를 생각하게 한다. 상식적으로 생각할 때, 공간은 거의 사실 세계의 속성으로 이해된다. 사물들은 이 객관적 공간 속에 존재한다. 그러나 철학적 해석에서 공간의 사실성은 여러 가지로 논쟁의 대상이 된다. 그러한 해석 가운데 유명한 것은 칸트의 『실천 이성 비판』에 나와 있는 것이다. 그것은 경험적 세계를 인식의 기초가 되는 주관이 가지고 있는 직관의 형식이다. 이 형식이 주관에 기초한 만큼, 공간이 사물 자체의 속성인지 아닌지는 분명하지 아니하다. 그러나 공간의 인식과 그것에 출발하는 사물 인식에 주관이 관계된다고 하여, 그것이 의식적으로 사물의 직관에 개입하거나 작용하는 것은 아니다. 주관의 형식은 사물에 대한 감성적, 이성적 직관과 이해에 선행한다. 이렇게 말하는 것은 공간은 지각이나 인식과의 관계에서 참으로 비어 있는 형식적 조건일 뿐이라는 것에 주의해야 한다는 말이다.

그렇다면, 위에서 언급한 시에 감지되는 공간은 무엇을 의미하는가? 그 공간은 시인의 마음의 작용에 일치한다. 그리하여 그것은 단순한 선험적 형식으로 보이지 않는 것으로, 그 존재를 느낄 수 없게 존재하는 것은 아니다. 그것은 적극적으로 사물을 종합하는 데에 개입한다. 그렇다고 사물의 사물로서의 성격이 완전히 무시되는 것은 아니다. 위에서 시사한 바와 같이 좋은 시는 사물의 사물됨을 표현할 수 있어야 한다. 그리고 그것을 표현하는 시인의 주관도 그에 대하여 억지스러운 힘으로 작용하는 것은 아니다. 그렇기는 하나 시에 스며 있는 주관적 관점과 거기에 재현되는 사물성은 객관적 인식으로부터의 타락을 의미하는 것인가? 칸트적인 시공간 이해에서, 시공간의 의미는 그것이 결국 수학과 같은 선험적 지식의 기초가 된다는 데에 있다고 할 수 있다. 이와는 달리 시적인 공간 — 시인의 마음과 사물이 하나로 움직이는 공간은 어떤 보다 근원적인 공간의 의미를 가리키고 있는 것인가? 우리의 논의의 지금 단계에서 지적할 수 있는 것은 이 시적인 공간의 퇴화가 오늘의 삶에 있어서의 시의 퇴화에 연결되어 있을 것이라는 것이다. 상상력의 공간에서 공간이 줄어든 것이다.

간단히 생각하여 여러 사물이나 사안들의 통합을 위한 공간이란, 말하자면, 빈 그릇 또는 용기(容器)와 같은 것이다. 물론 여기에서 그릇이라고 하는 것은 비유일 뿐, 참으로 여러 가지 것들을 하나로 묶는 것은 그것을 생각하는 마음이다. 그러한 의미에서 공간이란 마음속에 존재하는 것이라고 일단 말할 수 있다. 그렇다고 그것이 객관적 공간에 상관없이 존재하는 것은 아니다. 그러나 그것은 일단 마음의 공간이라고 할 수 있다. 마음을 비운다는 말이 있다. 이것이 쉬운 일이 아님은 물론이다. 마음은 늘 생각 — 여러 가지 사물, 겪었던 일, 해야 할 일들에 대한 생각으로 가득 차 있다. 하나를 골똘히 생각하기 위하여도 그 하나를 제외한 다른 모든 것을 지워 마음을 비게 하여야 한다. 이것을 어렵게 하는 것이 오늘의 사회이다. 사물에 넘치고 정보에 넘치고 잡담이 넘치는 것이 오늘날이다. 이것이 상상의 공간을 좁게 하는 것은 너무나 자연스럽다.

오늘의 시는 어디에 있는가

1

이 글을 생각하기 얼마 전에,《뉴욕 타임스》에,「시, 누가 시를 필요로 하는가(Poetry: Who Needs It)」(2014년 6월 14일자)라는 글이 실렸다. 그것은 이 글이 나오기 이틀 전 시인 찰스 라이트(Charles Wright)가 미국 국회 도서관의 시자문(詩諮問) 계관 시인으로 임명된 것과 관련된 글이었다. '소설의 죽음'을 말하는 글들이 심심치 않게 발표되었지만, 영어 세계에서 '시의 죽음'은 새삼스럽게 말할 필요도 없는 일이 된 지 오래되었다. 시인 윌리엄 로건(William Logan)이 쓴 이 글은 시의 죽음까지는 말하지 않지만, 역시 죽음에 가깝게 쇠퇴한 시의 위치를 말하고 있다.

오늘은 산문의 시대이다. 그리하여 시가 설 자리가 별로 존재하지 않는다. 그는 그의 글을 이렇게 시작한다. 그렇다고 시가 완전히 사라진 것은 아니다. 미국에는 계관 시인이라는 공식 자리도 있고, 시의 달(poetry month)이라는 것도 있고, 버스나 지하철에도 시를 적은 것들을 걸어 놓는다.(이 점에서 미국과 한국의 사정은 비슷한 것으로 보인다.) 그러나 이제 시는 백년 전에 그랬던 것처럼, 신문이나 보통 잡지에는 실리지 않고, 시 전문의 잡지에만 실린다. 시를 사랑하는 사람은, 로건의 표현으로는, "정신에 문제가 있는 사람, 반사회적인 인간, 고양이 학대자" 정도이다. 물론 학교에서 시를 읽게 하지만, 시는 그 자체로 중요한 것이라기보다는 눌려 있던 "감정의 표현에서 오는 전율"을 느끼게 하는 수단으로, 또는 학교에서 학생들로 하여금 "동정심"과 "관용"을 배우게 하여, 좋은 시민이 되게 하는 수단으로서 억지스럽게 이용될 뿐이다.

로건의 생각으로는 시는 언제나 "소수 추종자를 가진 대(大)예술 장르"이다. 그러나 이것이 대중적 호소력을 가질 수 있다는 것은 착각이다. 이것은 사람들이 발레 공연이나 실내악 연주에 가지 않고, 17세기 프랑스의 화가 조르주 드 라 투르(Georges de la Tour)의 특별전시회에 가지 않는 것과 마찬가지이다. 그러면서도 뉴욕의 메트로폴리탄 오페라 극장의 공연이나 고전극 그리고 높은 수준의 연극들을 공연하는 런던의 국립극장의 공연들이 영상물이 되어 다시 영화관에서 방영되어 관중을 끈다. 이에 비슷하게,

시의 대중화가 이루어질 계기가 생길지도 모른다. 사람은 피카소의 작품 또는 체호프의 「벚꽃 동산」을 보지 않아도 살 수 있다. 그러나 사람들은 대중음악이나 대중적 회화나 사진 작품들에 접하고, 광고 문구에 들어가는 시적 표현이라도 접하게 마련이다. 이런 방식으로라도 시는 살아남는다.

2

가벼운 어조로 쓰인 「시, 누가 시를 필요로 하는가?」는 이렇게 끝난다. 그런데 필자 로건이 예언하듯이 그렇게 하여 시가 참으로 살아남을까? 또는 살아남는다는 경우, 어떤 종류의 시가 살아남을까? 로건의 말과는 달리, 필자의 생각으로는, 시의 죽음은 바로 광고에 흡수된 시로 인하여 일어나는 현상이다. 광고의 시가 우리의 마음에 작용하는 경우, 그것은 광고의 대상이 되는 상품이나 정치적 목적을 위한 것이지, 시로 하여금 시가 되게 하자는 것이 아니다.

시는— 적어도 그의 중요한 기능의 하나는, 우리로 하여금 시에 머물게 하는 데에 있다. 이에 대하여, 숨은 의도를 가진 시는 곧 다른 상투 언어 또는 상표가 찍어 놓은 물건으로 마음을 옮겨 가게 한다. 시가 독자의 마음을 시에 머물게 한다는 것은, 그 언어에 머물게 하는 것이면서 다시 언어를 넘어 사실의 세계로 옮겨 가게 한다는 것을 말한다. 사물은 숨은 의도의 언어, 특히 상투적인 언어로— 그리고 상투적 감정이나 물건의 이름으로 지칭될 수 있는 것이 아니다. 그러나 사물을 사물로 알 수 있는가? 그러나 시의 언어에 드러나는 사물은 다른 목적에 봉사하지 않는다. 그것은 시의 마음속에서 새로 태어나는 사물이다. 사실 그것이 사람이 사물에 가장 가까이 갈 수 있는 방도이다. 그것은 일정한 공간 속에 드러난다. 이 공간은 마음의 공간이면서 세계와 존재의 공간이다.

위의 글이 들고 있는 찰스 라이트의 시의 몇 구절을 「중국 여행 일지」에서 인용하여 보아도 이러한 점을 느낄 수 있다.

> 빛을 발하되 눈부시지 않는 것.
> 지는 잎, 떨어지는 폭포,
> 무릇 모든 것은 멈추어 쉬나니.[1]

이 시행들에서 쉽게 접근되는 것은 잎과 폭포라는 사물이다. 이것들은
아래로 떨어지는 것으로 이야기되어 있다. 시인, 또는 그의 마음은, 그것을
관찰하고 있는 것으로 보인다. 마음은 아래로 내려가는 것을 그대로 따라
내려간다. 그리고 그것이 낙하 후에 멈추어 서는 것을 본다. 이 멈춤에서
마음도 멈춘다. 사물에 밀착하여 움직이고 쉬는 마음은 어떤 교훈을 얻는
다. 결국 모든 것은 휴지(休止)에 이른다. 방금 말한 바와 같이 그것은 마음
이 사물과 더불어 움직인다는 것, 그리고 그와 더불어 멈추어 선다는 것이
다. 교훈은 더 확대될 수 있다. 사물의 움직임은 아래로 향하고 멈추어 선
다. 이것은 중력의 장에서 일어나는 일이다. 그리하여 그 움직임에는 운명
적인 것이 있다. 인생론의 관점에서 교훈은, 마음과 사물이 그렇게 움직이
고 있듯이, 운명에 스스로를 맡기는 것이 순리라는 것이다. 사실 이 순리는
삶이 펼쳐지는 자연스러운 이치이다.

　위 시의 제목은 「중국 여행 일지」이다. 라이트는 중국 문학을 많이 공부
한 시인이다. 인용한 시구는 중국적인 발상을 가지고 있다. 떨어지는 폭포
는 단순한 사실이라기보다는 시 전체를 종합하는 상징이다. 노자(老子)에
서 중요한 상징의 하나는 물이다. 노자는 상선약수(上善若水)라고 하여 최

1　"To shine but not to dazzle./ falling leaves, falling water,/ everything comes to rest." Charles
　Wright, "Chinese Journal", Margaret Ferguson et al, *The Norton Anthology of Poetry*(New York:
　Norton, 2003), p. 1163.

고의 선을 물에 비교하였다. 물은 다른 것들에게 좋은 것을 가져다주지만, 다른 것들과 다투지 않고, 스스로는 사람들이 싫어하는 곳으로 흘러간다. 그리하여 땅에 자리하고, 연못이 되어 고요하게 있는 것을 좋아한다.[2] 이렇게 노자를 생각하면, 애매했던 첫 줄의 의미도 짐작할 수 있다. 화광동진(和光同塵)은 또 하나의 노자의 생각을 나타낸 말이다. 빛이 너무 밝으면 이것을 순화하여야 한다. 그리고 티끌 속에 있는 것들과 함께할 수 있어야 한다. "빛을 발하되 눈부시지 않는 것"이라는 말은 눈을 부시게까지 할 필요는 없다는 것을 말한다고 할 수 있다. 빛은 순하여야 한다. 그러나 라이트의 시구는, 삶 그것이, 또 자신의 삶이 빛나는 것이어야 한다는 것 정도는 받아들이는 것을 뜻하는 것으로 읽을 수 있다. 삶의 빛은 스스로 있는 존재의 빛이다. 그것은 사람들의 눈을 부시게 하려는 것은 아니다.

위의 시구절의 여러 물건들 그리고 의미들은 시 속에서 하나가 된다. 그것은 또 시인의 마음 그리고 독자의 마음에서 하나가 된다. 시가 말하는 것은 이러한 하나의 과정이다. 과히 밝지 않은 빛 아래 잎이 지고, 폭포의 물이 떨어지는 것을 보고, 모든 것이 조용해지는 것이 시에서 하나의 풍경으로 구성되는 것이다. 이러한 종합의 가능성이 어디에서 오는지는 분명하지 않지만, 그 가능성에 바탕하여, 마음은 여러 사실들을 하나로 모을 수 있다.

3

이왕에 라이트를 인용하였으니, 같은 사화집에서 그에 이어지는 또 하나의 시구를 인용해 본다.

---

2   上善若水, 水善利萬物而不爭, 處衆人之所惡, 故幾於道, 居善地, 心善淵.

모든 것을 제대로 돌게 하는 틀림없는 기계를 아는가?

한 마디의 말을 고르고, 그것을 제자리에 쓰는 일,

그것이 맞는 말일 때, 그것이면 족하고도 남는다:

한 촌(寸)의 음악은 한 촌(寸) 반의 티끌이니.[3]

첫 줄의 기계는 생활의 편의를 위한 기계를 말한다고 할 수 있다. 그러면서 그것은 인간의 지적 작용에 관계되는 기계이다. 시인이 시를 쓸 때, 그러한 만능의 기계로 적절한 말을 잡아낸다면, 어떨까? 시 쓰는 기계가 있다고 하면, 그때도 시를 쓰는 일의 의미는 그대로 있는 것일까?

수학자 괴델(Kurt Gödel)은 컴퓨터의 원조로 일컬어지는 폰 노이만(John von Neumann)에게 그의 암 치료에 대한 위문편지를 쓰면서, 모든 수학 문제를 풀어낼 수 있는 기계에 대하여 말하였다. 그러한 것이 발명되면, 문제를 풀려는 수학자의 정신적 노력은 완전히 기계에 의하여 대치되리라는 희망을 말한 것이었다.[4] 이것이 가능하다면, 수학자에게만이 아니라, 많은 학문이 수학에 의존한다고 할 때, 그것은 매우 편리한 일이 될 것이다. 그런데 수학의 인간적인 의미는 상당히 상실될 것이다. 플라톤의『공화국』에서, 통치자의 교육 프로그램의 핵심에 있는 것은 수학 교육이다. 그러나 이것이 컴퓨터로 문제를 해결하는 것과 같이, 국가의 경제나 인구 문제 또는 생활의 편의를 쉽게 해결하자는 것이 아님은 물론이다. 공화국에서 수학 교육의 의미는 나라의 정치를 맡은 사람의 정신적 단련에 있다. 플라톤의 생각에 수학은 수련자로 하여금 감각적 체험에서 생겨나는 잘못된 생

---

3   "What can anyone know of the sure machine that makes all things work?/ To find one word and use it correctly,/ providing it is the right word,/ Is more than enough:/ An inch of music is an inch and a half of dust." Ferguson, Ibid.

4   Cf. John Pavlus, "Machines of the Infinite", Siddharta Mukherjee, *The Best American Science and Nature Writing 2013*(Boston: Houghton Mifflin Harcourt).

각들을 넘어서 이성적 판단을 가능하게 하는 데에 도움을 준다. 수학을 거쳐 다시 철학 수업으로 완성되는 궁극적인 지혜는 형상의 세계를 직관할 수 있게 한다. 그리하여 사람은 진선미를 깨우친 경지에 이르게 된다. (그다음 정치 지도자가 세속의 세계로 돌아가는 것은 또 하나의 단계이다.)

라이트의 위 시구에서 처음에 언급되는 기계는 괴델이 언급한 컴퓨터일 수도 있고, 또는 조금 더 현실 문제를 해결하는 데 유용한 편의 기구 — 극단적으로는 산업 과정이나 일상생활을 운영해 줄 수 있는 로봇을 말한다고 할 수 있을 것이다. 괴델이 폰 노이만에게 위에 말한 편지를 보낸 것은 1956년이었다. 이제 컴퓨터의 발달도 그러하지만, 공장이라든지 집안일이라든지 또는 최근의 소식으로는 운전사가 필요 없는 자동차라든지, 거의 모든 문제를 풀 수 있는 기계들이 생겨나고 있다고 할 수 있다. 라이트는 이러한 기계의 존재를 의미 있는 것으로 받아들이지 않는다. 그가 원하는 것은 표현하고자 하는 것에 들어맞는 정확한 단어를 찾는 데에서 오는 만족감이다. 만족감의 큰 부분은 아마 그것을 찾는 노력에서 오는 것일 것이다. 정신의 작업은 그 나름의 보람을 가져온다. 어쩌면 그것은 노력의 대가로서의 성취감 때문이라 할 수 있을 것이다. 또는 탐구의 만족감이라고 하는 것이 맞는지 모른다.

시의 경우에 탐구는 한편으로는 언어의 세계에서 정확한 단어를 찾는 일이다. 다른 한편으로 그것은 경험이나 체험의 장(場)을 널리 살피는 것을 말한다. 단어는 경험의 장의 여러 가능성에 비추어 맞을 수도 있고 맞지 않는 것이 될 수도 있다. 이러한 언어와 경험의 해후(邂逅)는 플라톤적인 요소를 갖는다. 그것은 언어 문법의 규범적 세계와 무정형의 경험 세계의 마주침을 말한다. 그러나 결국은 이 마주침에서 경험 세계도 규범적인 내용을 갖는 것으로 확인된다. 그리고 그것은, 바로 당초의 무정형으로 하여, 새로운 창조적 표현으로 — 그러면서도 자의적인 것이 아니라 정확한 것으로 드러날 수 있다. 그리하여, 정확한 표현을 찾는 시 창작의 행위는 플라톤적인 이데아를 흘끗 보는 듯한 경험이 된다. (독자의 경우에도 이것을 따라가는 것이 독자의 경험이다.)

그러나 라이트에게는 이것은 이상 세계에서 일어나는 것이 아니라 세속 세계에서 일어나는 일이다. "한 촌(寸)의 음악은 한 촌(寸) 반의 티끌이니." 플라톤의 교육 프로그램에서 수학적 교육의 마지막 부분은 음악의 '화음'에 대한 것이다. 피교육자는 음악의 화음을 통해서 영혼의 드높음과 형상의 아름다움을 체험한다. 그러나 라이트의 세속계에서는 음악도 무상한 사건의 하나일 뿐이다. 그러면서도 무상의 지속을 조금은 더 연장하는 효과를 갖는다고는 할 수 있다.

시대적 에피스테메와 원초적인 공간

1

칸트의 비판 철학의 핵심적인 명제의 하나는 공간 그리고 시간이 인간의 지각과 인식의 직관적 양식이라는 것이다. 이 공간은 사실로서 주어진 것도 아니고 개념으로서 구성된 것도 아니면서, 일체의 경험 세계의 지각이나 인식을 가능하게 한다. 인간 인식의 근본으로서의 공간의 문제는 미셸 푸코에 있어서도 중심적인 관심사이다. 다만 그것은 칸트에 있어서보다 경험적 성격을 갖는다. 그의 생각에, 사람의 인식의 근본에는 여러 가지 요소들을 하나로 묶어 낼 수 있게 하는 공간이 있다. 이것을 밝히는 것은 인식론적인 과제이기도 하지만, 시대와 문명의 인식의 틀로서의 '에피스테메'를 밝히려는 기획의 일부이다. 이것을 밝히는 일을 그는 비판적 선험 철학이 아니라 숨은 역사적 틀을 발굴하는 고고학이라고 부르고자 하였다.

'탁자(table)', '도판(tableau)'의 이미지는 사고의 테두리로서의 공간을 쉽게 예시하는 비유이다. 그는 "생각으로 하여금, 세상의 사물들에 작용을 가하여, 거기에 질서를 부여하고, 그것들을 여러 범주로 분류하고, 유사성과 차이를 표하여 이름에 따라 집합을 가능하게 하는 도판 —— 시간이 생긴 이래 줄곧 언어가 그 위에서 공간과 교차하는 탁자, 도판"이 있다고 한다.[5] 여기의 인용이 들어 있는 책의 제목은 불어로는 'Les mots et les choses(말들과 물건들)'이지만, 영어로는 'The Order of Things(사물의 질서)'로 되어 있다. 사람이 생각하고 표현하는 사물에는 질서가 있고, 원제와 관련하여 생각하면, 이 제목은, 탁자에 물건을 정리해 놓는 것처럼, 사람이 생각하고 말하는 사물들에 일정한 배열의 질서가 존재한다는 뜻을 전한다. 이러한 도판은 여러 각도에서 설명될 수 있는 비유이지만, 간단한 의미에서 —— 그러나 복잡한 이해를 요구하는 —— 사고의 공간이다. 그것은 인간 인식의 바탕이 된다. 그것은 일상생활의 지각과 인식에도 작용하고, 과학적 공간에도 작용한다.

그러나 모든 일상적 지적 판단의 질서에 여러 가지로 정의할 수 있는 공간이 있지만, 위에 언급한 저서에서 푸코가 주로 밝히고자 하는 것은 '고전 시대'의 지적 체계의 바탕에 있는 일관성이다. 고전 시대에 있어서 자연 이해나 사회 이해 그리고 인간 이해는 어느 때보다도 하나의 인식 공간을 공유하고 있었다. 푸코의 생각으로는 투른포르(Tournefort), 린네우스(Carolus Linnaeus), 뷔퐁(Buffon)의 자연사는 19세기와 그 후에 오는 생물학, 퀴비에(Georges Cuvier)의 비교해부학, 다윈의 진화론이 아니라 보제(Bauzee)의 문법, 로(John Law)나 튀르고(Anne Turgot)의 저작들에 나오는 화폐 경제론,

5   Michel Foucault, *Les mots et les choses*(Paris: Editions Gallimard, 1966) p. 9.

부국론에 연결되는 학문이었다. 이들의 학문에서 표상 이론, 언어 이론, 자연 질서, 부와 가치는 하나의 발상에서 출발하는 것이었다. 이러한 학문적 사고의 연결이 가능하였던 것은 거기에 "하나의 일반적 앎의 공간, 그 공동의 통합적 형상, 거기에 있어서의 사물의 존재 방식을 규정하는 고고학이 있어서 공시적 체계를 정의하고 있었기 때문이었다."

여기에서 표상은 모든 질서의 기초였고, 언어는 자연스러운 도판(tableau)이고, 사물의 기본적인 틀이며, 표상과 사물을 이어 주는 매체였다.[6] 이러한 공시적 체계성은 19세기 이후에 와서 역사의식의 발달, 인간 심리의 무의식에 대한 통찰, 민족지에서 발견되는 인간에 대한 다양한 정보 등으로 하여 조금 더 복잡한 것이 되고 불투명한 것이 되지만, 거기에도 보이지 않는 공동의 인식의 공간은 존재하였다. 19세기, 특히 20세기에 새로 대두되는 지식의 체계에 대하여 분명한 설명을 제공한다고 할 수는 없지만, 푸코는 이 지식의 공간이 조금 더 복잡한 "형식적 구조의 성격"[7]을 가지게 된다고 본 것으로 보인다.

그러나 우리의 논의와 관련하여 중요한 것은, 문화의 고고학의 내용을 밝히는 일보다도, 공간의 암시가 인간 체험의 이해에 기본적 요소라는 사실이다. 앞에서 시를 정독하면서 이미 시사한 바와 같이, 사물과 관찰 그리고 체험을 하나로 종합하는 매체로서 그리고 그 결과로서 공간은 예술 작품에서도 빼어 놓을 수 없는 기능을 가지고 있다. 가장 간단히 말하여, 주어와 술어의 연결을 비롯하여 언어는 공간적 — 물론 더 정확히는 그와 함께 시간적 — 전개 없이는 존재할 수 없다. 시에 있어서 빼놓을 수 없는 이미지는 특히 중요한 표현의 요소이다. 그런데, 그것은 무엇보다도 공간적

---

6   Foucault, Ibid., p. 14.

7   Ibid., p. 392.

펼쳐짐이 없이 존재할 수 없다. 미술 작품의 공간성은 말할 필요도 없다. 조각품 그리고 인스톨레이션이 공간 속에 존재함은 너무나 당연하다. 회화에서 캔버스는 물론이고, 거기에 사용되는 물감이나 그려지는 형상들도 공간을 떠나서 존재할 수 없다. 음악은 시간 예술이라고 말하여진다. 그러나 멜로디나 다른 음악의 구성 요소들을 생각할 때, 그것은 소리의 연속성 또는 구조적 형식을 떠나서는 존재할 수 없고, 이 요소들은 공간적 연상을 가지고 있다.

그런데 이러한 예술 속의 공간이 선험적 직관의 형식으로서의 공간, 지식의 장의 벡터로서의 공간, 또는 과학이 전제하는 공간과 같은 것이라고 할 수는 없다. 그러면서도 그것이 완전히 자의적인 환상의 소산이라고 하는 것도 맞지 않는 것일 것이다. 또 그것이 위에 언급한바 보다 이론적으로 정의될 수 있는 공간과 관계가 없다고 하는 것도 예술적 상상력의 공간의 사실적 근거를 무시하는 일이 될 것이다. 그렇다면 시적인 공간, 예술의 공간은 위에 말한 공간과 관계하여 어떤 성격의 것이라고 설명할 수 있을 것인가?

2

위에서 우리는 푸코의 인식의 공간 — 주로 지적인 인식의 공간에 관하여 언급하였거니와, 그가 이 공간을 반드시 지적인 인식에만 한정한 것은 아니었다. 그러면서도 그것을 학문 또는 지식의 토대로서 그것을 생각하였기 때문에, 이 공간의 보다 넓은 의미를 충분히 설명하지 않았다고 할 수 있다. 이것을 다시 살펴보는 것은 예술에 작용하는 선험적 공간 양식을 밝히는 데에 도움이 될 것이다. 예술 체험의 기본이 되는 사건의 공간은 푸코가 생각하는 이 근원적인 공간 — 그러니까 칸트의 시공간에 비슷하게, 선험적인 것이면서도 시대적으로 변하는 공간, 푸코의 말로 "역사적 선험적 조건(a priori historique)"⁸의 한 측면을 이루는 것으로 생각된다. 이 가능성을 생각하기 위해서 이 선험적 공간이 다른 질서의 체계 또는 공간에 어떻게 관계되는가를 설명하는 『말과 사물』의 첫 부분을 다시 점검해 보기로 한다.

푸코의 설명을 따르면, 한 문화에는 언어, 지각의 도식, 경제적 교환 행위, 기술, 가치, 이러한 것들의 실천에 있어서의 순서와 서열 —— 이러한 것들을 규제하는 근본적인 코드가 있다. 그리고 이에 의하여 세워지는 '경험적 질서'가 있고, 이와는 다르게 사변적인 차원에 성립하는 과학의 이론이나 철학적 성찰의 질서가 있다. 현실의 사변에의 진입은 질서가 존재하는 이유, 거기에 포함되는 보편적 법칙과 원리, 그리고 다른 질서나 체계가 아니라 이것이 존재하는 이유 등을 설명한다. 그런데 경험과 사변 이 두 영역 사이에는 또 다른 중간 영역이 있다. 이것을 드러내는 것은 비판적 문화, 또는 서로 다른 문화들의 충돌로 생겨나는 비판적 직감이다. 이러한 비판적 또는 이질적 문화는 경험적 영역에서 출발하면서도, 그 질서를 벗어나는 사물들이 있고, 그것은 지금까지의 질서와 다른 '무언의 질서'에 속한다는 것을 알게 한다. 그리고 그것은 다른 질서의 가능성을 보여 준다. 도대체 질서라는 것이 존재한다는 사실을 깨닫게 되는 것도 이 가능성들을 통하여서이다. "나상(裸狀)의 질서(l'être brut de l'ordre)" —— 벌거벗은 질서에 직면하는 것이다.

그리하여 드러나는 것은 두 개의 질서 사이에 ——"기존의 눈길과 반성적 앎의 사이에" 있는 "중간 지역(une région médiane)"이다. 이 지역의 존재는 "공간과 관련하여 또는 시간의 압력 속에서 계속적으로 새로 구성되거나, 다양한 것들의 도판에 이어지거나, 이질적인 일관성의 체계에 의하여 정의

---

8   Ibid., p. 13.

되거나, 연속되거나 일치하는 유사성에 의하여 구성되거나, 증대하는 차이에 의하여 조직화되면서 ─ 이러한 과정 중에 나타나게 된다. 이 중간 영역은, 그것이 "질서의 존재 방식을 드러내는 한, 가장 기초적인 것으로 생각될 수 있고, 말과 지각이나 행동에 선행하고, 질서의 보다 정확하고 보다 적절한 체험으로 생각되고…… 보다 탄탄하고 보다 오래되고, 보다 덜 의심스럽고, 그것에 보다 분명한 형태를 부여하고, 철저한 응용을 시험하고, 철학적 기초를 확립하려는 이론들보다 '진리'를 드러낸다고 간주된다."[9]

3

푸코가 중간 지역이라고 설명한 것은, 말하자면, 모든 경험적 개념적 문화적 변별화나 분류를 초월하여 존재하는 존재론적 현실을 말하는 것처럼 보인다. 다만 그것은 그 자체로 존재하는 것이라기보다는 시대나 문화 또는 문명의 인식 유형(épistémè)의 바탕에 있는 것이기 때문에, 위에서 이미 시사한 바와 같이, '역사적 아프리오리', 또는 그것이 성립할 수 있게 하는 바탕이라고 할 수 있다. (물론 존재론적 기초가 없이 모든 것이 역사 속에 부유하고 있을 수 있는가 하는 것은, 푸코가 별로 반가워하지 않는 형이상학적 탐구의 소재가 될 것이다.) 그런데 존재론적 기초의 문제를 접어 두더라도 이러한 바탕을 알게 하는 현실적 기초가 무엇인가? 체험을 떠나서 그것을 어디에서 알 수 있을 것인가?

푸코의 이론에서도 이러한 영역의 존재를 알게 하는 것은 비판적 문화이고, 그것은 '경험적 질서'에서 나온다고 하였다. 이 영역은, "매우 혼란되고, 애매하고, 말할 것도 없이 분석이 잘 되지 않는" 지역이다.[10] 앞에서 몇

---

9   Ibid., p. 12.

10 Ibid., p. 12.

편의 시를 통하여 시적 체험의 공간적 구성을 길게 추적한 바 있지만, 이것이야말로, 이러한 경험의 세계이면서 동시에 근원적인 공간을 암시하는 것이라고 할 수 있지 않을까? 시는 지각하는 사실들을 하나의 공간 속에 통합한다. 이 공간은 마음의 공간이면서 동시에 공간적 존재로서의 인간이 경험하는 근원적 공간을 그려 내는 일이다. 이미 말한 바와 같이 이 공간은 주관과 존재론적 공간의 부딪침으로서 일어나는 사건이다. 이 사건으로서의 공간이 시적인 의미를 지탱한다. 물론 그것을 느끼는 것이 완전히 형이상학적인 체험이 되는 것은 아니다.

시가 표현하는 것이 개인의 주관적 체험의 성격을 가진 것은 말할 것도 없다. 그리고 그것은 푸코의 경험적, 과학적 철학적 공간처럼 여러 문화적 시대적 분류 체계로부터 자유로울 수 없다. 그러나 시적 체험은 이러한 것들의 틈에 스며 있는 존재론적 공간의 바탕 위에서 전개된다. 또 그러한 한도에서 그것은 참으로 의미 있는 체험이 된다. 시가 주는 "형이상학적 전율(frisson métaphysique)"은 여기에서 오는 것이라 할 수 있다. 사실 예술이 표현하는 체험은 대체로 이러한 성질을 갖는 것이 아닌가 한다. 경험적 정형성과 개념적 정형성 둘 사이에 존재하는 중간 지역을 기초로 하여 구성되는 것이 예술이 구성해 내는 공간이라는 말이다.

그런데 이러한 관찰과 관련하여 예술이 표현하는 체험의 의미를 다시 한 번 생각하는 것은 거기에 표현되는 공간의 의미의 신비를 다시 생각하는 일이 될 것이다. 체험이 전개되는 바탕은 일단 공간이라기보다는 시간이라고 할 수 있다. 그러나 표현한다는 것은 시간을 공간적으로 파악하는 일이라고 말할 수 있다. 시간 속의 일이라도 표현한다는 것은 그것을 전체로서 파악한다는 것 ─ 또는 되살린다는 것을 말한다. 그러니까 그것은 대체로는 지나간 일을 회고하는 일이 된다.

프루스트의 『잃어버린 시간을 찾아서』는 문자 그대로 지나간 시간의 일을 되살리려는 데에서 이루어진 작품이다. 이 되살림에서 핵심적으로 작용하는 것은, 흔히 지적되듯이, "불수의적인 기억"을 통해서 재현되는 기억이다. 그리고 그 기억은 과거를 '장면'으로 되살려 낸다. 이 작품들이 되살리는 기억은 전체적으로, 수목들 속의 길, 저택, 교회, 도시, 해변, 그리고 여러 사교적인 모임의 장소와 같은 공간을 배경으로 가지고 있다. 이것은 이 장편의 부분을 이루는 부분의 제목들에 들어 있는 장소나 공간, '스완 가(家)', '꽃피는 아가씨들의 그늘', '게르망트 가'로도 드러난다.

기억의 사건들은 장소를 중심으로 하여 전개된다. 소설의 첫 부분에서 회상되는 '콩브레'의 에피소드에는 어린 시절의 주인공이 자신의 방의 침대에 누워, 밖에서 사람들이 벌이고 있는 테니스를 생각하는 장면이 있다. 그러면서 그는 자리에 누워 있으면서 실제 운동을 하고 있는 사람들보다 자신이 경기 전체를 더 잘 파악한다고 생각한다. 마음으로 전체적인 움직임을 재구성하기 때문이다. 전체는 회고 속에서, 그리고 사건을 밀접하게 좇는 마음속에서 제대로 구성된다. 사실 이러한 구조는, 프루스트에서처럼 강조되는 것은 아니면서, 다른 작품에서도 발견할 수 있다. 작품이 일정한 플롯을 갖는다는 것은 무엇을 뜻하는가? 그것은 시간의 흐름을 전체로 파악한다는 것, 또는 공간화하여 파악한다는 것을 말한다.

이에 비슷한 시간과 공간의 교차는 다른 예술에서도 찾을 수 있다. 음악은 시간의 예술이라고 한다. 그러나 거기에 일정한 형상이 없다면, 음악은 무의미한 것이 되고 말 것이다. 일정한 리듬이 있고, 화음이 있고, 되풀이되는 구조가 있다는 것은 음악이 그려 내는 것이 일정한 형상이라는 것을 말한다. 악보가 존재할 수 있다는 것은 음악의 시간이 공간으로 전환될 수 있다는 것을 보여 준다. 이야기나 음악에 비하여 회화나 조각은 직접적인 의미에서 공간의 예술이다. 그러나 어떤 종류의 이야기를 표출하고 있지 않은 회화나 조각은 무의미로 전락한다. 물론 상투적인 이야기를 피하기 위하여 이야기를 피하는 경우도 있으나, 이것도 무의미를 의도적으로 지향하면서도 이야기와의 관계에서 의미를 얻는다. 르네 마그리트가 잘 그리는 공중에 뜬 바위는 그 불가능으로 하여 보는 사람을 놀라게 하면서, 실제 공중에 뜬 큰 물체가 있다는 것, 지구도 그와 같은 것이라는 것 등을 연상하게 함으로서 존재의 놀라움을 느끼게 한다. 그리고 그의 그림들에 발견되는, 배경이나 현실적 세팅에 관계없이 구름이 떠 있는 맑은 하늘은 그의 유머와 함께 그의 심성의 가벼움을 느낄 수 있게 한다.

4

예술 경험이 보여 주는 것은, 위에 말한 것을 되풀이하건대, 사물들을 구성하는 공간의 능동성이다. 구성되는 공간은 그 형이상학적 깊이, 전체성, 고요함, 불변성을 느끼게 한다. 이것은 앞의 특징에 모순되는 것이다. 예술의 공간은 어디까지나 "혼란되고…… 애매하고…… 분석이 잘 되지 않는" 불투명한 공간으로 남는다. 그것으로부터 지속적인 공간이 확인되고, 사건과 사물이 그 안에서 하나로 종합된다. 결과는 질서이면서 사건이다. 그것은 구성체이면서 상투적 정형화에 일치하지 않는다. 그리고 경험적일 수도 있고 철학적일 수도 있는 개념들로 쉽게 표현되지 않는다. 그렇게 되는 경우, 그것은 살아 있는 체험의 '전율'이기를 그친다.

위에서 말한 사물과 지식의 공간적 배열에 대한 푸코의 논의는 중국의 백과사전에 나와 있다는 불가해한 사물 분류 방식을 말하는 것으로부터 시작한다. 이 중국의 분류 방식은 호르헤 루이스 보르헤스에서 빌려 온 희화적 사례이다. 이 분류는 동물을 a) 황제에 속하는 것, b) 방부 처리하여 미라가 된 것, c) 순치한 것, d) 젖먹이 돼지, e) 물의 여신, f) 신화적인 것, g) 풀려난 개, h) 이 분류에 포함된 것, i) 미친 것, j) 헤아릴 수 없이 무수한 것, k) 가느다란 낙타털 붓으로 그린 것, l) 기타 등등, m) 물주전자를 방금 깬 것, n) 멀리서 볼 때 파리 같은 것 — 이러한 방식으로 나눈다.

이 목록은 그 자체로 흥미 있는 것이지만, 푸코는 이것을 두고 사람의 사고가 저절로 어떤 공간을 토대로 진행된다는 것을 예시하고자 하는 것이다. 목록 하나하나의 항목은 그 나름으로 사물을 분류한다. 거기에 문제가 있는 것은 아니다. 가령, 여러 가지 특징을 가지고 있으면서, 상상의 동물과는 다른 실재의 동물을 각각 하나의 품목으로 분류하는 것은 있을 수 있는 일이다. 문제가 되는 것은 여러 항목을 a, b, c 등을 붙여서 함께 생각하는 것이다. 이 항목들이 마치 하나의 큰 테두리에 포함될 수 있는 듯한 인상을 주는 것이 문제이다. 더 간단히 말하면, 알파벳을 붙인 것이 문제이고, 푸코보다도 한 발자국을 더 나간다면, 알파벳을 일정한 순서를 표기하는 것으로 읽는 것이 문제인 것이다. 이러한 예는 우리의 사고가 사물을 대할 때에는 나열의 공간을 상정한다는 것을 알게 한다.

이러한 공간이 여러 가지로 존재할 수 있다는 것은 푸코가 지적하는 흥미로운 사항의 하나이다. 언어는 분류의 기본적인 그물로 작용한다. 말을 잃어버린 사람은 사물의 분류를 잘 하지 못한다. 실어증은 무공간(atopia)을 야기한다. 유토피아(utopia)는 여러 유사한 것들의 분류 공간을 가지고 있지만, 현실 공간에 연계되지 않는 상상의 공간이다. 주석을 보탠다면, 이미 그것이 존재하지 않는 공간이라는 것은 현실 공간과의 비교에서만 드러나는 것일 것이다. 그것은 사고의 공간일 뿐이다. 이공간(異空間, heterotopia)은 이것과 저것을 동시에 말할 수 없게 하여, 모든 신택스(syntax), 문법, 언어를 파괴한다.

이공간 또는 무공간은 기이한 공간 가운데 보르헤스가 가장 관심을 많이 가진 공간이다. 여기에 또다시 주석을 가한다면, 그것은 우리의 사고와 상상에 도전을 가하는 것이어서, 우리의 사고를 평상적 공간으로부터 해방해 줄 수 있는 것이라고 할 수 있다. 이것은 일단 공간을 부정한다. 그러나 동시에 마음을 환상의 공간으로 열어 놓는다. 그것의 매력의 하나는 현실 공간의 가능성을 확대하는 데에 있다. 그것이 완전히 현실로부터 분리될 때, 그것은 매력의 상당 부분을 잃어버린다. 그리고 그것이 현실을 대체하여 현실적 강박성을 가질 때, 그것은 억압적인 것이 될 것이다. 마음은 — 또 몸은 공간 속에 움직이고, 움직임의 자유를 가지고 있어야 하는 것으로 보인다. (물론 움직일 수 있는 길의 그물이 없는 곳에서는 낭패감이나 절망감이 일어난다.)

이러한 문제들을 아울러 생각하게 하는 것이 보르헤스 또는 푸코의 중국 문명에 대한 환상이다. 그것이 우리에게 특히 흥미로운 것은 물론 우리가 중국 문명을 완전히 타자의 문명으로 볼 수 없기 때문이다. 푸코의 생각에 중국 문화와 문자, 문명의 특징은 무공간과 공간이 맞닿는 가장자리에 있다. 물론 이렇게 생각하는 것은 반드시 심각하게 말한 것은 아니라고 해야겠지만, 심각하게 검토해 볼 만한 관찰이라고 할 것이다. 푸코의 생각에 공간적 통합이 불가능하고 사물의 분류를 어렵게 하는 지역, 그리하여 바로 온갖 유토피아를 감추어 가진 나라, 그러면서 하나의 공간적 장소가 되어 있는 곳 — 푸코의 영어 번역에 쓰이고 있으면서, 오늘의 인터넷에 쓰이는 말로, 사이트(site)가 되어 있는 곳이, 서양인의 상상에 속에서, 중국 문명이다. 중국 문화에 관한 푸코의 환상 또는 진단을 조금 인용해 본다.

우리의 꿈속에서, 중국은 바로 공간이 특권을 누리는 곳이 아닌가? 우리의 전통적인 이미지에서, 중국 문화는 가장 면밀하고, 가장 서열이 분명하고, 시간적 사건에 귀를 닫고 있는 곳, 연장(延長)의 순수한 전개에 집착하는 곳이다. 우리의 생각에 중국은 영원의 하늘 아래 제방과 댐들이 널려 있는 문명이다. 우리 보기에, 그 문명이 벽으로 둘려 있는 대륙의 표면에 한없이 펼쳐져 있고 얼어붙어 있는 곳이다. 심지어 그 문자까지도 수평으로 움직이면서 흘어지는 목소리의 흐름을 재생하지 않는다. 그 문자는 움직임 없는 사물의, 지금도 알아볼 만한 이미지들을 수직선으로 쌓아 올린다. 그래서 보르헤스가 끌어온 중국의 백과사전 그리고 거기에 시사된 분류 의궤(儀軌)는 공간 없는 사고(思考)로, 생명의 불도 장소도 없는 단어와 범주로 나아간다. 이 분류표는 의례의 공간에 자리하고, 복잡한 영상들과 얼크러진 통행로와 기이한 고장과 비밀 통로와 뜻하지 않던 소통 뚫림으로 가득하다. 그리하여 우리가 살고 있는 지구의 정반대 지역에 연장(延長)의 질서화에 전력을 다하는 문화, 그러면서도 우리로 하여금 넘쳐 나는 존재들을 어떤 공간들에도 — 이름을 부르고, 말하고, 생각할 수 있게 하는 어떤 공간들에도 배열하지 않는 문화가 있는 것이다. 적어도 그렇게 상상할 수 있다.[11]

위에 적혀 있는 신화적 환상에서 주목할 것은 공간이 한없이 중요하면서도 동시에 공간이 없는 문명이 중국 문명이라는 주장이다. 중국은 공간이 "특권을 누리는 곳"이다. 그러면서 그곳에서의 사고는 공간이 없고, 중국의 문화는 이름과 언어와 사고를 허용하는 공간에 사물을 나열하지 않는다. 중국 문명은 가장 면밀하게, 서열을 분명히 하여, 연장, 즉 공간을 쪼개어 낸다. 문자도 그때그때 사라지는 소리를 받아 적은 것이 아니라, 세월이 지나도 알아볼 만한 형상들 — 상형(象形)을 쌓아 놓은 축조물이다. 이것은 소리 그리고 생각이 움직여 가는 여유를 허용하지 않는다. 사고가 있다면, 그것은 공간 없는 사고일 뿐이다. 거기에는 단어와 범주는 있지만, 사고는 없다. 허용된 공간은 의례의 공간이다. (불어로는 '엄숙한 공간(l'espace solennel)'이나 영어 번역에는 이것이 '의례의 공간(ceremonial space)'으로 되어 있다.) 의례는 물론 생각하고 따질 수 있는 대상이 아니라 지켜야 하는 규범

---

11 Ibid., pp. 110~111.

이다. 그것은 사고를 초월하여 준수되어야 한다.

그런데 사고의 공간의 이러한 경직화는, 다시 말하여, 바로 공간에 면밀하고 철저한 질서를 부여하려는 노력의 결과이다. 질서화는 삶의 터를 정리한 데에도 나타난다. 그것은 제방과 댐과 성벽으로 막아 놓는 작업으로 표현된다. 중국의 문자는 사라지는 소리를 표기하는 것이 아니라 고정된 이미지들, 상형들로 이루어진다. 그것은 단어와 사고의 범주를 완전히 고정시킨다. 그것은 의례로 고착되어 행동 공간에서의 의례의 일부가 된다. 다른 연구자들이 지적하듯이 (또 전통 한국에서 볼 수 있듯이) 중국의 행동 규범에서 의례는 절대적인 위치에 있다. 그리고 의례는 많은 경우 공간의 서열적 분할에서 시작한다.

공간의 질서화가 지나쳐서 일어나는 경직화에 대하여, 경험적 행동 지침과 성찰적 사고 아래 놓여 있는 것은 분명하게 이름 붙일 수 없는 공간이다. 그것은, 되풀이하여 말하건대, "혼란되고…… 애매하고…… 분석이 잘 되지 않는" 애매한 구역이다. 그리하여 언어와 사고로서 정확하게 분류되고 명명되어야 할 필요가 절실해진다. 그러나 이 노력이 지나칠 때, 공간은 사라지고 만다. 공간이 사라지는 것은 ─ 또는 적어도 그 혼란과 애매함과 더불어 그 근원성을 잃어버리는 것은 하필 중국의 질서에 대한 집착에서만이 아니다. 모든 언어 표현은 이 공간을 밝혀 보려는 노력이다. 모든 언어적 표현은 불가피한 인간 존재의 조건이면서 이 근원성을 일탈하는 일이다. 그러한 언어 가운데도 추상적인 언어는 사실로부터의 이탈이 되기 쉽다. 이것은 사실 푸코가 관심을 가지고 있는 문화적, 문명적 에피스테메에도 해당된다.

이에 대하여 시의 언어, 예술의 조형 행위는 보다 원초적인 공간에 관계되는 언어가 아닌가 한다. 푸코의 관심이 여기에 있다고 할 수는 없다. 그러나 사람의 사고의 바탕을 이루는 분류의 공간 그리고 그것의 변화 가능성과 다양성에 대한 그의 통찰은 그것을 넘어, 즉 경험적, 철학적, 과학적 분류 행위를 넘어가는 공간을 가리키는 것으로 해석될 수 있다. 다만 이 공간이 예술의 공간에 관계된다고 그가 말하는 것은 아니다.

　그러나 예술의 언어 — 특히 그 가운데 하나의 대표적인 경우로서, 시의 언어는, 이러한 시스템적 사고의 너머에 성립하는 언어로 생각될 수 있다. 이미 앞에서 말한 것을 다시 말하여, 그것이 경험 세계에서의 행동 지침이나 개념적 언어에서 완전히 별개로 존재하는 것은 아니다. 그것도 개념적 정형화에의 의존을 완전히 벗어날 수 없다. 그러면서도 그것은 개인의 또는 집단의 구체적인 체험에 가깝다고 할 수 있다. 그것은 추상 개념에 의한 원초적 공간의 또는 적어도 체험적 현실로부터의 일탈을 최소화하려는 언어이다. 그렇다고 체험 자체가 시나 예술에 직접적으로 표현된다고 할 수 없다. 그것은 추상적 언어를 완전히 벗어날 수 없기 때문만은 아니다. 언어로 표현된다는 것, 또는 현실을 시각적으로 재현한다는 것 그 자체가 체험을 떠나고 체험이 펼쳐지는 공간을 — 가장 원초적인 공간을 떠난다는 것을 말한다. 그것은 언어가 내장하고 있는 기율과 현실의 예술적 환원에 불가피한 관용어에 다시 구속되지 않을 수 없다. 예술적 표현과 재현은 끊임없이 일탈과 재귀(再歸)의 과정이라고 할 것이다.

전자 소비 시대의 예술

1

　예술은 쉽게 그 창조적 과정의 공간을 일탈한다. 되풀이하건대, 예술 창조는 원초적 공간 위에 종합되는 체험을 추적하는 일이다. 여기에서 중요한 것은 공간 위의 추적이 적정한 연장과 긴장 속에 유지되고 마무리되는 것이다. 그러나 작가에게나 수용자에게나 시대의 상투화된 언어로 되돌아가거나, 현실적 언어나 매체의 제한을 벗어나서 자의적인 환상의 유희에 탐닉하여 공간의 긴장을 피해 가는 것은 너무나 자주 찾아오는 유혹이다. 그리하여 심성과 현실의 추적하는 예술 공간이 상실된다. 흔히 심미적 체험의 핵심으로 말하는 관조나 명상(contemplation)은 이러한 공간에 멈추어서는 집중을 말하는 것이라 할 수 있다. 이것이 단축되거나 상실되는 것이다. 이것은 예술가나 작품 하나하나에 따르는 일이기도 하고, 시대적 현상이기도 하다. 이것이 촉진되는 것이 오늘의 시대이다.

발터 벤야민이 쓴 그의 유명한 에세이 「기술 복제 시대의 예술 작품」(1936)도 이 관조의 공간의 문제에 연결시켜 생각해 볼 수 있다. 물론 벤야민이 이러한 공간의 문제에 주목했다는 것이라기보다도 그 관찰을 이에 관련하여 재해석 또는 보충 해석한다는 말이다. 이렇게 말하면서, 먼저 주의할 것은 벤야민의 관찰이 예술에 있어서의 공간의 소멸을 말했다고 해도, 그것을 그가 반드시 부정적인 관점에서만 말한 것은 아니라는 점이다. 그의 마르크스주의 신념은 그로 하여금 그 현상을 보다 마르크스적 역사 발전의 한 부분으로 보게 하였다. 그러나 그의 태도가 양의적인 것이었고, 실제에 있어서 그의 가치가 어느 쪽으로 기우는 것이었는지는 분명치 않다.

그가 위에서 말한 논문을 통하여 유명하게 한 개념 가운데 하나가 아우라(aura), 분위기 또는 영기(靈氣)의 개념이다. 아우라는 예술 공간의 문제에 있어서, 흥미로운 함축을 가지고 있다. 그런데 벤야민은 기계 복제 시대의 한 대표적인 특징을 아우라가 사라진다는 데에서 발견하였다. 벤야민의 생각으로는 어떤 예술 작품을 두고 그것이 '진정성'을 가진 것이라고 할 때, 그것은 작품이 풍기고 있는 아우라에 깊이 관계되어 있는 현상이다. 사람들이 좋은 작품이라고 하는 작품은 어떤 분위기를 가지고 있다. 그것은 그 작품이 진짜라는 생각에 관계되어 있다. 이에 대하여 위조품은 아무리

원작에 가까이 간 것이라도 진품이 아니다. 진품은 하나밖에 없다.

그런데 산업 기술의 발달로 복제품을 만든다는 것은, 위조품의 경우처럼, 작품의 진품성을 손상하는 것이 된다. 왜 그런가? 시장의 관점에서는 그것은 쉽게 이해될 수 있는 것인지 모른다. 공급이 줄면, 시장가는 올라가게 마련이다. 그러나 왜 공급이 하나만이면 더 좋은 것으로 생각되는가? 소유의 오만이 작용하는 것이기도 하겠지만, 작품이 하나만 있고 그것이 특정 작가의 것이라는 것은 작가의 독자성을 강조하는 것이라고 할 수 있다. 그것은, 사람들이 희귀한 것, 귀중한 것을 대할 때 그러하듯이, 저절로 향수자의 시각과 마음을 보다 작품에 집중하게 한다. 이것을 긍정적으로 보면, 모든 체험적 사실은 개체적 실존으로부터 분리될 수 없는 독자적 사건이라는 사실을 말하여 준다. 진정성의 세계는 실존의 사건 속에 나타나는 세계이다. 작품이 진짜라는 것은 그 외적 조건을 확보해 준다. 그러면서 그것은 여러 속물적 허영에 연결된다.

다른 한편으로, 아우라는, 벤야민의 생각으로는, 전통에 관계되어 있다. 작품을 에워싸고 있는 역사적 증언이 그 권위를 높인다. 이것과 함께 생각하게 되는 것은 큰 테두리 속에 들어 있는 것 ─embeddedness가 사물의 존재 방식이라는 점이다. 그리고 그것을 특히 강조하는 것이 예술 작품이다. 전통에 의하여 뒷받침됨으로써, 예술 작품은 진정성을 얻고 권위를 얻는다. 그런데 이 권위는 마술적인 의미 또는 정신적인 의미를 갖는다고 할 수 있다. 공간에 펼쳐지는 것은 늘 사람의 마음을 압도하고 신비감을 불러일으킨다. 역사는 공간화된 시간의 사건들이면서, 문화과학(Kulturwissenschaft)의 이론가들이 더러 이야기하였듯이, 일회성(一回性)의 사건이다. 벤야민이 예술 작품의 진정성이 마술적 종교적인 의미를 갖는다고 하는 것은 이러한 사실들에 관계된다고 할 수 있다. 넓은 것은 언제나 숭고함에 이어지고, 이것은 외포감을 가지게 한다. 되풀이될 수 없는 것일 때, 그것은 특히 그러한 마음을 일으킨다.

방금 '넓은 것'을 말하였는데, 이것은 공간적 개념이다. 예술 작품이 전통 속에 있다는 것은 시간의 흐름 속에 단단히 들어 있다는 것을 말한다. 그러니까 그것은 시간의 짜임새 속에 있는 것이다. 그러나 그것을 표현하는 말이 공간이 되는 것은 자연스럽다. 개념적으로 시간은 한없이 쪼개어질 수 있는 단자(單子)들의 연속으로 생각된다. 그러나 인간의 의미 있는 지각 체험에서 시간은 사물을 전체적으로 둘러싸고 있는 테두리이지, 단자가 아니다. 그리고 그것은 공간의 언어로 표현되고, 또 지각된다. 가장 기초적인 의미에서의 3차원의 공간은 암암리에 움직임의 가능성을 암시하는 개념이고 체험이다. 움직임은 시간이 없이는 생각할 수 없는 변화이다. 소설이나 예술의 구성이 공간적 성격을 가지고 있음은 앞에서 말한 바 있다. 그러나, 이것도 앞에서 말한 바이지만, 예술이 공간적 체험을 재현한다고 할 때, 그것은 단순한 공간이 아니라 시공간을 말한다. 체험이라는 말 자체가 시간이 없이는 생각할 수 없는 개념이다. 공간을 체험하는 것 그리고 그것을 예술 작품에서 추적하는 것, 관조하는 것 자체가, 체험이란 관점에서, 공간과 함께 시간을 체험하는 것임을 말할 필요도 없다.

그러나 이러한 시공간의 체험은 시대와 더불어 변화한다. 이것을 벤야민은 위에서 말한 예술 현상의 여러 특징을 아우라라는 일반적인 체험을 통해서 설명한 바 있다. 이것의 시대적인 변화는 산업 시대에 일어나고 있는 예술 공간에 대한 중요한 증표가 된다. 벤야민은 아우라의 개념을 설명하면서, 그것을 우리가 가질 수 있는 가장 상식적인 차원의 체험에도 연결시킨다. 그는 아우라를 가까이 있으면서 거리를 느끼게 하는 "일회적인 거리감의 현상(einmalige Erscheinung einer Ferne)"이라고 말한다. "여름 오후에 누워서 쉬면서, 먼 눈으로 지평선의 산을 보거나 몸을 감싸는 나뭇가지의 그림자를 좇는 것, 그것이 산의 아우라, 나뭇가지의 아우라를 숨 쉬는 것이다."[12] 예술 작품 — 진정성, 거리감, 정신적 마술을 지닌 예술 작품은 이와 유사한 거리감의 체험을 준다. 이 거리감은, 위에서 우리가 추구하던 생각에 연결하면, 공간의 체험이다. 방금 말한 여러 특징은 이 공간에 연결되어 있다. 궁극적으로 그 정신적 마술, 그 신비감은 이 편재하면서도 스스로를 분명하게 밝히지 않는 이 공간의 신비를 감지하는 데에서 온다고 할 수 있다. 그러나 벤야민이 지적하듯이, 이러한 거리감 그리고 신비감이 사라져 가는 것이 기술 복제 시대의 특징이다.

따라서 그는 이러한 현상에 대하여 낭패감을 가지면서도, 거기에서 새로운 시대의 도래를 예감한다. 위에서 이미 시사한 바와 같이, 아우라의 소멸은 예술의 본래적인 의미를 손상하는 것이면서도 새로운 시대 — 프롤레타리아의 해방을 가져올 시대의 도래를 예언하는 조짐이다. 기술 복제는 예술 작품의 독자성과 거리감을 없애 버린다. 그것은 노동 계급이 가지고 있는 "세상의 모든 것의 동등성에 대한 느낌(Sinn für das Gleichartige der Welt)"에 상응한다. 결국 모든 것은 동등해져야 한다. 예술 작품 그리고 사물의 평준화가 일어난다. 이 평준화는 인간 자체를 평준화할 것으로 생각할 수 있다. 그러나 벤야민의 생각으로는, 기계 복제의 세계에서 노동 계급이 평면적이고 획일적인 인간으로 재구성되는 것은 아니다. 평등화되고 평준화된 세계에서 그들은 새로운 자아를 발전시킨다. 이 자아는, 개인적으로나 집단적으로나, 그들의 해방과 앞으로 유토피아를 위한 의식으로 통합된 자아이다. 물론 예술 작품은 단순화된다. 그러나 그것은 정치적인 메시지를 전달하는 역사적 사명을 갖는다. 그리하여, 그가 결론에서 말하는 바에 따르면, 파시즘이 정치를 예술화하는 데 대하여, 공산주의는 예술을 정치화한다.

---

12 "Das Kunstwerk im Zeitalter seiner technischen Reproduzierbarkeit", http://www.phsg.ch./portadata.

2

그러나 그 결과는 어떠한가? 이것은 벤야민의 관점에서는 긍정적 발전을 의미할 수도 있지만, 정치에 의한 예술의 정치화가 예술로부터 창조의 공간을 빼앗아 가는 것임은 틀림이 없다. 공산주의 치하에서 예술의 공간에는 이데올로기가 있다. 예술가가 추적하는 세계의 사물 그리고 자신의 마음의 움직임은 결국 이데올로기가 설정한 개념의 도판 안에서 이루어져야 한다. 그것이 삶의 시공간 전부를 포용하는 것으로 생각되기 때문이다. 이데올로기의 공간이 가장 근원적인 공간이 되는 것이다. (무극(無極), 음양, 건곤(乾坤) 등의 단계로부터 시작하는 우주와 인간 발전과 변화 과정을 총체적으로 설명하는 동아시아 철학이 — 적어도 예술이 그것에 지나치게 밀착한 경우 — 예술 작품에 별 도움을 주지 못하는 것은 유교 이데올로기에서도 마찬가지이다.) 예술적 탐색에 열리게 되는 사물과 의식의 공간이 소멸하는 것은 벤야민 식으로 말한다면, 역사의 발전을 위하여 지불해야 하는 대가라고 할 수 있을는지도 모른다. 다만 그가 그것으로 예술에 있어서도 어떤 새로운 발견이 이루어질 것으로 생각했다면, 그러한 예언은 맞는 것이었다고 할 수 없을 것이다.

사회주의 이상향의 실현이라는 관점을 떠나서도, 기술 복제 시대의 예술은 단순히 벤야민이 그 이전의 예술 수법에서 볼 수 있었다고 한 경험적 깊이를 잃어버렸다고 하는 것이 옳을 것이다. 새로운 기술 복제의 시대는 또는 산업화 시대는 단순히 소비주의의 여러 현상을 만들어 냈을 뿐이다. 거기에서 모든 사물은 아우라와 함께 사실적 준거를 잃어버린 — 장 보드리야르의 말을 빌려 — '초과 현실(hyperreality)'이 되고, 사회는 드보르(Guy Debord)의 언어로, '스펙터클의 사회(La Société du spectacle)', '구경거리의 사회'가 되었다. 이러한 현상의 배경에 있는 힘은 물론 자본주의가 조장하는 소비주의이고, 그것을 위한 상품 판매 전략이고 정치적 술책이다.

보드리야르나 드보르의 진단은 마르크스주의자 또는 전(前) 마르크주의자가 내린 것이지만, 비판을 유보하더라도 오늘의 산업 자본주의의 사회가 인간의 삶을 이러한 '유사 사물(simulacura)'이 가득한 것이 되게 하고, 구경거리의 사회가 되게 한 것은 틀림이 없다.

최근에 와서 소비 사회의 공허한 현실을 더욱 조장하게 된 것은 전자 매체의 발달로 인한 정보의 홍수이다. 현실은 이 홍수에 잠기고, 정보에 의하여 대치된다. 그것은 다른 한편으로 이 현실을 대하여야 하는 자아를, 물에 빠진 사람이 그래야 하듯이, 원시적인 자아로 되돌아가게 한다. 그 자아에 반성과 성찰은 별 의미가 없는 것이 된다. 정보는, 정보부라는 또는 국가정보원이라는 말에서 알 수 있듯이, 자신의 목적에 활용할 수 있는 지식을 말한다. 그것은 이기적 목적을 위하여 사용되어야 하는 자료이다. 물론 이기적 목적은 소비가 자극하는 물질 그리고 지능의 쾌락을 포함한다. 다른 한편으로 자아는 그에 대하여 방어적인 태도를 취하여야 한다. 자아의 이익이 완전히 상실될 수 있기 때문이다. 이렇게 하여, 되풀이하여 말하건대, 정보의 홍수 속에서 인간은 단순화된 공식을 초월한 현실 그리고 이기적 방어 본능을 넘어가는 반성적 자아를 상실하게 된다. 여기에 사고가 있다면, 그것은 주로 방어와 공격의 전략적 사고이다, 그것의 너머에 있는 존재론적 현실은 보지 않게 된다.

앞에서, 윌리엄 로건이 《뉴욕 타임스》에 쓴 글 「시, 누가 시를 필요로 하는가?」에 대하여 언급하였다. 로건은 사람들이 대중음악, 대중 회화, 사진 작품 그리고 광고 문구에 들어가는 시적 표현을 통해서 예술을 옛날이나 다름없이 감상할 것이라고 말한다. 그러나 그것은 위에 말한 환경과의 관련에서 생각되어야 한다. 이 환경에서 언어는 특정한 의미 체계 속의 사물의 이름을 가리킨다. 또는 모든 단어는 곧 그것이 지시하는 상품을 말한다. 정치화되는 언어도 그러하다. 정치 구호가 되는 단어는 깊은 생각을 유발하려는 것이 아니라 직접적으로 공식화된 개념이나 행동의 가능성을 지시하려는 말이다. 그것은 너무나 쉽게 현실을 설명해 준다. 그리하여 그것은 그것대로의 쾌감과 자만감을 가져온다. 이러한 상투화된 언어들은 물질적 세계의 공간이나 마음의 공간을 거치지 않고 곧 상투적인 이미지로 연결되거나 소비품에 연결된다. 상품에 수반되는 시의 경우, 그것은 대체로 상투적 정서를 잠깐 환기하고 상품으로 이어진다.

디지털 공간, 디지털 예술, 예술 공간의 은둔처

1

공간이 무엇인가 하는 것은, 말할 것도 없이, 물리학은 물론 철학적 사고의 밖에 있는 비전문가가 접근할 수 있는 문제가 아니다. 그것은 전문가마저도 쉽게 설명할 수 없는 것이라 할 수 있다. 근년에 진행되고 있는 어떤 연구들을 보도하는 사람의 말에 의하면, 이 공간은 그 나름의 지시 사항들을 가지고 있는 기계 장치라는 것이다. 이 관점에서 궁극적 공간은 — 물론 궁극적인 의미에서의 공간을 말하는 것이라고 하여야겠지만 — '디지털' 공간이다. 그것은 비어 있는 것이 아니라 여러 가지 소리로 가득 차 있는데, 이 소리는 결국 1과 0의 디지털 신호가 내는 잡음이다. 이것은 우주의 근원적 시공간 자체가 정보로 이루어졌다는 것을 나타내는 것이 아닌가 하는 생각을 갖게 한다. 이 관점에서 우주는 "중력과 물질과 정보"로 이루어졌다고 한다. 여기서 정보라는 것은 블랙홀의 가장자리와 같은 표면에 새겨진 것으로서, 그것이 만들어 내는 그림, 복사 문서, '홀로그램'이 오늘날 존재하는 우주이다.[13]

한 미국의 대중 과학 잡지 최근호에 의하면, 우주가 시작했다는 빅뱅은 하나의 우주에서 다른 또 하나의 우주로 옮겨 가는 과정의 한 지점을 말할 뿐이고, 하나의 우주가 끝장이 날 때, 그것이 블랙홀에 흡수되었다가 다시 거기에서 기록된 홀로그램이 차원을 달리하여 새로운 빅뱅으로, 즉 새로운 시작으로 계속된다는 설을 소개하였다.[14] 모든 것이 0과 1의 디지털 신호로 바뀔 수 있는 인간의 지식 세계는 기이한 방법으로 디지털 우주를 반영하는 것이 아닌가 하는 생각이 든다. 그러니 예술 작품의 공간의 상실을 개탄하는 것은 낡은 감성의 자기 한탄일 수 있다. 예술 작품에 존재하는 또는 그것이 암시하는 공간은 시대에 따라서, 또 인간의 삶의 여러 조건에 영향을 받아 그 존재 방식을 달리하는지 모른다.

그럼에도 불구하고, 사람은 제한된 대로 사물과 세계 그리고 그것에 열려 있는 인간의 지각 및 인식 능력은 이러한 것들을 예술 공간에 구성함으로써 삶을 의미 있는 것으로 인지한다. 요즘에는 사실적으로 세계의 곳곳을 여행하여 세계 공간을 기록하는 시들이 많아진다. 어떤 시는 우주 공간을 탐험한다. 2013년에 출간된 백무산 시인의 시집 『그 모든 가장자리』에 실려 있는 「저 너머 이곳」은 우주 탐색선 '보이저 1호'의 항로를 추적한다.[15] 그러면서도 그것은 우리의 삶에 대한 깊은 반성을 담고 있다. 아직은 시적 공간은 땅에 발 딛고 있는 인간의 마음의 움직임을 그려 내야 한다. 위의 시에서, 1977년에 지구를 떠난 보이저 1호는 2011년 여름에 태양계를 벗어났다. 그리하여

태양의 시간에 따르면 현재 보이저는

---

13 Cf. Michael Moyer, "Is the Universe Digital?", Siddharta Mukherjee ed., *The Best Science and Nature Writing 2013*(Houghton Mifflin Harper, 2013).

14 Cf. Niayesh Afshordi et al., "The Black Hole at the Beginning of Time", *Scientific American*, August 14, Vol. 311, No. 2.

15 『그 모든 가장자리』(창비, 2012), 104~106쪽.

존재한다고 할 수 없으나 그 너머에는 다른 시간이

있고 다른 공전의 중심이 있거나 중심이 존재하지 않는

시간이 있거나 더 큰 중심의 시간 속으로 가고 있는지

알 수 없다 다만 보이저는 보고 있다

태양은 다른 별들 무리 속에서 함께 거대한 힘을 따라

흘러가고 있다는 걸 가랑잎처럼 굴러가고 있다는 걸

이렇게 보이저의 항해를 이야기한 다음 시인은 아버지의 권위에 대하여 생각한다. 시인은 아버지가 너무나 큰 중심의 존재였기 때문에, 그 너머에 있는 세계를 보지 못하였다. 그러나 이제는 본다. 큰 생명의 근원의 관점에서 볼 때, 아버지도 거기에서 태어나는 아기와 같은 존재라는 것을. 그리고 보이저의 관점에서 시인은 아버지는 물론 모든 사물이 존재하는 빛과 어둠이 태어나는 곳을 본다.

이 시에서 보이저의 먼 우주 항해는 부권적 권위의 존재인 아버지 너머를 볼 수 있게 된 데에 대한 우화이다. 그러나 시의 장점은 그것이 억지스러운 우화가 아니라 사실상의 공간적 존재로서의 인간의 위치에 대한 직관을 표현하고 있다는 것이다. 보이저의 항해에 대한 상상도 기발한 환상이 아니라 물질적 세계에서 일어나는 사건을 사실적으로, 또는 사실적 설득력을 가진 이미지로 추적한 것이다. 천체물리학을 움직이는 동기는 과학적 호기심이라고 하겠지만, 거기에는 공간의 신비에 대한 느낌이 작용한다. 위의 백무산 시인의 시는 그와 비슷한 심리적 동기가 작용하는 시라고 할 수 있다. 그러면서 그것은, 위에서 말한 바와 같이, 지구 위의 인간에 대한 직관을 담고 있다. 그 호소력은 우주 공간을 배경으로 하면서도 인간이 지상의 인간이라는 것을 잊지 않는 데 있다.

2

허상과 정보가 지배하는 디지털의 세계, 사람의 삶을 조각나게 하는 세계가 오늘의 세계이지만, 지구 위의 삶에서 삶과 시과 예술의 공간을 전혀 발견할 수 없는 것은 아니다. 그것은 성실한 상상력을 그대로 유지함으로써 유지되는 공간이다. 그러나 그것은 많은 경우 먼 은둔의 자연 속에서 그 대상을 찾아야 한다.

위에서 우리는 찰스 라이트의 시를 언급하였다. 다른 한 편을 다시 언급함으로서 이 글을 끝내기로 한다. 이 시는 사물을 그리면서 보다 적극적으로 그것을 넘어가는 초월적인 세계를 암시한다. (그것은 마치 정지용의 「바다 6」이 고향의 산천이 불러일으키는 그리움의 마음을 통하여 바다를 파악하고자 하는 것에 비슷하다.) 다만 여기에서 파악되는 것은 초월적인 세계이다. 모순된 플라톤적인 요소 ─ 형상과 무상한 현상계의 만남은, 형이상학적 용어를 쓰지 않아도, 라이트의 다른 시에서도 볼 수 있는 것이다. 그런데 다른 시들도 그러하지만, 그의 시에 비치는 공간 ─ 초월적인 공간은 실제로 존재하는 공간과 그 공간에서 움직이는 그의 마음에 대응한다. 시가 펼쳐지는 공간이 오늘의 번잡한 지역에서 멀리 있는 산악 지대이다. 오늘의 시대에 있어서는 이러한 지역이라야 마음과 세계의 공간은 제대로 감지될 수 있는 것일까?

여기에서 생각해 보려는 시 「우리의 몸이 일어남에, 우리들의 이름은 빛이 된다」를 번역하면 다음과 같다.

> 하늘이 양탄자처럼 펼쳐진다.
> 사람을 반기지 않는 총대 빛깔의 잿빛으로,
> '불루리즈'의 위로.
> 어머니들이 아이들을 불러들인다.

유려한 음절들, 부상하는 소리로.

자동차들이 부르르 떨며, 물러선다.

이웃에 사는 의사가 트럭에 실었다.

나뭇잎과 통나무들.

소금 돌이 길에 뿌려져 있다.

눈이 오고 바람은 잦아든다.

이름이 있다는 것은, 어떤 이름이 되었든, 이 빈곤한 지상에 기이한 일이다.

정월달이 쭈그리고 버티어 앉는다.

목 깊이 고드름이 꽂힌 채.

낮은 길어진다, 밤이 한 알갱이 한 알갱이

매섭게 춥게 갈아 뭉개지니,

모든 것이 구조를 향하여 흘러간다,

신을 향한 아픔의 마지막 아픔으로.[16]

이 시는 해석하기 쉽지 않은 시이다. 그러나 알 수 있는 지상의 현실에 기초하여 있다. 전체적인 묘사는 단순한 겨울 풍경, 미국의 애팔래치아산 지대 '블루리지(Blue Ridge)'(청천 산맥(靑天山脈)이라고 번역할 수 있을까?)의 풍

---

16 "The sky unrolls like a rug,/ unwelcoming, gun-gray,/ Over the Blue Ridge,/ Mothers are calling their children in,/ mellifluous syllables, floating sounds./ The traffic shimmies and settles back.// The doctor has filled his truck with leaves/ Next door, and a pair of logs./ Salt stones litter the street./ The snow falls and the wind drops,/How strange to have a name, any name, on this poor earth// January hankers down,/ the icicle deep in her throat......./ The days become longer, the nights ground bitter and cold,/ Single grain by single grain/ Everything flow toward structure,/ last ache in the ache for God.", Ibid.

경을 그린 것이라고 한다. 길에 양탄자를 까는 것은 손님을 환영하기 위해서이다. 그런데, 양탄자와 같은 하늘은 기이한 양의성을 가지고 있다. 그것은 환영하면서 동시에 환영하지 않는 느낌을 준다. 그것은 "반기지 않는 총대 빛깔의 잿빛"이다.

요즘의 뉴스에 미국에서 집을 찾아오는 사람을 총으로 쏘아 죽인 사건들이 보도되는 것을 본다. 여기의 양탄자는 그러한 사건을 기다리고 있는 듯하다. 사람 사는 동네가 그러한데, 하늘의 이치도 그러한 것일까? 어머니들이 아이들을 집으로 불러들인다. 이웃집 의사는 난로의 땔감을 트럭에 실었다. 어디로 가는 것일까, 아니면, 도착한 것일까? 하여튼 추위에 대비하여야 하는 계절이다. 소금으로 된 듯한 얼음들이 길에 뿌려져 있다, 소돔과 고모라를 탈출하여 나오다 뒤돌아보지 말라는 말을 어기고 뒤를 돌아본 롯은 소금 기둥이 되었다. 소금이 뿌려져 있는 것은 탈출이 불가능하다는 말일까? 아니면 소금은 단순히 제설 작업 때문인가?

그다음에 이름이 있다는 것이 기이하다는 표현이 나온다. 이것은 앞에서 어머니들이 아이들을 부른 것으로 이어지는 것일 것이다. 이름은 개체를 가리킨다. 모든 것이 한가지로, 무명의 상태로 가는 그러한 시기에 개체가 존재하는 것은 기이하다는 느낌을 준다. 삭막한 겨울의 풍경 속에서 이들을 부르는 어머니들의 소리는, 전체적인 분위기에 어울리지 않게, "유려한 음절들, 부상하는 소리(mellifluous syllables, floating sounds)"라고 화사한 말로 묘사된다. 살벌한 가운데에도, 이 어머니들의 목소리에 자동차가 급정거를 한다. 그래도 험하게 달리는 자동차가 어머니들의 소리에 맞추어, 또는 아이들을 보고 목숨의 보존을 위하여 정지하는 것이다. 세월은 목에 칼이 꽂히듯 고드름이 꽂힌 정월이 웅크려 앉아 버티고 있는 그러한 시절이다.

그러나 낮이 길어진다. 매서운 추위의 겨울도 순환하는 일 년의 한 대목을 나타낸다. 모든 것은 구조 속에 있다. 구조를 이루는 부분들은 그 안에서 해체된다. 해체되는 부분, 조각들이 구조를 드러낸다. 모든 것의 최종적인 구조는 무엇인가? 그것을 신이라고 할 수 있다. 모든 것은 신을 향한다. 그런데 신을 향하는 것은 아픔을 통하여서이다. 겨울의 삭막함이 세부를 삭제하여 전체를 드러낸다. 그러나 전체의 구조가 반드시 온화한 것은 아니다. 엄격한 구조일망정 혼돈이 아니라 구조가 있다는 것은 위로 받을 만한 일인가?

그러면서도 그 외에도 위안이 없는 것은 아니다. 아이들의 이름을 부르는 어머니들의 소리는 유려하다. 개체들의 이름은 얼어붙은 세계에서 특이한 의미를 갖는다. 그것은 빈곤화된 세계에서 기이하게 어울리지 않는 풍요를 느끼게 한다. 부르는 이름은 아마 어머니의 사랑으로 울리고, 아래로 잠겨드는 세계에서 위로 뜨는 것일 것이다. 그러한 사람의 이름으로 하여 개체는 개체로서 존재하게 되는 것일 것이다. 개체는 추상적인 구조가 아니라 신체, 몸으로 드러난다. 제목이 말하듯이, "우리의 몸이 일어남에, 우리들의 이름은 빛이 된다.(As Our Bodies Rise, Our Names Turn into Light.)" 몸이 있고 이름이 있다는 것은 마치 해가 뜨고 사물에 빛이 비치는 것과 같다. 그와 동시에, 이름을 부른 다음에 나오는 묘사가 시사하듯이, 사람의 세계가 눈에 띈다. 아이들의 몸을 조심하여야 하는 차들이 서고, 몸을 덥히기 위하여 이웃이 장작을 신고 오고 ─ 그리고 시인의 눈앞에 눈이 내리고 바람이 잦아들고 ─ 삶의 광경과, 조금은 조용해진 자연의 모습이 눈에 띄는 것이다.

그러나 이러한 인간의 삶이 차가운 세계 구조의 어디에 위치할 수 있는 것인지, 시인은 시사하지 않는다. 한편으로는 세계가 있고, 다른 한편으로는 어머니와 아이의 사랑, 인간의 삶이 있다. 어머니의 풍요로운 사랑과 차가운 현실, 고통의 현실을 통하여 자극되는 신을 향한 아픈 동경은 어떻게 연결되는 것일까? 어머니의 사랑은 신을 향한 동경의 예행(豫行)일까? 또는 그것은 서로 반대되는 것일까? 어머니의 사랑은, 위에 본 시에 연결하여 생각하건대, "한 촌(寸)의 음악"이고, "한 촌(寸) 반의 티끌"이다.

시인은 삶의 두 가지 측면을 담담하게 관찰할 뿐일 것이다. 겨울의 자연은 인간에게 그다지 편안한 곳이 아니라고 할 것이다. 그러나 거기에는 어머니와 아이들의 사랑이 있고, 사랑의 삶이 있다. 그것이 인간의 삶을 열어 주는 일을 한다. 사랑은 우주가 차갑기 때문에 중요하다. 그러나 사랑 그리고 사랑이 여는 인간의 삶은 잠간의 일화에 불과하다. 그것을 에워싸고 있는 전체 환경은 한편으로 냉혹한 것이면서, 다른 한편으로는 일정한 전체적인 질서를 이루고, 그것의 냉혹함을 통하여 그것을 초월하게 하는 신의 세계를 그리워하게 하는 것일 것이다. 이 그리움은 세계 전체에서 나오는 교훈이면서 동시에 어머니의 현세적 사랑으로 시사되는 것이기도 할 것이다.

「우리의 몸이 일어남에, 우리들의 이름은 빛이 된다」는 겨울 풍경을 묘사한다. 그리고 그 안에 뒤틀고 있는 삶의 공간을 그리고 그 전체적인 테두리를 생각하고, 그것이 최종적으로는 초월적인 질서를 생각하게 한다는 것을 말한다. 이것은 지극히 객관적인 관찰을 통하여 구성된 구도이다. 그러면서 그 구도는 시적인 마음의 움직임, 그 구상력(Einbildungskraft)에 의하여 이루어진다. 여기에서 구상력이라고 표현한 것은 독일어를 번역한 것인데, 이것은 보다 쉽게 번역하면, 상상력이다. 이렇게 번역한 것은 상상력이 가지고 있는 주관성의 암시를 피하기 위한 것이다. 시를 구성해 내는 시적인 마음은 반드시 시인의 자의적인 마음의 움직임을 나타내는 것은 아니다. 그것은 객관적인 묘사 속에서 움직인다. 이 객관성은 시인의 마음과 사물의 부딪침에서 성립하는 사건이라는 점이 흔히 생각하는 객관성과 다르다고 할 수 있다. 라이트의 시가 보여 주는 것도 이 객관적인 관찰과 묘사이다. 그러면서 그것은 마음의 조심스럽고 면밀한 움직임 속에서 이루어 진 것이다.

3

되풀이하건대, 「우리의 몸이 일어남에, 우리들의 이름은 빛이 된다」는
미국 테네시 주 피크위크 댐에서 1935년에 태어난 시인 라이트가 쓴 시이
다. 그렇다는 것은 이 시인이 쓴 것이고, 특정한 개인이 썼다는 말이다. 그
러기에 시를 구성해 낸 것은 그의 상상력이다. 그러나 위에 말한 것을 되풀
이하여, 이 시의 객관성이 높다. 시에 시인의 감정이 비치고 있는 것은 사
실이지만, 시에는 산골의 겨울날이 크게 부각되어 있다. 날은 쌀쌀하다. 이
쌀쌀한 날씨를 기쁘게 생각할 사람은 별로 없겠지만, 그것은 마음을 하늘
에 미치게 하고, 하늘에서 떨어지는 눈과 얼음 조각에 주의하게 한다. 쌀
쌀한 날씨의 한 효과는 이와 같이 자연으로 —— 자연의 전체로 마음을 열어
놓게 하는 것이다. 그러면서 사람의 삶이 그 안에 있다. 그리하여 이 시는
사람의 삶의 전체 배경을 알게 한다. 그러나 추상적으로 전체를 말한 유일
한 단어는 "모든 것이 구조를 향하여 흘러간다"라고 할 때의 '구조'이다.

추상적으로 고쳐서 말하면, 이 시가 말하고 있는 것은 과학적 세계관의
성장과 더불어, 무가치 무목적의 냉혹한 세계가 된 자연이다. 인간의 삶은
이 무가치의 냉혹한 세계 속에서 영위된다. 여기에서 이것을 지적하는 것
은 현실의 시적 재구성도 당대의 이념적 에피스테메의 영향을 피하기가
어렵다는 것을 볼 수 있기 때문이다. 그러나 이 시는 어디까지나 체험적 사
실에 충실하다. 그렇다고 그것이 지각적 체험에 일치한다는 것은 아니다.
시가 재구성하는 체험은 감각이나 지각을 떠난 언어적 재현이다. 그것은
언어에 의하여 제한되는 현실 재현이다. 그 한도 안에서 그것은 자연스럽
게 자연의 '구조' 전체를 암시한다. 그리고 다시 전체로서 파악된 냉혹한
자연은 신이 없는 세계가 아니라 신을 향한 열망을 더 강하게 표현한다는

것을 말한다. 이러한 열망의 동기는 자연 전체에 대한 체험이고, 다른 한편으로 사랑과 배려가 있는 인간적 삶이 시사하는 것이다.

이 모든 것은 시인의 개인적 관찰과 자연이 주관적이면서 객관적인 시인의 상상 속에서 하나로 구성된다는 것을 보여 준다. 이러한 구성의 공간은 물론 마음의 공간이다. 또 그것을 가능하게 하는 경험적 세계를 관류하고 있는 공간 — 단순히 추상적인 것이 아니라 구체적이고 질적인 유사성을 가지고 있는 여러 사상(事象)들을 하나로 하는 공간이다. 이 공간은 개인의 체험에 대응하여 새로 구성되면서, 그 구성을 가능하게 하는 원초적 공간을 감지하게 한다. 상상력은 이것을 추적하여 통일된 시적 경험을 구성해 낸다.

그런데 이렇게 말하면서, 주목하지 않을 수 없는 것은 이 공간의 체험이 현실 공간의 체험에 대응하여 나타나고, 또는 그것에 촉발된다는 점이다. 보다 간단히 말하여, 이 시의 공간은 넓고 깊은 산악 지대인 애팔래치아 산맥 안의 어딘가이다. 이러한 시적 체험 — 자연 전체의 냉혹한 그리고 아마 장엄했을 산악 지대는 오늘의 생활의 중심이 되어 있는 도시 지역에서는 볼 수 없는 것이다. 미국에는 아직도 그러한 곳이 많이 남아 있다고 하겠지만, 이러한 자연 공간은 이제 많은 지역에서 생활 공간으로 남아 있지 않다. 그러니만큼 상상의 공간으로도 남아 있기 어렵다. 아니면 적어도 인간의 삶의 환경으로서는 주변화되었다고 말해야 한다.

영국의 시인 캐슬린 레인(Kathleen Raine)의 시집에 『기원 원년(The Year One)』이라는 것이 있다. 제목에는 시인이 보는 세계는 언제나 기원 원년인 것과 다르지 않다는 뜻이 들어 있다. 이것은 동아시아 전통에서 특히 그러하다. 뿐만 아니라 자연 또는 전원은, 적어도 동아시아의 시들에 표현된 것으로는, 인간의 당연한 거주지이다. 물론 도시의 유혹이 없는 것은 아니지만, 그것을 피하는 것은 삶의 한 방식이다. 그리하여 전통 시대에도 이미 은둔(隱遁)은 시의 주제이고 문인의 삶의 방식이었다. 그림의 주제도, 산수화에서 보듯이, 거의 전적으로 은둔할 수 있는 산하(山河)였다. 위에서 라이트가 중국 문학의 영향을 받았다고 말하였는데, 그의 시의 자연의 주제도 이에 연관되어 있는지 모른다.

그러나 자연 공간이 사라져 가고 있는 것이 오늘날의 세계이다. 또 사물의 세계—사물 자체는 알 수 없는 것이라고 하지만, 그래도 조금은 예감이 되는 사물들의 세계가 사라지고 있다. 위에서 말한 바와 같이, 사물은 소비주의 기호 체계, 정치적 이념, 개념적 세계 해석의 일부이다. 그리하여 그것은 여러 의미의 '유사 사물(simulacra)'일 뿐이다. 여기에 더하여 전자 매체의 발달은 사물을 정보 기호로 바꾸어 버린다. 그리고 이 정보의 과잉은 사람의 마음에 사물들을 의미 있게 재구성할 여유, 마음의 공간을 허용하지 않는다. 시가 사라지는 것은 당연하다. 그리고 회화나 건축에서도 자연 또는 자연의 엄숙한 법칙은 별로 중요하지 않다.

그러나 이러한 전통적 예술—관조를 통하여 공간의 여러 층위를 체험하게 하던 예술이 사라졌다고 예술이라는 것이 완전히 사라졌다거나, 그것이 전체적인 문화의 몰락을 말한다고 하는 것은 성급한 진단일지 모른다. 그것은 잘못된 전통적 감수성의 선입견을 나타내는 것에 불과한지도 모른다. 앞으로의 예술은, 앞에서 인용한 미국의 시인 윌리엄 로건이 말하듯이, 영화로 바뀐 고전극, 많은 사람들이 즐기는 대중음악, 회화, 사진들로 남고, 시적 표현은 광고 문구에 들어가 남는다고 할 수 있다. 시는 특히 여러 다른 매체와 목적의 언어들과 선전물들의 틈바귀에서 살아남는다. 여기에 더하여, 새로운 상품 디자인, 모델들이 입고 나오는 새로운 유행의 복장, 몸차림, 상품 이름이나 광고의 말들, 중력에 복종하여 무겁게 서 있으면서 가벼운, 옛 건물이 아니라 의도적으로 기울어져 있는 새로운 디자인의 건물들—이러한 것들이 새로운 예술적 감성의 표현이라고 할 것이다.

지금처럼 다수 대중과 그 환경에 문화가 스며든 일도 역사상 흔한 일이 아니다. 몇 해 전 서울은 세계 디자인 수도로 선정되었다. 오늘의 디자인은 머리를 스쳐 가는 환상에 가깝다. 건축물 디자인은 오래가는 건물과 거리를 의미하지 않는다. 새로 지은 동대문 디자인 플라자를 보면, 예로부터 모든 건물의 기본 구도가 되었던 입방체를 벗어난 이 건물과 광장의 디자인이 느끼게 하는 것은 지구성(持久性)이 아니라 유동성(流動性)과 일시성(一時性)이다. 새로운 예술은 공간에 지속적으로 구축되는 것이 아니라 그것을 가로질러 나르고 명멸한다. 그리고 그 가벼운 비상(飛翔)의 현란함 속에서 공간은 거의 의식되지 않는다. 그리하여 현란한 이미지들이 그것을 대신한다. 사람의 마음과 생명도 순간 속에 명멸한다. 노인들은 지혜와 위엄의 존재가 아니라 처리해야 하는 부채일 뿐이다. 이 모든 쇼를 자극하는 것은 끊임없이 변하는, 변하게 자극되는 소비의 욕망이다. 이러한 것에 공통된 것이 어떤 예술적 충동이라면, 그것은 새로이 정의되어야 할 원리 속에서 해석되어야 할 것이다.

(2014년)

1부 도시론 ── 도시·공간·주거·문화

도시와 문학 ── 환영의 세계, 서울시립대학교 인문과학연구소,《인문과학》제7호(2000년 2월호)

공간과 의미 ── 실내 공간의 사회학,《비평》제9호(2002년 가을호)

공간의 구성 ── 지각과 깊이의 기하학에 대한 명상,『Rolling Space 구름전(展) 도록』(2004)

새 서울의 미학 ── 개념과 현실,《공간》제446호(2005년 1월호)

사물과 공간,《공간》제474호(2007년 5월호)

지구 위의 삶,《웹진 아르코》제91~95호(2007년)

주거, 도심, 전원 ── 도시 미학의 여러 요소, 고려대학교 응용문화연구소,《에피스테메》제2호(2008년 11월)

문화 도시의 기본 전제는 무엇이어야 하는가 ── 인간의 도시, 자연의 도시, 문화도시정책연구국제포
　　럼 기조강연(2009년 5월 7일)

강과 예술 ── 전통 시대의 자연과 정치, 국토개발원 강연문(2011년)

2부 예술론 ── 영상/이미지·매체·미학·문화

멋에 대하여 ── 현대와 멋의 탄생, 최정호 엮음,『멋과 한국인의 삶』(나남, 1997)

영상과 그 세계 ── 오늘의 문화적 상황, 최정호 엮음,『새로운 예술론』(나남, 2000)

커뮤니케이션 시대의 예술 ── 광주비엔날레에 관한 단상(2004)

어떻게 살 것인가, 어떤 예술을 만들 것인가? ── 매체 예술: 평행과 수렴, 2005 프랑크푸르트 도서전

미래의 예술 ── 거대 담론의 둔주, 한국문화예술위원회,《문화예술》제323호(2006년 겨울호)

이미지의 행복,《현대문학》제625호(2007년 1월호)

문화의 기율과 자유 ── 전자 매체의 가능성의 한계, 고려대학교 응용문화연구소,《에피스테메》제1호
　　(2007년 11월호)

이미지와 원초적 공간, 서강대학교 인문과학연구소,《서강인문논총》제24집(2008년 12월호)

세계의 불확실성과 예술의 사명, 문광훈,『렘브란트의 웃음』(한길사, 2010)

문화의 공간, 마음의 공간, 고려대학교 응용문화연구소 시민예술인문학강좌(2011년 3월~6월)

문화 전통과 삶의 일체성: 강인한 정신, 부드러운 마음과 문화, 광주일보 시립미술관 인문학강좌 2
　　(2011년 3월 17일)

사회의 문화 ── 예향으로서의 광주를 생각하며,《소나무》제5호(2013년 2월호)

현실과 형상 ── 현실의 예술적 재구성, 김우창 외,『문화의 안과 밖 3: 예술과 삶에 대한 물음』(민음사, 2014)

세계화 시대의 예술의 이념 ── 예술의 공간과 그 변화, 예술원 강연문(2014년 9월 3일)

김우창

1936년 전라남도 함평 출생. 서울대학교 문리과대학 정치학과에 입학해 영문학과로 전과했다. 미국 오하이오 웨슬리언대학교를 거쳐 코넬대학교에서 영문학 석사 학위를, 하버드대학교에서 미국 문명사 박사 학위를 취득했다. 서울대학교 영문학과 전임강사, 고려대학교 영문학과 교수와 이화여자대학교 학술원 석좌교수를 지냈으며《세계의 문학》편집위원,《비평》편집인이었다. 현재 고려대학교 명예교수, 대한민국예술원 회원으로 있다.

저서로『궁핍한 시대의 시인』(1977),『지상의 척도』(1981),『심미적 이성의 탐구』(1992),『풍경과 마음』(2002),『자유와 인간적인 삶』(2007),『정의와 정의의 조건』(2008),『깊은 마음의 생태학』(2014) 등이 있으며, 역서『가을에 부쳐』(1976),『미메시스』(공역, 1987),『나, 후안 데 파레하』(2008) 등과 대담집『세 개의 동그라미』(2008) 등이 있다. 서울문화예술평론상, 팔봉비평문학상, 대산문학상, 금호학술상, 고려대학술상, 한국백상출판문화상 저작상, 인촌상, 경암학술상을 수상했고, 2003년 녹조근정훈장을 받았다.

김우창 전집 8

예술론 :도시, 주거, 예술

1판 1쇄 찍음 2016년 8월 12일
1판 1쇄 펴냄 2016년 8월 26일

지은이 김우창
발행인 박근섭·박상준
펴낸곳 (주)민음사

출판등록 1966. 5. 19. 제16-490호
주소 서울시 강남구 도산대로 1길 62(신사동)
  강남출판문화센터 5층 (우편번호 06027)
대표전화 515-2000 | 팩시밀리 515-2007
홈페이지 www.minumsa.com

ⓒ김우창, 2016. Printed in Seoul, Korea

ISBN 978-89-374-5548-3 (04800)
ISBN 978-89-374-5540-7 (세트)